빛이
사라지는

시간

In Zeiten des abnehmenden Lichts by Eugen Ruge

The Korean language edition is published by arrangement with Rowohlt Verlag GmbH
through Momo Agency, Seoul

이 책의 한국어판 저작권은 모모 에이전시를 통해 Rowohlt Verlag GmbH 사와의
독점 계약으로 중앙북스에 있습니다.

빛이 사라지는 시간

In Zeiten
des abnehmenden Lichts

오이겐 루게 장편소설

이재영 옮김

너희들을

위해

차례

§ 등장인물 §

- 빌헬름 포빌라이트 & 샤로테 포빌라이트
- 베르너 움니처 & 쿠르트 움니처: 샤로테의 아들
- 이리나 움니처(결혼 전 페트로브나): 쿠르트의 아내
- 나데시다 이바노브나: 이리나의 어머니
- 알렉산더 움니처: 쿠르트와 이리나의 아들
- 마르쿠스 움니처: 알렉산더의 아들

§ 가계도 §

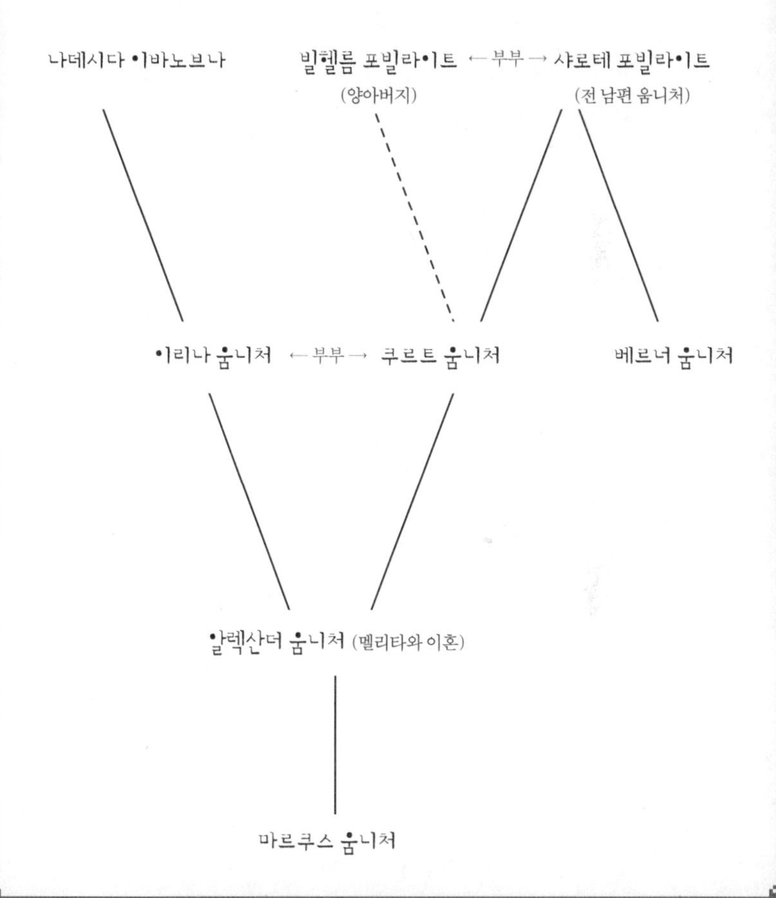
나데시다 이바노브나
빌헬름 포빌라이트 ←부부→ 샤로테 포빌라이트
(양아버지)
(전 남편 움니처)
이리나 움니처 ←부부→ 쿠르트 움니처
베르너 움니처
알렉산더 움니처 (멜리타와 이혼)
마르쿠스 움니처

2001

이틀 동안 그는 죽은 듯 물소가죽 소파에 드러누워 있었다. 그리고는 자리를 털고 일어나, 병원 공기의 마지막 입자 하나까지 씻어내고야 말겠다는 듯 한참 동안 샤워를 하고 나서 노이엔도르프로 출발했다.

언제나처럼 그는 A115 고속도로를 달렸다. 바깥세상을 내다보았다. 세상이 얼마쯤 달라져 있는지 찬찬히 바라보았다. 그런가…… 세상은 달라져 있었을까?

자동차들은 전보다 말끔해 보였다. 더 말끔하다? 어딘지 모르게 색깔은 더 알록달록해졌다. 더 바보스럽게.

하늘은 파랬다. 하늘은 파랗기 마련이다.

가을이 어느새 곁에 와 있었다. 가을은 나무마다 작고 노란 표시들을 점점이 그려 넣었다. 그사이 9월이 되었다. 그가 퇴원한 것이 토요일이었다면, 오늘은 화요일일 터였다. 지난 며칠 사이에 그에게서 날짜가 사라졌다.

최근에 노이엔도르프에는 고속도로 출구가 생겼다. '최근에'라는 말은 알렉산더에게 여전히 통일 이후를 의미했다. 길은 곧바로 텔만 거리로 접어들었다(이 거리의 이름은 아직 그대로다). 도로는 아스팔트가 매끈하게 깔려 있었다. 길 양편으로는 빨간 자전거도로가 있었다. 막 보수공사를 끝마친 집들이 즐비해 있었다. 어떤 EU 표준에 따라서 방열공사를 한 집들이었다. 실내수영장처럼 보이는 새 건물도 있었다. 사람들은 그걸 도심빌라라고 불렀다.

하지만 거기서부터 딱 한 번 왼편으로 돌아 꾸불꾸불한 슈타인 거리를 일이백 미터만 따라가면, 그리고 한 번만 더 왼편 모퉁이를 돌면, 그곳에서부터는 마치 시간이 멈춘 것 같았다. 보리수가 늘어선 좁은 골목. 포석(鋪石)들이 비어져 나온 보도. 썩은 나무울타리와 방귀벌레. 정원 깊은 곳, 높게 자란 잔디로 가려진 곳에 창문들이 죽은 듯 굳게 닫혀 있는 빌라들이 있었다. 멀리 떨어진 어느 변호사 사무실에서는 이 빌라들의 반환문제를 놓고 쟁론이 벌어지곤 했다.

이 골목에서 아직 사람이 살고 있는 몇 안되는 집들 가운데 하나가 암 푹스바우 7번지였다. 지붕의 이끼. 담벼락의 균열들. 딱총나무 덤불은 오래전부터 베란다로 기어오르고 있었다. 쿠르트가 늘 손수 전지(剪枝)하던 사과나무 가지들은 하늘로 갈팡질팡 솟아 혼란 그 자체였다.

스티로폼 박스로 포장된 '바퀴달린 도시락'은 벌써 울타리 기둥 위에 놓여 있었다. 포장에 적힌 것을 보니 오늘은 화요일이 맞았다. 알렉산더는 그것을 들고 마당 안으로 들어섰다.

집 열쇠를 갖고 있었지만, 그는 초인종을 눌렀다. 쿠르트가 벨 소리에 문을 여는지 시험해보려고 했다. 쓸데없는 짓이었다. 쿠르트가 문을 열지 않으리라는 것은 그도 이미 알고 있었다. 그런데 현관 안쪽에서 문이 삐걱거리는 익숙한 소리가 들렸다. 작은 창문을 통해 들여다보니 쿠르트가—마치 유령처럼—어둠침침한 현관에 나타났다.

–문 열어요, 알렉산더가 외쳤다.

쿠르트가 다가와 멍한 시선을 던졌다.

–문 열어요!

하지만 쿠르트는 꼼짝도 하지 않았다.

알렉산더는 열쇠로 문을 열고 아버지를 안았다. 아버지를 끌어안는 일이 불편해진 지도 오래되었지만. 쿠르트한테는 냄새가 났다. 그것은 노인의 냄새였다. 냄새는 세포마다 깊숙이 뿌리를 내리고 있었다. 쿠르트는 씻고 양치질을 한 후에도 냄새가 났다.

–내가 누군지 아시겠어요? 알렉산더가 물었다.

–그래, 쿠르트가 대답했다.

쿠르트의 입가에 자두잼 얼룩이 남아 있었다. 아침 당번은 오늘도 허둥대다 가버린 모양이었다. 손으로 짠 쿠르트의 재킷은 단추가 하나씩 밀려 채워져 있었고, 실내화는 한 짝만 신고 있었다.

알렉산더는 쿠르트의 음식을 데웠다. 전자레인지, 퓨즈를 올린다. 쿠르트는 옆에 서서 흥미롭게 쳐다보았다.

– 배가 고파요? 알렉산더가 물었다.

– 그래, 쿠르트가 대답했다.

– 아버지는 언제나 배가 고프죠.

– 그래, 쿠르트가 대답했다.

붉은 양배추를 넣고 끓인 굴라시였다(쿠르트가 소고기를 한 점 먹다가 목이 막히는 바람에 거의 죽기 일보직전까지 간 후에는 잘게 자른 것들만 주문했다). 알렉산더는 자신이 마실 커피를 끓였다. 그리고 쿠르트의 굴라시를 전자레인지에서 꺼내 이겔리트[1] 식탁보 위에 놓았다.

– 맛있게 드세요, 그가 말했다.

– 그래, 쿠르트가 대답했다.

그가 먹기 시작했다. 잠시 동안 쿠르트의 거친 숨소리만 들렸다. 알렉산더는 아직 너무 뜨거운 커피를 홀짝거리며 마셨다. 그리고 쿠르트가 먹는 모습을 쳐다보았다.

– 포크를 거꾸로 잡았어요, 알렉산더가 잠시 후 말했다.

쿠르트는 동작을 멈추고 가만히 있었다. 무언가 생각하는 듯했다. 그러더니 다시 먹기 시작했다. 포크 손잡이로 굴라시 조각을 나이프 끝 쪽으로 밀려고 했다.

– 포크를 거꾸로 잡았어요, 알렉산더가 다시 한 번 말했다.

그는 아무 억양 없이 말했다. 잘못을 나무라는 어조가 실리지 않게 말하려고 했다. 의미들, 순수한 단어들이 쿠르트에게 어떤 영향을 미치는지 테스트해볼 생각이었다. 아무 영향도 없었다. 정말 아무것도 없었다. 그의 머릿속에서는 무슨 일이 일어나고 있는 것일까? 여전히 두개골로 에워싸여 세상으로부터 차단된 이 공간, 여전히 그 어떤 자아를 품고 있을 이 공간 안에서는. 방 안을 위태롭게 걸어 다닐 때, 쿠르트는 무엇을 느끼고, 무슨 생각을 할까? 매일 오전 책상 앞에 앉아 있는 동안에는? 간병인의 말대로라면 그는 책상에 앉아 몇 시간이고 신문을 뚫어지게 들여다보고 있다고 한다. 그는 무슨 생각을 할까? 생각을 하고는 있는 것일까? 말을 잃어버린 뒤에 하는 생각이란 어떤 것일까?

쿠르트가 마침내 굴라시 조각을 나이프 끝에 올려놓는 데 성공했고, 식욕에 몸을 떨며 그것을 조심조심 입으로 가지고 갔다. 추락. 두 번째 시도.

아버지의 몰락이 하필이면 언어에서부터 시작되었다는 것은 사실 우스운 일이다, 라고 알렉산더는 생각했다. 능변가였던 아버지. 탁월한 이야기꾼. 저 유명한 안락의자에 앉아 있던 아버지의 모습은 얼마나 그럴듯했던가. 쿠르트의 안락의자! 그가, 저 교수님이 이야기를 들려줄 때면 모두 그의 입술에 눈을 붙박고 있지 않았던가. 그의 재미있는 일화들. 흥미롭게도 쿠르트의 입에서 나오면 세상의 모든 일은 재담이 되었다. 쿠르트가 하는 이야기가 무엇이든 상관없었다. 심지어 그가 수용소에서 거의 죽을 뻔한 이야기를 할 때도, 언제나 웃음을 자아내는 반전이 있었고, 언제나 위트가 있었다. 그랬었다. 먼 옛날이야기다. 쿠르트가 마지막으로 말했던 완전한 문장은 이것이었다. 내가 언어를 잃어버렸다. 그것도 나쁘지 않았다. 지금 그의 레퍼토리와 비교하자면 눈부신 문장이었다. 하지만 그것도 벌써 이 년 전의 일이다. 내가 언어를 잃어버렸다. 사람들은 정말로 그렇게 생각했다. 어, 그가 언어를 잃어버렸네. 하지만 그것 말고는…… 그것 말고는 그는 그런대로 온전해 보였다. 미소를 짓고, 고개를 끄덕였다. 찡그린 표정을 지을 때는 그런 표정이 어딘가 상황에 맞아떨어졌다. 약은 체를 하기도 했다. 이따금 조금 이상한 행동을 하기는 했다. 레드와인을 커피 잔에 따른다거나, 코르크 마개를 손에 든 채 어리둥절한 표정으로 서 있다가 결국 그것을 책장에 놓는다거나 하는 행동들 말이다.

안타까운 승률이다. 지금까지 쿠르트는 딱 한 조각의 굴라시를 입속에 넣는 데 성공했을 뿐이다. 이제 그는 움켜쥐었다. 손가락으로 말이다. 그러고는 부모의 눈치를 살피는 어린아이처럼 곁눈으로 알렉산더를 치켜 보았다. 그는 굴라시 조각을 입속에 우겨넣었다. 그리고 한 조각을 더. 그리고 씹었다.

우물우물 씹으면서 그는 음식으로 얼룩덜룩한 손가락을 마치 맹세라도 하듯이 높이 쳐들었다.

–아버지가 알면, 알렉산더가 말했다.

쿠르트는 아무 반응이 없었다. 그는 드디어 방법을 찾았다. 굴라시 문제를 해결하는 방법 말이다. 손으로 입에 쑤셔 넣고 씹었다. 소스가 가느다란 줄기를 만들며 턱을 따라 흘러내렸다.

쿠르트는 이제 *아무것*도 할 줄 몰랐다. 말을 할 줄도 몰랐고, 더 이상 양치질을 할 줄도 몰랐다. 뒤를 닦는 것조차 할 줄 몰랐다. 그가 대변을 볼 때는 변기에 앉는 것만으로도 기뻐해야 할 지경이었다. 알렉산더는 생각했다. 쿠르트가 아직도 할 줄 아는 일, 그가 아직 자발적으로 하는 일, 정말로 관심을 갖고 마지막 남은 알량한 영리함을 쏟아붓는 일, 그것은 먹는 일이다. 양분을 섭취하는 것.

쿠르트는 음식을 맛으로 먹지는 않았다. 다시 말해 음식이 맛있어서 먹는 것이 아니었다(알렉산더는 아버지의 미각신경이 수십 년간 피워댄 파이프 담배 때문에 완전히 파괴되었다고 확신했다). 쿠르트는 살기 위해 먹었다. 먹기 = 살기. 알렉산더는 아버지가 이 공식을 강제수용소에서 배웠다고 생각했다. 그것도 아주 철저하게. 죽기 전에는 결코 잊을 수 없게. 쿠르트가 먹을 때 보이는 탐욕, 굴라시 조각을 입에 쑤셔 넣을 때 보이는 그 탐욕은 생존의지 외에 다른 것이 아니었다. 쿠르트에게 마지막으로 남은 것이 바로 이 생존의지였다. 이것이 그의 목숨을 부지해주었고, 몸뚱어리가 계속 기능하도록 해주었다. 온통 뒤죽박죽이 되어버렸지만 그래도 여전히 스스로 작동하는, 심장과 혈관으로 이루어진 이 기계 말이다. 그리고 우려스럽게도 이 기계는 앞으로도 한동안 계속 작동할 것처럼 보였다. 쿠르트는 다른 사람들이 모두 죽은 후에도 살아남았다. 그는 이리나보다 오래 살아남았다. 그리고 이제는 알렉산더보다 더 오래 살아남게 될지도 모른다.

쿠르트의 턱에 굵직한 소스 얼룩이 묻었다. 알렉산더는 불현듯 쿠르트에게 고통을 주고 싶은 거센 충동을 느꼈다. 그는 키친타월 한 장을 찢어 쿠르트의 턱에 묻은 소스를 거칠게 닦아내고 싶었다.

턱 끝에 매달린 소스방울이 흔들리더니 뚝 떨어졌다.

어제였던가? 아니면 오늘? 이틀 사이의 언젠가 물소가죽 소파에 드러누워, (꼼짝도 하지 않은 채, 무슨 이유에서인지 맨살이 가죽에 직접 닿는 것을 피하려고 계속 애쓰면서) 그는 아버지를 죽여야겠다고 생각했다. 그것은 단순히 스쳐 지나가는 생각 이상이었다. 그는 여러 가지 방법을 떠올려보았다. 쿠르트를 베개로 질식시킨다. 혹은—완전 범죄—질긴 소고기 스테이크를 쿠르트에게 차려준다. 아버지를 질식사 직전까지 몰고 갔던 그런 스테이크 말이다. 몸이 퍼렇게 변한 쿠르트가 길에서 비틀거리다가 의식을 잃고 쓰러졌을 때, 알렉산더가 본능적으로 그의 몸을 안정되게 모로 눕히지 않았다면, 그래서 끝없이 씹어 거의 공처럼 동그랗게 뭉친 고깃덩어리가 쿠르트의 틀니와 함께 목구멍에서 빠져나오지 않았다면, 아마도 쿠르트는 이미 이 세상 사람이 아닐 것이다. 그랬더라면 알렉산더는 이 좌절(최소한 이 좌절이라도)을 겪지 않았을 것이다.

–한동안 제가 없었던 거 알고 계세요?

쿠르트는 이제 붉은 양배추와 씨름하고 있었다. 얼마 전부터 그는 식판의 한 칸 한 칸을 차례로 비우는, 어린아이 같은 습관을 갖게 되었다. 맨 먼저 고기를 먹고, 이어서 야채를, 그다음으로는 감자를 먹었다. 놀랍게도 지금 쿠르트는 다시 포크를 잡고 있었다. 그것도 제대로 쥐고 있었다. 그리고 그는 양배추를 헤집었다.

알렉산더는 다시 한 번 물었다.

–한동안 제가 여기 안 왔던 거 알고 계세요?

–그래, 쿠르트가 대답했다.

–알고 계셨단 말이죠. 그럼 제가 얼마나 오래 안 보였는데요? 일주일? 일 년?

–그래, 쿠르트가 대답했다.

그래, 라니? 일 년이란 말인가?

–일 년이란 말씀이지요? 알렉산더가 물었다.

– 그래, 쿠르트가 대답했다.

알렉산더가 웃음을 터뜨렸다. 웃고 있으니 정말 일 년이 흘러가 버린 것 같았다. 하나의 다른 삶처럼. 그 이전의 삶이 진부한 단 하나의 문장과 함께 끝나버린 후의 삶.

– 일단 프뢰벨 가로 보내드리겠습니다.

이것이 그 단 하나의 문장이었다.

– 프뢰벨 가요?

– 대학병원 말입니다.

진찰실 밖으로 나온 뒤에야 그는 간호사에게 물어봐야겠다는 생각이 들었다. 잠옷과 칫솔도 가지고 가야 하는 거냐고. 간호사는 다시 진찰실로 들어가 *환자가* 잠옷과 칫솔을 가지고 가야 하는 거냐고 물었다. 의사는 *환자가* 잠옷과 칫솔을 가지고 가야 한다고 대답했다. 그게 다였다.

넉 주. 스물일곱 명의 의사들(알렉산더는 그들을 빼놓지 않고 세었다). 현대의 의학 기술.

정체를 알 수 없는 중환자들이 칸막이 뒤에서 신음하는 희한한 접수처에서 그에게 진단학의 원칙들을 설명해준, 김나지움 졸업반 학생처럼 보이던 인턴. 말총 같은 털이 달린 의사. 그는 마라톤 주자들은 생명을 위협하는 병에는 걸리지 않는다고 말했다(아주 호감이 가는 남자였다). 그에게 지금 나이에도 아직 자식을 보고 싶은 마음이 있느냐고 묻던 방사선과 여의사. 플라이쉬하우어[2]라는 이름을 가진 외과의사. 그리고 물론 마마 자국이 남아 있던 카라얀. 그가 과장의사 코흐 박사였다.

그리고 스물두 명의 다른 의사들이 있었다.

거기에 더해 스무 명도 넘는 의료기사들. 그들은 그에게서 뽑은 피를 시험관에 채웠고, 그의 소변을 불빛에 비추었으며, 그의 조직을 현미경으로 관찰하거나 어떤 원심기에 집어넣기도 했다. 이 모든 일이 결국 하찮고 거의 파렴치하기까지 한 결론으로 마무리되었는데, 코흐 박사는 이 두 마디의 말로 결론을 요약했다.

– 수술은 불가능합니다.

코흐 박사는 그렇게 말했다. 걸걸한 목소리로. 마마 자국이 있는 얼굴로. 카라얀처럼 보이는 헤어스타일로. 수술은 불가능합니다, 라고 말하면서 그는 회전의자에 앉아 몸을 이리저리 흔들었고, 그가 쓰고 있는 안경의 렌즈가 그의 움직임을 타고 빛을 반사했다.

쿠르트는 붉은 양배추 칸도 이제 싹 비웠다. 그리고 감자가 담긴 칸으로 넘어갔다. 마른 감자다. 알렉산더는 무슨 일이 일어날지 훤히 알 수 있었다(아버지 앞에 당장 물 한 컵을 가져다놓지 않으면 말이다). 마른 감자가 아버지의 목에 걸릴 것이고, 아버지는 곧바로 위장을 토해내기라도 할 듯 큰 소리로 딸꾹질을 할 터였다. 아마 마른 감자로도 쿠르트를 질식시킬 수 있을 것이다.

알렉산더는 자리에서 일어나 물을 한 잔 따랐다.

어처구니없게도 쿠르트는 *수술이 가능했다*. 의사들은 쿠르트의 위장을 사 분의 삼이나 잘라냈다. 그러나 쿠르트는 남은 위장으로 마치 위장의 사 분의 삼을 더 얻은 사람처럼 먹어치웠다. 무슨 음식이든 가리지 않았다. 무엇이 나오든 쿠르트는 접시를 깨끗이 비웠다. 아버지는 예전에도 늘 접시를 비웠지, 라고 알렉산더는 생각했다. 어머니가 뭘 내놓든 간에 그랬다. 늘 남김없이 먹어치우고 나서 칭찬을 했다. 아주 맛있었어! 언제나 똑같은 칭찬, 언제나 똑같은 "잘 먹었어."와 "아주 맛있었어."였다. 몇 년 후에야, 어머니가 세상을 떠난 후 가끔 알렉산더가 요리를 하게 되었을 때에야 비로소 그는 이 끝없는 "잘 먹었어!"와 "아주 맛있었어!"가 얼마나 어머니를 못 견디게 했을지, 얼마나 어머니의 자존심을 긁어대었을지 알게 되었다. 쿠르트를 비난할 것은 없었다. 실제로 그는 누구에게도 무엇을 요구하지 않았고, 이리나에게도 마찬가지였다. 음식을 차릴 사람이 없으면 레스토랑으로 가거나 버터를 바른 빵조각을 먹었다. 누가 음식을 차려주면 깍듯이 감사했다. 그리고 낮잠을 잤다. 깨어나면 산책을 했다. 그다음에는 우편물을 처리했다. 그게 무엇이 잘못되었던가? 잘못된 건 없었다. 그리고 바로 그게 문제였다.

쿠르트는 손가락으로 마지막 남은 감자 부스러기들을 닦아냈다. 알렉산더는 그에게 냅킨을 건네주었다. 놀랍게도 쿠르트는 입가를 닦더니 냅킨을 다시 가지런히 접어 접시 옆에 놓았다.

– 아버지, 알렉산더가 말했다. 저는 병원에 있었어요.

쿠르트가 머리를 저었다. 알렉산더는 팔 아래쪽을 붙잡고 다시 한 번 힘주어 말했다.

– 제가 — 그는 자신을 가리켰다 — 병, 원, 에 있었다고요! 아시겠어요?

– 그래, 쿠르트는 이렇게 말하고 일어섰다.

– 아직 말이 다 안 끝났어요, 알렉산더가 말했다.

쿠르트는 반응이 없었다. 여전히 실내화를 한 짝만 신은 채 침실로 타박타박 걸어가서는 바지를 벗었다. 그리고 기대에 찬 눈빛으로 알렉산더를 보았다.

– 낮잠?

– 그래, 쿠르트가 말했다.

– 그래요, 그러면 기저귀 먼저 갈아요.

쿠르트가 욕실로 타박타박 걸어갔다. 알렉산더는 아버지가 그의 말을 이해한 줄 알았는데, 쿠르트는 기저귀를 약간 내리더니 바닥에 대고 큰 포물선을 그리며 오줌을 누었다.

– 무슨 짓이에요!

쿠르트가 깜짝 놀라서 쳐다보았다. 하지만 거기서 오줌을 멈출 수는 없었다.

알렉산더가 아버지를 씻겨 침대에 누이고, 이어 욕실 바닥을 닦고 나니 커피는 식어 있었다. 시계를 보았다. 두시 정각이었다. 저녁 서비스는 빨라야 일곱시에 도착할 것이다. 그는 벽금고에 있는 2만 7천 마르크를 꺼내 그냥 사라져버릴까 하는 생각을 잠깐 동안 했다. 하지만 좀더 기다리기로 했다. 아버지가 보는 앞에서 그렇게 하고 싶었다. 아무런 의미가 없다고 해도 어쨌든 아버지께 상황을 설명해드리고 싶었다. 설명을 들은 아버지가 그래, 라고 대답하게 되기를 원했다. 물론 아버지는 그래, 라는 말밖에 할 줄 몰랐지만 말이다.

알렉산더는 커피를 들고 거실로 갔다. 이제 뭘 하지? 잃어버린 시간을 가지고 뭘 하지? 그는 또 한 번 아버지의 리듬에 자신을 맞춘 것에 화가 났고, 이렇게 화가 나자 이미 습관처럼 되어버린, 거실에 대한 화까지 함께 일어났다. 넉 주 만에 다시 보는 거실은 상태가 훨씬 더 심각해 보였다. 파란 커튼, 파란 벽지, 모든 게 파랬다. 아버지가 마지막으로 사모했던 여인이 파란색을 좋아했기 때문이었다……. 일흔여덟의 나이에 얼마나 어리석은 짓인가. 어머니가 땅에 묻힌 지 겨우 여섯 달쯤 되었을 때였는데 말이다……. 심지어 냅킨도, 양초도 파란색이었다!

일 년 동안 두 사람은 이성친구를 처음 사귀는 고등학생처럼 굴었다. 깜찍한 사랑의 엽서를 주고받았고, 사랑의 선물들을 파란 종이로 포장했다. 하지만 구애를 받던 여자는 쿠르트가 치매에 걸린 것을 알게 되었고, 종적 없이 사라졌다. 남은 것은 파란 관—알렉산더는 거실을 그렇게 불렀다—이었다. 그 서늘하고 파리한 세계에는 이제 아무도 살지 않는다.

식탁이 놓인 한쪽 구석만 아직 예전과 같았다. 정확히 말하자면 똑같지는 않다. 쿠르트는 나무목 벽지는 손대지 않았다. 진품 나무목 벽지! 그건 어머니의 자랑이었다. 게다가 '잡동소니'(이리나 식의 독일어 발음)라 불리던 것들도 아직 거기 있었다. 하지만 그 모양새하고는! 집수리를 하며 쿠르트는 세월과 함께 차츰차츰 나무목 벽지를 뒤덮은 잡다한 여행 기념품들, 추억의 물건들, 이 뒤죽박죽의 수집품들을 모조리 떼어내고 먼지를 털어낸 후, '가장 소중한 것들'(혹은 쿠르트가 그렇다고 생각했던 것들)만 골라서 '느슨한 배열로'(혹은 쿠르트가 그렇게 생각한 대로) 다시 무늬목 벽지에 배치했다. 그러면서 그는 벽에 이미 뚫려 있는 못 구멍들을 '실용적으로' 다시 사용했다. 쿠르트다운 타협의 미학이었다. 그건 정말 타협적으로 보이기도 했다.

배우 고이코비치—그래도 그는 DEFA[3]에서 제작한 인디언 영화에서 늘 추장 역할을 했던 인물이었다!—가 언젠가 이리나에게 선물해주었던, 칼날이 휜 단도는 어디 있는가. 칼 마르크스 공장의 동지들이 할아버지의 90세 생일에 선물한 쿠바 산 접시는 어디 있는가. 그 접시를 받아든 빌헬름은 지갑에서 백 마르크짜리 지폐를 꺼내 접시 위에 탁 놓았다고 했다. 그는 눈앞의 접시가 인민연대에 기부하라는 뜻인 줄 알았던 것이다.

아무래도 좋다. 물건들이다, 알렉산더는 생각했다. 그저 물건들일 뿐이다. 어차피 그가 죽고 난 후에 이 집으로 이사 올 사람에게는 한 무더기의 쓰레기가 될 물건들이다.

알렉산더는 쿠르트의 서재로 건너갔다. 서재는 거실의 맞은편(그가 느끼기엔 거기가 한결 낫다)에 있다.

서재는 쿠르트가 제멋대로 뒤바꿔놓은 거실과는 달랐다. 쿠르트는 거실에 놓여 있던 이리나의 가구들을 다른 것들로 교체했고, 고풍스럽고 아름다운 유리 진열장도 엠디에프 판재로 짠 흉측한 가구들로 바꿔버렸다. 이리나가 아끼던 전화기 탁자까지 치워버렸다. 전화기가 놓여 있던 탁자는 집에 들여놓을 때부터 뒤뚱거리긴 했지만 멋스러운 가구였다. 알렉산더가 무엇보다 화가 나는 건 쿠르트가 벽시계를 없애버린 일이다. 매시 정각, 그리고 30분에 한 번씩 그르렁거리면서 임무를 다하던 다정한 시계였다. 시계추가 들어 있어야 할 상자가 유실된 상태였지만 말이다. 그것은 원래 대형 괘종시계였는데, 이리나가 유행에 따라 상자에서 시계만 꺼내서 벽에 걸어놓은 것이었다. 알렉산더는 지금도 그날을 또렷이 기억하고 있었다. 이리나와 그가 시계를 집으로 실어오던 날. 이리나는 시계를 내놓은 노부인에게 상자는 필요없다고 말했지만 노부인은 그녀의 말을 알아듣지 못하고 끝끝내 상자까지 그녀에게 떠넘겼다. 이리나는 그 괘종시계를 차에 싣기 위해 이웃 사람에게 도움을 청해야 했다. 눈가림으로라도 실어가야 했던 거대한 궤짝이 조그마한 트라비[4]의 트렁크에 다 들어가지 않고 삐죽 나오는 바람에 앞바퀴가 거의 들린 채로 차를 몰아야 했다. 아무튼 모조리 새로 꾸민 거실과는 달리 쿠르트의 방은 모든 것이 옛날 그대로였다. 으스스한 기분마저 들 만큼.

책상은 창가에 비스듬히 자리 잡고 있었다. 사십 년 동안 그 책상은 집수리가 끝날 때마다 카페트 위의 눌린 자국에 맞춰 정확히 원래 자리에 다시 놓여졌다. 쿠르트의 커다란 안락의자가 차지한 구석자리도 마찬가지였다. 등을 구부리고 두 손을 깍지 낀 쿠르트는 그 의자에 앉아서 매번 비슷한 이야기들을 꺼내놓곤 했다. 커다란 스웨덴 식(이건 대체 왜 *스웨덴 식*이라고 불렀을까?) 시스템 책장도 예나 지금이나 변함이 없었다. 책장의 선반들은 책의 무게 때문에 휘어 있었다. 쿠르트가 나중에 여기저기 추가한 선반들은 색깔이 모두 제각각이었지만, 책장의 조화로운 질서를 망가뜨리지는 않았다. 여기는 말하자면 쿠르트의 뇌가 마지막으로 백업되어 있는 곳이었다. 알렉산더도 가끔 들춰보곤 했던(제발 원래 자리에 다시 꽂아두기!) 참고 서적들은 저기에, 러시아 혁명에 대한 책들은 저기에, 서가를 넓게 차지한 적갈색의 레닌 전집은 저기에, 그리고 그 왼쪽 마지막 칸에, **개인서류**라는 무뚝뚝한 라벨이 붙어 있는 서류철 아래에는 여전히—알렉산더는 눈을 감고도 그것을 끄집어낼 수 있었다—파손된 체스 판이 놓여 있었다. 옆으로 접을 수 있게 만든 그 체스 판의 말들은 언젠가 이름 없는 한 굴라크[5] 포로가 조각한 것이었다.

책장에 새로 꽂힌 책들을 제외하면 지난 사십 년 사이에 늘어난 것은 조부모님이 멕시코에서 가지고 왔던 수많은 기념품들 가운데 남은 몇 가지뿐이었다. 그 기념품들 대부분은 조부모님이 돌아가신 뒤 누군가에게 즉흥적으로 선물하거나 싸게 팔아버렸고, 무슨 이유에선지 쿠르트가 계속 갖고 있으려고 했던 얼마 안되는 것들 중에서도 '잡동소니'에 받아들여지는 영광을 누린 것은 없었다. 자리가 부족하다는 것이 이유였지만, 실은 이리나가 시부모의 집에서 갖고 온 것들에 대한 혐오감을 끝까지 극복할 수 없었기 때문이었다. 그래서 쿠르트는 그것들을 '임시로' 스웨덴 식 책장에 진열했고, 그렇게 그것들은 지금까지 여전히 '임시로' 거기에 머물러 있었다. 쿠르트는 박제한 아기 상어를 선물포장 끈에 묶어 책장에 매달아놓았다. 박제 상어의 우툴두툴한 피부가 어린 알렉산더에게는 깊은 인상을 남겼었다. 험상궂은 인상의 아즈텍 가면은 여전히 얼굴을 위로 쳐든 채 유리장 안에 빽빽이 늘어선 작은 화주 병들과 함께 놓여 있었다. 빌헬름이 안쪽에 전구를 설치해 넣은—어떻게 그런 일을 했는지 도무지 알 수 없었다—, 둥글게 꼬인 큼지막한 분홍빛 조개는 지금도 전기가 연결되지 않은 채 하부장 위에 세워져 있었다.

그는 다시금 마르쿠스를 떠올려야 했다. 그의 아들 마르쿠스. 후드를 뒤집어쓰고 헤드세트로 귀를 덮은 마르쿠스가 이 집을 돌아다니는 모습—그가 2년 전 마지막으로 본 마르쿠스의 모습이 그랬다—을 떠올렸고, 마르쿠스가 쿠르트의 책장 앞에 서서 부츠 앞부분으로 선반들을 툭툭 건드리는 모습, 사십 년 동안 여기 집적된 물건들을 손으로 만져보면서 쓸 만하거나 중고로 내다 팔 수 있는 물건들이 있는지 마음속으로 따지는 모습을 상상해보았다. 레닌 전집을 살 사람은 아무도 없을 터였다. 접을 수 있는 체스 판으로는 몇 마르크 정도 건질 수 있을지도 몰랐다. 어쩌면 박제된 아기 상어와 커다란 분홍 조개만이 그의 관심을 끌지도 모르는데, 이 물건들의 유래에 대해서는 아무 관심도 없이 그는 그의 작은 방에 그것들을 진열해놓을 것이다.

문득, 조개를 집어 들고 조개가 태어났던 그 바다로 가서 던져버리고 싶다는 생각이 났다. 하지만 이내 조잡한 텔레비전 프로그램의 한 장면처럼 느껴져 그 생각을 접었다.

그는 책상 앞에 앉았다. 그리고 책상 왼쪽의 문을 열었다. 가운데 서랍의 맨 뒤쪽, 지독히 오래된 오르보[6] 필름통 아래 사십 년 동안 거기 보관되어온 벽금고 열쇠가 숨어 있었다. 열쇠는 여전히 거기 있었다(필름통을 들기 직전, 문득 알렉산더는 열쇠가 사라져 계획이 다 틀어져버릴지도 모른다는 엉뚱한 생각을 했다).

그는 만일의 경우를 대비해 열쇠를 챙겼다. 지금이라도 누군가 그에게서 열쇠를 빼앗아갈지도 몰랐다. 그는 차갑게 식은 커피를 한 모금 마셨다.

쿠르트의 책상이 이토록 작았다니, 이상하다. 이 작은 책상에서 쿠르트는 그의 책들을 썼다. 여기서, 의학적으로 보았을 때는 매우 문제가 많은 자세로, 인체공학적 재앙이라고 불러야 할 의자에 앉아 파이프 담배를 피웠고, 신맛 나는 필터 커피를 마셨으며, 네 개의 손가락만으로, 때로 손가락 하나를 더 투입하는 타법으로 타자기를 두드렸다. 탁, 탁, 탁, 탁, 아빠 일하신다! 하루도 빼놓지 않고 일곱 장, 그게 그의 '기준 작업량'이었는데, 점심 식탁에 앉자마자 이렇게 큰 소리로 떠드는 날도 있었다. 오늘은 열두 장을 썼다! 또는, 열다섯 장! 이런 식으로 그의 스웨덴 식 책꽂이 하나를, 다시 말해 1미터 곱하기 3미터 50센티미터 크기의 책장을 자신의 출판물들로 꽉 채울 수 있었고, 그래서 그는 '동독에서 가장 생산적인 역사학자'라는 별명을 얻었다. 그의 원고가 실린 잡지에서 그 원고만 떼어내고, 그의 논문이 실린 논문집에서 그 논문만 떼어내어 열 권이나 열두 권, 혹은 열네 권에 달하는 그의 저서들과 합친다고 해도 그 폭은 여전히 책장 한 칸을 꽉 채울 정도여서 거의 레닌 전집에 견줄 만했다. 1미터의 학문이었다. 이 1미터를 위해 쿠르트는 삼십 년 동안 자신을 혹사했고, 삼십 년 동안 가족에게 테러를 가했다. 이 1미터를 위해 이리나는 음식을 차리고 빨래를 했다. 이 1미터 덕분에 쿠르트는 훈장과 상을 받기도 했지만, 당으로부터 견책을, 심지어 한 번은 징계를 받기도 했고, 언제나 종이 부족으로 허덕이는 출판사와 출판 부수를 놓고 협상을 벌였으며, 자구와 제목을 놓고 작은 전쟁을 치렀고, 때로 포기하기도, 때로 간계와 질긴 의지로 부분적인 승리를 거두기도 했다. 그리고 이젠 모든 것이, 그 모든 것들이 *휴지조각*에 지나지 않았다.

그렇다고 알렉산더는 생각했다. 독일이 통일된 후, 적어도 이 승리만큼은 구가할 수 있으리라고 생각했었다. 그 모든 것이 끝날 거라고 믿었던 것이다. 이 허울 좋은 연구라는 것, 이 반쪽짜리 진실과 반쪽짜리 충심이 담긴 것들, 쿠르트가 독일 노동운동의 역사를 두들겨 만들어낸 것들, 이 모든 것들이 통일과 함께 씻겨 내려가 사라지고, 이른바 저작이라고 불리는 쿠르트의 책들 중 아무것도 남지 않으리라고 믿었던 것이다.

그러나 쿠르트는 거의 여든이 다 된 나이에 다시 한 번, 재앙에 버금가는 그의 의자에 앉았고, 아무도 몰래 자신의 마지막 저서를 써내려갔다. 물론 이 책은 세계적 베스트셀러가 되지는 못했지만,—독일의 한 공산주의자가 굴라크에서 보낸 시절에 대해 기록한 이런 책이 이십 년 전에 발표되었다면(물론 쿠르트는 그 당시 이런 책을 쓰기에는 너무 비겁했다!) 혹시 베스트셀러가 되었을지도 몰랐다—그러나 비록 세계적 베스트셀러는 못 되었다고 해도, 이 책은 어쨌거나 중요하고, 비길 바 없으며, '오래 남을' 책이 되었다. 알렉산더라면 아직 써본 적이 없고 분명 앞으로도 쓰지 못할 그런 책이 된 것이었다.

그는 '오래 남을' 책을 쓰고 싶었던가? 그는 연극에는 무언가 무상한 데가 있기 때문에 연극에 끌린다고 늘 말해오지 않았던가? 무상함. 그럴듯하게 들리는 말이었다. 암에 걸리지 않은 사람에게는 말이다.

모기들이 햇살 속에서 춤을 추었다. 쿠르트는 여전히 잠에 빠져 있었다. 노인들은 잠이 없다고들 하는데도 말이다. 알렉산더도 잠시 몸을 눕혀야겠다고 생각했다.

방을 나서려는데 **개인서류**라는 라벨이 붙은 서류철이 그의 눈에 들어왔다. 언제나 그의 관심을 끌었지만, 지금까지 한 번도 열어볼 용기를 내지 못했던 서류철이었다. 어렸을 때 알렉산더는 아버지가 모아놓은 에로틱한 사진들도 겁 없이 들춰보곤 했었는데 말이다. 쿠르트가 결국 책장 문에 안전자물쇠를 걸어버릴 때까지.

그는 서류철을 책장에서 뺐다. 쪽지들과 메모들. 서류 복사본들. 맨 위에는 오래전 러시아에서 유행하던 보라색 잉크로 쓴 편지들이 있었다.

"너무나 사랑하는 이리나!"(1954)

알렉산더는 편지들을 훑어보았다. 쿠르트가 썼을 법한 전형적인 편지들이었다. 연애편지조차도 정확하게, 종이의 앞뒤 면을 모두 썼고, 필체는 정갈했다. 모든 페이지들이 맨 아래까지 채워져 있었는데, 줄 사이의 간격이 일정했고, 편지 끝부분에서 줄 간격이 넓어지거나 좁아지는 일도 없었으며, 페이지 여백에 추가로 적은 것도 없었다. 도대체 어떻게 이렇게 쓸 수가 있을까? 그렇지만 쿠르트가 이리나에게 퍼부은 애칭들은 당황스러울 만큼 열정적이었다.

"사랑하는, 너무나 사랑하는 이리나!"(1959)

"나의 태양, 나의 생명!"(1961)

"내 사랑하는 아내, 나의 친구, 나의 동반자!"(1973)

알렉산더는 서류철을 원래 자리로 되돌려놓고 계단을 올라 이리나의 방으로 갔다. 그리고 장난감 곰의 털가죽을 연상시키는 겉감으로 뒤덮인 커다란 소파에 풀썩 몸을 던지고 잠을 청했다. 하지만 마마 자국이 선명한 카라얀의 얼굴이, 마치 태엽이 감긴 듯 회전의자에 앉아 이리저리 흔들거리는 그의 모습이 떠올랐다. 그의 안경알들이 번쩍거렸고, 그의 목소리는 똑같은 문장을 계속 반복했다. 그만하자. 다른 생각을 해야 했다. 그는 아무것도 생각하지 않기로, 아무것도 결심하지 않기로 마음먹었다.

그리고 눈을 떴다. 소파 등받이 위에 가지런히 놓여 있는 장난감 동물들을 보았다. 집 청소를 해주는 아주머니가 정돈해놓은 그대로였다. 개, 고슴도치, 그리고 그 옆에는 귀가 불에 그슬린 토끼…….

그들이 만일 오진을 한 것이라면?

알렉산더는 이리나가 황당하게도 끝까지 *네 방*이라고 말했던 것을 떠올렸다. *너희는 위의 네 방에서 자*. 이 문장이 갑자기 귓속을 파고들었다. 실은 이 방만큼 소녀시절의 꿈을 완벽하게 실현한 방을 상상하기는 힘들었다. 분홍색 벽들. 손상되기는 했지만 진품인 로코코 양식의 거울. 창가에는 하얗게 칠한 여닫이 책상이 놓여 있었는데, 이리나는 이 책상 옆에서 생각에 잠긴 포즈를 취하고 사진 찍기를 좋아했다. 그리고 쉽게 부서질 듯한, 아마도 그 또한 로코코 양식인 작은 의자들은 너무나 우아하게 공간 속에 배치되어 있어서 차마 그 위에 앉을 마음이 생기지 않았다.

그래서 그런지 알렉산더는 이 방에 있는 이리나의 모습을 상상할 때마다 늘 바닥에 앉아 있는 모습이 떠올랐다. 긁어대는 듯한 소리를 내는 비소츠키[7] 카세트테이프를 들으면서 점점 취해가는, 혼자만의 도취에 빠진 모습이었다.

한쪽에는 전화기가 있었다. 예전에는 아래층에 두고 썼던, 동독 시절 생산된 전화기였다. 이리나가 억양 없는 목소리로 이 네 마디를 말하던 바로 그 전화기였다.

–사셴카, 네가, 와야, 하겠다.

평생 동안 단 한 번도 아들에게 무엇을 부탁한 적이 없다는 것을 아주 자랑스럽게 생각하던 러시아인 어머니가 내뱉은 네 마디였다.

–사셴카, 네가, 와야, 하겠다.

어머니와 통화할 때는 단어와 단어 사이마다 공기 중에서 무언가 부스럭대는 소리가 길게 났기 때문에, 통화가 끊겼다고 생각하고 전화기를 내려놓으려 하기 마련이었다.

그리고 그는? 그는 무슨 말을 했던가?

–갈게요, 어머니가 술 마시길 그만두시면.

그는 일어나 하얗게 칠해놓은 여닫이 책상으로 갔다. 이리나가 죽은 뒤, 이 책상의 복잡하게 배치된 비밀 서랍들에서 그녀가 보관해놓은 술병들이 발견되었다. 그는 책상을 열고 알코올중독자처럼 술병을 찾기 시작했다. 하지만 이내 다시 소파에 털썩 앉았다. 이 집에 더 이상 술은 없었다.

그가 '술독에 빠져 살다'라는 말을 썼던가? 갈게요, 술독에 빠져 사는 걸 그만두면?

두 주 후, 그는 장의사로 차를 몰고 갔다. 그의 어머니를 다시 살려내기 위해……. 아니다, 그는 다만 처리해야 할 절차들이 남아 있었기 때문에 장의사에게 갔다. 그곳으로 가는 도중 그는 어머니를 깨워 일으킬 수 있을 거라는 생각에 사로잡혔다. 그가 그저 어머니에게 *말을 걸기만 하면* 될 것 같았다. 그리고 같은 블록을 두 바퀴나 빙빙 돌면서 그런 생각을 떨쳐버리려고 애를 쓰다가 결국 그는 장의사 안으로 들어가 어머니를 보게 해달라고 요구했다. 장의사 사람들은 어머니를 '살아생전' 모습 그대로 기억 속에 남겨두는 것이 나을 거라고, 전문적인 충고를 했지만, 그는 고집을 굽히지 않았다.

결국 그들은 어머니의 시신을 밀고 들어왔다. 커튼이 닫혔다. 그는 대충 단장해놓은 시신 옆에 서 있게 되었는데, 물론 시신이 어머니를 전혀 닮지 않은 것은 아니었다(얼굴이 너무 작고 윗입술 위에 아코디언 같은 주름들이 있는 것을 제외한다면). 그는 커튼 바로 뒤에서 대기하고 있는 두 명의 장의사 직원들 앞에서 어머니에게 말을 걸 용기가 나지 않아 어머니 옆에 그냥 서 있었다. 직원들은 커튼에 바싹 붙어 서 있었기 때문에 커튼 아래쪽으로 그들의 신발이 보였다. 그래도 무슨 일이든 해야 할 것 같아서 그는 어머니의 손을 만져보았다. 손은 차가웠다. 냉장고에서 막 꺼낸 닭의 몸통처럼 차가웠다.

아니다, 그들은 오진을 한 것이 아니었다. 엑스레이 사진이 있었다. CT가 있었다. 실험실에서 측정한 수치가 있었다. 분명했다. 성장속도가 느린 유형의 비호지킨림프종(Non-Hodgkin-Lymphom)이었다. 지금까지는 이 병에 대한 효과적인 치료방법이 없다고 했다.

-그러면 제가 얼마나 살 수 있다는 말입니까?

그 인간은 이런 질문에 대답하기를 요구하는 것이 부당하다는 듯한 표정으로 한참 동안 의자에 앉아 몸을 이리저리 돌리더니 이윽고 말했다.

–저한테서 예후를 듣지는 못하실 겁니다.

그의 목소리가 그르렁거렸다. 병실에서 알렉산더의 옆에 누워 있는 늙은 남자의 산소흡입기처럼.

시간의 길이. 십이 년. 전환기. 도달할 수 없는 시간. 그럼에도 불구하는 그는 느껴보려고 했다. 십이 년은 얼마나 긴 시간인가?

물론 통일 이전의 십이 년이 그 이후의 십이 년보다 더 길게 느껴졌다. 1977년, 그때는 시간이 영원처럼 천천히 흘렀다! 1989년 이후의 십이 년, 그건 단숨에 미끄러져 내린 시간, 전차를 타고 달린 시간이었다. 그래도 그 사이에 일어난 일들도 있지 않았던가?

그는 도망쳤다. 그리고 되돌아왔다(물론 그가 되돌아온 나라는 이미 사라지고 없었지만 말이다). 그는 어느 격투기 잡지사에서 벌이가 썩 괜찮은 일자리를 얻었다(그리고 사표를 냈다). 빚을 졌다(그리고 빚을 갚았다). 영화 프로젝트를 꾸몄다(그건 그냥 잊으라).

이리나가 죽었다. *육 년 전*.

그는 열 혹은 열둘 혹은 열다섯 편의 연극을 연출했다(갈수록 덜 중요한 극장에서). 스페인, 이탈리아, 네덜란드, 미국, 스웨덴, 이집트에 다녀왔다(하지만 멕시코에는 못 갔다). 불특정 다수의 여자들과 동침했다(그들의 이름을 다 기억하지는 못한다). 그리고 다시 —방황하던 시기를 지나— 고정된 관계 비슷한 것을 맺었다.

마리온을 알게 되었다. *삼 년 전*.

그 삼 년 전이 이제 그다지 가깝게 느껴지지 않았다.

마리온에게는 상황을 정확히 알려주기로 마음먹었던 것이 떠올랐다. 그녀는 병문안을 왔던 유일한 사람이었다. 그는 그녀에게도 오지 말라고 분명하게 말했었다. 하지만 그녀의 방문이 생각만큼 나쁘지는 않았다는 것을 인정하지 않을 수 없다. 그녀는 그가 걱정했던 것처럼 과장되게 다정한 태도를 취하지 않았다. 진부한 말들로 그의 기분을 좋게 하려고도 하지 않았다. 꽃을 가져오지도 않았다. 그녀가 가지고 온 것은 토마토 샐러드였다. 그가 먹고 싶은 게 무엇인지 그녀는 어떻게 알았을까? 그가 병원에서 꽃을 선물 받는 것에 극심한 공포를 느낀다는 것을 그녀는 어떻게 알았을까?

다르게 표현하자면, 도대체 왜 그는 마리온을 사랑할 수 없었을까? 그녀가 나이가 너무 많아서? 그녀는 그와 비슷한 나이였다. 그녀의 허벅지에서 푸른빛을 내비치는 두세 가닥의 핏줄들 때문에? 아니면 그 자신이 문제였을까?

"사랑하는, 너무나 사랑하는 이리나! 나의 태양, 나의 생명!"

그는 단 한 번도 여자에게 그런 글을 써본 적이 없었다. 그게 구식인 걸까? 아니면 쿠르트는 정말로 이리나를 사랑했던 것일까? 이 늙고 융통성 없는 개, 쿠르트 움니처라는 이름을 가진 이 기계가 진정 *사랑하*는 데 성공했던 것일까?

이런 의심이 생기자 알렉산더는 기분이 너무 나빠져서 일어서야 했다.

계단을 내려올 때, 두시 반을 막 지나고 있었다. 쿠르트는 여전히 잠을 자고 있었다. 그는 마리온이 농원에 있다는 것을 알고 있었다. 그녀에게 전화하기에는 너무 일렀다. 그 대신 그는 전화안내 서비스에 전화를 걸었다. 원래 그는 직접 공항으로 갈 생각이었다. 그런데 이제 이렇게 전화를 걸고 있었고, 안내 서비스에 연결되었고, 몇 번인가 다른 번호로 연결되더니, 결국 항공예약 담당자와 통화를 하게 되어 다음 날 비행기 표를 예약하는 데 아무런 문제가 없다는 것을 알게 되었다. 물론 그가 신용카드를 갖고 있다는 조건이었다. 그는 망설이고 있었다.

신용카드는 가지고 있었다.

－그러면 예약을 할까요, 말까요, 라고 여자가 물었는데, 굳이 불친절하다고는 할 수 없지만, 이 사소한 일을 가지고 오래 이야기를 끌고 싶지는 않다는 기색이 드러나는 어조였다.

－하세요, 라고 대답하고 그는 신용카드 번호를 불러주었다.

수화기를 내려놓았을 때는 오후 두시 사십육분이었다. 그는 잠시 오후의 그늘 속에 머물면서 어떤 감정이 뒤따르기를 기다렸다. 하지만 뒤따르는 감정은 없었다. 떠오른 것은 멜로디였다. 샤로테 할머니의 지독하게 오래된 셸락[8] 레코드에 담겨 있던 멜로디였는데, 이사할 때 그는 실수로 이 레코드를 길바닥에 떨어뜨려 산산조각 내버렸다.

Mexico lindo y querido

si muero lejos de ti……

'흐르겠네 그랬대'[9]였다. 노래가 어떻게 이어졌지? 기억나지 않았다. 멕시코에서는 아직 이런 레코드를 살 수 있을까? 반세기가 지났는데도?

그는 '파란 관'으로 가서 사용한 커피 잔들을 모아 부엌으로 가지고 갔다. 잠시 부엌 창문 앞에 서서 정원을 내다보았다. 그리고 적어도 이렇게 한순간이나마 추억할 빛이라도 있는 듯, 높게 자란 황금빛 풀밭에서 한때 바바 나쟈가 몇 시간씩 허리를 구부리고 서서 오이를 돌보던 자리를 눈으로 찾았다. 하지만 찾지 못했다. 바바 나쟈는 흔적도 남겨놓지 않고 사라진 것이었다.

그는 창고에서 공구통을 갖고 나와 쿠르트의 방으로 갔다.

그리고 맨 먼저 레닌 전집 왼쪽에 있는 낡은 체스 판을 꺼내 열었다. 이어서 **개인서류**라는 라벨이 붙어 있는 서류철을 열었다. 체스 판 안에 넣을 수 있을 만큼의 종이를 집어 들었다. 그리고 넣었다. 부엌에서 하얗고 커다란 비닐봉지를 가지고 왔다. 그 안에 체스 판을 넣었다. 모든 동작이 자동적이었다. 마치 오래전부터 계획했던 일처럼 그는 침착하고 확실하게 움직였다.

돈도 나중에는 이 비닐봉지에 쑤셔 넣어야겠다고 생각했다.

이어서 그는 공구통을 뒤져 그간 심심치 않게 험하게 사용되어 온 폭이 넓은 끌을 꺼냈고, 그것을 안전자물쇠로 잠긴 하부장의 문틈에 쑤셔 넣었다. 우지끈하는 소리가 났고, 나무가 조각나 떨어졌다. 생각보다 어려웠다. 하부장의 옆쪽 세 개의 서랍들을 다 빼낸 후에야 중간 벽을 밀어 문을 열 수 있었다. 사진들. 에로틱한 트럼프. 비디오들. 몇 권의 성인잡지들……. 그리고 그것이 있었다.

그의 짐작이 맞았다. 슬라이드들이 들어 있는 빨갛고 긴 플라스틱 통. 그는 딱 한 번 이 통을 열어본 적이 있었다. 손에 잡히는 첫 번째 슬라이드를 역광에 비추어보았을 때 그의 어머니가 보였고, 반쯤 벗은 어머니는 메시지가 분명한 포즈를 취하고 있었다. 그는 황급히 슬라이드를 통에 다시 집어넣었다.

그는 욕실에서 빨래바구니를 가지고 와서 모든 물건들을 담았다.

이 집에 남은 마지막 난로는 거실에 있었다. 몇 년 동안 불을 때지 않은 난로였다. 알렉산더는 신문지와 쿠르트의 스웨덴 식 책장에 있던 부엉이 모양의 목제 책지지대 두 개, 그리고 부엌에서 식용유를 가지고 왔다. 신문지를 식용유에 적셨다. 그리고 모두 불을 붙였다…….

갑자기 나타난 쿠르트가 문가에 서 있었다. 잠을 푹 자고 난, 기분 좋은 모습이었다. 가느다란 다리들이 기저귀 아래로 빠져나와 있었다. 머리카락은 바깥의 사과나무 가지들처럼 헝클어진 상태였다. 쿠르트는 궁금하다는 듯 위태로운 걸음으로 다가왔다.

–아버지 사진들을 태우고 있어요, 알렉산더가 말했다.

–그래, 쿠르트가 말했다.

–잘 들으세요, 아버지. 저는 떠납니다. 아시겠어요? 저는 떠나요. 언제 돌아올지는 모릅니다. 알아들으셨어요?

–그래, 쿠르트가 말했다.

–그래서 이것들을 태워요. 다른 사람이 와서 발견하지 못하도록 말입니다.

쿠르트의 눈에는 아무것도 이상하지 않은 듯했다. 그는 알렉산더 곁의 빨래바구니 옆에 앉더니 물끄러미 불을 쳐다보았다. 불은 제대로 타오르기 시작하는 중이었고, 알렉산더는 트럼프들을 하나씩 불에 던져 넣었다. 이어서 사진들, 그리고 잡지들……. 알렉산더는 생각했다. 비디오들은 나중에 밖에 있는 대형 쓰레기통에 던져 넣으면 되겠지만, 슬라이드들은 태워야 한다. 그런데 슬라이드 통이 어디 갔지?

그는 고개를 들었다. 쿠르트가 통을 들고 있었다. 그가 통을 알렉산더에게 내밀었다.

– 왜요? 이걸 어떻게 할까요? 알렉산더가 물었다.

– 그래, 쿠르트가 말했다.

– 이게 뭔지 아세요? 알렉산더가 물었다.

쿠르트는 고심하는 표정을 짓더니, 예전에도 적당한 말을 찾을 때 그랬듯이, 관자놀이를 문질렀다. 마찰을 통해 전기 에너지를, 마지막 자극을 뇌에 공급하기라도 하려는 듯이.

그러더니 불쑥 입을 열었다.

– 이리나.

알렉산더는 쿠르트를 쳐다보았다. 그의 눈을 보았다. 그의 눈은 푸른색이었다. 밝은 푸른색. 젊은 눈이었다. 주름투성이의 얼굴에는 어울리지 않을 만큼 젊은 눈.

알렉산더는 아버지의 손에서 통을 받아 슬라이드들을 털어냈다. 그리고 한 움큼씩 집어 불에 던져 넣었다. 슬라이드들은 소리도 없이, 빠르게 타들어갔다.

그는 쿠르트에게 옷을 입히고, 빗질을 해주고, 간병인이 면도를 깨끗이 마무리하지 못한 부분들을 빨리 손질했다. 그리고 커피를 끓였다(쿠르트를 위해, 커피메이커로). 쿠르트가 커피를 마시고 싶은지는 아예 묻지도 않았다. 그다음 순서는 산책이었다. 쿠르트는 규칙을 알고 자신의 권리를 요구하는 개처럼 벌써 문으로 달려갔다.

두 사람은 쿠르트의 길을 따라갔다. 예전대로 말하자면 우체국에 가는 것이었다. 우체국까지의 길은 쿠르트가 매일 걷던 산책로의 작은 부분에 지나지 않지만 말이다. 그럼에도 쿠르트는 산책을 나설 때 항상 우체국에 다녀올게, 라고 말했다. 그리고 더 이상 우체국에 가져갈 것이 없어지게 된 후에도 그는 오랫동안 계속 우체국에 갔고, 어쨌든 쿠르트의 이런 꼼꼼한 버릇 덕택에 결국 벽금고에 2만 7천 마르크가 모이게 된 것이었다. 한동안 쿠르트는 비밀번호를 기억하고 있었고 현금인출기에서 돈을 인출할 수 있었는데, 우체국에 가서 딱히 처리할 일이 없었으므로 그냥 돈이나 인출했다. 매번 1천 마르크씩. 한번은 8천 마르크를 지갑에 넣고 온 적도 있었다. 알렉산더는 돈을 받아 벽금고에 넣었다. 그러니 알렉산더는 이 돈에 대해 아는 유일한 사람이었던 것이다.

두 사람은 폭스바우 거리를 따라 걸어갔다. 예전에 알렉산더는 이웃집에 살던 사람들을 빠짐없이 다 알았다. 여기 살던 호르스트 맬리히는 평생 동안 빌헬름이 구소련의 최고 스파이라고 생각했고, 빌헬름이 살해되었다는 설을 끝까지 옹호했다. 저 집은 슈타지 붕케[10]의 집이었는데, 그는 통일 후 몇 년 동안 정원에서 야채를 기르며 담 너머로 항상 반갑게 인사를 하곤 하더니, 어느 날 소리 소문도 없이 사라져버렸다. 저기는 체육교사 슈뢰터가 살았었다. 저기서는 서독에서 온 의사가 살았었다. 그리고 맨 마지막, 거리가 끝나는 지점에 조부모님의 집이 있었다. 이 주택은 이미 '반환'되었다. 지금은 과거 소유주들의 손자들이 살고 있다. 이 과거 소유주들은 나치 군대를 위해 가위형 망원경을 생산하여 돈을 많이 벌어들인 중간 지위의 나치였다. 상속자들은 집을 수리했고, 새로 칠을 했다. 빌헬름이 콘크리트를 너무 많이 바르는 바람에 무너져 내린 화려한 자연석 테라스도 다시 수리되어 있었다. 그리고 새 유리를 끼우고 온갖 창문 장식품들로 꾸며놓은 온실 베란다는 이제 너무 낯설게 보여 과거에 샤로테 할머니와 함께 앉아 할머니가 들려주는 멕시코 이야기에 귀를 기울였던 바로 그 자리라는 것을 알렉산더는 믿기 어려웠다.

그들은 이제 슈타인벡 거리로 접어들었다. 쿠르트는 거친 숨을 내쉬며 몸을 앞으로 숙이고 있었지만, 뒤처지지는 않았다. 이곳, 이 반들반들한 아스팔트에서 그들은 지난날 롤러스케이트를 탔고, 분필로 바닥에 그림을 그렸다. 저기가 정육점이었는데, 이리나는 정육점에서 이미 포장하여 뒷방에 넣어둔 상품들을 주는 대로 사곤 했었다. 저기는 '인민도서점'이었지만, 이제는 여행사다. 그리고 저기는 원래 콘줌[11]이었는데, 일반적인 경우와 달리 발음할 때 첫음절에 강세를 주어야 했다(발음만 달랐던 게 아니라 실제로 이 상점은 소비와는 거의 아무런 상관이 없었다). 아주 먼 과거에는 — 알렉산더는 그때를 겨우 기억할 수 있었다 — 거기서 배급딱지를 주고 우유를 받을 수 있었다.

그리고 저기 우체국이 있었다.

– 우체국이에요, 알렉산더가 말했다.

– 그래, 쿠르트가 말했다.

두 사람은 아무 말도 더 하지 않았다.

그들은 옛 저수탑으로 이어진 언덕을 올라갔다. 여기 올라가면 하펠 강[12]의 멋진 풍광을 내려다볼 수 있었다. 두 사람은 벤치에 앉아 서서히 붉게 물들어가는 하늘을 오랫동안 바라보았다.

1952

해가 바뀔 무렵, 그들은 며칠 동안 태평양 연안에 가 있었다. 커피 운반 트럭이 작은 비행장에서 그들을 실어 푸에르토 앙헬까지 데려다 주었다. 한 지인이 그곳을 권했다. 낭만적인 마을, 절벽과 어부들의 고깃배가 어우러진 그림 같은 해안이라고 했다.

정말로 그곳은 그림 같았다. 커피를 적재하는, 콘크리트로 뒤덮인 항구를 제외하면 말이다.

마을은 스물에서 스물다섯 채 가량의 집들과 사람들의 발길이 뜸한 우편취급소 하나, 그리고 술을 살 수 있는 상점 하나가 전부였다.

아주 작지만 그나마 기와로 덮여 있는 오두막(스페인 혈통의 집주인 여자는 '방갈로'라고 불렀다) 하나가 임대할 수 있는 유일한 집이었다. 그 안에는 천장에 매달려 드리워진 모기장(여주인은 이것을 '파빌리온'이라고 불렀다) 아래에 철제 침대가 놓여 있었다. 침대 양쪽에는 협탁이 하나씩 있었다. 그리고 기둥 여기저기에 박혀 있는 못에는 옷걸이가 걸려 있었다.

'방갈로' 앞쪽의 지붕이 있는 테라스에는 불안하게 흔들거리는 접이식 침대 의자 두 개와 탁자 하나가 비치되어 있었다.

– 와, 멋져, 라고 샤로테가 말했다.

그녀는 처마 밑에 거꾸로 매달려 있는 박쥐들에 개의치 않았다. 이 지역에서는 벽과 지붕 사이에 손 너비만큼의 간격을 두는 것이 일반적이었기 때문에, 사실상 박쥐들은 방 안에 들어와 있는 것과 마찬가지였는데도 그랬다. 그녀는 거대한 얼룩무늬 돼지도 무시했다. 돼지는 정원을 돌아다니면서 여주인이 욕조라고 부르던 웅덩이의 흙을 파헤쳤다.

– 와, 멋져, 라고 그녀는 말했다. 여기서 다시 기운을 차릴 수 있을 것 같아.

빌헬름은 고개를 끄덕이며 긴 의자에 털썩 앉았다. 바지 아랫단이 말려 올라가 그의 마르고 창백한 종아리 일부가 드러났다. 워낙 여윈 편이었는데, 지난 몇 주 사이에 5킬로그램이 더 빠졌다. 그의 모난 팔다리들은 그가 앉은 긴 의자와 닮아 있었다.

– 가까운 곳으로 멋진 소풍들을 다닐 수 있을 거야, 라고 샤로테가 기대 섞인 목소리로 말했다.

하지만 곧 '가까운 곳'이라고 부를 만한 데가 주변에 거의 없다는 것을 알게 되었다.

한번은 두 사람이 — 커피 운송 트럭을 타고 — 근처에 있는 포추틀라로 가서 중국 수입식료품 가게에 들렀다. 빌헬름은 상품들이 꽉꽉 들어찬 가게 안을 무심히 돌아다니다가 표면을 잘 갈고 닦아 반질거리는 커다란 달팽이조개 앞에 서게 되었다.

–25페소입니다, 중국인이 말했다.

상당한 금액이었다.

–당신, 이런 거 갖고 싶어 했잖아, 샤로테가 말했다.

빌헬름은 어깨를 으쓱했다.

–사자, 샤로테가 말했다.

그녀는 흥정도 하지 않은 채 값을 지불했다.

그들은 또 걸어서 마순테에 가기도 했다. 해변은 어디나 거의 똑같아 보였지만, 마순테의 해변에는 온통 검은 점들이 뿌려져 있었다는 것이 달랐다. 그곳에 가까이 다가가며 두 사람은 그 이유를 알게 되었는데, 어부들이 거대한 바다거북들의 몸을 산 채로 딱지에서 끄집어내고 있었던 것이다.

그들은 마순테에는 다시 가지 않았다. 거북 수프도 더 이상 먹지 않았다.

이윽고 섣달 그믐날이 되었다. 마을의 남자들은 하루 종일 크게 소리를 질러가며 커피를 실었다. 그리고 이제 그들에게 임금이 완불되었다. 세시 무렵에는 모두 술에 취했고, 여섯시쯤에는 다 의식을 잃었다. 마을은 정적에 휩싸였다. 모든 것이 멈추었고, 거리는 텅 비었다. 여느 저녁처럼 샤로테와 빌헬름은 모조라고 불리는 청년이 몇 페소를 받고 모아온 나무로 자그마한 불을 피웠다.

어스름은 빨리 찾아왔고, 저녁은 길었다.

빌헬름은 담배를 피웠다.

불이 탁탁 소리를 냈다.

샤로테는 불빛 속에서 유성처럼 소리 없이 재빨리 지나다니는 박쥐들에 흥미를 느끼는 시늉을 했다.

정확하게 열두시에 그들은 물 잔에 따른 샴페인을 마셨고, 각자 자기 몫의 포도를 먹었다. 해가 바뀔 때 열두 알의 포도를 먹는 것이 이곳의 관습이었다. 열두 가지의 소망들, 한 달에 하나의 소망.

빌헬름은 포도 알들을 한꺼번에 입안에 털어 넣었다.

샤로테는 무엇보다 베르너가 살아 있기를 빌었다. 베르너가 살아 있기를 기도하며 그녀는 포도 세 알을 썼다. 쿠르트는 살아 있었다. 그 아이의 편지를 얼마 전에 받았다. 그는 우랄 산맥의 어딘가에서 살게 되었고, 그곳에서 결혼을 했다고 했다. 거기까지 가게 된 이유는 편지에 쓰여 있지 않았다. 베르너에게서는 아무 소식이 없었다. 드레츠키의 노력도 아무 소용이 없었다. 적십자에도 소재 파악을 요청해보았지만 대답을 얻지 못했다. 소련 영사관에 제출한 행방불명 신고서들도 마찬가지였다. 첫 번째 신고서를 쓴 것이 벌써 육 년 전의 일이었다.

– 침착하세요, 모든 일이 절차에 따라 처리되고 있습니다.

– 동지, 저는 공산당 당원입니다. 그리고 제가 요청하는 것이라고는 아들의 생사를 알게 해달라는 것뿐이에요.

– 당신이 공산당원이라고 해서 특권을 누릴 수 있는 것은 아닙니다.

돼지 면상. 총이나 맞아 뒈져버려라. 그녀는 포도 알들을 꾹꾹 씹었다.

다음은 에베르트와 라도반 차례다. 각자 포도 알 하나씩.

처벌을 티푸스로 바꾸는 데 한 알. 치료 가능한 티푸스로. 티푸스가 에베르트의 아내 잉에에게 옮도록 하는 데 한 알. 잉에는 얼마 전 편집장 자리에 올랐다.

어느새 포도 알이 세 개밖에 남지 않았다. 이제 아껴 써야 했다.

열 번째 포도 알. 나의 친구들 모두의 건강을 위해, 그런데 나의 친구들이 누구지?

열한 번째. 모든 행방불명자들을 위해. 매년 그랬듯이.

그리고 남은 열두 번째 포도알. 그것을 그냥 씹어 삼켰다. 아무 소원도 빌지 않은 채. 얼떨결에 일어난 일이었다.

어쨌거나 소원을 비는 건 소용없는 일이었다. 다음 해에는 독일로 돌아가게 해달라고 빈 것만 해도 벌써 다섯 해째였다. 그러나 아무 소득이 없었고, 그들은 여전히 이곳에 남아 있었다.

그들은 여기 남아 있었다. 지구의 반대쪽, 새로 탄생한 국가에서는 요직들이 분배되고 있었는데 말이다.

이틀 후, 그들은 비행기를 타고 멕시코시티로 돌아갔다. 언제나처럼 수요일에는 편집회의가 있었다. 빌헬름은 표결을 거쳐 그룹의 지도부에서 해임되었지만, 《데모크라티셰 포스트》에서 그가 맡았던 직무는 계속 수행하게 되었다. 그렇게 그는 회계 결산을 했고, 출납을 관리했으며, 이제 판매부수가 몇백 부로 줄어든 잡지를 조판하고 배포하는 일을 도왔다.

샤로테도 편집회의에 참가할 의무가 있다고 생각했다. 편집회의는 일주일에 한 번 있었는데, 이 회의는 거의 당 회의나 마찬가지였다. 그룹이 작아질수록 모든 것들이 뒤섞였다. 당 조직, 편집위원회, 이사회의 경계가 흐릿했다.

일곱 명만이 남았다. 그중 세 명은 '지도부'에 속했다. 아니, 빌헬름이 해임된 후에는 두 명이었다.

샤로테는 회의를 끝까지 견디기가 쉽지 않았고, 회의 테이블 한쪽 끝에 구부정하게 앉아 있었으며, 라도반의 눈을 똑바로 쳐다볼 수 없었다. 잉에 에베르트는 멍청한 소리를 해대었고, 판면의 너비도 몰랐으며, 면주(面柱)와 제본용 페이지 순서를 늘 혼동했다. 샤로테는 끼어들어 의견을 내거나 뭔가 제안을 하고 싶은 마음을 억눌렀고, 자신이 편집장 자리에서 해임된 후에 잡지의 수준이 얼마나 추락했는지 베를린의 동지들이 알아차리도록 하려고 교정이 맡겨진 기사에 있던 오탈자들을 일부러 그대로 두었다.

'당규 위반'이 그녀가 해임된 이유였다. 샤로테로서는 자신의 입장을 적은 보고서를 드레츠키에게 보낼 수밖에 없었다. 그녀가 저지른 '당규 위반'이란 무엇보다도 3월 8일, 그러니까 여성의 날에 동독의 새 양성평등법을 높이 평가하는 논평을 썼던 것을 말했는데, 이 법안은 다수에 의해 '중요하지 않다'는 이유로 거부되고 말았다. 바로 *그것*이 물의를 빚은 것이었다.

이에 더해 그녀는 에베르트가 평화문제와 관련하여 '패배주의적 태도'를 보였다는 것과, 라도반이 멕시코에서의 정치 활동에서 매우 민감한 유대인 문제(《데모크라티셰 포스트》의 독자 가운데에는 여전히 부르주아 유대인들이 많았다)와 관련하여 드레츠키가 멕시코에 있을 때 정한 노선에서 이탈했다는 것도 적었다.

물론 그녀가 이런 진술서를 제출하는 것이 부당하다는 것은 알고 있었다. 하지만 '당규 위반'을 들먹이며 그녀를 비난하는 것은 정당했던가?

-2월 초까지 문화면에 실을 원고 하나 쓸 수 있어?

라도반의 목소리였다.

-지역과 관련된 원고로 표준 페이지 한 쪽 반.

샤로테는 고개를 끄덕이고 수첩에 뭔가를 끼적였다. 이건 그녀가 이제 정치면 기사를 쓰기에는 더 이상 충분히 신뢰할 수 없는 인물이 되었다는 뜻인가?

그날 저녁 그녀는 목욕을 했다. 편집회의가 있는 날, 저녁 목욕은 거의 그녀의 습관이 되어 있었다.

목요일과 금요일에 그녀는 각각 세 시간씩 영어와 프랑스어 과외수업을 했다(이 이틀간의 수업으로 그녀가 버는 돈이 빌헬름이 《데모크라티셰 포스트》에서 일주일 동안 버는 것보다 많았다).

남는 날들에 그녀는 빌헬름이 귀가할 때까지 옥상정원에 달아놓은 해먹에 누워 가정부에게 견과류와 망고 주스를 가져오게 했고, 콜롬비아의 고대사에 대한 책들을 설렁설렁 읽었다. 문화면에 실을 기사를 준비한다는 게 핑계였지만, 실은 아무도 그녀에게 그런 기사를 청탁하지 않았다.

빌헬름은 주말에 《노이에스 도이칠란트》[1)]를 읽었다. 독일에서 한꺼번에 다발로 묶어 보내주는 이 신문은 두 주 늦게야 이곳에 도착했다. 그는 스페인어도, 영어도 할 줄 몰랐으므로 이 신문은 그의 유일한 읽을거리였다. 그는 한 줄도 빠트리지 않고 읽었고, 개를 데리고 삼십 분씩 두 번 산책을 하는 시간을 제외하고는 저녁 늦게까지 신문에 빠져 있었다.

가사는 샤로테의 몫이었다. 그녀는 가정부 글로리아와 함께 다음 주 식단에 대해 상의했고, 영수증들을 정리했으며, 꽃에 물을 주었다. 오래전부터 그녀는 옥상정원에서 밤의 여왕[2]을 길렀다. 몇 년 전 이 선인장을 살 때 그녀는 모순적이게도 선인장의 꽃이 피는 모습을 보지 못하게 되기를 바라는 마음도 있었다.

월요일, 빌헬름은 일어나자마자 인쇄소로 곧장 달려갔고, 샤로테는 아드리안에게 전화를 걸어 정오 무렵에 만나기로 약속을 잡았다.

아드리안은 오래전부터 그녀에게 거대한 코아틀리쿠에[3] 여신상을 보여주고 싶어 했다. 그는 자주 아즈텍의 대지의 여신에 대해 이야기했고, 그녀는 사진으로 여신상을 본 적이 있었다. 소름 끼치는 형상이었다. 여신의 얼굴은 뱀 두 마리의 옆모습이 이상한 방식으로 결합된 것이어서 눈 하나와 이빨 두 개가 각각 한 마리의 뱀에 속했다. 여신의 품에서는 그녀의 아들 위칠로포츠틀리의 해골 같은 머리가 고개를 쳐들고 있었다. 목에는 잘린 손들과 몸에서 파낸 심장들로 만든 목걸이를 걸고 있었다. 고대 아즈텍인들의 희생제의의 상징이었다.

커피를 홀짝홀짝 마시던 그는 백오십 년도 더 된 과거에 소칼로의 포석 아래에서 이 여신상이 발견되었다고 말하면서 마치 그 자리에서 시험이라도 치르게 할 것처럼 샤로테를 뚫어지게 보았다.

그녀가 대학에 간 것은 그때가 처음이었다. 모든 것들이, 심지어 아드리안이 연구실에서 쓰는 커피 잔조차도 그녀에게는 성스러워 보였다. 아드리안도 더 훌륭한 사람으로 보였고, 그의 이마에는 더 심오한 정신이 깃들어 있는 듯했으며, 그의 손은 여느 때보다 더 섬세해 보였다.

–1790년에 발굴해서 대학으로 옮겼지요, 라고 아드리안이 말했다. 하지만 당시 총장은 여신상을 다시 소칼로에 매장하라고 지시했어요. 그후로 세 번이나 다시 발굴해야 했습니다. 그만큼이나 여신의 얼굴이 끔찍했던 것이지요. 그후에도 수십 년 동안 막으로 가려놓았고, 방문객들에게는 기괴한 형상의 일종으로만 소개되었습니다.

그녀는 아드리안을 따라 복도와 계단으로 이루어진 미로를 거쳐 안마당에 이르렀는데, 거기서 아드리안이 부드럽게 그녀의 몸을 잡고 뒤로 돌렸다. 그녀는 자신이 코아틀리쿠에 여신상의 발치에 서 있다는 것을 알게 되었다. 그녀는 사람 키 정도의 등신상을 기대했었다. 조심스럽게 여신상을 훑으며 올라가는 그녀의 시선이 4미터 높이에 이르렀다. 그녀는 눈을 감고 몸을 돌렸다.

–이 여신의 아름다움은 끔찍함이 미적 형식 속에 갇혀 있다는데 있습니다, 라고 아드리안이 말했다.

1월에 그녀는 아즈텍 예술의 미 개념의 변증법에 대해 표준 페이지 두 장을 썼다.

2월에 편집위원회는 빌헬름까지 포함하여 만장일치로 그녀의 원고가 너무 *이론적*이라고 판단하고 게재를 거부했다.

3월에는 전혀 계획에 없던 비가 내리기 시작했고, 아드리안이 그녀에게 청혼했다.

그녀는 아드리안과 관계를 갖지 않았다. 물론 빌헬름과도 관계를 갖지 않았는데, 그는 당 지도부에서 해임된 후 섹스를 피했다.

그들은 테오티우아칸[4] 태양피라미드의 계단에 앉아 있었다. 그녀가 아드리안과 함께 거기 간 것은 처음이 아니었다. 샤로테는 죽은 도시 너머 넓은 언덕지대를 바라보았다. 멕시코 계곡이라 불리는 지대였지만, 사실은 해발 이천 미터 높이였다. 그녀는 갑자기 *이 온갖 지긋지긋한 상황을 한꺼번에 내던져버릴 수도 있다*는 생각을 했다.

그 대신 살아서 한 번만이라도 밤의 여왕이 꽃을 피우는 것을 보았으면 좋겠다고 생각했다.

그러나 그날 저녁 집으로 돌아와 빌헬름이 개와 함께 바닥에 앉아 있는 모습을 보았을 때, 그녀는 그것이 불가능하다는 것을 알았다.

그건 그렇다 치고, 그녀가 멕시코에 남는다면 언젠가 아들들과 다시 만날 수 있을까?

그건 그렇다 치고, 그녀는 돈 많은 자들의 자식들이나 가르치면서 여생을 보낼 생각인가? 아니면 홀아비 대학교수의 가정부들을 지휘하면서 사는 걸 선택할 것인가?

그건 그렇다 치고, 그녀는 벌써 마흔아홉이었다!

4월에 드레츠키에게서 한 통의 편지가 왔다. 우습게도 날짜가 4월 1일이라고 적혀 있었다. 레터헤드를 보고 그녀는 드레츠키가 그사이 교육부 차관이 되었다는 것을 알게 되었다. 그는 샤로테의 보고에 대해서는 한 마디도 언급하지 않았다. 그 대신 그는 소련 영사관에 그들을 위한 두 장의 입국비자가 준비되어 있으니 즉시 귀국하여 새로운 과제를 맡으라고 적었다. 샤로테는 조만간 창립될 국가학 및 법학 아카데미에 속하는 문학 언어 연구소의 소장이 될 것이라 했고, 빌헬름은 소위 서방이민자여서 드레츠키가 원하던 것과는 달리 새 정보기관에 받아들여지지 않아 아카데미의 *관리소장*이 될 것이라 했다.

그날 저녁 두 사람은 알메다 공원으로 가서 사람들의 흐름 속에 몸을 맡겼다. 멀리서 마리아치 악단의 연주소리가 들려왔고, 두 사람은 예전처럼 호박꽃이 얹힌 토르티야를 먹었다.

하지만 예전과 같지 않았다.

말을 탄 세 명의 경찰들이 슬로비디오처럼 천천히 사람들 사이를 지나갔다. 세 명 모두 커다랗고 무거운 솜브레로를 쓰고 있었는데, 너무 크고 무거워서 모자를 쓰고 있다기보다는 차라리 떨어뜨리지 않기 위해 균형을 잡고 있다고 하는 게 나았고, 그래서 말을 탄 세 명의 경찰들은 엄숙하면서도 어딘가 우스꽝스러운 모습이었다. 십이 년 전에 두 사람의 목숨을 구해준 국가권력의 대표자들……. 그녀는 모든 게 그저 만우절의 농담이 아닐까 하는 터무니없는 생각이 들었다. 하지만 드레츠키가 빌헬름에게 아카데미의 관리소장직을 맡기려고 하는 것도 터무니없기는 마찬가지 아닌가? 빌헬름은 관리에 대해 아는 것이 전혀 없었다. 따지고 보면 빌헬름은 아무것도 아는 것이 없었다. 그는 오로지 금속공이었을 뿐이었다.

물론 그가—서류상으로는—뤼데케 무역상사의 공동관리자였던 적이 있었다. 하지만 첫째로 그는—평생 지켜야 하는 비밀유지 의무 때문에—당이 요구한 이력서에조차 이 사실을 적지 않았다. 둘째로 뤼데케 무역상사는 러시아인들이 자금을 공급한 위장회사에 지나지 않았고, 실제로는 코민테른의 정보기관이 사람과 물자를 밀수하는 데 이 회사를 활용했던 것이다.

멕시코에 도착한 후 빌헬름은 오랫동안 일자리를 찾지 못했다. 결국 그가 구한 것은 어떤 다이아몬드 상인의 경호원 자리였는데, 수입은 좋았지만 백만장자의 생명과 재산을 보호하는 일이 빌헬름의 프롤레타리아트로서의 명예와 충돌하기도 했다. 무엇보다 그를 특히 우울하게 했던 것은 자신이 우둔함의 대가로 돈을 받는다는 기분이었다. 멘델 에더는 빌헬름이 스페인어를 못함에도 불구하고 그를 채용한 것이 아니라, 바로 그 때문에 그를 채용한 것이었다. 에더는 흥정을 할 때 자기 옆에 말을 알아듣지도, 할 줄도 모르는 사람이 앉아 있는 게 아주 적절하다고 생각한 것이었다.

대부분의 망명자들이 다시 독일로 돌아간 후에야 비로소 빌헬름은《데모크라티셰 포스트》에서 일하기 시작했고, 그가 이력서에 마지막 경력으로 '《데모크라티셰 포스트》의 총무'라고 적어놓기는 했지만(에더에게 고용되었던 일은 '에더 회사 운송부'라고 둘러대었다), 《데모크라티셰 포스트》의 기부금 영수증을 작성하는 일이 한 아카데미 전체를 관리하는 일과는 아무런 상관이 없다는 것쯤은 드레츠키도 알고 있을 터였다.

–그러니까 말하자면 이제 내가 당신 상관이 되는 거네, 라고 빌헬름은 말하면서 담배를 담뱃갑에 대고 탁탁 두드렸다.

–그럴 리가, 샤로테가 말했다.

대체 이 머릿속에서는 무슨 생각들이 돌아가는 거지?

그들에게 귀국 가능성이 제시된 것도 벌써 여러 번이었다. 하지만 그때마다 어떤 장애가 생겨 결국 무산되고 말았다. 처음에는 미국 통과비자가 문제였다. 그다음에는 더 중요한 동지들이 먼저 귀국하는 바람에 여행금고가 바닥났다. 그다음 번에는 러시아 영사관이 그들의 서류가 없다고 주장했다. 그리고 마지막으로는 그들이 거듭하여 입국 허가에 반응하지 않았기 때문에 좀더 기다려야 한다고 했다.

하지만 이번에는 일이 다르게 전개되는 듯했다. 실제로 영사관에서 그들은 입국비자를 교부받았다. 그리고 직항 승선권도 받았는데, 심지어 할인까지 되었다. 게다가 빌헬름의 표는(왜 하필 빌헬름의 표일까?) 당에서 경비를 처리해주었다. 그들은 이제 여행비용을 직접 지불할 수 있을 만큼은 돈을 모아두었는데도 말이다.

샤로테는 가재도구들을 처리하기 시작했고, 여러 계약들을 해지했으며, 밤의 여왕을 꽃가게에 손해를 보며 되팔았다. 처리할 일이 놀랄 만큼 많았고, 이제야 그녀는 자신이 이곳에서의 삶과 얼마나 깊이 엮여 있었는지를 깨달았다. 가져갈까 말까 망설이게 하는 모든 책들, 조심스럽게 신문지로 싸거나 아니면 버리기로 결정한 조개들과 인형들. 이 모든 것들이 지금 끝나가는 한때의 삶에 대한 기억과 결부되어 있었다. 그러나 동시에 이렇게 하나하나 새로 시작할 삶에서 쓸모가 있을지 따져보는 가운데 그녀의 마음속에서는 이 새로운 삶에 대한 그림이 그려지기 시작했다.

그녀는 커다란 옷장식 트렁크를 다섯 개 샀고, 많지 않은 재산을 장신구들로 바꾸었으며, 나머지 돈으로는 전후의 독일에서 구하기가 쉽지 않으리라 여겨지는 여러 물건들을 샀다. 스위스제 여행용 타자기(비록 문자 'ß'는 없었지만), 아주 실용적이고 단단한 플라스틱 그릇 두 세트, 토스터, 인디언 무늬가 새겨진 수많은 면 커버들, 아주 실용적인 네스카페 쉰 통, 담배 오백 갑, 그리고 독일의 기후에도 맞고 그녀가 새로 얻게 될 사회적 지위에도 어울린다고 여겨지는 수많은 옷들이 그렇게 사들여졌다. 공기가 잘 통하는 밝은 색의 여름옷들 대신 샤로테는 목까지 가리는 블라우스와 회색 톤의 단정한 복장들을 입어보았다. 파마를 했고, 수수하면서도 우아한 안경을 장만했다. 연구소 소장의 눈매를 지어보면 안경의 가느다란 검은 테가 그녀의 얼굴에 근엄한 신뢰감을 부여해주었다.

비록 입은 옷은 낡았지만, 새 안경과 새 헤어스타일로 단장하고 그녀는 또 한 번, 마지막으로 아드리안을 만났다. 두 사람은 자주 들렀던 타쿠바야 구의 작은 레스토랑으로 갔다. 이 레스토랑의 유일한 단점은 소련 영사관에서 가깝다는 것이었다. 아드리안은 백포도주 두 잔과 *칠레 에노가다*를 주문했고, 음식이 나오기도 전에 샤로테에게 슬란스키[5]가 사형선고를 받은 것을 아느냐고 물었다.

—왜 지금 그런 얘길 꺼내죠? 그녀가 물었다.

아드리안은 대답하는 대신 이렇게 덧붙였다.

—다른 열 명도 사형선고를 받았답니다. 시오니즘 음모가 죄목이라더군요.

아드리안은 *헤럴드 트리뷴*을 식탁 위에 놓았다.

—읽어봐요, 그가 말했다.

샤로테는 읽고 싶은 마음이 없었다.

—이게 증명하는 건, 아드리안은 검지로 신문을 툭툭 두드리며 말했다, 아무것도 변하지 않았다는 겁니다.

—목소리 좀 낮추세요, 샤로테가 말했다.

—그것 봐요, 아드리안이 말했다, 벌써 겁을 먹었군요. 저 너머에 가면 어떻겠어요?

음식이 나왔지만 샤로테는 먹고 싶지 않았다. 한참 동안 두 사람은 속이 꽉 찬 칠레 에노가다를 앞에 두고 앉아 있었다. 이윽고 아드리안이 말했다.

—공산주의는, 샤로테, 고대 아즈텍 사람들의 신앙과 같아요. 피를 들이킵니다.

샤로테는 핸드백을 들고 거리로 뛰쳐나갔다.

닷새 후, 그들은 자신들을 유럽으로 데려다 줄 배에 올랐다. 밧줄이 풀리고 그녀 발밑 바닥이 조금, 아마도 겨우 몇 밀리미터 정도 가라앉는 순간, 그녀는 무릎의 힘이 풀려 난간을 붙잡고 안간힘을 써야 했다. 빌헬름이 눈치채지 못한 사이, 발작은 일 분쯤 후에 멈추었다.

해안은 연무 속으로 사라졌고, 배는 대양을 향해 몸을 돌려 곧은 물보라를 남기면서 항해를 시작했다. 신선한 바람이 불었고, 갑판에서는 돛대에 매달린 줄들이 달그닥거렸으며, 오래지 않아 그들은 사방으로 수평선까지 이르는 끝없는 회색 속에 파묻혔다.

낮이 길어졌고, 밤은 더 길어졌다. 샤로테는 잠을 잘 자지 못했고, 아드리안이 일종의 지하 박물관에서 그녀를 안내하는 꿈을 매일 똑같이 꾸었으며, 한 번 잠이 깨면 다시 잠들지 못했다. 몇 시간이고 그녀는 암흑 속에 누워 배가 쿵쿵거리고 좌우로 흔들리는 것을 느꼈으며, 선체가 돌풍을 만나 몸을 떠는 것을 감지했다. 다른 열 명도, 라고 아드리안은 말했었다. 왜 그녀는 이름조차도 읽지 않았을까? 의문들. 쿠르트는 우랄 산맥에서 무엇을 하고 있을까? 왜 적십자사는 몇 년이 지나도록 베르너를 찾지 못했을까? 그녀는 나쁜 당원이었다. 솔직히 말하자면 그녀의 머리는 당 규율을 어기기 일쑤였다. 그리고 하마터면 그녀의 몸 또한 당 규율을 어길 뻔했다.

낮이면 그녀는 빌헬름을 피하면서 뒤죽박죽인 머릿속을 정돈하려고 애썼다. 당이 없었다면 지금쯤 그녀는 어떻게 되었을까? 가정학교에서 그녀가 배운 것은 의상 짜깁기와 다림질이었다. 오늘까지도 그녀는 여학생들과 은밀한 관계를 가지곤 하는 움니처 김나지움 선생님을 위해 짜깁기를 하고 다림질을 하고 있었을 터였다. 오늘까지도 그녀는 시어머니의 오만함을 참고 견뎌야 했을 것이고, 파쉬케 부인이 빨랫줄을 점거해버려서 화가 났을 터였다. 만일 빌헬름과 함께 공산당이 그녀의 삶에 끼어들지 않았더라면 말이다.

공산당 안에서 그녀는 난생처음 존중과 인정이라는 것을 경험했다. 그녀가 처음에는 일종의 강도라고 생각했던(어머니가 공산주의자들은 "질서를 파괴한다."고 이야기했기 때문에 그녀는 어릴 적 공산주의자들이 집 안으로 밀고 들어와 잘 정돈된 침대를 부수는 상상을 하곤 했다) 공산주의자들, 바로 이 공산주의자들이 그녀의 재능을 발견했고, 그녀의 외국어 수업을 지원해주었으며, 그녀에게 정치적 과제들을 맡겼던 것이었다. 어머니는 칼 구스타프 오빠의 예술대학 공부를 위해 야만적으로 돈을 아꼈다. 가스를 절약하려고 샤로테에게 소리 나는 주전자 옆에 지켜 서 있도록 했고, 그녀가 제때에, 다시 말해 소리가 나기 *직전에* 가스를 *끄지* 않으면 음식 놓는 도마로 뒤통수를 때렸다. 샤로테는 아직도 그때 생각을 하면 마음이 상했다. 바로 그 칼 구스타프 오빠가 예술가가 되는 데 실패하고 베를린의 동성애자 골목 속에서 전락한 반면, 가정학교 4학년을 마쳤을 뿐인 그녀는 이제 언어와 문학 연구소를 이끌기 위해 독일로 돌아가는 중이었다. 어머니가 그녀의 이 승리를 목격하지 못한다는 것이, *샤로테 포빌라이트 연구소장*, 이렇게 레터헤드에 인쇄된 짤막한 편지를 어머니에게 보낼 수 없다는 것이 아쉬울 뿐이었다.

그러나 또다시 밤이 찾아왔다. 선체는 흔들리며 어둠 속을 헤쳐 갔고, 샤로테가 잠들자마자 아드리안이 나타나 복잡하게 얽힌 지하 통로들로 그녀를 안내했는데, 그 끝에서는 무언가 좋지 않은 것이 그녀를 기다리고 있었다……. 그녀는 자신의 비명소리에 놀라

잠을 깼다.

반대로 빌헬름은 날이 갈수록 기분이 좋아지는 듯했다. 대양의 반대편에 있던 바로 얼마 전만 해도 그는 만성 불면증에 시달렸고, 입맛이 없다면서 불평을 했다. 그런데 샤로테가 점점 적게 먹을수록 빌헬름의 허기는 더 커지는 것 같았다. 그는 잠도 잘 잤고, 아무리 날씨가 나빠도 매일 갑판에서 오랫동안 산책을 했으며, 습기로 인해 흐물흐물해진, 그렇지만 질기기 짝이 없는 타르단[6] 모자를 쓰고 돌아와서는 샤로테가 하루 종일 선실에만 웅크리고 있다고 불평을 했다.

–멀미가 나, 샤로테가 말했다.

–가는 길에는 멀미를 안 했잖아, 그가 대꾸했다.

십이 년이라는 세월이 흐르도록 저녁모임에서는 늘 누가 두고 간 지팡이처럼 하는 일 없이 빈둥거리기만 했던 그가, 떠나는 날까지 스페인어로 된 표지판을 하나도 읽지 못했고, 경찰관이 말을 걸면 샤로테에게 도움을 청해야 했던 그가, 이제 갑자기 멕시코 전문가이자 애호가로 등장하여 실로 놀라운 체험들을 늘어놓음으로써 선장과 어울리는 사람들을 즐겁게 해주었다. 함부르크 시절 이래로—*뤼데케 무역상사*—언제나 알아듣기 힘든 모호한 표현들을 써온 그였지만, 오래지 않아 사람들은 그가 말을 타고 대서양에서 태평양까지 갔고, 푸에르토 앙헬에서는 카누를 타고 상어를 사냥했으며, 무성한 원시림으로 뒤덮인 팔렝케 신전을 직접 발견했다고 믿게 되었다. 그리고 샤로테는 그저 구운 빵을 캐모마일 차에 적시고 있었다.

새 독일에서 그들을 맞은 냉혹한 바람도 빌헬름에게는 아무런 문제가 아닌 듯했다. 등을 곧추세우고 모자를 손으로 잡은 채 항구를 걸어가는 그의 발걸음이 너무 거침이 없어서 마치 이곳을 아주 잘 아는 사람인 듯했다. 샤로테는 어깨를 움츠리고 그의 뒤를 종종걸음으로 따라갔다.

그들이 어떤 가건물 안으로 들어서자 안색이 창백한 남자가 그들의 서류를 뒤적였고, 샤로테가 새 독일에서는 세관원에게 말을 걸 때 '선생님'이라고 하는지 '동지'라고 하는지 고민하는 사이에 빌헬름은 벌써 일을 처리하고 택시까지 불러놓았다.

그녀가 보게 된 도시는 사실상 항구와 거의 다를 바 없었고, 샤로테로서는 처음에 파괴의 직접적 흔적을 알아볼 수 없었지만 실은 *모든 것이* 파괴되어 있는 것처럼 보였다. 집도, 하늘도, 옷깃을 높이 세워 얼굴을 가린 사람들도.

한쪽 구석에서는 큰 통에 담긴 수프를 팔고 있었다.

어떤 두 사람은 온갖 잡동사니로 꽉 찬 수레를 연석 위로 끌어올리려고 힘을 쓰고 있었다.

샤로테는 귀향길에 쓰려고 반쯤 내려오는 검은 베일이 달린 모자를 따로 장만한 것이 잘못된 결정이었음을 서서히 깨닫게 되었다.

빌헬름은 짐 운반인에게 명령조로 이런저런 지시를 내렸다. 샤로테가 팁으로 2달러를 주자, 그는 어리둥절한 표정을 지었다.

– 호들갑 떨지 마, 빌헬름이 말했다.

– 당신도, 샤로테가 대꾸했다.

위태롭게 끽끽거리며 기차가 도착했다. 열차 냄새가 났다. 그을음과 배설물이 섞인 특유의 냄새였다. 샤로테가 마지막으로 기차를 타본 것은 매우 오래전 일이었다.

그녀는 창밖을 내다보았다. 차대(車臺)의 규칙적인 움직임에 맞추어 풍경이 지나갔다. 숲은 습기에 흠뻑 젖어 있었다. 휴경지에는 첫눈의 지저분한 흔적들이 남아 있었다. 건널목지기의 작은 오두막에서 연기가 피어오르고 있었고, 오두막을 막 지나칠 때 샤로테는 건널목지기가 크랭크를 돌려 차단봉을 올리는 모습을 얼핏 보았다.

– 건널목지기야, 빌헬름이 말했다. 마치 이 말로 뭔가 증명이라도 한 듯 의기양양한 목소리였다.

샤로테는 대답하지 않고 멀리 창문 바깥을 쳐다보았다. 뭔가 위로가 될 만한 것을 찾고 싶었다. 붉은 벽돌로 지은 교회 탑을 보고 기뻐하려고 해보았다. 풍경을 보면서 고향 같은 것을 느껴보려고도 해보았다. 그나마 나무들이 늘어선 큰길들은 독일에도 여름 비슷한 것이 있다는 사실을 상기시켜주었다. 미지근한 바람. 사이드카가 달린 빌헬름의 BMW R32 오토바이. 사이드카에 앉아 있던 청년들. 그 천진난만함. 그들의 웃음.

기차가 멈추고 칸막이가 있는 객석의 문이 열렸다. 갈탄의 매연과 차가운 비의 냄새가 들이닥쳤다. 남자는 인사도 하지 않았고, 자리에 앉을 때 외투를 벗지도 않았다. 닳아 해진 어두운 색 가죽 외투였다. 신발은 진흙으로 얼룩져 있었다.

남자는 잠깐 그녀를 흘깃 보더니 서류가방에서 한입 베어 먹은 샌드위치를 꺼내 들었다. 그리고 천천히 꼭꼭 씹어 먹더니 삼 분의 일만 남은 빵을 다시 가방에 집어넣었다. 이어서 서류가방에서 《노이에스 도이칠란트》를 꺼내 읽기 시작했는데, 샤로테 쪽으로 펼쳐진 면에 새겨진 표제가 즉시 그녀의 눈에 들어왔다.

당이 너를 부른다!

샤로테는 부끄러웠다. 베일이 달린 모자가, 마음속의 두려움이, 트렁크 안에 있는 쉰 통의 네스카페가…… 그랬다, 당이 그녀를 필요로 했다. 이 나라가 그녀를 필요로 했다. 그녀는 일할 것이다. 이 나라를 건설하는 데 기여할 것이다. 이보다 더 멋진 과제가 있는가?

남자가 《노이에스 도이칠란트》를 조금 고쳐들자 샤로테는 그 면의 아래쪽도 볼 수 있게 되었다. 사소한 기사들이 순식간에 그녀의 관심을 사로잡았다. 그녀가 원하기만 한다면 오늘 저녁에라도 당장 베를린 미테 구의 슈테른 극장에 갈 수 있다고 생각하니 가슴이 뛰었다. 〈희망으로 가는 길〉이 상영 중이었는데, 샤로테는 이 제목을 좋은 징조로 받아들이기로 했다. 단신란에서 이런 글을 보았을 때, 그녀는 가슴이 뭉클하여—왜 그랬을까?—거의 눈물이 날 지경이었다.

대형 크리스마스트리는 늦어도 12월 18일까지 그로스-베를린 소비협동조합에 편지나 전화로 주문해야 한다.

이제 남자가 신문을 완전히 펼쳐 샤로테는 1면도 볼 수 있게 되었는데, 그녀의 시선은 자동적으로 어떤 사진 아래쪽의 사진설명으로 향했다.

교육부 차관…….

그 뒤로는 칼-하인츠 드레츠키라는 이름이 이어져야 했다.

하지만 그 이름은 없었다.

기차가 전철기(轉轍器)들이 복잡하게 얽힌 지점을 통과하면서 덜컹거렸다. 샤로테는 복도에서 비틀거리며 여기저기 부딪쳤지만, 거의 아무것도 느끼지 못했다. 겨우 화장실에 도착한 그녀는—맨손으로—변기 덮개를 들어 올리고 아침에 먹은 얼마 안되는 것들을 토해내었다.

그리고 덮개를 내린 후 그 위에 앉았다. 기차의 덜컹거림이 그녀의 이로, 그녀의 머리로 그대로 전해졌다. 펼쳐진 신문 너머로 그녀를 노려보던, 탐색하는 듯한 남자의 차가운 시선이 여전히 그녀를 보고 있는 것 같았다. 검은 가죽 외투, 하필이면. 모든 게 분명해졌다. 모든 게 맞아떨어졌다.

잠입, 이라고 했다. 시오니스트들의 첩자 드레츠키의 지시에 따라 잠입했다고 했다.

기차가 곧 부서지기라도 할 듯 끽끽대며 신음했다. 그녀는 양손으로 머리를 꽉 붙잡았다. 지금 머리가 돌고 있는 건가? 아니다, 정신은 맑았다. 오랫동안 이토록 맑은 적이 없었을 만큼…… 적어도 거기 *신임* 차관이라고 적혀 있기라도 했더라면……. 그녀는 자신이 미세한 뉘앙스의 차이를 얼마나 잘 구별할 줄 알게 되었는지 깨닫고 거의 킥킥 웃음을 터뜨릴 뻔했다. 신임 차관이라는 말은 전임이 있었다는 말이었다……. 하지만 전임은 없었다. 그는 존재한 적이 없었다. 그녀는 존재한 적도 없는 인물의 비호를 받는 자였다. 그녀 자신도 거의 존재하지 않은 것이나 마찬가지였다. 오스트반호프[7]에는 검은 가죽 외투를 입은 남자들이 서 있을 것이고, 샤로테는 저항도 못하고, 소리도 지르지 못하고 그들을 따라갈 것이다. 자백서에 서명할 것이다. 그리고 사라질 것이다. 어디로? 알 수 없었다. 더 이상 이름이 거론되지 않는 사람들은 어디로 갔을까? 더 이상 존재하지 않을 뿐만 아니라, 한 번도 존재해본 적이 없는 그 사람들은?

그녀는 일어서서 모자를 벗었다. 입안을 헹구어냈다. 거울에 비친 자신의 모습을 보았다. 멍청이.

지갑에서 손톱깎이를 꺼내 모자에 달린 베일을 잘라냈다. 최소한 이것만이라도 모면하고 싶었다.

남자는 통로에 서서 담배를 피우고 있었고, 그녀는 그를 건드리지 않은 채 몸을 웅크려 지나갔다.

–어딜 그렇게 오래 갔다 오는 거야, 빌헬름이 물었다.

샤로테는 대답하지 않았다. 의자에 앉아 창밖을 내다보았다. 들판과 언덕을 보았고, 그것들을 보면서 또 보지 않았다. 지금 그녀가 분노를 느끼고 있다는 것이 무엇보다도 놀라웠다. 지금 그녀가 하고 있는 생각이 놀라웠다. 그녀는 무언가 중요한 것을 생각해야 한다고 생각하는 중이었다. 하지만 생각나는 건 문자 'ß'가 없는 스위스 제 타자기였다. 네스카페 쉰 통을 누가 즐기게 될까 생각하기도 했다. 꽃장수에게 (형편 없는 가격으로!) 되팔아야 했던 밤의 여왕 생각도 났다. 그녀가 이런 생각을 하는 동안 바깥에서는 내용 없는 영화가 상영되었고, 들판 위로 트랙터가 기어갔다…….

–트랙터야, 빌헬름이 말했다.

기차가 작고 지저분한 역에 정차했다.

–노이슈트렐리츠야, 빌헬름이 말했다.

풍경이 점점 더 평평해지고 황량해졌고, 도열한 소나무들이 휙휙 지나갔으며, 인적 없는 다리와 도로와 건널목들이 소나무의 대열을 이따금 끊었고, 전신줄들이 전주와 전주 사이를 쓸데없이 급하게 내달렸고, 빗방울들이 비스듬한 각도로 창문에 내리치기 시작했다. 그녀는 거의 일 년 전 푸에르토 앙헬에서 빌헬름이 침대 의자에 누워 있던 모습과 바지 아랫단이 말려 올라가 그의 마른 종아리가 드러나 있던 장면을 생각했다.

–어, 베일이 없어졌네, 빌헬름이 말했다.

–응, 샤로테가 대답했다, 베일이 없어졌어.

빌헬름이 웃었다. 흰자위가 갈색으로 그은 그의 얼굴 속에서 반짝거렸고, 모난 머리는 광택을 낸 가죽구두처럼 빛났다.

오라니엔부르크. 길가의 표지판 하나. 소풍 가서 들렀던 술집에 대한 기억. 몇 페니히를 주면 커피를 마실 수 있었고, 밤나무 그늘에서 가지고 온 빵을 먹었다. 그리고 또 다른 기억들. 해수욕장의 모래사장, 나들이옷을 입은 사람들, 물건 상자를 목에 맨 장사치들, 그리고 뜨겁게 데친 소시지의 냄새. 그러나 지금 그녀가 지나치는 이곳은 한순간 어떤 다른, 그녀가 알지 못하는 오라니엔부르크처럼 느껴졌다. 아무렇게나 흩어져 있는 건물들의 무의미한 조합. 과거 언젠가 사람들이 산 적이 있었다면 이제 그들이 모두 떠나버린 것처럼 보이는 집들.

부러진 전주. 군용 차량들. 러시아인들.

자전거를 붙잡고 건널목에 서 있는 여자. 자전거 바구니에는 개가 앉아 있다. 문득 그녀는 자신이 개를 싫어한다는 것을 알게 되었다.

그리고 베를린. 부러진 다리. 총탄 자국이 무성한 건물들. 저기 내부가 훤히 드러난, 폭탄 맞은 집. 침실, 부엌, 욕실. 부서진 거울. 그녀는 거의 양치질용 컵까지 분별할 수 있을 것 같았다. 기차는 건물 곁을 스쳐 지나갔다. 천천히, 시내관광용 버스처럼. 샤로테는 이 나라의 주민들이 거의 가엾게 느껴질 지경이었다. 이 무슨 낭비람!

익숙하게 느껴지는 건 아무것도 없었다. 그녀가 1930년대 말에 떠나야 했던 그 대도시를 연상시키는 것은 아무것도 없었다. 손으로 그린 궁색한 간판을 내단 가게들. 텅 빈 거리. 차도 거의 없고 행인들도 적었다.

어떤 건물 앞에는 사람들이 길게 줄지어 서 있었다. 거기, 우둔하게, 회색빛으로 서 있었다.

이 절망의 땅 한가운데에서 거리의 아주 작은 부분을 수리하는 몇 명의 노동자들.

그리고 선로들이 갈라지기 시작했다.

– 오스트반호프야, 빌헬름이 말했다.

샤로테는 다리에 힘이 빠져 비트적거리며 통로를 걸어갔다. 기차의 브레이크가 날카로운 소리를 냈다. 빌헬름이 기차에서 내려 가방들을 받았다. 샤로테도 내렸다. 역사(驛舍) 위의 하늘, 그것이 샤로테가 다시 알아볼 수 있었던 첫 번째 사물이었다. 역사의 강철 대들보들 위에 앉아 있는 비둘기들. 저기 전철 플랫폼 쪽에서 들려오는 박력 있는 안내방송.

– 물러서세요!

샤로테는 조심스럽게 플랫폼 주위를 둘러보았다.

– 당신, 얼굴에 핏기가 하나도 없잖아! 빌헬름이 말했다.

1989년 10월 1일

소란은 아침 여덟시 직전에 시작되었다.

일요일이었다.

고요했다.

귀를 기울이면 단지 참새 지저귀는 소리만 반쯤 열린 침실 창문으로 스며들었고, 그 소리는 사방이 얼마나 고요한지 깨닫게 해주었다. 사반세기가 넘도록 국경 경비시설로 막힌 채 하염없이 허물어져가는, 통과하는 차량도, 건축 소음도, 현대식 원예 기계도 없는, 차단된 장소의 고요함이었다.

이 고요 속으로 전화벨 소리가 음험한 간격으로 날카롭게 울려 퍼졌다.

가끔 이리나는 벨소리의 간격만으로도 전화를 건 사람이 샤로테라는 걸 알 수 있다고 생각했다. 무릎을 감싸 안고 침대에 누워 있던 그녀는 침실 문을 통해 쿠르트가 부엌에서 나오는 소리, 그가

6미터 길이의 공간을 거쳐 오는 동안 그의 발밑에서 널마루가 삐걱거리는 소리를 들었다. 이윽고 그가 전화기를 들고 말했다.

–네, 엄마.

이리나는 눈을 감고 입술을 삐죽 내밀었다. 그리고 화를 누르려고 애썼다.

–아니요, 엄마, 쿠르트가 말했다. 알렉산더는 여기 없어요.

그는 샤로테와 말할 때면 사샤 대신 '알렉산더'라고 말했는데, 이리나의 귀에는 이상하게 들렸다. 아버지가 자기 아들을 '알렉산더'라고 부르다니. 러시아에서는 서로 존댓말을 하는 사이에서나 그렇게 불렀다.

–열한시에 약속을 했으면, 쿠르트가 말했다, 열한시에 알렉산더가 오겠지요……. 여보세요? 여보세요!

샤로테가 전화를 끊은 게 분명했다. 전에 없던 새로운 수법이었다. 대화에 흥미를 잃거나 원하던 정보를 얻고 나면 그냥 전화를 끊어버리는 것이다.

쿠르트는 부엌으로 되돌아갔다.

그가 달그락거리는 소리가 들려왔다. 아침을 준비하는 것이다. 얼마 전부터 쿠르트는 주말마다 *자신이* 아침 준비를 한다고 마음을 먹었다. 아마 그도 양성평등을 옹호한다는 것을 증명하기 위해서일 것이다.

이리나는 인상을 찌푸리며 잃어버린 아침 시간을 몇 초 동안 애도했다. 그녀의 것인 유일한 시간이었다. 아무도 전화를 걸어오지 않고, 아무도 귀찮게 하지 않으면 말이다. 일을 시작하기 전에 아무 방해도 없이 커피를 마시고, 하루의 첫 담배를 피우는 것, 그것은 얼마나 달콤한 일인가. 얼마 전부터 그녀가 가끔씩 자신에게 허락하기 시작한, 소박한 한 잔의 술도 그랬다. 딱 한 잔, 이건 절대로 포기할 수 없었다. 또 다른 하루에 맞서 자신을 무장하기 위해. 세상의 소란을 견디기 위해.

소난, 이리나는 이렇게 발음했다.

이미 몇 주째 똑같았다. 샤로테는 매일 전화를 했다. 이런저런 일을 해달라고 하고, 무언가 부탁을 했다. 그러고는 금세 그 일을 그만두라고 하든가 다른 식으로 해달라고 하든가, 다시 새로운 일을 시키고는 했다. 예컨대 그녀는 꽃병에 이름을 적어 부착할 스티커를 구해줄 수 있냐고 이리나에게 물었다. 여느 해처럼 샤로테는 노이엔도르프 전역에서 꽃병을 빌렸는데, 지금까지 아무 문제가 없었는데도 불구하고 나중에 꽃병을 제대로 되돌려주기 위해서는 이름을 써 붙여놓아야 한다는 생각을 난데없이 갖게 된 것이다.

도대체 왜? 이리나는 자신에게 물어보았다. 왜 내가 시어머니가 시킨 대로 차를 타고 나가 이 빌어먹을 스티커를 구하러 헤매었을까? 반나절 동안 그녀는 도시의 모든 문구점들을 샅샅이 뒤졌다. 말이야 쉬웠다. 하지만 실제로는 주차공간을 찾아야 했고, 공사장을 우회해야 했으며(만날 똑같은 공사장들, 몇 년째 사라질 생각을 하지 않는 공사장들), 주유소에서 줄을 서야 했고(삼십 분 동안 새치기하려는 자들과 다투었다), 겨우 주차공간을 찾아서 주차한 후에 가게에 가보면 '재고조사로 인해 영업 중지'라는 표시판이 붙어 있었고, 이런 헛걸음 때문에 화가 났으며, 당연히 어느 문구점에도 스티커는 없었기 때문에 결국 코냑 한 병을 들고 DEFA로 가서 대형 배경사진 제작소 소장에게 이 빌어먹을 스티커 몇 장을 구해달라고 부탁해야 했다. 빌헬름은 어차피 꽃에 아무런 관심도 없었다. 이리나는 빌헬름이 작년에 안락의자에 앉아 — 똑같은 농담을 끝없이 반복하는 아이처럼 — 그에게 축하 인사를 건네는 사람들을 똑같은 말로 연신 후려갈기던 것을 똑똑히 기억하고 있었다.

– 야채는 꽃병에 넣어!

그리고 그를 둘러싼 아첨꾼들은 그 말이 대단히 반짝이는 정신적 업적이라도 되는 양 매번 과장되게 소리 내어 웃었다.

빌헬름은 이미 오래전부터 제대로 듣지 못했다. 눈도 반쯤은 맹인이나 다름없었다. 할 수 있는 것이라고는 안락의자에 앉아 있는 것뿐인 그는 콧수염이 달린 해골에 지나지 않았다. 하지만 그가 손을 들고 무언가 말하려는 듯한 태도를 취하기라도 하면 모두가 입을 다물고 그가 몇 마디 신음처럼 컥컥대기를 참을성 있게 기다렸으며, 그가 무슨 말을 했는지에 대한 열띤 토론이 이어졌다. 매년 그는 어떤 훈장을 받았다. 매년 누군가 연설을 했다. 매년 똑같이 알록달록하고 너저분한 알루미늄 잔에 부어진 똑같이 너저분한 코냑이 제공되었다. 그리고 이리나에게는 빌헬름을 에워싼 아첨꾼들이 매년 늘어나는 것처럼 보였다. 일종의 난쟁이 종족처럼 보이는 그들, 이리나로서는 누가 누군지 구분도 안 가는, 하나같이 닳고 찌든 회색 정장을 입은 자그마한 인간들, 줄곧 웃어대고 이리나로서는 아무리 애써도 도무지 이해할 수 없는 언어를 사용하는 이 인간들은 해마다 늘어나는 듯했다. 눈을 감으면 그녀는 하루가 끝날 무렵 자신이 어떤 기분일지 알 수 있었고, 거짓 웃음으로 경직된 뺨을 느낄 수 있었고, 너무 지루해서 뷔페의 찬 음식들을 이것저것 먹고 난 후 트림을 할 때 올라오는 마요네즈 냄새를 맡을 수 있었으며, 알록달록한 잔에 담긴 코냑의 알루미늄 냄새를 입안에서 맛볼 수 있었다.

그렇지 않아도 그녀는 시부모가 사는 집에 가는 걸 좋아하지 않았고, 그 생각만 해도 기분이 침울해졌다. 짙은 색의 묵직한 가구들과 문들, 양탄자들도 싫었다. 그 집 안의 모든 것들이 어둡고 묵직했다. 그 집의 모든 것들이 고통스러웠던 시절을 떠올리게 했다. 빌헬름이 벽에 못으로 박아놓은 죽은 동물들까지 그랬다. 삼십삼 년이 지나고 나서도 그녀는 널빤지로 덮인 현관 옷장의 틈새들을 닦아내는 것이 어떤 일이었는지 잊지 않았다. 빌헬름을 위해 오트밀을 요리해야 했던 것도 잊지 않았다. 계단 아래쪽에 서서 빌헬름이 위층의 욕실에서 나오는 기척을 기다리다가, 그가 나오자마자—얼른!—부엌으로 가서 솥에 끓고 있는 음식을 저어야만 내놓을 때 낟알들이 엉겨 붙지 않았다. 평생 그때처럼 막막함에 빠졌던 적이 없었다. 독일어를 알아듣지 못해 귀머거리처럼 다른 사람들의 몸짓과 눈빛을 보며 상황을 짐작하려고 절망적으로 애써야 했다.

그때 쿠르트는?

그녀가 아이에게 스커트 끝자락을 붙잡힌 채 세탁실에서 빌헬름의 셔츠를 다림질하고 있을 때, 쿠르트는 샤로테와 함께 소파에 앉아 포도주를 마셨다. 그랬다. 그 슈틸러 부인과 함께.

아, 슈틸러 *박사*와 함께.

그녀는 쿠르트가 방에 들어와서 무언가를 탁자 위에 놓고 다시 부엌으로 가는 소리를 들었다. 이제 곧 여덟시 반이었다. 열시까지는 꽃을 가지고 와야 했다. 이어서 장교들을 위한 러시아 상점에 가서 *벨로모르카날*[1]을 사와야 했다. 또한 그녀는 펠메니[2]도 만들 생각이었다. 사샤가 점심을 먹으러 온다니 그래야 했다.

쿠르트는 그가 문틈으로 머리를 내밀고 아이 같은 목소리로 그녀에게 아침을 먹자고 할 때까지는 그녀가 누워 있어야 한다고 고집했다. 이리나는 그가 원하는 대로 해주었다. 하지만 왜 그래야 하는 걸까?

그녀는 침대 머리맡에 비스듬히 걸려 있는 커다란 타원형 거울에 비친 자신의 모습을 살펴보았다. 빛 때문일까? 아니면 이 빌어먹을 거울에 비친 모습이 항상 뒤집어져 있어서 그런 걸까? 이리나는 이 거울도 언젠가 치워야지, 라고 생각하며 동시에 이런 생각을 한 것도 벌써 여러 번이었다는 사실을 떠올렸다. 일요일마다, 쿠르트가 아침 준비를 하고 그녀가 이렇게 여기 누워 거울에 비친 자신의 모습을 볼 때마다 그랬다.

최악의 일은, 그녀가 자신의 얼굴에서 어머니의 모습을 발견하기 시작했다는 사실이었다. 이리나는 낙담했다. 물론 그녀가 여전히 매력적으로 보일 수 있을 것이다. 개의 눈을 가진 호르스트 맬리히는 오늘 또다시 그녀에게 열렬한 찬사를 늘어놓을 것이며, 성별을 분간하기 어렵고, 살덩이보다는 오히려 합성수지로 만든 것처럼 보이는, 늘 히죽히죽 웃는 새 군 서기관조차도—옛 서기관은 작고 뚱뚱했지만 그래도 남자다운 데가 있었고, 심지어 여자의 손에 입을 맞출 용기도 있었다—그녀에게 인사할 때는 필요 이상으로 자주 허리를 숙이며 경모까지는 아니라 해도 어딘가 들뜬 눈빛으로 그녀를 아슬아슬하게 스칠 것이었다.

그렇다고 해도 그녀가 눈에 띄게, 돌이킬 수 없이 나이가 들어간다는 사실에는 변함이 없었고, 어머니가 그녀 집에 함께 살게 된 후로(이리나는 십삼 년 전에 지독히 어려운 사무 처리 과정을 거쳐 어머니를 러시아에서 모시고 왔다) 그녀는 이런 변화가 자신을 어디로 데려갈 것인지 매일 똑똑히 볼 수 있었다. 물론 누구나 나이가 든다는 사실을 잊은 적은 없었다. 하지만 어머니와 함께 살게 되자 그녀는 자신의 싸움이 소용없다는 생각을 매일처럼 하게 되었고, 어머니의 모습이 그녀를 갉아먹었고, 이단적인 생각이 그녀의 머리로 파고들기도 했으며, 포기하자는 유혹이 귓가를 맴돌기도 했다. 여자로서의 존재를 말이다. 몸매를 지지해주는 스타킹이, 잇몸치료와 부분 가발이, 미용크림이, 몸의 여기저기를 잡아 뽑고 덧칠하는 짓이 도대체 무슨 소용이란 말인가? 공무원 헤어스타일을 한 지루한 남자들에게 강렬한 인상을 주기 위해서? 몸매는 점점 더 감자자루와 흡사해지고 고혈압 증상 때문에 날이 갈수록 얼굴이 붉어지는 슈틸러 부인, 실례, 슈틸러 박사를 매년 한 번씩 이기는 그 사소한 즐거움을 위해서?

전화기가 울렸다.

다시 쿠르트의 발걸음이 6미터의 마룻바닥을 거쳐 가며 삐걱삐걱 소리를 냈다. 발소리가 푹신하고 널찍한 소파를 거쳐 침실 문

바로 앞을 지나더니 이윽고 그의 목소리가 들려왔다.

–네, 엄마.

말도 안 돼, 이리나는 생각했다. 어머니와 이야기할 때면 저토록 친절하고 저토록 침착해지다니.

–아니요, 엄마, 쿠르트가 말했다. 이제 여덟시 반이잖아요. 열한시에 약속을 했으면 두 시간 반이 지나야 알렉산더가 올 거예요.

이리나는 마음속 저 깊은 곳에서 화가 났다. 그랬다. 그녀는 그것이 끊이지 않는, 심각하게 부당한 일이라고 느꼈다. 그 시절, 샤로테가 그녀에게 무슨 짓을 했는지 쿠르트는 지금까지도 알려고 하지 않는 것 같았다.

–엄마, 엄마가 알렉산더와 언제 보기로 약속을 했는지 저는 모르잖아요, 쿠르트가 말했다.

샤로테는 그녀를 지독하게 천대했다. 하녀처럼 대했다. 샤로테는 할 수만 있다면 그녀를 되돌려 보냈을 것이었다. 그녀가 태어난 러시아 마을로. 그리고 쿠르트를 슈틸러 박사와 맺어주었을 터였다.

쿠르트가 다시 부엌으로 가는 소리가 들렸다. 맙소사, 도대체 이 인간은 치즈 한 조각의 포장을 벗기고 접시 두 개를 놓는 데 얼마나 오랜 시간이 필요한 걸까? 그리고 식사가 끝나면 그는 자신이 가사에 무언가 기여했다는 생각하기까지 할 터였다. 그는 도움보다는 오히려 방해가 되었다. 커피 용기를 커피메이커 아래에 놓는 것을 깜박깜박 잊기도 했다. 계란을 삶지 않은 채 아침 식탁에 놓은 적도 있었다. 물은 정확히 삼 분 삼십 초 동안 끓였으면서도 말이다!

오늘 유일하게 기다려지는 일은 사샤가 점심을 먹으러 온다는 것이다. 이리나는 몇 가지 요가 동작을(혹은 그녀가 요가 동작이라고 생각하는 것을) 취하려고 이불을 옆으로 치우면서 생각했다. 그것이 오늘의 생일파티에 따르는, 유일하게 기분 좋은 일이었다.

다른 사람들과 마찬가지로 사샤에게도 '특별한 과제'가 맡겨졌다. 샤로테는 모두에게 '특별한 과제'를 맡기기를 좋아했다. 꽃 포장 종이 책임자도 있었고, 액체를 붓는 자동기계가 제대로 작동하지 않는 바람에 늘 끈적끈적하기 마련인 비타 콜라[3] 병을 닦아놓는 과제의 책임자도 있었다. 사샤는 아래쪽 판을 빼어서 늘일 수 있는 식탁의 아래쪽 판을 빼는 일을 맡았다. 무슨 이유에선지는 알 수 없었지만, 샤로테는 그 식탁의 판을 빼는 일을 할 수 있는 사람은 오로지 사샤뿐이라고 굳게 믿고 있었다. 물론 그건 멍청한 생각이었지만, 이리나는 이 생각을 고쳐주려고 나서지 않았다. 열한시에 오기로 한 사샤가 식탁의 판을 빼고 나면 베를린으로 갔다가 다시 되돌아오기가 마땅치 않아 생일파티가 시작될 때까지 대개 푹스바우에 머물렀고, 그렇게 되면 그들은 여느 해처럼 펠메니를 함께 먹게 될 터였다. 사샤가 좋아하는 대로 신맛의 크림과 겨자를 곁들여서.

카트린이 같이 오지 않는다면 말이다.

이리나는 C를 쓰고 h는 없는 이름의 이 카트린[4]을 못마땅해 하는 것은 아니었다. 물론 사샤가 왜 즉시 카트린의 집으로 이사를 해야 했는지 이해할 수 없기는 했지만 말이다. 사샤는 일단 서로를 좀더 잘 알 때까지 기다리는 대신, 여자를 사귀기 시작하면 바로 동거에 들어갔다. 이번에는 잘될지 기다려볼 일이다. 사샤는 이 집에서도 원하기만 한다면 아주 잘 지낼 수 있었다. 이리나는 지붕 밑 다락방을 일부러 확장하여 사실상 욕실까지 따로 갖춘 온전한 주택을 만들어놓았다.

이리나는 제법 그럴듯한 촛대자세를 취하면서 생각했다. 아니, 카트린에게는 아무런 반감이 없어. 아주 솔직히 말하자면 사샤가 왜 그 여자를 좋아하는지 알 수 없기는 했다. 당연히 그건 그녀가 상관할 문제가 아니다. 그리고 그녀는 이에 대해 단 한마디도 하지 않으려고 애썼다. 그렇지만 사샤처럼 잘생기고 지적인 청년이 왜 더 나은 여자를 만나지 못하는지 이상했다. 여배우라고는 했다. 사샤는 이 여자의 외모가 *흉하다*는 것을 정말로 모르는 걸까? 무릎도 못생겼고 허리도 없었고 엉덩이도 볼품없었다. 게다가 솔직히 말하자면 건설노동자처럼 보이는 턱을 갖고 있었다. 눈은 예뻤다, 그건 인정해야 했다. 하지만 그게 다는 아니었다. 같이 이야기를 나누면서 천천히 살펴보면 그녀의 눈빛은 떨리고 불안했다. 이리나는 한 번도 그녀와 정말로 가까워졌다는 느낌을 가져본 적이 없었다. 이 여자는 언제나 어딘가 다른 곳에 있는 듯했고, 언제나 머릿속에서는 무언가를, 그것도 열띠게 따져보고 있는 듯했으며, 상대에게 미소를 보낼 때도 언제나 딴 생각을 하고 있는 듯했다.

상관없어, 라고 생각하면서 이리나는 자신의 쭉 뻗은 다리를 쳐다보았다. 여전히 아주 보기 좋은 다리였다. 카트린의 깡마른 막대 같은 다리와 비교하면 월등했다. 그래서 그녀는 이번에는 작년처럼 등이 파인 긴 원피스를 입는 대신 화려함은 좀 덜하지만 바다색 녹색 스커트를 입기로 했다. 사실 그녀 나이에 입기에는 좀 짧은 스커트였다. 상관없어, 라고 이리나는 생각했다. 그들이 행복하게 살든 말든. 하지만 적어도 일 년에 한 번은 사샤가 혼자 집에 오는 일이 있어야지, 라고 그녀는 생각했다. 일 년에 한 번은 사샤와 함께 예전처럼 펠메니를 먹고 싶었다. 그게 뭐가 잘못된 거지? 게다가 카트린은 어차피 펠메니를 좋아하지도 않잖아. 얕은 신음을 뱉으며 촛대자세를 끝내면서 이리나는 생각했다. 식사가 끝나면 사샤는 위로 가서 좀 누워 쉬다가 다시 내려올 것이고, 그러면 남자들은 쿠르트의 방에 모여 체스를 한 판 두겠지. 이리나는 남자들이 쿠르트의 방에서 체스를 두면서 코냑을 한 잔씩 마시는 것을 좋아했고, 그녀 또한 설거지가 끝나는 대로 코냑을 한 잔 부어 입은 꾹 다물고—결단코!—그 옆에 앉을 것이다(사샤가 상대방의 위험한 수를 못 보면 탁자 아래로 그를 가볍게 툭 건드리는 것 이상은 하지 않을 것이다). 이어서 그들은 함께 생일파티에 갈 것이다. 괜찮은, 아니 거의 즐거운 상상이었다. 가을의 노이엔도르프를 잠시 산책하는 상상을 하면 그랬다. 그건 더 먼 기억, 더 비현실적인 기억을 되살릴 만한 상상이었다. 아직 노이엔도르프 사람들이 낙엽을 태우던 시절, 사샤가 그녀의 손을 붙잡고 아장아장 걷던 시절에 대한 기억을…….

하지만 그때, 그날 아침 세 번째로 전화기가 울렸다. 이리나는 순식간에 튕기듯이 일어나 전화기를 잡았다.

–가만히 아침이라도 먹게 내버려둘 수 없어요, 샤로테가 말을 꺼내지도 못하게 막으며 그녀가 씩씩대면서 말했다.

이리나는 전화기를 내던지듯 내려놓고, 마치 방금 처단한 동물을 보듯 전화기를 노려보았다. 당장 한 방 내리쳐 전화기를 부숴버릴 수도 있었다. 하지만 전화기는 다시 울리지 않았다.

– 너무 그렇게 화내지 마, 쿠르트가 말했다.

그는 삶은 달걀을 담는 컵을 (달걀이 얹혀 있었다!) 양손에 잡은 채 그녀 뒤에 서 있었다.

– 당신 엄마 편을 들기만 해봐, 이리나가 거칠게 말했다.

쿠르트는 아무 대답도 하지 않은 채 달걀 컵들을 내려놓고 이리나를 안았다. 아버지처럼 따뜻한, 전혀 가식적이지 않은 포옹이었다. 쿠르트는 두 팔로 이리나의 몸을 꼭 감싸 안고 앞뒤로 가볍게 흔들었다. 그녀 마음속의 단어장은 이것을 '위로하기'라고 불렀는데, 처음엔 위로 따위는 뿌리치고 싶은 마음이었지만 사실 그녀는 위로받는 것을 좋아했다. 그리고 쿠르트가 이런 식으로 그녀를 안으면 그녀는 자동적으로 자신이 위로받아 마땅하다는 생각이 들었다. 잃어버린 모든 것에 대해, 삶이 그녀에게, 그리고 쿠르트가 그녀에게 저지른 모든 일들에 대해. 이리나는 쿠르트의 어깨에 머리를 기대고 그가 움직이는 대로 몸을 맡겼다. 그때 어머니 방의 문이 끽 소리를 내며 열렸다. 이리나는 즉시 몸이 경직되었고, 필경 몇 초 안에 시작될, 발을 질질 끄는 소리를 기다렸다. 그녀는 저도 모르게 머릿속에서 꾸부정한 형상을 떠올렸다. 일 년 내내 쓰고 자는, 직접 짠 수면용 모자를, 이리나가 등 뒤에서 들어오지 못하게 문을 잠글까 봐 두려워하기라도 하는 듯이 하루 종일 목에 걸고 다니는 열쇠 목걸이를, 외골증 때문에 일그러진 발이 아파 즐겨 신고 다니는, 신발이라기보다는 차라리 헝겊조각처럼 보이는 형편없는 슬리퍼를 떠올렸다……. 나데시다 이바노브나, 그녀의 미래를 체현하는 유령.

유령은 발을 끌며 다가와 반쯤 열린 거실 문 뒤에 모습을 감춘 채 서서 무언가를 우물우물했다.

이리나가 문을 활짝 열었다.

–왜요?

이리나는 어머니와 러시아어로 대화했다. 독일에 와서 산 지도 십삼 년이 되었지만, 어머니는 독일어를 한마디도 배우지 못했다. '안녕하세요'와 '안녕히 가세요'가 그녀가 구사하는 유일한 독일어였지만, 이마저 대개 거꾸로 말했다.

–사샤가 오늘 언제 오지? 나데시다 이바노브나가 물었다.

–사샤가 언제 올지 내가 어떻게 알아요, 이리나가 거칠게 대답했다. 그냥 틀니나 끼고 뭐라도 좀 드세요!

–안 먹어도 된다, 나데시다 이바노브나는 이렇게 대답하고 발을 끌며 욕실로 갔다.

이리나는 앉아 담배갑에서 '클룹'[5] 한 개비를 꺼냈다.

–우선 뭘 먹기부터 해야지, 쿠르트가 말했다.

–담배부터 피워야 되겠어, 이리나가 고집했다.

–이루쉬카, 사사건건 그렇게 흥분하면 안 돼, 쿠르트가 말했다. 봐, 해가 얼마나 멋지게 비추는지.

이리나의 기분을 좋게 해주려고 그가 익살스럽게 얼굴을 찌푸렸다.

– 안 먹어도 된다, 이리나가 어머니를 흉내 내어 말했다.

– 그런다고 굶어죽지는 않아, 쿠르트가 말했다.

이리나가 그만두라고 손짓을 했다. 쿠르트는 말만 쉽게 할 뿐, 나데시다 이바노브나를 걱정하지는 않았다. 그는 그녀의 방 안이 어떤지 알지 못했다. 이리나가 그 방에서 늘 발견하는 곰팡이가 슨 식료품들을 알지 못했다. 나데시다 이바노브나는 자신이 누구에게도 짐이 되지 않는다는 것을 분명하게 증명하려고 반쯤 상한 식품들을 끊임없이 방으로 가지고 가서 아무도 모르게 먹곤 했다. 나데시다 이바노브나가 고질적인 절약 습관 때문에 세제도 사용하지 않은 채 미지근한 물로만 씻어낸 그릇들을 다시 설거지해야 하는 일이 어떤 것인지 쿠르트는 모를 것이다. 그는 해마다 이맘때쯤이면 닥치는 오이 유행병을 견뎌내야 할 필요도 없었다. 나데시다 이바노브나는 어떻게든 자신이 '쓸모 있는' 사람임을 보여주고 싶어서 며칠 내지 몇 주 동안 부엌을 점령한 채 직접 기른 오이를 절였다. 러시아에서는, 우랄 산맥에 있는 마을에서는 쓸모 있는 행동이었지만, 몇 페니히만 주면 어느 가게에서든 절인 오이를 살 수 있는 이곳에서는 쓸데없는 짓이었다.

– 온통 늙은이들에게 둘러싸여 있는 건 끔찍해, 이리나가 말했다.

– 그럼 나 이사 가야 해? 쿠르트가 물었다.

이리나는 쿠르트의 농담이 별로 재밌지 않았지만, 거기 앉아 있는 그의 모습을 보았을 때, 삶이 남겨놓은 주름들로 뒤덮인 얼굴과 갈수록 무성히 번져가는 눈썹(생일파티 전에 꼭 잘라야 한다!)을, 어릴 때 이미 한쪽 눈의 시력을 잃어 다른 사람의 움직임을 좇는 습관을 차츰 버려야 했던 그의 푸른 눈을(결혼한 지 사십 년이 지나도록 이리나는 여전히 이 결함을 거의 느끼지 못했지만, 쿠르트의 성격상의 결함들, 예컨대 그의 과도한 명예욕과 악명 높은 바람기를 설명할 때는 쉽게 이 결함에서 원인을 찾곤 했다) 보았을 때, 그가 그렇게 개구쟁이처럼 자신의 농담에 히죽히죽 웃으며 앉아 있는 모습을 보았을 때, 그녀는 문득 이 남자에 대한 사랑을 느꼈다. 아니, 그 이상이었다. 그녀는 그가 한 모든 행동들을 용서하고 싶다는 놀라운 유혹까지 느꼈다. 쿠르트도 나이가 들고 있음을 깨닫게 된 이 순간만큼은 그랬다. 최소한 이 점에서만큼은 쿠르트는 그녀를 혼자 버려두지 않았다.

– 이봐, 이루쉬카, 쿠르트가 말했다. 오늘은 일요일이야. 날씨가 언제까지 좋을지 모르잖아. 숲에 좀 다녀오자. 가서 버섯도 찾아보고.

– 버섯 찾는 거 안 좋아하면서 그래, 이리나가 말했다.

쿠르트는 버섯 찾는 일을 좋아하지 않았을 뿐만 아니라 버섯을 찾은 적은 단 한 번도 없었다. 하지만 그녀는 그것까지 말하지는 않았다. 버섯을 찾지 못하는 건 그가 한쪽 눈이 멀어 그렇다고 생각했기 때문이다.

– 하지만 당신이 버섯 찾는 모습을 보는 건 좋아하지, 쿠르트가 대답했다.

– 쿠르틱, 나는 요리도 해야 하고, 시아버지께 드릴 선물도 준비해야 하고…….

– 무슨 선물?

– 삼십 년 전부터 아버님은 생일선물은 딱 하나였어!

열 갑의 *벨로모르카날*이 그 선물이었다. 이리나는 이 고전적인 러시아 파피로사[6]를 이른바 장교 상점의 판매소에서 구해왔다. 사실은 끔찍한 제품이었지만, 빌헬름은 순전히 으스대고 싶어서 이 담배를 피웠다. 판지로 만든, 입에 무는 부분을 능숙하게 눌러 찌부러뜨리는 것을 다른 동지들에게 보여주면서 그는 할 줄 아는 몇 마디 안되는 러시아어를 그럴싸하게 중얼거렸고, 자신의 '모스크바 시절'에 대한 모호한 암시들을 늘어놓았다.

– 이루쉬카, 쿠르트가 반박했다. 아버지는 이 년 전에 담배를 끊으셨어.

우습게도 쿠르트의 말이 맞았다. 심한 폐렴을 앓고 난 후(물론 그 전에도 그는 여러 번 심한 폐렴을 앓았다) 빌헬름은 담배를 끊었다. 작년 생일에 그는 심지어 선물 받은 *벨로모르카날*을 호르스트 맬리히에게 다시 선물해주었고, 호르스트는 거리낌 없이 파피로사를 찌부러뜨린 후 사람들이 지켜보는 앞에서 피웠다.

– 점심 요리는 누가 하지?

– 당신이 뭐 간단한 거 해봐, 쿠르트가 말했다.

– 간단한 거! 이리나는 고개를 저었다. 사샤가 오는데 간단한 것을 해보라고?

– 그럼 안 돼?

– 10월 1일에 사샤가 오면 우린 언제나 펠메니를 먹으니까.

– 그거야 뭐, 쿠르트가 말했다. 뭘 먹으면 어때.

그는 아침 식사 달걀의 윗부분을 톡톡 쳐서 벗긴 껍질을 달걀 담는 컵에 버리기 시작했다. 그 껍질들을 컵에서 다시 집어내기가 쉽지 않았기 때문에 이리나는 그것이 배려심 없는 행동이라고 생각했다.

하지만 그녀는 아무 말도 하지 않았다. 그 대신 약간 어지러워질 정도로 숨을 깊이 들이쉬었다. 그리고 나데시다 이바노브나가 욕실에서 나오는 소리를 들었다.

– 일단 욕실부터 갔다 올게, 이리나가 말했다.

이리나가 욕실에서 돌아와 보니 쿠르트는 신문을 뒤적거리는 중이었다. 그의 접시는 여전히 사용 전이었고, 빵부스러기도 보이지 않았다.

– 왜 안 먹어, 이리나가 말했다. 그러다가 위장통이 다시 생길 거야.

– 정말로 한마디도 없네, 쿠르트가 말했다. 헝가리에 대해서도, 도망자들에 대해서도, 프라하의 대사관에 대해서도…….

그는 신문을 접어 탁 소리가 나게 식탁에 놓았다. 제1면에는 큰 글씨로 이렇게 적혀 있었다.

우리 시대의 투쟁에서
독일 민주공화국과 중국 인민공화국은 서로 대오를 맞춘다

이리나는 이 제목을 어제 벌써 보았다. 이 ND[7]의 주말판을 쿠르트는 아직 읽지 못했는데, 어제《리테라투르나야 가제타》[8]가 모스크바에서 도착했기 때문이었다. 이리나는 쿠르트가 왜 이《노이에스 도이칠란트》라는 쓰레기를 여전히 읽는지 이해할 수 없었다.

쿠르트가 신문을 탁탁 두드리며 말했다.

– 이걸로 그들이 무얼 말하려는지 알아?

이리나는 어깨를 으쓱했다. 그녀는 사진도 이미 보았다. 석 줄로 길게 늘어선 어떤 당 관료들이었는데, 사진의 입자가 너무 굵어서 수많은 중국인들을 독일인들과 구별하기가 어려울 정도였다. 아주 평범하고 전형적인, 멍청한 ND 사진이었는데, 사람들이 그들로부터 도망치고 있다는 사실을 감안할 때 이 사진은 특별히 더 멍청했다(이리나는 쿠르트와 달리 이 사태를 보며 걱정보다는 고소함을 느끼고 있었다).

– 이건 경고야, 쿠르트가 가르치듯 말했다. 이봐, 여기서 데모가 일어나면 중국인들이 천안문 광장에서 했던 대로 처리할 거야. 제기랄, 이거야 원, 돌대가리들이야, 쿠르트가 말했다. 돌대가리들이라고!

그는 바구니에서 흰 빵을 꺼내 버터를 바르기 시작했다.

'천안문 광장'이라는 말을 들을 때 이리나는 하얀 셔츠를 입은 호리호리한 남자 하나가 네댓 대의 탱크들을 멈추게 하는 장면을 떠올렸다. 그녀는 첫 번째 탱크가 연기를 내뿜고 무섭게 진동하면서 그 작은 남자를 비켜서 앞으로 나아가려고 하는 장면을 텔레비전으로 보며 숨이 막히던 때를 기억했다. 탱크에 그토록 가깝게 서면 어떤 기분이 드는지 그녀는 알고 있었다. 간호병으로 일하기는 했지만 어쨌든 그녀는 이 년 동안 전쟁을 겪었다. 다가오는 소리만 듣고도 그녀는 T-34[9]를 구별해낼 수 있었다.

―사샤하고 한번 이야기해봐, 이리나가 말했다. 어리석은 짓을 못하게 해.

쿠르트가 손을 내저었다.

―사샤가 내 말을 들을 거라고 생각해?

―그래도 꼭 이야기해야 해.

―도대체 뭐라고 해야 하지? 이 멍청한 꼴을 봐! ―쿠르트가 어찌나 격하게 손가락으로 ND를 치는지 이리나까지 아플 지경이었다. ―거짓말이고 헛소리야!

―오늘 오후에 어머님께 그렇게 말해보지 그래.

이리나는 담뱃갑에서 담배를 하나 빼 들었다. 쿠르트가 그녀의 손을 붙잡았다.

―아니, 이리나, 우선 뭘 좀 먹어.

거실 시계가 그르렁거리며 아홉시를 알렸다. 두 사람은 마치 약속이라도 한 듯 잠시 동안 동작을 멈추었다. 제 소리를 내지 못하고 그르렁거리기만 하는 시계로 시간을 알려면 주의 깊게 귀를 기울이는 수밖에 없었다. 쿠르트가 말했다.

―알았어, 사샤와 이야기해볼게.

그는 숟가락으로 달걀을 파먹기 시작하더니 다시 동작을 멈추고 이렇게 덧붙였다.

―하지만 아침을 먹고 나면 잠시 같이 산책하러 가.

이리나도 바구니에서 빵을 하나 꺼내 버터와 치즈를 바르면서 러시아 가게에 가지 않으면 산책할 시간을 얼마나 벌 수 있을지 계산해보았다. 하지만 그녀는 산책할 기분이 아니었고, 더욱이 항상 앞장서서 급하게 내달리는 쿠르트와는 산책할 마음이 전혀 없었다. 게다가 적당한 신발도 없었다.

– 베라에게 전화할까? 쿠르트가 물었다. 같이 가겠다고 할지도 몰라.

– 아, 그으으래, 이리나가 말했다. 그거였구나!

– 뭐? 그거라니?

– 베라가 보고 싶었구나, 그렇지?

– 베라는 *당신* 친구야, 쿠르트가 말했다. 나와 둘이서 가면 지루해할까 봐 한 말이야.

– 베라가 내 친구였던 적은 없어, 이리나가 말했다.

– 아 그랬군, 쿠르트가 말했다. 그럼 우리끼리 가자고.

이리나는 빵을 밀어내고 담배에 불을 붙였다.

– 이라, 그건 또 뭐야.

– 아무것도, 이리나가 말했다. 베라랑 산책하러 가.

– 베라랑 산책하고 싶은 게 아냐, 쿠르트가 말했다.

– 실례지만, 이리나가 말했다, 방금 베라랑 산책하고 싶다고 하셨잖아요.

잠시 두 사람은 말을 멈췄다. 그때 삐걱거리며 문이 열리는 소리가 나더니 복도에서 나데시다 이바노브나가 발을 끌며 걷는 소리가 들렸다. 그녀는 다가오다가 걸음을 멈추었다. 이리나는 문을 열고 버터와 치즈를 발라놓은 빵이 담긴 접시를 어머니에게 내밀었다.

– 여기, 드세요, 그녀가 명령했다.

–이게 뭔데, 나데시다 이바노브나가 접시를 받지 않은 채 물었다.

–망할, 빵이잖아요! 치즈 바른 빵! 내가 엄마를 독살이라도 할 것 같아요?

–나는 치즈를 못 먹는다, 나데시다 이바노브나가 말했다.

이리나는 일어서서 어머니 방으로 가더니 접시를 탁자 위에 팽개쳤다.

거실로 다시 돌아온 후에야 그녀는 나데시다 이바노브나의 방에서 나던 냄새를 의식하게 되었다. 곰팡이가 슨 식료품들과 아무 효과가 없는 투명한 발 연고보다도 러시아에서 가지고 온 좀약의 달짝지근한 곰팡내가 다른 모든 냄새를 압도했다. 나데시다 이바노브나는 건강을 해칠 정도로 이 약을 사용하고 있었다.

이리나는 다시 한 번 거실문을 열고 외쳤다.

–환기 좀 시켜요!

그녀는 자리에 앉아서 두 손으로 얼굴을 덮었다.

–커피 더 마실래? 쿠르트가 물었다.

이리나는 고개를 끄덕였다.

–미안해, 그녀가 말했다.

쿠르트는 그녀에게 커피를 부어주고, 아직 좀 딱딱한 버터를 꼼꼼하게 고루 나누어 얹으면서 치즈를 바른 빵을 만들었다. 그녀가 방금 나데시다 이바노브나의 방에 갖다 놓은 그 빵과 똑같은 빵이었다. 빵을 건네주면서 그가 말했다.

–이루쉬카, 우리에게 그런 건 지나간 일이라고 생각했어.

그래, 이리나는 생각했다. 나도 그렇게 생각했어, 그런 건 지나간 일이라고.

하지만 그 대신 그녀는 이렇게 말했다.

– 안 되겠어, 쿠르틱. 혼자 산책 가. 난 정말 할 일이 너무 많아.

– 혼자, 쿠르트가 말했다, 혼자 산책하는 건 매일 해.

– 그럼 정원에 가서 장미라도 잘라.

– 장미를 자르라고? 쿠르트는 한숨을 쉬었고, 이리나는 이렇게 덧붙였다.

– 나중에 커피와 *나무달기잼*을 바른 빵을 갖다 줄게.

쿠르트가 고개를 끄덕였다.

– 나무달기잼, 그가 이리나의 말을 따라 했다.

이리나는 실제로 *나무달기잼*이라고 말했던 것이다. 그녀는 소난, *나무달기잼*, 그리고 독일민주공화국 대신 *독일민주공아국*이라고 발음했다. 삼십 년 동안 그녀는 자신만의 발음을 개발하면서 이렇게 말했고, 삼십 년 동안 쿠르트는 이런 발음을 가지고 그녀를 놀렸다.

– 뭐가 틀렸어? 이리나가 물었다.

– 아무것도, 쿠르트가 표정도 바꾸지 않고 말했다. 그리고 잠시 후 이렇게 덧붙였다. 잼이 나무에 달려 있고, 당신은 그 잼을 따고, 그리고 정원으로 와서 내게 갖다 주는 거지.

– 아이 참, 이리나가 말했다.

그를 향해 주먹을 날렸지만 웃고 있었다.

쿠르트는 그녀의 공격을 피하듯이 급히 일어나 파이프를 가지러 그의 방으로 갔다. 그때 다시 전화기가 울렸다.

–잠깐, 내가 갈게, 쿠르트가 방에서 외쳤다.

그는 급히 돌아와 식탁 위에 파이프를 놓고 전화기로 가서 수화기를 들었다.

–네, 쿠르트가 말했다.

–여보세요, 그가 말했다. 그가 '여보세요'라고 말하는 어조를 듣고 이리나는 전화를 건 사람이 샤로테가 아니라는 것을 알아차렸다.

–뭐? 그가 말했다. 아니 왜?

갑자기 쿠르트의 얼굴이 잿빛으로 변했다.

–무슨 일이야? 이리나가 물었다.

하지만 쿠르트는 손만 들었다. 방해하지 말라는 뜻이었다. 그가 수화기에 대고 말했다.

–정말로 하는 말은 아니겠지.

이어서 그는 한동안 듣기만 하면서 몇 번 나지막이 대답만 했다.

–응…… 응…… 그래…….

이제 대화가 끊기려는 모양이었다.

–여보세요, 쿠르트가 말했다. 여보세요?

샤로테였던 걸까? 무슨 안 좋은 일이라도 생긴 걸까?

쿠르트가 느릿느릿 식탁으로 다가와 앉았다.

–누구? 이리나가 물었다.

–사샤, 그가 대답했다.

–사샤?

쿠르트가 고개를 끄덕였다.

–무슨 일이야, 어디 있대?

–기센이래, 쿠르트가 나지막이 말했다.

그녀의 몸이 움찔했다. 한 방 얻어맞기라도 한 듯이. 하지만 그녀의 머리는 기센이라는 말이 무엇을 뜻하는지 이해하는 데 오래 걸렸다.

두 사람 모두 한참 동안 아무 말도 하지 못했다.

이윽고 쿠르트가 파이프에 담배를 채워 넣기 시작했다. 때때로 그는 코로 크게 숨을 내쉬었다. 당황하면 그가 내는 소리였다.

그의 담배주머니가 바스락거렸다.

나데시다 이바노브나의 방문이 삐걱거리며 열렸다. 천천히, 아주 천천히 그녀의 끌리는 발걸음 소리가 거실로 다가왔다. 걸음이 멈추었다. 그리고 문틈으로 나데시다 이바노브나의 목소리가, 가늘지만 파고드는, 말의 뒷부분 억양이 올라가는 전형적인 그녀의 목소리가 들려왔다.

–나중에 사샤가 오이 한 병 챙겨 가는 걸 잊지 않게 해.

쿠르트가 천천히 일어났다. 식탁을 빙 돌아 거실문으로 가서 문을 활짝 열고 말했다.

–나데시다 이바노브나, 오늘 사샤는 못 온답니다.

나데시다 이바노브나는 한순간 당황하는 듯하더니 이렇게 말했다.

–괜찮네, 오이는 한동안 상하지 않으니.

–나데시다 이바노브나, 쿠르트가 말했다. 그는 두 손을 들었다

가 다시 내려놓고 말했다.

–나데시다 이바노브나, 여기 잠시만 앉아보세요.

–아침은 이미 먹었어, 나데시다 이바노브나가 말했다.

–여기 잠시만 앉아보세요, 쿠르트가 다시 한 번 말했다.

나데시다 이바노브나는 천천히 식탁을 돌아 거기 있는 의자 가장자리에 앉았다. 그리고 가지고 나온 오이 병을 식탁 위에 놓고 오랜 노동으로 쭈글쭈글해진, 힘줄이 굵은 두 손을 포갰다.

–나데시다 이바노브나, 쿠르트가 말했다. 그게 말입니다, 사샤는 앞으로 한동안 오지 않습니다.

–아픈가? 나데시다 이바노브나가 물었다.

–아니요, 쿠르트가 말했다. 사샤가 서쪽에 있답니다.

나데시다 이바노브나가 곰곰이 생각했다.

–미국 말인가?

–아니요, 쿠르트가 말했다. 미국이 아니라 서쪽에, 그러니까 서독에 있답니다.

–아, 나데시다 이바노브나가 말했다. 서독, 그게 미국에 있잖은가.

이리나는 더 이상 참을 수가 없었다.

–사샤는 떠났어, 그녀가 소리 질렀다. 죽었어, 알겠어? 죽었다고!

–이리나, 쿠르트가 독일어로 말했다. 어떻게 그런 말을 해!

나데시다 이바노브나에게 그가 러시아어로 말했다.

–사샤는 안 죽었습니다. 이리나는 사샤가 아주 멀리 있다는 뜻

으로 말한 겁니다. 이제 돌아오지 않을 거라는 뜻입니다.

–그래도 날 보러 오기는 하겠지? 나데시다 이바노브나가 물었다.

–아니요, 쿠르트가 말했다. 그러지 않을 겁니다. 당장은 이 말씀밖에 못 드리겠네요.

나데시다 이바노브나가 천천히 몸을 일으키고 발을 끌며 자기 방으로 갔다. 그녀가 방문을 닫을 때, 삐걱 소리가 났다.

1959

무한.

아힘 슐리프너는 무한까지 셀 수 있는 사람은 없다고 말했다.

알렉산더는 유치원의 나무침상에 누워 무한까지 세는 상상을 했다. 무한까지 세는 첫 번째 사람이 되는 상상을 했다. 그는 이미 숫자를 세는 방법을 알았다. 그래서 세고 또 세었다. 어지러울 정도로 높은 숫자까지 세었다. 억, 조, 경, 조경, 수천 억 조경……. 그리고 문득 그것이 거기 있었다. 무한! 박수소리가 물결처럼 일어났다. 이제 그는 유명한 사람이었다. 그는 사방이 뚜껑이 없는 검은 차이카 안에 서 있었다. 다량의 크롬이 부착되어 있고 로켓처럼 생긴 스포일러가 달린, 소련의 전설적인 국빈용 차량이었다. 차는 서서히 도로를 굴러갔다. 좌우로 사람들이 5월 1일에 보던 것처럼 빽빽이 도열해 있었고, 자그마한 흑, 적, 황색 국기를 들고 그를 향해 흔들어댔다.

그때 책이 그의 머리를 쳤다. 아이들이 자는지 감시하는 렘쉘 부인이었다. 자지 않는 사람은 책으로 머리를 맞았다.

엄마가 그를 데리러 왔다. 벌써 어둑했다. 이제 곧 가스등을 켜는 사람이 나타날 터였다.

– 엄마, 우린 언제 바바 나쟈 할머니께 가요?

– 아이, 사셴카, 아직 한참 기다려야 해.

– 왜 그렇게 모두 다 오래 걸려요?

– 시간이 천천히 가는 건 기쁜 일이란다. 네가 자라면 갑자기 시간이 너무 빨리 갈 거야.

– 왜요?

– 원래 그래. 나이가 들수록 시간이 빨리 가.

놀라운 깨달음이었다.

그들은 벌써 콘줌에 도착했다. 콘줌은 집까지 가는 길의 대략 중간쯤에 있었다. 먼 거리였다. 특히 아침에는. 집으로 돌아가는 길은 언제나 좀더 짧게 느껴졌다. 그는 오후가 되면 자신이 벌써 조금 더 나이가 들어서 그런 것인지 생각해보았다.

– 같이 들어갈래, 엄마가 물었다. 아니면 여기 바깥에서 기다릴래?

– 들어갈래, 그가 대답했다.

콘줌에서는 배급딱지를 주고 우유를 받을 수 있었다. 여자 판매원은 커다란 국자로 우유 주전자를 채워주었다. 예전에는 늘 블루메르트 부인이 하던 일이었다. 하지만 블루메르트 부인은 체포되었다. 그는 그 이유도 알고 있었다. 배급딱지도 안 받고 우유를 팔았기 때문이었다. 아힘 슐리프너가 그렇게 말했다. 배급딱지를 안 받고 우유를 파는 일은 엄격하게 금지되어 있었다. 그래서 알렉산더는 새 판매원이 이렇게 말하는 것을 듣고 깜짝 놀랐다.

– 괜찮아요, 움니처 부인, 내일 딱지를 가지고 오시면 돼요.

엄마는 계속 지갑을 뒤지고 있었다.

– 우유 안 마실래요, 알렉산더가 말했다.

– 뭐라고?

그는 잔뜩 겁을 먹은 목소리로 말했다. 거의 말을 할 수 없을 지경이었다.

– 우유 안 마실래요, 그가 나지막이 반복했다.

엄마가 우유 주전자를 받으며 말했다.

– 우유를 안 마시겠다고?

그들은 가게를 나왔지만, 그는 발걸음을 뗄 수가 없었다. 엄마가 그의 옆에 무릎을 꿇고 앉았다.

– 왜 그래, 사셴카?

그는 더듬더듬 걱정을 말했다. 엄마가 웃었다.

– 아이, 사셴카, 나는 체포되지 않아!

그가 울기 시작했다. 엄마가 그를 들어 뽀뽀했다.

엄마는 그를 라포취카라고 불렀다. 귀여운 손이란 뜻이었다.

빵 가게에서 그는 비넨슈티히[1] 한 조각을 얻었다. 꿀의 단맛이 그의 입술에 묻은 눈물의 짠맛과 섞였다. 세상이 서서히 다시 제 모습을 찾았다.

– 하지만 블루메르트 부인은 체포됐잖아요, 그가 말했다.

—아이, 말도 안 돼! 엄마가 눈을 치켜떴다. 이 나라는 소련이 아니야!

—그게 무슨 말이에요?

—아니, 그냥 하는 말이야, 엄마가 말했다. 할머니께 소련에서 사람들이 체포된다고 말하면 안 돼.

그들은 슈타인벡 거리에 살았다. 아래층에는 할머니와 빌헬름 할아버지가 살았다. 위층에는 그들이, 그러니까 엄마와 아빠, 그리고 그가 살았다.

아빠는 박사님이었다. 진짜 박사님이 아니라 타이프로 글을 쓰는 데 도가 튼 박사님이었다. 아빠는 아주 컸고 힘이 아주 셌고 모르는 게 없었다. 엄마는 모르는 게 있었다. 엄마는 아직 독일 말도 제대로 할 줄 몰랐다.

—음, '크리사'[2)]는 독일 말로 뭐죠?

이 질문이면 엄마는 이미 눈앞이 캄캄해진다.

하지만 엄마는 전쟁에서 싸운 분이기도 하다. 독일군에 맞서서.

—적군을 쏴 죽인 적 있어요?

—아니, 사셴카, 난 총을 쏘지 않았어. 간호병이었거든.

그래도 그는 자랑스러웠다. 엄마는 전쟁에서 이겼다. 독일군은 패배했다. 얄궂게도 아빠는 독일 사람이었다.

—아빠는 엄마와 싸웠어요?

—아니, 전쟁이 시작될 때 나는 벌써 소련에 있었거든.

—왜요?

–독일에서 도망쳤단다.

–그다음엔요?

–벌목을 했어.

–그다음엔요?

–엄마를 알게 됐지.

–그다음엔요?

–너를 낳았지.

나았다, 그건 병을 앓다가 나았다는 것이라고 생각했다. 언젠가 할머니가 독감에 걸렸다가 나은 것처럼 말이다. 이것 말고 나머지는 아직 알 수 없었다. 뭔가 병과 관련된 것임은 분명했다.

일요일이면 그는 엄마아빠 침대로 기어들어갔다. 그가 엉덩이에 손가락을 쑤셔 넣고 나서 말했다.

–냄새 맡아봐요.

–웩, 아빠가 소리치더니 펄쩍 뛰어 침대에서 나갔다.

놀라운 깨달음이었다. 자기 똥 냄새도 악취가 나는구나.

그들은 훌라후프로 아침 운동을 했다.

–이게 현대식이야, 엄마가 말했다.

엄마는 현대식이었다. 아빠는 그다지 현대식이 아니었다. 아빠는 늘 옛 물건들을 보관하려고 했다.

–이 신발은 아직 괜찮아, 아빠가 말했다.

하지만 엄마는 이렇게 말했다.

–그건 이제 현대식이 아니야.

강렬한 것: 엄마가 가스 불꽃 위에서 닭털을 태우는 냄새.

유리한 것: 아빠가 하얀 살점을 좋아하는 것.

이해할 수 없는 것: 엄마아빠가 아무도 시키지 않는데도 낮잠을 자는 것.

나중에는 체스를 두었다. 아빠는 루크 두 개를 접어주었지만, 그래도 항상 이겼다.

– 모르피[3]는 여섯 살 때 벌써 아버지를 이겼다더라, 아빠가 말했다.

하지만 아직은 괜찮았다. 아직 그는 네 살이었으니까. 일단은 다섯 살이 될 터였다. 그래도 시간이 남아 있었다. 아빠와 체스를 두어서 이기기 위한 아주 많은 시간이.

평일. 월요일에서 금요일까지. 그리고 그는 이미 이것까지 알고 있었다. 첫 번째 금요일이 있고 두 번째 금요일이 있다는 것. 두 번째 금요일에는 할머니께 가는 날이었다.

그전에는 목욕을 했다. 머리를 빗었다. 그다음에는, 이미 그는 예감하고 있었다, 엄마가 얼른 가위를 꺼내 왔다.

– 엄마는 할머니께 갈 때마다 내 머리를 잘라요.

– 가만있어.

– 엄마가 찌르잖아요!

바로 그거였다. 할머니께 갈 때마다 느끼는 특별한 분위기. 깨끗이 씻고, 목욕 가운을 입고, 목덜미에서는 잘린 머리카락들이 따끔거리는 것.

– 이제 가봐, 라포취카, 엄마가 말했다.

엄마는 계단 위에 서 있었다. 할머니는 계단 밑에 서 있었다.

– 에구, 이리 와라, 우리 강아지, 할머니가 말했다.

그는 몸을 돌려 엄마에게 손짓을 했다. 그건 그만 가보셔도 돼요, 라는 뜻이었다. 그는 할머니가 그에게 '우리 강아지'라고 말하는 것을 엄마가 듣는 게 싫었다. 엄마가 그에게 '라포취카'라고 하는 것을 할머니가 듣는 것도 싫었다.

하지만 엄마는 말을 알아듣지 못했다. 거기 계속 서서 고개를 끄덕였다.

그는 천천히, 아주 천천히 난간에 매달린 채 아래로 내려갔다. 계단은 아래쪽에서 휘어 큰 곡선을 그리며 현관 홀로 연결되었고, 거기엔 저녁마다 분홍색 조개가 빛을 발산하고 있었는데, 빌헬름 할아버지가 어떻게 전구를 조개 안에 설치했는지 아는 사람은 아무도 없었다.

할머니의 세계. 여기는 모든 게 조금 달랐다. 그리고 그도 말투를 조금 바꾸었다. 조금 *복잡하게*.

– 할머니, 우리 오늘도 비밀 있어요?

– 물론이지, 우리 강아지.

우선 식탁을 차렸다. 알렉산더는 발에 불이 나도록 부엌과 살롱 사이를 질주했다. 할머니는 큰 방을 살롱이라고 불렀다.

식탁 차리는 법칙(오직 일층에만 적용되는 법칙). 은고리에 끼운 냅킨은 맨 가장자리에 놓는다. 그 옆에 나이프, 그리고 포크. 이어서 음식 놓는 도마. 할머니 댁에서는 음식을 이 도마에 얹고 먹었다. 도마를 사용하면 빵 껍질을 잘라내기 쉬워서 아주 *실용적*이었다. 빌헬름 할아버지는 빵 껍질을 드시지 못했다. 숟가락은 도마의 위쪽에 수평으로 놓았다. 할머니의 유명한 레몬크림을 먹으려면 숟가락이 필요했다.

알렉산더는 레몬크림을 좋아했다. 왜 그렇게 됐는지는 그도 몰랐다. 사실을 말하자면 레몬크림은 전혀 맛이 없었다. 그래도 어쨌든 그는 레몬크림을 좋아한다고 정해져 있었다. 할머니 댁에서는.

그 밖에도 그는 할머니 댁에서 캐모마일 차를 마셨고, 소프트 치즈와 간(肝) 소시지를 먹었다. 이것도 할머니 분위기의 일부였다. 목덜미의 머리카락들처럼.

버터는 빌헬름 할아버지가 쉽게 닿을 수 있는 곳에 두어야 했다.

그게 다였다.

그리고 때때로 그들은 비밀을 만들었다.

이 비밀이란 그들이 부엌에서 토스트를 만들어 먹는 것을 말했다. 그들은 이 토스트를 바삭바삭 빵이라고 불렀다. 이것이 비밀인 것은 빌헬름이 바삭바삭 빵을 소화하지 못하기 때문이었다. 그는 다른 사람이 바삭바삭 빵을 먹는 것도 견디지 못했다. 피부에 소름이 돋아, 라고 할머니는 말씀하셨다. 그래서 그들은 바삭바삭 빵을 부엌에서 몰래 먹어야 했다. 잼을 발라서.

빌헬름이 나타날 때까지.

–나, 옴브레?[4]

빌헬름은 두 손바닥으로 얼굴을 모조리 덮었다.

빌헬름은 머리가 작았지만 손은 컸다. 그건 과거에 그가 노동자였기 때문이었다. 하지만 지금은 높은 사람이다. 그래도 노동자의 손은 그대로 남았다. 한 손만으로도 알렉산더의 얼굴을 모조리 덮을 수 있었다. 알렉산더는 목이 막혔다. 입속에 아직 토스트가 남아 있었던 것이다.

– 그럼 할머니와 네가 무슨 괴상한 요리를 해놨는지 보자, 라고 빌헬름은 말하면서 의기양양하게 살롱으로 갔다.

– 할아버지가 농담하시는 거야, 할머니가 소곤거리며 말했다.

알렉산더는 할아버지가 그렇게 이상한 건 진짜 할아버지가 아니기 때문이라고 생각했다. 그래서 그를 부를 때도 그냥 빌헬름이라고 했다. 실수로 '할아버지'라고 부르면 빌헬름은 틀니를 낀 이를 활짝 드러냈다. 그러면 알렉산더는 소름이 끼쳤다.

저녁 식사를 할 때는 전축을 켜서 음악을 틀었다. 전축은 위쪽으로 여는 반원형의 뚜껑이 달린 짙은 색의 장이었다.

빌헬름은 음악을 싫어했다.

– 만날 이런 걸 틀어야 하나, 라고 그가 말했다.

하지만 전축을 틀 수 있는 유일한 사람이 빌헬름이었다. 그래서 할머니는 애걸복걸해야 했다.

– 아이, 빌헬름, 레코드 한 장만 올려줘, 알렉산더가 호르게 네그레테를 아주 좋아하잖아.

이윽고 빌헬름이 장에서 레코드 한 장을 꺼내 케이스에서 살살 흘러내리게 한 후, 레코드의 중심과 가장자리만 잡은 채 붓을 들고 약간 과장된 몸짓으로 레코드의 홈을 따라 원형으로 먼지를 쓸어내면서 거듭거듭 레코드를 불빛에 비추어보았다. 이어서 레코드 한가운데에 끼워야 하는 봉을 잠시 찾았다. 레코드 판 위쪽에서 조작할 때는 봉이 보이지 않던 것이었다. 쉽지 않은 과정이었다. 이게 되고 나면 빌헬름은 회전 속도를 조정하고 목을 비틀면서 몸을 굽혔는데, 덕분에 알렉산더는 할아버지의 반들반들한 머리 위쪽을 잘 볼 수 있었다. 빌헬름은 신비로운 직직거리는 소리가 들릴 때까지 바늘을 조심스럽게 낮추었다. 그리고 음악이 시작되었다.

흐르겠네 그랬대. 알렉산더는 물병에서 물이 흘러내리는 것을 상상했다. 그게 이 음악과 무슨 상관이 있는지는 알 수 없었다. 부모님은 턴테이블을 갖고 있지 않았으므로, 흐르겠네 그랬대는 사실상 그가 아는 유일한 음악이었다. 그 대신 좋은 음악이었다.

México lindo querido
si muero lejos de ti
que digan que estoy dormido
y que me traigan aquí

그는 한 마디도 이해하지 못했지만, 후렴은 따라 부를 수도 있을 정도였다.

—인디언을 왜 인디언이라고 부르는지 아니, 빌헬름이 이렇게

물으면서 얇게 자른 빵 한 조각을 도마에 철썩 얹었다.

알렉산더는 인디언을 왜 인디언이라고 부르는지 알고 있었다. 빌헬름이 벌써 두 번이나 설명해주었기 때문이었다. 그래서 그는 대답하기를 망설였다.

– 아하, 빌헬름이 말했다. 모르는구나. 요즘 애들은 아는 게 없어!

그는 버터 한 조각을 빵 위에 철썩 얹고 단번에 넓게 발랐다.

– 콜럼버스는 자기가 인도에 도착한 줄 알았지. 그래서 거기 있는 사람들을 인디언이라고 불렀지. 콤프리헨데?[5] 우리는 아직도 그들을 이렇게 부른다. 멍청한 짓이지?

그는 간 소시지를 두껍게 빵 위에 발랐다.

– 인디언들은 아메리카 대륙의 원주민들이란다. 그들이 아메리카의 주인이지. 그런데도…….

그는 피클을 빵에 더 얹었다. 정확히 말하자면 빵에다 *내동댕이쳤다*. 하지만 피클이 다시 떨어져 구르더니 식탁보에 안착했다.

– 그런데도 그들은 지금 제일 가난한 사람들이 되고 말았지. 몰수당하고, 착취당하고, 억압당해서 그래.

이제 그는 피클을 잘라 반쪽을 간 소시지 속에 깊숙이 쑤셔 넣더니 요란한 소리를 내며 씹기 시작했다.

– 바로 그게, 빌헬름이 말했다, 자본주의야.

저녁 식사 후에 할머니와 알렉산더는 온실 베란다로 갔다. 온실 베란다 안은 따뜻하고 습했다. 마치 동물원에 온 것처럼 소금기 섞인 달콤한 냄새가 났다. 실내 분수가 나지막이 으르렁대고 있었다.

선인장들과 고무나무들 사이에 할머니가 멕시코에서 가지고 온 물건들이 여기저기 놓여 있었다. 산호와 조개, 진짜 은으로 만든 물건들, 빌헬름이 마체테[6]로 직접 때려죽인 방울뱀 껍질이 있는가 하면, 벽에는 톱상어의 톱이 달려 있었는데, 거의 2미터에 달하는 이 톱은 유니콘의 뿔처럼 비현실적이었다. 하지만 최고는 뭐니 뭐니 해도 박제해놓은 아기 상어였는데, 그 거친 피부는 알렉산더를 전율케 했다.

두 사람은 침대(할머니는 온실 베란다에서만 편안히 잘 수 있어서 여기에 침대를 두었다)에 누웠고, 할머니는 이야기를 시작했다. 할머니의 여행에 대한 이야기였다. 여러 날에 걸친 여행경로였다. 카누 타기, 하마를 통째로 먹어버리는 피라니아들, 신발 속에 들어온 전갈, 야자열매만큼 큰 빗방울들, 그리고 너무 빽빽해서 마체테로 길을 만들어가며 들어가야 하고, 다시 돌아올 때면 어느새 벌써 그 길이 빽빽이 막혀버리는 원시림.

오늘은 할머니가 아즈텍 사람들에 대해 이야기했다. 지난번에 할머니는 아즈텍 사람들이 황야를 거쳐 나아간 이야기를 해주었다. 오늘 그들은 텅 빈 도시를 발견했고, 아무도 거기 살지 않았으므로 그들은 이 도시에 신들이 산다고 생각하여 테오티우아칸이라는 이름을 붙였다. *사람이 신이 되는 장*소라는 뜻이었다.

– 하지만 할머니, 정말로는 신이 없잖아요.

– 그래, 정말로는 신이 없지, 라고 말하고 할머니는 신들이 다섯 번째 세상을 세운 이야기를 해주었다.

– 세상이 벌써 네 번이나 멸망했기 때문이었지. 어둡고 추웠어.

하늘에는 태양도 없었고, 테오티우아칸의 거대한 피라미드 위에만 불꽃이 타고 있었단다. 신들이 모여서 상의했는데, 결론은 그들 중 한 명이 희생해야만 새로운 태양이 생긴다는 것이었어.

– 할머니, *희생*하는 게 뭐예요?

– 새로운 태양으로 하늘 위에서 부활하기 위해 한 명이 불꽃 속으로 몸을 던지는 거야.

– 왜요?

– 다른 이들의 삶이 계속되려면 한 명이 희생해야 했어.

놀라운 깨달음이었다.

엄마가 그를 침대에 눕혔다.

– 나랑 같이 좀 있을 거예요?

– 오늘은 안 돼, 엄마가 말했다. 머리를 새로 했단 말야.

엄마가 갈 때 옷이 바삭거렸다.

오늘은 다른 날보다 기분이 훨씬 안 좋았다. 어둠 속에서 영상들이 유령처럼 떠다녔다. 그는 불꽃에 몸을 던져야 했던 신에 대해 생각했다. 자본주의, 그 말이 떠올랐다. 뭔가 씹는 기분이 나는 단어였다. 음식에서 모래가 씹히는 것처럼. 펄펄 끓는 걸쭉한 물속에서 피라니아들이 이리저리 헤엄치고 있었다. 손가락을 넣지 마, 아빠가 말했다. 황야에서는 아즈텍 사람들이 맨발로 춤을 췄는데, 고통으로 인해 얼굴이 일그러져 있었다. 빌헬름, 빌헬름, 할머니가 외쳤다. 빌헬름이 와서 오이가 담긴 물로 모든 불을 껐다. 세련된 옷을 입은 엄마가 아즈텍 사람들에게 신발을 나누어 주었다. 유행이 지난 여성용 신발들이었다. 신발을 보며 아즈텍 사람들은 아주 의아해했지만, 그래도 신었다. 이어서 그들은 오이가 든 물로 축축해진 황야를 가로질러 계속 나아갔다. 그들이 신은 신발 뒷굽이 누런 진창 속에 푹푹 박혔다.

알렉산더는 잠에서 깨어 구역질을 했다. 레몬 크림 맛이 났다. 그리고 그후 사흘 동안 열이 났다.

4월에는 그가 생일을 맞았다. 롤러스케이트(바퀴에 공기가 든 것)와 물놀이 튜브, 전동식 장난감 트랙터를 선물로 받았다.

페터 호프만, 마체 쇠네베르크, 카트린 맬리히, 조용한 레나테가 파티에 왔다. 페터 호프만은 케이크를 세 조각이나 먹었다. 냄비 두드리기 놀이[7]를 했다.

이제 그가 다섯 살이 되었으니 새로 물어볼 때가 됐다.

– 엄마, 우리 언제 바바 나쟈께 가요?

– 9월 초에.

– 9월은 언제예요?

– 우선 5월이 오고, 다음으로 6월, 7월, 8월이 오고, 그다음이 9월이지.

알렉산더는 화가 났다.

– 사람이 자라면 시간이 더 빨리 간다고 했잖아요.

– 네가 어른이 되면, 사셴카. 제대로 어른이 되면.

– 언제 제대로 어른이 되죠?

– 열여덟 살이 되면 제대로 어른이 된 거야.

– 그럼 얼마나 커요? 아빠만큼?

– 분명히 더 클 거야.

– 왜요?

– 대개 자식들은 부모보다 더 크게 자라거든. 그리고 부모들은 늙으면 다시 조금 작아진단다.

엄마가 독일 말로 말했다. 소고기 1파운드 주세요.

여름이 시작되었다.

처음에는 짧은 바지를 입게 해달라고 졸라야 했다. 하지만 며칠 지나지 않아 여름은 짙어졌고, 눈치챌 새도 없이 퍼져갔으며, 노이엔도르프의 마지막 구석까지 점령했고, 소들을 눅눅한 땅으로부터 끌어냈다. 이제 풀들이 따뜻했고, 허공에서는 온갖 벌레들이 윙윙거렸으며, 오래지 않아 짧은 바지를 처음 입었을 때 소름이 돋던 것을 기억하는 사람은 아무도 없었다. 누구도 여름이 언젠가 끝나리라고 상상할 수 없었다.

롤러스케이트 타기. 강철 바퀴가 유행이었다. 무시무시하게 달가닥거렸다. 빌헬름이 나왔다.

– 도저히 참을 수가 없구나, 뭐하는 짓들이냐!

활 만들기. 이름을 알 수 없는 덤불로 활을 만들고, 촉은 구리줄로 감았다. 우베 에발트가 프랑크 페촐트의 눈을 맞혔다. 프랑크는 병원으로 실려 갔고, 우베는 호되게 꾸중을 들었다.

분필로 거리에 그림 그리기. 페터 호프만은 하켄크로이츠[8]를 그렸다. 하지만 즉시 그것을 창문으로 바꿨다. 선을 몇 개 더 그어서.

마찬가지로 엄격하게 금지된 것은 벙커에 들어가는 것이었다. 그래도 큰 아이들은 들어갔다. 그래서 작은 아이들도 들어갔다. 알렉산더가 벙커에 들어가자 짙은 어둠으로부터 유령이 나타났다. 머리뿐이었고, 뺨은 붉게 빛났다. 오싹해서 알렉산더의 머리카락이 곤추섰다. 그는 소리도 지르지 못하고 밖으로 도망쳤다.

금지된 것은 아니었지만 딱히 허락된 것이 아닌 것도 있었다. 레나테 클룸프와 기수와 말 놀이를 하는 것. 레나테는 풀밭에 엎드리고 치마를 올려야 한다. 그러면 그가 그 위에 올라탄다. 이 놀이를 할 때 레나테는 움직일 필요가 없다. 피부와 피부가 몇몇 지점에서 맞닿기만 하면 된다.

마체와 파란 사과를 먹었다. 설사를 했다.

카트린 맬리히는 침대 의자에 손가락이 끼어 다쳤다.

호프만네 모래판에 빨간 딱정벌레들을 위한 도시를 지었다. 이것들은 지금 무지무지 많다. 햇볕에 데워진 따뜻한 돌들 위에 무리를 지어 꼼짝도 않고 앉아 있다.

여름이 완전히 멈추어 섰을 때, 날들이 더 이상 달라지지 않을 때, 모든 약속을 어기고 시간이 흐르기를 멈추었을 때, 그리고 알렉산더가 거의 잊고 있을 때, 어머니가 말했다.

–다음 주에 바바 나자께 갈 거다.

–다음 주에, 알렉산더가 선언했다, 나는 소련에 가.

아힘 슐리프너는 대수롭지 않다는 듯 별 반응이 없었다.

– 소련은 세계에서 제일 큰 나라야, 알렉산더가 말했다.

하지만 아힘 슐리프너는 이렇게 대답했다.

– 미국이 더 커.

여행. 녹색 객차. 침대차는 바퀴 달린 집처럼 편안했다. 차를 주문할 수도 있었다. 찻잔에는 크렘린 궁전이 그려져 있었다. 조그마한 스푸트니크[9]가 궁전 주위를 돌고 있었다.

브레스트에서 바퀴가 교체되었다. 소련의 궤도가 더 넓었다.

– 엄마, 소련이 세계에서 제일 큰 나라 맞죠?

– 그래, 물론이지.

그는 아무것도 기억하지 못했다. 하지만 모든 것을 다 알았다. 심지어 모스크바의 택시 냄새도 알았다. 불이 붙은 고무 냄새와 휘발유 냄새가 섞여 있었다. 모스크바 전체에서 택시 냄새가 약간 나는 듯했다.

붉은 광장. 레닌의 묘 앞에 줄을 선 사람들.

– 안 돼, 사셴카, 그럴 시간은 없어.

그 대신 에스키모 아이스크림을 얻었다. 설탕이 든 프로스토크바샤[10]도 얻었다.

지하철. 어마어마하다. 에스컬레이터 앞에서는 좀 겁이 났다. 지하철 문은 더 겁났다.

이어서 또 사흘 동안 기차를 탔다. 스베르들롭스크에서 갈아탔다. 그리고 또 반나절. 그리하여 결국, 마침내 슬라바에 도착.

역은 외곽에 있었다. 지프가 그들을 데리러 왔다. 도로에 있는 구멍들을 멀찍이 피하며 달렸다. 구멍이 아니라 분화구들이었다.

마을. 판자로 만든 울타리들. 두꺼운 널빤지로 지은 집들. 모든 집들이 바바 나쟈가 사는 집처럼 보였다.

운전수가 경적을 울렸고, 바바 나쟈가 나와 문 앞에 섰다.

– 외할머니가 왜 울어요?

– 기뻐서 그러시는 거야, 엄마가 말했다.

집은 작았다. 부엌 하나, 방 하나. 집 한가운데에 부뚜막 하나. 바바 나쟈는 부뚜막 위에서 잤다. 엄마와 알렉산더는 침대에서 잤다.

마당. 사우나 하나와 우리 하나. 사슬에 묶여 있는 흑백무늬 개는 드루시바였다. 드루시바는 우애라는 뜻이었다. 우애가 짖었다. 사슬이 달그락거렸다. 바바 나쟈가 꾸짖었다.

– 우애야, 닥쳐.

우리에는 소와 돼지가 살았다. 소는 갈색이었고 이름이 마르파였다. 돼지는 그냥 돼지라고 불렸다. 빌헬름이 그냥 빌헬름이라고 불리는 것처럼.

그는 돼지가 무서웠다. 우리에서 나오게 하면 마당에서 마구 뛰고 꽥꽥 소리를 냈다. 우애도 돼지를 무서워했다. 하지만 우애를 무서워할 필요는 없었다.

오히려 그는 우애와 함께 산책을 했다. 그가 하면 안 되는 일은 전혀 없었다. 지붕에 올라가도 됐다. 커다란 웅덩이를 철벅철벅 건너가도 됐다. 다만 숲에는 들어가지 말아야 했다.

–숲에는 한 걸음도 들어가면 안 돼, 바바 나쟈가 말했다.

숲에서는 길을 잃어버리기 때문이었다. 그러면 늑대가 잡아먹는다.

–그러면 네 뼈만 발견된단다, 바바 나쟈가 말했다.

–아이, 그만둬요, 엄마가 말했다.

하지만 숲에는 여전히 들어가면 안 됐다.

–모기들이 너를 잡아먹을 수도 있어, 엄마가 말했다.

하지만 그는 그건 믿지 않았다. 늑대라면 모를까.

아주 재미있는 일. 우물에서 물 길어오기. 바바 나쟈는 옷걸이 비슷한 것을 갖고 있었는데, 그것을 어깨에 걸치고, 좌우로 물통을 달고, 걸음을 시작했다. 가장 가까운 우물은 멀지 않았다. 물통을 고리에 걸었다. 내리는 것은 저절로 되었다. 끌어올릴 때 알렉산더는 손잡이를 함께 돌려도 되었다.

빵은 일주일에 한 번 왔다. 그러면 가게 앞에 긴 줄이 생겼다. 각자 세 덩어리의 빵을 받았다. 알렉산더도 받았다. 세 명이 갔으므로 아홉 덩어리의 빵을 받았다. 한 덩어리에 11코페이카였다. 세 덩어리는 그들이 직접 먹었지만, 여섯 덩어리는 소에게 주었다. 물에 적셔서. 소는 입을 쩝쩝거렸다. 맛이 좋은 모양이었다.

바바 나쟈의 집에는 전기가 들어왔다. 가스는 없었다. 바바 나쟈는 난로 측면에 있는 홈에서 모든 요리를 했다. 차를 끓일 때는 사모바르[11)]를 사용했다. 아침과 점심, 저녁에 흑차를 마셨다. 사모바르가 웅웅거렸다. 바바 나쟈는 그와 러시아 카드놀이인 두라크를 했다.

저녁에 손님이 왔다. 넥타이와 양복을 입은 파벨 아브구스토비치였다. 마르고 구식인 기이한 사람이었다. 엄마의 손에 키스를 했다.

– 정말 말도 안 돼요, 엄마가 바바 나쟈에게 말했다. 파벨 아브구스토비치는 음악원에서 공부했잖아요.

– 어떻게 하겠니, 바바 나쟈가 말했다. 신께서 그렇게 정해놓으신 것을.

어떤 날에는 머리에 보자기를 쓴 할머니들이 왔다. 밤이 되도록 노래를 불렀다. 처음에는 즐거운 노래들이었다. 그들은 노래를 부르며 박수를 쳤고, 춤까지 추는 사람들도 있었다. 그다음에는 슬픈 노래들을 불렀다. 그때는 눈물을 흘렸다. 마지막에는 모두 서로 끌어안았고, 눈물을 닦았다.

– 아쉬워, 알렉산더가 말했다. 우리 집에서도 모두가 한방에 살면 좋을 텐데.

다시 집으로 왔다. 두 번째 금요일에 할머니께 갔는데, 그는 할 이야기가 많았다.

– 닷새 동안 기차를 탔어요!

– 정말 놀랍구나, 할머니가 말했다. 그런데 나중에 저녁 먹을 때 얘기하지 않을래? 그러면 빌헬름도 같이 들을 수 있잖아. 빌헬름도 아주 재미있게 들을 거야.

그는 딱히 내키지는 않았다. 할머니가 그에게 용기를 불어넣었다.

– 이렇게 하자. 내가 먼저 적당한 말을 꺼낼 테니까, 그다음에

네가 시작하는 거야.

적당한 말?

– 예를 들어 '소련' 같은 말 말이다, 할머니가 설명했다. 예를 들어 내가 이렇게 말하는 거야. 소오련에 가서 휴가를 보내고 싶네! 그게 네게 보내는 신호다.

빌헬름이 버터를 빵 위에 철썩 놓았다.

– 인디언들은 지금 제일 가난한 사람들이 되고 말았지. 몰수당하고, 착취당하고, 억압당해서 그래.

할머니가 말했다.

– 소련에는 착취도 억압도 없지.

– 두말하면 잔소리지, 빌헬름이 말했다.

할머니가 알렉산더를 보더니 다시 한 번 말했다.

– 소오련에는 착취도 억압도 없어!

– 아, 그렇지, 빌헬름이 말했다. 너 얼마 전에 소련에 갔다 왔지? 이야기 좀 해봐라!

갑자기 알렉산더는 머리가 텅 빈 느낌이었다.

– 아니, 빌헬름이 말했다. 무식한 사람들하고는 이야기하지 않겠다는 거냐?

– 바바 나쟈 동네에서는, 알렉산더가 말했다, 우물에서 물을 길어요.

빌헬름이 헛기침을 했다.

– 좋아, 그가 말했다, 그럴 수도 있지. 우리가 소련에 있을 때는,

로티, 기억나? 그때는 아직 모스크바에도 우물이 있었지. 모스크바에! 생각을 해봐! 그런데 지금은? 너 모스크바에도 갔었지?

알렉산더는 고개를 끄덕였다.

–그렇지, 빌헬름이 말했다. 네가 어른이 될 때면 소련 어디에서도 우물에서 물을 길어야 할 일은 없을 거다. 네가 네 아버지만큼 자라면, 소련에서는 이미 공산주의가 시작된 지도 오랠 테니까 말이야. 어쩌면 온 세계가 공산화되었을 수도 있고.

모든 우물들이 사라진다는 건 알렉산더에게 별로 반가운 일이 아니었지만, 그는 빌헬름을 또다시 실망시키고 싶지 않았다. 그래서 그가 말했다.

–소련은 세계에서 제일 큰 나라예요.

빌헬름이 만족스럽게 고개를 끄덕였다. 그리고 기대가 가득한 눈빛으로 그를 쳐다보았다. 할머니도 기대가 가득한 눈빛으로 그를 보았다. 알렉산더가 이렇게 덧붙였다.

–하지만 아힘 슐리프너는 멍청해요. 걔는 미국이 세계에서 제일 큰 나라라고 해요.

–아, 그래, 빌헬름이 말했다. 재미있구나.

그리고 할머니께 이렇게 말했다.

–그 슐리프너네는 이번에도 또 선거에 참가하지 않았지. 하지만 우리는 조만간 그들도 잡아낼 거야.

유치원. 이제 그는 벌써 큰 아이들 그룹에 속하게 되었다. 아힘 슐리프터는 학교에 들어갔다. 그리고 이제 그는 '알렉산더, 가장

지혜로운 자'가 되었다. 증거.

−난 모스크바에 가봤어.

렘쉘 부인조차 거기 가본 적이 없었다.

−그리고 내가 어른이 되면 멕시코에 갈 거야.

그가 어른이 되면, 공손주의가 온 세상을 지배할 것이기 때문이었다. 그러면 인디언들도 더 이상 착취당하거나 억압당하지 않게 된다. 누구도 희생할 필요가 없다. 단지 방울뱀은 당연히 남아 있을 것이다. 신발 속의 전갈도. 하지만 그는 방법을 알았다. 아침에 신발을 털면 된다. 간단한 트릭이었다. 할머니가 그에게만 살짝 알려준 비밀이었다.

일요일이다. 알렉산더는 부모님과 함께 거리를 따라 걷는다. 텔만 로다. 나무들은 울긋불긋하다. 연기 냄새가 난다. 사람들은 낙엽을 긁어모아 작은 무더기를 만들고 태운다. 밤을 불에 던져 넣으면 잠시 후에 딱 하고 터지는 소리가 난다.

그들은 서로 손을 맞잡고 거리 한가운데를 걷는다. 엄마는 왼쪽에, 아빠는 오른쪽에, 그리고 알렉산더는 자기 생각을 말한다.

−내가 크면 엄마아빠는 다시 작아져요. 그다음엔 엄마아빠가 다시 커지고, 내가 다시 작아져요. 그렇게 계속되는 거죠.

−아니, 아빠가 말한다. 꼭 그렇지는 않아. 시간이 흐르면 우리는 조금 작아지기는 하지만, 그렇다고 젊어지지는 않아. 우리는 늙고, 언젠가는 죽어.

−누구나 죽어요?

– 그래, 사샤.

– 나도 죽어요?

– 그래, 너도 언젠가 죽지. 하지만 그때까지는 아직 시간이 아주, 아주, 아주 많아. 거의 무한히 많아. 그러니 아직 생각할 필요도 없어.

그건 어리둥절한 깨달음이다.

무한. 저 멀리, 모든 것들이 연기 속으로 사라지고 나무들도 점점 작아지는 저 멀리 그게 있을 것이었다. 그와 부모님은 함께 저 멀리로 갔다. 시원한 바람이 그의 뺨을 스쳤다. 그들은 걷고 또 걸었다. 걷기가 너무 쉬워 왠지 무서웠다. 하지만 그들은 거의 제자리를 벗어나지 못했다.

그가 웃음을 지었다면, 그건 부끄러워서였다. 커지고 작아지는 것에 대한 그의 생각이 너무 엉터리여서 그랬다.

2001

공항은 밤의 부랑자 수용소처럼 보였다. 침낭들, 카운터 앞의 긴 줄들. 안내판에는 취소된 비행들이 득실거렸다. 사람들은 하나같이 똑같은 신문을 읽고 있는 듯했다. 1면의 사진은 마천루로 날아드는 비행기. 아니면 그건 순항 미사일이었나? 로켓이었나?

멕시코 행 비행기도 연기되었다.

알렉산더는 여행 가이드북(유명한 *백패커*, 가벼운 여행)과 독일어-스페인어 사전, 공기를 불어넣을 수 있는 목베개, 그리고 도착할 곳의 분위기에 앞서 젖어보려고 스페인어 신문 한 부를 샀다. 거기 사전 없이도 그가 이해할 수 있는 단어가 있었다. *terrorista*.

그리고, 마침내, 체크인이 시작되었다. 스타트 포지션으로 가는 길, 스튜어디스가 안전 발레를 했다. 그것을 미소라고 할 수 있다면, 그녀는 확고부동하게 미소를 지었다. 그는 비행기가 추락할 때 그녀가 어떤 표정을 지을까 상상해보았다.

비행기가 이륙할 때의 생각. 여전히 목숨을 잃을 방법이 아주 많다는 것. 우습게도 마음이 안정되었다.

그는 자리에서 가능한 한 편한 자세를 취해보려고 했다. 가느다란 금목걸이를 건 과체중의 남자와 콜라를 들이켜는 아이를 달래보려고 헛되이 애쓰는 창백한 엄마 사이에서. 그는 글을 읽지도 않았고, 잠을 자려는 시도는 아예 하지 않았다. 코앞에 달린 작은 화면에 나타나는 비행기의 항로와 높아지는 고도, 낮아지는 기온을 쳐다보았다.

그리고 제공되는 모든 것들을 받았다. 커피, 이어폰, 수면용 마스크. 점심 식사로 제공된 음식을 모두 먹었다. 플라스틱 용기에 담긴 정체를 알 수 없는 디저트까지.

두세 시간이 지나자 영화가 시작되었다. 아주 평범한 액션 영화였다. 사람들이 서로 때리고 차고, 그 소리는 옆 사람의 이어폰에서 새어나와 들릴 정도로 컸다. 딱히 이상할 것이 없었는데도 그는 갑자기 이 영화를 견딜 수가 없었다. 왜 이런 걸 보여주지? 사람들이 서로에게 고통을 주는 것을?

그는 수면용 마스크를 쓰고 이어폰을 연결하고 프로그램을 이리저리 바꿔보았다.

헨델. 어떤 유명한 아리아. 감정이 억제되고, 위험한 멜랑콜리에 빠지게 하는 음악. 그는 조심스럽게 음악으로 접어들었다. 음악이 자신을 너무 깊게 파고들면 바로 꺼버릴 준비를 갖추고.

하지만 그렇지는 않았다. 그는 등을 기대고 놀라운 심정으로 아리아의 초월적인 사운드에 젖어들었다. 아니, 정확히 말하자면 초월적이 아니라 그 반대였다. 바흐와는 전혀 달랐다. 세속적이고 현세적이었다. 거의 고통스러울 정도로 현세적이었다. 이별의 고통, 그는 갑자기 깨달았다. 덧없음을 의식하면서 세상을 본다는 것. 이 기적을 작곡했을 때 헨델은 몇 살이었을까? 차라리 모르는 편이 나았다.

그리고 이 자는 얼마나 여유로운가. 또 이 모든 것이 얼마나 단순하고 명료한가.

그는 K.에서 마지막으로 했던 연출을 떠올릴 수밖에 없었다. 물론 공연 후의 비평들이 그가 염려했던 것만큼 참혹하지는 않았으므로 그런대로 만족할 수도 있는 연출이었다. 초연에서 그가 계단에 앉아 있던 때를 떠올렸다. 배우들이 무대 위에서 허우적거리고 소리 지르고 묘기를 연출하는 것을 보면서 그는 마음속에서 시름시름 죽어가고 있었다. 너저분하고 색이 요란한 무대장치. 경비가 많이 든 조명 구성(이를 위해 그는 값비싼 일광 조명등을 따로 더 사야 했다). 모두 다 너무 많았다. 너무 억지스러웠다. 너무 복잡했다.

그거였을까? 이 억지스럽고 복잡한 것. *그게* 그의 암이었을까?

비호지킨림프종……. 그리고 그 작자는 그에게 병에 대해 설명했다. 설명하기 싫은 듯 회전의자에 앉아 몸을 이리저리 돌리면서, 손에는 플라스틱 자를 들고. 그가 정말로 플라스틱 자를 들고 있었던가? 그를 서서히 죽이게 될 T세포에 대해 설명할 때 그 작자가 정말로 허공에 앙증맞은 작은 동그라미들을 그렸던가?

부조리한 것은, 문제를 일으키는 것이 방어세포라는 사실이었다. 알렉산더가 이해한 바에 따르면 원래는 낯선 조직에 맞서 방어

하는 기능을 하는 면역체계의 세포들이 스스로 적대적인 거대한 세포로 변한다는 것이었다.

그 전날 밤, 그러니까 진단이 내려지기 전날의 밤, 늙은 남자에 연결된 산소흡입기의 그르렁거리는 소리가 줄기차게 귀마개를 파고들었기 때문에 몇 시간 동안 잠들지 못하고 누워 있으면서 그는 모든 질문들을 던져보고, 모든 가능성들을 따져보았고, 결국은 일어나 살금살금 복도로 나가서 문제의 위치를 해부도에서 찾아보려고 헛되이 시도했다. 그러다가 세시쯤 되었을 때 그는 결국 이렇게 생각했다. 그게 뭔지 상관없다, 그게 어디 있는지 상관없다, 사람들은 그걸 도려낼 것이고, 그는 이 삶을 위해 싸울 것이다. 싸운다는 말에 이르자 그는 자기도 모르게 자신이 훔볼트하인[1)]을 한 바퀴 도는 모습을, 목숨을 위해 달리는 모습을 떠올렸고, 그렇게 달려 병을 떼어낼 거라고 생각했다. 그의 핵심만, 알짜만 남을 때까지, 피부와 힘줄 사이에 전혀 공간이 없어 어떤 적대적인 조직이 파고들 자리가 모조리 사라질 때까지 달릴 것이라고 생각했다.

그러나 도려낼 것도, 위치를 알아낼 것도 없었다. 그건 그 자신으로부터, 그의 면역체계로부터 나왔다. 아니, 그건 그의 면역체계 *자체*였다. 그 자신이었다. 바로 그 자신이 병이었다.

그의 귓속의 목소리가 조금씩 구부러졌다. 껑충껑충 뛰고, 꽥꽥거렸다. 웃음을 터트렸다.

그는 수면용 마스크를 벗었다. 그리고 자신의 얼굴이 붉어진 것을 누가 보지 않았는지 주위를 살펴보았다. 하지만 그에게 신경 쓰는 사람은 아무도 없었다. 금목걸이를 건 뚱보(그래도 그는 암에 걸리지 않는 데 성공한 사람이었다)는 자기 앞의 화면만 뚫어져라 보고 있었다. 창백한 아이 엄마는 좀 자보려고 애쓰는 중이었다. 오직 아이만이 그를 보았다. 콜라 색깔의 반짝거리는 눈으로.

멕시코, 공항. 따뜻한 공기가 몰려왔다. 도시를(나라를, 대륙을) 들어설 때, 이곳에서는 할머니의 온실 베란다에서처럼 질소비료 냄새가 나지 않는다는 것을 잠시 확인한다.

택시 타기. 운전사는 좌석에 비스듬히 매달려서 몸을 반쯤은 열린 창문 바깥으로 기댄 채 털에 불이 붙은 돼지처럼 달린다. 롤러코스터. 알렉산더는 몸을 뒤로 기댄다. 택시는 차선이 많은 도로를 질주하고, 운전사는 핸들을 급하게 꺾고, 덜덜거리는 바퀴와 함께 원을 그리며 도는데 그 도는 방향이 왠지 역주행처럼 보이며, 바늘구멍으로 돌진하고, 바깥의 차들은 울부짖고, 급하게 오른쪽으로 도니 길이 좁아지고, 좌우의 인도에 사람들이 돌아다니고, 운전사는 빨간 신호등을 보고도 달리고, 이제 처음으로 머리를 움직여 도로에 공간이 있는지 본다.

호텔 보르헤스. *백패커*가 권하는 호텔. *센트로 이스토리코*[2)]에 있고 하루 35달러다. 프론트에서 파란 복장의 앳된 얼굴이 그에게 무언가 설명하지만, 그는 이해하지 못한다. *엘 킨토 피소*, 이 말은 이해한다. 오층이라는 뜻이다. 방은 크고, 가구들은 모두 분무기로 적자색(赤紫色)으로 칠해두었는데, 조잡하지도 않다. 알렉산더는 침대에 몸을 던진다. 이제 뭘 하지?

알렉산더는 거리로 나간다. 사람들 사이에 섞인다. 저녁 여덟시다. 거리는 복잡하고, 그는 군중들과 함께 둥둥 떠다니면서 다른 사람들이 내뱉은 숨을 들이쉰다. 열기에도 불구하고 방탄조끼를 입고 있는 자그마한 경찰관들이 호루라기를 불어댄다. 인도에서 맨홀뚜껑 크기의 구멍을 만나 비틀거리다가 마주 오던 사람들의 품에 안긴다. 그들은 웃으면서 그를, 이 커다랗고 덜떨어진 유럽 사람을 일으켜 세운다. 이어서 그는 공원에 있다. 사방에서 물건들을 싸게 팔고 있다. 거대한 냄비 안에서 고기와 야채가 나란히 뭉근하게 끓고 있다. 이불도 있고 장신구도 있고, 낡은 전화와 원형톱, 탁상시계도 있으며, 소금에 절인 돼지껍질도 있고, 그가 모르는 물건들도 있으며, 실로 없는 게 없다. 깃털 장식, 해골 꼭두각시, 조명등, 십자가상, 스테레오 오디오, 모자.

알렉산더는 모자를 하나 산다. 그는 오래전부터 모자를 사고 싶었다. 이제는 사야 할 이유가 생겼다. 이제는 이렇게 말할 수 있다. 멕시코에서는 모자가 필요하다고—태양 때문에. 하지만 그는 그렇게 말하지 않는다. 그는 모자를 쓴 자신의 모습이 마음에 들기 때문에 사는 것이다. 자신에게 주입된 원칙들을 어기고 싶어서 사는 것이다. 아버지의 뜻을 거스르고 싶어서 사는 것이다. 지금까지 한 번도 모자를 써보지 않은 자신의 삶 전체를 거스르고 싶어서 사는 것이다. 도대체 왜 그랬을까? 모자 쓰기란 이렇게 쉬운데! 그는 웃음이 터질 듯하다. 심지어 웃는다. 아니, 딱히 웃는 건 아니지만 그래도 미소는 짓는다. 그는 정처 없이 걷는다. 이제야 비로소 그는 진정 여기에 속하게 되었다. 이제야, 모자를 쓰고 나서야, 그는 그들 중 하나가 되었다. 이제 갑자기 스페인어로 말문이 트인다. 얼마죠……, 하고 싶습니다…… 타코, 토르티야, 그라치아스, 세뇨르…… 세뇨르! 명예로운 칭호를 수여받을 때나 어울릴 몸짓으로 정중하게 허리를 숙인다. 노파가 킥킥 웃는다. 그녀는 이빨이 딱 하나밖에 없다. 알렉산더는 더 돌아다닌다. 토르티야를 먹는다. 차들이 가다 서다 한다. 조그마한 경찰관들 무리가 다시 나타난다. 그들이 괜히 호루라기를 분다고 할 수도 있겠다. 하지만 지금, 갑자기 그는 이해가 된다. 그들은 호루라기를 분다. 그냥 분다. 새들처럼. 그들은 존재한다. 그러므로 호루라기를 분다. 놀라운 깨달음이다. 그들은 날개를 푸드덕거리고, 팔을 퍼덕이는데 뜻을 해석할 수 없고 중요하지도 않다. 그 사이에 교통은 어떤 자연법칙을 좇으면서 스스로 조절한다.

음악이 들려온다. 호루라기가 아니라 제대로 된 음악이다. 아직은 불분명하지만 가끔씩 바이올린이나 트럼펫 소리가 두드러진다. 바이올린과 트럼펫! 샤로테 할머니의 셸락 레코드에서 들을 수 있던, 전형적인 멕시코의 악기편성이다. 그는 점점 더 흥분하여 발걸음이 빨라진다. 이제 마치 거대한 오케스트라가 악기들을 조율하는 것처럼 들린다. 가수들이 발성 연습을 하는 듯하다. 무슨 일일까? 알렉산더는 불빛이 환한 광장에 서 있다. 광장은 사람들로 포화상태고, 그 사이에, 그는 보고도 믿을 수가 없었다, 제각각 똑같은 유니폼을 입고 있어서 금방 구별할 수 있는 작은 그룹들이, 수백 명의 악사들이 있다. 크고 작은 악단들, 열 명으로도 두 명으로도 구성된 악단들, 가장자리를 금단추나 은색 띠로 장식한, 육중한 솜브레로나 가벼운 밀짚모자를 쓰고, 분홍색이나 흰색 혹은 곤

색의 견장이나 술을 단 악사들, 그들 모두가 음악을 연주한다! 동시에! 불가사의한 현상이다. 정체를 알 수 없는 벌레들이 갑자기 몰려드는 것처럼. 축제 행렬인가? 파업인가? 세상의 종말에 맞서 노래를 하는 것인가? 여기가 어떤 신이 그들의 목소리를 들을 수 있는 유일한 장소인가?

알렉산더는 이리저리 돌아다니면서 최면에 걸린 사람처럼 주위에 귀를 기울였고, 이 악단 저 악단 옮겨 다니면서 귀로 그의 음악을 찾았다. 저기 뒤쪽…… 아니다. 하지만 저건…… 비슷하다! 문득 어떤 가수 앞에 섰다. 그의 신사복은 담청색이며, 셔츠는 눈부시게 하얗고, 머리카락은 새까맣고, 목에는 거대한 파리를 걸고 있다.

– 멕시코 린도, 알렉산더가 말한다.

가수가 말한다. 시!

– 호르게 네그레테, 알렉산더가 말한다.

가수가 말한다. 시!

악사들은 담배를 한 모금 더 빨고, 병을 옆에 놓고, 바지를 추스르고, 솜브레로를 바로잡는다. 그리고 갑자기 할머니의 고색창연한 셸락 레코드가 돌기 시작한다. 룸-타타-룸-타타…….

Voz de la guitarra mía…… al despertar la mañana…….

믿을 수 없다는 표정으로 알렉산더는 가수를 쳐다본다. 얼토당토않은 파리, 윤기가 흐르는 새까만 머리카락, 콧수염 아래에서 번쩍거리면서 천 년 전에 천 개의 조각으로 부서진 셸락 레코드와 똑같은 발음을 만들어내는 새하얀 치아…….

두말할 것도 없이 이 모든 게 사실일 수는 없다. 아마도 착각이리라. 트릭을 쓴 사기겠지.

México lindo y querido

si muero lejos de ti

que digan que estoy dormido

y que me traigan aquí

노래가 끝난다. 그는 뺨에서 눈물이 흐르는 것을 느낀다. 악사들이 웃는다. 가수가 그에게 묻는다.

–아메리카노?

–알레만,[3] 알렉산더가 낮게 말한다.

–알레만, 가수가 반복한다. 동료들이 들을 수 있도록 크게.

–아, 알레만, 그들이 말한다.

그들은 웃음을 멈춘다. 그가 독일에서 여기까지 걸어오기라도 한 듯 그들은 대단하다는 표정으로 고개를 끄덕인다. 가수가 그의 어깨를 두드린다.

–옴브레,[4] 그가 말한다.

알렉산더는 떠난다. 악사들이 손을 흔든다.

그는 천천히 걷는다. 노래를 부른다. 거리에 사람들이 줄어들었다. 맥주를 한 병 산다. 뺨에 흐른 눈물이 마른다. 그는 밤공기를 들이마신다. 이제는 조금 서늘해졌다. 단지 군중의 몸에서 발산되는 열이 사라져서 그런 것일까? 호루라기 소리도 들리지 않는다. 별도 보이지 않는다. 그는 멕시코에 있다. 그가 이 나라의 땅을 결코,

*살아서*는 *단 한 번도* 밟지 못하리라는 것이 얼마나 오랫동안 확고부동한 사실로 여겨졌던가? 이제 그가 여기에 있다. 이제 그가 이 도시를 걸어 다닌다. 모든 것이 트릭을 쓴 사기다. 동서독 사이의 장벽. 암. 내가 암에 걸렸다고 누가 말하는가? 갑자기, 지금 되돌아보면 모든 것이 말이 안 되는 것 같다. 진단. 그건 주장일 뿐이다. 병원. 그건 병명을 만들어내는 얼빠진 기계장치에 불과하다. 도대체 무슨 병을 말하는가? 그 어떤 pH 치수, 그 어떤 엿 같은 것. 그냥 떠나버리면 된다. 이 병든, 병들게 하는 세상으로부터 자신을 떼어내면 된다…….

나는 여기 있다. 네게 인사한다, 거대한 도시여. 하늘과 나무와 아스팔트에 난 구멍아, 안녕. 토르티야를 파는 여자여, 악사들이여, 안녕. 나를 기다린 모든 이들이여, 안녕. 내가 왔다. 모자를 샀다. 이제 시작이다.

악사들에게 돈을 주었어야 했나?

잠들 때, 그의 마음을 약간 불편하게 한 것이라고는 이 질문뿐이었다.

아침, 개들이 그를 깨운다. 웬 개들인가? 그는 창밖을 본다. 진짜 개들이다. 옆 건물 옥상에 커다란 잡종 개 두 마리가 있다. 한 놈은 털이 덥수룩하고 한 놈은 벌거숭이다. 저기서 뭘 지키는 거지? 굴뚝을? 옥상을?

다섯시 반, 일어나기에는 아직 너무 이르다(물론 독일은 지금—그는 계산한다—낮 열두시 반이겠지만). 이불을 뒤집어쓰지만 소용이 없다. 창문 유리는 투명하고, 거리의 자동차 소리는 곧장 방 안을 파고든다. 처음엔 흐느끼는 소리가 나더니 짖는 소리가 뒤를 잇는다. 한 놈은 흐느끼고, 한 놈은 짖는다. 흐느끼는 놈이 시작하고, 짖는 놈이 장단을 맞춘다. 우우 – 멍멍.

어느 놈이 흐느끼고 어느 놈이 짖어대는지 보려고 일어선다. 털이 덥수룩한 놈이 흐느끼는 놈이다. 벌거숭이가 짖는 놈이다.

소리가 멈춘다. 이제 거의 기다려지기까지 한다. 우우 – 멍멍 소리는 왜 안 나는 거지?

오로팍스[5] 귀마개가 떠오른다. 세면용구를 담아놓은 주머니에 아직 오로팍스가 있다. 마리온, 그녀가 그때 그것을 병원에 갖다주었다. 합성수지로 만든 오로팍스, 요즘 유행하는 물건이었다. 그래도 없는 것보다는 낫다.

다시 침대에 누워 있을 때 생각이 났다. 마리온! 그녀에게 전화하는 것을 잊어버렸다. 아니, 잊어버린 게 아니라 하지 못한 것이다……. 오로팍스가 귓속에서 비난하듯 바스락거린다. 노글노글한 이 소재는 팽창하기 때문에 귀에서 다시 빠져나가려는 성질이 있다……. 그는 마리온에게 이렇게 쓸 생각을 한다. 사랑하는 마리온, 이렇게 쓸 것이다, 너는 아마 놀라겠지…… 나는 멕시코에 있어. 왜냐하면…… 그래, 왜? 할머니의 흔적을 좇아서…… 그래, 멋지군…… 사랑하는 마리온…… 전화를 안 한 것을 어떻게 해명하지?

사랑하는 마리온, 지금은 아무것도 해명할 수 없어. 갑자기 멕시코에 있게 됐어. 오로팍스가 있는 게 다행이야, 옥상에 개들이 있거든…… 하지만 솔직히 말하자면 바스락거린다. 다음번에는,

괜찮다면…… 아니면 수면제를. 다름 아닌 개들을 위해…… 우우…… 어느 놈이 어느 놈이었지? 한 놈이 흐느끼고, 다른 놈은 이제 아주 작아졌어. 들려? 저 뒤쪽에서 나는 소리야. 바스락거리는 소리 뒤에서…… 우우…… 어디 갔지…… 멍…… 멍…….

그가 깨어난다. 날카로운 햇살이 방을 파고든다. 여덟시. 그는 일어나서 샤워를 한다. 거울에 비친 자신의 모습을 한동안 관찰한다. 면도를 할까 생각해본다. 새 모자를 써본다. 뭐가 보이는가?

뭐긴 뭔가. 모자를 쓴 남자지. 마흔일곱. 창백하다. 면도를 안 했다.

그는 실제보다 더 늙어 보인다.

그는 실제보다 더 위험해 보인다.

일단 이것으로 충분하다.

호텔의 아침식사 식당은 너무 정결하다. 너무 유럽풍이다. 그는 건너편 카페에서 아침을 먹는다. 오래된 업소로서 거의 빈의 커피하우스들 분위기를 연상시킨다. 다만 사방을 비추는 벌거벗은 새하얀 형광등들이 거슬릴 뿐이다. 인디언 웨이트리스의 얼굴이 조명 때문에 노랗다. 그는 전형적인 멕시코 식 아침식사를 달라고 한다. 그리고 무언가 애매모호한, 죽 같은 것을 받는다. 빨강과 초록이 섞여 있다. 그래도 금속 주전자로 부어주는 커피는 괜찮다. 거의 걸쭉할 정도다. 우유와 함께 마셔야 한다.

이어서 비로소 멕시코시티의 낮을 만난다. 언제나 그는 이 도시가 울긋불긋할 것이라고 생각했다. 하지만 이른바 역사적 중심지는 회색이다. 여느 스페인 대도시와 다를 바가 없다. 다만 집들이 모두 비스듬하게 서 있다는 것이 다르다. 축축한 지반 때문에 이미 고대의 아즈텍 사람들도 골머리를 앓았다고 *백패커*에 적혀 있다.

또 이렇게도 적혀 있다. 멕시코 사람들은 이 도시를 멕시코시티가 아니라 DF라고 부른다—*디스트리토 페데랄*.

또 *가리발디 광장*에서 누구든 원하는 사람에게 세레나데를 연주해주는 *마리아치* 악단에 대해서도 적혀 있다. 이 광장은 아주 '관광객으로 붐비는' 곳이라고 한다. 그래서 가격도 비싸다는 것이다.

초칼로[6]에는 지금 가설 홀이 세워지고 있는데, 조만간 홀리데이 온 아이스가 여기서 초청 공연을 펼치지 않을까 걱정해야 할 정도로 크다. 그는 *백패커*가 멕시코 바로크의 걸작이라고 칭송하는 메트로폴리타나 대성당을 찾아가 어마어마한 내부 공간을 어슬렁거리며 돌아다니고, 온통 금으로 범벅이 된 20미터 높이의 제단 앞에서 그 외설적인 호화로움에 입이 쩍 벌어지기도 한다.

대성당 옆에는 옛 아즈텍 도시의 거대한 사원이었던 *템플로 마요르*가 있다. 정확히 말하자면 보잘것없는 잔해들뿐이다. 파괴되고 약탈당하고 남아난 게 없는 이 사원은 두 문화 사이의 투쟁을 증언한다. 평화로운 기독교 문화와 피에 굶주린 아즈텍 문화 사이의 이 투쟁은 에르난 코르테스라는 자가 *약 이백 명의 병사*들만 데리고 (물론 능숙한 동맹정책에 힘입어!) 몇 달 안에 아즈텍 문화를 짓밟아버리는 것으로 끝났다. 사원의 잔해에 서면 대성당의 뒷면이 보인다. 그리고 대성당이 이 사원의 돌들로 세워졌다는 것도 보인다.

광장 가장자리에 인디언 한 사람이 화려한 깃털장식을 하고 서 있다. 그의 앞에 그려진 백묵원 안에는 두 명의 멕시코 사람들이

서 있는데, 인디언은 주문을 중얼거리면서 그들에게 유향을 뿌려댄다. 열 명 혹은 스무 명의 사람들이 줄을 서 있다. 늙은이, 젊은이, 커플들. 허리에 두른 천을 제외하고는 인디언은 발가벗은 상태다. 그는 발가벗었고, 작고, 뚱뚱하고, 입술이 파랗다.

옆길에는 아이들이 넷 있다. 음악을 연주한다. 정확히는 세 명이 음악을 연주한다. 한 명은 클라리넷을 불고, 두 명은 서투르게 북을 치는데, 좀 너무 짧은 치마를 입은 작은 소녀가 주위를 돌아다니면서 행인들에게 모자를 내민다. 소녀는 기껏해야 다섯 살이다. 눈빛에는 의심과 부끄러움이 가득하다. 알렉산더는 소녀에게 작은 돈을 건넨다. 그리고 *가리발디 광장*의 악사들에게—*그*가 생각하기에 부당하게—주지 않았던 돈을 소녀에게 주어야 할까 생각해본다. 하지만 주지 않는다. 망신당할까 두려워서다. 누구 앞에서?

그는 메트로를 타고 *인수르헨테스*까지 간다. 행상들이 들락거린다. 소리를 지르고, 배터리로 작동시키는 플레이어로 끔찍한 음악을 틀어놓고 CD를 판다. 알렉산더는 아이들에게 돈을 주지 않은 것 때문에 화가 난다.

다시 땅 위로 올라온다. *아베니다 데 로스 인수르헨테스*, 반란군의 거리. 일상적인 거리다. 중심부보다는 더 정상적이고 더 지저분하지만, 여기도 *그*가 상상했던 멕시코시티는 아니다. 사람들, 굉음을 내는 자동차들. 차선들 사이, 1미터도 채 되지 않아 보이는 중앙분리대에서는 바싹 마른 작은 나무들이 불가사의한 생명을 이어가고 있었다. 길가의 집들은 건축양식들을 서투르게 베껴놓았다. 지난날 언젠가 자부심 가득한 소유주들이 지어놓은 것임을 아직도 알아볼 수 있지만, 이제는 황폐해지고 풍화하고, 새로 한 덧칠도 다시 떨어지고, 벽보들만 덕지덕지 붙어 있다. 옥상들은 99페소짜리 상품들을 광고하는 거대한 막을 매달아놓은 구조물들로 채워져 있다.

그는 *인수르헨테스*를 따라 남쪽으로 간다. 주소는 *백패커*에 수록된 지도의 바깥 지점에 있다. 그는 호텔에 있는 커다란 도시 지도에서 가는 길을 알아놓았다. 그는 빠르지도 느리지도 않게 걷는다. 점심 휴식시간이 끝나 막 다시 문을 여는 술집들과 가게들을 지나간다. 약방과 사진관 들을 지나간다. 하수 웅덩이와 공사장, 고장 난 오토바이와 고장 난 자전거, 고장 난 배관 들을 지나간다. 도대체 고장 나지 않은 게 없다.

그는 가판대에서 타코 혹은 토르티야 혹은 뭔지 알 수 없는 것을 산다. 거리의 가판대에서는 아무것도 사서 먹지 말라고 *백패커*에 적혀 있었는데도 그는 그것을 먹는다. 그러나 갑자기 타코 혹은 토르티야 혹은 뭔지 알 수 없는 것의 맛이 이상하다. 그는 반도 먹지 않고 내던져버린다. 그리고 목이 말라 맥도날드 스타일의 작은 레스토랑에 들어가서 햄버거와 콜라를 주문한다. 플라스틱 탁자들은 모두 고장 나고 손상되고 균열이 있는 것들이다. 게임기가 요들송을 부른다. 두건을 쓰고 헐렁한 청바지를 입은 청소년 두 명이 들어온다. 그는 햄버거를 씹으면서 생각한다. 이상하게도 청소년들의 외양은 어디서나 똑같단 말이야. 적어도 특정한 부류의 청소년들은 그랬다. 그들은 무언가를 사고 다시 나간다. 알렉산더는 거들먹거리며 과장된 몸짓으로 도로를 건너가는 그들의 뒷모습을 쳐다본다.

알렉산더는 3킬로미터 더 걸어간 후 왼쪽으로 돌고, 다시 왼쪽, 다시 오른쪽으로 돌아 마침내 목적지에 도착한다. *타파출라*. 좁다랗고 가로수가 없는 거리다. 가로수 대신 가로등과 전봇대들이 늘어서 있고, 그것들 사이에 전선들이 거미줄처럼 그물을 이루고 있다. 56A번지. 4미터도 채 되지 않는 이층집이다. 그는 옥상 정원에 설치된 톱니 모양의 흉벽을 알아본다. 할머니는 저기 서서 아래쪽을 내려다보고 있었다. 하지만 흑백사진이었는데도 사진에서는 그 모든 것이 왠지 녹색처럼 보였었다. 왠지 열대지방 같았고 규모가 큰 것처럼 보였었다.

그는 조심스럽게 창살이 달린 일층 창문 안쪽을 들여다본다. 상자들이 서 있는 걸로 봐서 아마도 창고인 듯하다. 초인종을 울려보지만 문을 여는 사람은 없다. 그는 길 건너편으로 가서 집을 바라본다. 무언가를 느끼려고 해본다. 자신의 할머니의 과거 모습과 맞닥뜨리게 되면 사람들은 어떤 느낌을 갖게 되는 걸까?

그가 지금 느끼는 유일한 감각은 발바닥의 통증이다. 등도 아프다. 병원에 입원해 있으면서 다리 근육이 현저하게 약해진 탓이다.

길모퉁이에서 그는 녹색과 흰색으로 칠해놓은 택시를 부른다. 길거리에서 손을 흔들어 택시를 잡으면 안 된다고 *백패커*에 적혀 있는 것을 읽었는데도 그렇게 한다. 운전사는 친절하고 깨끗한 흰색 셔츠를 입고 있다. 요금표시기도 있다.

운전사는 우회전하여 *인수르헨테스*로 접어들어 북쪽을 향한다.

정확한 경로다. 교통은 흐름이 느리고 요금표시기는 딸까닥거린다. 그때 운전사가 갑자기 왼쪽으로 돈다. 중심가는 오히려 오른쪽에 있는데도 말이다. *인수르헨테스*가 꽉 막혀서 우회하려는 거겠지, 알렉산더는 이렇게 생각하며 안심하려고 해본다. 하지만 다음의 넓은 평행 도로를 택하는 대신 운전사는 계속 종잡을 수 없이 지그재그로 달린다. 목적지로부터 점점 더 멀어지는 것 같다.

– 아돈데 바모스,[7] 알렉산더가 묻는다.

운전사는 몸짓을 하면서 뭐라고 대답을 한다. 백미러를 보면서 웃는다.

– 스톱, 알렉산더가 말한다.

– 노 프로블럼, 운전사가 일종의 영어로 대답한다. 노 프로블럼!

하지만 차를 세우지는 않는다.

삼 분 후에야 어떤 썰렁한 골목에 차를 세운다. 벽들, 골함석 지붕, 쇠락. 운전사가 짧게 경적을 울리고 나서 알렉산더에게 온갖 말과 몸짓을 섞어가며 차 안에 앉아 있으라는 뜻을 전하고는 사라진다.

알렉산더는 몇 초 기다린 후에 내린다. 그러나 몸을 비틀며 낮은 차문을 빠져나오자마자 두 명이 그를 가로막는다. 두건과 헐렁한 청바지 때문에 첫눈에는 햄버거 레스토랑에서 보았던 그 녀석들과 비슷하게 보이지만, 다시 보니 그들보다 어린 녀석들이다. 기껏해야 열여섯도 채 되지 않은 멀쑥하고 마른 녀석들이다. 솜털로 콧수염을 기른 좀더 큰 놈의 손에 멋지게 장식된 칼이 들려 있다. 총명하게 보이는 눈으로 재빨리 사방을 두리번거리는 좀더 작은 놈이 택시를 가리키며 알렉산더에게 무언가를 묻는다.

알렉산더는 말은 이해하지 못하지만 뜻은 이해한다. 택시비를 내라는 뜻일 게다. 얼빠진 트릭이다. 그는 독일어로 크게 말한다.

–무슨 말인지 몰라.

–디네로, 페소, 달러, 작은 놈이 말한다.

알렉산더는 이 녀석에게 요금표시기에 표시된 액수보다 절대로 더 많이 주지는 않겠다고 다짐하며 지갑을 꺼낸다. 그러나 그가 태세를 갖추기도 전에 작은 놈이 지갑을 뺏더니 안전거리를 유지하면서 내용물을 검사한다. 알렉산더는 자기도 모르게 녀석에게로 한 걸음 다가간다. 콧수염 기른 놈은 칼을 치켜들고 이리저리 마구 휘두른다. 작은 놈이 돈을 꺼낸다. 300달러와 몇백 페소다. 그리고 놈은 알렉산더에게 지갑을 던진다. 몇 초 후, 놈들은 이미 사라졌다.

그는 오래 생각하지 않고 곧장 걷기 시작한다. 여기서 벗어나고 싶다. 누군가 그를 부른다. 낡은 폭스바겐이 시동을 걸고 다가오는 소리가 들린다. 한동안 택시 운전사는 그의 옆을 따라 운전하면서 그에게 말을 건다. 알렉산더는 거들떠보지도 않는다. 앞만 보고 그냥 걷는다. 마치 터널을 통과하는 사람처럼.

한참이 지나서야 강도라는 말이 떠오른다. 그는 강탈당했다. 두 놈의 열여섯 살짜리들에게. 두 놈의 어린 소년들에게. 그는 굴욕감을 느낀다. 칼보다 더 굴욕적인 것은 작은 놈의 민첩하고 총명한 눈이었다. 그 눈은 그에게 그가 누군지 말해주었다. 놓치기 아까운, 돈을 빼앗아야 하는 멍청하고 둔한 백인. 그렇지? 과연 그렇지 않은가? 그래, 맞다. 그는 깨닫는다. 그가 당한 것이다.

그는 *인수르헨테스*에 이어질 것으로 짐작되는 방향으로 곧장 터벅터벅 걷는다. 어스름이 밀려온다. 주위가 차츰 활기를 띤다. 창문들에 불이 켜진다. 거리에 서 있는 사람들이 그를, 멍청하고 둔한 백인을 쳐다본다. 속임수. 그는 가게와 술집을 본다. 속임수. 옥상의 광고들을, 떼 지어 *인수르헨테스*에서 요란하게 움직이는 택시들을, 그에게 장신구나 선글라스를 팔아넘기려고 하는 행상들을 본다. 속임수다. 중앙분리대의 가련한 나무들을 봐도, 건축양식을 서투르게 베낀 건물들을, 파손된 보도를 봐도, 사방에 축 늘어져 있는 전깃줄들을, 너덜너덜하게 찢긴 벽보들을, 노란 도료로 칠해놓은 연석들을, 이동전화 안테나들을, 전선들을, 맥도날드를 흉내 낸 간이음식점들을, 혹은 저기 눈부시게 하얀 셔츠를 입고 굵은 손가락에 굵은 반지를 낀 채 깜빡거리는 조명 문자 광고가 달린 업소의 문 앞에 서는 남자를 봐도 그는 안다. 속임수다. 이 사실을 더 일찍 알아차리지 못한 것이 놀라울 정도다. 그는 당했다, 평생 동안. 사람들은 그를 속여왔다(이것을 깨달은 것이 기뻐서 그는 킥킥거린다). 실은 모든 게 속임수이며, 진실은 이것이다. 그가 놓치기 아까운, 돈을 빼앗아야 하는 멍청하고 둔한 백인이라는 것. 그 밖에 무엇이 더 있겠는가?

도대체 무엇을 더 기대했던가? 정말로 누군가 그를 기다리고 있으리라고 생각했던가? 정말로 멕시코가 그를 오랜 친구처럼 두 팔을 벌리고 맞아줄 것이라고 생각했던가? 정말로 그는 이 나라가 그를…… 그래 도대체 어떻게 해줄 것이라고 기대한 거지? 치유해줄 것이라고 기대한 건가? 그래, 그래, 그 비슷한 생각이었지……

귀에 거슬리는 소리를 내뱉는다. 그는 웃고, 컥컥댄다. 자기가 무엇을 하는지 알 수가 없다. 기계적으로 한 발 한 발 내딛는다. 분노가 그를 앞으로 떠민다. 목이 마르지만 그냥 한 발 한 발 걷기만 한다. 목의 갈증을 느낀다. 말을 너무 해서 목이 쉰 것 같다. 마음속으로 한 말들인데도 그렇다. 이제 발바닥이 아프다. 하지만 갈증이 더 큰 문제다. 그는 마라톤을 뛰어봤기 때문에 안다. 통증은 사라질 테지만 갈증은 점점 심해지기만 할 것이다. 그는 바지 주머니를 뒤져 몇 페소가 남았는지 확인한다. 물을 한 병 살 돈은 안 된다. 겨우 3페소가 부족하다. 하지만 3페소는 어디까지나 3페소다. 물어볼 필요도 없다. 누구도 그에게 3페소를 그냥 주지 않을 것이다. 이 멍청하고 둔한 백인에게. 그가 암에 걸렸다고 해도 말이다. 그는 벤치에 앉는다. 머리가 어질어질하다. R.에서 마라톤을 뛰던 때를 떠올린다. 심각한 탈수 증상을 보이는 그를 사람들이 끌어냈다. 그때 그는 자신이 무엇을 하고 있는지를 더 이상 알지 못했다. 오늘을 되짚어본다. 커피와 콜라? 이게 오늘 하루 종일 마신 전부다. 날은 덥다. 그는 분명 20킬로미터는 행군했을 것이다. 아무 카페에나 들어가서 수돗물을 들이켜고 싶다. 하지만 *백패커*는 그렇게 하면 안 된다고 했다. 계속 가야 한다. 앉아 있으면, 드러누우면 안 된다. 드러누우면 죽는다. 멍청하고 둔한, 뒈진 백인이 된다. 아침에 시체가 되어 벤치에 널브러져 있는 자신을 떠올린다. 모자는 벌써 누군가 훔쳐갔고, 바지도 마찬가지다……. 지금 막 누군가가 그의 체코 산 트래킹 화를 훔치고 있다. 여러 해 동안 신발 끈도 갈지 않은 채 신어왔던 신발이다.

–뭐하는 거요?

그는 서서히 깨닫는다. 그의 앞에 무릎을 꿇고 앉아 그의 오른쪽 신발을 가지고 뭔가 하고 있는 남자가 구두닦이라는 것을.

–노, 알렉산더가 말한다. 노!

그는 발을 끌어당긴다. 조그마한 발판 위에 있던 발을 땅으로 내려놓는다. 남자는 계속 닦는다. 아이 메이크 베리 굿 프라이스, 그가 연신 닦으면서 말한다. 알렉산더를 보고 웃으면서 말한다. 베리 굿 프라이스. 알렉산더는 일어선다. 그래도 남자는 여전히 신발에 매달려 있다. 알렉산더가 걷기 시작하니 남자가, 똥파리가 끼어든다. 베리 굿 퀄리티, 똥파리가 말한다. 자신의 솜씨가 그렇다는 건지 알렉산더의 신발이 그렇다는 건지 알 수가 없다. 알렉산더는 이동하려고, 똥파리를 떨쳐내려고 한다. 하지만 이제 똥파리가 그를 가로막는다. 알렉산더보다 머리 두 개는 작지만, 옹골차다.

–유 해브 투 페이 마이 워크, 똥파리가 말한다.

벌써 구경꾼들이 몰려들어 두 사람 주위에 작은 원을 만들었다. 알렉산더는 몸을 돌려 반대방향으로 가려고 한다.

–유 해브 투 페이 마이 워크, 똥파리가 다시 한 번 말한다.

똥파리가 날개를 펼치고 그의 길을 막는다. 한 손에는 발판을, 다른 손에는 도구 가방을 들고 있다. 알렉산더는 한 방 먹일 태세를 갖추고 그에게 다가간다. 하지만 그는 한 방 먹이는 대신 고함을 지른다. 남자의 얼굴에 바짝 들이대고 목청껏 고함을 지른다.

–아이 해브 노 머니, 그가 외친다.

똥파리가 놀라서 뒤로 물러선다.

–아이 해브 노 머니, 알렉산더가 또 한 번 외친다. 아이 해브 노 머니!

이제는 스페인어까지 생각난다.

–노 텡고 디네로, 그가 외친다.

두 손을 치켜들고 외친다.

–노 텡고 디네로!

사람들의 얼굴을 향해 외친다.

–노 텡고 디네로!

사방으로 빙빙 돌면서 외친다.

–노 텡고 디네로!

사람들은 등을 돌리고, 그는 뒤에서 계속 고함을 지른다. 사람들은 닭들처럼 순식간에 흩어진다. 몇 초 후, 그의 주위는 텅 비었다. 오직 구두닦이만이 여전히 거기 있다. 한 손에는 발판을, 다른 손에는 도구 가방을 들고. 그렇게 거기 말없이 서서 미쳐버린, 멍청한 백인을 빤히 쳐다본다.

1961

여느 금요일처럼 오늘도 그녀가 맨 마지막이었다.

그녀는 새벽 다섯시에 집을 나섰다. 첫 번째로 우편물이 수거되기 전에 그녀는 하거 동지가 그녀에게 주문한 논평을 다시 한 번, 마지막으로 훑어보았다. 오전에는 두 번, 두 시간씩 스페인어 강의를 했다. 오후에는 리얼리즘 세미나가 있었다. 북미의 진보적 문학이 주제였다. 그녀는 말을 하던 도중에 문득 자신이 제임스 볼드윈[1]을 존 더스 패서스[2]와 혼동했다는 것을 깨달았다.

독학자. 이 말이 지금, 네시 십오분에, 책상을 정리하는 중에 떠올랐다.

독학자로서 그녀는 잘 모르는 전문분야에 끼어들지 않는 게 좋겠다. 반년 전, 전체 간부회의에서 샤로테가 멕시코 혁명 50주년을 기념하는 세미나를 열겠다고 하자 하리 칭크가 한 말이었다.

그녀는 오전에 치른 중간 테스트 시험지들을 움켜잡고 자신의 펜

(그녀에게는 수백 개의 펜이 있었지만, 그녀가 제일 좋아하는 펜이 하필 이 펜이었다)을 찾다가 결국 의욕을 잃고 포기했다. 그리고 더러워진 유리 찻잔을 비서실로 가지고 가서 손을—오늘만 다섯 번째로?— 씻었다. 그래도 손가락 사이에 낀 백묵이 다 지워지지 않는 것 같은 기분이었다. 이윽고 그녀는 비서 리시가 열어둔 채로 둔 서류장을 닫았다. 물론 리시는 벌써 오래전에 달아나버렸다. 유감스럽게도 나무 블라인드가 꽉 끼어 움직이지 않았다. 샤로테는 온 힘을 다해 손잡이를 눌렀다. 손잡이가 부러졌다. 그녀는 곁방으로 가서 리시의 책상에 손잡이를 쾅하고 내려놓았다. 그리고 쪽지에 관리인이라고 적고 느낌표를 찍었다.

그 순간 관리인이 바로 며칠 전에 서독으로 달아났다는 게 떠올랐다. 그녀는 천천히 쪽지를 구겨 휴지통에 던져 넣었다. 그리고 리시의 의자에 앉아 두 손으로 턱을 괴었다. 발터 울브리히트의 사진을 한참 쳐다보았다. 사진은 그전에 걸려 있던 더 큰 사진이 벽에 남겨놓은 미세하게 밝은 흔적에 둘러싸여 있었다.

하리 칭크가 부원장이 될 것이라고 했다.

트림을 하자 생선 냄새가 났다. 그녀는 생선을 싫어했다. 오직 생선 기름 때문에 먹었다.

– 여자라서, 게르트루트 슈틸러가 오늘 점심때 말했다, 우리는 두 배는 더 성과를 내야 밀고 나갈 수 있어.

두 배 아니 세 배는 더 해야 했다.

샤로테는 더 이상 닫히지 않는 서류장에서 '공무 전용'이라고 적힌 서류들과—조심해서 나쁠 게 없다—세월이 가면서 거기 쌓인 여러 서독 신문들을 꺼내 서류가방에 넣고 방을 나왔다.

복도에서는 고장 난 형광등이 탁탁 소리를 냈다.

문들에는 러시아 병사들이 전쟁 후에 마효르카[3]로 지진 얼룩들이 여전히 여기저기 남아 있었다.

벽보는 소련의 기술과학이 최근에 거둔 승리를 알리고 있었다. 유리 가가린이라는 이름의 소련 시민이 그저께 우주공간으로 날아간 최초의 인간이 되었다.

밖은 따뜻했다. 갑자기 봄이 찾아왔다. 샤로테는 그런 줄도 몰랐다. 그녀는 2킬로미터쯤 걸어가기로 마음먹었다. 철둑 가의 작은 숲길을 걸으며 긴장을 풀고 좋은 날씨도 누려보고 싶었다. 몇백 미터 걷지 않아 그녀는 벌써 땀을 흘리기 시작했다. 서류가방은 무거웠다. 그녀는 외투 속에 여전히 두꺼운 털실 재킷을 입고 있었다. 어린 시절의 영상이 문득 떠올랐다. 따뜻한 날, 하얀 모직 옷. 그 순간 떠올랐다. 일요일에 어머니가 그녀를 데리고, 어머니의 표현을 따르자면, 황제께 '알현'하기 위해 티어가르텐[4]으로 갈 때마다 입어야 했던 옷이었다. 그런데 샤로테는 황제 앞에서 재채기를 하고 말았다. 순식간에 사건 전체가 생생하게 떠올랐다. 형제들과 수행 군인들을 양옆에 거느리고 넓은 대열을 이루며 정력적인 걸음으로 다가오는 황제. 너무 덥고 지독하게 따끔거리는 모직 옷. 재채기를 하면서 아직 눈도 뜨지 않았을 때 그녀를 있는 힘껏 때리던 어머니의 거친 손.

그날 그녀는 하루 종일 비품실에 갇혀 있어야 했다. 천식 때문에 거의 죽기 일보직전이었지만 어머니는 거들떠보지도 않았다. 샤로테가 꾀병을 부린다고 생각했는지도 모르고, 실제로 그녀가 죽기를 바랐는지도 모른다. 대신 로테를 포기할 수도 있어요, 어머니는 그렇게 이웃 여자에게 말한 적이 있었다. 샤로테는 어머니의 순교자 같은 표정과 목까지 덮는 칼라에 달린 십자가도 생각이 났다. 칼 구스타프가 '정상'이 된다면 로테를 포기할 수도 있어요.

인생의 학교. 이 학교를 거치지 않았더라면, 지금 그녀가 이렇게 될 수 있었을까? 빨리빨리 부인. 학생들이 그녀에게 붙여준 별명이었다. 학생들은 이 별명이 그녀의 화를 돋운다고 생각했다. 하지만 전혀! 샤로테는 서류가방을 두 손으로 움켜쥐었다……. 그리고 생각했다. 아니, 빨리빨리 부인은 포기하지 않아. 빨리빨리 부인은 싸울 거야. 하리 쳉크가 부원장이라니! 그래, 한번 두고 보자고.

빌헬름은 당연히 지하실에 있었다. 원래 와인 저장소로 사용되었던 지하실을 일종의 회합실로 개조해놓고 빌헬름은 이 공간을 '본부'라고 불렀다. 집 안은 어두웠다. 눈을 찌르는 늦은 오후의 햇빛 속을 걷다가 들어올 때면 더 어둡게 느껴졌다. 빌헬름이 스위치 다는 것을 깜빡 잊은 조개등만 밤낮으로 하릴없이 불을 밝혔다. 샤로테는 신발과 외투를 벗는 동안이라도 불을 켜지 않음으로써 조개등이 낭비하는 전기를 벌충하려고 했다. 그녀는 어둠 속에서도 실내화를 찾아내어 갈아 신고 황급히 계단을 올라갔다. 여섯시에 알렉산더가 스페인어를 배우러 올 것이었다.

그녀는 침실에서 새 옷을 꺼내 들고 욕실로 가서 오래 샤워를 했다. 그녀의 천식은 집먼지 알레르기가 원인이라고 쥐스 박사가 진단한 이후로 샤로테는 샤워를 의학적 치료로 간주했고, 하루에도 몇 번씩 아무 거리낌 없이 샤워의 사치를 누렸다. 아침에는 당연히 찬물로, 하지만 오후와 저녁에는 따뜻한 물로 샤워를 했다. 머리를 감고, 얼굴과 눈 위로 물을 오래 흘려보냈으며, 기분 좋게 코 안과 입속을 씻었다. 쿠르트와 이리나가 이사한 후로 적어도 이것만은 나아졌다. 그렇지 않아도 노이엔도르프는 수압이 낮은데 집 안에서 누군가가 계속 물을 틀기까지 하면, 뜨거운 물에 데거나 아침 식사를 위해 삶은 계란을 식힐 때처럼 갑자기 찬물을 뒤집어쓰게 되었다.

그녀는 샤워를 끝내고 준비해놓은 면 속옷을 입은 후, 유행에는 뒤처졌지만 여전히 포근하고 따뜻한 캐시미어 스웨터를 입었다. 욕실을 나서자마자 집 안의 한기가 그녀를 휘감을 테니까. 문득 이 사치에서 한 걸음 더 나아가 알렉산더에게 오늘은 오지 말라고 하고 그 대신 빌헬름이 저녁을 먹으러 지하실에서 올라올 때까지 좀 누워 있고 싶어졌다. 이 미친 한 주를 견뎌낸 그녀에게 그럴 만한 권리는 있지 않을까?

그녀는 거실로 내려가 쿠르트에게 전화했다.

– 알았어요, 쿠르트가 말했다. 그럼 내일 뵐게요.

내일?

– 드라이브를 해야죠, 쿠르트가 말했다.

– 아, 그렇구나. 그래, 꼭 하자, 샤로테가 말했다.

온실 베란다에 들어서니 기분이 좋았다. 실내 분수가 나지막이 웅웅거렸고, 거의 열대지방처럼 습도가 높았다. 쥐스 박사가 습도가 높은 쪽이 알레르기를 다스리는 데 좋다고 말한 후로 그녀는 대부분의 시간을 온실 베란다에서 보냈다. 아니, 정확히 말하자면 이미 그전부터 온실 베란다에서 대부분의 시간을 보냈지만, 이제 그녀는 그렇게 해야 할 과학적인 근거까지 얻은 것이다. 그녀는 날씨가 허락하는 한 잠도 온실에서 잤다.

침대에 누웠지만, 잠이 들지 않기 위해 이불을 덮지는 않았다. 빌헬름이 자고 있는 그녀를 발견하게 하고 싶지는 않았다. 혈액순환이 느슨해져서 거의 열대지방을 방불케 하는 실내 온도에도 불구하고 오한이 밀려왔다. 그녀는 오한이 싫기는커녕 오히려 반가웠다. 이미 오래전에 포기했던 어떤 감각을 부드럽게 떠올려주기 때문이었다. 물론 그녀는 거기서 멈췄다. 그녀 나이에 이런 생각을 더 하는 것은 어울리지 않는다고 생각했다. 쓸데없다. 전적으로 부적절하다. 빌헬름은 아직 그런 생각을 할까? 그녀가 침실에서 침대를 뺄 때 왜 그가 불평을 했을까? 어차피 두 사람은 오래전부터 따로 잤다. 침실은 함께 썼지만 침대들은 2미터나 떨어져 있었다. 그런데도 그는 무엇을 바랐던 것일까? 그게 슬펐나? 그를 위해 다시 한 번 그걸 해야 하는 걸까? 빌헬름의 침대 협탁 위에 놓인 유리물잔만 생각해도 그녀는 마음이 차가워졌다. 이미 1940년에, 프랑스 베르네의 수용소에 갇혀 있을 때, 빌헬름은 괴혈병을 앓아 이가 모두 빠져버렸다. 설령 몇 개 남아 있었다고 해도 카사블랑카로 가는 길에 다 잃어버렸다. 아이고, 그런 시절도, 그런 두려움도, 그런 혼란도 다 있었다니……. 그녀는 머리가 몽롱해졌다. 쳉크가 다시 떠올랐다. 그의 치아는 실로 출중하다. 하지만 물론 쳉크는 수용소에 있지 않았어, 샤로테는 생각했다. 쳉크는 어디에도 있지 않았어. 나치 청년단에는 있었는지 몰라도…….

그녀가 다시 눈을 떴을 때, 사방은 이미 어두워져 있었다. 집 안은 조용했다. 샤로테는 부엌을 지나 옛 하인용 복도로 가서(멍청하게도 빌헬름이 부엌과 거실 사이의 문에 벽을 쌓아버린 후에는 점심 식탁을 차리려고만 해도 현관을 지나는 먼 길을 택해야 했다) 지하실 계단 아래를 향해 큰 소리로 말했다.

– 빌헬름?

옛 와인 저장소의 양쪽으로 여는 문을 통해 웅얼거리는 소리, 웃음소리가 들려왔다. 벌써 아홉시 반인데도 아직 그들은 돌아가지 않은 것이다. 샤로테는 자신이 모습을 드러내면 모임이 좀더 빨리 끝나리라고 생각하며 계단을 내려갔다. 그리고 요란스럽게 문을 열었다. 담배연기를 뚫고 호탕한 인사말들이 그녀를 향해 날아들었다. 그 때문에 그녀는 자신이 더욱더 침입자가 된 기분이었다. 여느 때의 그 패거리들이 모여 있었다. 호르트스 맬리히, 열성이 지나쳐 샤로테의 비위에 거슬리는 젊은 당원인 슐링어, 그리고 아예 당원도 아닌 바이에가 거기 앉아 있었다. 그 밖에 샤로테가 잘 알지 못하는 몇 명도 함께였다. 널따란 떡갈나무 탁자 위, 꽁초로 넘치는 재떨이와 의미심장하게 펼쳐놓은 노트들, 커피 잔과 비타 콜라 병 들 사이에 일종의 현수막이 펼쳐져 있었다.

쿠바에 기관차를!

그 아래에는 엉터리 스페인어로 이렇게 적혀 있었다.

LA VIVA REVOLUTION!

– 미안해요, 방해하려던 건 아닌데, 샤로테가 말했다. 그녀는 갑자기 가만히 물러나고 싶어졌다. 그러나 그녀가 문을 닫기도 전에 빌헬름이 외쳤다.

– 아, 로티, 빵 몇 조각 만들어줄래? 동지들이 배가 고프다는데.

– 그래, 뭐가 있나 볼게, 샤로테는 우물거리면서 계단을 쿵쿵 올라갔다.

그녀는 말도 안 되는 이 뻔뻔함에 당황한 나머지 부엌에 잠시 서 있었다. 하지만 얼마 후, 마치 원격조종을 당하는 사람처럼 빵을 넣어두는 서랍(다행히도 리스베트가 장을 봐두었다)에서 호밀과 밀을 섞어 만든 신선한 혼합빵을 꺼내 얇게 썰기 시작했다. 그녀는 왜 이런 일을 하는 걸까? 그녀가 빌헬름의 비서인가? 그녀는 연구소 소장이었다! 아니, 물론 그녀는 연구소 소장은 *아니었다*. 아쉽게도 연구소들은 '과'로 이름이 바뀌었고, 이제 그녀의 직함도 좀 볼품없게 '과장'으로 바뀌었지만, 그래도 실제로는 아무것도 달라지지 않았다. 그녀는 직장을 갖고 있었고, 소처럼 일했으며, 미래의 동독 외교관들이 교육을 받는 아카데미에서 중요한 직위를 차지하고 있었다(기니 공화국은 비사회주의 국가로는 처음으로 동독을 인정했고, 단지 서독의 압력 때문에 인정을 다시 철회했다!). 그녀는 아카데미의 과장이었다. 그런데 빌헬름은 뭔가? 아무것도 아니다. 조기 퇴직한 연금생활자일 뿐이다……. 샤로테는 빵에 바를 수 있는 게 없는지 찾다가 화가 나서 냉장고 안을 멍하니 쳐다보며 생각했다. 아카데미의 관리소장이 되는 데 실패한 후, 빌헬름은 아마도 *파멸하고 말았을 것*이었다. 그녀가 직접 도당지도부로 달려가서 빌헬름에게 어떤 명예직이라도 맡겨달라고 간청하지 않았더라면 말이다. 그녀 자신이 빌헬름에게 동지구당 비서직을 맡도록 응원했고, 이것이 중요한 사회적 과제라고 믿게 만들었다. 다만 문제는 이제 빌헬름이 너무 그렇게 믿게 되었다는 데 있었다. 아니, 더 심각했다. 다른 사람들조차 그렇게 믿는 게 분명했다!

그녀는 동그란 통에 담긴 소프트 치즈와 병에 담긴 절인 오이를 골라 쟁반에 펼쳐놓은 빵에 바르기 시작했다……. 동지구당 비서, 그건 텔만 로와 OdF[5] 광장 사이에 사는 열 명에서 열다섯 명가량의 고참 당원들에게 당비를 걷는 사람에 불과했다. 그런데 빌헬름은 무슨 일을 벌였는가? 그의 지하실 본부에서 이상한 비밀 집회를 열고, 정체를 알 수 없는 '작전'을 계획했다. 지난 지방선거 때는 *자동차 기동팀*을 조직하여 이른 오후까지 선거에 참여하지 않은 사람들에게 선동원들을 보내 재촉했다. 이 얼간이들은 잔디를 온통 망쳐놓기까지 했다! 그의 최근의 아이디어는 쿠바에 기관차를 보내는 것이었다. 인구가 만 명도 되지 않는 노이엔도르프가 칼 마르크스 공장에서 생산되는 디젤 기관차를 살 돈을 모아야 한다는 것이었다. 그들은 사방에서 미친 듯 돈을 모았고, 청년 개척자[6] 단원들은 폐품들을 날랐으며, 끝으로 사람들은 성대한 추첨행사를 위해 물건들을 내놓아야 했다. 다음 주말에 인민연대회관에서 개최될 이 행사가 전체 캠페인의 대미를 장식할 예정이었다.

샤로테는 빵에 소프트 치즈를 바르면서 생각했다. 아무튼 사람

끌어들이는 데는 놀라운 재주가 있어. 암시적인 행동들과 거드름 피우는 태도로. 일 년 내내 벗지 않는 모자를 쓰고. 그가 이제 노이엔도르프에서 거의 유명인사가 되었다는 사실을 샤로테도 인정하지 않을 수 없었다. 지방 신문이라고는 해도 어쨌든 그는 연일 신문에 등장했다. 사람들은 그를 알았고, 거리에서 그에게 인사를 했다. 그녀가 아니라 *그에게* 인사를 했다. 사람들은 말도 안 되는 이야기들을 주고받았다. 그는 어떻게 이런 일들을 해내는 걸까? 아니, 빌헬름이 이런 이야기들을 퍼트린다고 말할 수는 없었다. 그런데도 웬일인지, 알 수 없는 일이지만……, 그가 가지고 있던 올가미를 그의 본부 벽에 박아놓았다. 그러자 젊은 동지들은 즉시 빌헬름이 올가미 던지는 재주를 타고난 사람이라고 믿었다. 그가 콜라 리브레[7]를 내놓았다. 그러자 모두들 빌헬름이 피델 카스트로와 개인적인 친분이 있다고 믿었다! 그리고 그가 네스카페를 '멕시코 식'으로(이는 다른 게 아니라 가루에 먼저 커피 크림을 붓고 휘저어서 거품이 좀 일어나는 커피를 만드는 것을 말했다) 마시면서 러시아 파피로사를 피우면, 빌헬름이 멕시코에서 소련 첩자들을 위한 조직망을 구축했다고 믿지 않는 사람이 없었다.

사람들이 진실을 알게 된다면, 샤로테는 생각했다. 그녀는 잠시 동작을 멈추었다(그녀는 막 쪼끄만 오이들을 쪼끄맣고 납작한 조각들로 자르는 중이었다). 동작을 멈추고 함부르크 시절을 떠올렸다. 빌헬름의 '첩보활동'. 그는 삼 년 동안 사무실에 앉아 담배를 피워댔다. 그게 빌헬름의 '첩보활동'이었다. 아무 할 일도 없는 그 자리를 삼 년 동안 지켰다. 할 일이 전혀 없었다. 동료들의 체포 소식이 느지막이 차례로 도착했고, 빌헬름은 거기 앉아 기다렸다. 뭘 기다렸던 거지? 도대체 그들은 무엇을 기다렸던 걸까? 무엇을 위해 목숨을 걸었던 것일까? 그녀는 알지 못했다. *누구나 꼭 알아야 하는 것만 아는 거야*, 라고 빌헬름이 말했다. 그리고 그녀는 동료들과 함께 모스크바로 가는 대신 독일에 남아 안주인 연기를 했다. 위장을 위해. 그녀는 사실—물론 누구에게도 이런 말을 할 수는 없었지만—모든 게 들통 나고 허겁지겁 도망쳐야 하게 되었을 때 거의 기쁠 지경이었다. 스위스 여권을 가지고. 빌헬름의 베를린 사투리에도 불구하고. 맙소사, 그래가지고 첩보활동이라니. 그들은 적당한 여권조차 마련해줄 수 없는 상황이었는데.

빵은 처참하다. 반죽이 신선하여 바르다 보니 이리저리 찢어지고 말았다. 샤로테는 오이 조각들을 여기저기 마구 얹었다. 하지만 일이 끝나갈수록 그녀는 직접 지하실로 내려가고 싶은 마음이 *없어졌다*…….

이제 어떻게 하지? 아카데미 전화기가 떠올랐다. 바로 얼마 전에 빌헬름은 *그가* 아카데미 전화기라고 이름 붙인 전화기를 지하실에 연결해놓았다. 원래 내근자를 위한 공용 전화기였는데, 빌헬름은 아카데미에서 퇴직한 지가 육 년이나 되었는데도 뻔뻔스럽게 이 전화기를 계속 이용했다. 그녀는 *그녀의* 아카데미 전화기로 가서 빌헬름에게 전화를 걸었고, *그의* 아카데미 전화기를 집어든 그에게 빵이 부엌 식탁 위에 마련되어 있다고 전했다. 그 순간 살인적인 허기가 그녀를 덮쳤지만, 쟁반을 가지러 온 슐링어와 마주치지 않기 위해 일단 부엌을 나왔다.

그녀는 많이 먹고 나서 잠을 설쳤다. 밤 두시 반에 소변이 마려워 아이처럼 무서움과 떨림을 느끼면서 복도를 비틀거리며 걸었다. 예로부터 어머니가 늑대의 시간이라고 부르던 이 무렵만 되면 그녀는 온갖 것들에 시달려야 했다. 복도의 조개등조차 무서웠다. 그녀는 왼쪽도, 오른쪽도 보지 않은 채 어떤 무서운 것도 생각하지 않으려고 애썼다. 그러나 변기에 앉아 마지막 한 방울이 빠져나오기를 기다릴 때, 문득 하거 동지가 그녀의 원고를 탐탁지 않게 여겼을지도 모른다는 생각이 들었다. 그녀는 완전히 방향을 잘못 잡았고, 그녀의 논평은 실제로는 부적합하고 편협하고 과거지향적인 것일지도 몰랐다…….

아침에도 그 생각은 사라지지 않았지만, 날이 밝아서 좀 누그러들기는 했다. 그래도 샤로테는 가운만 입고 우편함으로 달려가 ND가 도착했는지 보고 싶은 유혹을 이겨냈다. 그 대신 평소처럼 일어나 찬물로 샤워를 하고 맥아 커피와 버터를 바른 토스트를 준비해 놓은 후에야 비로소 신문을 가지고 와서, 그것을 토스트와 맥아 커피와 함께 온실 베란다로 가지고 갔다. 심지어 점령지구 경계[8]에서의 범죄적 책동에 대한 기사가 실린 1면을 먼저 훑어보기까지 한 후에야 끈기 있게 한 장, 한 장 넘겨 문화면에 이르렀다. 그리고 그게 있었다!

좋은 취미의 문제만이 아니다. 볼프강 코페의 소설 『멕시코의 밤』, 중부독일 출판사 발행. 샤로테 포빌라이트.

그녀의 글이 인쇄되어 발표된 것이 이번이 처음은 아니었지만, 그렇다고 이번 일이 아무 일도 아닌 일은 아니었다. 사실 글 전체를 달달 욀 정도였지만, 그녀는 다시 한 번 모든 단어들을 읽으면서 향유했다. 토스트와 맥아 커피와 함께. 이렇게 인쇄된 상태로 읽으니 글이 더 견실하고 설득력 있게 느껴졌다.

굳이 따지자면 이 글은 문학평론이었지만, 근본적인 문제들을 함께 다루고 있었기 때문에 샤로테에게는 6단 전체를 차지하는 한 면의 절반이 제공되었다. 얼마 전에 동독 출판사에서 출간된 어떤 서독 작가의 책에 대한 글이었다. 졸작이고 불쾌한 책이어서 샤로테는 첫 페이지부터 마음에 들지 않았다. 주인공은 유대인 이민자였는데, 독일로 — 서독으로 — 돌아온 그는 거기서 파시즘 이데올로기가 여전히 살아 있는 것을 확인하게 되었다. 거기까지는 좋았다. 그러나 동독으로 가는 대신 — 어쨌든 생각해볼 수 있는 대안이 아닌가 — 그는 멕시코로 되돌아가 거기서 삶과 죽음에 대해 철학적인 사색을 좀 한 후에 결국 자살했다. 긴장감 있고 언어도 탁월했으며, 저자는 반파시즘적 신념을 분명하게 드러내기도 했지만, 결국 그게 다였다.

마치 저자가 멕시코에 한 번도 가본 적이 없는 것처럼 느껴질 정도로 그 나라를 철저히 잘못 묘사하고 있다는 점은 오히려 가장 사소하게 봐줄 수 있는 결점이었다.

주인공이 동성애자라는 사실에 대해서는 샤로테는 원칙적으로 아무 불만이 없었다. 물론 일인칭 화자가 몸 파는 멕시코 소년과의 동성애 체험을 묘사할 때 샤로테가 칼 구스타프 오빠를 떠올리고 마음이 불편해진 것은 사실이었다. 그 묘사는 장황하고 견디기 어렵고 역겨웠다.

그러나 그녀가 주로 불만을 제기한 것은 정치적인 측면에서였다. 책은 부정적이었다. 패배주의적이었다. 책은 독자를 어두운 영역으로 끌어내렸으며, 독자를 수동적이고 작게 만들었고, 잔인하고 열악한 세계에 기댈 곳 없이 놓아두었으며, 어떤 탈출구도 제시하지 않았다. 어떤 탈출구도 없다는 것이 일인칭 화자의 생각이었다. 기이하게도 그는 하필 거대한 코아틀리쿠에 여신상을 보면서 이런 확신을 갖게 되었다.

여신상을 보면서 삶과 죽음의 변증법을 인식하는 대신, 여신상을 위대한 관념의 표현이자 영웅적인 민족의 산물로 평가하는 대신 일인칭 화자는 여신상을 '무상성의 가장 대담하고 가장 냉정한 기념비', '실존의 추함에 대한 순수한 신앙고백'이라고 보았으며, 이로부터 혼자서 정글로 들어가서 사라지는 것이 최선이라는 결론을 이끌어냈다.

아니, 이 책은, 샤로테는 자신의 글을 읽으면서 한 마디 한 마디가, 한 음절 한 음절이 모두 다 옳다고 느꼈다, *이 책은 청소년들이 세계를 향해 열린, 휴머니즘적인 자세를 갖도록 교육하는 데 적합하지 않다. 이 책은 사람들이 인류를 위협하는 핵의 아비규환에 맞서 저항에 나서도록 하는 데 적합하지 않다. 이 책은 인류의 진보와 사회주의의 승리에 대한 믿음을 촉진하는 데 적합하지 않다. 따라서 이 책은 우리 공화국 서점들의 서가에 꽂혀 있어서는 안 된다.*

마침표.

맥아 커피도 다 마셨고, 토스트도 다 먹었다. 배가 좀 이상하게 당기는 것만 남았다. 그녀의 서류들 중 어딘가에 잡지 《시엠프레》에서 오려낸 코아틀리쿠에의 사진이 아직 남아 있었다. 아니면 아드리안이 준 사진이었던가?

코아틀리쿠에가 일으키는 반응을 확인해보고 싶은 생각이 들었다. 거의 10년이 지난 지금.

위층에서 소리가 나기 시작했다. 여덟시, 빌헬름이 일어난 것이었다. 욕조에서 물이 콸콸거리는 소리가 들렸다. 빌헬름은 아침 일찍 목욕을 하는 버릇이 있었고, 욕조에 드러누워 매일 인공 자외선을 십오 분씩 쬐었다. 샤로테는 신문을 다시 우편함에 넣어두었다. 좀 우습기는 하지만, 분명 그렇기는 하지만 그래도 자신의 논평에 대한 자부심을 들키면 망신스러울 것 같았고, 그래서 그녀는 빌헬름이 평소와 다름없이 우편함에서 신문을 꺼내 읽다가 우연히 그녀의 논평을 발견하게 되기를 바랐다.

여덟시 십오분. 오트밀이 준비되었다. 계단을 내려오는 빌헬름은 최상의 기분이었고(그녀는 발소리만 들어도 알 수 있었다), 벌써 넥타이와 정장을 입고 있었다(그는 심지어 작업복을 입을 때도 그 안에 정장을 입었다). 그는 똑바로 우편함으로 가서 ND를 가져왔고, 늘 그렇게 하듯이 오트밀을 떠먹으면서 1면을 훑어보고 자신의 의견을 말할 터였다. 오늘의 논평은 이랬다.

–서베를린, 이거 못 봐주겠구먼. 그냥 국경을 닫아버리는 게 낫지!

물론 바보 같은 소리였지만, 샤로테는 다툴 생각이 없었다. 그녀는 말없이 귀리 박편들을 떠먹기만 했다. 빌헬름은 외교에 대해서는 아는 게 아무것도 없었다. 승전 4개국들의 지위나 포츠담 협정 같은 것들은 그에게 달나라 얘기지, 샤로테는 생각했다. 하지만 딴 말을 했다.

–관리인도 달아났어.

–볼만 말이야?

–그래, 볼만, 샤로테가 말했다.

–그놈은 그냥 꺼지라고 해, 빌헬름이 말했다. 하지만 젊은 놈들은! 이거 알아? 우리 돈으로 대학공부까지 하고는 달아나는 거야. 그러니 빗장을 단단히 질러놓아야지!

샤로테는 고개를 끄덕이며 쟁반들을 치웠다.

식사 후에 빌헬름은 ND를 읽으러 갔다. 책상이 ND를 읽는 자리였다. 지금도 멕시코에 있던 때처럼 기사들을 하나도 빼놓지 않고 *다* 읽었다.

샤로테는 다시 집안일에 몰두하고 있었지만, 실은 빌헬름이 그녀의 글을 발견하기를 기다렸다. 그녀는 부엌 청소를 시작하다가 마음을 바꾸어 리스베트에게 맡기기로 했다. 집 안을 이리저리 돌아다니면서 쿠르트와 이리나가 이사 간 뒤 비게 된 방들을 어떻게 써야 할지 생각해보았다. 이리나가 이사하면서 보란 듯이 남겨놓고 간 가구들을 보자 다시 마음이 상했다. 쿠르트가 이리나와 함께 소련에서 동독으로 돌아왔을 때 샤로테가 두 사람을 위해 사준 가구들이었다. 그때 문득 쳉크 생각이 났다. 정확히 말하자면, 하거가 며칠 안에 전화를 걸어오면 그에게 칭크 문제를 어떻게 이야기할 것인지 생각했다. 좀더 정확히 말하자면, 칭크보다는 자신이 부원장 직책을 더 잘 수행할 수 있다는 것을 노골적으로 말하지 않으면서도 분명하게 알릴 수 있는 방법에 대해 생각했다.

다시 아래층으로 내려오니 빌헬름은 벌써 집 안을 돌아다니고 있었다.

– 벌써 ND 다 읽었어? 샤로테가 아무것도 모르는 사람처럼 물었다.

– 응, 빌헬름이 말했다. 이걸 추첨에 내놓아도 돼?

그는 식탁보를 치켜들었다. 뱀과 독수리 무늬가 있는, 멕시코 특유의 색깔로 손으로 직접 짠 것이었다.

– 안 돼, 빌헬름. 그건 절대로 추첨에 내놓으면 안 돼.

그는 아직 그녀의 글을 못 봤나? 아니면 필자의 이름을 못 본 건가?

열시에 리스베트가 왔다. 늘 그렇듯 리스베트는 모든 질문을, 이미 대답해준 질문을, 다섯 번씩 반복했다. 아니, 리스베트, 내가 집에 있을 때는 진공청소기로 청소하면 안 돼. 그래, 오늘은 빨래를…… 그래, 점심은 한시야.

– 너도 ND 보니, 리스베트?

– 이미 《매르키셰 폭스슈팀메》[9]를 보고 있어요.

– 아 그래, 《매르키셰 폭스슈팀메》.

어차피 리스베트는 너무 멍청했다. 계속 《매르키셰 폭스슈팀메》나

볼 일이었다.

빌헬름이 하얀 독수리 도기를 들고 다시 나타났다. 이 집의 전 주인이 도망가면서 남겨놓은 것이었다.

샤로테가 눈을 치켜떴다.

–누가 그걸 산다고 그래?

–사는 게 아니야! 추첨이 뭔지 몰라?

리스베트가 물었다.

–포빌라이트 부인, 감자 퓌레를 만들까요, 아니면 감자죽을 만들까요?

샤로테는 고함을 지르지 않으려고 마음속으로 다섯까지 세었다.

–네 맘대로 해도 좋아.

세시 정각에 쿠르트가 초인종을 눌렀다. 늘 그렇듯 오늘도 정확했다. 샤로테는 점심 식사 후에 낮잠을 잤고, 그후에 회색 옷을 입고 오늘을 기념하기 위해 단정한 멕시코 목걸이까지 했다.

알렉산더는 차 안에서 기다렸고, 이리나도 그랬다. 앵무새처럼 화장을 했지만, 물론 샤로테가 상관할 문제는 아니었다.

–아기야, 라고 그녀는 이리나를 불렀다. 알렉산더는 우리 강아지라고 불렀다. 쿠르트는 그냥 쿠르트라고 불렀다.

차는 푸른색이었고, 지독히 작았다. 트라반트였다. 그들은 놀란 눈빛을 지으며 차를 이리저리 둘러보았다. 이제 빌헬름도 나왔다.

–아버지에게는 한 마디도 하지 마라, 샤로테가 쿠르트에게 속삭였다.

빌헬름은 그녀가 쿠르트에게 차 구입비로 오천 마르크를 빌려 주었다는 것을 알지 못했다. 샤로테가 빌헬름에게 말했다.

– 어때, 같이 탈 거야?

– 뭘, 빌헬름이 말했다. 그럴 시간 없어.

– 어차피 네 사람밖에 못 타요, 쿠르트가 말했다.

알렉산더가 말했다.

– 옷이 따끔거려요.

빌헬름이 플라스틱 차체를 탁탁 두드리며 말했다.

– 앞으로는 모든 자동차를 플라스틱으로 만들게 될 거야.

– 뒷좌석에는 어떻게 앉는 거냐, 샤로테가 물었다.

차에 문이 둘밖에 없었다.

– 앞에 앉으시면 돼요, 쿠르트가 말했다.

하지만 샤로테는 거절했다(안전 때문이기도 했다. 쿠르트는 운전 초보자였으니까). 쿠르트는 앞좌석을 접어 샤로테가 작은 차의 뒷좌석으로—두 손 두 발을 다 써서—기어들어갈 수 있게 했다. 문을 절약하다니, 괴상한 아이디어다.

하지만 샤로테를 가장 놀라게 한 것은 쿠르트가 조수석에 앉고 이리나가 핸들을 잡는 것이었다.

– 누가 운전하는 거냐?

둘 모두 놀란 듯이 뒤를 돌아보았다.

– 제가 운전해요, 이리나가 말했다.

정확히 말하자면, 제가 운존해요, 라고 말했다. 독일에 온 지 벌써 오 년이 지났는데도 이리나는 여전히 독일어가 서툴렀다. 면허

시험을 어떻게 통과했는지 신기할 뿐이었다.

–옷이 따끔거려요, 알렉산더가 말했다.

샤로테가 크리스마스에 선물해준 어린이 신사복이었다.

–그 옷이 어떻게 따끔거린단 말이냐, 샤로테가 물었다.

–목이요, 알렉산더가 대답했다.

–목은 셔츠가 덮고 있잖아, 샤로테가 반박했다.

–그래도 따끔거려요.

–알았다, 이리나가 말했다. 그럼 집으로 운존할 테니까, 다른 걸로 갈아입어.

아이를 이런 식으로 응석받이로 키우다니, 샤로테는 기분이 좀 언짢았다. 똑똑하고 마음이 열린 아이였지만, 이런 식으로 키우면 나중에 커서 불행해질 게 뻔했다.

–내가 너만 할 때, 이렇게 말을 시작하며 샤로테는 알렉산더에게 어머니가 일요일에 그녀를 데리고 티어가르텐으로 갈 때마다 입어야 했던 하얀 모직 옷에 대해 이야기하려고 했다. 하지만 그 순간 시동이 걸리더니 차 전체가 커피분쇄기처럼 덜덜 떨기 시작했다.

이리나가 암 푹스바우에 차를 세웠다. 비계들이 집을 에워싸고 있었다. 쿠르트는 집수리를 하는 데도 돈이 부족해서 샤로테에게 큰돈을 빌려갔다.

이리나와 알렉산더가 차에서 내리자 샤로테가 쿠르트에게 물었다.

–그럼 이 차는 오히려 이리나 차라고 하는 게 맞겠구나.

– 엄마, 저는 차를 못 몰아요, 아시잖아요, 제가 한쪽 눈으로밖에 못 본다는 거.

샤로테는 입을 다물었다. 맞다, 그 생각을 못했구나. 이리나는 왜 차가 필요한 거지?

– 돈은 돌려드린다고 했잖아요, 쿠르트가 말했다. 우선 매달 이백 마르크를 드리고, 월급이 오르면 삼백 마르크를 드릴게요.

– 결국 이거였구나, 샤로테가 말하면서 얼굴을 찡그렸다. 이렇게 말하고 싶은 건 참았다. 돈은 네가 내고 차는 이리나가 모는 거네.

그녀가 참는데도 쿠르트가 이렇게 말했다.

– 엄마, 왜 그렇게 이리나를 적대시하는지 모르겠어요.

– 적대시하는 거 아니다.

– 제 생각에는, 쿠르트가 말했다. 이제 우리가 따로 살게 되었으니, 지금부터는 우리 관계를 새롭게 열어보는 게 좋겠어요.

– 내 생각도 그래, 샤로테가 말했다.

그녀는 이 이야기를 더 하고 싶지 않았다. 쿠르트가 이 문제와 관련하여 이토록 부당한 태도를 취하는 것이 고통스러웠다. 마치 그녀가 문제를 일으킨 것처럼! 그녀는 오래전부터 관계를 개선해 보려고 노력해왔는데도 쿠르트가 이를 알아차리지도 못하고 있다는 것이 슬펐다. 그녀는 한 번도 이리나를 비판하는 말을 꺼내본 적이 없었다. 그녀의 유별난 행동들, 낭비벽에 대해 입을 다물었고, 오히려 이리나의 집수리 프로젝트에 돈까지 대어주었다. 솔직히 그녀가 보기에 이 프로젝트는 턱도 없이 과했지만 말이다. 그런데 이제 이리나는 차까지 필요했다. 하지만 돈은 한 푼도 벌지 않는다. 쿠르트만 고생했다. 쿠르트는 박사학위를 했고, 처녀작을 집필했다. 훌륭한 책이었다. 반면 이리나는 아직도 문서관리인 교육과정을 못 끝냈다. 독일어도 제대로 못하는데 어떻게 끝내겠는가.

이 모든 것을 샤로테는 말하지 않았다. 그 대신 이렇게 물었다.

– 오늘 ND 읽어봤니?

– 네, 쿠르트가 말했다. 엄마 글도 봤어요.

이리나와 알렉산더가 다시 차에 탔다. 알렉산더는 스웨터로 갈아입었다. 샤로테는 다시 한 번 시도했다.

– 내가 너만 했을 때…….

커피분쇄기가 다시 요동을 쳤다. 서로 이야기조차 나눌 수 없다니, 신기한 차다. 뒷좌석에 앉은 사람들은 이리저리 내동댕이쳐졌다. 게다가 이리나는 무서울 정도로 빨리 달렸다. 좌우를 살피지도 않고 네거리를 무작정 내달렸다.

– 우선권에 주의해야 하는 거 아니냐, 샤로테가 점잖게 물었다.

아무도 대답하지 않았다. 두 사람 중 누구를 향한 질문인지 몰랐을 수도 있었고, 소음 때문에 질문을 못 들었을 수도 있었다. 샤로테는 더 묻지 않았다.

그들은 상수시 공원[10]에 도착하여 내리려고 했다. 하지만 알렉산더가 말했다.

– 차를 더 탈래요!

– 나중에 집으로 갈 때도 차 탈 거야, 쿠르트가 말했다.

하지만 아이는 고집을 꺾지 않았다. 차 탈래요!

이리나가 말했다.

– 그래, 그럼 체칠리엔호프[11]로 가자.

– 그건 너무 가까워요, 알렉산더가 판정했다. 자동차 소풍이라고 했잖아요!

샤로테는 눈앞의 사태를 믿을 수 없었다. 정말로 소풍을 보르님이나 노이파르란트까지 연장하는 것이 진지하게 논의되었다. 그래도 결국은 체칠리엔호프로 가기로 합의했지만, 길을 돌아서 가기로 했다. 알렉산더는 만족했다.

– 우리 차는 비상 탱크도 있어요, 그가 알려주었다.

샤로테는 고개를 끄덕였다.

마침내 체칠리엔호프에 도착했다. 주차하기, 마치 배라도 정박시키는 것 같다. 샤로테가 차에서 빠져나올 때 쿠르트가 도와주었다. 실로 험한 코스다. 그가 물었다.

– 어때요, 우리 차?

– 멋지구나, 샤로테가 말했다.

알렉산더가 차체에 묻은 새똥을 소매로 닦았다. 샤로테는 아무 말도 하지 않았다. 알렉산더는 몇 번을 뒤돌아보며 차에서 눈을 떼지 못했다. 샤로테는 차가 보이지 않을 때까지 기다렸다.

– 내가 너만 했을 때, 그녀는 세 번째로 이야기를 시작했다. 그때 나는 매주 일요일 어머니와 함께 티어가르텐으로 갔단다. 어머니가 거기서 가끔 산책을 하는 황제께 알현을 드린다는 기이한 생각을 하셨기 때문이었지.

알렉산더가 눈을 크게 떴다.

– 황제요?

—그래, 샤로테가 말했다. 카이저 빌헬름 황제. 우린 거기서 때론 몇 시간씩 기다리면서 오늘 황제님이 오실까 안 오실까 두리번거렸지. 그때마다 나는 하얀 모직 옷을 입어야 했는데, 끔찍하게 따끔거렸어. 진짜 따끔거리는 옷이었지. 샤로테는 이렇게 말하면서 그녀의 이야기가 알렉산더의 얼굴에 어떤 변화를 일으키는지 눈여겨보았다.

아무 변화가 없었다. 그 대신 알렉산더는 이렇게 물었다.

—황제가 왔어요?

이리나가 말했다.

—그만두세요, 어머니. 어머니 인생에 어떤 안 좋은 일이 있었다고 해서 다른 사람에게도 그런 일이 생기기를 바라서는 안 되잖아요.

—황제가 왔어요? 알렉산더가 알고 싶어 했다.

—그래, 왔어. 샤로테가 말했다. 나는 그를 미워했단다.

하일리겐 호수[12]의 수영구역 모래사장에서 이리나와 알렉산더는 백조들에게 먹이를 주러 갔고, 샤로테는 쿠르트와 벤치에 앉았다. 기분 좋은 부드러운 바람이 불었다. 갈대가 바스락거리는 소리가 들렸다.

—그래, 내 글 어땠어? 샤로테가 물으면서 이렇게 덧붙였다. 너무 엄하게 말하지는 마라!

그녀는 쿠르트가 무언가 말하기를 주저하고 있다고 느꼈다.

—자, 말해봐라. 별로 안 좋았던 모양이구나?

– 이해가 안 돼요, 그가 말했다. 왜 그런 일에 가담하는지.

– 가담이라니? 무슨 일 말이냐?

쿠르트가 그녀를 쳐다보았다. 그녀는 문득 그가 한쪽 눈으로만 자신을 보고 있다는 것을 깨달았고, 잠시 죄책감 같은 것을 느꼈다. 그렇게 된 책임이 엄마인 자신에게 있는 것처럼.

– 엄마, 이건 조직적인 정치운동이에요, 쿠르트가 말했다. 더 완강한 노선을 관철시키려고 하는 거라고요.

– 하지만 책은 안 좋았어, 샤로테가 반박했다.

– 그럼 읽지 마세요.

갑자기 쿠르트의 태도가 보기 드물게 냉랭해졌다.

– 쿠르트, 그건 아니야, 샤로테가 말했다. 나도 내 생각을 쓸 권리가 있다. 나도 어떤 책이 안 좋다고, 해롭다고 생각할 권리가 있어. 그리고 그 책이 안 좋고 해롭다고 생각해. 그 판단을 바꿀 생각은 없어.

– 이 책이 문제가 아니네요.

– 내겐 이 책이 문제야.

– 아니에요, 쿠르트가 말했다. 이건 노선투쟁이에요. 개혁이냐 정체냐 하는 게 걸려 있죠. 민주화냐 스탈린주의로의 회귀냐.

샤로테는 기력이 빠지는 듯 관자놀이를 눌렀다.

– 스탈린주의…… 갑자기 다들 스탈린주의 이야기만 하는구나!

– 엄마가 이해가 안 돼요, 쿠르트가 말했다. 억제된 부드러운 어조로 말했지만 그의 목소리는 날카로웠다. 그리고 이 말을 하면서 모든 단어들에 힘을 주었다. 엄마 아들이 보르쿠타[13]에서 살해되

었어요.

샤로테가 벌떡 일어섰다. 그리고 쿠르트에게 입을 다물라고 손짓했다.

– 그런 말은 듣기 싫다, 쿠르트, 그런 말은 듣기 싫어!

알렉산더가 달려와 갈매기들이 백조의 먹이를 훔쳐간다고 일러바쳤다. 그리고 순식간에 다시 사라져버렸다.

쿠르트는 말이 없었다. 샤로테도 마찬가지로 말이 없었다.

호숫가로부터 갈대가 바스락대는 소리가 들려왔다.

집으로 돌아온 그녀가 맨 먼저 감지한 것은 낡은 헝겊처럼 허파에 내려앉는 질식할 것 같은 공기였다. 욕실로 가는 계단을 오를 때, 그녀는 이유를 알 수 있었다. 손에 붓을 든 맬리히와 슐링어가 윗층 복도에서 커다란 현수막 작업을 하는 중이었고 — 분명 칠하기 좋은 매끄러운 바닥이 필요해서 — 긴 양탄자는 돌돌 말려 있었다. 먼지가 가득했다.

– 이게 무슨 일이죠? 샤로테가 거칠게 말했다.

– 빌헬름이 말했어요, 맬리히가 입을 열었다.

– 빌헬름이 말했어요, 빌헬름이 말했어요, 샤로테가 으르렁거렸다.

그녀는 욕실에 들어가 프레드니솔론[14]을 삼켰다. 샤워를 끝낸 후, 그녀는 젖은 수건으로 입을 막고 복도를 지나갔다. 그사이에 두 사람은 빌헬름을 불러 전력을 강화해놓았다.

– 무슨 일이야, 빌헬름이 따졌다.

샤로테는 대답하지 않고 좁다란 복도의 장애물 사이를 걸어갔다. 그러다가 실수로 슐링어와 부딪쳤는데, 그 때문에 균형을 잃은 슐링어가 방금 칠해놓은 현수막 위로 몇 걸음 발을 내딛고 말았다. '혁명'이라는 글자가 철자도 틀린 채 쓰여 있는 부분을 밟은 것이었다.

– 이게 무슨 짓이야!

샤로테는 뒤도 돌아보지 않고 곧장 걸어 계단을 내려갔다. 뒤따라온 빌헬름이 온실 베란다로 가는 길을 가로막았다.

– 무슨 일인지 설명해볼래?

– 빌헬름, 샤로테는 가능한 한 침착하게 말했다. 내가 집먼지 알레르기에 시달리는 건 당신도 알고 있잖아.

– 뭐라고?

– 집-먼-지-알-레-르-기, 샤로테가 말했다.

– 언제나 핑계가 있지, 빌헬름이 말했다.

샤로테는 빌헬름의 코앞에서 온실 베란다의 문을 닫고 커튼을 쳤다.

그리고 침대에 누워 쿵쾅거리는 심장소리를 들었다. 호흡이 가르랑거리는 소리를 들었다. 혀에는 아직도 프레드니솔론의 쓴 맛이 남아 있었다.

그렇게 그녀는 한동안 누워 있었다.

실내 분수가 으르렁댔다.

밤의 여왕이 떠올랐다. 꽃 피우는 것도 못 본 채 꽃가게에 되돌려주어야 했던 밤의 여왕.

여담이지만, 그녀는 멕시코에서는 전혀 천식을 앓지 않았다.

밤에 또 나쁜 꿈을 꾸었지만, 아침이 되자 아무것도 기억할 수 없었다. 기억하기 싫었다.

일요일에는 잡초를 뽑으며 시간을 보냈다.

월요일에는 미국이 무장시킨 침략군이 쿠바에 상륙했다는 뉴스를 들었다.

수요일에는 침략군이 이미 녹초가 되어 나가떨어졌다.

하거 동지는 더 이상 전화가 없었다.

빌헬름의 추첨 행사는 대성공을 거두었다. 군당 비서가 연설을 했다. 민족전선 대표자는 빌헬름에게 황금 명예배지를 수여했다.

1989년 10월 1일

그녀는 얼마나 오랫동안 그렇게 앉아 있었는지 알 수 없었다. 항상 앉는 침대 위에서 두 발은 발목 위로 교차시키고, 두 손은 자기 손이 아닌 듯 조심스레 품었다. 더 이상 울지는 않았다. 눈물은 말랐지만, 눈물이 남긴 섬세한 소금기가 얼굴을 간질였다.

바깥을 보니 환했다. 눈이 아프도록 환했다. 자작나무들이 노랗게 빛났다. 올해 가을이 이렇게 따뜻하니 소출이 많겠구나, 나데시다 이바노브나는 생각했다. 슬라바에서는 이 무렵이면 감자를 캐고, 첫 불을 놓아 감자 잎을 태웠다. 감자 잎이 타기 시작하면 그 시간이 온 것이다. 다시 돌이킬 수 없는 시간. 빛이 사라지는 시간.

나데시다 이바노브나는 코를 풀고 오늘 아침 베개 위에 놓아둔 뜨개질거리를 집어 들었다. 사샤에게 줄 양말이었지만, 이젠 쿠르트에게 줘야 할 터였다. 이미 한 짝은 완성했고, 나머지 한 짝은 막 발꿈치 부분을 만들고 있었다. 셀 수 없이 많은 양말을 떠온 그녀는 양말 뜨는 데는 일가견이 있었다. 처음으로 뜬 양말들은 계란보온용 주머니만 한 크기였는데, 벌써 삼십 년이 지난 일이었지만 사샤가 그녀 품에 안겨 있던 모습을 생각하면 여전히 녀석 목덜미에서 나던 머리카락 냄새가 또렷했다. 그녀는 사샤와 함께 몇 시간이고 말치크-말치크[1] 놀이를 했고, 할머니 말을 듣지 않던 새끼 염소에 대한 노래를 불러주었다. 언제나 이 노래를 끝도 없이 불러달라고 했던 사샤는 두 살 때 이미 노래를 거의 외울 수 있었지만 이젠 아마 잊었을 터였다. 왜, 왜, 뿔과 굽만 남았니, 불러도 소용없었니, 뿔과 굽만 남았니. 뭐, 상관없다. 어쩌면 엽서를 보내올지도 몰랐다. 아마 더 중요한 일들이 많기는 하겠지만. 무엇보다 그쪽에 적응을 해야 하겠지만. 아메리카, 그녀는 텔레비전으로만 보았다. 채널을 두 번 돌리면 나오는 '다른 방송'에서. 솔직히 말하면 그녀는 대개 '다른 방송'만 보았다. 브레즈네프는 너무 많이 봤고, 아메리카, 거긴 어딘가 좀더 재미있었다. 물론 그들이 보여주는 온갖 것들 가운데는 똑바로 쳐다보기에 민망한 것들도 많아서 잘못한 것도 없이 괜히 죄지은 기분에 빠지기도 했다. 텔레비전에서 방송되는 것들은 텔레비전 방송일 뿐이고 실제로는 여기와 별로 다를 바가 없을까. 사실상 거의 건너다볼 수 있는 상황이지 않은가. 아니면 거기서, 호수 너머로 보는 땅은 아직 독일인 건가, 아니면 독일이 미국이 된 것인가, 그러니까 미국의 일부인가, 말하자면 독일 안에 있는 미국의 일부인가. 너무 뒤죽박죽이라 종잡을 수가 없다. 이라가 주장하듯이 결국은 똑같은 거라면 이런 구별이 왜 필요한가, 다른 독일, 그러니까 미국이 되어버린 그곳에서는 뭐든지 살 수 있다는 것만 다르다고 이라가 말했는데. 하지만 그녀는 여전히 이해할 수 없었다. O-버스[2)]가 도착하는 자리, 그러니까 사샤가 등교하던 거기서도 뭐든지 살 수 있었다. 배급 통제도 없어서 들고 갈 수 있는 만큼 마음껏 살 수 있었고, 우유도 살 수 있었다. 우유를 비닐봉지에 넣어 판다는 건 슬라바에서는 아무도 믿지 않을 터였다. 다만 솔직히 말하자면 비닐봉지 때문인지 아니면 소를 나라에서 키우고 기계로 젖을 짜서 그런지 모르지만, 어쨌든 이 우유는 응고되지 않았고, 그게 이상했다. 국영 소들의 우유는 가만 놔두면 그냥 상해버렸다. 자기 소를 외양간에서 기르는 것과는 뭔가 분명 달랐다. 알렉산더는 발효된 우유에 설탕을 넣어 먹는 걸 좋아했다. 굳은 우유로 만든 치즈도 있었고, 버터도 있었고, 필요한 건 모두 다 있었다.

발꿈치 부분을 만들려면 뜨개질 코를 세 부분으로 나누어야 했지만, 그녀는 한 번도 그걸 일일이 세어가며 짠 적이 없었다. 어떻게 되는지 몰라도 여하튼 하다 보면 계산하지 않아도 저절로 딱 맞게 코가 나뉘었다. 그다음에는 코들을 교차시키고 바늘에 꿰어 쭉 뜨면 되었다. 쿠르트는 사샤와 발 크기가 같았지만 그녀가 떠주는 양말은 신지 않는 게 문제였다. 양말을 선물 받을 때면 언제나 예의 바르게 고맙다는 말을 하기는 했다. 그게 전부였다. 하지만 손이 뭐라도 하고 싶어 하니 어쩌겠는가. 다음 해 봄을 다시 맞을 수 있다면 그때는 정원 일이라도 하면 되겠지만, 봄이 올 때까지라도 뭐든 할 일이 있어야 하지 않겠는가. 매일 텔레비전만 보면 사람이 멍청해지지 않는가. 책을 읽기도 했다. 쿠르트가 가져다주는 책들. 책을 읽는 일쯤은 그녀도 할 수 있었으니까. 소비에트 사람들이 있던 슬라바로 갔을 때 글을 깨쳤다. 『전쟁과 평화』는 너무 두꺼웠고, 중간쯤 읽을 때면 첫 부분은 기억도 할 수 없었다. 건초 만들기에 대한 이야기가 있었다는 건 기억할 수 있었다. 힘든 일이었다. 그녀는 지금까지 숱하게 건초를 베었다. 제재소에서 일을 마치고 돌아오면 그 일을 했는데, 8월이 건초 만드는 시기였고, 9월이면 감자 순서였다. 슬라바에서는 그랬다. 이제 그녀는 오이만 키운다. 오이는 그저 저절로 자랐고, 가끔씩 물만 주면 되었다. 호스를 열어 물을 흘려보내면 끝이었다. 독일에서는 사는 게 이토록 간편하다는 걸 슬라바 사람들은 아무도 믿지 않을 터였다. 간편하기는 했지만, 또 한편으로는 너무 단조로웠고, 이라도 허구한 날 불평만 했다. 때로는 슬라바의 집을 떠난 것이 잘못이었는지 의심이 들기도 했지만, 늙은 뼈를 어쩌겠는가. 지붕 판자에 기름을 칠하러 사다리를 타고 올라가지도 못했는데. 그녀는 불평하지 않았지만, 그래도 이제는 슬슬 지겹기도 했다. 벌써 일흔여덟이니 안 그렇겠는가. 그녀의 자매들은 스무 살도 살지 못했다. 류바와 베라, 그들은 그리쉬킨 나가르와 타타르스크 사이의 어딘가에 누워 있을 텐데, 아직도 그녀는 여기, 이 독일에 앉아 있다. 심지어 연금까지 받았는데, 매달 330마르크였다. 처음에는 장례식을 위해 돈을 모았다. 장례식 비용이 채워지기도 전에 죽으면 어떡하나 늘 걱정이었다. 그러면 불태워질지도 모르는 일이다. 여기 사람들은 그런 짓도 했다. 하지만 이제 장례식을 세 번 치를 돈이 모였고, 그런데도 그녀는 여전히 살아남아 연금을 계속 베개 속에 쑤셔 넣고 있었고,

매번 연금을 받자마자 사샤에게는 100마르크씩 주었지만 이라는 필요 없다며 돈을 받지 않았다. 그녀가 자존심이 센 건 어쩔 수 없는 일이었지만, 그래도 나데시다 이바노브나는 화가 났다.

문 두드리는 소리가 났다. 쿠르트였다. 나중에 빌헬름의 생일파티에 같이 갈 거냐고 물었다. 아이고, 오늘 아침에도 그 생각을 했건만 늙은 머리가 그만 잊어버렸다. 하지만 그녀는 실토하고 싶지 않았다.

–물론 가야지, 그녀가 말했다. 어떻게 안 갈 수가 있겠는가.

다만 묘지 옆의 꽃가게가 문을 닫은 게 문제였다. 애흐 티, 라스토파.[3] 초콜릿 한 통은 있었다. 그게 샤로테와 빌헬름이 선물했던 것은 아니길 바랐다. 그들은 그녀가 초콜릿을 전혀 먹지 않는데도 늘 초콜릿을 선물했다. 하지만 나쁠 건 없었다. 사샤가 여자친구, 이름이 칼린카였나, 여하튼 그 새 여자친구와 함께 오면 그것이라도 내놓을 수밖에 없었다. 그 여자 친구도 같이 미국에 갔나, 아니면 독일에 남았나? 나빠 보이지는 않는 여자였지만 팔이 지나치게 가늘었다. 그런 팔로는 일을 제대로 못할 터였다. 그녀는 어쨌거나 일은 하지 않았다. 그녀는 배우였다. 영화에서도 마른 여자는 필요하기 마련이었다. 빌헬름에게 오이를 선물할 수도 있었다. 우랄 지방의 좋은 오이를 마늘과 딜과 섞어놓은 것이었는데, 사샤는 언제나 그녀의 오이를 허겁지겁 먹어치웠지만, 생일선물로도 좋을지는 의심스러웠다. 쿠르트에게 물어볼 일이었다. 어쨌든 아흔이라니. 그것만으로도 대단한 일인데 빌헬름은 게다가 건강해 보이기까지 했다. 십 년은 젊어 보이는 외모였고, 항상 신사복을 입었는데, 마치 장관처럼 보였다. 말도 그렇게 무게감 있게 했다. 그가 세상을 두루 다녀본 사람이라는 건 금방 알 수 있었다. 그들은 배를 타고 바다도 건넜다. 맙소사, 그녀도 그것을 본 적이 있었다. 바다 말이다. 하늘 닿는 곳까지 물뿐이었다. 슬라바 사람들은 아무도 믿지 않을 터였다. 맨 꼭대기, 맨 가장자리에 쪼그마한 배들이 마치 지붕의 용마루 위에 얹힌 듯이 기어가고 있었는데, 끔찍했다. 그보다는 차라리 기차가 나았다. 적어도 하느님의 땅을 벗어나지는 않았고, 일단 달리기 시작하면 생각만큼 나쁘지 않았다. 그녀는 기차 안에서 스르르 잠이 들었고, 깨어보니 어느새 독일에 와 있었다. 얼마나 먼 거리를 달렸는지 짐작조차 할 수 없었는데, 언젠가 사샤가 지도를 펼쳐놓고 보여주려고 한 적이 있었다. 얼마나 떨어져 있는지 지도를 보면 알 수 있을 거라는 듯. 지도 위에서는 타타르스크에서 그리쉬킨 나가르까지가 손가락 네 개의 간격이었다. 그녀가 그 길을 걸었던 시간은 사 년, 혹은 그 이상이었다. 이젠 기억도 가물가물하지만, 그녀가 생각이라는 것을 할 수 있을 때부터 그들은 끝도 없이 걸었다. 오로지 걷기만 했다. 솔직히 말하자면 그녀가 태어난 곳인 타타르스크는 전혀 기억할 수 없었고, 아버지는 뗏목을 탔다가 돌아오지 못했다. 그게 엄마 마르파의 설명이었지만, 나중에는 갑자기 아버지가 전쟁에 나갔다가 전사했다고 했다. 이렇게 그녀의 출생은 온통 불분명했고, 지난날을 돌이켜보면 제일 먼저 보이는 것이 길이었다. 영원히 끝나지 않는 길, 그건 희미하고 떨리는 그림이었다. 아래를 내려다보면 자신의 더러운 발이 보였고, 그게 그녀가 기억할 수 있는 가장 오래된 것이었다. 그리고 끝없는 갈증, 모기들이 수도 없이 달라붙은 이마를 때리면 손이 피로 빨갛게 물들던 것이 기억났다.

그녀는 금실로 장식한 연보라색 옷을 입었다. 좋은 옷이었다. 사실 그녀 나이에는 어울리지 않게 약간 튀는 옷이었다. 슬라바에서는 이런 옷을 입을 수 없었겠지만, 여기 사람들은 온갖 옷들을 다 입었다. 심지어 *폭소-달리-리테트*[4] 클럽에 가보니 늙은이들도 요란하게 옷을 입고 있었다. 그녀는 일 년에 한 번 무료입장하는 행사가 있을 때 가서 춤을 추었는데, 발이 아직 괜찮을 때는 기꺼이 갔다. 물론 거기 모인 사람들이 다 같이 추는 춤은 출 줄 몰랐지만, 그래도 리큐어도 한잔하면서 고향에서 추던 대로 우랄 식으로 춤을 추었는데, 갑자기 모두들 되든 안 되든 우랄 사람들이 추는 춤을 추기 시작했다. 이제 신발을 신어야 했다. 이 괜찮은 신발은 이라가 마련해주었는데, 돈은 국가가 냈다 하니 슬라바의 누구도 믿지 않을 터였다. 참 좋은 가죽 신발이었다. 어릴 적엔 어느 마을에 가게 되어 교회 앞에 앉아 있을 때면 늘 이런 신발을 찾아 두리번거렸다. 그런 순간들이 정말 싫었다. 그녀 위의 두 언니들은 마을에서 일을 찾으면 됐지만, 막내인 그녀는 하루 종일 손을 위로 내밀고 고개는 숙이고 있어야 했다. 그녀는 신발이 보이지 않을 때는 가끔 손을 내려도 된다는 걸 곧 깨달았다. 천 조각으로 둘러싼 발은 아무 도움이 안 됐고, 짚신은 어쩌다 도움이 됐다. 하지만 어디선가 그녀가 지금 신은 것과 같은 제대로 된 가죽 신발이 나타나면 정신을 똑바로 차려야 했다. *정홍외과* 신발이라고 했는데, 슬라바 사람들은 듣도 보도 못한 것이었다. 양쪽으로 각각 구멍이 열두 개씩이었다. 슬라바에 끝내 가지 못하게 된 건 아쉬웠다. 니나가 초대했고 비자까지 나왔지만, 이 발로는 교회까지 걷지도 못했으니 *정흉외과*도 아무 소용이 없었다. 한 마디로 결딴난 발이었다. 이 세상을 다닐 만큼 다닌 발이었다. 그리쉬킨 나가르까지, 타타르스크로부터, 사 년, 혹은 그보다 더 오랫동안 걷고 또 걸었다. 매년 여름, 눈이 녹을 때부터 추수하는 때까지 걸었고, 그다음에는 주님이 보살피셔서 쿨라크[5]가 외양간 안이라도 한 자리 내어주면 거기서 겨울을 났다.

신발에 발을 넣으려면 그녀는 거의 매번 신발끈을 모조리 빼내어야 했고, 이제 열두 구멍에 차례차례 다시 줄을 끼웠다. 이어서 매듭을 만들고, 확실하게 하기 위해 매듭 위에 또 한 번 매듭을 만들면 끝이었다. 그리고 머리를 빗었는데, 굳이 욕실로 갈 필요도 없었다. 그녀의 더부룩한 머리를 빗는 데는 텔레비전 화면으로도 충분하다고 나데시다 이바노브나는 생각했다. 어차피 제대로 보지 않는 게 더 나았다. 밖은 아직 따뜻하니 여름 겉옷을 껴입고, 이런 날에는 대개 가지고 다니던 손가방 대신에 — 열쇠는 어차피 목걸이처럼 목에 걸고 다녔고, 지갑은 따로 바느질해 만들어놓은 치마 주머니에 쑤셔 넣었으니 사실 손가방을 들 필요가 없었다 — 오늘 아침부터 탁자 위에 놓여 있던 오이 병을 잡았다. 그리고 다시 침대에 앉아 쿠르트가 그녀를 데리러 올 때까지 기다렸다. 기다리는 건 아무 문제가 아니었다. 무엇을 기다리는 것인지 알기만 한다면, 오히려 기다리는 게 즐거웠다. 그녀는 문득 아직 아무것도 먹지 않았다는 것을 깨달았다. 이라가 그녀에게 던져놓고 간 치즈 바른 빵은 여전히 그대로 탁자 위에 놓여 있었다. 하지만 그녀는 빵을 건드리지 않기로 마음먹었다. 그녀는 개가 아니다. 그녀는 오이병을 품에 안은 채 가만히 앉아 아무 생각도 하지 않고 기다렸다. 어쨌든 어떤 특정한 것을 생각하지는 않았다. 다만 오늘 그녀가 생각했던 것이 좀 이상하기는 했다. 어릴 적 교회 앞에 앉아 신발들을 찾으며 두리번거렸던 기억을 떠올린 것 말이다. 오랫동안 그 생각을 하지 않았는데. 거기가 어디였는지는 전혀 기억나지 않았다. 마을도, 얼굴들도, 그 모든 것들을 잊어버렸다. 『전쟁과 평화』의 첫 부분처럼. 다만 그들이 류보프를 발견했던 날은 당연히 기억하고 있었다. 눈 위에 쓰러져 있는 그녀의 모습은 얼어붙은 누더기라고 해도 믿을 정도였다. 그녀가 남자들 중의 한 명을 도끼로 위협하더라고 했다. 그리고 그들은, 이 '평화의 교란자들'은 한겨울에 다시 마을을 떠나야 했고, 쿨라크는 그나마 사 분의 일 푸드[6]의 빵을 주었다. 그것도, 그리고 사람들이 창문 안쪽에 서서 내다보던 표정도 그녀는 기억하고 있었다. 하지만 그다음은, 기억나지 않았다. 새까맣게 잊어버렸다. 어떻게든 그들은 이동했고, 어디선가 잠을 잤다. 그러다 어느샌가—그해 여름이었나, 아니면 다음 해 여름이었나?—그리쉬킨 나가르에 도착했다. 셋이서. 엄마와 베라, 그리고 나데시다.

베라는 지금도 선명히 기억하고 있었다. 엄마는 늘 말하곤 했다. 류보프가 제일 예쁘고, 베라가 마음이 제일 따뜻하다고. 나데시다 이바노브나도 베라를 그렇게 기억하고 있었다. 경건하고 조용한 사람. 그녀는 지금도 묻곤 했다. 왜 하필이면 베라가 그렇게 끔찍하게 삶을 마쳐야 했던 것일까. 베라는 그리쉬킨 나가르에서 딱 한 번의 겨울만 보내고 죽었다. 그들이 집을 처음으로 가져본 때였는데. 사촌이 그들에게 작은 농가를 맡겼고, 그들은 문틈을 이끼로 꼭꼭 채웠다. 난로의 온기는 세 사람이 겨우 잠들 수 있을 정도였고, 저녁에 함께 탁자 주위에 모여앉아 소일거리들을 주무르며 관솔을 태우면 송진 냄새가 났다. 사모바르는 웅웅 소리를 냈다. 밖에서는 바람이 울부짖었다. 바람이 없어 고요할 때면 늑대들이 우는 소리가 들렸다. 머나먼 곳에서 들려오는 소리 같았지만, 겨울이 시작되고 시간이 조금 흐르면 늑대들이 가까이 왔다. 그리쉬킨 나가르의 집들 사이를 이리저리 돌아다녔고, 아침에 문을 열어보면 눈 위에 늑대 발자국들이 찍혀 있었다. 여름이 되면 늑대들은 소심해진다. 그래서 여름에는 모기에 물려 죽을지언정 늑대에 물려 죽는 일은 없었다. 그런데도 늑대의 공격을 받는 사람은 이미 반쯤 죽어 있었을 것이라고 남자들은 말했다. 아마도 베라는 목이 말라서 반쯤 미쳐 있었을 터였다. 그녀가 얼마나 오래 헤매었는지 누가 알겠는가. 길을 잃은 사람은 한 곳에서 빙빙 돌기만 한다고 했다. 남자들은 이 년 후에 십이 내지 십오 베르스트[7] 떨어진 곳에서 그녀를 발견했다. 그녀가 산딸기를 따러 갈 때 들고 갔던 양동이를 사람들이 가지고 왔는데, 그 안에 무엇이 들어 있었는지는 묻지 마라. 나데시다 이바노브나는 지금도 그녀가 무엇으로 남았는지 떠올리면 온몸에 소름이 돋았다. 뿔과 발굽, 이제 알지, 왜 그런지, 두 번 돌아, 산딸기를 두 번 잡아, 이제 벌써 길을 몰라. 타이가는 거대하고 너는 금방 길 잃으니, 잘 기억해, 계집애가 남긴 것이 무엇인지, 뺄과 발굽, 외쳐봐야 소용없지,[8] 뺄과 상관없는 일이었다. 아이는 잊었을 터였다. 어차피 독일에는 늑대가 없으니 기억할 필요도 없었다. 독일에서는 어디나 잘 정리되어 있었고, 심지어 숲도 그랬다. 미국에는 숲이 있는지조차 알 수 없지 않은가.

쿠르트가 문을 두드렸다.

– 오이 한 병을 선물로 드릴까 해, 나데시다 이바노브나가 말했다. 너무 작은 건 아닐까?

– 아주 좋은 생각입니다, 나데시다 이바노브나. 오이 한 병을 선물하세요!

쿠르트는 좋은 남자였다. 언제나 예의바르고, 언제나 성과 이름을 다 불러주었다. 이런 남자를 발견하다니 이라는 운이 좋은 거야, 나데시다 이바노브나는 일어서면서 생각했다. 그도 수용소에 갇혀 있던 전과자이기는 했지만, 전과자들이 행실이 바르고, 어떤 전과자들은 술에 전 수용소 관리들보다 더 행실이 바르다는 것을 그녀는 슬라바에서 이미 알아차렸다. 하지만 그가 이렇게 높은 자리에 오르고, *교수까지* 될 줄은 몰랐다. 매주 월요일 서류가방을 들고 베를린으로 가서 일을 했는데, 그게 무슨 일인지 그녀는 자세히 몰랐지만 어쨌든 국가와 관련된 일이었고, 돈도 잘 벌어서 이라에게 차까지 사주었다. 슬라바 사람들은 아무도 믿지 않을 터였다. 아내가 차를 몰고 다니고, 남편은 걸어 다닌다는 것을. 그런데 이라는 도대체 어디 있는 거지?

– 이라는 어디 있나? 나데시다 이바노브나가 물었다.

쿠르트가 고개를 저었다.

– 같이 안 갑니다, 그가 말했다.

– 같이 안 간다니, 무슨 말인가? 시아버지 생신인데?

쿠르트가 손가락으로 위쪽을 가리켰다. 이제야 나데시다 이바노브나는 이라의 방에서 흘러나오는 음악 소리를 들었다. 그녀가 아는 음악이었다. 요즘 이라가 자주 듣는 러시아 음악이었는데, 죽어라고 울부짖는 러시아 가수의 노래였다. 그러나 나데시다 이바노브나를 불안하게 한 건 음악이 아니었다.

– 기분이 안 좋은가, 나데시다 이바노브나가 물었다.

– 기분이 안 좋네요, 쿠르트가 말했다.

– 사샤 때문이겠지, 나데시다 이바노브나가 말했다.

– 사샤 때문이지요, 쿠르트가 말했다.

그래도 술 마실 이유는 못 된다, 라고 나데시다 이바노브나는 생각했다. 도무지 여자가 할 행동은 아니었다. 아내가 술을 마시고 남편은 말짱한, 그런 경우가 어디 있는가. 참으로 망측한 일이었다. 게다가 담배까지 피워대지 않는가. 모두 다 잘못하는 것이었다. 빌헬름의 생일에 술을 마시다니. 위층에서 술을 마시면 사샤가 돌아온단 말인가.

– 제 팔짱을 끼세요, 나데시다 이바노브나, 안 그러면 넘어지실 수도 있어요.

그녀는 쿠르트의 팔을 붙잡고 집 앞의 계단을 하나씩 조심스레 내려갔다. 보도블록들 사이의 잡초를 뽑아야 할 텐데, 그녀는 정원문을 향해 걸어가면서 생각했다. 하지만 그건 그녀가 상관할 일이 아니었다.

–중요한 건 사샤가 거기서 잘 지내는 거네, 나데시다 이바노브나가 말했다.

–네, 쿠르트가 대답했다. 중요한 건 그겁니다.

샤로테와 빌헬름은 같은 거리에 살아서 길이 멀지는 않았지만, 그래도 고장 난 발에게는 가깝지 않은 거리였다. 다행히도 독일의 인도에는 보도블록이 깔려 있었다. 쿠르트가 오이 병을 들었고, 두 사람은 팔을 끼고 잔걸음으로 걸었다. 그가 이리나를 너무 순하게 대하는 게 문제일지도 몰라, 나데시다 이바노브나는 생각했다. 이리나는 그녀 말은 일체 들으려고 하지 않았다. 오이에 대해서건 펠메니에 대해서건 이리나는 뭐든 다 아는 체를 했다. 펠메니에는 계란을 넣으면 절대 안 되는데도 말이다. 술을 그렇게 많이 마시지 말라고 한 마디 했다가는 난리가 났다. 어디 내 인생에 간섭하느냐는 둥, 우리는 우랄 너머에 사는 게 아니라는 둥 소리를 질러댔다. 미안하지만 우리는 우랄 너머에서, 그것도 우랄 너머 *아주 멀리*에서 사는데. 이런 지경이니 그냥 문을 닫고 가만히 있는 게 최선이다. 어쩌면 아버지 없이 커서 그런지도 몰랐다. 그녀의 어머니 마르파는 처음에는 치욕이다, 깜둥이의 자식이라니 치욕이다, 라고 되뇌었지만, 나중에는 자연스레 이리나를 응석받이로 키웠다. 마르파는 늘 깜둥이니 '집시'니 하고 말했지만, 그 남자는 집시가 아니었다. 그는 석유를 파는 상인이었고, 좋은 남자였다. 표트르 이그나체비치, 그는 그리쉬킨 나가르의 농부들처럼 주정뱅이도 아니었고, 멋진 외투와 단정한 예의범절을 갖춘, 신사라고 해도 좋을 사람이었다. 삼두마차를 타고 다녔는데, 온 마을을 뒤져도 그런 마차는 없었다. 물론 두 사람이 했던 행동이 죄를 짓는 일이었을 수도 있다. 그녀는 하느님께 용서를 빌었지만, 마음속으로는 죄를 인정하지 않았다. 마르파가 반대하지 않았더라면 그들은 그가 명예를 걸고 약속했듯이 하느님과 교회 앞에서 결혼식을 올렸을 것이다.

–*그 사람*은 나랑 결혼하려고 했어, 나데시다 이바노브나가 말했다.

–누가요? 쿠르트가 물었다.

–누구긴, 표트르 이그나체비치지, 나데시다 이바노브나가 말했다.

–아, 네, 쿠르트가 말했다. 물론이지요.

하지만 그녀는 쿠르트가 자기 말을 정말 믿는 것은 아니라고 느꼈다.

–나랑 결혼하려고 했어, 그녀가 반복했다. 우리 어머니가 반대하지 않았더라면. 나중에, 이라가 다 자랐을 때, 우리는 그리쉬킨 나가르를 떠나 슬라바로 갔지.

–그게 어느 해였죠? 쿠르트가 물었다.

–소비에트 사람들이 왔을 때네.

–소비에트 사람들이 왔을 때, 나데시다 이바노브나, 그때 어머님은 겨우 열 살이셨어요.

–아니야, 아니야, 나데시다 이바노브나가 반박했다. 아직 기억하고 있어. 사촌이 암소들을 도살했을 때였네. 암소 세 마리 이상 가지고 있는 사람은 탈쿨라크화된다고 했거든. 그런데도 그들은 그를 탈쿨라크화했지. 그가 암소들을 *도살했다는 게* 이유였어.

–그러니까 그들이 그를 총살했다는 말씀이지요?

–아마 총살했겠지, 오래된 일이야.

–그때 슬라바로 가셨군요.

–뭐, 처음엔 어머니가 슬라바로 가지 않으려고 했네. 소비에트 사람들이 있다고.

–하지만 그리쉬킨 나가르에도 소비에트 사람들이 있었다고 방금 말씀하셨잖아요.

–그렇지, 하지만 그리쉬킨 나가르에는 소비에트 사람들이 별로 없었네. 여섯 농가가 전부였고, 철거할 교회도 없었지. 슬라바에서는 그들이 교회를 철거한다고 했어. 그리고 전기를 도입한다고도 했지. 우리 어머니는 전기를 거들떠보려고도 하지 않았네. 진보를 반대했으니까. 나는 진보를 반대하지 않았지. 교회를 철거한 것은 죄악이었네. 하지만 그렇다고 전기를 거부할 필요는 없지 않은가? 도시에 학교도 만든다고 했어. 그래서 우리가 도시로 간 걸세. 누구보다도 이리나를 위해서.

–어느 도시 말씀입니까? 쿠르트가 물었다.

–어느 도시라니, 그게 무슨 말인가?

–도시로 갔다고 하셨잖아요.

–그렇지, 자네도 알잖아, 나데시다 이바노브나가 말했다.

–그러니까 슬라바 말씀이군요.

–당연히 슬라바지. 거기 말고 어디가 또 있는가?

–물론 그렇지요, 쿠르트가 말했다. 거기 말고 어디가 또 있었겠어요.

그들은 도로를 건넜다. 햇살이 성긴 나뭇가지들을 뚫고 다가와 옷 속으로, 뼛속까지 파고들어 몸을 데웠다. 나데시다 이바노브나는 이렇게 팔을 끼고 쿠르트와 함께 걷자니 기분이 좋았다. 거의 우쭐해지기까지 했다. 이야기를 주고받느라 발이 아픈 줄도 몰랐다. 그래, 교회에 다시 한 번 가는 게 좋을지도 모르겠구나, 그녀는 생각했다. 러시아정교 교회에 다니려면 시가 전차를 타야 했지만, 멀지 않으니 못할 것도 없었다. 사샤를 위해 초를 하나 기부해야지. 사샤는 하느님을 믿지 않지만, 그래도 그 아이가 마침내 마음의 평온을 찾는 데 도움이 될지 몰라. 헌금이 문제라면 헌금을 좀 내야지. 돈이야 갖고 있으니.

샤로테와 빌헬름의 집은 멋졌다. 지붕 한쪽에 튀어나와 있는 작은 탑은 심지어 교회 같은 분위기를 연출했으니, 마르파라면 이 집이 교회라고 생각했을 것이다. 그녀는 석조건물이면 모두 다 교회인 줄 알았다. 현관은 거의 평지와 맞닿아 있었는데, 나데시다 이바노브나에게는 이 점이 특히 고상하게 느껴졌다. 계단 하나만 올라서면 벌써 양쪽으로 여닫는 통나무 문 앞에 서게 되었다. 이 문은 조각들로 장식되어 있었고, 두 개의 황금 물고기 머리까지 달려 있었다.

신사복을 입은 젊은 남자가 문을 열어주었는데, 나데시다 이바노브나가 아는 사람이었다. 샤로테와 빌헬름의 집에서 자주 본 그는 언제나 얼굴에 웃음이 가득하고 그녀를 보면 열광적으로 인사하는 쾌활한 사람이었다. *바부쉬카, 바부쉬카(할머니)*, 라면서 그가 인사했다. 나데시다 이바노브나는 아들이여, 주님이 그대와 함께 하기를, 이라고 말했다.

–보호 스 타보이유, 쉬노크.

집을 들어서면 우선 아담한 문간방이 있었고, 이어서 유리문을 통해 널찍한 마루로 들어설 수 있었다. 옷을 보관할 수 있는 벽감까지 있었는데, 조각이 새겨진 나무문은 생김새가 현관문과 똑같았다. 다만 빌헬름이 겉칠을 해놓은 것만 달랐는데, 그래도 고상한 취향이 느껴지는 색이었다. 가구들을 온통 하얗게 칠해놓아 집이 마치 병원처럼 보이게 만들어놓는 이라와는 달랐다.

샤로테가 총총히 걸어왔다. 그녀는 나데시다 이바노브나보다 나이가 많았지만 여전히 다리가 날렵하고 헤어스타일도 젊은 여자 같았다. 쿠르트와 샤로테가 독일 말로 대화했지만, 나데시다 이바노브나는 샤로테가 이리나와 사샤에 대해 묻는다는 것을 알 수 있었고, 쿠르트의 대답을 들은 그녀가 금세 상심하고 만 것을 그녀의 표정을 보고 추측할 수 있었다. 아마도 쿠르트는 사샤가 미국에 갔다고 말했을 거라고 나데시다 이바노브나는 짐작했다. 그래도 그녀는 침착함을 잃지 않았는데, 다만 빌헬름에게는 알리지 말라면서 일부러 러시아어로 다시 한 번 반복했다. 니 슬로바 빌겔무.

–아시죠? 나데시다 이바노브나, 그는 이제 도무지…….

이어서 그녀는 뜻을 짐작하기 어려운 손짓을 했다. 빌헬름이 어떻게 됐다는 거지? 어디가 아픈 걸까?

실로 빌헬름은 나데시다 이바노브나가 그를 마지막으로 보았을 때보다 더 마른 모습이었다. 자리 잡고 앉은 거대한 안락의자 속으로 거의 사라져버릴 듯했다. 그녀에게 인사를 건넬 때, 그의 눈빛은 침침했고, 목소리도 힘이 없었다.

– 선물이에요, 나데시다 이바노브나는 이렇게 말하며 오이가 든 병을 건네주었다.

빌헬름이 눈빛이 밝아지더니 나데시다 이바노브나를 보았고, 이어서 오이를 보며 이렇게 말했다.

– 하로흐![9]

하지만 그건 완두콩이 아니었다.

– 이건 오이예요, 나데시다 이바노브나가 바로 잡았다. 오구르치!

– 하로흐, 빌헬름이 말했다.

– 오구르치, 나데시다 이바노브나가 말했다.

하지만 빌헬름은 병 안에 든 것이 완두콩이라는 것을 증명하기라도 하려는 듯 병뚜껑을 열게 한 후 오이 하나를 끄집어냈다. 그리고 그가 한 입 씹는 것이 의심의 여지없이 오이였음에도 불구하고 다시 이렇게 말했다.

– 하로흐!

나데시다 이바노브나는 고개를 끄덕였다. 상태가 이렇구나. 길에 나선 것이구나, 늙은 빌헬름이. 이제 그녀는 그의 눈빛 속의 어둠을 이해했다. 죽음을 맞이하던 사람들의 눈에서 이미 본 적이 있는 어둠이었다.

– 보호 스 타보이유, 나데시다 이바노브나가 말했다.

그녀는 손님들에게 인사하기 시작했다. 이름까지는 몰라도 얼굴은 아는 사람들이 많았다. 빌헬름 대신 오이 병을 열어준 슬픈 눈을 가진 과묵한 남자도 알아보았다. 남편과 바싹 붙어 있을 때를 제외하고는 언제나 남편보다 머리 하나는 더 큰 것처럼 보이는, 그의 금발머리 아내도 알았다. 우체국 옆에 있는 가게에서 야채를 파는 여자도 알았다. 물건 값을 낼 때 안심하고 지갑을 맡겨도 되는 친절한 여자였다. 경찰관도 알았고, 그녀에게 언제나 *다 스드라브스트부예트*! 라고 인사하는, 손이 축축한 이웃사람도 알았다. 만세! 라는 뜻이었다. 다만 그는 한 번도 뭐가 만세라는 것인지 설명해주지 않았다. 이 사람 저 사람 따질 것도 없이 모두 다, 그녀가 모르는 사람들도 하나같이 친절했다. 남자들이 일부러 일어나 그녀의 손을 붙잡아 흔들어대고, 어깨를 톡톡 두드리는 바람에 좀 민망할 지경이었는데, 작년에 그녀와 러시아어로 대화했던, 밝은 회색의 신사복을 입은 친절한 남자만은 마치 처음 보는 듯이 그녀를 쳐다보았다. 손을 떨고 얼굴이 경직되어 있는 그가 갑자기 브레즈네프처럼 보였다.

그녀는 긴 테이블의 끝 쪽에 앉았다. 사람들이 그녀를 위해 따로 자그마한 안락의자를 가져다주었는데, 앉으니 너무 푹 꺼져서 테이블에 손이 닿지 않을 것 같았다. 커피와 케이크가 나왔다. 다행히 커피는 너무 진하지 않았고, 케이크도 맛이 아주 좋았다. 그녀는 접시를 무릎 위에 올려놓고 조심스레 균형을 잡으면서 케이크 두 쪽을 먹었다. 다른 손님들은 다시 그들의 대화로 돌아갔다. 독일 사람들이 말이 많은 것이야 새로울 게 없었다. 모두들 대학 공부를 한 그들은 서로 할 말이 많았다. 나데시다 이바노브나에게는 그르렁거리고 컥컥대는 한바탕의 익숙한 소리들에 지나지 않았지만. 그녀도 독일에 왔을 때 독일 말을 배우려고 했다. 매일 책상에 앉아 독일 알파벳을 달달 외웠다. 하지만 마침내 독일 *알파벳을 빠짐없이 외우게 되었을 때*, 그녀는 어처구니없는 발견을 하게 되었다. 그녀가 여전히 독일 말을 한 마디도 할 줄 모른다는 것이었다. 거기서 그녀는 이 어렵고 수수께끼 같은 언어를 포기했다. 소용이 없었다. 단어들이 마른 빵처럼 목을 할퀴는 말, 만날 때는 *추텐타크*라고 하고 헤어질 때는 *아피더진*이라고 하는, 아니면 그 반대였던가, *아피더진*과 *추텐타크*였던가, 아무튼 그저 인사를 하면서도 이렇게 번거롭게 발음을 해야 하는 말이었다.

슬픈 눈의 남자가 나데시다 이바노브나에게 녹색의 작은 금속 잔을 건네더니 자신의 잔을 치켜들었다.

–나데시다 이바노브나, 그가 말했다.

–다 스드라브스트부예트, 손이 축축한 남자가 이렇게 말하더니 그 또한 자신의 잔을 치켜들었다.

–누, 사쳼,[10] 나데시다 이바노브나가 말했다.

그녀는 사실 그럴 마음이 없었는데 갑자기 모두들 그녀를 향해 잔을 치켜들고 건배를 하자고 했다. 그러지 뭐, 나데시다 이바노브나는 생각했다. 빌헬름의 생일이고 하니 한 잔은 마실 수 있어. 그녀는 술을 쭉 들이켰는데, 잔을 젖히는 순간 독일에서는 이렇게 하지 않고 그저 잔에 입술을 대고 홀짝거리기만 한다는 게 떠올랐다. 이런 실수를 저지른 것만 해도 민망했는데, 술맛까지 젬병이었다. 술이 낯설어진 지도 오래였다. 그녀는 알코올이 머리로 솟아오르는 것을 느꼈고, 얼마 후에는 사람들이 더 많이, 더 빨리 이야기하는 것처럼 보였으며, 그르렁거리는 독일어 발음이 귓속에서 그르렁거렸다. 이토록 서로 할 말이 많다니 거의 어지러울 지경이었다. 지난 일 년 사이에 이토록 많은 일이 일어났을 수는 없는데, 나데시다 이바노브나는 생각했다. 그녀가 아는 새 소식이란 사샤가 미국에 있다는 것뿐이었다.

–사샤 바 아메리케, 그녀가 슬픈 눈의 남자에게 말했다.

–나데시다 이바노브나, 그가 말했다.

그는 술병을 잡더니 그녀에게 한 잔 더 부어주려고 했다. 하지만 나데시다 이바노브나는 단호하게 거절했다. 그녀는 이미 마신 한 잔으로도 너무 취해서 그르렁거리는 온갖 독일어 발음들 사이에서 심지어 러시아 말까지 들리는 듯했다. 정확히 말하자면 한 개의 단어였고, 더 정확히 말하자면 한 개의 이름이었다. *고르바초프*. 그 이름이었다. 어렴풋이 텔레비전에서 본 듯했지만 착각일 수도 있었다. 이마에 반점이 있는 그런 사람이 있기는 했는데, 도대체 왜 그가 자꾸 미국 텔레비전에 등장하는 것일까? 그녀는 알 수 없었다. 그는 우리 편 중의 한 사람인데도 말이다. 그렇지 않았던가?

이제 사샤의 옛 아내인 멜리타가 왔다. 그녀는 러시아의 귀족부인처럼 요란하게 꾸미고 왔지만 나데시다 이바노브나는 그녀를 즉시 알아보았다. 그녀가 사샤와 이혼한 후로 나데시다 이바노브나는 그녀를 좀 덜 가깝게 대했다. 그건 사실이었다. 그 무렵 사샤가 얼마나 홀쭉해졌던지, 보기가 참으로 딱했다. 증손자인 마르쿠스도 그때 이후로 오는 일이 드물어졌다. 그 아이가 어릴 때는 옛날의 사샤처럼 그의 품에 앉아 있었고, 그녀는 새끼 염소에 대한 노래를 불러주었다. 물론 마르쿠스는 러시아어를 한 마디도 못했으니 노래 내용도 전혀 이해하지 못했다. 아무도 가르쳐주지 않은 것이었다. 그래도 한동안은 더러 그녀의 방으로 초콜릿을 가지러 오곤 했지만, 그녀는 그런 걸 내주면 안 되었다. 멜리타가 초콜릿이 마치 독이라도 되는 양 질색했기 때문이었다. 그후로 마르쿠스는 한 번도 오지 않았고, 그 아이를 마지막으로 본 것이 언제였는지도 이제 더 이상 기억나지 않았다. 마지막으로 보았을 때 그는 키는 컸지만 빗자루처럼 말라 있었고, 십자가에 매달린 예수처럼 창백했다. 그것이 놀랄 일은 아니었다. 단것을 전혀 먹지 못했을 테니.

마르쿠스가 증조할아버지께 선물을 드리고, 그와 몇 마디 나누는 모습이 보였다. 이어서 소년은 테이블 주위의 사람들에게 차례차례 인사했다. 그가 가까이 다가오는 것을 보면서 나데시다 이바노브나는 적어도 증손자에게 독일 말로 인사해야겠다 싶어 자신의 언어 능력을 총동원하기 시작했다. 확실하게 해두느라 인사말을 여러 번 혼자 되풀이하여 발음하기도 했다. 마침내 그녀 앞에 와서 선 아이가 예절 바르게 손을 내밀었다. 부드럽고 연약한 손은 잡는 힘이 약했다. 얼굴은 섬세하고 이마는 높았다. 나데시다 이바노브나는 아이의 짙은 색 곱슬머리를 보고 사샤를 쏙 빼닮았다고 생각했다.

—*아피더진*, 나데시다 이바노브나가 말했다.

증손자가 놀란 눈으로 그녀를 보더니 눈을 돌려 엄마를 보고 웃었다.

–아우프 비더제엔, 마르쿠스가 말했다.

그리고 순식간에 사라졌다. 그녀의 손에서 자신의 연약한 손을 조심스럽게, 하지만 결연하게 빼내더니 멀어져갔다.

나데시다 이바노브나는 자신의 손을 내려다보았다. 이 거칠고 망가진, 감자 캐던 손으로, 이 제재소 손으로 마르쿠스를 아프게 한 것 같은 기분이 들었다. 그녀는 손등에 솟아 있는 무시무시한 핏줄들을, 손마디의 주름진 피부를, 크고 작은 상해로 인해 굽은 손톱들을, 흉터와 작은 구멍과 주름 들을, 수백 개의 선들로 고랑이 파인 손바닥을 쳐다보았다. 마르쿠스가 이런 흉물스런 것이 자신을 잡는 것을 싫어하는 것은 당연하다는 생각이 들었다.

문득 그르렁거리는 독일어 발음들이 멈추었다. 나데시다 이바노브나가 고개를 들어보니 빨간 서류꽂이를 든 남자가 나타났는데; 그녀는 그 남자가 훈장을 수여하는 사람이라는 것을 즉시 알아차렸다. 빌헬름은 거의 해마다 훈장을, 그것도 국가로부터 받았고, 훈장이 수여된 이유가 적힌 종이도 늘 함께 있었다. 이제 빨간 서류꽂이를 펼쳐든 남자가 그 종이를 읽었고, 나데시다 이바노브나는 자세한 내용을 이해하지는 못하면서도 공손한 태도로 귀를 기울였다. 중요한 내용이라는 것은 그녀도 이해했다. 연설자가 빌헬름의 생애에 대해 이야기할 때, 다시 안락의자에 등을 기댄 그녀의 눈길이 커다란 창문을 향했다. 벌써 어스름이 밀려오고 있었고, 나무 우듬지에만 빛이 남아 있었다. 나뭇가지에 매달린 잎들이 소리 없이 춤을 추었고, 나데시다 이바노브나는 저녁바람을 느낄 수 있을 것 같았다. 불씨들을 갈퀴로 모으는 일을 끝내고 몸을 돌려 어두워진 감자밭을 가로질러 집으로 걸어갈 때 얼굴에 몰려오던 서늘함…… 오래지 않아 추수가 끝나면 10월 중순, 니나의 생일이 돌아올 것이다. 더러 10월 중순에 눈이 내리는 해도 있었지만 그렇게 춥지는 않았다. 모두들 기분이 좋았고, 모두들 감자를 비축해두었으니 축제를 하기 적당한 때였다. 생일 전날이면 그들은 함께 펠메니를 만들었다. 노래를 시작했고, 춤을 추었으며, 모두들 술을 한잔 마시고 나면 다시 노래를 불렀다. 슬픈 노래를 부르며 모두가 울면서 서로 얼싸안았다. 그랬었다. 그러다가 다시 춤을 추었다. 슬라바에서는 그렇게 했지, 나데시다 이바노브나는 이런 생각을 하다가 연설이 끝나고 훈장 수여자가 빌헬름에게 훈장을 달아줄 때 하마터면 박수 치는 것을 놓칠 뻔했다.

다시 독일어 발음들이 그르렁거리기 시작했고, 그르렁거리며 수다를 떨면서 그녀의 귀를 스쳐 지나갔다. 이제 그녀는 그 소리가 더 이상 싫지 않았고, 술이 스며들어 몸이 따뜻해지고 영혼이 가벼워졌다. 머릿속에서 그녀는 슬라바에 가 있었고, 볼샤야 레스나야 거리를 따라가고 있었다. 그리고 모든 것을 또렷하게 보았다. 자로 그은 듯 똑바른, 붉은 구릿빛의 자갈길. 거기 서서 똑바로 보면 길은 멀리 자작나무 숲의 노랗고 환한 빛으로 이어졌다. 돼지들이 즐거이 뒹구는, 길에 파인 웅덩이들. 두레우물과 나무로 만든 인도. 뒤에 일층짜리 나무 집들을 숨겨놓고 있는 사람 키 높이의 널빤지 담장들. 그리고 이 집들 중 하나는 그녀의 것이었다. 그녀는 기억을 떠올렸다. 아주 오래전, 그녀의 손이 아직 어리고 연약했을 때, 중

손자 마르쿠스의 손처럼 어리고 연약했을 때, 어떤 여자 점쟁이가 이 부드럽고 거의 손금도 보이지 않는 손에서 그녀의 미래를 읽고 유복함과 행복을 예언해주었다. 그리고 실제로 그렇게 되었다. 자신의 집을 소유하게 되었고, 자신의 작은 농장도 갖게 되었으며, 마지막에는 심지어 암소도 한 마리 키웠다. 갈색과 흰색이 섞인 얼룩소였는데, 그녀는 이 유복함을 함께 누리지 못하고 세상을 떠난 어머니를 기리는 의미에서 암소에게 마르파라는 이름을 붙여주었다.

그랬었다. 모든 게 그처럼 단순했었다. 그녀는 슬라바로 갈 것이다. 니나의 생일에 맞추어. 비자도 이미 가지고 있었다. 니나와 함께 교회에 앉아 신 우유를 떠먹을 것이다. 함께 펠메니를 만들 것이고, 아직 남아 있는 사람들을 모아 축제를 할 것이다. 그리고 그녀는 죽을 것이다, 아주 단순하게. 거기 고향에서 죽을 것이고, 거기에 묻힐 것이다. 무슨 다른 길이 있겠는가. 독일어 발음들이 귓속에서 그르렁거리는 것을 들으며 그녀는 생각했다. 다행이다, 다행이야. 지금이라도 이런 생각을 하게 된 것이. 여기 빌헬름의 생일파티에서. 하지만 그녀는 아무에게도 말하지 않았다. 그럴 만큼 그녀는 멍청하지 않았다. 베개 속에 간직해둔 돈은 은행에 가서 루블로 바꿀 것이다.

–누 다바이,[11] 그녀가 슬픈 눈의 남자에게 말하면서 그녀의 작은 녹색 금속 잔을 내밀었다.

슬픈 눈의 남자가 나데시다 이바노브나에게 술을 부어주면서 웃었다.

–나데시다 이바노브나, 그가 말했다.

— 다 스드라브스트부예트, 손이 축축한 남자가 외쳤다.

— 보흐 스 타보이유, 나데시다 이바노브나는 이렇게 말하고 술을 단숨에 들이켰다.

1966

십 년 전, 같은 달에 그들은 러시아에서 돌아왔다. 똑같은 우윳빛 하늘이 들판 위에 걸려 있었고 자세히 보면 벌써 여기저기 새싹들이 피어나고 있었지만, 멀리서 보는 풍경은 그때도 지금처럼 창백했고 촌락들도 똑같이 적막했다. 쿠르트는 미니버스의 창문을 통해 *저 바깥의 것*을 응시하던 때를 떠올렸다. 그것이 그의 고향이었다.

그들은 마지막 남은 돈으로 금니를 해 넣었다. 독일에 멀쩡한 모습으로 도착하려고 각각 앞니를 하나씩 해 넣은 것이다. 며칠 동안 기차를 탄 후 독일에 도착하기 직전에 입을 요량으로 가진 옷 중에서 제일 괜찮은 것들을 작은 가방에 따로 넣어두었는데, 기차에서 내려 플랫폼에 서 있는 샤로테와 빌헬름을 보는 순간, 쿠르트는 조금 전까지만 해도 아주 그럴듯한 옷이라고 생각했던, 꼼꼼하게 솜을 넣은 재킷과 통이 넓은 바지를 입은 자신이 초라하게 여겨졌다.

미니버스까지 주문한 것을 보니 빌헬름은 엄청난 양의 짐을 예상했던 것이 분명했다. 하지만 그들이 슬라바에서 물건들을 분류하면서 보니 독일에서 필요하게 될 물건들이 거의 없었다. 그들이 가져온 것은 두 개의 손가방과 한 개의 배낭이 다였다. 그는 이십 년 전, 열다섯 나이에 소련으로 가지고 갔던 짐 가방보다 더 작은 가방과 함께 고향으로 돌아온 것이다.

그렇게 돌아왔을 때 그의 나이가 서른다섯이었고, 귀국 즉시 학술 아카데미(쿠르트는 노이엔도르프 아카데미와 확실하게 구별하기 위해 이 아카데미를 힘주어 '진짜' 아카데미라고 불렀다)에서 일하게 되었지만 새로운 시작은 결코 쉽지 않았다. 아마도 그는 아카데미에 다니는 박사과정 학생들을 통틀어 가장 나이가 많은 학생이었을 것이다. 이십 년의 소련 생활 끝에 그의 독일어에는 러시아 악센트가 섞여 있었다. 그는 언제 무엇을 해야 하는지, 언제 웃어도 되는지 잘 몰랐다. 아침마다 서로 후레자식이라는 말로 인사를 하는 세계에서 온 그는 신분 높은 사람들을 대하는 감각이 없었고, 사회주의 학계 안의 미묘하게 뒤얽힌 동맹관계와 적대관계를 간파하여 적절하게 행동하는 데에는 완전히 서툴렀다. 어떤—매우 호의적인—상관은 일 년 동안 그에게 러시아어 텍스트의 번역을 맡겨놓아야 한다고 생각했다. 그리고 삼 년이 지난 후에 상관의 모스크바 여행에 동행할 때도 그의 주 업무는 통역이었다.

그리고 얼마 전, 그는 다시 모스크바로 갔다. 이번 방문에서 이 도시는 그 어느 때보다도 더 불결하고 조야하고 사람을 지치게 만드는 것처럼 보였다. 길게 곧장 뻗어 있기만 한 길들, 술 취한 사람들, 기분 나쁘게 찌푸린 표정으로 도처에서 나타나는 '당직자들', 심지어 청년 시절 그가 자원봉사자로 건설에 참여한 적이 있어 언제나 약간 자부심을 느끼게 하던 그 유명한 지하철조차 신경에 거슬렸다. 지하철은 비좁았고, 소음이 심했으며, 자동문들은 기요틴처럼 탁 닫혔다(그리고 도대체 이 빌어먹을 지하철이 왜 거의 *백 미터*나 되는 깊이에 묻혀 있는지, 그리고—이게 더 놀라웠다—왜 그때는 이것이 이상하다는 생각을 하지 않았는지 모를 일이었다). 붉은 광장에서는 사진기를 떨어뜨렸고, 과거에 체호프와 마야코프스키의 무덤에 참배하려고 이리나와 함께 방문한 적이 있어서 일종의 의무감으로 찾아간 노보데비치 묘지에서는 차가운 비가 그를 덮쳤다. 모스크바에서만 만날 수 있는 이 4월의 비는 사람을 죽일 수도 있었다. 이 모든 것들이 불쾌하고 역겨웠던 것이 사실이지만, 그는 바야흐로 십 년이 지난 지금, 갑자기 이 나라가 지난날의 죄수이자 '영구 추방자'였던 그에게 보여주는 존경의 태도에 만족감을 느끼게 된다는 사실을 부정할 수 없었다.

지난번 모스크바에 왔을 때 그는 루마니아 동료와 함께 호텔방을 써야 했다. 이번에는 심지어 공항에서까지 영접을 받았으며, 베이징 호텔의 더블침대를 혼자 쓸 수 있었다. 비록 멍청하게도 욕실을 만들어놓지 않은 객실이기는 했지만(스탈린 시대에 지은 번지르르한 호텔들이 대개 이랬다). 유명한 예루잘림스키는 그의 새 책을 열광적으로 칭찬하면서 어디서나 그를 그의 분야에서 *최고* 전문가라고 소개하였고, 직접 그를 데리고 시내관광을 시켜주기까지 했다. 쿠르트는 자신이 이 모든 것들을 이미 잘 알고 있다는 사실을 숨기면서 은밀한 쾌감을 느꼈다. 마네즈나야,[1] 메트로폴 호텔, 아, 저것은 루뱐카[2]…….

다만 박사과정 여학생과의 연애는 하지 않는 편이 나았어, 쿠르트는 생각했다. 그가 탄 트라비는 선율적으로 가르랑거리면서 평범한 지역을 굽이굽이 나아가고 있었다(쿠르트는 대개 전차를 타고 다녔으므로 베를린 남쪽을 빙 돌아가는 우회로 주변의 지역들을 여전히 제대로 구별하지 못했다). 동료들 사이에서 그런 일을 벌이다니, 어리석은 짓이었어, 그는 생각했다. 게다가 그 여자가 딱히 매력적인 것도 아니었다. 오히려—이리나와 비교하자면—창피할 정도로 매력이 없었다. 하지만 그 독특한 시선, 그 눈의 독특한 깜빡거림, 그는 녹아웃이었다. 달리 어쩔 수가 없었다. 쿠르트는 자신이 여성에 약한 것이—마르크스주의자로서 그는 이 설명이 더 맞다고 생각했다—*제관계*로부터(즉 그가 젊은 시절의 대부분을 수용소에서 보냈다는 사실로부터) 유래하는 것인지, 아니면 선천적인 것인지, 어머니가 지독한 난봉꾼이라고 하던 아버지의 피를 물려받은 건지 또 한 번 자문했다.

–이야기해봐, 이리나가 재촉했다. 어땠어?

–피곤했어, 쿠르트가 말했다.

그건 분명한 사실이었다.

그가 매일 문서보관소에 갔다는 것도 사실이었다. 심포지엄에서 계획에 없던 강연을 해야 했다는 것도 그랬다. 출판사가 선금을 지급해주었다는 것, 잡지사 편집부가 그에게 글 한 편을 청탁했다는 것, 예루잘림스키가 식사에 초대했고, 그와 함께 시내 관광을 했다는 것, 이 모든 것들이 사실이었고, 이런 이야기들을 늘어놓다 보니 이 모든 일들 사이에 여자와 연애질을 할 시간이 있었을 리가 없다고 그 자신도 거의 믿게 되었다.

집이 그리웠다는 것도 거짓 없는 사실이었다. 그리고 호의로 대해주는 그 모든 사람들 사이에서 외로웠다는 것도. 그들 가운데 어느 누구에게도 모스크바를 다시 찾은 그의 마음속에 일어나는 의문들을 터놓을 수가 없었다. 그는 조야하기는 하지만 어딘가 호감이 가던 개혁가 니키타 흐루시초프(그가 없었다면 쿠르트는 여전히 '영구 추방자'로 우랄 산맥 저편에 남아 있었을 터였다)가 당 서기 자리에서 물러난 후 소련이 다시 스탈린주의화될 위험이 있는가 하는 의문을 살짝 건드려볼 용기조차 낼 수 없었다.

– 그리고 노보데비치에도 갔었어, 그가 말했다.

이리나가 말했다.

– 담배 하나 불 붙여줄래?

정확히 말하자면 그녀는 이렇게 말했다. 디암배 불 부져줄래?

쿠르트가 대답했다.

– 디암배 불 부져줄게.

그는 담배 두 개비에 불을 붙였다. 하나는 이리나를 위해, 하나는 자신을 위해. 연기를 들이마시자 모스크바 여행에 대해 말하면서 몇 번이고 이야기했던 피곤함이 실제로 느껴졌다. 심지어 오한이 나기까지 했다. 그는 스스로 양심의 가책을 일으킬 만큼 매력적인 아내를 쳐다보면서, 벌써 조금 흥분된 기분으로 다가올 저녁을 생각했다.

사샤는 집에 있는 쪽을 택했다. 예전이라면 공항에 같이 갈 수 있는 기회를 절대로 놓치지 않았겠지만, 비행기 설계자가 되고 싶어 하던 시기는 지나갔다. 그 대신 이제 그는 RIAS[3)]에서 들려주는 현대적인 음악을 녹음기로 녹음했고, 어두워질 때까지 수상한 친구들과 돌아다녔다. 그 친구들 중에는 같은 학년의 조숙한 소녀도 있었는데, 반사회적인 환경에서 자란 그 아이는 열두 살 나이에 벌써 너저분한 청색 스웨터 속에 제법 그럴듯한 가슴을 갖고 있었다.

그런 친구들과 어울리는 사샤가 쿠르트가 모스크바에서 가지고 온 작은 선물에 시큰둥한 반응을 보이는 것은 놀랄 일도 아니었다. 그것은 유리 가가린이 쓴 『모야 도로가 프 코스모스』, 즉 '나의 우주로 가는 길'이었다.

– 고맙습니다, 사샤는 책을 거들떠보지도 않은 채 단조롭게 말했다.

쿠르트는 앞으로 아들을 좀더 돌봐야겠다고 생각했다. 러시아어도 갈수록 더듬거렸다. 학교 성적도 만족스럽지 못했다. 얼마 전에는 3급을 받아왔다. 3급이라니! 쿠르트는 3급을 받아본 기억이 없었다. 3급은 이미 열등한 점수야, 쿠르트는 생각했다.

그는 모스크바에서 이리나를 위한 선물도 찾아보았지만 허사였다. 그녀에게 가져다줄 게 있었겠는가? 그녀는 러시아의 모든 토속적인 것에 대해 알레르기 반응을 일으켰고, 위대한 사회주의 시월 혁명의 나라에 있는 여타의 물건들도 쿠르트가 확인한 바에 따르면 온통 쓰레기뿐이었다. 결국 그는 마지막 순간에 '소비에트코예 샴판스코예' 한 병을 샀다. 사샤가 침대에 눕고 나자 그는 변명의 말을 길게 늘어놓으며 짐에서 병을 꺼냈다. 그리고 뜨거운 물로 목욕을 했고, 이리나는 샴페인의 코르크 마개를 뽑았다. 두 사람이 아주 약간 취기가 돌 정도로 마셨을 때 이리나는 놀라운 일을 털어놓았다. 침실이 완성되었다고 했다. 그는 이미 어느 정도 예상은 하고 있었는데도 놀라지 않을 수 없었고, 또 한 번, 죄책감을 느꼈다. 이상한 일이었다. 오 년 동안 그는 이리나가 집수리를 과하게 한다고 확신했다. 오 년 동안 그는 집수리를 꼭 필요한 정도로 줄이려고 노력했다. 아주 솔직히 말하자면 그로서는 벽들을 한 번 깔끔하게 칠하고 그걸로 끝내는 게 제일 좋을 것 같았다. 그랬다. 그는 시간이 없었다! 시간이, 늦게 시작된 그의 삶이 술술 새어나가고 있었다. 그는 밤이면 공황의 습격을 받곤 했다. 이리나가 주저 없이 벽을 허물거나, 밖으로 빠져나온 파이프들과 관들을 볼 때면 겁이 났다. 언젠가는 다시 벽 속으로 들어가야 할 물건들이었다. 이리나가 꼭 *이* 문, *이* 나무, *이* 빨간색이어야 한다고 생각하여 거액을 지출한 것을 알게 될 때면 그가 문을 요란하게 쾅 닫으며 집 밖으로 나간 일도 있었다. 하지만 결국 지나고 보니 이리나가 옳았다는 것을 인정하지 않을 수 없었다. 세세히 따져보면 그녀가 언제나 억지를 부린 것인데도 결국엔 그녀의 결정이 왜 옳은 것이 되는지, 참으로 수수께끼였다.

훌륭하고 멋진 침실이었다. 기본적인 틀은 단순했다. 침대 하나만 놓여 있을 뿐이었다. 동독 전체를 뒤져도 살 수 없는, 양쪽이 분리되지 않은 단순한 더블베드였다. 거기에 오래된 골동품 같은 옷장이 더해졌다. 그것이 눈에 들어왔을 때 쿠르트는 그저 웃을 수밖에 없었다. 카펫은 흰색이었고 벽들도 흰색이었는데, 침대 머리맡의 벽만 진홍색이었고, 이 벽에는 좌우 등불의 호위를 받는 타원형의 거대한 거울이 달려 있었다. 소용돌이무늬로 장식된 폭이 넓은 틀에 끼워진 이 거울은 상당히 기울어지게 설치되어 있어 그것이 어떤 목적에 봉사하는지 금방 알 수 있었다.

–일꾼들이 무슨 생각을 했겠어, 쿠르트가 우물거렸다.

–바로 그 생각을 했겠지, 이리나가 이렇게 말하면서 그의 손을 그녀의 치마 밑으로 가져갔다. 쿠르트는 슬립과 스타킹 사이에서 부풀어 올라 부드러운 쿠션을 이루고 있는 맨살의 감촉을 느꼈다…….

–미쳤어, 얼마 후 두 사람이 침대에 나란히 누워 있을 때 쿠르트가 말했다. 샴페인이 달아오르게 만든 취기 속에서 그들이 서로의 위와 아래로, 그리고 안으로 파고들었을 때 그는 순간순간 자신이 두 명이 된다는 느낌을 받았다. 단지 비유적으로가 아니라 *실제*로 그렇게 되는 느낌이었다. 순간순간 팔과 다리가 둘 이상으로 늘어나고, '추이'[4]도 하나만이 아닌 것 같았다고 그가 이리나에게 말했다. 음란한 것들에 대해 이야기할 때 그들은 러시아어를 사용했다.

아직 흥분에서 벗어나지 못한 이리나는 두 다리로 그의 몸을 옥죄며 귀에 대고 속삭였다.

–내 친구 베라를 데려와야겠네…….

다음 날 아침, 쿠르트는 늦잠을 잤다. 여덟시였다. 일요일이었고, 쿠르트는 여러 해에 걸쳐—그의 자제력을 총동원하여—일요일에 일하지 *않는* 습관을 익혀왔다. 심지어 일하지 않는 일요일을 즐겁게 여기는 것까지 배웠다.

잠옷과 목욕가운을 걸치고 부엌에 들어선 그는 가족을 즐겁게 하기 위해 일요일마다 면도를 하면서 지어내곤 하는 사행시를 읊었다. 오늘의 사행시는 이것이다.

모스크바에서 깡충깡충 뛰어와
힘이 두 배로 늘어난 것을 느끼노라.
면도하며 벌써 너희 모두에게
유쾌함을 감염시키겠노라.

사샤가 인상을 찌푸렸다. 이리나는 쿠르트에게 캐모마일 차를 부어주면서 살짝 미소를 지었다. 그녀는 위장을 보호하려면 커피를 마시기 전에 반드시 차를 마셔야 한다고 고집했고, 쿠르트는 그 고집을 따라주었다.

아침 식사 중에 이리나는 오늘도 출근을 해야 한다고 말했다. 유고슬라비아 배우인 고이코비치가 온다는 것이었다. 그는 DEFA가 촬영하려고 하는 인디언 영화에서 주연을 맡게 되었다고 했다.

쿠르트는 침을 삼켰다. 흰 빵 부스러기가 목구멍을 긁었다. DEFA에서 일하기 시작한 후로—사실상 쿠르트는 그녀가 거기서 *무슨 일을 하는지* 전혀 몰랐다—이리나는 이런 식으로 그를 실망시키는 경우가 많았다. 반나절 근무라고 했지만 실제로는 그녀는 자주 밤늦게까지 혹은 주말에도 일했고, 대가는 아무것도 없었다. 그렇게 요란을 떨면서 일해도 결국 버는 돈보다 낭비하는 돈이 더 많았기 때문이었다. 그게 쿠르트의 생각이었다. 하지만 아무 말도 하지 않았다. 커피를 한 모금 마시면서 빵 부스러기만 삼켰다. 물론 이리나도 일할 권리가 있었다. 이름도 알지 못할 배우들과 함께 DEFA의 게스트하우스에 앉아 보드카를 들이켜는 따위의 이상한 일이기는 했지만. 그 인디언 녀석과 근처를 어슬렁거리는 것도 이상하기는 마찬가지였다. 쿠르트는 그의 사진을 본 적이 있었다. 근육 덩어리였다. 벌거벗은 상체로 사진을 찍다니, 정신 나간 놈이었다.

–점심은 레인지 위에 올려뒀어, 이리나가 말했다. 네시에 돌아올 거야.

이리나가 나가고 난 후, 쿠르트는 여전히 잠옷과 목욕가운을 걸친 채 자신의 방으로 들어갔다. 방열기를 틀고 그 위에 앉았다. 방열기의 온도가 점점 높아지는 것을 엉덩이로 느끼면서(그래, 가스 방열기도 좋은 생각이었다!) 그는 이리나가 어떤 불투명한(바라건대 범죄적이지는 않은!) 경로를 통해 입수한 스웨덴 식 수입 시스템 책장을 쳐다보았다. 오 년 동안 그는 책들을 상자에 넣고 이 방 저 방 끌고 다녔다. 이제 책들은 완벽한 질서를 갖추고 배열되어 있었는데,—볼 때마다 쿠르트에게 만족감을 주는 장면이었다—다만 그가 십 년 동안 수용소에서 갖고 다녔던 크리샤츠키[5]를, 이 너덜너덜해진 작은 라틴어 교본을 왜 그 자신의 저작을 배치해놓은 칸에 꽂게 되었는지 아무리 생각해도 기억이 나지 않았다. 그는 책을 끄집어내었지만, 어디에 두어야 할지 좋은 생각이 나지 않아(백과사전도 아니고 잡지도 아니었다) 다시 제자리에 넣고 말았다.

이어서 그는 모스크바 동료들의 강연 원고들과 잡지들, 전화번호와 주소가 적힌 쪽지들을 꺼냈다. 이런 여행에서 돌아오면 남게 되는 흔한 잡동사니였는데, 물론 대부분은 하찮은 것들이었다. 전화번호들은 그의 전화번호부에 깨끗하게 옮겨 적겠지만, 그후엔 대부분의 번호에 전화를 걸 일이 전혀 없을 터였다. 대부분의 강연 원고들은 한동안 방 안을 굴러다니다가 예의상 보관해야 하는 기한이 지나고 나면 내버릴 터였다. 쿠르트는 문서보관소에 요청하여 가져온 복사물들은 따로 챙겼다. 그리고 나머지는 휴지통에 던져 넣었다. 이어서 주소와 전화번호가 적힌 쪽지들을 다시 꺼내 분류하기 시작했다. 그러다 문득 이름이 적히지 않은 전화번호와 마주치게 되었고, 몇 초가 지난 후에야 그것이 누구의 전화번호인지 기억해냈다. 그리고 한순간 고이코비치에 대한 복수로 그 쪽지를 보관하고픈 마음에 사로잡혔다. 하지만 그는 어젯저녁을, 황금 거울과 자신이 두 명이 되는 신기한 경험과 이리나가 그에게 속삭였던 약속을 떠올려야 했다. 그 약속을 들었을 때 즉시 떠올랐던 그림이 지금 다시 눈앞에 되살아났다. 그때, 누군가 초인종을 울렸다.

그는 재빨리 쪽지를 목욕가운 주머니에 넣고 현관문으로 갔다. 지난여름의 영상이, 흑해에서 휴가를 보낼 때의 그 영상이 여전히 눈앞에 어른거렸다. 그때 이리나와 그는 우연히 베라와 함께 시간을 보내게 되었다. 놀랍게도 그녀를 공항 환승 룸에서 만나게 되었던 것인데, 쿠르트는 이리나가 노이엔도르프 아카데미의 문서보관소에서 일할 때 함께 근무한 동료였던 그녀를 어렴풋하게만 알고 있었다. 베라는 우연히도 그들과 같은 여행그룹에 끼여 비행기를 타고 혼자 네세바[6]로 가는 중이었다. 혼자인 건 그녀가 최근에 이혼을 했기 때문이었다. 그렇게 세 사람은 함께 여행을 하게 되었다. 그리고 쿠르트가 책상으로부터 현관문까지 열 내지 열둘 혹은 열네 걸음을 걸어갈 때 그의 머릿속을 잠시 스쳐간 영상은 바로 거기, 그러니까 네세바의 해변에서 있었던 일의 영상이었다. 세 사람 모두 남쪽 바다에는 처음이었고, 세 사람 모두 해변을 들어설 때 네세바의 모래가 너무 *뜨거워* 놀랐다. 쿠르트는 자기도 모르게 이쪽 발 저쪽 발 옮겨가며 껑충껑충 뛰기 시작했고 여자들도 그를 따라 뛰었다. 갑자기 세 사람 모두 껑충껑충 뛰면서 우스꽝스러운 춤을 추게 되었다. 그리고 이 춤을 그들과 함께 춘 것이 있었으니, 그건 수영복 끈이 풀려서 드러나게 된 베라의 신비로운 *거시기*였다. 쿠르트로서는 그것을 칭할 다른 말이 떠오르지 않아 이 말을 쓸 수밖에 없었는데, 어쨌든 그것은 실로 *거시기*였다. 쿠르트가 현관문을 열 때도 푸르스름하고 가느다란 실핏줄들이 퍼져 있던 그 묵직하고 하얀 *거시기*가 그의 코앞에서 춤을 추었다. 문을 여니 삐딱하게 웃는 둥그스름한 얼굴이 나타났는데, 짧은 시간이 흐른 후에야 그는 그 얼굴이 당 비서인 귄터 하베자트의 것임을 알아차렸다.

–어, 쿠르트가 말했다.

–미안하네, 귄터는 이렇게 말하면서 급하게 소변을 보아야 하는 사람처럼 양쪽 다리를 총총히 번갈아 짚어가며 몸을 흔들었다.

하지만 귄터는 소변이 급한 게 아니었다. 한동안 그는 쿠르트의 방 한가운데에서 여전히 양쪽 다리를 번갈아 짚어가며 집과 방과 스웨덴 식 수입 책장에 대해 찬양을 늘어놓았고, 커피를 거절했으며, 그 대신 물을 한 컵 달라고 했다. 이어서 그는 샤로테의 집에서 가지고 온, 좀 닳아 해진 사발 모양의 안락의자에 앉았는데, 귄터의 상당한 규모의 몸뚱이가 욕조에 담기는 것처럼 의자 안을 꽉 채웠다. 쿠르트는 내심 뚱뚱한 사람들을 경멸했다. 귄터는 전체적으로 호감을 주는 편이었고, 다른 사람을 돕는 데 인색하지 않았고, 모략을 꾸미지 않는 사람이었지만, 다른 한편 마음이 약한 편에 속하고 다른 사람의 말에 쉽게 좌우되는 사람이었다. 귄터가 처음에는 마다하다가도 (실상이 어쨌건 마다하는 인상은 주다가도) 결국은 당비서 직책을 떠맡은 것만 봐도 알 수 있다고 쿠르트는 생각했다. 쿠르트에게도 제안이 들어왔지만, 그는, 당연히, 거절했다.

귄터는 갖다 준 물을—전혀 꿀꺽거리지도 않는 것처럼 보였다—그 커다란 몸속으로 사라지게 한 후, 마치 실수로 못 본 사람이라도 찾는 양 방 안을 휘휘 둘러보더니 머리를 흔들고 눈을 부릅뜨면서 가라앉은 목소리로 찾아온 이유를 설명하기 시작했다. 사건은 단순하고도 어리석었다. 쿠르트의 작업조에는 늘 어딘가 경솔한 데가 있고 더러 규율을 어기기도 하는 파울 로데가 있었는데, 그가《월간 역사》(ZfG)에 서독 동료의 책에 대한 서평을 실었다. 1920년대 말에 독일공산당이 취했던 이른바 통일전선정책을 비판적으로 조명하는 책이었다(누구나 알겠지만 이 정책은 당연히 사회민주당을 비방하고 파시즘의 대두를 최악의 방식으로 촉진시킨 분열정책이었다!). 그런데 로데는 이 서평을 발표하고 나서 서독 동료에게 직접 서평을 보내면서 이런 메모를 함께 적어놓았다는 것이었다. 서평이 이렇게 부정적인 점을 사과하며, 작업조 전체는 이 책이 뛰어난 능력을 보여주는 흥미로운 책이라고 생각하고 있지만 동독 은 *아직 통일전선정책에 대해 열린 토론을 벌일 만한 상황이 아니 다……*.

이런 메모를 서독 동료에게 보낸다는 건 지독히 어리석은 짓이었다. 하지만…… 무언가 쿠르트는 이해가 가지 않았다. 그는 불편한 심기로 사건에 대한 권터의 설명을 계속 들었다. 설명의 요점은, 독일 사회주의 통일당(SED)[7]의 중앙위원회 학술국이 로데 동지에게 엄격한 처벌을 내릴 것을 요구하고 있으며, 내일 당 회의에서 이 처벌이 결정될 예정이라는 것이었다. 이 회의에서는—*자네도 어떤지 알지 않은가*—로데의 동료들이, 특히 작업조에 속하는 동료들, 누구보다도 작업조의 책임자인 쿠르트가 '자발적인' 입장 표명을 할 것이 기대되고 있으며, 권터는 사전에 이 사실을, 물론 이야기가 밖으로 새나가지 않는다는 전제 하에, 쿠르트에게 알려주기 위해 왔다는 것이었다.

– 미안하네만, 자네는 그 편지의 내용을 어떻게 알게 되었나?

권터는 말을 알아듣지 못하는 것 같았다.

– 당연히 중앙위원회로부터 들었지, 그가 말했다.

– 그럼 중앙위원회는?

권터는 눈을 치켜뜨고 굵은 팔을 들면서 말했다.

– 그거야 뭐.

권터가 가고 난 후, 쿠르트는 작업복을 입고 정원으로 나갔다. 날씨가 좋았고, 좋은 날씨는 어떻게든 활용해야 하는 법이었다. 그는 갈퀴를 꺼냈지만, 낙엽이 거의 없어서 뭔가 가지치기라도 할 것이 없을까 생각해보았다. 하지만 이미 싹들이 나와서 시기가 너무 늦은 것 같았다. 그래서 가지치기에 대한 생각은 이내 버렸는데도 그는 한동안 계속 전지가위를 찾았다. 하지만 결과는 허탕이었다. 그 대신 튤립의 구근 몇 개를 발견하여 그것들을 심기로 했다. 그는 한참 동안 적당한 자리를 찾아 정원을 돌아다녔지만 마음을 정할 수 없었다. 위장이 신호를 보내왔다. 쿠르트는 그 꾸르륵거림을 허기로 간주하고 튤립 구근들을 다시 헛간에 갖다 두었다.

집 안으로 들어서니 사샤의 방에서 시끄러운 음악소리가 들려왔다. 사샤가 요즘 듣는 비트 음악이었다. 쿠르트는 노크를 하고 방 안으로 들어섰다. 사샤는 음악 소리를 약간 낮추었다. 그는 책상 앞에 앉아 있었는데, 테이프 레코더가 그의 바로 앞에 놓여 있었고, 교과서가 거기 기대어져 서 있었다. 사샤는 무언가를 공책에 적고 있는 중이었다.

– 이렇게 시끄럽게 해놓고 어떻게 숙제를 하냐, 쿠르트가 말했다.

– 이건 그냥 생물 숙제예요, 사샤가 목에 건 사슬에 달린 작은 은색 십자가를 조몰락거리면서 대답했다.

– 이게 뭐냐, 쿠르트가 말했다. 이제 기독교 신자가 된 거냐?

– 아니요, 사샤가 바로잡았다. 이건 히피 십자가예요.

히피. 쿠르트도 텔레비전에서 이 말을 들은 적이 있었다. 서독 텔레비전에서. 최근 서독 텔레비전은 히피에 대해 자주 보도했다. 장발의 형상들이었는데, 쿠르트는 왠지 이들이 이 음악과 연결되어 있는 것 같았고, 이들이 노동을 원칙적으로 거부하는 족속들이라는 것은 분명했다.

–그래, 쿠르트가 말했다. 조만간 히피가 될 작정이구나.

사샤가 씩 웃었다.

쿠르트는 뒤돌아 방을 나서려다가 다시 걸음을 멈추었다.

–평생 동안 너에게 근면함을 가르치려고 노력했는데, 너는…….

갑자기 그는 자신이 고함을 지르는 소리를 들었다.

–히피가 되겠다고! 내 아들이 히피가 된다니!

그는 테이프 레코더를 홱 잡아채었고, 기계는 가련한 트림 소리를 내며 입을 다물었다. 그는 성큼성큼 방을 나와 자신의 방으로 갔는데, 거기서야 비로소 케이블이 끊어진 것을 알았다.

샤워를 하면서도—그는 몸이 더러워지지는 않았지만, 그래도 정원 일을 하고 나면 샤워를 해야 하는 법이었다—조금 전의 장면이 그의 머릿속을 맴돌았다. 그는 화가 났고, 실은 자기 자신에게 화가 난 것이었지만, 그럴수록 더욱더 자신의 발작적인 분노를 정당화하려고 애썼다. 물론 사샤가 '히피'가 될 긴박한 위험 같은 것은 없었다. 하지만 아들의 느슨한 태도, 게으름, 그리고 쿠르트가 중요하고 유용하게 여기는 것들에 대한 그의 무관심이란……. 녀석에게 인생에서 중요한 것이 무엇인지를 어떻게 깨닫게 해줄 수 있을까? 사샤가 똑똑한 아이란 것은 의심할 여지가 없었다. 하지만 무언가가 빠져 있어, 쿠르트는 생각했다. *마음속에 무언가가.*

크리샤츠키 생각이 났다. 오늘만 벌써 두 번째였다. 그가 수용소에서 달고 다니던 이 작은 라틴어 책이 떠오른 것이. 그리고 쿠르트는 이 일을 교육적으로 활용할 수 없을지 잠시 생각해보았다. *노동수용소에서까지* 라틴어 시험 준비를 했다. 이런 식의 이야기가 머리를 스쳐 지나갔지만, 그는 이것이 허튼 수작에 지나지 않음을 인정해야 했다. 그는 수용소에서 라틴어 시험 준비를 한 것이 아니었다. 거기서 그는 굶주림에 시달렸다. 그리고 굶주림 때문에 너무나 멍청해져서, 이로 인한 손상이 복구될 수 있을지 스스로 묻곤 했었다. 거의 회복 불가능한 상태까지 갈 뻔했지, 쿠르트는 이렇게 생각하며 목욕 브러시로 다리를 문지르기 시작하면서 당시 그를 엄습하곤 했던 이상한, 반쯤은 광기에 접어든 상태를 떠올렸다. 그리고 날이 갈수록 자신에 대한 명령권을 차지해가던 목소리를, 무심하고 덤덤하고 언제나, 이상하게도, 삼인칭을 쓰던 그 목소리를 떠올렸다. 지금 그는 한기를 느낀다……. 지금 그는 아프다……. 지금 그는 일어나야 한다…….

그만. 잘못된 프로그램이었다. 아침마다 차가운 물로 샤워한 후에 목욕 브러시로 몸을 문지르는 습관은 그가 자신도 모르는 사이에 갖게 된 것이었다. 쿠르트는 브러시를 치우고 거울에 비친 자신의 모습을 보았다. 때로 그는 자신이 실제로 세상에 여전히 존재한다는 사실을 믿기 어려웠다. 그럴 때 과거는 주의하지 않으면 다시 빠져들 수 있는 구덩이처럼 느껴졌다. 그는 언젠가 이 모든 것들을 기록해놓으리라 생각했다. 그때가 되면.

그는 옷을 입고 점심을 데우러 갔다. 쇠고기 스튜와 붉은 양배추가 있었다. 사샤가 왔다. 히피 십자가는 없었다. 식탁에 앉아 등을 구부리고 접시만 뚫어져라 쳐다보았다. 그리고 포크로 붉은 양배추를 쿡쿡 찌르다가 잎들을 하나씩 입으로 가져갔다. 열두 살이 된 지금까지도 사샤는 무엇이든 따로 먹는 습관을 버리지 못했다. 고기도, 반찬도. 하지만 쿠르트는 아무것도 못 본 척하기로 했다. 그 대신 다시 한 번, 이번엔 '이성적으로' 시도해보았다.

–내가 너에게 음악 듣는 걸 금지한 적은 없었지, 안 그래? 쿠르트가 말했다.

사샤는 양배추만 쑤셨다.

–안 그래? 쿠르트가 다시 한 번 말했다.

–네, 사샤가 대답했다.

–하지만 이 비트 음악에 열광하다가 네가 히피가 되려는 마음을 갖게 된다면, 너희 선생님들이 이런 음악을 금지하는 게 옳은 일이야. 그렇게 말할 수밖에 없구나. 너 그 십자가를 학교에서도 달고 다녀?

사샤는 양배추만 쑤셨다.

–묻잖아. 그 십자가를 학교에서도 달고 다니는 거냐?

–네, 사샤가 말했다.

쿠르트는 다시 화가 치밀어오르는 것을 느꼈다.

–네가 정말로 이렇게 어리석은 녀석이냐?

쿠르트는 내과 의사가 권해준 대로 서른두 번을 씹고 나서 수저를 놓고 아들을 가만히 쳐다보았다. 사샤는 여전히 양배추만 쑤시고 있었다. 사샤의 가느다란 팔목(정확히 말하자면 왼팔은 식탁 아래로 사라졌으므로 오른팔의 팔목이라고 해야 할 것이었다), 이리나로부터 물려받은 길게 휘어진 속눈썹(사샤는 여자처럼 보인다면서 이 속눈썹을 싫어했다), 쿠르트 자신으로부터 물려받은 길들이기 힘든 곱슬머리(이 머리카락 때문에 사샤는 학교에서 이미 여러 번 혼이 났는데, 당의 노선을 백 퍼센트 추종하는 교장은 머리카락이 일 밀리미터만 귀를 덮어도 퇴폐적인 서구 청년문화의 영향을 받은 것이라고 판단하기 때문이었다). 갑자기 쿠르트는 앞으로 닥칠 모든 불확실한 위험들로부터 이 인간을 보호해주고 싶은 걷잡을 수 없는, 거의 고통에 가까운 욕구를 느꼈다.

밤에 그의 위장이 꼬르륵거렸다. 아침에 이리나는 뒹굴기 치료법[8]을 처방해주었다. 오전에 쿠르트는 스웨터 속에 전기방석을 집어넣고 새로 쓰는 힌덴부르크에 대한 책 작업을 좀 해보려고 애썼다. 이어서 그는 배 안에 닭고기 수프만 넣은 채 길을 나섰다.

연구소로 가는 길은 — 장벽이 생긴 후로 — 예전보다 멀어졌다. 예전에는 전철이 직접 서베를린을 관통해 달렸고, 서쪽 지구 출입이 통제된 사람들은 프리드리히 가에서 그리프니츠제까지 서지 않고 달리는 특별 전차를 탔다. 하지만 이제는 서베를린을 크게 빙 돌아 운행하는 '스푸트니크'가 있었다. 이 전차에 타려면 쿠르트는 우선 셔틀버스를 타고 드레비츠 역까지 간 후에 다시 한 정거장 더 가서 스푸트니크 환상 철도에 속하는 베르크홀츠 역에 도착해야 했다. 이어서 스푸트니크를 타고 운이 좋으면 오스트반호프까지 갔고, 거기서 마지막으로 전철을 타고 십오 분을 더 달리면 프리드리히 가에서 내릴 수 있었다. 다행히도 그가 이 장거리 여행을 해야 하는 날은 별로 많지 않았는데, 이는 동독의 악명 높은 물자부족이 낳은 반가운 결과였다. 사무실 또한 부족했기 때문에 역사학 연구소의 직원들은 이른바 가내 작업공간을 활용하라는 권고를 받은 것이었다. 쿠르트는 어차피 출근해야 하는 월요일에 자신이 맡은 작업조의 회의를 열었다. 그는 될 수 있는 한 모임을 피했고, 노이엔도르프의 주민으로서 가장 먼 곳에 살고 있었으므로 딱히 중요하지 않은 행사에는 참석을 면제받았으며, 심지어 검증하기 힘든 버스 연착이나 나쁜 건강을 핑계로 결근을 하기도 했다. 건강 문제란 위장병을 말했는데, 그는 대놓고 말하지 않으면서도 이 병이 수용소 생활로 인한 것처럼 여겨지게 할 줄 알았고, 쿠르트의 수용소 경험에 대해서 제대로 알지는 못하고 단지 어렴풋이 짐작할 뿐인 그의 상관은 겸손한 이해심을 보여주었다. 게다가 쿠르트는 자신의 이런 모든 행동에 대해 아무런 양심의 가책을 느끼지 않았다. 오히려 모임을 피할 때마다 작업시간을 벌었다고 생각했다. 쿠르트에게 중요한 것은 집필된 원고였고, 이 점에서, 학문적 출판물에 관한 한, 그는 논란의 여지가 없는 기록을 세우고 있었다.

프리드리히 가에 내린 후에는 오 분만 걸어가면 되었다. 연구소는 대학과 대각선 방향으로 클라라 체트킨 가에 자리잡고 있었는데, 원래 그륀더차이트 시기[9]에 지어진 여학교였다. 세월이 흐르면서 그을음으로 우중충해지고, 전쟁이 끝난 지 이십 년이 지났는데도 여전히 종전 직전에 생긴 탄흔들이 여기저기 남아 있었다. 수위실 옆의 호사한 옥외 계단이 약간 높은 일층으로 이어졌는데, 거기에 연구소의 지도부가 넓게 자리 잡고 있었다. 쿠르트의 부서는 맨 위층에 있었다. 자그마한 강당에 도착해보니 이미 사람들이 득실거렸고, 의자가 부족해 비서실에서 더 가져오고 있었다. 물론 이렇게 가지고 온 의자들은 공간 뒤쪽에 다닥다닥 배치되었고, 몇 명 되지 않는 의장단이 자리를 잡는 중인 앞쪽의 자리들은 점점 더 비어갔다.

의장단은 귄터 하베자트와 연구소장, 그리고 사회주의 통일당 중앙위원회의 학술분과에서 나온 한 명의 손님으로 구성되어 있었다. 귄터는 이 손님이 에른스트 동지라고 소개했다. 대략 쿠르트 연배의 남자였다. 그는 별로 크지 않았고, 귄터와 연구소장보다는 확실히 작았으며, 회색의 머리카락은 짧게 잘랐고, 표정은 처음부터 끝까지 웃는 얼굴이었다.

귄터가—뻣뻣하게, 전혀 눈을 치켜뜨지는 않고—개회를 선언하고 유일한 안건을 읽은 후에 에른스트 동지가 말을 넘겨받았다. 장례식장에 온 듯한 귄터의 표정과 연구소장의 적절한 끄덕거림의 호위를 받으며 그는 *점점 더 복잡해지는 국제 상황과 더 첨예화되어가는 계급투쟁*에 대해 보고하기 시작했다. 귄터와는 달리 에른스트 동지는 거의 능변이라 할 만큼 유창하게 말했고, 가늘지만 날카로운 목소리는 무언가를 강조할 때면 친근한 투로 낮아졌다. 쿠르트는 그가 말하는 방식이 왠지 갑자기 낯설지 않게 느껴졌다. 수첩을 보지도 않으면서 한 장 한 장 넘기는 이상한 습관 때문에 그런 것 같기도 했다. 그는 *수정주의적이고 기회주의적인 세력*이 있으며, *주적*(主敵)이 바로 거기에 있다고 주장했는데, 주적이라는 말을 할 때 그의 목소리가 낮아졌다. 쿠르트의 눈에 파울 로데가 들어왔다. 줄곧 의장단 탁자 바로 곁에 앉아 있었던 것이 분명한 그는 잿빛의 쪼그라든 형상이었고, 시선은 아래로 깔고 있었다. 끝장났어, 쿠르트는 생각했다. 파울 로데는 끝장났다. 당에서 축출될 것이다. 무기한 출당. 갑자기 쿠르트는 분명하게 볼 수 있었다. 어떤 빌어먹을 편지만 문제된 시점은 이미 한참 전에 지났다. 쿠르트가 오래전부터, 정확히 말하자면 흐루시초프가 실각한 후부터(실은 흐루시초프가 실각하기 전부터 이미) 우려했던 사태가 여기서 벌어지고 있는 것이다. 실상 징조는 충분히 있었는데, 이제 쿠르트는 그것들이 징조가 아니라 이미 사태 그 자체였다는 것을 깨달았다. 비판적 문인들을 공격하고 끌어내린 지난 중앙위원회 총회,[10] 문화부 장관의 해임,[11] 하페만[12]과의 결별, 바로 *그것*이었고, 그것은 *이미 와 있었고*, 연구소에도 줄곧 웃는 듯한 표정의 이 남자, 친근한 투로 목소리를 낮게 깔고, 들여다보지도 않으면서 수첩을 넘기는 이 남자의 형상으로 와 있었다. 남자는 모인 사람들에게 *우리 시대의 투쟁에서 역사학의 역할*에 대해, *당파성과 역사적 진실의 연관*에 대해 가르치고 있었다.

강당 안이 조용해졌고, 이 정적은 연사가 말을 끝냈을 때도 잔기침이나 바스락거리는 소리들로 흐트러지지 않았다. 이제 로데의 순서였다. 자아비판의 순서. 쿠르트는 로데가 달달 외운 문구를, 분명 모든 단어들을 사전에 협의했을 글월을 끊일 듯 이어가며 짜내는 소리를 들었다. 로데가 침을 삼키는 소리가 들렸고, 견디기 힘든 정적이 이어졌으며, 이윽고 *적대적인…… 무책임한…… 행동했습니다…….* 따위의 단어들이 천천히 문장과 비슷한 구조물을 이루었다.

이어서 귄터는 입장표명을 요청했다. 부장이 '자발적으로' 발언을 신청하여 자신을 몹시 실망시킨 동료 로데를 단죄했고, 에른스트 동지가 고개를 끄덕이는 가운데 자신의 *감독이 부족했음*을 사과했다.

순서에 따르자면 그 다음은 쿠르트가 발언해야 했다. 쿠르트는 자신에게 시선이 쏠리는 것을 느꼈다. 목이 말랐다. 머리는 멍했다. 그는 자신이 뱉어낸 문장에 스스로 놀랐다.

–제가 문제를 제대로 이해했는지 잘 모르겠습니다, 쿠르트가 말했다.

에른스트 동지가 쿠르트가 무슨 소리를 하는지 알아듣기 힘들다는 듯 눈을 찌푸렸다. 여전히 미소를 짓고 있다고 생각할 수 있는 표정이었지만, 그의 얼굴은 어딘가 야비하고 쌍스러운 무언가로 변해 있었다.

한 순간 정적이 덮쳤다. 잠시 후 귄터가 쌍스러운 얼굴을 향해 몸을 숙였다. 얼마나 조용한지 귄터가 속삭이는 소리가 쿠르트에게 들릴 정도였다.

–움니처 동지는 지난주에 모스크바에 가 있었습니다.

쌍스러운 얼굴이 쿠르트를 보더니 고개를 끄덕였다.

–움니처 동지, 당신에게 입장표명을 하라고 강요하는 사람은 없소.

이어서 그는 모두를 향해 이렇게 덧붙였다.

–우리가 여기서 전시 재판[13]을 하는 건 아니오. 안 그렇소, 동지들?

그가 웃었다. 누군가 따라 웃었다. 다음 동료가 말을 시작했을 때야 비로소 쿠르트는 자신의 손이 떨리고 있음을 알아차렸다.

쿠르트의 손은 나중에 로데의 당 축출에 대한 찬성을 표시하기 위해 들어올려질 때도 여전히 떨리고 있었다.

그는 목이 말랐다. 모임이 끝난 후에 그는 사람들이 몰려드는 위층 화장실을 피하려고 계단을 내려갔다. 한층 아래에 있는 남자 화장실의 문을 여니 거기 로데가 서 있었다. 로데는 그를 보고 손을 내밀었다.

–고마워, 그가 말했다.

–내가 한 일이 없는데 뭘, 쿠르트가 말했다

그는 로데의 손을 잡기 전 약간 망설였다. 결국 맞잡은 그의 손은 차갑고 축축했다. 손을 씻은 것이면 좋겠는데, 쿠르트는 생각했다.

평소보다 조금 이른 여섯시 직전, 쿠르트는 이미 오스트반호프에 도착했다. 전차는 정시에 출발했는데, 베르크홀츠 역의 이전 정거장에서 출발하지 않고 서 있었다. 고장이었다. 차장은 승객들에게 기다려달라고 부탁했다.

이 구간에서 고장이 생기는 것은 딱히 드문 일이 아니었다. 하지만 쿠르트는 다른 승객들이 웅성대는 소리가 갑자기 몹시 거슬렸다. 그는 생각을 하려고 했지만, 멈추어 선 객차 안에서는 생각 또한 차단되는 것 같았다. 그는 객차에서 내렸다. 그리고 규정을 무시하고 선로를 건너 길을 나섰다. 이미 어둑해지기 시작했지만 노이엔도르프까지는 십 킬로미터도 채 되지 않았다. 가을에 근처에서 버섯을 찾았던 적이 있어서 그에게 낯익는 지역이었다. 그런데 그는 이웃마을을 거쳐 가느라 큰 곡선을 그리는 도로를 따르지 않고 셍켄호르스트에 이르러서는 약간 북서쪽의 지점에서 다시 도로와 만날 것으로 보이는 좁은 차도를 택했다. 그는 자신의 방향감각을 믿을 수 있었다.

배가 고파 이미 다리에 힘이 좀 풀리기는 했지만 그래도 그는 기세 좋게 나아갔다. 오스트반호프에서는 카레 소시지를 살까 생각하기도 했지만, 배탈이 날까 두려워 사지 않았다. 이제 허기가 서서히 오금까지 내려갔다. 저혈당 증세였다. 하지만 불안해할 것은 없었다. 쿠르트는 몸이 허기를 느끼기 시작하고 나서도 얼마나 오래 작동을 지속할 수 있는지 잘 알았다. 하늘이 구름으로 덮였다. 쿠르트는 자기도 모르게 발걸음을 빨리 했다. 당 회의에서의 장면들이 서서히 다시 떠올랐다. 쌍스러운 얼굴. 그 눈. 톱질하는 듯한 가느다란 목소리. *우리가 여기서 전시 재판을 하는 건 아니오*. 제기랄, 이 자를 보면 누군가 기억나는 듯했는데, 그게 도대체 누구지?

길은 이제 곧바로 숲으로 접어들었다. 여기는 트인 들판보다 이미 훨씬 더 어두워서 쿠르트는 망설였다. 숲을 돌아가는 것이 나을까? 하지만 이게 무슨 숲이람. 차라리 덤불이라고 하는 게 낫겠다. 그가 얼마나 자주 침엽수림을 헤치고 행진했던가. 침엽수림에서 밤을 보낸 것도 한두 번이 아니지 않은가! 그래도 그는 지금 발걸음이 급했다. 그런데 길이 점점 더 동쪽으로 휘었다. 방향감각까지 잃어버리지는 않기 위해 쿠르트는 왼쪽으로 꺾었고, 이끼가 깔린 넓은 땅을 밟으며 곧장 걸어 어둠 속으로 진입했다. 그리고 갑자기 깨닫게 되었다.

루뱐카, 모스크바, 1941년.

이제 그가 눈앞에 나타났다. 실로 놀랍도록 비슷했다. 가느다란 눈, 짧은 머리, 심지어 서류철을 펼치는 방식, 서류들을 들여다보지도 않으면서 한 장 한 장 넘기는 습관까지.

–스탈린 동지의 외교정책을 비판했군요.

상황. 스탈린과 히틀러 사이에 '우호 조약'이 맺어지자 쿠르트는 동생 베르너에게 범죄자와 우호관계를 맺는 것이 이익이 될지는 미래가 입증할 것이라는 편지를 썼다.

수용소 감금 십 년 형.

반소비에트 선전과 음모 조직의 결성이 이유였다. 조직원은 그와 그의 동생이 전부였다.

문득 발아래의 푹신한 땅이 불편해졌다. 멀리서 벌채용 톱이 짖어대는 것 같았다. 거대한 나무가 서서히 회전하면서 땅으로 쓰러질 때 나는 음산한 울음소리도 들리는 듯했다. 그리고 잠시 후, 무질서하고 순간적인 영상들이 나타났다. 영하 30도에 진행되는 점호, 아침의 얼어붙은 바라크 지붕, 그 안에서 하루를 맞을 준비를 하는 이백 명의 바라크 거주자들의 음침한 분주함, 그들의 몸에서 발산되는 땀, 굶주림으로 썩은 입 냄새, 발싸개에서, 밤에 흘러내린 땀에서, 소변에서 나는 악취……. 그가 그 모든 것들을 겪었고, 그것들을 이겨내고 *살아남았다*는 것이 믿기 어려웠다. 작업장에 갈 때 가슴팍의 주머니에 넣고 다녔던 크리샤츠키가 다시 생각났다. 숟가락 하나를 제외하면 마지막 남은 그의 사유재산이었다. 바깥 어딘가에는 여전히 다른 세상이 존재한다는 것을 입증하는 마지막 증거였다. 바로 그 때문에 그는 크리샤츠키(담배종이였다!)를 빵과 바꾸지 않았고, 최악의 겨울이었던 1942년에서 1943년 사이의 겨울에도 자신으로부터 떼어놓지 않았다. 그 겨울, 더 이상 아무것도 바꿀 것이 없었고, 빵은 말할 것도 없었다. 누구나 자기 것을 먹기 바빴던 빵은 기준량을 채우면 600그램이 지급되었는데, 기준량을 채우려면 모든 악천후 계수[14]를 감안하더라도 두 사람이 8세제곱미터의 나무를 해야 했고, 이는 매일 열네 그루의 나무를 오로지 수작업으로 쓰러뜨린 후 이를 다시 1미터 단위로 자르고 가지를 쳐내야 채울 수 있는 양이었다. 기준량의 90퍼센트를 채우면 500그램의 질 낮은 축축한[15] 빵을 받았다. 그 이하로 내려가면 굶어죽게 되었다. 400그램을 받으면 400그램에 해당하는 기준량을 더 이상 채울 수 없고, 그러면 너는 점점 더 추락하다가 결국은 그 눈빛을, 아침에 뻣뻣한 몸으로 나무 침상에서 발견되기 직전의 사람들이 보이는 그 눈빛을 띠게 된다. 네가 다른 사람들을 싣고 나갔듯이 이제 그들이 너를 싣고 나가 초소 앞에서 잠시 멈추고, 당직 경비대원은 마효르카를 비벼 끈 후 망치를 든다. 규정은 규정이다. 그는 망치로 너의 머리를, 죽어 나자빠진 너의 머리를 때린다.

쿠르트는 나무에 몸을 기대었다. 그는 냄새로 그 나무가 소나무라는 것을 알았다. 눈을 감고 있는 그의 이마가 나무껍질을 스쳤다. 여전히 영상들이 간헐적으로 떠올랐지만, 차츰 그의 머릿속이 잠잠해졌다. 그 대신 다른 소리가 들려왔다. 일종의 신음소리였다. 동물인가, 큰 동물인가? 쿠르트는 행동요령을 알고 있었다. 죽은 척하는 것이 정답이었다. 엎드려서 죽은 척하고, 놈이 너를 뒤집어 놓으면(바로 이것이 곰의 행동이었다) 숨을 참아야 한다. 숨을 쉬면 안 된다.

쿠르트는 숨을 멈추고 고개를 오른쪽으로 돌렸다. 소나무 너머 작은 빈터에, 대략 십에서 십오 미터 거리에 파란 트라비 한 대가 아래위로 규칙적으로 출렁이면서 서 있었다.

트라하유챠, 쿠르트는 생각했다. 군불을 때고 있구먼.

그는 안경을 꺼내 번호판을 읽었다. 이리나는 아니었다. 인디언은 아니었다. 그는 안도의 숨을 내쉬었다. 숨이 목을 간질였고, 내쉬는 숨이 점점 나지막하게 컥컥대는 웃음으로 바뀌었다. 그는 예의 바르게 그 출렁거리는 자동차를 멀리 빙 돌아 지나친 후 다시 길을 나섰다.

빗방울이 약간 떨어지기는 했지만 비가 본격적으로 시작되지는 않았다. 거친 날씨가 하펠 강 위쪽에 갇혀 있는 것이 분명했다. 쿠르트는 방향을 다시 알아차렸고, 이제 일정한 속도로 걸었다. 아니, 그는 지금 침엽수림 속에 있는 것이 아니었다. 여기는 노동수용소도, 불곰도 없었다. 그 대신 숲 속에는 사람들이 군불을 때는 파란 트라비가 있었다. 이거야말로 진보가 아닌가, 쿠르트는 생각했다. 그렇다면 사람들을—총살하는 대신—당에서 축출하는 것도 진보라고 할 수 있지 않을까? 무엇을 기대했단 말인가? 역사가 얼마나 힘겹게 앞으로 나아가는지 잊었던 것인가? 프랑스 혁명도 끝없는 혼란으로 이어졌다. 머리들이 나뒹굴었다. 스스로 자신에게 왕관을 씌운 혁명장군이 온 유럽을 전쟁으로 휩쓸었다. *수십 년*

이 지난 후에야 이—부르주아의—혁명은 목표에 도달했다. 사회주의 혁명이라고 달라야 한다는 법이 있는가? 흐루시초프는 해임되었다. 하지만 언젠가 새로운 흐루시초프가 올 터였다. 언젠가 제대로 이름값을 하는 사회주의가 올 터였다. 비록 그가 살아 있는 동안은 오지 않는다 해도. 그가 살아 있는 시간이라고 해봐야 그가 우연히 목격하게 된 세계사의 극히 짧은 부분에 지나지 않았다. 하지만 그는 이 시간을, 빌어먹을 이 시간을 철저히 이용할 터였다. 십 년의 수용소 생활과 오 년의 추방 이후에 그나마 남아 있는 이 시간을.

뒤에서 탈탈거리는 소리가 났다. 트라비가 오고 있었다. 쿠르트는 길가로 비켜서서 전조등을 향해 무턱대고 손을 들어 인사를 했다. 평소에는 하지 않던 짓이었다. 차 안의 사람들은 볼 수 없었지만 그는 낯선 사람들과 행복하게 얽혀 있는 듯한 기분이었다. 방금 누군가를 속였을 것이 매우 분명한 그 사람들과.

이제 제대로 비가 내리기 시작했다. 비와 숲의 내음이 번졌고, 2기통 차량의 배기가스 냄새도 조금 났다. 쿠르트는 숨을 깊이 들이쉬며 모든 냄새들을 빨아들였다. 트라비를 향해 코를 열고 냄새를 맡으니 문득 배기가스 냄새가 죄악의 냄새처럼 느껴졌다. 살아 있다는 것은 멋진 일이었다. 멋지고, 그리고 놀랍기도 했다. 자신이 실제로 살아 있다는 사실을 주체하기 어려워지는 이런 순간이면 자주 그랬듯이, 지금도 쿠르트는 베르너가 더 이상 *살아 있지 않다*는 사실을 함께 떠올렸다. 그의 커다란 동생, 언제나 그보다 더 강했고, 그보다 더 아름다웠던 형제……. 그러나 평소에 베르너 생각을 할 때면 양심의 가책이 느껴지던 것과는 달리 이번에는 무언가 다른 것이, 새로운 것이 느껴졌다. 양심의 가책처럼 배에 머무르지 않고 그 훨씬 위쪽, 가슴과 목구멍 언저리에서 느껴지는 감정이었다. 잠시 후 쿠르트는 목구멍을 옥죄고 가슴을 열어놓는 그 감정이 슬픔이라는 것을 깨달았다. 생각했던 것만큼 나쁘지는 않았다. 그리고 그 감정은 기이하게도 그가 느끼는 행복감과 떼어놓을 수 없었을 뿐만 아니라, 오히려 그것과 어울려 세계를 품어 안는 커다란 감정이 되었다. 그를 아프게 하는 것은 베르너의 죽음이 아니라 베르너가 살지 못한 삶이었다. 동시에 쿠르트는 자신이 베르너를 생각한다는 것, 베르너를 기억할 수 있다는 것, 그가 살아 있는 한 동생이 완전히 사라진 것은 아니라는 것, 그가—베르너 이야기만 나오면 귀를 틀어막는 어머니와는 달리—동생을 자신 안에 간직하고 있다는 것, 그렇게 하여 동생을 최종적인 소멸로부터 보호하고 있다는 것에 문득 위로를 받았다. 빗물이 얼굴을 타고 흘러내릴 때, 그는 (물론 비과학적인 생각이었지만) 자신이 동생을 위해 함께 체험하고, 함께 호흡하고, 함께 냄새를 맡고, 심지어—그는 자신이 놀랍게도 두 명이 되던 것이 떠올랐다—함께 섹스도 할 수 있다는 생각까지 하게 되었다. 그러자 베라의 *거시기*가 아주 새로운 각도에서 떠올랐다. 살해당한 동생의 이름으로 함께 섹스를 하는 거다, 쿠르트는 생각했다.

1989년 10월 1일

때로 그는 하려던 일이 무엇이었는지 잊곤 했다.

마치 밤사이에 몸이 굳어버린 듯했다.

그는 시험 삼아 눈알을 굴려보았다.

왼손이 움찔거렸다.

그는 머리를 오른쪽으로, 이어서 왼쪽으로 돌려보았다.

그리고 어스름 속에서 무언가가 그를 보며 빙긋 웃는 것을 보았다.

빌헬름은 물 컵에서 틀니를 꺼내 들고 일어섰다.

욕실로 갔다. 욕조에 물을 받았다. 자외선 치료기 모델 '소냐'를 틀고 짙은 보안경으로 무장한 후 욕조에 들어가 앉았다.

머리가 텅 비어 있었다. 물이 우르릉거리며 흘러내리는 소리만 가득했다. 그 소리에 멜로디가 있었다. 그가 아는 멜로디였다. 일종의 투쟁가였지만 왠지 그는 기분이 슬퍼졌다. 투쟁적이면서 슬픈 것. 아쉽게도 그는 적당한 단어가 떠오르지 않았다.

낭패로다, 이날 빌헬름이 처음으로 생각했던 것이 이 말이었다.

그는 고개를 끄덕였다. 낭패, 그랬다. 그는 우울한 기분이 솟아오르는 것을 누르려고, 그의 용법에 따르자면, 인민소유의 이빨들을 꽉 깨물었다. 그렇게 그는 물이 배꼽까지 차오르도록 앉아 있었다.

이 태닝 방법을 쓰면 등은 항상 하얀 채로 남아 있었지만, 그는 상관하지 않았다. 그의 등을 보는 사람은 없었다.

목욕 후, 면도를 하면서 손가락 두 개를 입술 위 수염 위에 올려놓았다. 갈수록 녹내장이 심해졌다. 실수로 수염 일부를 잘라 내버린 것이 벌써 여러 번이어서 결국 그는 그나마 남아 있는 수염이라도 구하려고 두 손가락으로 남겨야 할 수염을 덮는 방법을 쓰기 시작했다.

그는 긴 속바지를 짧은 팬티 위에 덧입고 여러 번 접은 화장지를 끼워 넣었다. 양말을 신고 양말대님에 고정시켰다. 유감스럽게도 그의 장딴지 둘레가 양말대님의 둘레보다 가늘어서 빌헬름은 양말대님이 흘러내리지 않게 하기 위해 그것을 양말 안에 쑤셔 넣는 수밖에 없었다.

그리고 계단을 내려갔다. 머릿속에서 다시 투쟁적이고 슬픈 그 멜로디가 떠올랐다. 그는 이를 꽉 물었다. 계단을 내려갈 때마다 무릎 관절이 아팠다. 그의 발이 멜로디를 좇아가지 못했다.

비어 있는 화분들이 현관에 많이 늘어서 있는 것을 보고서야 그는 오늘이 생일이라는 것을 떠올렸다. 평소처럼 맨 먼저 우편함으로 가는 대신 그는 부엌 쪽으로 진군했다. 물어보아야 할 일을 깜빡 잊기 전에.

–화분에 이름을 적었어?

–생일 축하해, 샤로테가 말했다.

그녀는 두 팔을 허리에 받치고 머리를 비스듬히 숙이는 특유의 자세를 취한 채 그를 쳐다보았다.

마치 새처럼 보였다.

–오늘이 내 생일이라는 건 알아, 빌헬름이 말했다.

그는 자리에 앉아 귀리 박편들을 떠먹기 시작했다. 아무 맛도 나지 않았다. 그는 접시를 밀어내고 커피잔을 쥐었다.

–알약 먹는 거 잊지 마, 샤로테가 말했다.

–알약 안 먹어, 빌헬름이 말했다.

–알약 먹어야 하잖아, 샤로테가 말했다.

–쓸데없는 소리, 빌헬름은 이렇게 말하고 자리에서 일어섰다.

우편함을 열어보니 텅 비어 있었다. 일요일이었다. 일요일에는 ND가 오지 않았다. 예전에는 일요일에도 ND가 배달되었는데, 그들이 바꿔버렸다. 낭패로다.

그는 그의 방으로 가서 문을 닫았다. 문득 무엇을 해야 할지 알 수 없었다. 또 이런 순간이 온 것이다. 아마 알약 때문일 터였다. 그가 이런 의심을 품어온 지도 제법 되었다. 관절이 뻣뻣했고, 머리는 멍했다. 샤로테가 그에게 무슨 물건을 먹으라고 주는 건지 누가 알겠는가. 알약이 그를 멍청하게 만들어놓고 있었다. 건망증도 심해졌다. 건망증이 너무 심한 나머지 저녁때에 더 이상 알약을 먹지 않기로 작심한 것을 다음날 아침이면 잊어버릴 정도였다.

기억을 잃어버리는 것에 대한 두려움. 빌헬름은 시험 삼아 기억을 되살려보려고 했다. 하지만 어떤 기억을 되살린단 말인가?

그는 책장으로 가서 신발상자를 꺼냈다. 훈장과 메달들 외에도 그의 삶이 기록된 다양한 문서들을 보관해놓은 상자였다. 자주 접었다 폈다 해서 이미 좀 해진 신문기사를 상자에서 꺼냈다. 그리고 돋보기를 손에 들고 읽기 시작했다.

노동자계급을 위한 한 생애.

그 아래에는 머리가 벗겨지고 귀가 커다란 남자가 확신에 찬 표정으로 미래를 바라보는 사진이 있었다.

빌헬름은 돋보기를 기사 가운데 부분으로 가져갔다. 렌즈 아래에서 불룩하게 변한 단어들이 미끄러지고 있었다.

…1919년 1월에 독일 공산당에 입당했다…

빌헬름은 곰곰이 생각해보았다. 자신이 1919년에 입당했다는 것은 물론 그도 알고 있었다. 지금까지 수십 장의 이력서에 그렇게 썼다. 그리고 수백 번도 더 입으로 이야기했다. 동지들과 칼 마르크스 공장의 노동자들에게, 청년 개척자 단원들에게. 하지만 막상 돌이켜보면, 입당한 그날을 진정 떠올려보려고 해보면 칼 리프크네히트[1)]가 그에게 이렇게 말한 기억밖에 남아 있지 않았다.

–이놈아, 코 좀 풀어라!

그 말을 한 사람이 리프크네히트가 아니었던 것은 아닐까? 혹은 그게 입당할 때의 일이 아닌 것은 아닐까?

샤로테가 왔다. 물컵과 알약을 들고.

– 지금 바빠. 빌헬름은 이렇게 말하고, 그 말을 강조하기 위해 빨간 펜으로 신문기사에 줄을 죽 그었다. 평소에 같은 기사를 두 번 읽는 일을 방지하기 위해 이미 읽은 모든 기사에 줄을 그어 표시하는 것이 그의 습관이었다. 다행히도 그는 자신의 실수를 즉시 알아차렸고, 샤로테가 책상 가까이 다가서기 전에 기사를 뒤집었다.

– 약을 먹지 않으면 쥐스 박사를 부를 거야, 샤로테가 말했다.

– 쥐스 박사가 오면 당신이 나를 독살하는 중이라고 말할 거야.

– 정말 정신이 나갔구나.

샤로테가 되돌아갔다. 알약과 물컵을 들고.

빌헬름은 그대로 앉아 실수로 지워버린 자신의 인생을 쳐다보았다. 어떻게 하지? 그의 음흉한 본능이 그에게 기사를 없애버리라고 말했다. 그는 기사를 잘게 찢어 휴지통에 버렸다. 까짓것, 사라져버려라. 어차피 가장 중요한 일들은 거기 적혀 있지 않았다. 가장 중요한 일들은 그가 썼던 수십 장의 이력서에도 적혀 있지 않았다. 가장 중요한 일들은 어차피 *지워져버렸다*.

그의 다른 삶. *뤼데케 무역상사*. 함부르크 시절. 이상하게도 그 시절은 굳이 애를 쓰지 않아도 잘 기억났다.

부두에 있던 그의 사무실.

밤이면 바람이 불었었지.

6.35구경의 코로빈 권총을 숨겨놓았던 장소, 그는 오늘도 그 자리를 찾을 수 있을 터였다.

멜로디가 다시 떠올랐다. 그는 창밖을 보았다. 햇빛이 비치고 있었다. 하늘은 푸르렀고, 서서히 누렇게 변해가는 마가목의 잎들 사이, 빨간 꽃차례 속에 열매들이 달려 있었다. 멋진 날이었다. 훌륭하고 근사한 날이군, 빌헬름은 이렇게 생각하며 이를 꽉 깨물었다. 그렇게 슬픔을 지우려고 애썼다.

무엇을 위해?

무엇을 위해 그는 위험을 무릅썼던가? 무엇을 위해 그들은 목숨까지 버렸던가? 급부상한 어떤 신출내기가 이제 모든 것을 파괴하게 하려고 그랬던가?

초프, 빌헬름은 생각했다. 지난날의 흐루시초프처럼. 두 사람의 이름이 모두 '초프'로 끝나다니, 어쨌든 묘했다.

그는 신발상자를 들고 책장으로 갔다. 상자를 집어넣을 때, 훈장들이 달그락거렸다.

그리고 그는 마루로 갔다. 할 일이 무엇이었던지 잠깐 생각했다. 화분들이 눈에 들어오자 다시 생각이 났다. 그는 방으로 되돌아가 돋보기를 가지고 왔다. 그리고 화분 하나를 집어 들었다. 화분에는 라벨이 붙어 있었지만 라벨에 적혀 있는 것은, 아무것도 없었다. 화분을 또 하나 집어 들었다. 마찬가지였다. 세 번째 화분도…….

빌헬름은 거실로 휘적휘적 걸어갔다.

– 저기 아무것도 안 적혀 있잖아, 그가 말했다.

– 어디 말이야?

– 꽃병에.

– 여보, 나 지금 정말 더 중요한 일들이 많아, 샤로테가 말했다.

– 빌어먹을, 꽃병에 이름을 적어야 한다고 했잖아.

– 그럼 적어, 이렇게 말하고 샤로테는 장에서 식탁보를 꺼내면

서 더 이상 빌헬름을 거들떠보지 않았다.

빌헬름은 그게 말이 안 되는 이유를 설명하고 싶었다. 이제는 꽃병에 이름을 적을 수 없었다. *사전에* 이름을 적어놓아야 *사후에* 꽃병을 다시 정확히 되돌려줄 수 있는 것이었다. 하지만 샤로테와 다투어봐야 소용이 없었다. 샤로테와 언쟁을 하기에는 그의 혀가 너무 무거웠고, 그의 머리는 생각을 말로 옮기는 데 너무 느렸다.

그는 다시 마루로 갔다. 이제 뭘 하지? 그는 멈추어 서서 옷을 보관하는 벽감 앞에 줄지어 서 있는 꽃병들을 멍하니 쳐다보았다.

문득 꽃병들이 묘비처럼 보였다.

현관문이 열리고 리스베트가 들어왔다. 그녀의 옷이 바스락거렸다. 그녀와 함께 가을 내음이 몰려들었다. 그녀의 손에 장미 한 다발이 들려 있었다.

– 축하드려요, 그녀가 말했다.

– 리스베트, 나 때문에 돈을 쓰면 안 돼.

리스베트는 팔을 뻗어 그에게 꽃을 건네주면서 활짝 웃었다. 치아는 별로 가지런하지 않았다. 하지만 엉덩이는 탱탱했고, 목덜미가 깊이 파인 옷 사이로 가슴이 수영장의 물결처럼 출렁거렸다.

– 하지만 나중에 다시 가지고 가, 빌헬름이 명령했다. 지금은 커피 한 잔 끓여주고.

– 샤로테 아주머니가 커피를 드리면 안 된다고 하셨어요, 그녀가 속삭였다. 혈압 때문에요.

– 쓸데없는 소리, 빌헬름이 말했다. 커피 갖다 줘.

그는 방으로 가서 책상 앞에 앉았다. 뭘 하지? 아무 일도 떠오르지 않았지만 그는 할 일을 찾지 못하는 모습을 리스베트에게 보여주기 싫어서 돋보기를 들고 책장에서 책을 찾았다. 어떤 특정한 책을 찾기라도 하는 듯이. 하지만 책 대신 이구아나를 발견했다. 작은 이구아나였다. 오래전 마체테로 때려눕혀 박제해놓은 놈이었다. 박제는 아주 잘되어 이구아나가 마치 살아 있는 듯했다. 하지만 죽은 놈이었다. 그렇게 죽어서 책장 속에 먼지를 뒤집어쓰고 있었는데, 빌헬름은 문득 마체테로 놈을 때려죽인 것이 미안했다. 그러지 않았더라면 지금도 살아 있을지 누가 알겠는가? 이구아나는 수명이 얼마나 될까?

그는 마이어 백과사전 가운데 La에서 Lu까지의 항목이 수록된 책을 들고[2] 책장을 넘겨 'legal' 항목까지 나아갔다.

그때 리스베트가 들어와 책상 위에 커피를 놓았다.

– 쉿, 그녀가 소리를 냈다.

– 이리 와, 빌헬름이 말했다.

그리고 지갑에서 100마르크짜리 지폐를 꺼냈다.

– 그건 너무 많아요, 리스베트가 말했다.

그러면서도 그녀는 왔다. 빌헬름은 그녀를 바싹 끌어당겨 목덜미가 깊이 파인 옷 사이로 100마르크 지폐를 쑤셔 넣었다.

– 나빠요, 리스베트가 말했다.

그녀의 볼이 발그스름해지면서 더 통통해졌다. 그녀는 부드럽게 몸을 움직여 그의 포옹으로부터 빠져나가더니 커피를 얹어왔던 쟁반을 들고 방문을 향했다.

―리스베트?

―네?

그녀가 걸음을 멈추었다.

―내가 죽으면 샤로테가 나를 독살한 거야.

―아이, 빌헬름, 어떻게 그런 말을 하세요.

―나는 할 말이 있으면 해, 빌헬름이 말했다. 그리고 너는 알고 있어야 해.

잠시 동안이지만 그는 그녀의 수영장 가슴이 자신의 몸을 누르는 것을 여전히 느끼는 듯했다.

초인종이 울렸다. 빌헬름은 누군가 오는 소리를 들었다. 하지만 곧 아무 소리도 들리지 않더니 누군가 웅얼거리는 소리가 났다. 이윽고 슐링어가 나타났다. 카네이션 꽃다발을 들고.

―곧 다시 일어나야 해요, 슐링어가 말했다. 제일 먼저 와서 축하드리고 싶었어요.

빌헬름은 백과사전을 들추어보는 중이었다. 그 사이에 그는 이구아나가 2미터 20센티미터까지 자란다는 것을 알아냈다. 아쉽게도 수명이 얼마나 되는지는 알아내지 못했다.

―생일 축하드려요, 슐링어가 말했다. 앞으로도 계속 활발한 창조력과…….

―야채는 무덤에 갖다 둬, 빌헬름이 말했다.

슐링어가 웃었다.

―언제나 기분이 좋으시네요, 그가 말했다. 언제나 농담 한 마디

빼놓지 않네요.

–아, 그녀가 뭐라고 했어? 빌헬름이 물었다.

–누가요?

–샤로테 말이야.

슐링어가 멍한 표정을 지었다. 입술은 아래로 늘어뜨리고 눈썹은 추켜올렸다. 이마에 소시지처럼 굵은 주름살들이 일어났다.

–말 안 해도 알아, 빌헬름이 말했다. 정신이 오락가락해. 늙은이가 실성한 거지.

–아니요, 빌헬름. 선배는 연세에 비해서 아직 말짱…….

–뭐?

–제 말은, 연세에 비해서 아직 말짱…….

–정신이 오락가락해, 빌헬름이 말했다.

–아니요, 선배는 여전히 정신적으로 완전히…….

슐링어는 카네이션을 어지럽게 휘둘렀다.

–나는 *조금* 오락가락하지, 빌헬름이 말했다. 그래도 *완전히* 오락가락하는 건 아니야.

–맞아요, 당연히 그렇지요, 슐링어가 말했다.

–아직 상황이 어떻게 돌아가는지 안다고.

–물론입니다, 슐링어가 말했다.

–상황이 악화된다는 걸 알아.

슐링어는 크게 숨을 들이쉬었지만, 말을 잇지는 못했다. 머리만 흔들었는데, 그게 빌헬름의 말이 맞다는 뜻인지 틀렸다는 뜻인지는 알 수 없었다. 그러더니 갑자기 눈을 찌푸리며 진지하게 말했다.

–솔직히 말해 문제가 있긴 합니다. 하지만 우리가 해결할 겁니다.

–쓸데없는 소리, 빌헬름이 말했다.

그는 문제를, 이런 종류의 문제를, 해결하는 것은 포츠담 지구의 지도부가 아니라고 설명해주고 싶었다. 문제를, 이런 종류의 문제를, 해결하는 것은 다름 아닌 모스크바인데, 바로 이 모스크바가 문제라는 것이 문제라고 말해주고 싶었다. 하지만 혀가 너무 둔해졌고, 머리도 너무 느려져서 이런 복잡한 생각을 말로 하기가 어려웠다. 그래서 그냥 이렇게 말했다.

–초프.

슐링어의 이마에 다시 소시지 같은 주름이 잡혔다. 그의 머리가 작동을 멈추었다. 그의 시선이 빌헬름을 지나쳐 비스듬히 위쪽을 향했다.

문득 그가 이구아나와 닮은 것 같았다.

–이구아나는 몇 살까지 살지?

–네?

–이구아나 말이야, 빌헬름이 말했다. 이구아나 몰라?

–일종의 파충류 아닙니까?

–그렇지, 빌헬름이 말했다. 파충류야.

–오래 살 것 같은데요, 슐링어가 말했다. 그가 머리를 주억거렸다. 표정을 보니 방금 자신이 뭔가 똑똑한 이야기를 했다고 느끼는 모양이었다.

슐링어가 나가고 나자 빌헬름은 할 일이 생각났다. 그는 거실로 진군했다.

– 식탁 판을 늘여야 하겠어, 빌헬름이 말했다.

하지만 샤로테가 이렇게 대답했다.

– 그건 알렉산더가 하는 거야.

– 내가 할 거야, 빌헬름이 말했다.

– 당신은 못해, 샤로테가 말했다. 알렉산더가 하는 거야.

– 알렉산더! 알렉산더가 언제부터 *뭐라도* 할 수 있게 된 거지?

– 이 식탁은 알렉산더만 늘일 수 있어. 벌써 여러 번 시험해봤잖아.

– 쓸데없는 소리, 빌헬름이 말했다.

당연히 그는 식탁을 늘일 수 있었다. 그가 배운 게 금속가공이 아니었던가. 알렉산더는 뭘 배웠지? *그 녀석은 도대체 하는 일이 뭐지*? 아무것도 없었다. 어쨌든 빌헬름은 알렉산더가 하는 일이 뭔지 전혀 알 수 없었다. 믿을 수 없고 거만하다는 것 외에는 떠오르는 게 없었다. 녀석은 아직 입당도 하지 않았다. 하지만 샤로테와 설전을 벌이기에는 혀가 너무 무겁고 머리가 너무 느렸다.

샤로테가 그에게 무엇을 주고 있는 건지 누가 알겠는가. 스탈린도 독살당하지 않았던가.

빌헬름은 묘비들이 질서정연하게 줄지어 서 있는 현관 홀로 갔다. 아무 글자도 적히지 않은 라벨들이 불그스름한 조명을 받아 희미하게 빛을 내고 있었다. 해서 뭐 하나, 빌헬름은 생각했다. 그는 빨간 펜을 갖고 와서 그들의 이름을 라벨에 적으려던 생각을 접었다. 어차피 그가 아는 이름들은 대개 가명이었다. 그래도 그 가명들은 잊지 않았다. 클라라 켐니처. 빌리 바르텔. 오스트리아에서 온 제프 피셔…… 이름들을 모두 기억하고 있었다. 영원히 잊지 못할 터였다. 그 이름들과 함께 무덤에 묻힐 터였다, 오래지 않아.

초인종이 울렸고, 청년 개척자 합창단이 문밖에 서 있었다. 여성 지휘자가 셋, 넷, 하고 말했다. 합창단은 *작은 트럼펫의 노래*를 불렀다. 좋은 노래였지만 그가 생각하는 노래는 아니었다. 줄곧 그의 머릿속을 돌아다니는 그 노래는 아니었다.

그는 지휘자에게 멜로디를 흥얼거려 들려주었지만 그녀도 그게 무슨 노래인지 몰랐다.

– 괜찮아, 빌헬름이 말했다.

지휘자도 젊어서 다른 단원들과 거의 구별되지 않았다. 빌헬름은 지갑에서 100마르크짜리 지폐를 꺼냈다.

– 아니요, 포빌라이트 동지, 이건 절대로 받을 수 없습니다!

– 쓸데없는 소리, 빌헬름이 말했다. 애들에게 아이스크림 사줘, 오늘이 내 마지막 생일이야.

그는 지폐를 여성 지휘자의 목덜미가 파인 옷 속에 쑤셔 넣었다.

– 그럼 학급 금고에 넣어둘게요, 지휘자가 말했다.

그녀의 뺨이 발그스레해졌다. 그녀는 아이들을 이끌고 정원에서 물러갔다. 그리고 문 옆에서 다시 한 번 뒤돌아보았다. 빌헬름은 이를 꽉 깨물고 손을 흔들었다.

그는 거실로 진군했다. 그 멜로디가 계속 머리를 맴돌아 저절로 행진 걸음이 됐다. 샤로테는 전화를 하는 중이었다. 그가 들어서자 그녀가 전화를 끊었다.

–전화를 안 받네, 그녀가 말했다.

빌헬름은 샤로테가 신경이 곤두서 있는 것을 알아차렸다. 그는 본능적으로 물고 늘어졌다.

–그래, 그런데 알렉산더는 어디 있지?

–전화를 안 받아, 샤로테가 다시 한 번 말했다. 쿠르트가 전화를 안 받아.

–그것 봐, 빌헬름이 말했다. 또 그렇지.

–무슨 말이야?

–낭패라고, 빌헬름이 말했다.

–뭔가 일이 있는 게 분명해, 샤로테가 말했다.

–식탁 판을 늘여야겠어, 빌헬름이 말했다.

–아무것도 늘이지 마, 일단 나 생각 좀 해야겠어.

–쓸데없는 소리, 빌헬름이 말했다. 그럼 식탁 판을 누가 늘이지?

–어쨌든 당신은 아니야, 샤로테가 말했다. 당신은 이미 이 집 물건들을 충분히 고장 냈어!

뻔뻔스런 주장이었다. 빌헬름은 거의 사십 년의 세월 동안 자신이 어떤 것들을 손질했고, 어떤 전기 제품들을 수리했으며, 집을 어떻게 고쳤고, 가사를 어떻게 개선했는지 열거하기만 해도 그녀의 주장을 반박할 수 있었을 터였다. 하지만 그렇게 하자니 너무 많은 말이 필요했고, 너무 어렵고 번거롭고 길어서 빌헬름은 그 대신 샤로테에게 한 발짝 다가가 등을 곧추세워 자신의 커다란 몸집을 내세우면서 이렇게 말하는 것으로 만족했다.

–나는 금속공이야. 당원으로 활동한 것도 벌써 육십 년이야. 당신은 언제 입당했지?

샤로테는 입을 다물었다. 그녀가 입을 다물었다!

빌헬름은 뭔가 더 말하다가 이 작은 승리를 그르치고 싶지 않아서 뒤돌아서서 거실에서 나왔다.

현관에 남자 두 명이 서 있었다.

–대표단이에요, 리스베트가 말했다.

–그렇군.

빌헬름은 두 사람에게 손을 내밀었다.

–동지의…… 동지의…… 한 남자가 이렇게 말하면서 리스베트를 가리켰다.

–가사도우미, 리스베트가 말을 채웠다.

–동지의 가사…… 도움…… 이가 우리를 들여보내줬어요, 그 남자가 말했다.

–멋진 물고기네요, 다른 남자가 빌헬름이 전구를 박아놓은 조개를 가리키며 말했다.

두 남자는 서로 바짝 붙어 서 있었다. 둘 모두 땅딸막했고, 자세가 구부정했으며, 너무 깨끗하고 너무 색이 밝은 외투를 입고 있었다. 가사…… 도움…… 이, 라고 말했던 남자는 접시를 손에 쥐고 있었다.

그가 헛기침을 하더니 말을 늘어놓기 시작했다. 말소리가 작고 어투가 장황한 데다 단어들이 너무 느릿느릿 그의 목구멍을 빠져

나와서 빌헬름은 다음 단어가 남자의 목구멍을 미처 빠져나오기도 전에 이미 그 전 단어를 잊어버렸다.

–본론을 말하시오, 빌헬름이 경고했다. 지금 바쁘니.

–간단히 말하자면, 남자가 말했다. 포빌라이트 동지, 기억하시겠지만, 쿠바라고 하면 아실 텐데, 그러니까 그때, 우리의 기부운동 말인데요, 그래서 우리는 여기서 그 주제를 다루면, 다시 말해 우리 공장에서 생산되는 자동차에 비유해서, 주제에 따라, 묘사하면, 그게 동지의 뜻에도 맞지 않을까 해서요.

그가 쟁반을 빌헬름의 코앞에 내밀었다. 아 그거로군, 빌헬름은 생각했다. 그는 지갑에서 100마르크짜리 지폐를 한 장 꺼내 쟁반 위에 탁 놓았다.

남자들의 시선이 지폐에 쏠렸다. 하지만 빌헬름은 생일을 맞은 마당에 인색하게 보이고 싶은 마음은 조금도 없었다.

이어서 멜리히가 왔다. 열한시 정각에.

–빌헬름, 멜리히는 이렇게 말하면서 빌헬름의 손을 잡고 흔들었다.

빌헬름은 멜리히의 이런 점이 좋았다. 말을 늘어놓지 않는 점.

–야채는 무덤에 갖다 둬, 빌헬름이 말했다. 가서 식탁 판을 늘이세.

두 사람은 거실로 가서 식탁을 텔레비전 앞으로 옮겼다.

–하지만 알렉산더가 곧 올 텐데, 샤로테가 항의했다.

–쓸데없는 소리, 빌헬름이 말했다. 쓸데없는 소리!

샤로테가 거실에서 나갔다.

두 사람은 식탁 상판 아래쪽의 판자들을 탁 소리가 날 때까지 빼냈다. 맬리히가 물었다.

– 빌헬름, 요즘 정치 상황이 어떤 것 같아요?

그가 빌헬름을 보고 있었다. 무성한 눈썹 아래로 뜬 눈이 마치 동굴 속에서 내다보는 것 같았다. 빌헬름은 맬리히의 이런 점이 좋았다. 그는 진지했다. 빌헬름은 분석에 나서볼 기분이 돋았다.

– 문제는, 문제가 문제라는 거야, 그가 말했다.

그는 식탁 상판 한쪽의 가운데 부분을 뒤집었다. 맬리히도 반대쪽에서 그를 따라했다. 놀랍게도 가운데 부분들이 고정되지 않고 푹 꺾이더니 틀 아래로 깔끔하게 곤두박질치고 말았다.

– 이상하네요, 맬리히가 말했다.

– 망치하고 못 가져와, 빌헬름이 말했다. 어디 있는지는 자네도 알잖아.

맬리히는 지하실로 가서 망치와 못을 가지고 돌아왔다. 빌헬름은 가운데 부분들을 들어 올려 엄지와 검지로 틀까지의 간격을 측정했다. 그리고 그 지점에 못을 박았다. 빌헬름은 자신의 분석이 아직 맬리히를 완전히 설득하지는 못했다는 느낌이 들어 다시 운을 뗐다.

– 문제는 초프들이야, 알겠나. 초프와 초프.

맬리히가 고개를 아주 천천히 끄덕였다. 빌헬름이 못대가리를 때렸다.

– 신출내기들, 그가 말했다.

그가 못을 때렸다.

– 패배주의자들.

그는 잠시 동작을 멈추고 말했다.

– 예전에는 이런 놈들을 어떻게 다루어야 하는지 알았지.

다음 못. 샤로테가 들어왔다.

– 맙소사, 지금 뭐 하는 거야?

– 식탁 판을 늘이는 거지.

– 거기다가 못을 박으면 어떡해.

– 그러면 왜 안 되지? 빌헬름이 물었다.

그가 단번에 못을 상판 속으로 박아 넣었다.

– 와, 맬리히가 외쳤다.

빌헬름이 말했다.

– 배운 사람은 뭔가 다르지.

세시 반, 방들 사이의 커다란 미닫이문들이 열리고 파티가 시작되었다. 그 사이에 빌헬름은 점심을 먹고 좀 쉬었다. 리스베트가 커피를 한 잔 더 끓여주었다. 그리고 그의 콧구멍과 귓구멍에 난 털들을 깎아주었고, 그러면서 출렁거리는 수영장 가슴으로 그의 어깨를 여러 번 문질렀다.

차가운 음식들로 구성된 뷔페가 도착하여 식탁 위에 배치되었다. 하지만 알렉산더는 아직 도착하지 않았다. 이 사실이 빌헬름을 기쁘게 했다. 그는 샤로테에게 그녀의 손자가 어디 있냐고 여러 번 물었다. 그는 가족 전체를 *그녀의* 가족으로 간주했듯이, 알렉산더도 *그녀의* 손자로 간주했다. 패배주의자들의 가족이었다. 이리나는 제외하고. 그래도 이리나는 전쟁에 참여했었으니까. 반면에 쿠르트는 노동수용소에 있었다. 그런데도 지금 희생자 노릇을 하고 있었다. 오히려 수용소에 있었던 것을 기뻐해야 할 텐데! 한쪽 눈이 멀었으니 최전선에 배치되었더라면 살아남지 못했을 것이다.

이제 초인종이 쉴 새 없이 울리고, 샤로테는 닭처럼 이리저리 뛰어다녔다. 반면에 빌헬름은 안락의자에 앉아 녹색 빛이 어른거리는 알루미늄 잔에 담긴 코냑을 이따금 홀짝거렸고, 차례차례 그가 앉아 있는 안락의자 앞으로 와서 축하의 말을 건네는 사람들에게 똑같은 말을 내뱉어서 그들을 당황하게 하면서 심술궂은 재미를 느꼈다.

– 야채는 무덤에 갖다 둬.

바이에 부부가 도착하여 서로 발을 맞추어 종종걸음으로 들어오더니 거룩한 목소리로 사람들과 말을 주고받았다.

맬리히가 아내를 데리고 다시 왔는데, 금발의 이 멍청한 여자는 아직 예순도 되지 않았으면서 하루가 멀다고 류머티즘 때문에 앓는 소리를 해댔다.

남편이 세상을 떠난 후로는 언제나 요란하게 치장하고 다니는 슈테피도 왔다.

– 야채는 무덤에 갖다 둬.

붕케도 왔다. 갖고 온 꽃다발처럼 쥐어뜯긴 모습이었는데, 넥타이는 축 늘어져 반기(半旗)처럼 보였고, 셔츠의 한쪽 깃은 외투의 칼라를 덮고 있었다. 방으로 들어서면서 이미 그는 이마의 땀을 닦고 있었다. 이런 자가 슈타지의 대령이었다. 빌헬름은 당시에 받아들여지지 않았는데도 말이다. 이유는 이것이었다. *서방이민자!* 지금까지도 빌헬름은 그 생각만 하면 자존심이 상했다. 그로서도 차라리 모스크바에 남아 있고 싶었다. 하지만 당이 그를 독일로 보냈고, 그는 당이 요구하는 것을 수행했다. 평생 동안 그렇게 당이 요구하는 대로 일했는데, 결과는 이것이었다. *서방이민자!*

–야채는 무덤에 갖다 둬.

붕케는 땀을 닦아내고 말했다.

–그럼 거기 있으려네.

빌헬름이 모르는 얼굴들도 등장했다.

–누구지?

야채가게를 하는 배커 부인.

하리 칭크, 아카데미 원장. 그는 지금껏 빌헬름의 생일파티에 나타난 적이 없었다.

틸 에베르츠, 뇌졸중 발작을 겪었다.

–야채는 무덤에 갖다 둬.

아, 크뤼거 동지도 왔군. 도당 위원장.

–제복을 입고 왔으면 알아봤을 텐데, 동지. 야채는 무덤에 갖다 둬.

존더만 가족. 아들은 공화국 도주[3]를 시도한 죄로 감옥에 갇혀 있다.

– 자네들은 모르겠는데, 빌헬름이 말했다.

– 아니, 존더만 가족이잖아, 샤로테가 설명했다.

– 자네들은 몰라!

방 안의 웅얼거리는 소리가 잠시 낮아졌다.

– 알았습니다, 존더만이 말했다. 그리고 그는 샤로테에게 꽃다발을 건네주고 나서 아내와 함께 사라졌다.

쿠르트가 나데시다 이바노브나와 함께 왔다. 이리나는 없었다.

– 이리나가 아파요, 쿠르트가 말했다.

– 알렉산더는?

– 알렉산더도 아프대, 샤로테가 끼어들었다.

패배주의자들의 가족. 이리나만 제외하고. 그리고 물론 나데시다 이바노브나도 제외하고.

나데시다 이바노브나가 그에게 오이가 든 병을 건네주었다.

빌헬름은 기억을 마구 뒤졌다. 국제관계부[4]에서 교육을 받기 위해 모스크바에 갔던 것이 너무 오래된 일이라 기억 속에 남아 있는 러시아어의 잔해에서 찾아낼 수 있는 유일한 단어가 *하로쉬*였다. 좋았어!

– 하로쉬, 하로쉬, 그가 말했다.

나데시다 이바노브나가 말했다.

– 오구르치.

빌헬름이 고개를 끄덕였다.

–하로쉬!

그는 병뚜껑을 열어달라고 하여(맬리히에게 부탁했다. 쿠르트는 어차피 그 지식인의 손가락으로 뚜껑을 열 수 없을 터였다) 다들 보는 앞에서 러시아 오이를 하나 먹었다. 옛날에는 러시아 파피로사를 피웠었다. 지금은 그나마 러시아 오이라도 먹어주어야 했다.

–하로쉬, 빌헬름이 말했다.

–이런, 흘리잖아, 샤로테가 말했다.

–쓸데없는 소리.

군 서기관은 도대체 어디 있는 거지?

서기관 대신 갑자기 아이 하나가 나타났다. 손에 그림 하나를 들고.

–마르쿠스야, 당신 증손자. 샤로테가 말했다.

언제부터 이런 증손자가가 있었지? 빌헬름은 아무것도 묻지 않기로 했다. 그 대신 아이가 선물로 주는 그림을 쳐다볼 때 사람들이 일반적으로 취하는 태도를 따라 그림을 쳐다보았다. 그러다가 문득 그려놓은 것을 알아보고 놀랐다.

–이구아나로구나!

–수생 거북이에요, 아이가 말했다.

–마르쿠스는 동물에 관심이 많아요, 아이 옆에 서 있던 여자가 말했다. 아마도 아이의 엄마일 터였는데, 빌헬름은 묻지 않기로 했

다. 그 대신 이렇게 말했다.

–마르쿠스, 내가 죽으면 저기 책장에 있는 이구아나를 너한테 물려주마.

–쿨, 아이가 말했다.

–아니, 지금 당장 네가 갖는 게 제일 좋겠구나, 빌헬름이 말했다.

–지금 당장요? 아이가 물었다.

–그래, 가져라, 빌헬름이 말했다. 어차피 나는 오래 못 버틸 테니.

그는 아이가 빙 돌아가며 사람들에게 인사를 하고, 모든 사람들에게 예절바르게 악수를 청하고, 그 다음에야 비로소 책장으로 가서 이구아나를 쳐다보는 모습을 지켜보았다. 아이는 아직 이구아나를 만지지는 않은 채 오랫동안 이쪽저쪽을 유심히 관찰하기만 했다. 빌헬름은 이를 꽉 깨물었다.

갈색 신사복을 입고 금테 안경을 쓴 남자가 들어왔다. 왜 가까이 오지 않는 걸까? 왜 저기 그냥 서 있는 거지?

–누군가? 자넨 모르겠는데?

그는 대리자였다. 군 서기관의 대리자. 왜 대리자가 온 거지?

–원 동지는 아쉽게도 사정이 있어 직접 오지 못했습니다, 대리자가 말했다.

–아, 그렇군. 빌헬름이 말했다. 나도 사정이 있어서 못 왔네.

모두들 웃었다. 빌헬름은 화가 났다.

남자가 빨간 서류파일을 펼쳤다. 그리고 읽기 시작했다. 그의 눈은 파란색이었다. 그의 목소리는 대략 전화수화기의 주파수와 범위가 일치했다. 빌헬름은 그가 무슨 말을 하는지 알아들을 수 없었다. 화가 났다. 남자는 계속 말했다. 말들이 달그락거렸다. 빌헬름의 머릿속에서 뜻은 누설하지 않은 채 연신 달그락거리기만 했다. 소음들. 쓸데없는 소리야, 빌헬름은 생각했다. 금속공 수업. 입당……. 파리로 이민……. 문득 그는 깨달았다. 이건 그의 인생이었다. 대리자의 입에서 흘러나오는 것, 그의 머릿속에서 의미 없이 달그락거리는 것, 그것은 그의 인생이었다. 벌써 수십 번 써내려갔던 인생 경력, 국경 경비대원들에게, 칼 마르크스 공장의 노동자들에게, 청년 개척자 단원들에게 벌써 수도 없이 이야기해주었던 그의 인생 경력. 그리고 그 경력에는 여전히 가장 중요한 내용들이 빠져 있었다.

모두들 박수를 쳤다. 대리자가 빌헬름에게 다가왔다. 손에는 빌헬름의 신발상자에 이미 수십 개는 들어 있는 것들과 비슷한 훈장을 들고 있었다.

–상자에 벌써 철판들이 넘쳐, 빌헬름이 말했다.

모두들 웃었다.

대리자가 그를 향해 몸을 숙여 훈장을 걸어주었다.

모두들 박수를 쳤다. 이제 손이 자유로워진 대리자도 박수를 쳤다.

뷔페가 열렸다. 사람들이 양쪽 방을 교대로 오가더니 이윽고 모두들 접시를 들고 식탁과 다른 작은 탁자들 주위에 모여 앉았다. 빌헬름은 약간 떨어진 곳에 놓인 안락의자에 앉아 녹색이 어른거리는 알루미늄 잔을 홀짝거렸다. 그는 가장 중요한 것들에 대해 생각했다. 빠져 있는 것들이었다. 함부르크와 그의 부두 사무실. 밤들과 바람. 6.35구경의 *코로빈* 권총. 그것에 대해 *생각*했다기보다는 그것이 기억났다고 하는 게 맞았다. 그 권총이 손에 잡히던 감촉이 떠올랐다. 권총의 무게를 느꼈다. 격발 후에 나던 냄새도 기억났다. 무엇을 위해서, 빌헬름은 생각했다. 눈을 감았다. 머릿속이 지끈거렸다. 잡소리들. 무의미한 소리들. 쓸데없는 소리들. 다만 가끔씩—혹시 착각은 아니었을까?—쓸데없는 잡소리들 사이로 쉰 목소리가 짖는 것이 들렸다. 초프! 그리고 또 한 번. 초프…… 초프…….

빌헬름은 잠시 눈을 떴다. 쿠르트였다. 그 아니면 누구겠는가! 너도 그런 초프들 중 한 놈이야, 빌헬름은 생각했다. 패배주의자. 온 가족이 다 그래! 이리나는 빼놓고. 이리나는 그래도 참전했었으니. 하지만 쿠르트는? 쿠르트는 그 대신 수용소에 처박혀 있었다. 노역을 해야 했다. 하긴 오이병 뚜껑조차 열지 못하는 그 손으로 노역을 해야 했으니 얼마나 끔찍했을까. 하지만 다른 사람들은 목숨이 왔다갔다했어, 빌헬름은 생각했다. 다른 사람들은 대의를 위해 투쟁하다가 목숨을 잃었어, 그는 생각했다. 그는 벌떡 일어서서 대의를 위해 투쟁하다가 목숨을 잃은 사람들에 대해 이야기하고 싶은 마음이 굴뚝같았다. 그의 목숨을 구해준 클라라에 대해, 잔뜩 겁을 먹어 바지에 똥을 싼 빌리에 대해, 그리고 그들이 *배신자 한 놈을 더 제거해야 해서* 게슈타포의 지하실에서 고문 끝에 죽여버린 제프에 대해. 그땐 그랬어. 오이병 뚜껑도 못 열면서 똑똑한 체하는 교수 양반. 그땐 그랬어. 그리고 지금도 그래. 빌헬름은 이런 말을 하고 싶었다. 그리고 다른 말도 덧붙이고 싶었다. 당시와 현재에 대해. 배신자들에 대해. 그리고 지금 해야 할 일이 무엇인지에 대해 말하고 싶었다. 그리고 문제의 핵심이 무엇인지도 말하고 싶었지만, 그가 아는 것들을 말로 옮기기에는 혀가 너무 무거웠고 머리는 너무 늙어 있었다. 그는 눈을 감고 안락의자에 몸을 맡겼다. 더 이상 말소리들을 듣지 않았다. 아침에 욕조에서 나던 것과 같은 웅얼거리는 소리만이 머리를 채웠다. 그리고 이 소리로부터 멜로디가 흘러나왔다. 그리고 멜로디로부터, 단어들이 나왔다. 갑자기 거기에 그가 찾던 단어들이 있었다. 간단하고 슬프고 명료하고 또 너무도 당연하여 그는 단어들이 떠오른 바로 그 순간에 이미 이 단어들을 잊어버렸다는 사실을 잊어버렸다.

그는 나지막이, 혼자서, 한 음절 한 음절 강조하면서 노래를 불렀다. 리듬을 약간 질질 끌었지만, 그 또한 자신이 그러는 것을 잘 알고 있었다. 그의 목소리에 의도하지 않은 트레몰로가 섞여 있었다.

당은, 당은, 언제나 옳아
동지들, 앞으로도 그래
거짓과 착취에 맞서
권리를 위해 싸우는 자는
언제나 옳기 때문이지
삶을 모욕하는 자는
바보거나 악한이야
인류를 수호하는 자는

언제나 옳기 때문이지

레닌의 정신에서 태어나

스탈린이 굳게 세운

당은 – 당은 – 당은 커지리라.

1973

화물차가 멈춰 섰고, 적재함 뒤쪽의 덮개 문이 열렸다.

머리가 하나 나타났다. 머리는 군인 모자로 덮여 있었다. 머리가 고함을 지르기 시작했다. 치아 사이로 침방울들이 생겨났다. 방울들은 하얀 등불 빛을 받아 번들거리다가 터졌다.

덧붙이자면, 머리가 무엇을 외쳐대는 건지는 알 수 없었다. 거의 모음으로만 구성된 듯한 기이한 언어였다.

두 번째 머리가 나타나더니 이어서 또 하나의 머리가 나타났고, 다음 순간에는 네댓 명이 군복을 착용한 모습으로 나타났다. 그들은 덮개 문에 붙어 서서 고함을 질렀다. 고함들이 뒤범벅이 되었고, 서로 지지 않으려고 갈수록 커졌다.

덮개 아래에서 움직임이 일었다. 사람들은 각자 가방과 주머니들을 붙잡고 차례로 적재함에서 뛰어내렸다. 암흑 속에서 비틀거리다가 어딘지 알 수 없는 곳에 섰다. 알렉산더도 뛰어내렸다. 그의 손이 광장의 표면을 스쳤다. 경주 트랙과 비슷한 거친 표면이었다.

이튿날, 그는 고함소리를 이해하기 시작했다. *우이어어어 앗*은 '뛰어 갓'을 의미했다. *제아리이이이 엇*은 '제자리 섯'을 의미했다. 개인적 차이는 있었다.

사흘째, 이미 그는 '똥'이 들어간 거의 모든 문장들을 이해하게 되었다. *똥통 움직여, 멍청아* 혹은 *똥줄이 타봐야 제대로 하지*, 혹은 마찬가지로 교훈적인 *떨 때는 똥통이 몸의 꼭짓점이다*라는 말도 이해했다.

나흘째, 첫 번째 정훈교육이 실시되었다. *서독의 신파시즘과 군국주의*가 주제였다. 조는 사람은 수업이 끝날 때까지 서 있어야 했다.

닷새째, 크리스티나가 보낸 편지를 처음 받았다. 그는 순식간에 봉투를 찢었고, 방으로 가는 길에 다 읽어버렸다. 방에서 다시 한 번 꼼꼼히 읽었고, 윗주머니에 챙겨 넣었다. 그리고 밤에 자기 전에 또 한 번 읽었다.

엿새째, 일요일이었다. 일요일에는 중대 휴게실에 갈 수 있었는데, 외출용 군복을 입는 것이 조건이었다. 거기서는 개인적으로 가지고 온 커피를 마실 수 있었다.

알렉산더는 개인적으로 가지고 온 커피가 없었다. 그래서 방에 남아 있었다. 침대에 드러누워 크리스티나의 편지를 다섯 번째 혹은 열 번째, 어쩌면 열다섯 번째 읽었다. 그가 떠난 후에 그녀가 '하루 종일 슬펐다'는 대목에서 마음이 놓였다. '기분전환을 하려고' 주말에 도서관에서 같이 일하는 여자 동료와 함께 샤르뮈첼 호수로 갈 것이라는 대목에서 마음이 불안해졌다. 답장을 쓸 때 호수로 가는 것에 대해 잔소리를 했다. 그리고 잔소리를 다시 지웠다. 처음부터 다시 썼다. 창밖의 풍경을 묘사했다. 신축 건물 구역이 있고, 그 뒤에는 담이 있었다. 그 뒤에는 탱크훈련장이 있다고 쓸 수도 있었을 것이다. 하지만 확실하지가 않았다. 이것도 외부에 알리면 안 된다고 교육 받은 군사 상황에 속하는 것일까? 편지는 검열을 받는가?

이레째, 그들은 연병장에 서 있었다. *단수 대열로*(이는 3열 종대를 의미했다) 서서 무언가를 기다렸다(가만히 서서 무언가를 기다리는 것이 병사의 주된 활동이라는 것을 알렉산더는 이미 깨달은 터였다). 커피 금단현상으로 여전히 머리가 좀 아팠고, 철모는 꽉 끼었다. 돌격용 배낭 두 개를 등에 짊어지고, 목에는 방독면 가방을 걸고, 어깨에는 칼라슈니코프 자동소총을 걸치고 그렇게 서 있었다. 귀가 드러나 있는 것이 여전히 낯설었는데, 넓게 펼쳐진 인민군 철모 아래를 할퀴고 지나가는 바람이 날카로워 귀가 아프기 시작했다. 하지만 쉬어 자세를 취하는 것이 금지되어 있어서 그들은 모두 꼼짝없이 서 있었다. 알렉산더는 앞 병사의 목덜미를, 그의 귀를 보았다. 새빨갰다. 지금 그의 귀도 앞에 서 있는 병사의 귀처럼 빨갛게 얼어 있을 것이다. 문득 그는 *믹 재거*를 떠올려야 했다. *그가 캇첸코프*라 불리는 연병장에 서서 앞 병사의 새빨간 귀를 쳐다보고 있는 지금, 믹 재거 같은 사람은 무엇을 하고 있을지 궁금했다. 그리고 어느 서독 잡지에서 본 사진이 희미하게 떠올랐다. 믹 재거가 침실에서 부드러운 스웨터와 레깅스를 입은 좀 여성스러운 모습으로 잠이 덜 깬 표정을 하고 있는 사진이었다. 방금 막 잠에서 깬 것이 분명한 듯했다. 알렉산더는 그가 다음 순간에 햇빛이 잘 드는 널찍한 부엌으로 가서 커피를 끓이는 모습을 상상했다. 누군가 그를 위해 커피를 끓여놓지 않았다면 말이다. 그는 치즈를 얹은 신선한 빵과 포도를 먹고(다른 것일 수도 있으리라. 그 바깥세상에서 사람들이 무얼 먹는지 누가 알겠는가), 알렉산더가 캇첸코프에서 포복을 하고 실탄 없는 사격훈련을 하거나 *각개약진*으로 들판을 뛰어다니는 동안, 기타를 설렁설렁 치다가 몇몇 악상들을 노트에 적거나 진기한 리무진을 타고 스튜디오로 가서, 다음 번 순회공연 때 세계의 팬들에게 선보일 새 노래를 녹음할지도 몰랐다. 알렉산더는 그 순회공연 현장에 가지 못할 것이고, 지금까지 그랬던 것처럼 앞으로도 결코 롤링스톤스의 순회공연 현장에 가지 못할 것이다. 알렉산더는 철모를 쓰고 배낭을 짊어진 채로 캇첸코프에 서서 앞 병사의 새빨간 귀를 쳐다보면서 롤링스톤스를 영원히 *라이브*로 체험하지 못할 것이라는 생각을 했다. 파리도, 로마도, 멕시코도 영원히 보지 못할 것이고, 우드스톡에도 가지 못할 것이며, 바로 옆의 서베를린조차 방문할 수 없으리라고 생각했다. 서베를린의 나체 데모와 대학생 시위, 자유연애와 재야 운동, 그중 어느 것도 체험하지 못하리라고 생각했다. 근무규정을 손에 든 어떤 하사가 엎드려쏴 동작에서 사수가 어떤 자세를 취해야 하는지—다시 말해 *몸 자체는 직선으로 뻗고 표적에 대해서는 비스듬히*—설명하는 동안 알렉산더는 생각했다. 그중 어느 것도 볼 수 없고, 그중 어느 것도 체험할 수 없으리라. 여기와 저기 사이에, 이쪽 세상과 저쪽 세상 사이에, 그가 평생을 보내야 할 작고 좁은 세계와 거대하고 진정한 삶이 이루어지는 크고 넓은 세계 사이에, 이 두 세계 사이에 경계선이 그어져 있고, 게다가 바로 그가, 알렉산더 움니처가, 앞으로 이 경계선을 감시해야 할 것이기 때문이었다.

그게 이레째의 일이었다.

25일째가 되는 날, 선서식이 치러졌다. 행사는 병영 바깥의 어떤 광장에서 진행되었다. 연설과 깃발, 북소리, 트럼펫소리. 이윽고 그들은 정훈교육 수업에서 외워야 했던 선서를 했다. 그들의 상관은 대열 사이를 오가면서 모두가 실제로 소리 내어 선서를 하는지 감시했다.

선서식이 끝나고 그들은 처음으로 외출을 허가받았다. 크리스티나와 그의 부모님이 와 있었다. 어머니는 군복을 입은 그를 보고 울었다. 알렉산더는 어머니를 달래느라 애썼다. 잘 지내고 있다, 전시가 아니지 않느냐, 심지어 식사도 먹을 만하다, 이것이 그가 어머니를 위로하느라 한 말들이었다.

거의 한 달 후에 크리스티나를 다시 안아보니 기분이 이상했다. 그녀는 그가 기억 속에서 간직했던 모습보다 더 작았고 더 부드러웠으며 압도적인 여성적 아우라에 둘러싸여 있었다. 알렉산더는 그녀의 몸이 움직여 흔들어놓은 공기를 들이마셨다. 잘 맞지 않는 거친 군복을 입고, 냄비를 뒤집어쓴 듯한 모양으로 머리를 자르고, 얼뜬 모자를 쓴 자신이 경직되고 우스꽝스럽게 느껴졌다. 한 순간 그는 크리스티나가 자신을 보고 흠칫 놀라는 표정을 짓는 것을 본 듯했지만, 그녀는 곧 억지스런 쾌활함을 보였다.

그들은 할버슈타트라는 이름의 낯선 도시를 걸어갔다. 병사들과 가족들이 북적댔다. 레스토랑들은 미어터졌다. 크리스티나는 약간 교외로 나가서 레스토랑을 찾아보자고 제안했지만, 알렉산더의 외출은, 말할 것도 없이, 할버슈타트로 제한되어 있었다. 하는 수 없이 그들은 사람들이 꽉 들어찬 레스토랑에서 식사를 해야 했는데, 레쵸[1] 스테이크가 유일한 메뉴였다. 이리나는 음식에 손도 대지 않고 담배만 피웠다. 식사가 나올 때까지 그들은 이런저런 이야기를 나누었다. 쿠르트는 레닌의 스위스 망명 시절에 대한 책을 다시 집필하는 중이었는데, 호네커가 취임한 후여서 출판할 수 있을지 모른다는 희망을 품고 있었다. 빌헬름은 또 중병에 걸렸다. 알렉산더는 빌헬름의 장례식이 치러지면 특별휴가를 받을지도 모른다는 생각을 하다가 스스로 흠칫 놀랐다. 바바 나쟈는 동독으로 이주하기로 결심했는데, 사무 처리에 몇 달, 심지어 몇 년이 걸릴 수도 있는 일이어서 노년의 그녀가 슬라바에서 기다리다가 세상을 떠나지나 않을지 다들 걱정이었다. 그런 이야기를 나누다가 쿠르트와 이리나는 먼저 떠났다. *아이들이* 얼마 동안이라도 둘만의 시간을 가질 수 있도록 해주려는 심산이었다.

두 사람에게 주어진 시간은 네 시간이었다. 알렉산더는 크리스티나에게 병영을 보여주기로 마음먹었다. 그들은 언덕을 넘어 콘크리트 도로를 따라 내려갔다. 똑바로 탱크훈련장을 향해 뻗어 있는 그 길을 걸으며 알렉산더가 이야기를 시작했다. 돌격용 배낭을 짊어지고 하는 빠른 행군에 대해 이야기했다. 발에 생기는 물집,

날카로워서 손가락을 베곤 하는 탄약통의 손잡이, 위험한 훈련용 수류탄, 방사능에 대해 이야기했고, 이웃 중대의 어떤 병사가 조교들이 모르는 사이에 가스마스크를 쓴 채 토하는 바람에 죽고 말았다는 이야기를 할 때는 거의 자부심을 느끼기까지 했다. 크리스티나는 때때로 그의 수고를 인정하는 듯이 *아*, 라고 하거나 동정하듯 *저런*, 이라면서 그의 말에 반응하기는 했지만, 그는 이 모든 이야기가 잘못되었다는 느낌이 들었다. 그가 더러 이야기를 과장하거나 자신도 모르게 이야기에 작은 반전들을 끼워 넣으려고 했기 때문이 아니라, 이 이야기 자체가 잘못된 것이었다. 중요한 건 이런 이야기가 아니었다.

왼쪽에서는 높다란 널빤지 울타리 뒤로 러시아 군의 막사가 모습을 드러냈는데, 비교적 색이 요란하고 동양적이었다(울타리는 녹색, 건물은 노란색이었고, 연석에는 회칠이 되어 있었으며, 정문에 달린 빨간 별은 새로 칠해져 있었다). 오른쪽에서는 철조망 울타리 뒤로 저 멀리 국경 경비대 교육장이 보였다(건물들이 납작하고, 회색의 사각형이었다). 알렉산더는 크리스티나에게 '자신의' 방을 보여주려고 속으로 창문들을 세다가 그만두었다. 창문을 본다고 무엇을 알 수 있겠는가? 신축 건물들을 본다고 해서 사방을 뒤덮고 있는 멍청한 행각들, 감금되었다는 기분, 병사의 하루를 온전히 채우는 세세한 작은 일들에 대해 무엇을 알 수 있겠는가? 한시도 피할 수 없는 동숙 병사들의 몸, 취침 전에 나누는 음담패설들, 말리려고 군화 위에 걸쳐놓은 양말들, 아침마다 소변기 앞에 길게 늘어서는 백 명의 병사들, 마지막 한 방울을 털고 두드리고 쥐어짜서 뽑아낼 때 의도하지 않게 서로의 물건을 목격하게 되는 것, 이런 일들이 병사의 하루를 채웠다.

그나마 크리스티나는 병영이 '딱히 만족스럽지는' 않은 듯하다는 반응을 보이기는 했는데, 이런 '신축건물들'이 그래도 청결과 위생의 측면에서는 이점이 있지 않겠느냐고 덧붙였다.

알렉산더는 대답하지 않았다. 그는 돌아오는 길 내내 입을 다물었다. 크리스티나는 알아채지 못하는 듯했지만, 어쨌든 그는 입을 굳게 다물었고, 한마디도 하지 않았다. 하지만 어느 레스토랑에 들러 커피만 공연히 더 주문하게 되었을 때 그는 다시 말하기 시작했다. 말을 하면서 그는 자신이 입을 다물지 못한다는 사실에, 결국은 양말과 소변기에 대해 말을 늘어놓고 있다는 사실에 화가 났고, 자신이 경멸스러웠다. 동시에 그는 이야기 중인 자신을 앞에 두고 벌써 시계를 보기 시작하면서 결국 그를—약간은 싫증이 나서, 약간은 그에 대한 선의로—완전히 침묵하게 만드는 크리스티나가 미웠다.

–아버지 생각 좀 해, 정말 힘든 일을 겪으셨어.

그는 크리스티나를 역으로 데리고 갔다. 주어진 시간이 끝났다. 크리스티나는 그의 곁에서 아우라를 발산하면서, 천사와 같은 머릿결을 찰랑거리면서 걸었다. 그녀의 손은 차가웠고 보폭은 좁았다. 갑자기 알렉산더는 그녀가 미웠다. 동시에 그녀를 갈망했다. 그녀는 사라지고 있었다. 냄비를 뒤집어쓴 듯한 머리 모양을 하고 군복을 입은 그를, 이 나약한 인간을 떠나고 있었다. 그녀를 붙잡아야 했다. 그는 그녀를 어떤 집의 입구로 밀어 넣으면서 그녀도 그의 욕망에 전염되어야 한다고 생각했다. 저항하는 그녀에게 완력을 써야 한다고 생각했다. 그는 그녀의 몸을 돌리려고 하다가 그녀의 스타킹을 찢었다. 하지만 크리스티나는 예상치 못한 힘으로 방어했고, 이상한 소리를 내며 애걸했다. 이윽고 두 사람은 씩씩거리며 마주 보았고, 알렉산더는 몸을 돌려 그녀를 떠났다.

아직 아홉시 전이었다. 알렉산더는 다시 식당에 들러 맥주를 주문했고, 브랜디를 주문했고, 다시 맥주를 주문했다. 웨이트리스의 뒷모습을 쳐다보았고, 검은 치마가 조금만 덮고 있는 허벅다리를 관찰했고, 그녀가 걸을 때 통통한 허벅다리 안쪽이 서로 마찰하는 것을 주시했다(크리스티나의 허벅다리 사이에는 손가락만큼 빈 공간이 있었다). 알렉산더는 할버슈타트의 *하르츠포이어* 레스토랑에서 일하는 이 웨이트리스의 통통한 허벅다리 사이에 자신의 손을 끼워 넣게 해준다면 현역 병사가 받는 월급 80마르크에 국경 수당 40마르크를 더한 금액에서 이미 마셔버린 맥주와 브랜디 값을 뺀 나머지 전액을 당장 내놓을 수 있었다. 그는 시켜놓은 맥주를 다 마시기도 전에 새로 맥주를 주문했고, 웨이트리스에게 물어 그녀 이름이 베르벨이라는 것을 알아냈으며, 흐릿한 희망을 품고 그녀에게 자신이 24시까지만 돌아가면 된다고 말했다. 그녀는 웃었고, 밤나무처럼 갈색인 머리카락을 쓸어 넘겼으며, 재떨이를 치우고 술잔들을 모으고 새로 술을 가득 부은 술잔들을 가지고 왔으며, 대부분 병사들이 차지하고 있는 탁자들 사이에서 물고기처럼 유연하게 움직였고, 사라졌다가 다시 나타나곤 했으며, 그에게 짧지만 의미심장한 시선을 던져주는 듯하기도 했고, 웃을 때면 설치류의 이빨처럼 길게 도드라진 치아를 드러냈다. 그리고 마지막엔 그에게 새 브랜디 술잔 대신 계산서를 갖다 주었고, 그가 내미는 큰 액수의 팁을 사양했으며, 늦지 않게 병영에 도착하려면 지금 출발해야 한다고 엄격한 표정으로 경고했다.

그는 콘크리트 도로를 걸어갔다. 그의 머리 위에서는 줄곧 무너져 내릴 듯한 거대한 별하늘이 펼쳐졌고, 그의 속에서는 줄곧 쏟아져 나올 듯한 레쵸 스테이크가 꿈틀댔다. 그 밖에 그에게는 아무것도 중요한 것이 없었다. 다만 자신이 실제로 병영을 향해 걸어가고 있고, 가는 길에 자동차에 치이지 않는다면—해괴하게도 그런 일은 일어나지 않았다—자발적으로 다시 병영 안으로 들어갈 것이라는 사실만이 놀라울 따름이었다. 그가 침상에 누웠을 때, 어두워서 아무것도 보이지 않는데도 온 세상이 빙빙 돌기 시작했고, 더 이상 눌러놓을 수 없게 된 레쵸 스테이크는 결국 화장실이 아니라 중대 세면장에 있는 스무 개의 세면기 중 하나에 쏟아지고 말았다. 이어서 나타난 하사관은 알렉산더에게 야전복을 입으라고 명령했고(입기가 아주 어려웠다), 두 사람은 함께 병영을 가로질렀다. 알렉산더는 자신이 크리스티나를 사랑하며, 그녀와 그는 서로 '보니'라고, 아니, 포니가 아니라 노래에 나오는 것처럼 *보니*라고 불렀다고 말했다. 그들은 초소에 도착했다. 사람들은 알렉산더의 혁대를 빼서 챙겼고, 그를 작은 방으로 데리고 갔는데, 거기엔 나무 침상 하나밖에 없었다. 침상의 용수철 망 위에는 매트리스조차 없었다. 일요일 아침 여섯시, 알렉산더는 유치장에서 나와 중대 병사들이 일어나기 전에 그가 음식을 토해놓은 세면기를 청소해야 했는데, 세면장에 있는 스무 개의 거울 중 하나에 얼굴을 비춰보니 오른쪽이 온통 용수철 자국으로 뒤덮여 있었다.

그 일요일에 이미 알렉산더는 크리스티나에게 후회의 편지를 썼다. 하지만 지금까지는 매일 편지를 보내왔던 그녀가 이번에는 답장을 보내주지 않았다. 어쨌든 화요일까지 그랬고, 수요일에도 그녀의 편지는 도착하지 않았다. 목요일에 그는 그녀에게 헤어지자고 협박하는 편지를 보냈고, 만일 전투경보가 울리지 않았다면 금요일에 협박을 취소하는 편지를 썼을 것이다.

처음으로 병사들은 무기뿐만 아니라 총알이 각각 30발 들어 있는 탄창도 두 개씩 받았다. 다리가 짧고 목소리가 날카로운 중대장은 집합한 병사들에게 비상사태가 발생했으므로 모 국경지구에서 후방 방위에 투입될 것이라고 알려주었다. 이어서 그는 *칼라슈니코프* 자동소총과 60발의 총탄을 가진 소련군 병사 한 명이 이카루스 모델의 버스를 몰고 이동 중이며, 슈타펠부르크와 브로켄 사이의 국경을 향해 움직이는 것으로 짐작된다고 말했다.

그들은 약 한 시간 반을 달린 후 숲에 이르러 3인 1조로 차에서 내렸는데, 알렉산더는 손을 벌벌 떠는 칼레 슈미트, 그리고 베링어와 한 조가 되었다. 베링어는 내무반에서 벌써 여러 번 이렇게 말한 적이 있었다.

—그 새끼들이 정말로 나를 국경에 데려가면 도망칠 거야!

그들은 숲 속의 길이 갈라지는 지점에 엎드려 있었다. 국경이 어딘지는 잘 알지 못했다. 멀리서 개가 짖었다. 금세 사방이 너무 어두워져서 그들은 서로의 모습조차 볼 수 없었다. 숲 속에서 탁 치는 소리, 삐걱거리는 소리가 들렸고, 여기저기서 발걸음소리가 났다. 칼레는 탄알을 장전하고 보이지 않는 형체들을 향해 군호를 말하라고 요구했다. 마찬가지로 탄알을 장전한 알렉산더는 희미하게 보이는 길을 오랫동안 노려보고 있자니 유령이 보이는 것 같았다. 그는 베링어가 있는 쪽에서 들려오는 모든 말, 모든 소리에 귀를 기울였다.

오후 네시에 임무가 해제되었다. 열두시쯤 그들은 LO[2] 모터가 급히 회전하는 익숙한 소리를 들었다. 교대자들이 도착한 것이었다. 국경에서의 정상적 근무 시간은 여덟 시간이었다. 훈련이 끝나고 국경중대에 배치되면 그들도 그렇게 근무하게 될 터였다. 매일 여덟 시간씩 교대로, 일 년 동안. 알렉산더는 이 긴 시간을 어떻게 견뎌내어야 할지 알 수 없었다. 일 년은 고사하고 *크리스마스가 될 때까지*, 그래서 크리스티나를 다시 한 번 보게 될 때까지 어떻게 견딜지도 알 수 없었다.

알렉산더에게 그 생각이 떠오른 것은 학군단 소속 사관후보생이 알렉산더의 총의 안전장치가 제 위치에 있는지 확인하지 않고 지나가는 순간이었다. 칼레 슈미트와 베링어는 규정대로 점검을 받고 알렉산더보다 먼저 트럭에 올라탔는데, 그 순간 트럭의 바퀴가 뒤로 약간 굴러서 자신을 거의 넘어뜨릴 뻔하자 사관후보생이 운전병에게 욕을 퍼부어댔다. 그 사이에 알렉산더는 짐칸 위로 기어 올라가 칼레 슈미트와 베링어 사이에 앉은 후 입을 다물었다. 그의 무릎 사이에는 여전히 발사 위치에 맞춰져 있는 총이 놓여 있었다. 그는 사건이 일어나면 운전병의 실수 때문에 점검이 제대로 이루어지지 않았다는 사실이 금세 드러날 것이라고 예상했다. 총의 레버가 안전 위치가 아니라 *수동단발* 위치에 있는 것을 알렉산더가 알아채지 못했다고 해도 크게 이상한 일은 아니었다. 그리고 그의 군장 가운데 어떤 부분이 방아쇠에 걸려 총이 발사되고, 그가 '순전히 우연하게' 칼라슈니코프의 총구에 올려놓은 신체의 일부가—알렉산더는 마음대로 그 부분을 고를 수 있었다—예컨대 왼팔이 관통된다는 것도 있을 법한 일이었다. 영원히 병역을 수행할 수 없는 상태로 되는 데에는 이제 몇 밀리미터가 필요할 뿐이었다. 이미 그의 엄지가 방아쇠 위에 놓여 있었다. 길이 울퉁불퉁해지기만 하면, 예컨대 병영 앞의 진입로로 접어들기만 하면 될 일이었다. 그런데 문득 알렉산더는 안전레버가 실제로 *수동단발* 위치에 있는지, 아니면 *연속사격*의 위치에 있는지 확실히 알 수 없었고, 그래서 방아쇠를 당기면 한꺼번에 둘 혹은 세 발의 총탄이 발사될지도 모를 일이었다. 그렇게 된다면 문제는 그의 팔에서 남아나는 게 무엇일까 하는 것이었다.

무기를 반납할 때야 비로소 총탄이 가득 든 탄창이 심지어 발사 위치로 조정된 무기에 들어 있었다는 사실이 드러났다. 중대장이 그를 불렀을 때, 알렉산더는 야단맞을 거라고 생각했고, 어떤 일도 치를 마음의 준비를 갖추었으며, 심지어 밤새도록 얼굴을 침대의 용수철로 누르는 채 잘 생각까지 했다. 그런데 중대장이 상냥한 어조로 말을 시작하자 알렉산더는 그의 말을 고치는 실수를 저지를 뻔했다. 중대장은 양할아버지라고 했던 것이다. 알렉산더는 빌헬름을 할아버지라고 불러본 적이 없었는데, 양할아버지라고 불러본 적도 없었다. 그가 중대장의 말을 고치지 않은 것은 아마도 이 때문이었을 텐데, 아무튼 다행이었다. 중대장은 알렉산더의 할아버지, 그러니까 빌헬름 포빌라이트 동지가 심각한 폐렴으로 인해 입원중이며, 상태가 워낙 위중하니 알렉산더도 '최악의 상황'을 맞을 마음의 준비를 해야 할 것이라고 전해주었다.

알렉산더는 고개를 끄덕이고 충격을 받은 사람의 표정을 지으면서, 그러나 마음속으로는 환호하면서 휴가증을 받았다.

–정시에 귀대하기를 바라네.

아침에 알렉산더는 기차 객실에 앉아 있었다. 한기와 피로가 몰려왔지만 그는 잠을 자고 싶지 않았다. 창밖으로 보이는 풍경은 늦가을의 척박함에도 불구하고 다채롭고 풍성해 보였다. 마을들과 소들, 나무들, 느릿느릿 길을 걸어가는 사람들 등 어디에나 볼거리가 있었다. 그는 검표원의 친절함에, 그가 소리를 지르지 않고 그저 표를 보여달라고 부탁한다는 사실에 감명을 받았고, 설령 별 생각 없이 한 행동이라고 해도 어쨌든 그에게 길을 양보해주는 승객들, 마치 그가 전적으로 정상적인 인간인 것처럼 그와 말을 나누어주는 승객들에게 감동받았다.

여행은 오래 걸렸다. 그는 두 번 차를 갈아타야 했다. 포츠담 중앙역에서 내려 이십 분간 전차를 타고 포츠담의 구시가지까지 가야 했는데, 바로크 풍인 구시가지의 주축(슬란스키를 죽인 클레멘트 고트발트가 이 거리의 이름을 차지했다)은 몇 년에 걸쳐 재개발되었다. 하지만 주축에서 몇 발짝만 벗어나도 아주 평범한, 다시 말해 쇠퇴한 거리로 접어들게 되었다. 원래는 예뻤던 이층 주택들의 전면이 회색과 검은색으로 뒤덮이고, 구멍이 숭숭 난 물받이에서 떨어져 내리는 빗방울로 인해 얼룩이 져 있는, 그런 거리였다. 벽의 모르타르 칠이 남아 있는 건물들에서는 제2차 세계대전 당시의 전투가 남겨놓은 총탄 자국들까지 여기저기서 발견할 수 있었다.

구텐베르크 가 16번지. 초인종은 작동하지 않았다. 대문은 자주 그랬듯이 잠겨 있었다. 파블로브스키 부인은 그녀의 고양이들이 뛰쳐나갈까 걱정스러워 문을 잠가놓았다. 다행히도 그녀는 고양이를 안고 창가에 나타났다. 물끄러미 쳐다보는 것 같더니 그녀는 알렉산더를 알아보았는데, 평소에는 그를 늘 맞서 싸워야 할 침입자처럼 대했음에도 불구하고 이번에는 군복을 입고 대문 앞에 서 있는 그에게 아량을 베풀어 다락 쪽을 가리키며 창유리를 사이에 두고도 쉽게 알아볼 수 있게 입술을 움직여 말했다.

– 내가 말해줄게요!

잠시 후 자물쇠가 돌아갔고 크리스티나가 나타났다. 그녀는 좀 짓구겨진 모습이었고, 소매를 걷어 올리고 앞치마를 목에 걸고 있었다.

– 아, 그녀가 말했다. 그저 아, 라고 했다. 그리고 들어오라는 고갯짓을 했다.

그는 그녀의 뒤를 터벅터벅 따라 걸었다. 복도의 익숙한 냄새(곰팡이 냄새와 고양이 오줌 냄새가 섞인)를 맡았고, 그녀가 물을 받아가는 위층 복도의 반원형 에나멜 세면기를 숙연하게 관찰했으며, 크리스티나를 따라 다락으로 가는 구불구불하고 삐걱거리는 계단을 올라갔다. 다락에 두 개의 점토 목골벽으로 잘라낸 몇 세제곱미터, 그것이 크리스티나의 다락방이었고, 또한 *그의* 다락방이었으며, 거의 일 년 전에 이곳으로 이사 온 후로는 그의 '주소'였고(부모의 반대를 무릅쓰고 이사할 때 그는 아직 학생이었다), 이제는 다시 크리스티나의 방이었다. 첫 순간부터 그는 자신이 방문객처럼 느껴졌다. 당초에 생각했던 것처럼 맨 먼저 군복을 벗어던지고 그녀를 구석으로 밀고 가는 대신 그는 방 안에서 앉을 수 있는 유일한 가구인 두 개의 회전의자 중 하나에 앉았다. 그리고 소매를 걷어 올리고 앞치마를 허리에 단단히 동여맨 크리스티나가 냉장고 옆에 서서 설거지를 하는 모습을 쳐다보면서 그녀의 기분을 알아채려고 노력했다. 그녀가 접시의 물기를 털어내고 잔들을 차곡차곡 쌓고 새로 받은 개숫물을 데우려고 높다란 알루미늄 냄비를 채운 후 침수 전열 히터를 집어넣는 모습을 쳐다보았다. 그녀의 모든 동작들이 그에게는 거의 참을 수 없을 만큼 관능적으로 느껴졌다.

– 커피 마실래, 크리스티나가 물었다.

알렉산더는 커피를 마시고 싶지 않았다.

그가 옷을 갈아입은 뒤(그는 자신의 옷들이 여전히 여기에, 구텐베르크가에 있다는 것을 좋은 징조로 받아들였다) 두 사람은 기차를 타고 노이엔도르프로 가서 부모님께 인사를 드렸다. 이리나는 그들이 저녁을 함께 보내지 않고 *베르크*라고 불리는 클럽으로 가려고 한다는 것을 알고 좀 실망했다(정확히 말하자면 크리스티나가 베르크로 가려고 했다. 알렉산더는 크리스티나와 편안한 저녁을 보내고 싶었지만 그녀가 결단코 춤을 추러 가고 싶어 한다는 사실을 또 한 번 좋은 징조로 받아들였다. 그녀는 벌써 두 달째 혼자 방에서 지냈다고 했던 것이다). 이리나는 급히 '조촐한' 저녁 식사를 차렸다. 그리고 함께 먹었는데, 정확히 말하자면 알렉산더만 먹었다. 평소에 주변 이야기를 전해 듣지 못한다고 늘 불평했으면서도 이리나는 금세 자리에서 일어나 부엌으로 사라지더니 담배를 피우다가 이따금 들여다보면서 애매한 말을 던지곤 했다. 쿠르트에게는 아직 저녁이 너무 일렀고(내 위장이 어떤지 너도 알잖아!), 크리스티나는 이리나가 순식간에 만들어낸 양파 수프를 조금 쿡쿡 쑤시기만 했다. 모르타델라 햄이 든 빵 하나 외에는 배 속에 든 것이 없던 알렉산더만 먹었다. 훈제 돼지 등심과 불가리아 산 치즈를 위장에 쑤셔 넣었고, 결국 크리스티나의 양파 수프까지 먹어 치우면서 다른 사람들의 대화를 듣기만 했다. 대화는 여러 주제들 사이를 어지럽게 오갔는데, 동독의 전반적인 물자부족에 대해, 특히 이번에는 양파 부족에 대해 말이 나왔다가 서방의 석유파동(다행스럽게도 서방에서도 만사형통은 아니었다)으로 이어지더니 다시 속죄의 날 전쟁[3]과 나세르의 군대에 있던 전직 나치들로, 그리고 다시 '성 전쟁'(얼마 전에 서독 텔레비전에서 방송된 다큐멘터리)으로 옮겨 갔다가 현존 세계로, 다시 말해 크리스티나가 일하는 도서관으로(빅토르 하라가 살해될 때 그 현장에 있었던 칠레 망명자를 채용했다고 했다) 되돌아 온 후에 이번에는 독자들의 어리석음에 대해 하릴없이 한탄한 다음, 이윽고 어떤 정치 관련 편람에 이르렀다. 크리스티나와 쿠르트는 서로 죽이 맞아 이 책을 조롱하며 킥킥 웃었는데, 이는 원래

이 책의 거의 모든 페이지에 등장했던 호네커 전임자의 이름이 새판에서는 *완벽하게 제거*되었기 때문이었다. 막 조지 오웰을 읽고 있던 크리스티나는 마치 조지 오웰의 소설 같다고 말했는데, 그녀는 이 말을 하면서 입을, 더 정확히 말하자면 입의 한쪽을 찌푸렸다. 입가를 (오로지 입가만을) 아래위 치아가 거의 다 드러날 만큼 열어젖혔는데, 아이러니하고 냉정한 인상을 주었다. 알렉산더가 모르는 책에 대해 이야기할 때 그녀는 늘 이런 표정을 지었다. 그들은 수다를 떠느라 벌써 시간이 많이 흘렀음을 알게 되었고, 이리나는 택시를 부르고—*이례적으로*—택시비까지 내주었다. 택시가 이미 도착하고, 크리스티나와 알렉산더가 돌계단을 내려가고, 이리나와 쿠르트가 서로를 안은 채 현관문 앞의 발코니에 서서 저마다 바깥쪽의 자유로운 팔을 흔들 때, 그때서야 비로소 그들은 빌헬름 생각이 났다. 이리나와 쿠르트가 샤로테 할머니와 함께 내일 열한시쯤에 크리스티나와 알렉산더를 데리고 병원으로 가기로 약속이 잡혔다.

–아, 군복을 입도록 해라, 쿠르트가 뒤에서 알렉산더를 향해 외쳤다.

알렉산더가 걸음을 멈추었다.

–군복이요?

–그래, 뭐, 할아버지가 좋아하시잖아.

–설마 진담은 아니시겠죠, 알렉산더가 말했다.

그는 쿠르트를 쳐다보았다. 이어서 이리나를, 그리고 다시 크리스티나를. 몇 초 동안 모두들 말이 없었다. 알렉산더가 말했다.

—내일 제가 군복을 입을 거라고 정말로 믿는 건 아니겠죠?

—왜 그래, 그렇게 힘든 일도 아니잖아, 크리스티나가 말했다.

—마지막이 될지도 몰라, 이리나가 말했다.

—네 입장도 이해는 간다, 쿠르트가 말했다.

하지만 그렇지 않았더라면 (즉 빌헬름이 죽지 않는다면) 그의 휴가도 없었으리라는 점도 생각해야 한다는 것이었다. 차 안에서 옷을 갈아입을 수도 있다고 했다. 게다가 할머니가 직접 중대장에게 전보를 보냈다는 사실도 기억해야 할 것이라고 했다. 그리고, 그래, 망할, 얼빠진 짓이긴 하지, 맞아, 하지만 너도 빌헬름이 어떤 사람인지 알지 않느냐.

—갈 거요, 여기서 들놀이나 할 거요, 택시 운전수가 말했다.

두 사람은 택시에 탔다.

베르크 앞에는 여느 때와 마찬가지로 저마다 작은 표를 들고 있는 한 무리의 사람들이 서 있었다. 보드카 한 병이 손에서 손으로 돌아다녔다. 사람들은 창문과 벽을 통과하여 흘러나오는, 고음의 쇳소리로 넘어가곤 하는 음악에 맞추어 몸을 흔들었고, 알렉산더와 크리스티나가 막 도착했을 때는 〈No One to Depend On〉의 2성(聲) 기타 리프가 시작되고 있었다. 이 슬프고 가슴을 찌르는 아름다운 산타나 노래를 델피네 그룹이 팬들의 기대에 부응하여 한 소절 한 소절, 한 음 한 음, 각각의 탄식들까지 똑같이 흉내 내어 연주하고 있었다. 마치 카를로스 산타나가 직접 무대에 서 있는 듯했다. 딥 퍼플의 〈Fools〉도 원본 그대로 연주되었고, 심지어 지미 헨

드릭스 버전의 〈Hey, Joe〉까지 흘러나왔다. 첫 번째 휴식시간이 시작되자 문이 열리고 문지기가 나와 발끝으로 서서 무심한 표정으로 특유의 의식을 진행했다. 이 의식이란 그가 사람들 머리 위로 검지를 빙빙 돌리다가 짤막하게 *너, 너, 그리고 너*라고 말하여 서너 명의 행운의 주인공들을 뽑는 것이었다. 기준이 모호하기는 했지만—어쩌면 바로 그 때문에?—*베르크*의 손님이라면 누구나 알고 받아들이는 선별방식이었다.

크리스티나가 이 선별과정에서 고생하는 일은 한 번도 없었다. 그녀는 문지기의 검지를 자신에게로 향하게 하는 모든 조건들을 완벽하게 갖추고 있는 것이 틀림없었다. 밝은 색의 금발, 물처럼 푸른 눈, 은은한 푸른색의 세련된 가죽 외투, 일부러 단추를 풀어놓은 이 외투 안쪽으로 드러나는 아주 짤막한 아크릴 원피스(외투와 원피스는 서독에 사는 언니가 갖다 준 것이었는데, 말하자면 동독과 서독 사이에 체결된 기본조약[4]의 직접적인 결과인 셈이었다). 크리스티나는 즉시 뽑혀서 알렉산더를 끌고 함께 들어가려고 했다. 지금까지 알렉산더는 이런 식으로 아주 자연스럽게 들어갈 수 있었다.

하지만 이번에는 문지지가 두 사람 사이에 팔을 끼워 넣더니 이렇게 말했다.

–스톱.

–나랑 같이 왔어, 크리스티나가 말했다.

하지만 알렉산더는 문지기의—아마도 호의적인—결정을 기다리지도 않고 몸을 돌려 되돌아갔다.

크리스티나는 알렉산더가 *또 한 번 일을 다 망쳐놓았으니* 적어도 카페 헤르츠로 가서 와인이라도 꼭 마셔야겠다고 고집했다. 뜻밖에도 그들은 자리를 얻긴 했지만, 케이크 판매대 맞은편의 통로에 있는 제일 불편한 자리였다. 거기에 앉아 날카로운 조명을 받으며 로젠탈 산 카다르카를 마시는 동안 크리스티나는 멀찍이 앉아 있는 오랜 친구들에게 인사를 했고, 때때로 누군가 그들에게 다가와 알렉산더의 짤막한 머리를 놀리거나 예절바르게 혹은 심술궂게 혹은 안됐다는 듯 그의 상태에 대해 물었고, 짜증이 난 웨이터가 통로에게 비키라고 해야 비로소 물러났다. 알렉산더는 이 모든 상황에서도 되도록 적절한 표정을 지어 보였고, 적당한 태도를 잃지 않으려고, 불평하지도 화를 내지도 질투심을 느끼지도 않으려고(혹은 적어도 드러내지는 않으려고) 애를 썼다. 군복 이야기도 꺼내지 않았다. 지금 그는 어떤 일이 있더라도 망치고 싶지 않은 단 하나의 목표가 있었기 때문이었다.

집으로 돌아가는 길에서 그는 심지어 유쾌한 기분까지 연출할 수 있었다. 그들이 처음으로 — 그때, 켈러만 하우스에서 — 함께 춤을 추었던 일을 떠올렸으며, 그후에 그가 그녀를 집으로 데려다 주고, 그녀가 그를 전차 타는 곳까지 배웅해주고, 그가 다시 그녀를 집으로 데려다 주고, 그녀가 다시 그를 전차 타는 곳까지 배웅해준 일을 떠올렸다. 크리스티나는 그가 그때처럼 그녀의 허리에 손을 얹도록 허락해주었고, 그는 그녀 허리의 움직임을 느꼈으며, 심지어 외투 안쪽 아크릴 원피스의 자극적인 거친 직물의 감촉까지 느낄 수 있는 듯했다. 그리고 들이마시는 공기가 점점 끈적끈적해지는 가운데 가능한 모든 장면들을 상상했다. 냉장고 앞에서 옷을 위로 밀어올린 장면도, 혹은 좀 차분하게 음악을 틀고 은은한 조명이 비치는 장면도 떠올려 보았다. 그러나 그들이 도착하고 보니 작고 낮은 난로는 이미 몇 시간 전부터 불이 꺼져 있어 방 안의 온도가 바깥 온도와 거의 비슷했다. 크리스티나는 주저 없이 재빨리 옷을 벗고 이불 속을 파고들었으며, 알렉산더는 그녀 옆에 누웠지만 마치 첫 경험을 할 때처럼 어색하게 느껴졌다. 그는 기계적으로, 점점 절망적인 기분이 되어 크리스티나의 몸을 데우려고 애썼고, 이윽고 그녀의 몸속으로 파고들었지만 순식간에 사정하고 말았다. 정액은 많았지만 밋밋한 사정이었다.

아침에 그는 또 한 번 시도했다. 잠에서 덜 깬 상태였고, 입 속에는 술과 담배 냄새가 남아 있었다. 그들은 서로 보지도 않은 채 몸을 비볐고, 많건 적건 서로 합심한 결과 그나마 일을 끝낼 수 있었다.

알렉산더는 난로에 불을 지폈고, 두 계단을 내려가 화장실로 갔으며, 돌아오는 길에 물을 가져왔다. 크리스티나는 아침 준비를 했고, 그는 브라우네 빵집에서 빵을 사려고 다시 한 번 방을 나섰다. 두 사람은 삶은 계란을 숟가락으로 파먹었고, 아직 한 번도 서로의 별명을 부르지 않은 채 '보니'라는 글자가 새겨진 잔으로 커피를 마셨으며, 알렉산더는 크리스티나에게 지금도 자신을 사랑하느냐고 물었다.

그녀는 대답하는 대신 *그가 그녀*를 여전히 사랑하느냐고 되묻더니 그가 읽지 않은 책에 대해 말할 때처럼 입술을 찡그렸고, 알렉산더는 그녀가 늘 믿었던 것처럼 그렇게 아름답지는 않은 건지도 모른다는 생각을 했다. 그런 생각을 하면서도 스스로 놀라지 않았다.

열한시에 그는 아무 말 없이 군복을 입었고, 두 사람은 대문 앞에 나란히 섰다. 쿠르트와 이리나가 새로 장만한 라다[5]를 타고 도착했다. 뒷좌석에 샤로테 할머니가 타고 있었다.

–우리 아이, 할머니가 말했다.

–거봐, 괜찮잖아, 쿠르트가 말했다.

–독일 군인처럼 보이네, 이리나는 이렇게 말하고 가속 페달을 밟기 전에 눈물 한 방울을 닦아냈다.

갓 출고된 인조가죽 냄새가 났다.

라다 1300에 장착된 시계가 열한시 사분을 가리키고 있었다.

1973년 12월 2일이었다.

알렉산더가 제대하기까지는 아직 513일이 남아 있었다.

2001

그는 푹 잤다. 마리온에게 이 사실을 알리고 싶었다. 이번에도 그녀가 옳았다. 정확히 무엇이 옳았던 것인지는 알 수 없었지만. 아마도 그녀는 아직 자고 있을 테고, 그는 그녀를 깨우고 싶지 않다. 그는 다시 한 번 마리온이 있는 쪽으로 몸을 돌리면서 그녀가 거기 있다는 데 만족을 느낀다. 하지만 눈을 떠보니 거대한 이인용 침대의 다른 쪽은 텅 비어 있다.

그는 아무도 손대지 않은 베개를 끌어당겨 짓구긴다.

어쨌든 그는 지난밤에 땀을 흘리지 않았고, 열도 없었으며, 통증이나 구역질에 시달리지도 않았다. 그는 인터넷 카페에 들어가 증상들을 뒤져보았는데, 모두가 아주 불분명했고, 그들의 표현에 따르자면 *불특정*했다. 하지만 한 가지 사실은 부정할 수 없다. 오른손으로 더듬어 만져보니 림프샘은 여전히 부어 있다.

그는 귀에서 오로팍스 귀마개를 꺼낸다. 멍청한 기분을 따라 아무도 손대지 않은, 그러나 이제 짓구겨져 있는 베개 아래에 놓아둔다. 그리고 일어선다.

개들이 아직도 정말 거기 있는지 살펴본다(그렇다).

양치질을 한다. 얼마 전부터 그는 광천수를 사용하는데, 비호지킨림프종이 높은 감염 위험과 결부되어 있다는 글을 인터넷에서 읽었기 때문이다. 그리고 인터넷에서 발견한 기대수명에 대한 글이 마치 아침 기도문이라도 되는 양 거의 한마디도 빼놓지 않고 몽롱한 의식을 거쳐 간다.

모든 종류의 비호지킨림프종에 대해 말하자면, 오 년 연명할 가능성이 남자의 경우 평균 62퍼센트, 여자의 경우 평균 66퍼센트다. 이는 평균치다. 십 년 혹은 그 이상 연명하는 환자들도 매우 많다. 따라서 평균치를 기준으로 하여 개인적인 연명 시기를 추측하는 일은 아무 소용이 없다. 환자가 건강한 생활방식을 유지하면 최대한 오래 연명할 가능성이 커진다.

알렉산더는 엘리베이터를 타고 다섯 층을 내려간다. 얼마 전부터 그는 호텔에서 아침을 먹는다. 건너편 카페의 기름기 많고 무엇이 들어 있는지 알 수 없는 반죽 대신에 이제 뮈슬리[1]를 저어 먹고, 요구르트와 과일들, 그리고—모두 볶거나 설탕을 발라놓기는 했지만—여러 종류의 곡물 박편들도 고를 수 있다. 심지어 유럽 호텔에서 먹을 수 있는 것과 거의 똑같은 호밀빵도 있다. 알렉산더는 식욕부진을 절대 허락하지 않겠다고 다짐하면서 제공된 음식들을 하나도 빼놓지 않고 접시에 담는다.

그리고 커다란 유리창에 가까운 자리에 앉는다. 얼마 후, 스위스 여자 둘이 들어온다. 호텔에서 알게 된 여자들이다. 그들이 옆으로 와서 앉기를 그가 바라는지 아닌지 잘 알 수 없는데, 그에 대한 답을 찾기도 전에 이미 일은 결정되었다. 사흘간의 덧없는, 게다가 아무 미래도 없는 친분만으로도 서로에 대한 의리가 생기기에 충분한 것이 분명했다.

덧붙여 말하자면, 그는 두 사람에게 아무 불만이 없었다. 이름은 카티와 나댜였다. 그들은 아직 서른 살도 되지 않았다. 플립플롭 샌들을 신고 있었다. 그리고 지금 세계여행을 하는 중이다. 그가 알게 된 바에 따르면 그들은 이미 아프리카에 두 달을 머물렀고, 이어서 브라질, 아르헨티나, 티에라델푸에고 섬, 칠레, 페루, 에쿠아도르, 그 밖에 여러 곳들을 거쳤다. 지금 그들은 멕시코시티에, 그들의 전문적인 표현에 따르자면 *데 에페*[2]에 일주일 예정으로 머물고 있는 중이며, 이전에 어디선가 어학코스에도 참가했다. 데 에페를 떠나면 버스를 타고 오악사카 주로 갈 예정이고, 거기서 다시 산 크리스토발 데 라스 카사스[3]나 팔렌케[4]로 갈 것이다(그는 순서를 정확히 외우지는 못했다). 어쨌든 멕시코 여행이 끝나면 시드니로 날아갈 것이며, 거기서 밴을 타고 오스트레일리아의 남동부를—아니면 북서부였나?—그들의 표현을 따르자면, '어지럽히러' 갈 예정이다. 그 다음에는 키위 족을 만나기 위해 뉴질랜드로 갔다가 마침내 방콕으로 날아간 후에—그녀들이 들고 다니는 *백패커*가 권하는 대로—메콩 강 삼각주를 잠깐 들르지 않는다면 곧장 유럽으로 돌아갈 것이다.

그녀들은 모든 정보들이 들어 있는 *세계일주 백패커*를 가지고 있다. 매일 아침, 그녀들은 이 책을 뒤지면서 그날의 여행을 계획한다. 어제는 차풀테펙 공원과 인류학 박물관을 다녀왔는데, 알렉산더도 설득을 당해 그녀들과 함께 다녔다. *백패커*에 따르면 멕시코시티의 인류학 박물관은 세계 최고의 박물관 중 하나이기 때문이기도 했지만, 어쩌면 그 두 여자에게 마음이 있어서 그랬는지도 모른다. 그는 두 여자가 좋기도 했고 싫기도 했다. 둘 다였다.

앞서 말했듯이 두 여자에게 불만을 느낄 것은 없었다. 먼저 그의 곁에 다가오는 카티는 상냥하고 지적인 여성이다. 호텔에 있는 모든 사람들이 그녀를 아름답다고 평가할 것이다. 웃을 때 잇몸이 좀 너무 많이 드러나기는 했지만, 그녀의 반짝이는 하얀 치아는 나무랄 데가 없었다. 자락이 넓은 스커트 아래로 드러나는, 기름기로 반들거리고 깨끗이 제모한, 약간 굽은 정강이뼈도 마찬가지다.

– 헬로우, 카티가 이렇게 말하면서 흰 식탁보로 덮인 사각형의 탁자로 다가와 그의 왼편에 앉았다.

그녀는 말소리가 크고, 알렉산더에게 인사할 때 눈을 크게 뜬다. 방금 감은 곱슬곱슬한 검은 머리카락에 이마를 에워싸는 하얀 머리띠를 둘렀다. 음식에 머리카락이 떨어지는 것을 방지하는 위생용품 같다. 그녀가 많이 바르는 선크림은 아직 피부로 흡수되지 않았고, 미간의 얇은 막 같은 부스럼 딱지로 보건대 털을 뽑아낸 눈썹 사이에 크림을 바르는 것을 잊은 듯하다.

– 그래, 오늘은 어디로 가지? 알렉산더는 이렇게 물으면서 이

질문이 혹시 오늘도 같이 다니고 싶다는 뜻으로 이해될까 봐 걱정되었다.

–프리다 칼로 미술관에 갈 것 같아요, 카티가 말한다. 거기 가본 적 있어요?

–아니, 알렉산더는 이렇게 대답하면서 칼로에겐 별로 관심이 없다는 인상을 주려고 했다.

–트로츠키의 집도 그 근처 어디에 있어요, 카티가 말한다.

그때 나다가 와서 앉는다. 나댜는 카티보다 키가 좀 작고, 모든 면에서 카티보다 좀 '덜하다'. 치아도 덜 하얗다. 그 대신 그녀의 것은 아마도 천연의 치아일 것이다. 머리카락의 색깔도 덜 선명하다. 그 대신 그녀는 깊게 파인 분홍색 소매 없는 상의를 입고 있는데, 섹스를 할 때 흥분을 위해 쓰는 끈을 연상시키는 복잡한 끈이 달려 있다. 옷이 그토록 눈에 띄는데도 그녀는 있는 듯 없는 듯했고, 움직임도 조용했다. 그녀는 의자와 탁자 사이를 소리 없이 미끄러지듯 파고들고, 그녀의 입에서 빠져나오는 인사말은 가벼운 숨결과 별로 다르지 않으며, 그녀의 눈길도 알렉산더를 휙 스칠 뿐이다. 상대를 무시하는 건지 눈길을 피하는 건지 알 수 없다. 알렉산더에게는 나댜의 전공이 커뮤니케이션학이라는 게 왠지 좀 이상하다. 그 밖에도 그녀는 독어독문학, 심리학, 인도학을 공부하고 성악도 약간 배운다(약간 배운다는 게 무슨 말인지는 그도 이해하지 못했다). 반면, 카티는 '오직' 법학과 정치학, 관광경제학만 공부한다. 더 정확히 말하자면 '공부했다'.

–어때, 오늘 프리다 칼로 보러 갈래? 카티가 나댜를 향해 묻는다.

나댜는 계속 흘러내리는 어깨끈을 잡아 올리면서 어깨를 약간 움찔한다.

– 트로츠키도 바로 근처에 있대, 카티가 설명한다.

– 트로츠키? 나댜가 윗입술을 코 바로 아래까지 치켜 올린다.

카티에게 떠오른 생각이 있었다.

– 트로츠키도 공산주의자였어요. 아저씨 할머니처럼.

불행히도 알렉산더는 두 사람에게 샤로테 이야기를 해주었다. 그의 조부모가 공산주의자였다는 이야기를 듣고 카티는 사람이 들어앉아 있는 화장실 문을 잘못 연 사람처럼 소리 없이 입모양만으로 '오'라고 했다. 그런데 지금은 그 사실에 흥미를 느끼는 모양이다.

– 그분들, 서로 알고 지냈을 수도 있겠네요?

– 아마 그렇지는 않았을 거야, 알렉산더가 말했다.

알렉산더는 지금 빌헬름의 이야기도 해줄 수 있을 것이다. 예컨대 빌헬름의 정보기관 활동에 관한 추측들에 대해. 빌헬름은 언제나 부인했지만, 그러면서 또 한편으로는 추측을 부채질하는 데 능숙했다. 트로츠키 이야기가 나오면 마치 무언가 숨길 것이 있는 듯한 표정을 지어 보였는데, 사실 관계를 따져보면 그는 기껏해야 트로츠키가 살해되기 직전에 멕시코에 도착한 것으로 짐작된다. 그에 대해서조차도 확실한 것은 알 수 없었다. 알렉산더는 조부모의 집에서 트로츠키 암살 시도에 가담했던 자를 직접 만난 적이 있다는 이야기도 할 수 있을 것이다. 우습게도 이것은 사실이었다. 물론 그 멕시코 화가 알파로 시케이로스가 멕시코에서 감옥 생활을 했던 것이 그의 '참여 예술'과 '노동자의 대의를 위한 활동' 때문만이 아니라 경기관총으로 레오 트로츠키를 살해하려고 시도했던 때문이기도 했다는 사실을 알렉산더가 알게 된 것은 그 화가가 동독을 방문한 지 이십 년이 지난 후였지만 말이다. 희한하게도 알파로는 트로츠키의 침실 한가운데에 서 있었음에도 불구하고 그를 죽이는 데 실패했다.

그런 이야기들을 할 수도 있었지만, 알렉산더는 하지 않는다. 그 대신 식탁으로 토스트와 커피를 가지고 왔고, 삶은 계란도 가져 왔다. 다시 자리로 돌아와 보니 두 여자가 오늘의 일정을 결정한 것 같았다. 하지만 묻지 않는다. 그도 묻지 않고, 그녀들도 묻지 않는다. 그러자 기분이 좀 상한다. 기분이 상하는 것이 화가 난다.

한 시간 후, 그는 지하철에 앉아 있다. 그의 시간 계산으로는 일요일인데, 일요일의 고요함이라고는 흔적도 없다. 지하철은 평소보다 더 붐비는 듯하고 사람들은 즐거운 표정들이다. 알록달록한 의상을 입고 멕시코 국기를 손에 든 사람들도 많다. 멕시코의 일요일은 늘 이런가? 그는 한 번 환승하여 *인디오스 베르데스* 행으로 갈아탄다. 여기, 거대한 버스 터미널 가장자리에 손으로 쓴 *테오티우아칸*이라는 표지판이 달린 덜덜거리는 버스가 서 있다. 앞 유리창 안쪽으로는 안전상 상당히 위험해 보일 만큼 큰 국기가 걸려 있다.

운전수는 버스에 사람이 가득 들어찰 때까지 기다린다. 이윽고 버스가 출발하자 달리는 중에 한 청년이 지나다니면서 요금을 받는데, 차표는 없고 요금은 일인당 30페소다.

버스는 변두리 혹은 변두리의 변두리를 거쳐 간다. 이 지역들과 비교하자면 소년들이 그의 돈을 강탈해간 구역은 차라리 부유하다고 해야 할 것이다. 개미언덕처럼 보이는 지구들, 나란히 늘어서 있는 회색의 상자 같은 집들. 주거구역과 간선도로 사이에는 철조망이 쳐져 있다. 사람들이 들어가는 것을 막으려고 쳐놓은 것인지, 아니면 나오는 것을 막으려고 쳐놓은 것인지 알 수 없다.

길은 생각했던 것보다 멀다. 하긴 무슨 생각을 했단 말인가? 버스는 이제 초원처럼 보이는 풍경을 가로질러 굴러간다. 문명의 쓰레기들. 요란한 색깔의 비닐봉지들이 달라붙어 있는 선인장들.

그는 아주 작은 흑백 사진 하나를 떠올린다. 테오티우아칸의 태양 피라미드 앞에 선 할머니. 사진에 찍힌 모습은 거의 알아볼 수 없다. 선인장 하나도 함께 찍혀 있었던 듯하다. 선인장 옆에 선 할머니는 밝은 색의 옷을 입고 있었는데, 치마가 넓었고 블라우스는 위쪽까지 단추가 채워져 있었다. 아주 점잖고 문명화된 인상을 주는 그녀는 영화 〈킹콩〉에 등장하는 하얀 옷을 입은 여자처럼 보이기도 했다. 그리고 그녀 뒤로 검게, 실루엣처럼 피라미드가 서 있었다. 할머니가 도시 한복판에 피라미드가 서 있는, 버려진 도시에 대해 이야기해주었을 때, 그는 이 도시가 아침에 유치원에 가며 보는 길과 비슷할 거라고 생각했다. 텅 빈 거리, 어두움, 아직 꺼지지 않은 가스등. 아침저녁으로 자전거를 타고 노이엔도르프를 돌아다니면서 갈고리가 달린 기다란 막대로 가스등을 켜거나 끄는 호리호리한 남자는 새로운 태양으로 부활하여 대지 위로 솟아오르기 위해 피라미드 꼭대기에서 불 속으로 뛰어드는 작고 흉하게 생긴 신과 비밀스런 방식으로 연결되어 있다.

혼자서 길에 나서기를 잘했다는 생각이 든다. 어제 갔던 박물관은 갑갑했다. 그는 자신이 박물관을, 설령 세계 최고 수준이라고 해도, 견디지 못하는 게 분명하다고 생각한다. 이제 그걸 인정해야 할 때가 되지 않았을까? 꽉 찬 공간, 수많은 사람들, 군중은 그를 짓누른다. 두 스위스 여자들의 인내심에 경의를 표해야 하는 것인지 모르겠다. 그 역시 그녀들을 따라 오디오 가이드를 빌렸고, 한동안 그 정보와 지시들을 좇으려고 했지만 결국 신경질이 나서 기계를 꺼버렸다. 그리곤 두 시간 동안 실로 정처 없이 무수한 전시품들과 방문객들 사이를 헤매었다. 빌헬름의 소매에 달려 있던 은단추들을 통해 이미 알고 있던 아즈텍의 돌 달력이 갑자기 엄청나게 크고 단단한 모습으로 그의 앞에 나타났지만, 그를 이런 상태로부터 벗어나게 해주지는 못했다.

박물관을 나와서는 차풀테펙 공원에서 한 시간 동안 머물렀다. 알렉산더는 벤치에 앉았다. 박물관에서 줄곧 서로 소곤거리고 무엇에 대해선지 킥킥거리기를 멈추지 않아 그를 화나게 했던 두 여자가 풀밭에 눕더니 곧장 잠이 들어버렸다. 나중에 그들이 카페에 앉아 있을 때 알렉산더는 대화를 다시 한 번 박물관으로 이끌 기회를 찾았지만, 두 사람이, 특히 그 자신이 박물관에서 보고 들은 것들을 모조리 잊고 말았다는 사실만 확인했다. 이십 분 동안 잠을 자는 사이에 모든 것들이 마치 환각처럼 그들로부터 빠져나가고 만 것이 분명하다고 그는 확신했다. 그러나 그에게 떠오른 의문, 즉 아즈텍 사람들이 낙원에 대한 믿음을 갖고 있었는가 하는 의문에 대해서는 두 여자가 꽤 괜찮은 대답을 했다. 오디오 가이드에 따르면 아즈텍 사람들은 낙원에 대한 강한 믿음을 갖고 있었으며, 전쟁에서 전사한 사람들과 제단에 제물로 바쳐진 사람들, —카티가 말한 대로 아이들이었나? 아니면 나댜가 기억한 대로 분만을 하다가 죽은 여자들이었나? —아무튼 이런 사람들만 이 낙원으로 들어갈 수 있다고 믿었다.

낙원에 대한 질문을 계기로 대화는 죽음 이후의 세계에 대한 관념들 사이의 공통점과 차이점으로 넘어갔고, 결국 종교 전체에 대한 이야기로 이어졌는데, 이 대화를 통해 분명해진 것은 카티와 나댜가 세계의 거의 모든 종교들에 대해 어느 정도 알고 있을 뿐만 아니라 이미 여러 종교들을 직접 수행하고 있거나 수행한 적이 있다는 사실이었다. 카티는 몇 주에 걸쳐 아쉬람[5]에서 산 적이 있고, 스위스에서 티벳 불교 학교를 정기적으로 다니고 있으며, 그럼에도 동정녀 마리아의 소상(小像)을 여행 가방에 넣고 다녔다. 나댜는 카티와 마찬가지로 달라이 라마를 존경했고, 아이티에서 부두교 마술을 탐구했으며, 탄트라 강좌를 다녔고, 수정의 치유력을 믿었고, 카티와 마찬가지로 자신이 실은 외계 문명의 사절이라는 게 완전히 불가능한 이야기는 아니라고 생각했다.

알렉산더는 테오티우아칸으로 가는 버스에 앉아 그들이 얼마나 쉽게 이 모든 이야기들을 술술 풀어냈는지, 이 모든 것들을 얼마나 수월하게, 당연한 듯이 연결시켰는지, 이 새로운 세계종교가 얼마나 공기처럼, 순식간에 휘갈긴 수채화처럼 가벼웠는지 놀라울 뿐이라고 생각한다. 그리고 이 겨울에, 모든 것들이 파열되고 새들이—말 그대로—하늘에서 떨어지던 이 세기의 겨울에 그가 그것을 만났을 때, 얼마나 힘들고 터무니없고 폭력적이었는지를 떠올린다. 그는 기억을 되살리려고 한다. 그것이—그래, 그게 도대체 무엇이었지?—그를 만졌던, 혹은 그를 향해 몸을 돌렸던, 혹은 자신을 드러냈던 그 순간을 떠올리려고 애를 쓴다. 하지만 기억나지 않는다. 그 순간은 기억에서 사라졌으며, 그는 오로지 그 이전과 그 이후만을 기억할 수 있을 뿐이다. 그가 여러 날 동안(여러 날 동안이었던가?) 철거중인 초라한 건물의 마루에 드러누워 고통이 자신의 내부를 갉아먹는 것을 무기력하게 추적하던 것이 기억난다. 어둠도 기억난다. 욕창이 생긴 허리뼈가 기억난다. 그리고 그 이후도 기억한다. 해방된 기분, 깨달음을 얻은 기분이, 어느 날 아침 미지근한 재가 든 통을 들고 뒷마당으로 가서 거기 서 있던 것이, 그리고 눈을 들어 그것을 본 것이 기억난다. 거기 위쪽에, 뒷마당 포플러의 검은 가지 사이에 그것이 있었다.

몸에서 일어난 화학작용? 순전한 광기? 아니면 통찰의 순간? 그 후 여러 날 동안 그는 황홀경에 빠진 사람처럼 웃으며 거리를 걸었고, 녹슨 가로등 하나하나가 기적처럼 느껴졌으며, 쉰하우저 가의 고가 선로를 덜컹거리며 지나가는 노란 전차들을 보는 것만으로도 행복한 기분이 들었고, 그렇게 웃고 있는 그의 얼굴을 거리낌 없이 빤히 쳐다보는 아이들의 눈 속에서 그는 그것을 여러 번 보았다. 그리고 무신론자로 자란 그로서는 어떤 단어로도 그것을 표현할 수 없었다.

오만함이 그의 죄인가? 이제 영원히, 모든 것들에 대해 저항력을 갖게 되었다고 실제로 믿은 것이 죄인가? 아니면 그 모든 것을 어떤 식으로든 억압하고 부정한 것이 죄인가? 그는 후회를 강요당하고 있는 것인가? 마침내 메시지를 인정하는 법을 배워야 하는 것인가? 두 스위스 여자들이 그토록 쉽게 말하는 그 이름을 불러야 하는 것인가?

테오티우아칸 시의 주차장에는 알렉산더가 기대했던 것보다, 그가 염려했던 것보다 더 많은 차들과 버스들이 서 있다. 도착하는 사람들이 한 무리씩 기념품 가게들을 지나 입구로 간다. 입장권이 판매되고 있다. 날씨가 덥고 먼지가 많다. 관광객 행렬들이 천천히 죽은 *자의 길*을 따라 움직인다. 과거 이 도시의 핵심 간선도로였다. 도로에 계단이 있다. 아즈텍 사람들은 바퀴를 몰랐다. 그래서 매끄럽게 포석이 깔린 넓은 간선도로에는 오늘날까지도 바퀴가 달린 것들이 오가지 않는다. 쨍쨍한 햇볕을 받으며 좌우로 서 있는 기념품 행상들조차도 보잘것없는 그들의 상품을 들고 와서 가벼운 접는 탁자에 올려놓거나 몸에 걸거나 작은 판매대를 멜빵에 메고 판다.

행상 한 사람이 알렉산더에게 말을 걸더니 몇 걸음 따라온다. 남자는 키가 작고 이미 젊은 시절은 지났다. 그의 손톱들은 그가 파는 작은 흑요석 거북들처럼 까맣다. 흑요석, 지난날 제물이 된 사람의 심장을 살아 있는 채로 갈비뼈에서 도려내던 사제들이 사용하던 칼도 이 광물로 만들었다. 알렉산더는 거북을 손에 쥐어본다. 관찰하기 위해서가 아니라 흑요석의 감촉을 느껴보고 싶어서다.

남자는 그를 설득하면서 자기가 직접 손으로 거북을 만들었다고 확언하고 값을 낮춘다. 50페소에서 40페소로. 4달러다. 알렉산더는 거북을 산다.

이제 그는 태양 피라미드 앞에 서 있다. 그의 할머니가 육십 년 전에 서 있었을 바로 그 자리다. 그는 도대체 자신이 무엇을 기대했던 건지 스스로에게 물어본다. 저기 저 위, 피라미드의 꼭대기가 비어 있기를 바랄 만큼 자신이 정말로 그렇게 어리석었던 것일까? 저기서 단 한 순간만이라도 돌들과 함께 혼자가 될 수 있을 거라고 기대했던 것일까? 그는 기억이 나지 않는다. 거기 서서 피라미드를 노려본다. 거북의 껍질을 칼의 손잡이처럼 움켜쥐고 있다. 그리고 절망감이 그를 제압하기 전에 돌진한다. 갈색의 트래킹화가 그의 눈앞에 번갈아가며 나타난다. 하나는 먼지로 덮여 있고, 하나는 깨끗하다. 계단 수가 248개라고 *백패커*에서 읽은 듯하다. 세계에서 세 번째로 큰 피라미드인 것이다. 그는 깨끗한 신발만 센다. 중간에 쉬지 않고 끝까지 올라가야 한다. 그것만이라도 해내자. 하지만 이 인디언 부족이 쌓아놓은 계단은 명백히 독일의 산업규격을 벗어난다. 그는 자신의 걸음이 너무 빠르다는 것을 느낀다. 자신의 몸 안에서 무슨 일이 일어나고 있는지 안다. 조만간 근육의 젖산 농도가 올라간다. 허벅다리의 통증이 증가하면서 동시에 피로감도 증가한다. 한동안 그는 몸을 속일 수 있기라도 한 듯 이에 맞선다. 걸음이 느려진다. 심장의 펑음이 머리까지 파고든다. 폐활량이 한계에 이른 듯하다. 깨끗한 신발을 아흔여섯 번 세었다. 기침이 시작되자 그는 포기하고 앉을 수밖에 없다.

머리를 두 손에 괴고, 계단을 이루고 있는, 구멍이 많은 주사위 모양의 회색 돌들을 쳐다본다. 그가 방금 추월한 사람들이 좌우에서 그를 지나친다. 플립플롭 샌들을 신은 여자들이 나타난다. 높은 통굽 신발을 신은 여자도 있고, 빨간 하이힐을 신은 여자도 있다. 다시 플립플롭 샌들이 나타난다. 두 쌍인데, 그를 향해 무섭게 다가온다. 한 쌍은 까맣고, 한 쌍은 분홍색이다.

검은 쌍이 먼저 걸음을 멈춘다. 깨끗이 제모한, 약간 굽은 정강이뼈가 기름기로 반들거린다.

–컨디션이 놀랍네요, 카티가 말한다.

–트로츠키에게 가는 줄 알았는데, 알렉산더가 말한다.

–시내가 너무 붐벼요, 카티가 말한다. 국경일이라서.

뜻밖에도 두 사람 모두, 나다까지도 이렇게 우연히 만난 것이 즐거운 모양이다. 두 사람은 알렉산더가 꼭대기까지 함께 가줄 것이라고 기대하는 것이 분명하다. 하지만 그가 더 올라가지 않겠다고 하자 놀라고, 거의 기분이 상한 듯하고, 심지어 좀 걱정이 되는 눈치다.

–어디 안 좋아요? 문제가 있어요?

–아니, 알렉산더가 말한다. 여기서 기다릴게.

그는 그냥 계단에 앉아 보기만 한다. 그를 지나쳐 올라가는 사람들을 쳐다본다. 야구모자를 쓴 사람들, 새로 산 솜브레로를 쓴 사람들, 짧은 바지를 입은 사람들. 백팩과 사진기를 멘 사람들, 화려한 색의 티셔츠를 입은 뚱뚱한 사람들, 네 발로 걷는 사람들, 땀을 흘리는 사람들, 조그마한 멕시코 국기를 든 아이들(국경일이다)과 함께 걷는 사람들, 금사슬을 목에 두른 남자들, 여행용 지팡이를 짚고 가는 나이 지긋한 신사, 요란하게 영어로 떠드는 사람들, 아무 특징이 없는 사람들, 사흘 동안 면도하지 않은 듯한 창백한 청년, 꽃들이 그려진 셔츠를 입은, 카카오처럼 갈색인 남자들, 숄을 쓴 여자, 레게 머리를 하고 파인애플을 들고 지나가는 청년, 양복을 입은 일본 남자들 그룹, 꽉 끼는 셔츠를 입고 배가 조금 드러나는 날씬한 소녀, 꽉 끼는 셔츠를 입고 배가 조금 드러나는 뚱뚱한 소녀, 이들 모두가 올라가고, 비틀거리며 나아가고, 기어가고, 타고 오르고, 행군하고, 잔걸음으로 걷고, 헐떡이며 오르고 있다. *사람이 신이 되는 장소* 테오티우아칸을 향해. 그리고 다시 내려온다. 겉모습은 전혀 달라지지 않은 채.

– 어땠어? 알렉산더가 묻는다.

– 끝내줘요, 카티가 말한다. 전망이.

그들은 함께 내려간다. 그리고 *죽은 자의 길*을 끝까지 걸어간다. 나다는 *백패커*를 소리내어 읽고(다섯 번째 세상의 태양으로 부활하기 위해 자신을 제물로 바치는 신에 대한 이야기가 간략하게 영어로 적혀 있다), 출구 근처의 커다란 기념품 가게에서 소름끼치는 새까만 흑요석 가면을 산다. 아이티의 부두교 가면을 연상시킨다고 한다.

카티는 흑요석으로 만든 목걸이를 사는데, 그녀의 짙은 머리색에 잘 어울린다.

흑요석으로 만든 거북도 있다. 알렉산더는 좀 전에 샀던 거북을 여자들이 모르게 살그머니 다른 거북들 사이에 놓는다. 가게의 판매대에 진열되어 있는 수백 개의 거북들 사이에.

가격은 25페소다.

1976

크리스마스 날 아침, 이리나는 다른 과일들과 함께 수도원 거위의 배 속을 채울 살구를 주사위 모양으로 썰었다. 이 살구가 어디서 왔는지 설명하려면 그녀는 발에 대한 이야기로부터 시작해야 할 터였다.

쿠르트는 이 이야기를 수도 없이 해왔다. 이리나는 언제 처음 그 이야기를 들었는지도 기억나지 않았다. 1943년 가을, 나무가 쓰러지면서 쿠르트의 발을 망가뜨렸다. 그때 젊은 소바킨 중위가 쿠르트의 목숨을 구해주었다. 그는 이미 기력이 거의 소진된 쿠르트가 병원에 입원하게 되는 것을 막고(병원에서 배급되는 빵은 더 적었다), 한동안 야경원으로서 24시간 줄곧 가동되는 타르 난로 곁에서 일할 수 있도록 조치해주었다. 가까운 곳에 감자밭이 있어서 제법 수입이 짭짤한 일이기도 했다. 쿠르트는 나중에 형벌이 '영구 추방'으로 바뀌고 나서 대위가 되어 있던 소바킨과 함께 수용소 관리소의 사무실에서 서양장기를 두었다. 그때 두 사람은 정의와 사회주의에 대한, 드물게 허심탄회한 토론을 했고, 서로 친구가 되었다. 그리고 두 사람이 동시에 한 여자를, 즉 그녀, 이리나 페트로브나를 사랑하게 되었을 때 다시 사이가 멀어졌다.

그들이 동독으로 이주하고 난 후에는 소바킨과의 관계도 끊겼다. 그는 과거의 일화에 등장하는 인물, 현재로부터 분리된, 현실감이 사라져가는 먼 과거의 세계에 등장하는 인물이 되었다. 그런데 올해, 뜨거운 어느 여름날 오후 세시 반쯤 쿠르트가 국가안전부로부터 전화를 받게 되었는데, 격앙된 목소리의 상대방이 그가 1941년부터 1956년까지 북우랄 지방 슬라바에서 살았던 쿠르트 움니처가 맞느냐고 묻더니 소련의 장군 한 사람이 그를 만나고 싶어 한다는 것이었다.

몸무게가 거의 백 킬로그램이나 불어난 소바킨은 이리나를 다시 만난 것이 너무 기쁜 나머지 거의 그녀를 압살할 뻔했다. 쿠르트가 학자로서 성공적으로 살아가고 있는 데 대해서도 아이처럼 기뻐했고(옛날에도 그는 쿠르트를 *움니차*—러시아어로 대략 '영리한 머리'를 뜻하는 말이다—라고 불렀던가?), 남의 소파, 말하자면 쿠르트의 소파에 당연한 듯 앉아 보드카를 한 병 마셨으며, 그가 필경 오고 말 것이라고 생각하는 제3차 세계대전에 대한 기이한 이야기들을 질리도록 들려주었고, 헤어질 때는 아직 거의 새 차인 라다의 천장에 부딪쳐 접시 크기만 한 자리가 움푹 들어갔다.

아직 거의 새 차인 라다 천장에 이렇게 혹을 만들어놓은 때문인지, 아니면 정의와 사회주의 혹은 어떤 다른 이유 때문인지 모르겠지만, 두 달 후 우편배달원이 커다란 소포를 푹스바우로 가지고 왔을 때, 벽돌처럼 무거운 그 소포 안에는 까만 러시아 캐비아가 가득 들어 있었다.

쿠르트와 이리나는 캐비아를 아주 조금 맛보았다(그들은 캐비아를 별로 좋아하지 않았다. 슬라바에서는 생필품이 항상 부족했는데, 하필 스탈린이 죽던 해 여름에 까만 캐비아를 가득 실은 화물열차가 '배급'이라며 도착한 적이 있었다. 그때 쿠르트와 이리나는 캐비아를 너무 많이 먹은 나머지 이리나가 일종의 단백질 알레르기 증상을 일으켰고, 그후 몇 달 동안 과도한 캐비아 섭취로 인해 스탈린이 죽자마자 태어난 아기에게 나쁜 영향이 미치지 않았을까 걱정해야 했다). 여하튼 캐비아를 아주 조금만 맛본 뒤에, 나머지는 모두—흥청망청한 파티가 끝난 후에 늘 그렇듯—샴페인과 함께 아침을 먹을 때 친구들에게 내놓았다. 하지만 소바킨의 캐비아 대부분은 상점의 판매대 아래 혹은 뒷방에서 상품들이 은밀하게 유통되는 과정에서 뇌물과 지불수단으로 사용되었다.

암 슈테른[1]에 있는 화랑에서 이리나는 캐비아를 주고 인기 좋은 발덴부르크 도자기[2]와 갈색의 잿개비들이 달라붙어 있는 사기그릇들을 구입했고, 이것들을 다시 지붕 창문들을 구입할 때 뇌물로 썼다. 나중에 쓰지 않고 남은 지붕 창문 하나를 승용차 뒤에 단 트레일러에 싣고 핀스터발데로 가서 좀더 폭이 넓은(100센티미터) 지붕 창문으로 바꾸었고, 다시 얼마 후에 뤼겐 섬의 그로스치커에 사는 어부 에베를링이 이 창문을 가지고 가면서 뱀장어 한 상자를 남겨놓았다. 쿠르트는 이 뱀장어를 차고 뒤쪽의 은밀한 작은 비품실에서—물론 불법으로—훈제했다.

동독에 발을 디딘 후 자기가 까다로운 사람은 아니라는 것을 증명해 보이고 싶어 하던 나데시다 이바노브나는 이 뱀장어 중 두 마리를 먹었다(너희는 그 좋은 빵을 먹어라, 나야 뱀으로 족하다). 이리나는 사샤를 위해 세 마리를 보관해두었지만, 사샤는 그의 말에 따르면 '이 동물의 삶의 의지에 대한 존중심에서' 먹기를 거부했다(하지만 그가 어렸을 때는 뱀장어를 즐겨 먹었다!). 고깃간 주인도 훈제한 뱀장어 세 마리를 받았는데, 그는 이리나를 위해 그 유명한 '눈먼 꾸러미'를 싸주었다. 내용물(볼깃살 스테이크, 훈제한 돼지 허릿살 혹은 삶은 햄 등)이 다른 고객들에게 알려져서는 안 되는 포장물이었다. 자동차 수리공도 세 마리를 받았다. 서점 주인은 한 마리. 끝으로 이리나의 옛 동료 한 사람도 두 마리를 받았는데, 앞서 말한 말린 살구는 바로 그녀의 아버지가 가꾸는 아담한 주말농장에서 자란 것들이었다. 이리나는 살구 외에도 마르멜로와 껍질이 두꺼운 겨울 배의 껍질을 벗긴 후 주사위 모양으로 잘랐고, 이것들을 미리 물에 담가놓은 살구, 러시아 가게에서 사서 반으로 잘라놓은 무화과, (포도 대신 사용하는) 건포도, (직접 카푸터 언덕에서 주워 온) 식용 밤들, 그리고 좀 딱딱하여 얇게 자른 쿠바 산 오렌지(이것은 아주 정상적으로 가게에서 산 것이다!)와 함께 냄비에 넣고 다량의 버터와 섞어가며 데우고, 아르메니아 산 코냑으로 맛을 낸 후 그것으로 크리스마스 거위의 속을 채웠다. 이리나가 삼백 년이나 된 조리법에 따라 요리하는 이 거위는 부르군트 지방의 수도승들이 처음 조리법을 개발했다고 해서 *부르군트 수도원 거위*라고 불렸다.

거위는 거의 5킬로그램에 달했지만, 속을 비우고, 씻고, 소금을 치고, 여기저기 찔러서 작은 구멍을 내고, 다시 속을 채워 오븐에 넣으면서 이리나는 이게 모두가 먹기에 모자라지는 않을까 하는 당혹스러운 물음에 부딪치게 되었다. 그녀는 사람 수를 세어보았다. 일곱 명이었다. 샤로테와 빌헬름 말고도 올해에는 그녀의 어머니도 함께 있었다. 그리고 사샤도 새 여자친구와 함께 올 터였다.

이리나는 내장도 볶기로 했다. 심장, 위장, 간. 대개 그녀는 내장을 이튿날에 볶아서 데워놓은 거위의 남은 부분과 함께 크리스마스 축제기간 내내 차근차근 먹었다. 그건 최고의 맛이었다! 이리나는 질긴 위벽과 간의 달콤한 맛을 좋아했지만, 쿠르트는 내장도 싫어했고 뼈를 뜯어먹는 것도 싫어했다. 또한 내색은 하기 싫어했지만 사실 데운 음식도 달가워하지 않았다. 하지만 그녀는 그를 알고 있었다. 그는 이틀에 걸쳐 같은 음식을 먹는 것을 좋아하지 않았던 것이다.

이리나는 내장을 한 입에 먹기 좋은 크기로 잘라 후추를 듬뿍 친 후에 야자 기름이 뜨겁게 달아오른 냄비에 붓고 낮은 불로 지글지글 끓였다. 그 중간에 육즙 소스를 준비했는데, 이게 수도원 거위의 핵심이자 가장 중요한 요소였다. 코냑과 꿀, 포트와인을 섞은 소스는 거위에게 반쯤은 꿀로, 반쯤은 과당으로 이루어진 달콤하고 새까만 껍질을 입혀주었다. 부르쿤트 지방에서 살던 수도승들은 그럴듯한 삶을 살았던 모양이었다. 그런데 부르군트가 어디였지?

부르군트 거위를 제외하고 크리스마스 음식들은 모두 독일 식이었다. 붉은 양배추와 녹색 양배추 외에도 튀링엔 경단(경단들 중에 만드는 법이 제일 까다롭다), 경단을 먹지 않는 쿠르트를 위한 감자,

전채요리로 영양이 풍부한 무 샐러드, 후식으로 빨간 과일 오트밀, 식사 후 커피를 마실 때 먹을, 직접 구운 크리스마스 슈톨렌[3]이 있었다. 이 모든 것들을 남을 만큼 많이 만들어야 했다. *혹시 음식이 모자라지 않을까* 하는 걱정만큼 이리나를 불편하게 하는 감정은 없기 때문이었다. 어린 시절 내내 이런 걱정을 해야 했다. 어린 시절 내내 빵을 구하려고 줄을 서야 했다. 어린 시절 내내 반쯤 상한 감자를 먹어야 했다(반쯤 상한 감자부터 골라 먼저 먹었기 때문에, 결과적으로 *언제나 오로지* 반쯤 상한 감자만 먹게 되었다). 어린 시절 내내 그녀는 겨울이 시작될 때부터 첫 혹한이 밀려올 때만 기다렸는데, 바깥 온도가 영하 오십 도에 이르러 얇은 판자로 엮어놓은 우리 안에 살던 돼지의 발굽에 동상이 생기고 난 후에야 비로소 마르파 할머니가 일 년 내내 음식 쓰레기를 먹여 키운 여윈 돼지를 잡았기 때문이었다.

불쌍한 돼지, 이리나는 생각했다.

그녀는 빨간 양배추 머리의 바깥쪽 털들을 뜯어내었고, 커다란 칼을 들고 칼등을 세게 눌러 양배추를 두 동강 내었다. 다시 한 번 그녀는 자신이 그 모든 것들로부터 벗어났다는 사실에 안도의 한숨을 내쉬었다. 이리나 페트로브나, 그녀는 까맣고 곱슬거리는 머리카락을 지닌 아이였다. 다른 아이들은 그녀의 머리카락을 두고 *아버지가 어떤 사람인지* 알겠다며 놀려대었다.

나데시다 이바노브나의 방문이 길게 삐걱거리는 소리를 내며 열렸다. 그녀의 어머니가 부엌에 나타났다.

–포모치 테베?

도와줄까, 라는 말이다. 하지만 이리나는 도움이 필요없었다. 오히려 어머니가 냄비 안을 들여다보는 것이 방해가 될 뿐이었다.

—내장은 내가 먹을 테니 남겨둬라, 나데시다 이바노브나가 말했다. 마치 명령 같은 어조였다.

—엄마, 이리나가 말했다. 여기서 우리랑 같이 살게 되었으니 찌꺼기를 먹을 필요는 없어요. 벌써 몇 번이나 말했잖아요.

나데시다 이바노브나가 방으로 돌아갔다. 방문이 삐걱거렸다. 더 늦기 전에 꼭 목수를 불러야겠어, 이리나는 생각했다. 기름칠을 하지 않아서 나는 소리가 아니라 아래쪽 경첩이 문틀을 긁어서 나는 소리라는 것을 알고 있었다.

그녀는 내장을 불에서 꺼내 다시 한 번 파프리카로 맛을 내고(파프리카는 항상 요리가 끝날 즈음 넣어야 한다. 그렇게 하지 않으면 향이 다 날아가버린다!), 얇게 썬 빨간 양배추을 약한 불로 익히면서 갈아놓은 사과와 소금 약간, 설탕 한줌, 그리고 피멘토를 꽂은 양파를 냄비에 넣었다. 그리고 적포도주를 골고루 뿌리고 뜨거운 물로 보충했다. 이어서 그녀는 맥주를 한 잔 채우고—요리할 때 그녀는 맥주를 가장 즐겨 마셨다—아직 너무 뜨겁지만 맛이 좋은 내장을 약간 먹어보았다. 그녀가 어머니에게 내장을 내놓기 싫은 게 아니었다. 문제는 어머니가 내장을 먹는 것을 *희생*으로 생각한다는 데 있었다. 하지만 이리나는 이런 희생을 할 기회를 어머니에게 주고 싶지 않았다. *엄마도 오늘은 크리스마스 거위를 먹어야 해*. 그녀는 생각했다. 그녀는 자신이 강제로 어머니의 입에 거위 살코기 한 점을 쑤셔 넣는 장면을 상상하는 것을 깨닫고 흠칫 놀랐다.

쿠르트가 작업복을 입고 나타났다. 크리스마스트리를 장식하는 것이 작업이라도 되는 듯이. 그녀가 와서 봐주었으면 좋겠다고 말한다.

쿠르트는 삼 년 전부터 크리스마스트리를 장식했다. 사샤가 집에서 나간 후에 그는 크리스마스트리를 없애버리려고 했지만, 이리나가 전통을 지키자고 고집했다. 트리가 있는 것이 훨씬 멋지지 않은가! 크리스마스트리 없는 크리스마스란 대체 어떻겠는가? 크리스마스트리와 수도원 거위는 크리스마스에 당연히 속하는 것들이었다. 물론 이리나는 시부모님이 매년 찾아오는 것이 좀 끔찍하기도 했다. 매년 축제 음식을 먹으면서 화기애애한 분위기를 연출하려고 애를 쓰는 상황이 벌써 머릿속에 그려지는 것 같았다. 서걱거리는 대화, 과장스러운 기쁨을 표현하며 선물 포장 뜯기, 억지로 들뜬 표정 짓기(빌헬름만은 예외였다. 그는 매년 자신에게 선물을 주는 데 격렬하게 항의했다. 하지만 결국은 매년 또 다시 *스톨리치나야*[4]와 에버스발트 소시지 통조림을 받았고, 파티가 끝날 때면 마지못해 그러는 듯이 혹은 넓은 아량으로 그러는 듯이 그것들을 주머니에 넣었다. 더 정확히 말하자면 샤로테가 쑤셔 넣도록 가만 놔두었다), 이 모든 일들이 실은 어색하고 피곤하고 어느 정도는 어리석기도 했지만, 그래도 이리나는 전통을 지켜야 한다고 고집했다. 어떤 면에서는 그걸 좋아하기도 했다. 시부모님이 돌아가고 나면 찾아오는 홀가분한 기분 때문일 수도 있었다. 쿠르트가 창문을 열고, 열이 올라 힘이 빠진 채 터질 듯한 배를 부여잡고 구석 식탁에 털썩 주저앉아 담배를 한 대 피우고 코냑을 마시고, 샤로테와 빌헬름을 두고 함께 농담을 주고받는, 그런 시간 때문일 수도 있었다.

–너무 싸구려 같지 않아? 쿠르트가 물었다.

–좀 기울었네, 이리나가 말했다.

–그래, 그런데 뭐가 좀 너무 많이 달린 것 같지는 않아?

–전혀, 이리나는 이렇게 말하고 머리를 비스듬히 기울여 좀 기울어진 나무를 쳐다보았다. 당연히 그래야 하듯이 가지에는 굵은 솜들과 금속 술들, 알록달록한 공들이 달려 있었다. 쿠르트가 골라온 나무는 사실 끔찍한 몰골이었지만 어두워지고 전기 초들이 켜지면 그런 것은 눈에 띄지 않을 터였다.

–금속 술들이 여기저기 뭉*치* 있는 것들만 좀 풀면 좋겠어, 이리나가 말했다.

–알았어, 쿠르트가 말했다. 뭉*치*[5] 있는 것들만 풀면 좋다.

–내가 또 잘못 말했어?

–아냐, 쿠르트가 이렇게 말하며 웃었다. 그럴 때 그는 항상 좀 개구쟁이처럼, 아니 거의—이런 단어가 있나?—불량놈처럼 보였는데, 이건 그의 한쪽 눈, 시력을 잃은 눈이 약간 제자리에서 벗어나 있기 때문이었다. 그때, 너덜너덜한 바지와 솜이 들어간 윗옷을 입은 그가 처음으로 그녀 앞에 모습을 드러냈을 때, 이리나는 이 불량놈이 언젠가 그녀의 남편이 되리라고는 꿈에도 생각하지 못했다.

이리나는 녹색 양배추를 씻고 싱싱함이 살아 있도록 하기 위해 잠시 균형을 잡아 들고 있었다. 그리고 내장을 조금 집어 먹으면서 좀더 참을성을 가지고 어머니를 대해야겠다고 생각했다. 어머니에게 화를 내봐야 소용없는 일이었다. 나데시다 이바노브나를 이렇게 고집스럽게 만든 것은 슬라바에서의 삶이었다. 따지고 보면 그녀가 아직 살아 있다는 것 자체가 기적이었다. 이리나는 몇 주 전에 나데시다 이바노브나를 데리고 오기 위해 마지막으로 거기, 슬라바로 갔던 기억을 떠올렸다. 슬라바(명예를 뜻한다). 주로 추방된 자들과 석방된 중범죄자들이 사는 마을과 얼마나 어울리지 않는 이름인가! 변한 것은 아무것도 없었다. 자갈이 깔린 길들도 여전했고, 달리는 차를 뒤집어놓을 수도 있게 패인 길들도 여전했다. 사람들의 거친 태도도, 케케묵은 관습들도 변함이 없었다. 나무가 깔린 가게 앞의 인도에 앉아 이리나의 옷을 놀려대던 취객도 마찬가지였다.

3월에는 슬라바에 남은 유일한 친척인 페트야 시시킨이 강도를 당했다. 영하 46도 혹한의 밤에 강도는 그의 옷을 모조리 벗겼고, 물어보나 마나 취해 있었을 페트야는 주변 집들의 문을 두드렸지만 아무도 내다보지 않았다. 결국 그는 집으로 가는 도중에 얼어 죽었다.

그게 슬라바였다. 그녀의 고향이었다.

싱크대에서 녹색 양배추에 남은 물기를 털어내는 그녀에게 한때 자신이 정말로 눈이 멀어 이 고향을 위해 목숨을 바치겠다고 다짐했던 일이 악몽처럼 떠올랐다. *고향을 위해, 스탈린을 위해! 만세!*

이리나가 고기 가는 기계에 녹색 양배추를 넣고 돌릴 때 쿠르트가 와서 아이들이 도착했다고 알려주었다.

그녀는 앞치마에 손을 닦고 현관으로 갔다. 쿠르트가 이미 문을 열어두었다. 사샤가 먼저 들어왔다. 이리나는 양가죽 외투를 입은 그가 러시아 군주처럼 보인다고 생각했다. 얼굴이 고상하게 창백했고, 까만 곱슬머리는 군대에 다녀오고 다시 텁수룩이 자라 있었다. 이리나가 아주 오랫동안 마음에 들어 하지 않다가, 머리카락이 백발로 새기 시작한 후에야 비로소 괜찮은 장점이라는 것을 깨닫게 된, 마치 집시처럼 보이는 그 곱슬머리였다. 사샤는 잠시 문간에 서서 기다리다가 발걸음을 내딛으며, 집 안으로 밀어 넣었다. *새 여자친구*를.

이리나가 이 여자친구에 대해 아는 것은 아직 별로 없었다. 이름은 멜리타(서독 텔레비전에서 광고하는 커피 필터처럼), 사샤와 마찬가지로 훔볼트 대학에서 공부했다는 것. 그리고 사샤가 그녀를 사귄 지 삼 개월 만에 *평생의 동반자*를 찾았다고 깨달았다는 것, 그런 정도였다. 그런 이야기 때문이었는지, 아니면 커피 필터 광고 때문이었는지 모르겠지만, 이리나는 사샤의 새 여자친구에 대해 머릿속에 그려둔 이미지가 있었던 것 같다. 어쨌든 이리나는 그녀를 보는 순간 깨달았다. 그녀의 상상 속 이미지가 아무리 희미한 것이었다 해도, 눈앞의 이 여자는 그녀가 그렸던 그런 여자가 아니었다.

잘 돌보지 않은 손을 이리나에게 내미는 여자는 키가 작았고 평범했으며, 머리카락은 지저분한 금발이었고, 입술은 창백했다. 이 존재에서 눈에 띄는 것이라고는 영민해 보이는 녹색의 눈뿐이었다.

– 신발을 벗을까요? 새 여자친구가 물었다.

—우리 집에서는 신발을 벗지 않아요, 이리나가 퉁명스럽게 말했다. 그녀는 집 안에서 신발을 벗으라고 요구하는 것은 끔찍한 짓이라고 생각했다. 속 좁고 촌티 나는 짓이었고, 만일 누군가 그녀에게 신발을 벗으라고 하면, 세심하게 골라 옷에 맞게 선택한 신발을 벗고 양말 차림으로 혹은 빌려주는 실내 슬리퍼를 신고 낯선 집을 돌아다니라고 요구하면, 그녀는 그날을 끝으로 다시는 그 집에 가지 않았다.

물론 새 여자친구가 신고 있는 오이 모양의 납작한 신발은 어차피 실내 슬리퍼와 별로 차이가 없었다.

—우리 집에서는 신발을 벗지 않아요, 이리나가 다시 한 번 말했다.

하지만 지나치게 조심하는 모습의 새 여자친구는 굳이 신발을 벗었다. 질척이는 날씨 때문에 신발이 더럽다는 게 이유였다. 사샤도 신발을 벗는 것이 좋지 않겠느냐고 물었다.

—누 에시초 비, 이리나가 씩씩거렸다. 별꼴 다 보네.

사샤가 새 여자친구와 이리나를 번갈아 쳐다보았다. 그리곤 어깨를 으쓱하더니 신발을 벗지 않았다.

새 여자친구는 이리나를 위해 꽃을 들고 왔는데, 가련한 모습으로 시든 국화 몇 송이이기는 했지만 그래도 없는 것보다는 나았다. 이리나는 예의 바르게 고마움을 표시했다. 다른 사람들이 현관에 머무르는 사이에 그녀는 식탁을 장식하고 있는 거창한 과꽃을 말없이 치우고 새 꽃병을 가지고 왔다. 국화를 가지고 방으로 돌아와 보니 쿠르트가 이미 크리스마스트리에 대한 보고를 하는 중이었다. 그의 학문적 작업에 대해서는 거의 한 마디도 하지 않지만, 벽에 못이라도 하나 박는 날이면 그것에 대해 끝날 줄 모르는 강연을 해대는 것이 쿠르트였다.

사샤는 크리스마스트리가 '아주 괜찮다'고 했고, 새 여자친구는 뭔가 미심쩍다는 듯이 뚫어지게 나무를 쳐다보기만 했다.

쿠르트가 마침내 이렇게 만난 것을 축하하는 의미에서 건배를 하자고 하면서 아이들에게 무엇을 마시겠느냐고 물었는데, 새 여자친구는 '그냥 물 한 컵'만 달라고 했다. 쿠르트가 말했다.

–물로 건배를 할 수는 없지.

두 젊은이들이 서로 눈을 맞추더니 곧장 합창이라도 하듯 '적포도주 한 모금' 이라고 함께 말했다.

–크리스마스를 위해, 쿠르트가 말했다.

–성령을 위해, 사샤가 말했다.

–초대해주셔서 감사합니다, 새 여자친구가 말했다.

그리고 이리나가 말을 이었다.

–건배, 나는 이리나라고 해요, 이 집에서는 서로 말을 편하게 해.

이리나는 언제나 부엌문을 열어놓고 일했다. 프라이팬에서 기름이 시끄럽게 튀어 오르거나 기계가 돌아가는 중이 아니면 방에서 나누는 대화소리를 들을 수 있었다. 대개 남자들의 목소리가 이어졌다. 웅니처가 두 명이나 되니 다른 사람들은 좀처럼 말할 기회를 잡지 못했다. 이 남자들은 언제나 할 말이 있었고, 언제나 쉼표도 없이 큰 소리로 서로에게 말을 던졌으며, 급하게 주고받아야 할 새 소식들이 있었다. 이번에는, 어찌 다른 것이겠는가, 쾰른에서 개최된 비어만 콘서트가 그 새 소식이었다. 비어만을 둘러싼 야단법석이 점점 지겨워지던 이리나는 녹색 양배추를 기계에 넣고 돌리면서 새 여자친구의 옷에 대해 생각했다. 갈색의 긴 코르덴 치마와 갈색의 모직 스타킹, 위에는 뭘 입었더라? 무언가 꼴사납고 우중충한 옷이었던 것 같았다. 다리도 짧은데 왜 굽 높은 신발이라도 신지 않은 걸까? 그게 사샤의 마음에 드는 것일까? 신세대의 취향이 그런 걸까? 이리나는 녹인 버터에 양파를 넣고 살살 끓이다가 녹색 양배추를 넣었고, 이어서 뜨거운 물을 냄비에 붓고 경단을 만들기 시작했다.

생감자를 문질러 으깨면서 — 제대로 된 튀링엔 경단을 만들려면 생감자와 익힌 감자가 모두 필요했다(반반씩, 혹은 더 정확히 말하자면 생감자가 조금 더 많이) — 이리나는 생각했다. 그녀는 두꺼운 모직 스타킹과 흙색을 좋아하는 남자를 한 번도 본 적이 없었다. 남자들은 전혀 다른 색깔들을 좋아한다! 남자들은 복잡한 모양의 속옷에 넋을 잃지, 모직 스타킹에는 관심이 없다! 사샤는 취향이 다른 것일까? 쿠르트와 다른 것일까? 쿠르트는 쉰다섯의 나이에도 여전히 잠잠해지지 않았고, 아직도 다른 여자들에게 한눈을 팔고 있다.

그녀는 맥주를 한 모금 마셨는데, 갑자기 맥주가 김빠진 맛이 났다. 이리나는 남은 맥주를 개수대에 붓고 적포도주 잔을 가져오기 위해 방으로 갔다. 크리스타 볼프에 대한 이야기가 오가는 중이었다. 이리나는 대단한 책이라고 말했다. 비록 그녀는 아직 그 책을 끝까지 읽지 못했지만, 그 책에 대한 토론들을 너무 많이 듣다 보니 그 번거로운 문체로 인해 몹시 피곤했던 사실은 이미 잊기 시작했다. 이 여자는 왜 그런 식으로 쓰는 걸까? 책을 읽으면서 이리나는 그런 의문이 들었다. 모든 걸 가진 그녀인데, 심지어 그녀를 위해 가사까지 도맡아 해주는—그녀가 들은 바에 따르면 그랬다—남편도 있는데, 도대체 뭐가 그렇게 힘들다는 것일까?

– 대단한 책이야, 이리나는 이렇게 말하고 사샤의 담배를 빼앗아 두 모금 빤 후에 다시 부엌으로 가서 일을 시작했다.

갈아놓은 감자를 눌러 물기를 뺀 후에 주발에 넣고 뜨거운 우유를 들이부었다. 이어서 흰 빵을 엄지 폭의 주사위 모양으로 잘라 바삭바삭하게 구웠다. 굽는 중에 무를 큰 채칼로 썰었다. 문지르다 보니 차츰 손가락이 뻣뻣해졌다. 그녀의 손은 집을 개축할 때 돌들을 옮기고 시멘트를 실어내리면서 이미 많이 망가졌다. 이런 집에 얼마나 많은 시멘트가 들어가는지 놀라울 따름이었다. 그녀는 포도주를 한 모금 마시고 손을 털었다. 무를 다시 집어 들 때 새 여자친구가 부엌으로 들어왔다. 도울 일이 있으면 돕겠다고 했다.

이리나가 이미 일을 거의 다 끝낸 후였다. 경단을 만들기 위해 삶아놓은 감자를 으깨기만 하면 되었다. 그건 손쉬운 일이었고, 강판도 어차피 하나밖에 없었다.

– 와, 경단이네요!

– 튀링엔 경단이야, 이리나가 말했다.

– 제가 좋아하는 거예요, 새 여자친구가 말하면서 이리나를 보고 활짝 웃었다.

지금 보니 이 여자가 그렇게 못생기지는 않았다. 자세히 뜯어보면 오히려 아주 예쁜 편이었다. 꼴사납고 우중충한 옷 아래로 제법 가슴도 솟아 있었다. 그녀에게 진지한 충고를 한번 할 필요는 있겠다. 이렇게 꾸밀 줄을 모르다니!

새 여자친구가 부엌에서 나간 후에야 이리나는 빨간 양배추와 녹색 양배추에 각각 버터 한 스푼씩을 부었다. 그리고 녹색 양배추에는 겨자도 한 숟가락 부었다. 이게 녹색 양배추의 비밀이었다. 굳이 다 알려줄 필요는 없었다.

정확히 두시에 초인종이 울렸다. 샤로테와 빌헬름이 문 앞에 나타난 것이다. 그들의 데데론[6] 쇼핑백을 들고. 이번에는 그 안에 무엇이 들어 있을까? 세척 가능한 식탁보? 아니면 쿠바에서 제작한 달력?

빌헬름은 평소처럼 무뚝뚝하고 뻣뻣한 모습으로 들어섰다. 샤로테도 평소처럼 수다스럽고 들뜬 모습으로 이리나가 차려놓은 것들에 대해 찬양을 늘어놓았다. 정말 기이한 일이었다. 샤로테는 나이가 들수록 이리나를 더 많이, 더 과장되게, 거의 우스울 정도로 칭찬했다. 집으로 들어서면서 이미 그녀는 부엌에서 흘러나오는 냄새를 칭찬했고, 쿠르트가 벗겨주고 있는 곰 모피 외투에서 아직 한쪽 팔은 빼내지도 못한 채로 아침에 달걀 하나 먹은 것 말고는 하루 종일 아무것도 먹지 않았다고 맹세했다(마치 이리나를 위해서 이렇게 굶기라도 한 것처럼). 그리고 이리나가 하얗게 칠해놓은—실은 완전히 진품은 아닌—유겐트슈틸 옷장이 새 것인지 (별써 두 번째 혹은 세 번째) 물었고, 한겨울에도 빛이 잘 드는 집을 칭찬했으며, 그들의 집이 너무 어둡다는, 거듭거듭 반복해온 불평을 터뜨렸다. 이 불평의 숨은 뜻은 이런 것이었다. 너희들은 궁전에 사는데 나는 땅굴에 파묻혀 지내야 하는구나!

새 여자친구가 인사를 건네자 극적인 반전이 일어났다. 연기하듯이, 의미심장하게 샤로테가 말했다.

–사샤에게 얘기 많이 들었어요!

–난 못 들었는데, 빌헬름이 말했다.

빌헬름이 농담을 할 때면 늘 그렇듯, 이번에도 샤로테는 크게 웃었다. 더 정확히 말하자면 빌헬름의 눈치 없음을 덮으려고 웃었다. 그의 말은 그저 썰렁한 농담일 뿐이라고 생각하는 듯이. 하지만 빌헬름은 있는 그대로 사실을 말한 것일 터였다. 샤로테가 사샤의 새 여자에 대해 언제 무슨 말을 들었겠는가!

나데시다 이바노브나도 방에서 나왔다. 샤로테가 두 팔을 활짝 펼쳤다. 나데시다 이바노브나! 두 사람이 지금까지 만난 것은 단 한 번뿐이다. 사 년 전에 나데시다 이바노브나가 이곳을 방문하러 왔을 때. 하지만 나데시다 이바노브나도 두 팔을 벌리고, 제재소와 감자밭에서 혹사시킨 마디가 굵은 손으로 샤로테를 붙잡고, 그녀의 왼뺨과 오른뺨, 다시 왼뺨에 입맞춤을 했다. 물론 이 입맞춤은 나데시다 이바노브나가 상황을 오해하고 달려든 것이다. 그녀의 옷에서 뿜어져 나오는 나프탈렌 냄새에 샤로테가 숨이 막혀 재빨리 포옹에서 몸을 빼는 기색이 역력했다. 그녀는 침을 삼키고 다시 정신을 차린 후 외국인 억양은 있지만 그런대로 정확한 러시아어로 몇 마디 인사말을 건넸다. 반면 빌헬름은 겨우 *도브리 디예니*[7]라는 말을 완성했지만, 나데시다 이바노브나의 대답은 이해하지 못했다.

– *포즈드라불라유 스 로쉬데스트봄*, 성탄 축하합니다.

빌헬름이 말했다.

– 하로쉬, 하로쉬!

이번에는 나데시다 이바노브나가 이해하지 못했다. 빌헬름은 아마도 이렇게 말하려고 했을 것이다. *좋아요*, *좋아요*. 하지만 그가 말한 것은 *완두콩*, *완두콩*이었다.

나데시다 이바노브나의 '성탄 축하합니다.'라는 인사는 크리스마스를 원칙적으로 거부하는 빌헬름에게는 자극적인 데가 있었다. 빌헬름은 크리스마스가 종교적 축제이며, 종교는 계급의 적이고 노동자계급의 머리를 혼탁하게 하는 도구라고 생각했기 때문에 크리스마스의 야단법석을 그의 양심과 결합시킬 수 없었다. 그래서 그는 이번에도 크리스마스트리를 등 뒤에 놓고 자리를 잡았다.

이에 반해 샤로테는 크리스마스트리가 *정말 멋지다*고 말했고, 자신이 빌헬름의 생각에 동의하지 않는다는 것을 보여주려고 그의 등 뒤에서 흰자가 다 보이도록 눈을 커다랗게 떴다. 그녀는 식탁 장식도 *멋지다*, 예쁜 꽃들(국화를 의미했다)도 *멋지다*고 했다. 이것저것 구별할 것 없이 그녀는 무엇이든 *멋지다*고 했고, 심지어 조그만 잔에 든 리큐어까지 들이마시는 바람에 모두가 놀랐다. 오늘은 그럴 자격이 있다는 것이 그녀의 설명이었다. 얼마 전부터 지독히 자신을 *혹사시켰고*, 그래서 *완전히 녹초가* 되었으며, *쓰러지기*

직전이라는 것이었다.

이리나는 슬그머니 빠져 부엌으로 들어갔다.

이제 그녀는 웅니처 집안 남자들의 목소리 사이로 피리소리 같은 샤로테의 목소리도 더러 듣게 되었다. 하느님 맙소사, 저것도 살아서 견뎌냈어, 이리나는 따로 쿠르트에게 줄 감자들의 껍질을 벗기면서 생각했다. 그녀는 이 끔찍한 상황도 벗어났고, 어쩌면 그녀가 크리스마스를 좋아하는 것이 바로 이 때문인지도 몰랐다. 파티가 끝나 샤로테가 돌아가고 난 후에 문을 걸어 잠글 수 있기 때문에, 그녀의 문을, 그녀가 살고 있는 집의 문을 잠글 수 있기 때문에. 러시아를 떠나 독일에 막 도착했을 때, 그녀가 샤로테의 집을 보고 얼마나 감탄했던가! 그런데 이제는 샤로테가 그녀의 집을 보고 감탄했다. 솔직히 말하자면 이리나는 때로 집 안을 돌아다니면서 자신의 작품을 바라볼 때 자신이 이 모든 일들을 얼마나 성공적으로 해냈는지 새삼 깨달으며 놀랐다. 집을 이렇게 개축하는 과정에서 내려야 하는 천 가지 결정들—쿠르트는 항상 가장 간단하고 가장 저렴한 해결책만 원했기 때문에 그 모든 결정들을 그녀 혼자 해내야 했다—, 이 결정들 모두가 결국 옳았다는 것이 밝혀졌다. 그녀가 헐어버리거나 추가한 벽들, 지독하게 일이 많은 온실 베란다 증축공사, 지금 나데시다 이바노브나가 살고 있는 부속건물의 설계, 욕실의 크기, 타일의 높이, 수도관이나 라디에이터, 콘센트, 전등 스위치, 가스레인지 등의 위치, 이 모든 것들, 모든 결정들이 결국 합리적이고 적절했다는 것이 드러났다. 다만 그녀가 전혀 사용하지 않는 쓸모없는 난로를 쿠르트의 반대 때문에 없애지 못한 것은 잘못이었다(세계종말에 대한 상상력이 발달해 있는 쿠르트는 안 좋은 시기가 오면 난로를 다시 사용해야 될지 모른다고 주장했다). 그리고 쿠르트의 요구를 좇아 일단 휴식기간을 갖는 대신 다락방도 곧장 확장했어야 했다. 다시 일을 시작하기란 참으로 어려웠다.

이리나는 껍질만 벗기고 아직 자르지는 않은 감자들을(그녀는 자르지 않은 감자를 소중하게 생각했다!) 씻고, 씻은 물을 버리고 난 다음, 소금을 치고 나서 소금이 골고루 퍼질 수 있도록 냄비에 뚜껑을 덮고 흔들었다. 이어서 소금이 다시 씻겨나가지 않도록 냄비를 비스듬히 기울인 채 물 한 잔을 조심스럽게 부었다. 딱 한 잔만! 감자 맛이 제대로 나게 하려면 삶는 대신 증기로 익혀야 했다.

그리고 경단을 위한 물을 올려놓고 이미 삶아 식혀놓은 다른 감자들로 경단을 만들기 위해 으깨기 시작했다. 그때 아이들이 들어왔다.

– 식탁을 차릴게요, 새 여자친구가 말했다.

– 식탁 차릴게요, 사샤가 말했다.

– 식기들이 어디에 있는지도 모르잖아.

– 알아요, 사샤가 말했다.

– 알렉산더가 식탁을 차리고 저는 경단을 만들게요, 새 여자친구가 말했다.

– 그건 내가 직접 할 거야, 이리나가 말했다.

하지만 사샤는 벌써 도구상자를 뒤지고 있었고, 당연하게도 엉뚱한 도구를 꺼냈다. 이리나가 알렉산더에게 맞는 도구를 건네주자 새 여자친구가—제대로 손질도 하지 않은 손톱으로—곧장 경단을 만들기 시작했다.

– 흰 빵 잘라놓은 걸 더 넣어야 해, 이리나가 말했다.

– 알고 있어요, 새 여자가 말했다. 저희 할머니도 튀링엔 출신이세요!

이리나는 할 수 없이 무 샐러드를 만들었다. 그리고 호두를 잘게 자르고, 모든 것들을 생크림과 섞고, 맛을 보았다.

– 경단 물에 소금은 들어갔어요? 새 여자가 물었다.

맙소사, 그걸 잊을 뻔했다. 거위에 끼얹을 소스도 아직 만들지 않았다. 이런, 그녀는 완전히 뒤죽박죽이 되고 말았다!

그녀는 재빨리 냄비 장갑을 집어 들고 오븐에서 거위를 꺼냈다. 그리고 찜 냄비를 비스듬히 기울여 아래쪽의 끓는 육즙을 떠냈다.

– 아주 새까맣네요, 새 여자가 말했다.

– 수도원 거위거든, 이리나가 대답했다.

고기는 식탁에서 직접 썰었고, 잘라지는 순서에 따라 부위별로 분배되었다. 맨 먼저 뒷다리, 하나는 사샤가 받았다. 여기에는 아무도 이의가 없었다. 이리나는 나머지 하나를 새 여자친구에게 주었다. 쿠르트와 노부부는 어차피 가슴살을 더 좋아했다.

새 여자친구가 사샤를 보았다. 아직 아무 말도 안했냐고 묻는 눈빛이었다.

– 참, 멜리타는 채식주의자예요, 사샤가 말했다.

– 어? 채식주의자?

– 엄마, 멜리타는 고기를 안 먹어요.

– 이건 날짐승이잖아, 이리나가 말했다.

– 한 조각만 맛볼게요, 새 여자친구가 말했다. 하지만 뒷다리는 사양할게요.

이리나가 사람들을 둘러보았다. 나데시다 이바노브나가 눈에 들어왔다. *엄마도 오늘은 크리스마스 거위를 먹어야 해.*

– 접시 이리 줘요, 그녀가 말했다.

나데시다 이바노브나가 접시를 건네주었다. 이리나는 포크로 뒷다리를 찍어 올렸지만, 껍질 한 조각만이 포크에 매달려 있었다. 그녀는 나데시다 이바노브나의 접시에 껍질을 올려놓고 다시 뒷다리를 찍어 올리려고 했다. 그 순간 나데시다 이바노브나가 접시를 당겨 빼냈다.

– 그걸로 충분해!

뒷다리가 식탁 위로 철썩 떨어졌다.

– 누 치요르트 포베리![8)]

그녀는 아직도 욕은 러시아어로만 할 줄 알았다.

나데시다 이바노브나가 십자가를 그었다. 이리나는 뒷다리를 그녀의 접시에 내팽개쳤다.

잠시 동안 어색한 침묵이 흘렀다. 이 민망한 사건으로 나데시다 이바노브나가 한 자리에 있다는 것을 새삼 다시 떠올린 샤로테가 수다를 떨기 시작했는데, 어조가 너무나 상냥하여 이리나에게는 오히려 모욕처럼 느껴졌다.

– 나데시다 이바노브나, 카크 느라비챠 왐 우 나스, 여기가 마음에 드세요?

– 예전에도 와본 적이 있잖아요, 나데시다 이바노브나가 말했다.

– 그렇죠, 샤로테가 말했다. 하지만 지금은 여기 사시는 거잖아요. 방도 따로 갖고 계시고.

– 멋진 방이에요, 나데시다 이바노브나가 말했다. 다 좋아요. 다만 텔레비전은 모스크바에서 사올걸 그랬어요.

– 엄마, 이리나가 끼어들었다. 텔레비전 사드렸잖아요! 텔레비전을 독차지하고 계시잖아요!

– 그래, 나데시다 이바노브나가 말했다. 하지만 모스크바에서 사왔더라면 더 나을 뻔했다는 얘기야.

– 말도 안 돼요, 이리나가 말했다. 안 그래도 짐이 그렇게 많았는데! 그리고 엄마한테 사드린 텔레비전은 모스크바에서 구할 수 있는 것들보다 훨씬 더 좋은 거예요.

– 그래, 하지만 모스크바에서 샀더라면 러시아 말이 나왔을 거 아니냐, 나데시다 이바노브나가 말했다.

모두 웃음을 터뜨렸다. 빌헬름은 두 번 웃었다. 한 번은 모두 웃을 때, 또 한 번은 사샤가 대화내용을 통역해주었을 때. 그가 말했다.

– 사실 소련에서도 텔레비전은 아주 잘 만들지.

다시 침묵이 흘렀다.

잠시 후 새 여자친구가 말했다.

– 이 말씀은 꼭 드려야겠어요. 정말 맛이 좋아요. 이렇게 맛 좋은 녹색 양배추는 먹어본 적이 없어요!

– 최고지, 샤로테가 말했다. 그녀는 하루 종일 굶었다면서도 접시에는 음식을 쥐꼬리만큼만 올려놓게 했다.

– 고기를 도무지 씹을 수가 없어, 빌헬름이 말했다.

쿠르트가 끼어들었다.

– 고기는 최곱니다. 다만 감자는, 솔직히 말하자면, 백 프로 만족스럽진 않네요.

그럼 경단을 먹으면 되잖아, 이리나는 생각했다. 하지만 말로 꺼내지는 않고 화를 삼켰다. 일이 늘 이랬다. 그녀가 직접 식탁을 차렸더라면 모든 일이 제대로 되었을 터였다. 그런데 다른 사람이 부엌으로 와서 서투른 솜씨로 뒤적거리면…….

그녀는 거위를 한 조각 먹어보았다(내장만으로도 이미 배가 불러서 그녀는 고기에 손을 대지 않았었다). 정말이었다. 거위 고기가 좀 질겼다.

무 샐러드에는 아무도 손을 대지 않았다.

그나마 빨간 오트밀은 성공이었다.

치우기.

– 다들 접시만 이리 주고 가만 앉아 있어요, 이리나가 너무나 단호하게 지시하는 바람에 이번에는 새 여자친구도 일어날 생각을 하지 못했다.

나데시다 이바노브나는 아직도 서투르게 뒷다리를 이리저리 자르고 있었지만, 제대로 잘리지 않았다. 뒷다리가 도무지 줄지 않았다. 빌헬름은 그들이 모스크바에 갔던 당시에 어쩌고저쩌고 하는 케케묵은 이야기를 또 시작했다.

이리나는 거위의 잔해를 부엌으로 날랐다.

빨간 양배추와 녹색 양배추도 치웠다.

경단도 반 이상이 남아 있었다.

그녀는 부엌 안에 있는 유일한 의자에 앉아 담배를 물었다.

어떤 그림이 떠올랐다. 할머니 마르파와 엄마 나데시다, 그리고 그녀, 이렇게 셋이 묵묵히 냄비 위로 허리를 숙이고 있고, 냄비 안에서는 가늘게 자른 돼지고기가 채소들 사이에서 헤엄치고 있는 그림이었다.

사람이 왜 채식주의자가 되는 거지? 어디가 아픈가? 아니면 동물들이 불쌍해서?

사샤가 부엌으로 들어왔다.

– 이리 와라, 같이 담배나 피우자.

그가 이리나의 담배갑에서 '클룹'[9] 한 개비를 꺼냈고, 그녀는 불을 붙여주었다.

– 슬퍼요, 엄마?

– 아니, 왜?

그들은 말없이 몇 모금 빨았다. 이리나는 새 여자친구가 사샤를 보낸 게 아닌가 하는 생각이 들었다.

– 저 아이는 왜 채식주의자가 된 거냐?

– 제대로 된 채식주의자는 아니에요. 가끔 고기를 먹어요.

– 하지만 사람에겐 고기가 필요하잖아, 이리나가 말했다. 인간은 고기를 먹어야 살아!

– 그렇다고 고기를 안 먹는 사람을 배척하면 안 되죠, 엄마.

– 내가 언제 배척했다고 그러냐? 그냥 물어본 거지!

그들은 다시 담배를 피웠다.

– 괜찮은 아이구나, 이리나가 말했다.

– 맞아요, 그래요, 사샤가 말했다.

그들은 다시 담배를 피웠다.

– 나한테 가장 중요한 건 네가 행복한 거야, 이리나가 말했다.

밖에서는 띄엄띄엄 몇몇 눈송이가 떨어졌다. 어스름에 휩싸여 벌써 어두워진 정원으로 떨어져 사라졌다.

사샤가 담배를 비벼 껐다.

– 좀 도와드려요?

– 아니, 사샤. 들어가봐. 커피를 끓일게.

사샤가 이리나의 어깨를 감싸더니 그녀를 들어올려 힘껏 안았다.

– 아이고, 사셴카, 이리나가 말했다.

이렇게 큰 아들이 있다는 건 멋진 일이었다. 여전히 어린아이 같은 향내가 나는 아들.

이리나는 커피 끓일 물을 올리고 남은 음식들을 작은 대접에 담았다. 적당한 대접을 찾을 수 없어 경단은 큰 대접에 담았다. 좀 질긴 거위의 남은 부분들이 들어 있는, 뚜껑을 덮어놓은 찜 냄비는 식품 창고에 넣었다. 사용한 식기들은 싱크대 옆에 쌓았다.

사샤는 정말로 취향이 다른 것은 아닐까?

슈톨렌에 녹인 버터를 붓고 설탕분말을 뿌리면서 이리나는 쿠르트가 원하는 대로 해주는 것이 차츰 힘들어진다는 생각을 했다. 검사하는 듯한 그의 시선을 견뎌내는 것. 더 젊은 여자들과 항상 비교되는 것. 그랬다. 그녀는 점점 나이가 들었고, 빌어먹을, 이제 쉰 살이 되어가고 있었다. 공식적으로는 이미 그 나이도 넘었다. 과거의 그때, 그녀는 관청에서 두 살을 속였다. 전쟁에 나가기 위해 태어난 해의 끝자리 숫자 7을 5로 위조했다. 물론 그녀는 항상 진짜 생일에 파티를 했고 모든 친구들에게 실제 나이를 알려주었지만, 그래도 '신분증의 나이'는 끈질긴 위협처럼 그녀를 따라다녔고, 이 위협은, 바로 이게 끔찍한 것이었는데, 점점 더 빨리 현실이 되어가는 중이었다. 신분증 나이가 앞에서 어른거리는가 하면 금세 실제 나이가 그 나이를 따라잡았다. 그건 시간을 파괴하는 기계였고, 마치 그녀가 다른 사람들보다 더 빨리 늙어야 하는 것처럼 느껴졌다. *고향을 위해, 스탈린을 위해! 만세!*

커피를 마시다가 이리나는 또 하나의 놀라운 사실을 알게 되었다. 새 여자친구가 *심리학*을 전공한다는 것이었다. 사샤와 같이 역사를 공부하는 것이 아니었다.

– 우리나라에도 그런 게 있구나, 샤로테가 놀랐다.

– 심리학이라는 건, 빌헬름이 말했다. 그건 사이비 과학이지.

– 의사(擬似)과학, 쿠르트가 교정했다. 스탈린 동지는 심리학이 의사과학이라고 했어요.

– 의사과학이 뭐죠? 새 여자친구가 물었다.

– 뭐, 그거야 나중에는 과학이 될지도 모르지만 지금은 아니란 소리지, 사샤가 말했다.

– 그거 정말 흥미로운 말인데, 샤로테가 휘파람 소리를 내며 말했다. 아니, 얘들아, 진심으로 하는 말이야. 아주 흥미롭구나. 확신

하는데, 어떤 연관이 신체와, 그 뭐라고 하지…….

—심리요, 새 여자친구가 말했다.

그녀는 웃음을 짓고 있었는데도 눈빛은 매서웠다.

쿠르트가 일어나더니 말했다.

—자, 이제 크리스마스 음악을 틀어야겠네요.

그게 신호였다. 크리스마스 선물들은 이미 받을 사람의 의자 바로 뒤에 놓여 있었고, 샤로테만이 지금까지 데데론 쇼핑백 안에 든 선물들을 꺼내지 않고 있다가 일어서서 직접 나누어 주었다. 이리나는 샬로테가 이렇게 규칙을 위반할 때마다 화가 났다. 이제 모두가 바스락거리면서 포장을 뜯고 매듭을 풀고 포장을 펼치고 주름을 펴느라 바빴다. 문득 이리나는 그녀가 사용한 선물 포장지를 보고 새 여자친구가 그녀의 '심리'를 추론하려고 하지는 않는지 궁금해졌다. 누가 알겠는가? 심리학, 그걸 사샤는 어떻게 볼까? 왠지 늘 관찰의 대상이 되고 있다는 느낌이 들지 않을까?

빌헬름만 선물에는 아무 관심도 없이 가만히 앉아 있었다. 나데시다 이바노브나가 벌떡 일어나더니 사샤와 쿠르트를 위해 뜨개질해놓은 양말들을 재빨리 가지고 왔다. 샤로테는 그녀가 원했던 여행 용구들을 선물 받고 *멋지다*고 했다. 어디에 쓰려고 하는 걸까? 새 여자친구는 선물 받은 향수가 폭탄이라도 되는 듯 그것을 유심히 검사했다(다음번에는—다음번이 있다면—면 스타킹이나 하나 사주고 말 것이다). 쿠르트는 담배 파이프를 선물 받고 보란 듯이 기뻐했다(즉 그는 잠시 여섯 살 어린아이처럼 행동하면서 파이프를 입에 물더니 양말을 손에 끼고 크리스마스 음악은 무시한 채 노래를 하나 만들어냈는데, '피운다'라는 말과 '추위를 열기로 데운다'라는 말이 운을 이루었다). 알렉산더는 면도기를 작동시켜보았다(이리나는 다른 사람과 너무 차이가 날까 걱정스러워서 그에게 주는 진짜 선물인 몽골 산 양가죽 외투를 미리 보내주었다). 꽃무늬 털목도리와—슬라바에서는 늘 부뚜막 위에서 자던 그녀라서 이곳에 와서는 밤마다 추위에 떨었기 때문에—전기방석을 선물 받은 나데시다 이바노브나는 이 모든 것들이 너무 비싸지 않느냐고 거듭거듭 묻다가 이리나가 잔소리를 하자 겨우 입을 닫았다.

이리나도 선물을 미리 받았다. 쿠르트가 옷 한 벌과 잘 맞는 신발을 선물해주었는데, 그가 골라온 물건이 아니라 돈이 든 봉투를 받았다. 쿠르트는 혼자서 저질 빵 하나도 제대로 살 줄 몰랐으니 여자 옷은 말할 것도 없었다. 하지만 이리나는 만족했다. 더 이상 바라지도 않았다. 얼마 전에 겨우 이백 마르크의 장학금을 받은 (그리고 실제로는 쿠르트의—그리고 그녀의—보조를 받으며 사는) 사샤에게는 아무것도 바라지 않았고, 절대로 아무 선물도 사지 말라고 했다. 어머니는 지금까지 그녀에게 선물을 주었던 적이 없었다. 할머니가 그녀에게 인형을 선물해준 적이 딱 한 번 있었는데, 천조각과 짚으로 직접 만든 그 인형의 눈이 수성 연필로 그려져 있어 그녀는 아이들의 놀림을 받았다. 인형의 이름은 카탸였다. 지금도 이리나는 이 인형을 생각하면 눈물이 났다. 샤로테의 선물인 식탁보는 어차피—예의를 지키기 위해 일정한 기간 동안 간직하고 있다가—쓰레기통에 던져 넣을 터였다.

그런데 이번에 샤로테가 데데론 쇼핑백에서 꺼낸 것은 식탁보가 아니었다. 달력도 아니었다. 그것은 바로 그 책이었다. 반 년 전부터 샤로테는 입만 열면 *그녀의 책*에 대해 말했다. 그녀가 쓴 것이라곤 *머리말*뿐이어서 사실 그녀의 책이라고 할 수도 없었다. 그런데도 그녀는 이 *머리말*이 책의 가장 핵심적인 부분인 것처럼, 이 *머리말*이 없으면 아무도 그 책을 읽을 수 없는 것처럼 말했다! 한마디로 이 *머리말*이 마침내 책과 함께 출판된 것이었는데, 샤로테는 모두에게—물론 사인을 한!—책을 한 권씩 선물했다. 알렉산더도 한 권, 새 여자친구도 한 권(샤로테가 그녀의 이름을 몰랐기 때문에 즉석에서 사인을 해야 했다), 그리고 쿠르트와 이리나는 함께 한 권을 받았다. 다만 샤로테가 일주일 전에 이미 그들에게 그 책을 한 권 선물했던 것이 문제라면 문제였다.

이리나가 쿠르트를 보았다. 쿠르트도 그녀를 보았다, 불량놈처럼.

그리고 마침내, 샤로테가 그녀의 데데론 쇼핑백을 선물로 가득 채운 후에, 빌헬름이 모자를, 그녀의 지갑을 찾은 후에, 다시 한 번 모든 게 *멋졌다*고 강조한 후에, 두 사람을 계단 아래까지 배웅해주고, 그들을 향해 손을 흔들고, 빠트린 우산을 갖다 준 후에, 마침내 문이 닫혔고, 이리나는 하릴없이 조용하고 히스테리 섞인, 그러나 마음을 풀어주는 웃음을 터트렸다. 도무지 멈출 수가 없었고, 쿠르트가 위로하려고 그녀를 안았지만 그녀는 웃음 때문에 허리를 굽히면서 그를 떨쳐낼 수밖에 없었다. 그러다 갑자기 타는 냄새가 나기 시작하고 사샤가 거실에서 욕을 하는 소리가 들려 그녀는 웃음을 멈추었다. 사샤가 크리스마스 장식의 불을 끄다가 접시를 하나 깨트린 것이었다. 사샤가 불에 그을린 플러시[10] 토끼를 그녀 코앞에 갖다 대자 웃음이 다시 터지고 말았다. *선물을 풀어보지도 않았네요, 엄마.* 그녀는 눈물이 나도록 웃었고, 한참이 지나서야 겨우 진정할 수 있었다.

–자, 이제 코냑 한 잔 마셔야겠다.

쿠르트가 창문을 열었고, 연기가 빠져나갔다. 모두들 몸이 뜨거웠고, 얼굴이 발그레했다. 그들은 구석의 식탁에 앉아 편한 자세를 취했다. 아직도 이리나는 웃음이 다 그치지 않아 몸을 들썩거렸다.

–또 한 번 제대로 일을 치렀네요, 사샤가 말했다.

–나이를 드시는 거지, 쿠르트가 말했다.

그가 다시 일어나더니 스웨덴 식 책장에서 코냑을 빼어 가지고 왔다. 그리고 이리나의 잔과 그의 잔에 술을 따랐다. 사샤도 한 잔 마시고 싶어 했다.

–자, 이리와, 멜리타. 코냑 한 잔 같이 마시자, 이리나가 말했다.

하지만 멜리타는 코냑을 마시려 하지 않았다. 차라리 물을 마시겠다고 했다. 이제 겨우 새 여자친구에게 약간 마음을 주려는 참이었는데, 이리나는 다시 기분이 상하고 말았다. 이게 무슨 예절이란 말인가! 아니면 이번엔 금주론자라고 할 것인가? 채식주의자이면서 *동시에* 금주론자라니!

–그래, 그럼 우리끼리 마시자, 이리나가 말했다.

두 젊은이가 서로 눈길을 주고받았다. 그 순간, 이리나는 갑자기 깨달았다.

이 평범한 여자가, 다리가 짧고 시선이 매섭고 손톱도 제대로 손질하지 않고 헤어스타일도 촌스러운 이 여자가 지금 채 쉰 살도 되지 않은 그녀를, 이리나 페트로브나를 할머니로 만들려고 하는 것이다.

– 그럴 수는 없는 일이야, 이리나가 말했다.

– 엄마, 무슨 끔찍한 일이라도 생긴 것처럼 말씀하시네요, 사샤가 말했다.

– 대체 무슨 일인데, 쿠르트가 물었다.

1989년 10월 1일

마음에 들지 않았다. 엄마가 욕실 거울 앞에 서서 눈썹을 뽑는 모습은. 벌써 한참 전부터 그는 엄마가 요란하게 치장하는 모습을 보고 있었다. 평소에 엄마는 하루 종일 바둑판무늬의 셔츠를 입고 돌아다녔다(위르겐의 셔츠를 제일 좋아했다. 그가 그곳에 있던 동안은). 그런데 지금은 갑자기 하이힐을 신고 있었다. 그는 엄마가 하이힐을 갖고 있는지도 몰랐다. 다리털도 이미 왁싱(고문 기계다)으로 깨끗이 제모했고, 이제는 세면대 위로 깊숙이 몸을 숙여 눈썹을 뽑고 있었다. 치마 속에 입은 긴 팬츠 자국이 선명했다. 끔찍했다. 정말 *전부 다* 보였다. 저런 차림으로 거기에, 생일파티에, 아빠도 올 그 자리에 가겠다는 것이었다. 아빠가 올 거라는 건 엄마도 당연히 알고 있었다. 엄마가 모르는 게 있기는 했다.

엄마에게 말하는 게 옳았을까? 엄마는 따로 묻지는 않았고 그저 빙 둘러서 말할 뿐이었다. 하지만 그는 엄마가 무슨 말을 하고 싶어 하는지 이미 알고 있었다. *너와 함께 먹을 음식을 차렸어?* 그런 질문들. *둘이 같이 영화관에 갔니?* 그래, 우리는 영화관에 갔다. 하지만 *셋이서* 갔다. 그는 이 말을 하지 않았다. *아빠의 새 여자친구랑*. 이 말도 하지 않았다. *새 애인이랑*.

–가서 옷 갈아입어, 엄마가 말했다.

마르쿠스는 말을 듣지 않고 가만히 있으면서 엄마가 속눈썹을 그리기 시작하는 것을 쳐다보았다. 평소에 눈물이 나려고 하면 다시 눈앞이 보일 때까지 하던 눈짓처럼 흰자위만 보일 정도로 눈을 치켜떴다. 얼마나 능숙하게 속눈썹을 그리는지, 그리고 이제는 또 얼마나 능숙하게 입술을 그리는지 놀라울 따름이었다. 아빠의 새 애인과 똑같이 얼굴을 찡그리면서 입술을 서로 맞붙여 꾹 누르고 다시 뽀로통한 표정을 했다. 헤어젤을 손가락 끝에 골고루 짜낸 후에 방금 감은 머리카락에 발랐고, 끝으로 머리카락을 전체적으로 조금 부풀어 오르게 했다. 그러고는 고개를 약간 수그리고 눈을 부릅뜨며 거울에 비친 모습을 관찰했는데, 그 눈빛도 새 애인의 것과 똑같았다. 엄마가 이런 일을 아주 잘한다는 게 놀라웠고, 약간 감탄스럽기까지 했지만, 그는 두 사람이, 아빠의 새 애인과 엄마가 오늘 오후의 생일파티에서 서로 만나게 되는 장면은 떠올리기 싫었다.

–셔츠 빨리 입어, 엄마가 말했다. 버스 놓칠라.

–셔츠 안 입어, 마르쿠스가 말했다.

–그래, 그럼 놔두고 혼자 가야지, 엄마가 말했다.

엄마는 털을 뽑은 자리를 솜으로 가볍게 두드렸다. 마르쿠스는 몸을 돌려 자기 방으로 내뺐다.

높다랗게 자란 접시꽃들 사이로 엄마의 전시품들이 서 있는 안뜰을 거쳐 가는 길이 제일 짧았다. 그의 방은 네 면이 건물로 에워싸인 농가(사실은 세 면에만 건물이 있었다)의 중간 건물에 있었다. 공방 바로 위였다. 때때로 도자기 만드는 원판이 웅얼대는 소리가 저녁까지 들려왔다. 그는 열두 단의 계단을 다섯 걸음으로 익숙하게 올라가 침대에 몸을 던졌다. 이층 침대의 아래층이 그의 자리였다. 마르쿠스와 프리켈이 함께 잘 수 있도록 위르겐이 만들어준 침대였다. 하지만 프리켈은 없어졌다. 엄마아빠와 함께 서독으로 갔다. 프리켈이 사라지자 그로스크리에니츠는 황량해지고 말았다. 같은 반에서 제일 예쁜 여자아이들은 슐첸도르프에 살았는데, 거기로 가려면 소형 오토바이가 필요했다. 네가 열네 살이 되면 사줄지도 몰라, 돈이 있으면. 엄마는 그렇게 말했다. 하지만 지금은 우선 연속 난로[1]를 위해 돈을 모아야 했고, 난로를 사고 나면 제대로 돈을 벌게 될 거라는 게 엄마의 설명이었다. 물론 제대로 돈을 벌 거라는 이야기는 벌써 여러 번 들었고, 이제는 위르겐이 차까지 가져가 버렸다. 엉금엉금 이동하는 것, 그건 정말 지겨운 일이었다. 그로스크리에니츠는 정말로 세상의 끝자락에 있었고, 노이엔도르프로 가든 데만도 차를 두 번 갈아타야 했다.

그는 엄마가 계단을 올라오는 소리가 들리는지 귀를 기울여보았다. 정말로 혼자 가면 어쩌지?

증조할아버지와 증조할머니 집에서 볼 수 있는 물건들에 대한 생각이 그의 마음을 흔들고 있었다. 그는 여전히 또렷하게 기억하고 있었다. 현관에 있는 커다란 조개, 온실 베란다에 있는 코브라 껍질(증조할머니는 그걸 방울뱀으로 잘못 알고 있었다), 톱상어의 톱(사실은 톱가오리의 톱이었다), 박제한 돔발상어, 그리고 물론 빌헬름의 책장에 있는, 다 자라지 못한 까만 이구아나. 그곳은 베를린에 있는 자연사박물관의 분위기와 조금 비슷했다. 손으로 만지는 것은 금지되어 있었다.

그것만 빼면 증조할아버지와 증조할머니는 재미있는 분들이었다. 언젠가, 아주 오래전에 그들은 히틀러에 맞서 싸웠다. 불법으로. 나치 시절, 학교에서 배운 적이 있었다. 심지어 빌헬름이 그의 반에 찾아와서 칼 리프크네히트에 대한 이야기를 들려준 적도 있었다. 발코니에 함께 앉아 동독을 건설하는, 그런 이야기였는데 학생들은 아무도 이해하지 못했다. 그래도 그들은 그의 증조부가 얼마나 유명한 사람인지 놀라워했고, 심지어 프리켈까지 그랬다. 증조할아버지는 평소에는 아주 재미있는 분이었다. *옴브레*, 항상 *옴브레*라고 했는데, 뜻을 알 수 없는 말이었다. 증조할머니는 소변본다는 말 대신 *쉬 한다*는 말을 썼고, 그를 세 살짜리 아기 다루듯 했다. 그런데도 그가 *온두라스*의 수도를 모른다고 놀라워했다. 에, 그러니까, *온두라스*가 뭔데요? 오토바이 상표예요?

발소리가 들렸다. 그의 예감이 맞았다. 엄마가 또 공연한 협박을 했던 것이다.

–마르쿠스, 아흔 번째 생신이야. 이번이 마지막 생신이 될지도 몰라.

–상관없어, 마르쿠스는 이렇게 대답하고 위층 침대의 프레임

에 달려 있는 드림캐처[2)]를 훅 불었다.

–네가 그런 식으로 대꾸하는 게 엄마는 좀 슬프구나. 엄마가 말했다.

–갖고 갈 선물도 없어, 마르쿠스가 말했다.

–그건 상관없어, 엄마가 말했다.

–상관이 아주 많아.

엄마는 잠시 생각하더니, 언제나 그렇듯 즉시 해결책을 내놓았다.

–네가 그린 거북이 그림 하나를 선물해드리면 되겠다!

그로스크리에니츠, 마을 중앙, 이게 버스 정거장 이름이었다. 엄마의 농가는 마을 외곽에, 아니 마을을 좀 벗어난 곳에 있었다. 그는 3미터 간격을 두고 엄마 뒤를 따라갔다. 엄마가 팔짱을 끼는 걸 막기 위한 안전거리였다.

그들은 폐기된 철로를 건너 지금은 어떤 농업협동조합이 창고로 쓰는 과거의 소방대 차고를 지나갔다. 주말이면 언제나 레미콘 차량이 와서 관을 연결하지만 아무런 변화도 일어나지 않는 공사장을 지나갔고, 오리 똥으로 가득 찬 마을 연못과, 프리첼과 그가 방과 후에 가끔 막대 아이스크림을 사곤 하던 콘줌과, 이따금 창문 안쪽의 커튼이 흔들릴 뿐 사람 기척이 없는 그로스크리에니츠의 집들을 지나갔다. 물론 그는 마을의 멍청이들이 무슨 말을 하든 신경 쓰지 않았지만, 그래도 지금 엄마가 잡스러운 옷 위에 파카를 걸치고 있다는 게 아주 다행스러웠다. 물론 파카는 치마에도 채 닿지 않는 길이였지만. 파카 아래쪽으로 스타킹 무늬가 덧씌워진 엄마의 장딴지가 1초 단위로 번들거리며 드러났고, 사람들은 여기저기 파손된 그로스크리에니츠의 인도를 밟으며 또각또각 소리를 내는 엄마의 하이힐을 쳐다보았다.

마르쿠스는 버스 정거장까지 가는 동안 포석의 틈새를 밟지 않으면 버스가 오지 않을 것이라고 점쳤다. 이곳은 버스가 오지 않는 경우가 많았다. 뒤쪽에 엔진이 달린 낡은 이카루스 버스가 여전히 이 구간을 운행하고 있었는데, 이 버스가 오지 않으면 끝장이었다. 일요일에는 두 시간이 지나야 다음 버스가 오기 때문이었다. 포석이 갈라진 부분도 틈새로 쳤기 때문에 갈라진 포석도 밟으면 안 되었는데, 쉽지 않은 일이었다. 엄마가 걸음을 빨리 하는 바람에 마르쿠스는 아주 집중해야 했다.

이미 멀리서부터 마르쿠스는 교회에서 누군가 어설프게 피아노를 연습하는 소리를 들었다. 그리고 지금 엄마가 인사하는 사람이 누군지는 고개를 들지 않고도 알 수 있었다.

–우와, 클라우스가 외쳤다. 어디 가요?

클라우스는 그 교회의 목사였다.

–바빠요, 버스를 타야 해서. 엄마가 말했다. 어머니 생신이에요!

마르쿠스는 놀라서 눈을 들었는데, 일 초 사이에 실수를 저지르고 말았다.

–제기랄, 마르쿠스가 말했다.

–그래도 오늘 저녁 평화예배에는 올 거죠? 클라우스가 말했다.

–제때 돌아오면요, 엄마가 말했다.

–거 참 안됐네요, 클라우스가 뒤에서 외쳤다. 하필 오늘!

그들이 정거장에 도착하자마자 버스가 왔다.

버스가 출발할 때 뒤쪽의 엔진이 덜덜거렸다. 오래된 이카루스 버스는 가속력이 형편없었다. 창밖으로 그가 매일 보는 풍경이 지나가고 있었다. 추수가 끝난 들판, 소나무들, 뒤쪽의 은빛 사일리지 탑들(프리켈은 늘 이 탑들이 사실은 러시아 핵미사일 발사대들이라고 주장했었다).

갑자기 엄마를 등 뒤에서 지켜주어야겠다는 생각이 들었다.

– 앞으론 아빠한테 안 갈 거야, 그가 선포했다.

– 갑자기 왜 그래, 엄마가 말했다.

그는 잠시 이 시나리오의 부작용을 따져보았다. 베를린과 영화관, 자연사박물관이 사라진다. 하지만 어차피 아빠가 그를 데리고 외출하는 것은 어쩌다 한 번 있는 일이었기 때문에, 이따금 아빠가 자신을 데리고 가주는 그 은총을 포기하는 것이 (게다가 머지않은 미래에 그가 자라 혼자서 베를린으로 갈 수 있게 될 것이라는 사실을 고려해볼 때) 전혀 불가능한 일은 아닌 것처럼 느껴졌다.

– 아빠는 개새끼야, 마르쿠스가 말했다.

– 제발, 마르쿠스!

– 개새끼, 마르쿠스가 반복했다.

– 마르쿠스, 아빠한테 그런 욕은 하는 게 아니야.

버스가 잠시 멈추었다. 할머니 한 분이 타더니 맨 앞자리에 앉았다. 버스가 다시 출발하자 엄마가 말했다.

– 우리는 서로 사랑했기 때문에 결혼했고, 함께 너를 가진 거야. 그리고 우리가 헤어진 건 너랑은 아무 상관이 없어. 아빠는 네가

아니라 나를 떠난 거야, 알겠니?

—빌어먹을, 마르쿠스가 말했다.

엄마가 아빠 편을 들면 왠지 더 화가 치밀었다. 아빠는 그들 두 사람을 떠났다. 그를 떠난 것이기도 했다! 그리고 엄마에게 못된 짓을 했다. 엄마는 그때 그가 너무 어려서 아무 기억이 없을 거라고 했지만, 그래도 기억이 조금은 남아 있었다. 버려지는 기억. 공포. 고통. 그는 엄마가 흐느끼던 소리를 기억했다. 엄마는 그가 듣지 못하도록 낮게 흐느꼈다. 옆방에서 아빠가 엄마에게 무슨 짓을 하는지 정확히는 몰랐지만, 머리채를 잡아당기고, 방바닥 위로 끄는, 그런 짓이었다. 언젠가 엄마는 *여성 납치*라는 말을 했는데, 물론 이제 그는 이 말이 전혀 다른 것을 뜻한다는 사실을 알고 있었지만 어쨌든 그런 종류의 짓이었다. 옆방에서 들리던 흐느낌 소리를 그는 기억하고 있었다. 그리고 그때 겁먹어 몸이 굳은 채 꼼짝 않고 누워 있던 기억도 생생했다. 어릴 때 그가 자주 아팠던 것도 거기서, 버려졌다는 생각에서 비롯된 일이었다. 심리학을 공부한 엄마라면 그 정도는 알고 있어야 했다. 엄마가 드림캐쳐를 선물해주기 전까지 그가 물고기 대가리가 등장하는 악몽을, 가끔은 대낮에도 꾸었던 것도 마찬가지였다.

농업협동조합이 보였다. 황폐한 곳이었다. 높이 자란 풀들 사이로 여기저기 녹슨 기계들이 버려져 있었다. 이어서 도장도 하지 않은 콘크리트 판들을 엮어 만든 돼지 도살장이 눈에 들어왔다. 학교에서 이 노래를 불러야 할 때마다 이 도살장 생각이 났다.

우리 조국은 도시와 마을만이 아니야…….

–왜 아까 *외할머니* 생일이라고 했어?

–뭐, 그냥, 엄마가 말했다.

하지만 그는 엄마가 그냥 그렇게 말한 것이 아님을 알고 있었다. 클라우스 앞에서 빌헬름의 생일파티에 간다고 말하기가 어색했기 때문이었을 것이다. 어딘가 겸연쩍은 일이었다. 클라우스와 교회, 그리고 빌헬름과 당. 다만 클라우스는 빌헬름을 전혀 몰랐기 때문에(물론 외할머니도 몰랐다), 굳이 핑계를 댈 필요가 없었다. 하지만 엄마에게 그런 것을 지적하는 대신 그는 이렇게 물었다.

–클라우스는 동독에 반대하는 거야?

–동독에 반대하는 게 아니야, 엄마가 말했다. 더 나은 동독, 더 많은 민주주의를 원하는 거지.

–그러면 왜 목사가 되었어?

–목사면 어때, 엄마가 말했다. 누구든지 더 많은 민주주의를 위해 일할 수 있어. 예를 들면 그는 목사니까 평화예배를 조직할 수 있지.

마르쿠스는 이 이야기를 더 길게 끌고 싶지 않았다. 그는 엄마가 또 그를 설득하려고 하는 것을 느꼈다. 평화예배는 정말 끔찍했다. 모두 서로 손을 맞잡고 함께 노래하는 것, 그 온갖 과장된 행동들이 그랬다. 게다가 예배가 끝나고 나면 모두들 그의 집 마당에서 밤을 지새웠다. 다 술에 취해 토마토에 오줌을 갈겼다. 더 나은 독일민주공화국을 위해. 그게 어떻게 가능한지는 어차피 수수께끼로 남았다.

멀리 서베를린이 보였다. 하얀 상자 같은 건물들이 미래의 냄새를 풍겼다. 거기 프리켈이 살고 있었다.

– 왜 우린 출국 신청서를 내지 않아? 그가 물었다.

– 오늘 신청하면, 엄마가 말했다, 네가 열여덟이 되어야 허가될 거야. 그것도 확실하지 않아. 스무 살이 되어야 허가서가 나올지도 모르지.

– 그럼 도망치면 되지, 마르쿠스가 말했다.

– 그렇게 크게 말하지 마, 엄마가 말했다.

그는 문득 이 해결책이야말로 최고라는 생각이 들었다. 그러면 모든 것들로부터 벗어날 수 있으리라. 그로스크리에니츠와 도기 공방으로부터. 그리고 아빠는 넋이 나간 표정을 지을 것이었다.

– 어떻게 도망친다는 말이지? 엄마가 물었다.

– 뭐, 다른 사람들처럼, 헝가리를 거쳐서.

– 그렇게 간단하지 않아, 엄마가 나지막이 말했다. 버스 앞쪽에 앉아 있는 할머니가 슈타지 요원이라고 의심받는 사람이라도 되는 듯이. 헝가리 비자를 받아야 하는데, 그건 이제 발급해주지 않아. 그리고 생각해봐. 저쪽으로 넘어가면 네 친구들도 다시는 못 봐.

– 프리켈은 볼 수 있어.

– 그래, 프리켈은 있지. 하지만 다른 친구들은?

– 라르스는 어차피 이미 저쪽으로 갔어.

– 할머니와 할아버지는? 아빠는?

– 개새끼, 마르쿠스가 말했다.

—마르쿠스, 엄마가 물었다. 너하고 아빠 사이에 무슨 일이 있었는지 말해줄래?

—빌어먹을, 마르쿠스가 말했다. 하얀 상자 같은 건물들이 천천히 창밖을 지나가고 있었다.

한 시간 후 증조할아버지 집에 도착했을 때, 그는 대문에 달린 황동 노커를 알아볼 수 있었다. 중국 용들의 형상이었는데, 활짝 벌린 입이 갑자기 꿈에서 나타나던 물고기 머리처럼 보였다. 다행히도—악한 기운을 떨쳐내기라도 하는 듯—물고기 머리 아래쪽에 작은 쪽지가 붙어 있었다. *두드리지 마세요!* 마르쿠스는 이 집 안의 곳곳에 작은 쪽지들이 붙어 있던 것이 떠올랐다. *손님용* 혹은 *스위치 고장* 혹은 *열쇠를 안쪽에 꽂아두세요*, 라고 써 붙인 쪽지들이 있었고, 심지어 집이 너무 커서 지하실이 어디 있는지 더러 잊어먹을 수도 있다는 듯 *주의! 지하실!* 이라는 쪽지까지 있었다.

미처 초인종을 누르기도 전에 문이 열리더니 이마에 소시지 같은 굵은 주름이 있는, 파란 신사복을 입은 사람이 나타났다.

—동지는…… 에…… 그가 말했다.

그는 자기 앞에 서 있는 사람이 누군지 모르는 게 분명했지만, 단지 이름이 생각나지 않을 뿐인 것처럼 행동했다.

—움니처, 엄마가 이렇게 말하고 마르쿠스를 가리켰다. 증손자예요.

—증손자, 남자가 외쳤다.

그리고 마르쿠스의 손을 잡고 흔들었다.

–아이고, 그가 말했다. 아이고!

신기한 것은, 그가 웃을 때도 이마의 소시지 주름 모양이 전혀 바뀌지 않는다는 것이었다. 그가 엄마에게 말했다.

–동지, 꽃다발을 건네받는 게 제 일입니다.

엄마는 호칭을 바로잡지 않고 그냥 꽃다발만 주었다.

커다란 조개가 그가 기억하는 그대로의 모습으로 현관을 밝히고 있었다. 다만 지난번보다 현관이 좀더 어두운 듯했다. 몇 초 동안 어색한 침묵이 흘렀는데, 갑자기 증조할머니가 유령처럼 그들 바로 앞에 모습을 드러냈다. 할머니는 의아한 듯이 그들을 쳐다보았다. 마르쿠스는 할머니가 자기를 알아보지 못할까 봐 조마조마했는데, 할머니가 이렇게 말했다.

–너희가 와서 참 좋구나. 너무 행복하구나!

여자 하나가 재빨리 지나가면서 엄마의 외투를 넘겨받았다.

–뒤쪽 입구에 자리가 없으면 외투를 지하실에 갖다 둬, 할머니가 여자의 뒤통수에 대고 찢어지는 목소리로 외쳤다. 그리고 다시 두 사람을 향해 몸을 돌렸다.

–끔찍해, 그녀가 말했다.

마르쿠스는 뭐가 끔찍하다는 것인지 알 수 없었다.

–더 못 참겠어, 할머니가 말했다. 정말로 더는 못 참겠어.

그녀는 두 손으로 얼굴을 가리고 이런 자세로 잠시 가만히 있었다. 마르쿠스는 기분이 언짢아졌다. 할머니가 갑자기 말했다.

–한 마디도 하지 마라! 알겠지?

할머니가 다시 자극적이고 날카로운 목소리로 말했다.

–헝가리에 대해서도! 무엇에 대해서도! 백 프로 그렇게 해야 해! 알겠지?

–알았어요, 엄마가 말했다.

할머니가 허리를 숙이고 거의 속삭이듯 말했다.

–빌헬름은 그걸 이겨내지 못해.

–알았어요, 엄마가 말했다.

–그래, 그래야지. 할머니가 피리소리로 이렇게 말하고 마르쿠스의 머리를 쓰다듬었다. 벌써 이렇게 컸구나!

–열두 살이에요, 엄마가 말했다.

할머니가 고개를 끄덕였다.

–멜리타, 네 이름이 멜리타 맞지?

–네, 엄마가 말했다. 맞아요.

할머니는 마르쿠스의 머리를 또 한 번 쓰다듬으며 그를 쳐다보고 미소 짓더니 다시 순식간에, 좀 미친 사람처럼 어조를 바꾸었다.

–바모스,[3] 그녀가 말했다. 백 퍼센트다! 너희들을 믿으마.

안으로 들어가자마자 그는 다시 자연사박물관이 떠올랐다. 모든 물건들이 전시품들 같았고, 어딘가 선사시대를 떠올렸다. 냄새도 그랬다. 먼지 냄새와 엄격하고 아주 진지한 냄새. 늘 그랬듯 사방으로 유리문이 달린 장들이 둘러서 있었고, 두 개의 공간을 큼지막한 홀처럼 만들어놓는 미닫이문 안쪽 비스듬히 온실 베란다가 보였다. 마르쿠스는 이 집의 핵심적인 보물들이 거기 있다는 사실이 문득 떠올랐다.

여러 모양의 (높이도 다른) 탁자들을 이어 붙여서 만든 잔칫상이 방 한가운데 차려져 있었고, 벌써 많은 사람들이 거기 둘러앉아 있었다. 아빠는 없었다. 이리나 할머니도 없는 듯했다. 여기 식탁 주위에 둘러앉아 케이크와 커피를 먹고 마시면서 토론하는 이들은 대개 나이가 많은, 아주 나이가 많은 사람들이어서 공룡들의 집합 같았다. 하지만 모두들 흥분하여 꽥꽥 소리를 질러대는 꼴이 마치 선사시대 이래 꽁꽁 얼어 있다가 방금 깨어나 수백 년 동안 쌓인 이야기들을 오늘 하루에 모조리 쏟아내려고 하는 듯했다.

한 사람만이 좀 떨어져서 커다란 잔칫상 맨 왼쪽 구석에 웅크리고 앉아 있었다. 테라스 문을 통해 흘러드는 햇빛이 그에게 쏟아지고 있었다. 완전히 부활하는 데 성공하지 못한 공룡처럼 무릎이 귀에 닿도록 웅크리고 있는 이 뼈만 남은 형체, 날개 팔을 팔걸이에 축 늘어뜨리고 부리 같은 길고 커다란 코를 달고 있는 이 형체는 언제나 마르쿠스에게 가장 매력적이었던 멸종한 파충류의 화석을 연상시켰다. 익룡 프테로닥틸루스.

– 마르쿠스가 왔어요, 증조할머니가 프테로닥틸루스에게 말했다. 당신의 증손자.

– 생신 축하드려요, 마르쿠스는 이렇게 우물거리면서 가지고 온 그림을 증조할아버지께 내밀었다.

– 잘 듣지 못하신단다, 증조할머니가 속삭였다.

– 이구아나로구나, 프테로닥틸루스가 쉰 목소리로 말했다.

– 수생 거북이에요, 마르쿠스가 크게 말했다. 그리고 (실제 대모거북을 보고 그린 그림이라는) 더 상세한 설명은 하지 않았다.

– 잘 보지도 못하셔, 증조할머니가 속삭였다.

– 마르쿠스는 동물에 관심이 많아요, 엄마가 말했다.

프테로닥틸루스는 잠시 가만있더니 이윽고 이렇게 말했다.

– 마르쿠스, 내가 죽으면 저기 책장에 있는 이구아나를 너한테 물려주마.

– 쿨, 마르쿠스가 말했다.

누가 그에게 무언가를 '물려주는' 일은 지금까지 한 번도 없었다. 그는 감사해야 할지, 기뻐해도 괜찮은지 알 수 없었다. 그건 빌헬름의 죽음을 기뻐한다는 말이 될 테니까. 하지만 빌헬름이 갑자기 이렇게 말했다.

– 아니, 지금 당장 네가 갖는 게 제일 좋겠구나.

– 지금 당장요?

– 그래, 가져가라, 빌헬름이 말했다. 어차피 나는 오래 못 버틸 테니.

– 하지만 그전에 모든 분들께 인사를 해야 해, 엄마가 뒤에서 외쳤다.

마르쿠스는 예절바르게 한 사람 한 사람에게 인사했고, 사람들이 자신을 두고 거듭거듭 *증손자, 증손자!* 라고 하는 것을 참아냈다. 물론 어색했다. 하지만 왠지 좀 우쭐해지기도 했다.

– 청춘이란, 금발의 늙은 여자가 높은 소리로 외쳤다.

– 다 스드라브스트부예트, 너무 말을 많이 해서 얼굴이 벌겋게 달아올라 땀을 흘리는 어떤 뚱뚱한 남자가 포효했다.

모두들 잔을 들고 청춘을 위해 건배했다.

쿠르트 할아버지까지 그를 힘껏 안았다. 이건 흔치 않은 일이었다. 평소에 쿠르트 할아버지는 불필요한 신체접촉을 피하는 편이었는데, 마르쿠스는 이런 점이 아주 맘에 들었다. 그는 할아버지를 좋아했다. 다만 가끔씩 할머니 할아버지 댁을 찾아가면 할아버지는 늘 *삶을 위한 교훈을 얻을 수 있는* 낯선 게임을 가르쳐주려고 애를 썼고, 그게 좀 불편하기는 했다. 쿠르트 할아버지는 그랬다. 선량하지만 그를 좀 괴롭히기도 하는 분이었다.

– 이라 할머니는 어디 계세요? 마르쿠스가 물었다.

– 할머니는 몸이 안 좋아, 쿠르트 할아버지가 말했다.

– 어디 아프신 거예요?

– 그래, 쿠르트 할아버지가 말했다. 그렇다고 봐야지.

마지막 순서는 바바 나쟈였다. 이 할머니의 악수는 끔찍했다. 바바 나쟈는 이리나 할머니의 집에서 같이 산다. 거기로 가면 언제나 바바 나쟈의 방으로 가서 인사해야 했는데, 그 방에서는 엄청난 악취가 풍겼다. 약간 단내가 나는 독특한 냄새였는데, 문자 그대로 숨이 막혔다. 그래서 그는 의무만 채우고 나면 즉시 다시 방에서 빠져나오려고 했다. 하지만 이미 탈출구는 막혀 있었다. 이 할머니가 집게 같은 손으로 그의 손을 붙잡고, 러시아어로 온갖 수다를 떨고, 숨은 점점 가빠지는데 침대로 끌어당겼다. 그리고 역겨운 초콜릿 봉봉 하나를 먹기 전에는 집게 같은 손을 놓아주지 않았다.

물론 좋은 뜻으로 그렇게 한다는 건 분명했다. 그래서 지금 그녀에게 손을 내밀면서 아무 내색도 하지 않았다. 다만 저도 모르게 입으로 숨을 쉬게 되었다. 그는 일부러 즐거운 표정을 지었고,

알아들을 수 없는 한 무더기의 말소리가 쏟아지는 것을 견뎌내리라고 굳게 마음먹었다. 그런데 놀랍게도 바바 나쟈는 억양은 잘못되었지만 (마지막 음절에 악센트가 주어졌다) 알아들을 수 있는 말을 딱 한 마디 하는 걸로 그쳤다.

–아피더진, 그녀가 말했다.

아우프 비더제엔, 그는 이렇게 말하고 홀가분한 마음으로 발걸음을 뗐다.

맨 먼저 이제 자기 것이 된 이구아나를 살펴보았다. 발톱 하나가 없는 것을 제외하면 완벽하게 보존된, 멋진 놈이었다. 비늘벼슬에 먼지가 좀 쌓여 있었는데, 집에 가서 섬세한 붓으로 청소할 생각을 하니 벌써 기분이 좋았다. 지금 즉시 이구아나를 안전한 곳으로 옮기는 게 좋지 않을까? 나중에 빌헬름이 모든 걸 깡그리 잊어버릴 수도 있었다. 하지만 어디로? 선물하는 장면을 본 증인들도 있었다. 그는 관람을 계속하기로 했다. 다 같이 커피를 마시고 있는 자리로 오라는 엄마의 부름은 그냥 무시했다.

이구아나와 커다란 솜브레로와 올가미, 그리고 벽으로 막아놓은, 예전에는 문이 있던 자리에 걸려 있는, 자수로 장식된 (권총 주머니가 달린!) 가죽 허리띠를 제외하면 빌헬름의 방은 온실 베란다만큼 흥미롭지는 않았다. 하지만 마르쿠스는 서두르지 않고 모든 물건들을 다시 한 번 꼼꼼히 살펴보았다. 은제 제품, 접시, 재떨이 들, 그리고 책들 사이에 별도로 마련한 칸에 세심하게 배치되어 있는 금 혹은 파란 수정으로 만든, 아마도 아주 값비싼 제품들. 러시아 물건만 모아놓은 칸도 있었는데, 그 안에는 하나씩 안에 넣고 닫을 수 있는 러시아 나무인형과 채색한 나무 숟가락, 그리고 들고 흔들면 눈이 내리는, 유리가 덮인 물건도 있었다. 이 유리 물건의 안쪽 한가운데에 조그마한 크렘린 궁전 모형이 자리 잡고 있었다. 석고로 만든, 귀가 손상된 레닌 두상도 있었다.

허리 높이의 유리 진열장 위에 늘어서 있는 작은 사진틀 속의 사진들은 더 흥미로웠다. 빌헬름이 군복을 입고 가죽 모자와 안경을 쓰고 선사시대의 오토바이를 타고 있는 모습(그라는 것을 알아볼 수 있는 데는 코밖에 없었다)이 찍혀 있었는데, 그 옆의 사이드카에는 어떤 남자가 신사복을 입고 앉아 있었다. 아마도 칼 리프크네히트일 터였다. 하지만 사진의 질이 좋지 않았고 당시에는 아마도 누구나 수염을 길렀던 모양이니 정확한 건 알 수 없었다.

배의 사진도 있었다. 이 배는 증조할아버지가 멕시코에서 돌아올 때 탔던 배일까, 아니면 멕시코로 갈 때 탔던 배일까? 당시에 어떻게 독일을 빠져나갈 수 있었던 걸까?

눈이 까맣게 빛나는 젊고 아름다운 여자의 사진도 있었는데, 이 여자가 지금 팔랑거리며 걸어와 쉿소리로 손님들에게 경고하는 여자와 똑같은 사람이라는 것을 입증해주는 것은 오로지 지금도 바뀌지 않은 머리모양뿐이었다.

–아이, 다들 그러면 안 돼요!

또 초인종이 울렸다. 증조할머니는 현관으로 사라졌고, 경고를 받고 잠시 잦아들던 공룡들의 수다는 다시 소리가 커졌으며, 금지에도 불구하고 *정치 상황*과 헝가리 등에 대한 토론이 이어졌다. 마르쿠스는 공룡들이 그로스크리에니츠의 클라우스 목사와 생각이 같다는 것을 알고 놀랐다.

–더 많은 민주주의, 얼굴이 빨간 뚱뚱한 남자가 소리쳤다. 당연하지, 우린 더 많은 민주주의가 필요해!

하지만 벌써 증조할머니가 돌아와 손뼉을 쳤다.

–동지들, 증조할머니가 외쳤다. 조용히 해요!

갈색 신사복을 입은 남자가 들어섰다. 브리츠케 교장을 닮은 그 남자는 손에 빨간 파일을 쥐고 있었다. 누군가 유리잔을 탁탁 쳤고, 아마도 연설이 시작될 모양이었다. 이제 공식적인 부분이 시작되는구나, 마르쿠스는 생각했다. 아빠는 어디 있는 거지?

–친애하는 동지들, 친애하고 존경하는 포빌라이트 동지, 교장이 입을 열었다. 이 몇 마디만 말했는데도 이미 그의 어조가 너무 지루했고, 극히 전형적인 연설이어서 마르쿠스는 이 마지막의 어수선한 분위기를 틈타 얼른 온실 베란다로 탈출해볼까 하는 생각이 들었다. 하지만 이미 너무 늦어버렸다. 이제는 때를 기다리는 수밖에 없었다. 마르쿠스는 창가에, 빌헬름의 책상 앞에 서 있었다. 이 책상도 그 위 구식의 사무 용구들과 함께 박물관에 진열해도 좋을 터였다. 페이퍼 나이프(여러 개), 나무 색연필(빨강), 커다란 돋보기. 교장이 빌헬름의 생애를 펼쳐놓는 것을 들으면서 마르쿠스는 과거에 빌헬름이 그의 교실에 왔을 때 '캅 푸치'[4]에 대해서도 이야기했던 기억이 났다. 거기서 부상을 입었다고 했다. 마르쿠스는 거기 풍경이 어떤지 전혀 몰랐지만, 그때 이미 증조할아버지가 캅 호른에서 솜브레로를 쓰고 리볼버를 재빨리 빼어 든 채 적을 공격하러 달려가는 모습을 상상했다. 탕! 할아버지가 말에서 떨어진

다. 물론 정말로 그랬지는 않았을 거라고 그는 생각했다. 그냥 그들의 대장 이름이 '캅'이었던 걸까? 사이드카에 타고 있던 그 남자가 대장이었을까? 그들은 '반란'을 일으키러 달려가는 중이었을까? 아니면 지금 교장이 보고하듯이 빌헬름이 *불법으로 활동하던* 나치 시절의 사진이었을까? 그래서 빌헬름이 나치 돌격대원 복장으로 위장하고 있었던 걸까? 교장이 말했다. 나중에 빌헬름은 독일에서 탈출해야 했습니다. 하지만 *어떻게* 탈출했는지는 설명해주지 않았다. 마르쿠스는 다시 의문이 들었다. 당시 독일에는 국경이 없었던 것일까? 국경에 경비가 없었던 걸까? 그런데 샤로테 증조할머니는 왜 줄곧 안 보이는 거지?

– 친애하는 포빌라이트 동지, 당신께 금장 조국 공로훈장을 수여합니다, 교장이 이렇게 말했다. 금장 조국 공로훈장이라니, 어마어마하게 들렸다. 황제와 전쟁이 연상되기도 했고, 게다가 금장이라니. 이제 모두들 박수를 쳤고, 교장은 조국 공로훈장을 들고 빌헬름에게 다가갔다. 하지만 빌헬름은 일어나지 않고 그냥 손만 들면서 말했다.

– 상자에 벌써 철판들이 넘쳐.

모두들 웃었지만 증조할머니는 고개를 절레절레 흔들었다. 교장이 빌헬름에게 훈장을 꽂아주었고, 모두들 또 한 번 박수를 치면서 일어났는데, 언제 어떻게 박수를 멈추어야 할지 아는 사람이 없었다. 그래서 계속 박수를 치는 사이에 마침내 증조할머니가 날카로운 목소리로 외쳤다.

– 뷔페를 시작합니다!

뷔페는 옆방에 차려져 있었다. 마르쿠스는 재빨리 소시지 하나를 집어 들고 온실 베란다로 달려갔다. 벌써 익숙한 냄새가 코를 파고들었고, 사포처럼 거친 돔발상어의 피부를 손가락 끝에 느낄 수 있는 것 같았다. 모든 상어들의 피부가 그렇듯 돔발상어의 피부도 계속 재생되는 작은 이빨 모양의 돌기들로 구성되어 있었다. 이미 그는 돔발상어를 만질 왼손을 깨끗하게 유지하기 위해 소시지를 오른손으로만 쥐는 데 신경을 쓰고 있었다. 그런데 막상 도착하고 보니 온실 베란다 문이 잠겨 있었다. 미닫이문의 양쪽 날개가 만나는 중간 지점에 마치 봉인처럼 쪽지가 붙어 있었다. *들어가지 마세요!* 마르쿠스는 유리창 안쪽을 들여다보았다. 그가 기억하는 그대로였다. 저기 코브라의 껍질과 톱상어의 톱이 있었고, 고무나무 잎들 사이로 돔발상어가 보였다. 작은 분수만 예전과 달리 꺼져 있었다. 발을 들고 바싹 붙어 안쪽을 들여다보니 문 앞쪽의 테라스로 연결되는 마룻바닥이 침수로 인해 부풀어올라 있었다. 심지어 군데군데 마루 판자들이 빠져 있기도 했다. 아까웠다. 마룻바닥이 아니라 갑자기 아주 소홀이 다루어지고 거의 내버려진 것처럼 느껴지는 그 멋진 물건들이 아까웠다. 일단 이런 생각이 들자 그는 코브라 껍질과 톱상어와 돔발상어도 *물려받*을 수 없는 것일까 하는 의문이 들었다. 하지만 아마도 증조할머니가 돌아가시면 우선 쿠르트 할아버지 차례일 터였고, 쿠르트 할아버지가 돌아가시면 아버지 차례일 터였다. 오래, 너무 오래 기다려야 했다. 희망은 오로지 이런저런 물건을 미리 선물로 받는 데 있었다. 아빠와 협상을 할 수도 있지 않을까? 그런데 아빤 왜 안 오지? 마르쿠스는 주위를 둘러보았지만, 아빠는 없었다. 아빠는 필요할 때마다 항상 없었다. 정신이 쏙 빠진 듯한 증조할머니에게 온실 베란다에 들어가도 되냐고 물어야 하는 지금처럼. 아빠가 언제나 곁에 없다는 건 엿 같은 일이었다. 다른 아빠들은 있는 자리에 오직 그의 아빠만, 마르쿠스 움니처의 엿 같은 아빠만 이렇게 항상 없었다. 개새끼.

그는 차가운 음식들로 구성된 뷔페로 돌아가 소시지를 하나 더 집었다. 엄마는 저쪽 다른 방에서 쿠르트 할아버지 곁에 앉아 있었다. 엄마는 마르쿠스가 소시지를 먹는 것을 별로 좋아하지 않았기 때문에 그는 '뷔페 방'에서 좀더 어슬렁거리면서 이쪽저쪽에 서 있기도 하고 걸려 있기도 한 인디언 공예작품들을 무료하게 쳐다보았다. 증조할머니가 열광적으로 좋아하는 물건들이었다. 다시 초인종이 울렸다. 그는 혹시 아빠가 온 것은 아닌지 몰래 살펴보았다. 소시지를 다 먹고 나서도 아빠가 여전히 오지 않자 그는 증조할머니께 예외적으로 온실 베란다에 들어가게 해줄 수 있는지 직접 물어보기로 결심했다. 손가락을 바지에 문질러 닦고 나서 증조할머니가 어디 있는지 둘러볼 때, 갑자기 옆방이 조용해졌다. 그리고 잠시 후 어떤 음성이, 조용하고 높은 음성이 들려왔는데, 남자의 음성이라고 하기에는 너무 높았고, 거의 멸종 직전인 사람의 음성이라고 하기에는 너무 깨끗했다. 그것은 빌헬름의 음성이었다. 침침한 구석에 앉아 눈을 감고 그냥 아무렇지도 않게, 금방 생각해낸 말도 안 되는 가사로 *노래를 부른다*고 볼 수도 있었다. 하지만 그런 게 아니라 레닌과 스탈린이 등장하는 노래였다. 누군가 함께 부르려고 했지만 가사를 제대로 몰랐고, 그래서 빌헬름은 혼자서 노래를 끝까지 불렀다. 한 무더기의 뼈에 지나지 않는 익룡이 올림픽 금메달리스트처럼 훈장을 가슴에 달고 솔로로 노래를 불렀다.

다시 모두 박수를 쳤다. 빌헬름이 손을 저어 만류했지만 소용이 없었다. 노래가 엄청나게 멋졌다는 듯이 박수를 쳤다. 이번에도 증조할머니만 얼굴을 찌푸렸다. 빌헬름을 부끄럽게 생각하고 있다는 것을 누구나 알 수 있었다. 마르쿠스는 지금 온실 베란다 이야기를 꺼내도 좋을지 고민하고 있었는데,—믿을 수 없게도—다음 사람이 또 노래를 시작했다. 정확히 말하자면 다음 *여자*였다. 갑자기 박자에 맞춰 몸을 이리저리 흔들다가 거친 저음으로 러시아 발음을 쏟아내기 시작한 바바 나쟈였다. 모든 사람들의 시선이 일제히 그녀에게 쏠렸다. 모두들 쉿, 쉿 했고, 심지어 증조할머니까지 조용하라는 경고를 받았다. 사람들은 바바 나쟈에게 응원의 눈빛을 던져주었고, 박자에 맞추어 하나둘씩 머리를 흔들었으며, 바바 나쟈가 모두가 이해하는 유일한 단어인 *보드카, 보드카,* 라는 말이 등장하는 일종의 후렴구를 두 번째 혹은 세 번째로 반복하자 누군가 *보드카, 보드카,* 라는 부분이 돌아올 때마다 함께 노래하기 시작했다. 바바 나쟈는 진지하고 고집스럽게 한 절 한 절 단조롭게 되풀이하여 노래를 불렀고, 결국 모두가, 특히 비비 원숭이처럼 얼굴이 빨간 뚱보가 가장 큰 목소리로, 함께 포효했다. *보드카, 보드카, 보드카, 보드카,* 부분에서 손뼉을 치기까지 했다. 믿을 수 없는 일이었다. 공룡들의 파티. 아빠도 이걸 못 본 걸 아쉬워하게 될 거야, 마르쿠스는 이렇게 생각하면서 혹시 아빠가 오지 않았는지 주위를 둘러보았다. 그러나 이 미친 듯한 유쾌함 사이에서, 꽥꽥거리고 이빨을 으르렁거리고 술에 취한 얼굴들 사이에서 그가 아빠 대신 발견한 것은 진지하고 넋이 나간 듯한, 이 모든 소란에 전혀 전염되지 않은 얼굴이었다. 아주 여위고 아주 삐딱한 얼굴, 눈썹 아래에 작고 따가운 염증들이 생긴 얼굴이었다.

그때 옆방에서 무언가 달그락거리는 소리가 났다. 누군가 비명을 질렀다. 마르쿠스는 갑자기 미닫이문을 열고 빠져나오는 사람들을 헤치고 힘겹게 엄마에게로 갔다.

–무슨 일이야, 그가 물었다.

–집에 가자, 엄마가 말했다.

–왜 벌써?

–나가서 얘기해줄게, 엄마가 말했다.

그들은 증조할아버지와 증조할머니에게 작별인사도 하지 않은 채 집을 나섰다.

그는 이구아나를 들고 있었다.

그날 밤 그는 잘린 생선 대가리 꿈을 다시 꾸었다.

1979

며칠 동안 아무리 치워도 점점 쌓이기만 하는 눈조차도 이 동네에 안온한 분위기를 씌워주시는 못했다. 좌우의 높다란 임대주택들은 초라해 보였다. 타일로 덮은 난로에서 뿜어져 나오는 연기로 인해 벽에 발린 석회들이 거무튀튀했고, 드문드문 칠이 완전히 벗겨진 곳들도 있었다. 발코니는 금방이라도 사람들 머리 위로 무너져 내릴 듯했다.

무기 없이 폐기, 이 농담이 떠올랐다. 지역 주택당국의 구호였다.

건너편으로는 베딩[1] 지역의 신축 건물들이 보였다. 서베를린 사람들은 장벽 너머로 이 초라한 꼴을 보며 무슨 생각을 할까?

16번지에는 아무도 살지 않는 듯했다. 주소가 잘못된 것일까? 문은 열려 있었다. 쿠르트는 폐허 같은 입구 복도를 지나갔다. 천장에는 꽃 부조의 흔적이 남아 있었다. 여기가 잠자는 공주의 궁전일까.

지독히 낡은 표시판들. 행상인 출입금지. 공놀이 금지. 자전거 주차 금지.

측면 건물 오른쪽. 떨어져나가고 뜯겨나간 우편함들. 문은 활짝 열려 있었다. 바닥에 낀 두꺼운 얼음이 문지방을 가로막고 있어 문이 꽉 닫히지 않는다. 수도관 파열. 올 겨울의 단어였다. 해가 바뀌던 무렵 기온이 급격히 하락하자 도처에서 수도관이 파열되었다.

쿠르트는 얼음이 깔린 바닥 위로 가까스로 균형을 잡으며 두 개의 계단을 올라 오른쪽의 문을 두드렸다. 안에서 아무도 대답이 없기를 바랐다. 안에 누가 있는지 알아보려는 노력은 했다고 말할 수만 있으면 되었다. 하지만 이게 다 무슨 소용이란 말인가? 이리나는 아마도 경찰에 신고를 할 것이다. 더 끔찍한 상황은 그녀가 직접 이리로 오는 경우다. 그런 일은 있어서는 안 된다. 이리나가 *이것*을 보게 되면, 끝장이었다.

소리. 발걸음. 문이 열리고 사샤가 나타났다. 여기저기 눈에 띄게 기워진, 흉측한 파란색 스웨터를 입고 있었다. 머리는 죄수처럼 박박 깎았다. 살이 빠졌고, 얼굴에서는 이상하게 창백한 광채가 난다. 눈빛은, 왠지 불안하다.

–들어오세요, 사샤는 이렇게 말하고 마치 궁전으로 초대하는 사람 같은 몸짓을 한다.

쿠르트는 텅 빈 집으로 들어섰다. 집 안을 세세히 둘러보지도 않았다. 세세히 볼 것도 거의 없었다. 잔인하도록 텅 빈 마루. 가구 하나 없는 부엌. 모든 부엌 용구들이 낡은 전자레인지 위에 널브러져 있었다. 빨간 바닥의 휑뎅그렁한 마루가 방이었다. 천장에는 알몸의 전구 하나만 달려 있었다. 옷장 하나. 매트리스 하나. 파랗게 칠한 학생용 걸상 하나. 그 위에 타자기가 놓여 있었다.

사샤가 방 안의 유일한 의자를 가리켰다.

– 앉으세요, 그가 말했다. 차 드릴까요?

쿠르트는 선 채로 방을 둘러보았다.

꽁초가 수북한 재떨이가 창문턱에 놓여 있었다. 바닥에는 책들이 누워 있었다.

– 아직 정리가 덜 끝났어요, 사샤가 말했다.

– 그렇구나, 쿠르트가 말했다.

그는 유리창의 성에 너머로 뒤뜰의 포플러를 바라보았다. 검은 가지들이 하늘을 향해 뻗어 있었다.

– 허가는 받았냐?

사샤가 웃으면서 머리를 저었다.

– 그럼 여긴 어떻게 들어왔냐? 열쇠를 어디서 구했어?

– 새 자물쇠를 달았어요.

– 그러니까 침입해 들어왔다는 거구나.

– 아버지, 어차피 빈 집이에요. 아무도 신경 쓰지 않아요.

쿠르트는 타일을 바른 커다란 갈색 난로를 쳐다보았다. 활짝 열린 주철 문짝 뒤에서 작은 불꽃이 타오르고 있었다. 난로 옆에는 석탄이 들어 있는 판지 상자가 놓여 있었다. 규정위반이군, 쿠르트는 이렇게 생각하며 크게 말했다.

– 알았다, 밥 먹으러 가자.

그사이 날이 어두워졌다. 전쟁 전에 설치된 가로등들은 절반만 이 불이 들어왔다. 쓰레기 컨테이너에서 김이 솟아오르고 있었다.

– 여기 괜찮구나, 쿠르트가 말했다.

– 네, 사샤가 말했다. 베를린 최고의 동네죠.

눈 속에서 걸을 수 있는 곳은 사람들이 밟아서 생긴 좁다란 길뿐이어서 두 사람은 앞뒤로 걸었다. 사샤가 앞섰다. 닳아 해진 군용 외투가 너무 얇았다. 파카라고 부르는 옷일 터였다.

– 양가죽 외투는 어디 뒀냐, 쿠르트가 물었다.

– 아직 멜리타 집에 있어요.

– 멜리타 집이라, 쿠르트가 우물거렸다.

– 네? 사샤가 물었다.

– 아무것도 아니다, 쿠르트가 말했다.

마침내 그들은 쇤하우저 가로 빠져나왔다. 그리고 나란히 어깨를 맞대고 걸었다.

– 엄마가 걱정 많이 하신다, 쿠르트가 말을 시작했다.

사샤가 어깨를 으쓱했다.

– 전 잘 지내요.

– 다행이구나, 쿠르트가 말했다. 그럼 도대체 무슨 일이 있었던 건지 설명해줄 수도 있겠구나.

– 일이랄 것도 없어요. 나는 여기 있고, 존재하고 있죠. 인생은 멋지고.

– 멜리타가 그러더구나. 네가 이혼하려 한다고.

– 멜리타한테 다녀오셨어요?

–멜리타가 왔었다.

–그랬군요, 사샤가 말했다.

–멜리타가 이제 우리 집에 오면 안 되냐?

–제발요! 어머니 아버지가 언제부터 그렇게 멜리타와 잘 통하셨어요.

–멜리타는 우리 손자의 어미다, 쿠르트가 말했다. 그애는 우리가 선택한 게 아니야. 네가 결정한 거였다. 네가 결혼하겠다고 했지. 네가 아이를 낳겠다고 했고. 우리는 그때 말렸고…….

–맞아요, 사샤가 말했다. 아이를 유산시키라고 하셨죠.

–제대로 알지도 못하는 여자와 성급하게 결혼하는 걸 말렸던 거다. 스물두 살 나이에 아이를 낳는 것을 말렸던 거다…….

–오케이, 사샤가 말했다. 아버지가 옳았어요. 이 말이 정 듣고 싶으시다면 해드릴게요. 축하합니다. 아버지가 옳았어요. 이제 만족하시나요?

글라임 가 모퉁이에 비네타 식당이 있었다. 문에 손으로 쓴 표시판이 걸려 있었다. '기술적 문제로 휴업.'

길 건너편의 레스토랑도 닫혀 있었다. '월요일 휴업.'

그들은 도심 쪽을 향해 계속 걸었다. 차들이 한 무리씩 지나갔다. 쿠르트는 소리를 지르지 않으려고 잠시 입을 다물었다. 그리고 다시 한 번 시도했다.

–누가 옳은가 혹은 옳았던가 하는 걸 따지자는 게 아니다. 너를 비난하는 것도 아니야. 하지만 어쨌든 너는 결혼을 했고, 아들을 세상에 낳아놓았으니 이제 일정한 책임을 져야 하는 거다. 문제가

있다고 즉시 모든 걸 내팽개치고 도망갈 수는 없는 일이야. 부부란 게 원래 문제가 없을 수가 없는 거다.

– 부부 문제가 아니에요, 사샤가 말했다.

– 그래? 쿠르트가 말했다. 그럼 뭐냐?

사샤는 입을 다물었다.

– 미안하다만, 우리는 네 부모로서 무슨 문제가 있는지 알 권리가 있다고 생각한다. 너는 아무 말도 없이 그냥 사라져서 몇 주 동안 연락도 하지 않고…… 우리 집이 지금 어떤 꼴일지 정말 모르겠니? 바바 나쟈는 온종일 운다. 네 엄마도 완전히 기력을 잃었어. 지난 몇 주 동안 엄마가 얼마나 늙어버렸는지 모르겠다.

– 미안하지만 지금 저더러 엄마 나이까지 책임지라고 하진 마세요, 사샤가 말했다.

쿠르트는 무언가 반박하는 말을 하려고 했지만, 사샤가 그에게 말할 기회를 주지 않았다. 그의 말소리가 갑자기 커졌다.

– 아무리 미안해도 엄마의 마음의 평온을 위해 내 인생을 바칠 수는 없어요. 나한테는 내가 원하는 대로 살 권리가 있어요. 부부 문제를 가질 권리도 있고, 고통 받을 권리도 있고…….

– 부부 문제가 없다면서?

사샤는 대답하지 않았다.

– 다른 여자가 있는 거냐?

– 멜리타가 다 말씀드린 줄 알았는데요.

– 멜리타는 아무 이야기도 안 했다.

– 아니요, 다른 여자는 없어요. 사샤가 말했다.

–그럼 뭐냐?

사샤가 웃었다.

–멜리타에게 다른 남자가 있을 수도 있겠죠? 그럴 가능성도 있지 않아요? 아, 그리고 이 집은 통닭구이가 있어요.

그들은 밀라 가 모퉁이에 있는 황금 통닭 식당 앞에 섰다. 쿠르트는 통닭구이도 좋아하지 않았고, 네온사인도, 포마이카 탁자도 좋아하지 않았다. 무엇보다도 추위 속에 줄을 서는 것을 가장 싫어했다. 줄이 가게 문 앞까지 이어져 있었다.

–가까이 뭐가 더 있냐?

–저기 건너편에 카페 빈이 있어요, 사샤가 말했다.

–거기 뭐 먹을 건 있어?

–쇼트케이크.

–근처에 먹을 데가 있기는 할 텐데, 쿠르트가 말했다.

–발칸 그릴[2)]이 있어요, 사샤가 알렉산더 광장 쪽을 가리키면서 말했다.

그들은 다시 걷기 시작했다.

바람이 거셌다. 지하철이 덜컹거리며 지나갔다. 여기는 지하철이 위에서, 고가 궤도에서 달리고 도시 전철이 도로 아래로 달렸다. 뒤집어진 세상이군, 쿠르트는 생각했다.

그는 멜리타가 바람을 피웠다는 걸 상상할 수 있을까 생각해보았다. 사샤가 멜리타 몰래 다른 여자를 만났다면, 그건 별로 놀랄 일이 아니었다. 하지만 그 반대? 그건 놀라운 일이었다. 솔직히 말하자면 쿠르트는 조금은, 그렇다, 고소했다. 현대식 결혼! 동등권!

이런 것들보다는 자신의 전통적인 결혼이 훨씬 더 나았다.

그가 크게 말했다.

–그 일 때문에 마음이 아프다는 건 알겠다.

–다행이네요, 사샤가 말했다.

–이해하겠어, 쿠르트가 말했다. 너는 믿지 않겠지만, 나도 인생 경험이 좀 있어. 내가 이해하지 못하겠는 건 이거다. 왜 저 폐가에서 사는 거냐?

–동물원에서 노숙이라도 할까요?

–왜 네 집에서 살지 않느냐는 거다.

–이미 말했잖아요. 멜리타가 거기 살고 있다고요. 그놈과…….

사샤가 허공에 대고 손을 흔들었다.

–뭐? 그놈이 거기 *산다고*?

사샤는 대답하지 않았다.

–어떻게 그놈한테 네 집을 그냥 양보한다는 거냐.

–아버지, 어차피 그 집은 멜리타가 넘겨받을 거였어요.

–하지만 네 소유권을 잃게 되잖아.

–뭐가 문제죠? 집이 문제인가요?

–미안하다만, 쿠르트가 말했다, 집도 중요한 문제야. 네 엄마가 너희를 위해 이 집을 마련했고, 멜리타가 임신 중이어서 벽지도 너랑 직접 발랐다. 그런데 너는 그 모든 걸 내팽개치고, 엄마는 너에게 다른 집을 마련해줘야겠구나.

–또 시작하시네요, 또 시작하시는 거죠! 사샤는 걸음을 멈추고 거의 비명을 질러댔다. 또, 또 시작하는!

– 그래, 쿠르트가 말했다. 그랬구나.

사샤는 다 싫다는 듯 손을 휙 젓고 걷기 시작했다.

– 정말로 어리석구나, 쿠르트가 뒤에서 외쳤다.

사샤는 계속 걸었다.

– 하나만 더 말하마. 네가 거기 불법침입했다는 게 드러나면…… 그건 *범죄*다, 알고 있냐? 그러면 네 공부도 끝이야.

– 어차피 공부는 끝났어요. 사샤는 이렇게 말하며 발칸 그릴 식당으로 들어갔다.

하는 수 없이 쿠르트도 뒤를 따랐다.

– 레스토랑 문 바로 안쪽에서 이미 여러 사람들이 순서를 기다리고 있었다. 쿠르트와 사샤도 줄을 서서 기다렸다. 빈자리가 없었다. 쿠르트의 짐작으로는 불가리아 사람인 검은 머리의 살집 좋은 웨이터가 이리저리 뛰어다니면서 분주한 분위기를 조성하고 있었다. 검은 신사복과 말끔하지만은 않은 셔츠를 걸친 그의 혁대 위로 배가 불룩 솟아 있었다. 혹사 때문인지 머리도 부어 있는 듯했다.

– 숍스카[3] 둘, 케밥과 라이스 둘, 그가 부엌을 향해 소리쳤다.

식당 안에서 그렇게 소리를 지르는 사람은 그 남자뿐이었다. 손님들은 조용히 이야기했고, 더 주문할 것이 있을 때면 수줍게 뜻을 알렸다. 쿠르트는 문득 오늘 오후에 있을 연례 당교육이 떠올랐다. 그 지루한 의무 행사는 *연례* 당교육이라고 불렸지만 매달 한 번씩 개최되었다. 오늘의 주제는 *발전된 사회주의 사회의 심화 형성*을 *위한 이론과 실천*이었다.

– 얼마 동안 기다리셨어요? 사샤가 줄의 맨 앞에 서 있는 커플

에게 물었다.

중년의 커플이었다. 그들은 서로 잠깐 눈길을 주고받더니 — 텔레파시를 이용하는 듯했다 — 하나의 대답에 의견이 일치했고, 남자가 이 대답을 말하는 사이에 여자는 입술로만 똑같이 발음했다.

– 삼십 분.

두 사람이 고개를 끄덕이며 서로의 대답을 강조했다.

– 모두 다 문을 닫았어요, 다른 남자가 말했다. 에너지 위기 때문에! 문을 연 데가 있다는 게 놀라울 지경이네요.

커플이 고개를 끄덕였다.

– 그거 압니까? 사람들의 동의에 용기를 얻은 게 분명한 그 남자가 속삭였다. 사회주의의 네 가지 적이 뭘까요?

커플이 눈길을 주고받았다.

– 봄, 여름, 가을, 겨울이랍니다. 남자가 이렇게 말하며 키득거렸다.

커플이 눈길을 주고받았다.

사샤가 웃었다.

쿠르트는 그 농담을 이미 알고 있었다. 당대회가 시작되기 전에 귄터가 해준 이야기였다.

그들은 십오 분 후에 식당을 나왔다. 그나마 몸은 좀 따뜻해졌다.

– 저기 건너편에 슈토킹어가 있어요. 사샤가 말했다. 하지만 비싸요.

– 할 수 없지, 쿠르트가 말했다.

그들은 쇤하우저 가의 건너편으로 갔다. 실제로 슈토킹어는 영업 중이었다. 게다가 빈 자리까지 있었다. 문 옆에 세워둔 표지판에는 이렇게 적혀 있었다.

안내를 따라주세요.

잠시 후 나비 넥타이를 맨 웨이터가 나타났다.

– 두 사람입니다, 사샤가 말했다.

웨이터는 사샤의 모습을 머리끝부터 발끝까지 살펴보았다. 수선한 재킷, 색 바랜 청바지, 그리고 여기저기 긁힌 더러운 트래킹화.

– 죄송합니다만 모두 예약되었습니다, 웨이터가 말했다.

– 저 자리에는 예약 표시가 없잖아요, 사샤가 말했다.

– 말씀드렸듯 모두 예약되었습니다. 건너편 발칸 그릴에 가보세요.

사샤가 웨이터를 지나 레스토랑 안으로 성큼성큼 걸어 들어갔다.

– 사샤, 그만 해라, 쿠르트가 말했다.

웨이터가 사샤를 뒤따라가 그의 팔을 붙잡으려고 했다.

– 내 몸에 손대지 마세요, 사샤가 말했다.

– 나가주십시오, 웨이터가 말했다.

사샤가 빈자리에 앉아 쿠르트에게 손짓했다.

– 오세요!

또 한 명의 웨이터가 다가오고, 금세 한 명이 더 나타났다. 쿠르트는 레스토랑에서 나와 밖에서 기다렸다. 잠시 후 사샤도 밖으로 나왔다.

– 왜 그래요? 왜 들어오지 않았어요?

– 소동을 일으키고 싶지 않다, 쿠르트가 말했다. 다른 데로 가보자.

– 다른 데가 없어요. 카페 베이징은 동성애자들이 가요. 지하철

우물 카페에는 기껏해야 데친 소시지밖에 없을 거고요.

그들은 쉰하우저 가의 왼쪽 인도를 밟으며 알렉산더 광장 쪽으로 계속 걸어갔다. 쿠르트는 잠시 기다린 후에 이십오 분 전부터 그의 머리를 채우고 있는 질문을 던졌다.

– 공부가 이미 끝났다니, 그게 무슨 말이냐?

– 공부를 그만뒀다는 말이죠.

– 석사논문을 끝냈어?

– 안 끝냈어요.

– 그럼 뭐냐, 완전히 정신이 나간 거냐?

사샤는 대답하지 않았다.

– 졸업이 코앞인데 다 내팽개칠 수는 없는 일이다. 졸업장 없이 뭘 하려고 그러냐? 공사장에나 가겠다는 거냐?

– 몰라요, 사샤가 말했다. 하지만 내가 뭘 하고 싶지 *않은지는* 알아요. 평생 거짓말을 하며 살진 않겠어요.

– 말도 안 되는 소리, 쿠르트가 말했다. 내가 평생 거짓말을 했다는 거냐?

사샤는 대답하지 않았다.

– 너 스스로 택한 전공이야, 쿠르트가 말했다. 아무도 네게 역사학을 공부하라고 강요하지 않았어. 오히려…….

– 알아요, 말리셨죠. 언제나 말리셨죠! 내가 뭘 하든! 내가 존재하는 걸 말리시지 않은 게 다행이네요.

– 어리석은 소리 하지 마라, 쿠르트가 말했다.

하지만 사샤는 그 생각이 재미있는 모양이었다.

–하지만 나는 존재해요, 그가 외쳤다. 나는 존재해요!

쿠르트는 걸음을 멈추었다. 그리고 최대한 침착한 어조로 말하려고 애썼다.

–부탁이다, 딱 한 번만 내 말을 들어. 너는 지금 좀 불안정해. 이런 상태로는 어떤 결정도 내려서는 안 된다.

–난 정신이 말짱해요, 사샤가 말했다. 지금처럼 말짱했던 적이 없어요.

그가 입김을 뿜어대면서 쿠르트를 노려보았다. 그게 다시 나타났다. 불안한 눈빛.

–좋아, 쿠르트가 말했다. 너 하고 싶은 대로 해. 하지만 그러면…….

–그러면 뭐요, 사샤가 말했다.

–그러면 끝이다.

–와우, 사샤가 말했다. 와우!

–정신이 나갔구나, 쿠르트가 말했다.

자동차들이 굴러가는 소리 때문에 그의 말이 들리지 않았다. 쿠르트는 다시 한 번 말했다. 아니 소리 질렀다.

–정신이 나갔구나!

–아버지는, 사샤가 이렇게 외치면서 손가락으로 쿠르트를 가리켰다. 내가 역사학을 공부하지 못하게 말리는 아버지 자신은 역사학자잖아요! 여기 정신 나간 사람이 누구죠?

–아, 쿠르트가 소리쳤다. 이제 내가 어떻게 살아야 할지 네가

정하겠다는 거구나? 이건 최악이야. 네가 내 인생을 살았더라면, 넌 아마도 벌써 죽고 없을 거다.

–아, 이제 그 말이 나오네요, 사샤가 갑자기 아주 차분하게 말했다.

–그래, 이제 이 말이 나온다, 쿠르트가 소리쳤다. 자동차 소음이 다시 잦아들었지만, 그는 계속 소리 질렀다. 놀고먹는 게 즐겁지! 엄마는 네게 집을 마련해주고, 나는 네 자동차 보험료를 내주고…….

사샤는 열쇠꾸러미에서 열쇠를 하나 꺼내 쿠르트 코앞에 내밀었다.

–여기 아버지 자동차 열쇠가 있어요.

–답답하구나, 다른 데서는 사람들이 굶고 있다, 쿠르트가 소리쳤다.

사샤가 열쇠를 내던지고 몸을 돌려 걸어갔다.

바람이 피리소리를 내며 불었다.

여자 하나가 쿠르트 쪽을 향해 오다가 그를 피해 빙 돌아갔다.

다시 지하철이 지나갔는데, 이번에는 알렉산더 광장 방향이었다. 승객들이 미동도 없이 앉아 있었다. 판지로 만들어 세워놓은 사람들처럼. 그렇게 지하철은 고가 궤도로부터 서서히 굴러 내려와 지하로 사라졌다. 판지 사람들과 함께. 지옥으로 꺼져라, 쿠르트는 생각했다. 무슨 뜻인지는 자신도 모르는 채.

사샤가 그의 발치에 던져버린 자동차 열쇠는 눈 속으로 사라져 보이지 않았다. 쿠르트는 안경을 썼다. 눈은 더러웠고, 누렇게 변색되어 있었다. 쿠르트는 손을 집어넣고 싶지 않았다. 발로 눈을 쿡쿡 쑤셔가며 열쇠를 찾았지만, 보이지 않았다. 결국 그는 손으로 더듬어볼 수밖에 없었다. 그래도 열쇠는 없었다. 지옥으로 꺼져라.

쿠르트는 다시 걷기 시작했다. 아들 뒤를 따라갔다. 그는 신속하게 걸었지만, 뛰지는 않았다. 지하철이 지하로 사라지는 지점부터 쇠하우저 가는 황량한 지역으로 변했다. 술집도, 쇼윈도도 없었다. 사람도 없었다. 5, 60미터 앞에서 걸어가는, 머리를 박박 깎은 말라깽이 행인이 전부였다. 그게 그의 아들이었다.

아들은 뒤를 돌아보지 않고 계속 나아갔다.

왼쪽에 유대인 묘지가 나타났다. 긴 담장 뒤로 공동묘지가 있었다. 쿠르트는 여기 들어가 본 적이 없었고, 언젠가 들어가 볼 생각도 없었다. 솔직히 그는 묘지를 무서워하는 편이었다. 다만 여기로 들어가거나 여기에서 나오는 사람을 한 번도 본 적이 없다는 건 기이한 일이었다. 지하철이 이렇게 묘지에 바짝 붙어 오간다는 것도 기이했다. 그렇게 지하철은 승객들을 미리 한 번 시험적으로 땅 밑으로 데려가는 것이었다. 말하자면 죽은 자의 눈높이에 맞추어.

쿠르트는 문득 생각이 났다. 최근 사샤가 성경을 읽기 시작했다고 멜리타가 말해준 적이 있었다. 신을 믿는 것 같기도 하다고 했다…….

그것 때문이었을까, 그의 불안한 눈빛은?

건너편으로는 이상하게 생긴 폐허 같은 아치가 보였다. 쿠르트는 이 아치의 유래도, 의미도 전혀 알지 못했다. 그가 알고 있는 것은 건물 뒤쪽 어딘가에 《노이에스 도이칠란트》를 찍는 인쇄소가 있다는 것뿐이었다. 그리고 거기서 가끔씩 그의 생각들이 윤전기를 통과한다는 사실이 왠지 그를 기쁘게 했다. 물론 대개 어떤 역사적 기념일과 관련된 청탁을 받고 쓴 후에 ND에 실린 그의 논설들이 그가 내놓은 최고의 학문적 성과라고는 할 수 없었다.

내가 글을 쓰는 만큼만이라도 책들을 읽어봐라.

비록, 아니다, 다시 해보자.

판단을 내리기 전에 내가 쓴 글들부터 먼저 읽어봐라.

외워놓자. 기회가 오면 써먹자.

빌헬름-피크 가의 신호등이 빨간색으로 바뀌었다. 사샤는 서서 기다렸다. 아직 교통신호를 지키다니, 놀라운 일이었다.

신호등이 바뀌기 전에 쿠르트는 아들을 따라잡았다. 그들은 서로 나란히 길을 건너갔다. 쿠르트는 '신'이라는 주제를 꺼내볼까 하고 잠시 생각했다. 하지만 뭐 하러? 어떻게? 정말로 사샤에게 신을 믿느냐고 물어야겠는가? 다른 뜻으로가 아니라 문자 그대로의 신을 생각해보면 이 단어 자체가 이미 망상의 냄새를 풍겼다.

그들은 폭스뷔네[4]를 지나쳤다. 〈백치〉가 상연 중이었다.

그들은 말없이 계속 걸어갔다. 알렉산더 광장은 여전히 공사 중이었다. 바람이 비계를 덜컹덜컹 흔들었다. 안경다리가 너무 차가워서 쿠르트는 관자놀이가 아팠다. 그는 안경을 벗고 목도리로 코까지 덮었다. 과거에 어떻게 그 추위를 견뎌냈는지 스스로 놀라웠다. 영하 35도, 타이가에서 작업명령을 내리는 최하 온도였다.

바람이 불면 영하 30도로 조정되었다.

그들은 높다란 호텔과 백화점 사이의 통로를 지나갔다. 그리고, 쿠르트로서는 무엇 때문에 어디로 가는지도 알 수 없었지만, 광장을 가로질렀다. 바람이 소용돌이를 일으키고 무리를 지어 그들을 공격했고, 눈에서는 눈물이 흘렀다. 쿠르트는 손으로 눈을 가렸고, 돌풍을 맞아 몸을 지탱하려고 애썼으며, 얼음이 깔린 울퉁불퉁한 바닥을 맹목적으로 비틀거리며 걸어갔다. 아들이 여전히 옆에서 걷고 있는지도 알 수 없었고, 아들 쪽으로 몸을 돌리지도 못했다. 아무 소리도 들을 수 없었고, 양가죽 장갑을 끼고 있는데도 서서히 손가락 끝을 파고드는 추위 때문에 통증이 왔다. 그리고 집으로 돌아가 하필이면 알렉산더를 알렉산더 광장에서 잃어버렸다고 아내에게 고백하는 장면을 떠올렸다. 마치 이 광장이 사샤를 삼켜버리고, 그가 여기서 허공으로 흩어져버리거나 땅 속으로 사라질 것이 예상되기라도 한 듯이. 멍청한 생각이군, 쿠르트는 생각했다. 정신을 차리지 않으면 이렇게 괴상한 생각들이 솟아나는 거야.

– 지금 어디로 가는 거죠? 사샤가 물었다.

그들은 이제 세계시계 앞에 서 있었다. 뉴욕은 열두시 반이었고, 리우데자네이로는 세시 반이었다. 주변에는 이 혹한에도 불구하고 경솔하게 여기서 만나기로 약속한 몇몇 얼어붙은 형상들이 서 있었다. 세계시계는 인기 좋은 만남의 장소였다. 여기로 오면 사람들은 크고 드넓은 세계를 느끼기라도 하는 것 같았다.

– 젠장, 쿠르트가 말했다.

– 저기 문 열었네요, 사샤가 말했다. 들어가요. 얼어 죽겠어요.

사샤가 가리킨 것은 알렉산더하우스[5]의 일층에 있는 셀프서비스 식당이었다. 쿠르트는 딱 한 번 거기 가본 적이 있었다. 십 년 전, 이 식당이 문을 열었을 때는 그야말로 초현대식이었다. 지금은 썩은 냄새를 풍기는 녹이 사방을 덮고 있었다. 저녁을 먹으러 들어온 사람들은 인상이 거칠고 조야했고, 쿠르트에게는 모두 다 장애인들처럼 보였다.

일련의 자동판매기에서 차가운 음식을 뽑아 먹을 수 있었다. 금속 판매대 위에는 뜨거운 굴라시가 있었는데, 가격은 85페니히였다. 쿠르트는 오래 생각하지 않고 사발을 하나 집어 들었다. 수술을 통해 위장 일부를 잘라낸 후로 쿠르트는 음식이 너무 맵지는 않은지, 혹은 양파가 너무 많이 들어가지는 않았는지 검사하는 것을 그만두었다. 그는 다 먹었다. 다 맛있었다. 사샤도 굴라시를 선택했다. 그들은 스탠딩 테이블로 수프를 가져가서 홀짝거리며 먹었다. 맛도 나쁘지 않았다. 쿠르트는 기분이 좋아져서 한 사발 더 가지러 가려다가 마음을 되잡고 의사의 권고대로 하기로 했다. 적게 먹고, 대신 자주 먹으라.

굴라시를 다 먹고 나서도 두 사람은 잠시 탁자에 머물렀다. 쿠르트는 알렉산더 광장 반대편 쪽으로 난 커다란 유리창 바깥에서 재빨리 지나다니는 차들을 보고 있었다. 문득 집으로 갈 때 택시를 타고 싶은 유혹이 고개를 들었다. 칼스호르스트까지라도 택시를 탈 수 있지 않을까? 그때, 여전히 외투 주머니에 들어 있는 돈이 생각났다. 그는 지폐를 꺼냈다. 200마르크였다. 그는 탁자 아래로 사샤에게 돈을 쑤셔 넣어주려고 했다.

– 네게 주려던 거야, 그가 말했다.

– 필요 없어요, 사샤가 말했다.

– 괜히 소란 떨지 마라, 쿠르트가 말했다.

–사는 데 필요한 것들은 다 갖고 있어요, 사샤가 대답했다.

쿠르트는 돈을 굴라시 사발 밑에 끼워 넣고 그냥 가는 게 좋을까 생각하다가, 돈을 다시 주머니에 넣었다.

그들은 식당 앞에서 작별 인사를 했다. 언제나 그랬듯 서로 포옹했고, 서로를 향해 고개를 끄덕였다. 그리고 사샤는 그들이 걸어온 길을 되짚어 걷기 시작했고, 쿠르트는 역을 향해 갔다. 도시 전철을 타러 계단을 올라가다가 그는 걸음을 멈췄다. 까짓것, 쿠르트는 생각했다. *택시를 타버리자!* 그는 몸을 돌려 다시 계단을 내려왔다.

역사 옆의 택시 정류장에 빈 택시가 하나 있었다. 쿠르트는 뒷좌석으로 기어들어갔다. 좌석이 부드럽고 널찍한 볼가 택시였는데, 러시아 산 자동차가 다 그렇듯이 러시아 자동차 냄새가 났다. 맡을 때마다 모스크바 생각을 하게 하는 냄새였다. 옛날의 포베다[6] 택시들도 이런 냄새가 났던 것이다.

–노이엔도르프, 암 푹스바우 7번지로 갑시다, 쿠르트는 이렇게 말하고 거기가 어디냐는 질문을 기다렸다. 노이엔도르프요? 푹스바우요?

하지만 운전사는 신문을 접더니 곧장 출발했다.

차 안은 따뜻했다. 쿠르트는 외투를 벗고 외투 주머니에서 200마르크를 꺼냈다(마치 길을 걷다가 주운 돈 같았다). 그리고 돈을 다시 지갑에 넣었다. 이리나에게는 뭐라고 하지?

볼가 택시는 아들러게슈텔[7]을 따라 약간 과속으로 조용히 달렸다. 쿠르트는 이 불편한 오후를 돌이켜보았다. 확실하게 이야기를 왜곡하지 않고도 특히 불편한 세부 사항들을 완화하거나 숨길 수 있는지 생각해보았다. 자신이 달래는 듯한 꾸민 목소리로 이리나에게 이야기하는 장면을 떠올렸다.

그녀의 얼굴을 떠올렸다. 담배에 자국을 남겨놓는 그녀의 립스틱을 떠올렸다. 요즘은 털을 세심하게 뽑지 않는 윗입술, 멜리타를 비난하는 장광설을 새로 시작하기 전에 떨리기 시작하는 윗입술을 떠올렸다…….

쿠르트는 계산해보았다. 택시를 타고 가면 한 시간이 절약된다. 그가 사샤와 얼마나 오랫동안 함께 있었는지는 확인하기가 쉽지 않다. 지금은 일곱시…… 까짓것, 그는 생각했다. 까짓것, 뭐 어때.

– 포츠담에 있는 가르텐 가 아세요? 그가 운전사에게 물었다.

– 레닌 가에서 빠지면 되죠? 운전사가 물었다.

– 맞아요, 쿠르트가 말했다. 가르텐 가로 갑시다.

– 푹스바우로는 안 가고요, 남자가 물었다.

– 예, 쿠르트가 말했다. 가르텐 가 27번지로.

2001

버스가 출발하기 직전, 끔찍한 예감이 그를 덮친다. 하필 이 남자가 그의 곁에 앉을지도 모른다는 예감. 쩝쩝거리며 빠는 소리를 내면서 벌어진 이빨 사이를 연신 이쑤시개로 쑤셔대는, 농부로 보이는 땅딸막한 메스티소 남자다. 알렉산더가 먼저 좌석에 앉아 있는데 실제로 그 남자가 점점 더 그의 곁으로 다가오더니 부산스럽게 차표에 적힌 숫자와 좌석 번호들을 하나하나 비교한다. 마침내 다른 승객이 그를 도와주러 다가가고, 그가 자신의 좌석을 이미 한참 전에 지나쳤다는 사실을 확인시켜준다.

알렉산더의 옆자리는 비어 있다. 그 대신 다른 종류의 고문이 그를 덮친다. 버스가 출발하자마자 운전사가 차량 비디오 플레이어를 틀고, 버스회사의 자체 광고가 몇 분 흐른 후에 영화가 시작되는데, 날카로운 합성 음성을 지닌 커다란 분홍색의 토끼가 주인공이다.

도착지까지 여섯 시간이 걸린다고 했다. 한 시간이 지나자 이미 알렉산더는 소음 고문에 너무 화가 나서 말 그대로 증오심에 불탄다. 특히 그가 이 사태의 책임자로 간주하는 버스 운전사에 대한 증오가 크지만, 영화를 철저히 무시하고 두 배는 더 키운 목소리로 대화를 계속하는 다른 승객들도 밉기는 마찬가지다. 그들은 이따금 건성으로, 혹은 머리를 꾸벅거리고 졸면서 화면을 쳐다보거나, 믿을 수 없는 일이지만, 정말로 잠을 잔다.

알렉산더는 거의 잠을 자지 못했다. 처음에는 깨끗했지만 결국 그가 마구 구겨놓은 베개 아래에 묻어두었던 귀마개가 테오티우아칸에서 돌아와 보니 사라지고 없었다. 객실을 청소하는 여자가 시트를 갈면서 버린 것이 분명했다. 그는 나이트 테이블과 욕실, 그리고 결국은 휴지통까지 뒤지면서 그 노랗고 작은 원통 모양의 합성수지를 찾아보았지만 소용이 없었다. 실종되고 만 것이었다. 옥상의 두 마리 개들이 짖어대고 흐느끼는 바람에 신경이 쇠약해진 그는 아침 일찍 일어났다. 프런트에서 일하는, 얼굴이 매끈한 젊은 멕시코 남자로부터 비어 있는 방이 없다는 대답을 들은 그는 즉시 호텔을 떠나기로 했다. 스위스 여자들이 나타나기 전에 재빨리 아침을 먹고 출발하여 지하철을 탔는데, 거기서는 또 CD 파는 남자가 틀어놓은 스피커 통이 울부짖었다. 타포라고 불리는 중앙 버스터미널에 도착한 그는 베라크루스로 가는 다음 버스의 표를 샀다.

베라크루스. 할머니가 배를 타고 도착한 곳이라는 것 외에는 그 도시에 대해 아는 것이 전혀 없다. 내항으로 뛰어든 남자의 이야기는 그도 알고 있다. 그리고 언젠가 *에르난 코르테스*라는 자가 약 이백 명의 부하들을 이끌고 베라크루스에 상륙하여 *멕시카* 종족의 땅을 정복하기 시작했다는 이야기는 들은 적이 있는 듯하다. 그것 말고는 아는 게 없다.

물론 그는 *백패커*를 뒤져볼 수도 있으리라. 그게 아직 그에게 있다면. 하지만 이제 없다. 호텔방의 나이트 테이블에 올려놓고 나왔다. 의도적으로.

두 시간 후에 분홍색 토끼 영화가 끝난다. 그리고 새 영화가 시작된다. 얼마 후 알렉산더는 그의 시야에 들어오는, 아니 그를 노려보는 네 개의 모니터들을 모두 피하려는 노력을 포기하고 만다. 베라크루스에 도착하면 버스회사에게 요금의 일부를 돌려달라고 요구하기 위해(적어도 일등석을 위해 추가로 낸 금액만이라도 돌려달라고 하기 위해. 그런데 혹시 이 무자비한 영상 살포가 일등석의 특권이라는 것은 아닐까? 바로 이 '편의'가 추가 가격의 근거가 아닐까?). 머릿속에서 필요한 스페인 문장을 조합하는 사이에, 머릿속에서 이미 소용없는 짓이라는 것을 알면서도 타원형의 조그마한 창문을 사이에 두고 제복을 입은 담당자와 언쟁을 벌이는 사이에, 그를 향하고 있는 네 개의 모니터에서는 희한한 이야기가 펼쳐진다. 젊은 병사가 기차 칸에서 어떤 소녀를 만나게 되고, 놀랍게도 몇 분 후에 이미 그녀에게 약혼반지를 끼워준다. 반지는 그가 갖고 있던 프랄린 상자 안에 우연히 들어 있던 것이다. 거의 동시에 포도나무 뒤에서 어떤 남자가 나타나 두 사람에게 총을 쏜다. 알고 보니 그 소녀의 아버지다. 이어지는 이야기는 포도 농장에서 진행되는데, 복잡하게 얽힌 가

정사를 늘어놓는다. 병사는 소녀를 사랑하고, 아버지는 방해꾼으로 등장하며, 사이사이에 프랄린이 수많은 삼촌들과 이모들에게 분배된다. 포도 영화는 수확이 얼마나 유쾌한 일인지를 보여주고, 극적 전개에 필요할 때면 엄청난 풍경이 펼쳐지거나 주인공들이 각 상황에서 어떤 감정을 느끼는지 알려주는 음악이 흐른다. 이어서 아버지는 실수로 포도나무에 불을 붙이고, 놀랍게도 나무들은 네이팜처럼 마구 타오른다. 그때 운전사가 영화를 끄고 차를 멈추어 승객들에게 소변을 볼 휴식시간을 준다.

베라크루스에서 그는 택시를 탄다. 운전사에게 아는 호텔로 데려가 달라고 하는 대신, 안전을 위해 어떤 도로 이름을 부른다. 버스 터미널에서 본 *구시가지*의 어떤 호텔 광고에 적혀 있던 도로 이름이다.

– 미겔 레르도.

– 임페리알 호텔? 택시 운전사가 묻는다.

– 노, 알렉산더가 대답한다.

그는 짐짓 화난 표정을 짓는다. 그는 어떤 일이라도 마주할 마음의 준비가 되어 있다. 야자나무가 늘어서 있는 넓은 도로를 달리던 택시는 교통 정체를 만나자 정신없이 이리저리 방향을 꺾어가며 구시가를 통과한다. 소박한 삼층 건물들은 대개 파스텔 색조인데, 햇빛에 색이 바랬다. 보행자들이 북적댄다. 날씨는 후텁지근하고, 좁은 길을 통과할 때는 열어놓은 창문으로 온갖 냄새들이 들어온다. 튀김 기름, 생활하수, 문을 열어놓은 미용실의 향기, 배기가스,

갓 구운 토르티야, 그리고 한 곳에서는—화물차에서 자루들을 부리고 있어서 그들은 거기서 잠시 기다려야 한다—정말로 할머니의 온실 베란다에서 나던 질산염 냄새가 난다.

알렉산더는 돈을 지불하고, 택시 운전사가 보이지 않을 때까지 꼼꼼하게 돈지갑을 챙긴다. *임페리알* 바로 옆에 작고 소박한 호텔이 있다. 숙박료는 하루에 200페소다. 그는 일주일치를 선불로 내고 이층의 방 하나를 얻는다. 창밖으로는 종탑과 야자나무가 있는 예쁜 광장이 보인다. 파스텔 색조의 건물들이 광장을 에워싸고 있는데, 알렉산더는 식민지 양식일 것이라고 짐작한다. 아마도 그늘 속에 수많은 카페와 술집들이 깃들어 있는 아케이드 때문일 것이다. 그런데 술집의 소음, 특히 그의 창문 바로 아래에 탁자와 의자들을 넓게 배치해놓은 호텔 레스토랑의 소음이 밤에 잠을 방해할지도 모른다는 걱정이 생긴다. 그는 프론트의 두 여자들에게 광장에서 더 멀리 떨어진 조용한 방을 부탁한다. 두 여자는 광장이 밤에 조용하다고 한 목소리로 담담하게 확언하지만, 알렉산더는 방을 바꿔달라고 고집한다. 그리고 광장을 내다보는 밝고 널찍한 방 대신에 창문도 없는 작은 방을 얻는다. 햇빛은 유리벽돌로 만들어놓은 틈새로 찔끔 들어오고 환기는 오로지 에어컨에 맡겨야 하는 방이다. 아마도 그가 지불한 숙박료는 이 방의 숙박비로는 너무 비쌌겠지만, 그에게는 멋진 전망보다 편안한 잠이 더 중요하다.

그는 *패밀리 레스토랑*이라고 적어놓은 식당에서 식사한다. 아주 연한 푸른색의 폴로셔츠를 걸친, 아마도 스물다섯쯤 되었을 웨이터가 수첩을 탁자 위에 놓는다. 알렉산더가 자신이 주문하는 음식의 번호를 직접 적으라는 뜻이다. 웨이터는 수첩을 들고 카운터로 가서 분주한 젊은 여자에게 보여준다. 주문 번호를 해독한 여자가 두 명의 나이 든 여자들에게 주문 내용을 알려주고, 여자들은 손님들이 훤히 보는 가운데 민첩하게 요리한다. 알렉산더 앞에 놓이는 작은 새우와 야채를 섞은 샐러드가 신선하고 맛이 아주 좋다. 색이 현란한 이겔리트 식탁보와 새하얀 플라스틱 의자들에도 불구하고, 활짝 열려 있는 문과 대낮인데도 켜진 채 천장에 매달려 있는 형광등에도 불구하고 레스토랑은 거의 안락한 분위기를 발산한다. 집 같고 따뜻한 분위기다. 바로 이런 분위기로 인해 알렉산더가 순간적으로 숨을 멈추었다가 한동안 딸꾹질을 하게 된 것인지도 모른다. 카운터 뒤에서 지금 그를 위해 생선을 요리하는 두 여자, 한 사람은 중년이고 한 사람은 아주 늙은 이 두 여자들이 보여주는 분주한 협조가 이런 분위기를 연출하는 것일 수도 있다. 혹은 평평한 접시에 얹은 새우 샐러드를 균형을 잃지 않고 가지고 와서 소스에 엄지를 담그지도 않고 그의 앞에 놓은 후, 격려하듯 고개를 끄덕이며 그의 어깨에 ― 거의 다정한 태도로 ― 손을 올려놓는 웨이터의 작은 몸짓들 때문일 수도 있다.

어둠이 순식간에, 거의 정확하게 여섯시에 찾아든다. 알렉산더는 조명이 밝은 부두의 산책로를 잠시 걷는다. 이제 기온은 견딜만하고, 대양이 그에게 입김을 불어준다. 하지만 이곳의 공기도 우울함에 젖어 있는 듯하다. 알렉산더는 이 공기를 너무 많이 흡입하지 않기 위해 조심스럽고 얕게 숨을 쉰다.

무장을 한 경찰관 몇 명이 청소년 패거리처럼 어슬렁거리고 있는 방파제에서 그는 몸을 돌려 베라크루스 시를 바다 쪽으로부터 바라본다. 유럽에서 도착한 사람들에게 도시는—방파제 바로 옆의 오층짜리 신축건물을 제외하면—이런 모습으로 자신을 드러냈을 것이다. 아마도 그들은 밤마다 갑판 위에 서서 멀리 부두의 산책로를 바라보았을 것이다. 많은 사람들에게 마지막 희망이었던 이 나라를 여기서 처음 만났을 것이다. 알렉산더는 할머니가 들려준 적이 있는 이야기의 전사(前史)를 상상해본다. 여러 해 동안 도망자 생활을 해야 했던 이 사람들은 극도의 위험 속에서 프랑스 수용소를 탈출하였고, 마르세유로 진군해오는 독일군을 간신히 피했다. 사람을 지치게 하는 관청을 들락거리면서 통과비자나 체류연장 허가를 받았고, 북아프리카의 황량한 도시에서 빈털터리 신세로 몇 주 혹은 몇 달을 버틴 후에 그들을 삼등칸에 싣고 바다 건너편으로 데려다 줄 배를 발견했다. 이윽고 베라크루스에 도착했지만, 아직 처리되어야 할 절차가 남아 있었고 모든 허가서들이 발급되지는 않았기 때문에 땅을 밟을 수는 없었다. 이런 상황에서 기다리던 사람들 중 한 명이 정신줄을 놓아버렸고, 어느 날 밤 그는 내항으로 뛰어들어 헤엄을 쳐서 멕시코 땅을 밟으려고 한다. 할머니의 이야기에 따르면 그는 물속으로 사라진 후 다시 떠오르지 않았다. 그리고 부드럽게 물을 가르는 까만 등지느러미의 날카로운 끝부분이 남자가 사라진 자리로 금세 나타나 고른 속도로 빙빙 돌았다.

다시 돌아와 보니 호텔 앞의 광장에는 걱정하던 것만큼 사람들이 많지는 않다. 방을 바꾸기 잘했다고 겨우 말할 수 있는, 딱 그 정도의 사람들만 있다. 물론 창문이 없어 질식할 것 같은 방에서는 에어컨을 틀 수밖에 없다. 그런데 에어컨이 채광구 바로 옆에 설치되어 있어 사람들이 내뿜는 담배연기가 방 안으로 스며들어온다는 것을 그제야 알게 된다. 에어컨은 달그닥거리기까지 하는데, 그는 곰곰이 생각해본 후에야 그 소리가 무엇을 연상시키는지 알아차리게 된다. 그 순간 기억이 데자뷰처럼 그를 습격하고, 그는 불을 켜서 자신이 다시 병원에 누워 있는 것이 아님을 확인한다.

다음날 아침, 그는 머리가 아프고 몸 상태가 좋지 않다. 림프샘을 만져보기를 피하고, 몸에 자극이 되거나 평정심을 잃게 만드는 모든 행위를 피한다. 여러 해 전부터 아침마다 해온 냉수 샤워도 하지 않은 채 약간 현기증을 느끼면서 계단을 내려온다. 광장으로 나와 보니 지금까지 매일 푸르렀던 멕시코의 하늘이 갑자기 구름으로 덮여 있다. 멕시코의 우기가 오월에야 시작된다는 사실을 몰랐다면 비가 올 것 같다고 생각했을 것이다.

그는 재빨리 약국을 찾는다. 양심을 잊은 잠깐 동안 다국적 기업의 편재성을 기뻐한다. 그 덕택에 *아스피린*이라는 말만으로도 필요한 약을 손에 넣을 수 있으니 말이다. 하지만 약사에게 두 번째 용건을 이해시키는 데에는 어려움이 있다. 그는 이런 말로 시도해본다.

–키에로 알고 파라 타파 라스 오레하스.[1)]

–약사는 의미심장하게 고개를 이리저리 젓더니 알렉산더에게

무언가 이해할 수 없는 말로 꼬치꼬치 묻기 시작한다. 약사는 고집스럽게 답을 요구하다가, 알렉산더가 거의 제대로 발음을 한 것도 없는데 문득 무언가를 깨닫고 *페레테리아*[2] 라는 말을 힘주어 반복한다. 알렉산더는 약사가 자신을 오해했다는 것을 분명하게 느끼고 있음에도 불구하고 그가 복잡하게 길을 안내하는 것을 끝까지 들어야 한다. 어쨌든 알렉산더는 쇠로 된 물건을 귀에 꽂을 생각이 전혀 없다.

그는 광장에서 대형 커피하우스를 발견한다. 그곳에는 초콜릿색의 신사복을 입은 웨이터들이 아주 많은데, 그들 사이에 담당 영역이 복잡하게 나누어져 있어 알렉산더는 누구에게 무엇을 요구해야 하는지 한참 동안 알 수가 없다. 덕분에 — 각각 서로 다른 웨이터들에게 — 커피 한 잔, 물 한 잔, 그리고 크루아상 하나를 주문하기까지 시간이 한없이 걸린다. 주문한 것들을 다 받기까지도 다시 끝없는 시간이 흐른다. 그리고 계산을 담당하는 웨이터를 찾아내어 부를 수 있게 되기까지 또 한참이 걸린다. 커피하우스를 떠날 때, 머리가 터질 듯하다. 광장으로 나서자마자 호흡이 가빠지는 느낌이 든다. 그는 아무 생각도 없이, 방향을 따져보지도 않고 걷다가 몇 분 후 자신이 부두의 산책로에 와 있다는 것을 깨닫는다. 바다로부터 불어오는 바람은 어제처럼 여전히 아주 무겁고 습하고 위태로운 냄새가 나지만, 그래도 콧구멍을 크게 벌려 바람을 깊이 들이마신다.

그는 남쪽으로 방파제를 따라 걸어간다. 바람이 돌풍을 일으키고, 모래들을 낚아채어 허공에 흩뿌린다. 그는 열두 살쯤으로 보이는 여러 명의 소년들이 내항에서 수영하는 것을 흘끗 쳐다본다. 아이들이 새된 소리를 지르며 방파제에서 뛰어내리지만, 주변의 사람들도 상어들도 아이들에게 신경을 쓰지 않는 듯하다……. 좀더 가니 심지어 작은 백사장까지 있었는데, 사람은 전혀 없었다. 바람이 여전히 모래 회오리를 일으키고 있는데, 이제는 안개비까지 내리기 시작한다. 분위기가 이상하고 불안하다. 출발하는 차들이 가속기를 너무 세게 밟는다. 소방차의 사이렌 소리도 들린다. 이제는 갑자기 아무도 길거리에 없어서 알렉산더는 길을 물어볼 수도 없다. 하긴 어디로 가는 길을 묻는단 말인가?

이십 분 후, 비는 모래를 누르고 승리하고, 이 계절에 멕시코에서 제대로 비가 내리는 일은 있을 수 없다는 알렉산더의 믿음에 대해서도 승리한다. 그의 셔츠와 허벅다리가 젖는다. 갑자기 빈 택시가 전혀 없는데, 버스를 타고 돌아가려고 중심가로 걸어가 보니 그 이유가 분명해진다. 버스도 전혀 다니지 않는 것이다. 어쨌든 그가 찾는 버스는 없다. 처음에는 버스가 우회한다고 한다. 하지만 우회로에서 기다려도 오지 않는다. 택시는 어디에도 보이지 않는다. 그는 몸이 떨리기 시작하여 걸어서 가기로 결심한다.

도중에 어떤 약국에 들러 귀마개 문제를 해결하려고 다시 한 번 애를 써본다. 하지만 신발은 젖고 모자에서는 물이 뚝뚝 떨어지는 그는 들어가자마자 현금출납부를 보다가 눈을 치켜뜨는 약사의 거부감을 느낀다. *물벼락 맞은 개처럼*, 딱 이 표현이 그의 머리를 스쳐 지나간다, 물벼락 맞은 개처럼 그는 그 늙은 남자 앞에 서서 문장을 쥐어짜낸다. 별 반응이 없다. 몇 초 동안 그는 가만히 서서 모자 가장자리에서 물방울이 떨어지는 것을 본다. 늙은 약사는 다시 고개를 숙여 출납부를 쳐다본다. 혹시 알렉산더가 질문한 것에 대해 생각해보는 것일까? 알렉산더는 사태의 결말을 기다리지 않은 채 약국에서 나온다.

용기를 내어 또 하나의 약국에 들어가본다. 이번에는 젊은 여자인데, 그녀는 심지어 그의 말을 이해하는 듯하다. *탐폰*이라는 말이 나온다. 바로 그것일 것이다. 귀에 꽂는 *탐폰*. 하지만 여자가 고개를 젓는다.

—노 헤이. 노 테네모스.

없어요. 갖고 있지 않아요. 하긴 갖고 있을 필요가 있겠는가? 이 시끄럽고 귀에 감각이 없는 민족이 귀마개를 어디에 쓰겠는가? 아무 불만도 없이 분홍색 토끼 영화를 견뎌내는 민족이다. 그림자도 없는 옥상에 두 마리의 개를 묶어놓는 일을 해내는 민족이다. 그것도 오로지 잠을 청하는 사람의 잠을 개 짖는 소리로 망쳐놓을 목적으로…….

그는 웅덩이를 피하고 인도를 가로질러 흐르는 시냇물을 뛰어넘으려는 노력을 그만둔다. 어차피 발은 푹 젖어 있다. 온통 젖었다. 속살까지, 그 아래까지. 모든 것들이 슬픔에 푹 젖어 있는 듯하다. 대양으로부터 쉴 새 없이 불어오는 슬픔, 이 도시의 모든 것들 위로 범람하는 슬픔, 사람들을 미치게 하고, 도착하는 사람들로 하여금 갑판에서 뛰어내려 바다에 가라앉아 흔적도 없이 사라지게 하는 슬픔. 그는 슈퍼마켓에서 물을 두 병 산다. 문득 여기 베라크루스의 슈퍼마켓에서 파는 광천수들도 슬픔으로 오염되어 있는 것은 아닐까 하는 의심이 든다.

이제 그는 창문이 없는 호텔방에 누워 있다. 열이 점점 심해지는 것을 느낀다. 알약을 먹고, 오염된 물을 마신다. 에어컨의 달그락거리는 소리가 무방비상태의 귀를 파고든다. 그는 다시 한 번 일어나 기계를 끈다. 하지만 오래지 않아 숨이 막히는 느낌이 든다. 두통이 심해진다. 호텔 바의 소음이 들려온다. 그는 다시 낑낑대며 일어나 에어컨을 켠다. 화장지를 찢어 귀에 쑤셔 넣는다. 또 알약을 먹는다. 그리고 이불을 머리 위까지 덮어쓴다.

그는 오른쪽 옆으로 누워 몸을 한껏 웅크린다. 오한이 그의 몸을 관통하여 와들와들 떨린다. 그는 이불로 만든 동굴 아래의 암흑 속에서 오한을 추적한다. 처음에는 한쪽만 떨린다. 콩팥에서 시작된 오한은 우선 위쪽을 향하고 있는 왼쪽 골반을 덮치더니 심장 주변으로 이동한 후, 다시 등을 타고 올라가다가 목덜미 근처에서 터진다. 그의 손상된 면역체계가 이곳의 낯선 전염병의 돌격을 막아내지 못하면 어쩌지? 산소흡입기가 머릿속에서 그르렁거린다. 갑자기 그 자신이 산소흡입기를 차고 있다. 갑자기 그 자신이 죽어가는 늙은 남자이고, 그르렁거리는 것은 그의 산소흡입기다. 갑자기 그는 자신이 여기에서, 베라크루스의 이 벙커에서, 완전히 외톨이가 되어, 귀에 화장지를 꼽은 채 죽는 것이 논리에 맞는 일처럼 느껴진다. 그 자신이 다른 것을 원하지 않았다. 이것이 그의 인생의 논리적이고 필연적인 귀결이다.

그는 이런 생각을 떨쳐버리려고, 머릿속을 돌아다니는 그림들을 떨쳐버리려고 반대방향으로 몸을 돌린다. 다른 그림들을 찾아본다. 무엇이든 다른 것을 떠올려보려고 애쓴다. 파도처럼 달려와 그에게 부딪치는 오한들 사이사이에 무언가 다정한 것을 떠올려 보려고 애쓴다. 하지만 오로지 하나만 보인다. 자신이 낯선 도시에서 헤매는 그림, 그의 삶에 다른 것은 전혀 없었던 것처럼 오직 이 그림만이, 오직 거리와 집들과 만지려고 하면 물방울처럼 터져버리는 얼굴들만이 떠오른다. 그는 이가 서로 탁탁 부딪치는 가운데 생각한다. 이것이 내 인생을 담은 영화구나. 형편없이 단축시켜놓기는 했지만. 그는 더 많은 건물을 무너뜨리지 않기 위해 이가 떨리는 것을 억눌러보려고 애쓴다. 다른 편집을 요구할 것이다, 그는 생각한다. 빌어먹을, 내게도 내 영화를 직접 편집할 권리가 있는 거 아니냐. 그는 이렇게 생각하면서 턱이 아플 정도로 이를 악문다. 이어서 세상이 더워지더니 그가 달린다. 모두가 도시를 떠난다. 그는 황야를 달린다. 목이 따갑다. 그는 달린다. 심장이 엄청나게 빨리 뛴다. 그는 심장 박동보다 더 빨리 몸을 떤다. 그는 가파른 경사를 올라간다. 정상은 보이지 않고, 그는 줄기차게 올라간다. 황야가 기울었군, 그가 확인한다. 지평선까지 줄곧 오르막이다. 이 더위에, 심장에 문제가 있는 그가, 수술이 불가능한 그가 끝까지 올라가기는 불가능하다. 그는 멈추어야 한다는 것을 알지만, 그의 뒤쪽으로 풍경들이 무너지고 있다. 한 조각씩 심연으로 떨어져 내린다. 더 정확히 말하자면 하늘 속으로 떨어진다. 하늘은 도처에, 위쪽에도 아래쪽에도 있다. 그리고 어디든 존재하는 이 하늘 사이로 두께가 1미터도 채 되지 않는, 쉽게 부스러지는 오솔길이 뻗어 있다. 이것이 세계다. 놀라운 깨달음이다. 이제는 그의 부모가 그의 곁에 있다. 심장병이 있는 그를 양쪽에서 부축해준다. 두 사람은 외출복을 입고 있고, 아버지는 1950년대처럼 단이 접힌 바지를 입고 있다. 어머니는 굽이 높은 신발을 신고, 어릴 때 그가 항상 파고들던 폭이 넓은 치마를 입고 있다. 하지만 그들은 옷에 전혀 신경을 쓰지 않은 채, 사방을 덮고 있는 하늘 속으로 비스듬히 뻗어 있는 가느다란 오솔길을 달리고 타고 오르고 기어오른다. 미끄러지고 넘어지고 다시 안간힘을 쓰며 올라가고 그를, 이 심장병자를 잡아당기고 재촉한다. 침착하지만 완고하게, 마치 유치원에 늦을지도 모른다고 경고하는 것처럼 계속 가야 한다고, 자꾸 뒤를 돌아보지 말라고 요구한다. 한 조각씩 무너져 내리는 뒤를 보지 말고 앞을, 위쪽을, 아득한 높은 곳, 세상의 끝에서 깃털로 장식한, 한 그룹의 인디언들이 새로운 세상을 기원하며 춤을 추는 그곳을 보라고 요구한다. 배가 좀 나온 다섯 혹은 여섯 명의 남자들이 박자에 맞추어 한 발씩 번갈아가며 발을 구르고 있다. 춤을 반주하는 음악은 지하철의 행상들이 목에 걸고 다니는 것과 비슷한 스피커에서 흘러나온다. 그들의 깃털 장식은 조금 전에 기념품 가게에서 산 것이다. 그들은 칼 대신에 작고 까만 흑요석 거북을 쥐고 있다.

이틀 동안 그는 침대에 누워 있었다. 딱 한 번 일어나 열 때문에 몸을 웅크리고 힘겹게 발을 옮기면서 슈퍼마켓으로 간다. 물을 사기 위해서다. 사흘째 되는 날, 그는 짐을 싸고 내려가 프런트에서 택시를 불러달라고 한다. 미리 지불한 숙박료를 돌려달라고 요구하지도 않은 채 그는 택시를 타고 버스터미널로 가서 태평양으로 가는 버스표를 요구한다. 창구의 남자가 A5 크기의 지도를 내밀고, 알렉산더는 닥치는 대로 반대편의 다른 대양에, 평화롭고 고요한 바다에 접해 있는 어떤 장소를 가리킨다.

–포추틀라, 남자가 말한다.

–포추틀라, 알렉산더가 반복한다. 분명 평생 한 번도 들어본 적이 없는 지명이다.

버스는 저녁 일곱시에 출발한다. 특등 버스여서 침대 의자까지 있고 조용하다. 화면을 뿌려대는 기계의 소리는 비행기에서처럼 헤드세트를 써야만 들을 수 있다. 알렉산더는 몇 시간 잠을 자는데 성공한다.

다음날 아침, 하늘은 다시 파랗다. 미칠 듯이 파랗다. 모든 사물들이 동부 해안에서보다 더 선명하게 보인다. 도로변의 초라한 집들은 아침 햇살을 받아 빨간색과 초록색을 반사하고, 손으로 직접 그린 광고들이 창밖을 스쳐 지나가며 인사한다. 레스토랑 앞의 남자가 모래를 쓸어내는 것이 전혀 이상하지 않다. 무언가가—공기, 하늘, 골함석과 말뚝으로 얽어놓은 위태로운 집들이—태평양이 가까워졌음을 알려준다.

이윽고 그는 포추틀라에 내린다. 갈아탄 노선버스는 카페로 개축한 차고 앞에 그를 내려놓는다. 버스에서 내릴 때, 아직도 무릎이 약간 떨린다. 기분이 홀가분하다. 피부를 새로 입은 듯하다. 아침공기가 계시처럼 그를 스친다. 태양이 그의 피부를 간질인다. 그는 차고 카페 앞의 인도를 청소하고 있는 여자에게 바다로 가려면 어느 쪽으로 가야 하는지 묻는다. 그리고 아직 바다에 닿으려면

15킬로미터를 더 가야 한다는 사실을 알게 된다. 차고 카페의 여주인이 말한다. 바다로 가려면 택시를 타야 하는데, 그녀의 친구가 택시를 몰고 있으니 연락을 해주겠다고. 그녀는 그 사이에 아침식사를 하지 않겠느냐고 묻는다.

알렉산더는 그녀의 제안을 받아들이고, 여자는 인디언 피가 섞인 듯하지만 왠지 통일 전 이른 아침부터 두 아이를 자전거에 태우고 러시아워의 혼잡한 도로를 달리던 프렌츨라우어 베르크의 엄마들을 연상시키는 여자다. 그녀는 건너편의 빵가게로 달려가 신선한 빵 몇 개를 가져다준다.

그녀의 제안을 받아들이길 잘했다. 그는 커피를 마신다. 과일 잼을 바른 맛 좋은 빵을 먹는다. 건너편 연석에 생긴 균열이, 방금 카페 여주인이 청소해놓은 반짝거리는 인도가 눈에 들어온다. 손을 흔들며 택시의 뒤를 따라 달리는 남자가 보인다. 파란 코끼리 같은 다른 남자도 보인다. 그의 동행인 하얀 코끼리 암컷도 보인다. 한 아이가 화면에 들어오더니 가만히 서서 방실방실 웃는다.

출발 전에 합의한 택시 운임은 50페소다. 도로는 풍경을 가로지르며 서서히 아래쪽으로 내려간다. 풍경은 너무나 무표정하여 그 너머 이르게 되는 곳이 어디든, 어떤 다른 곳으로 접어드는 도입부라고 생각할 수밖에 없다.

그가 이해한 것이 맞다면 마을 이름은 *푸에르토 앙헬*이다. 장소를 알리는 표지판은 없다. 왼쪽으로는 이미 해변이 보인다. 오른쪽으로는 언덕 앞쪽에 몇 채의 평범한 집들이 서로 벽을 맞대고 서 있다. 그 위로는 흔히 보듯 전선들이 어지럽게 얽혀 있다. 야채가게 하나. 철물점 하나. 막 수리중인 것으로 보이는 은행 지점.

알렉산더가 물어보지도 않았는데 택시 운전사가 호텔을 하나 권한다. 정확히 말하자면 *카사 데 후에스페데스*, 즉 게스트 하우스다. 그가 절박하게 권하는 것을 보니 사례를 받는 모양이다. 숙소 이름은 *에바 앤드 톰*이다. 알렉산더는 독일인들이 운영하는 숙소가 아닐까 걱정하지만, 운전사는 절대로 그렇지 않다고 확언한다. 그래서 알렉산더는 중도에 계단으로 이어지는, *에바 앤드 톰*으로 가는 가파른 오솔길을 올라간다. 여전히 무릎이 떨린다.

야자나무 잎으로 덮인 일종의 프런트에서 누군가 부르는 소리를 듣고 달려온 육중한 중년의 여자가 그를 맞는다. 구릿빛 갈색 피부와 꽉 잡아당겨 땋은 긴 회색의 머리카락 때문에 실제로 원주민 여자로 착각할 수도 있는 여자다. 플립플롭 샌들을 신고 색 바랜 옷을 입고 있는 그녀는 거의 귀찮다는 듯한 기색으로 커다란 일정표를 뒤적이더니 곧바로 독일어로 말을 걸었다. 독일 남부 혹은 오스트리아 사투리가 아주 심했다. 그녀는 그와 함께 두꺼운 판자로 짜 맞춘 옥외 계단을 올라갔다. 서로 다른 높이에 있는 객실들을 연결해주는 계단이었다.

맨 위의 평면은 언덕 꼭대기에 있었다. 부왕초와 야자나무. 테라스에 서면 거대한 암석들로 둘러싸인 만이 내려다보였다. 물은 그 위쪽의 하늘과 마찬가지로 *미칠 듯이* 푸르렀다.

객실들은 바닥에 벽돌이 깔린 단층의 대지 안에 세워져 있었다. 내부는 전형적인 프리다 칼로 색채(빨강-파랑-녹색)가 진하게 날림으로 칠해져 있었다. 오스트리아 원주민 여자가 창문이 없는 작은 방을 보여주기도 전에(빛은 위로부터 스며든다. 서까래 위에 그대로 노출된 채 얹혀 있는 기와의 한 부분이 골이 패인 플라스틱 조각으로 대체되어 있다), 침대와 모기장, 탁자, 위쪽으로 여는 묵직한 함으로만 구성되어 있는 빈약한 가구들을 살펴보기도 전에, 가격을 묻기도 전에(50페소, 그러니까 5달러다) 그는 뜨거운 오후에 방문 바로 바깥에 걸려 있는 해먹에 누워 야자나무 그늘 속에서 태평양의 미칠 듯한 푸르름을 바라보는 상상에 푹 빠져들었다.

– 이불을 털어요, 오스트리아 원주민 여자가 말했다. 지네가 있어요.

1989년 10월 1일

사실상 코앞이었다. 하지만 그의 옆에서 성하지 않은 다리로 더디게 걷는 나데시다 이바노브나와 함께 가려니 그는 영원히 어머니의 집에 도착하지 못할 것 같았다. 쿠르트는 제자리걸음을 걷는 기분이었다. 한 걸음, 한 걸음 뗄 때마다 갑갑한 마음은 더 커졌다. 화사한 날씨도 견디기 어려웠다. 복통도 점점 심해졌다. 오전에 그냥 집을 나서서 빌트파르크 공원에 가 적당한 속도로 두세 시간쯤 나무들 사이를 걷는 게 나았을 터였다. 그렇게 하지 않은 것이 지금은 몹시 후회되었다.

이리나와 토론하는 건 쓸데없는 짓이었다. 그녀는 위층에 있는 그녀 방 안에 처박혀 비소츠키의 음악을 듣고 있었다. 그 소리에 온 집이 흔들렸다. 쿠르트는 지금도 문과 창문들을 뚫고 오는 굉음이 들리는 듯했다. 누군가 목숨만은 살려달라고 부르짖어대는 것 같았다. 불행을 만드는 음악이야, 쿠르트는 생각했다. 이것도 음악이라고 할 수 있다면, 이 음악은 이리나가 그녀의 불행 속으로 깊이 파고들게 해주는 수단이었다. 그것이 그의 마음에 들지 않았다. 불행 속으로 파고들려는 충동, 이 충동을 이리나는 그녀의 *러시아* 영혼과 연관 지었다. 오랫동안 러시아가 그녀의 뿌리라는 사실을 외면해왔으면서도 말이다.

여기에 알코올이 더해졌다. 술은 원래부터 *러시아 영혼*과 특별히 가까운 듯한 물질이었다. 물론 이리나는 그와 다르게 예전부터 술을 잘 마셨다. 그러나 지금까지는 언제나 일종의 '사교적인' 음주였다. 방 안에 혼자 틀어박혀 비소츠키의 음악을 들으며 술을 마시는 것은 최근에 나타난 현상이었다. 물론 그녀는 알코올중독자는 아니었다. 며칠 혹은 몇 주 동안 전혀 술을 마시지 않을 때도 많았다. 그래도 단 한 잔의 코냑이 그녀에게 일으킬 수 있는, 전혀 제어할 수 없는 연쇄반응으로 인해 쿠르트는 걱정이 많았다.

쿠르트는—사샤가 도망쳤다는 소식을 들은 후에—이 *단 한 잔의* 코냑을 그녀에게 허락하지 않을 수 없었다. 하지만 이 *단 한 잔의* 코냑을 들이키자마자 그녀는 맹렬하게 두 번째 잔(그리고 마지막 잔이라고 했다)을 요구했다. 그 두 번째 잔을 마시고 난 후 그녀는 거의 추잡한 방식으로 카트린을 비난했다. 이리나는 그녀가 사샤에게 도망치자고 설득했으리라고 짐작했다(아마도 완전히 잘못된 짐작은 아니었을 것이다). 세 번째 코냑은 그녀가 직접 부어 마셨다. 쿠르트가 술병을 빼앗으려고 하자 그녀는 거의 드잡이를 할 태세였다. 이런 상황에서 쿠르트가 그녀를 위로한답시고 한 말이 사태를 더 악화시켰다. 그녀도 이제 예순이 넘은 나이, 다시 말해 연금을 받는 나이니까 서독에 있는 아들을 방문할 권리가 있다고 그가 조심스럽게 말한 것이었다. 그러자 그녀는 이제 쿠르트에게 화를 냈다. 터무니없게도 *이 여자가 사는 집*의 문지방을 넘어서라는 거냐면서 화를 냈다. 그리고 결국 네 번째 잔까지 마신 후에는 사샤에게까지 화를 냈다. 평소에는 절대로 사샤 탓을 하지 않던 그녀였다. *내 아들이 나를 배신했어*. 이것이 그녀가 자신의 실망을 표시하는 최종 공식이었다. 쿠르트는 마침내 사샤도 욕을 먹게 된 것이 좀 고소하기는 했지만, 그래도 그는 공정하게 이의를 제기하고 이리나의 파괴적이며 그녀의 평소 태도로 보더라도 몹시 비합리적인 이 공격에 맞서서 적어도 이 단순한 진실만은 옹호하려고 애썼다. 즉 사샤의 탈주가 그녀를 개인적으로 조준한 것이 아니었다는 것 말이다! 그러자 이리나는 남은 코냑 병과, 개를 한 마리 키우겠다는 뜬금없는 협박을 남겨놓고 그녀의 방으로 올라갔다. 쿠르트는 감자볶음을 만들었다.

정확히 말하자면 감자볶음을 만들어보려고 했다. 유감스럽게도 납작한 조각들로 자른 감자들이 프라이팬에 눌어붙어 뒤집을 때마다 부서졌고, 결국 바닥에 달라붙은 뭉치들이 잠시 후에 연기를 내며 타기 시작했다. 음식을 구원해보려고 그는 계란을 두 개 집어넣었다. 계란이 있는 대재앙, 이게 그가 이 음식에 붙인 이름이었다. 맛도 딱 그랬다.

왜 이리나는 한 번도 감자볶음을 하지 않았던 걸까? 계란 프라이와 함께. 그것은 그가 어릴 때부터 좋아하던 음식이었다. 너무 범속한 음식이었던 걸까? 노이엔도르프의 울퉁불퉁한 인도에 붙어 있는 방귀벌레들을 피해가면서 쿠르트는 또 이렇게 속으로 물어보았다. 왜 그녀는 삼십 년 전부터 아무리 고쳐주어도 독일어의 모든 장모음을 단모음으로, 단모음을 장모음으로 발음하는 것일까? *러어시아의 영혼*…….

–그 *사람*이 나랑 결혼하려고 했어, 나데시다 이바노브나가 불쑥 말을 꺼냈다.

쿠르트는 그녀가 그에게 말을 하는 건지 아니면 혼잣말을 하는 건지 알 수 없었다. 알고 보니 그녀가 말한 사람은 이리나의 아버지였다. 이리나는(물론 그녀는 평생 아버지를 딱 한 번, 그것도 먼발치에서 본 게 전부였지만) 아버지가 집시였다고 주장했다. 하지만 나데시다 이바노브나는 아니라고 했다. 두 사람의 말은 모두 신뢰하기가 어려웠다. 이리나는 자기가 보고 싶은 대로 세상을 보는 습관이 있었고, 사실상 문맹인 나데시다 이바노브나는 그녀 주변에서 일어나는 사건들에 대한 지극히 단편적인 의식만 가지고 있었다. 집단화, 내전, 혁명. 쿠르트는 그녀의 이야기들을 믿을 만한 근거에 따라 정리하기가 어려웠다. 게다가 지금 나데시다 이바노브나는 빌헬름의 생일파티에 참석하러 걸어가면서 그녀가 이사를 갔던 어떤 *도시*에 대해 말하기 시작하여 쿠르트를 잠시 당황하게 만들었다.

–어느 도시 말씀입니까? 쿠르트가 물었다.

그녀가 말하는 도시는 슬라바였다.

쿠르트는 '도시'를 눈앞에 떠올렸다. 자갈길, 좌우의 어른 키보다 높은 판자 울타리, 그 너머에 웅크리고 있는, 비스듬히 기운 단층 판잣집들. 습지들 사이에 납작하게 형성된, 구천 명이 채 되지 않는 주민들의 촌락. 세상의 끝이었지, 쿠르트는 생각했다. 그 빌어먹을 촌구석보다 더 더럽고 흉측하고 황량한 곳은 세상에 없었을 터였다. 거기서 그는—감금형이 끝난 후에—이른바 영구 추방자로 칠 년을 더 살아야 했다. 언젠가 정상적이고 올바른 삶을 시작할 수 있을지도 알 수 없는 상태에서 시간이 빠르게 흘러가는 것을 깨달을 때마다 그는 (거의 정확하게 한 달에 한 번씩) 눈물을 쏟았다. 하지만 그것을 빼고 보자면 그 비참한 곳에서도 좋은 일들이 있었다.

예컨대 이리나가 그를 위해 처음으로 끓여주었던 수프. 봉지에, 더 정확히 말하자면 종이 상자에 든 완두콩을 요리한 수프였다(신선한 완두콩은 없었다). 얼마나 맛이 좋았던가! 물론 나중에 이리나가 슬라바에서 같은 종류의 종이 상자를 가지고 와서 요리해주었을 때는 거의 먹을 수가 없는 지경이긴 했지만…….

아침에 강에서 수영하는 것도 좋았다.

해가 뜰 때까지 난로 앞에 앉아서 서서히 시간 감각을 잃어버리곤 했던 하얀 밤들도 좋았다……. 그들은 모두 영구 추방자들이었다. 영원성의 집합이었다. 순수한 절망으로 인해 오히려 사람들은 얼마나 유쾌했던가.

이리나와 그가 처음으로 현상한 사진들도 좋았다. 사진기는 소바킨이 스베르들롭스크에서 가지고 왔고, 현상액은 탄산칼륨과, 이름이 뭐였더라, 나트륨염을 혼합하여 만들었다. 비례가 정확히 맞아야 했으므로 직접 만든 천칭을 사용했다. 러시아 코페이카가 추 역할을 했다. 쿠르트에게 '첫 번째 사진'이란 무엇보다도 특정한 사진들을 의미했는데, 이것들은 말하자면 공개하지 않을 생각으로 찍은 사진들이었다. 지금 나데시다 이바노브나의 팔을 붙잡고 빌헬름의 생일파티에 참석하려고 걸어가면서 그는 직접 혼합한 현상액 속에서 헤엄치던 종이 위에 피사체의 윤곽이 드러나던 그 순간을 선명히 기억해내었다. 처음에는 윤곽이 소심하게, 거의 분간하기 어렵게 나타나 위아래를 구별할 수도 없었다. 그러다가 배경이 점점 짙어지더니 갑자기 — 하얗고 막강하게 — 이리나의 허리가 솟아올랐다. 그 순간 너무나 흥분한 나머지 그들은 종이를 정착액에 넣는 것을 잊어버렸고, 암실에서 선 채로 서로에게 달려들었다……. 소련을 떠나기 전 사진들을 없애버릴 수밖에 없었던 건 아무래도 아쉬운 일이었다고 쿠르트는 생각했다.

하지만 그런 기억들도 어쩌면 십 년 동안 수용소 생활을 하고 난 후에 처음 먹은 봉지 수프와 같은 건지도 몰랐다. 어차피 이리나는 *그런 것들*(요즘 그녀가 쓰는 용어다)에 대해 별로 알고 싶어 하지 않았다. 그녀는 한때 에로틱하고 즐겁게 여겼던 모든 것들을 역겹고 비천하다고 생각하기 시작했다. 과거를 향한 일종의 비관주의였다. 그것도 그녀의 *러어시아의 영혼*과 관련된 것일까? 아니면 난소 수술 때문일까? 어쨌든 이리나와 동반자로 살아가는 삶이 갑자기 어려워진 것은 사실이었다. 게다가 사샤가 서독으로 도망가버린 것이 문제를 점점 어렵게 만들 뿐이었다.

샤로테와 빌헬름에게는 뭐라고 하지?

부모님의 집이 점점 가까워졌다. 저 높이 가을 나무의 우듬지들 사이로 반원형 창문과 톱니 모양의 흉벽이 있는 옥탑 방이 벌써 보였다. 지난날 저 방에서 쿠르트는 박사학위 논문을 타자기로 두드려 쳤고, 따지고 보면 탑은 터무니없는 혼돈된 취미의 정점이라고 해야 옳았지만(집 전체가 아주 조악한 절충주의적 건축물이었다. 졸부가 된 나치가 전쟁이 끝날 무렵 여기에서 꿈을 이루었다), 그래도 쿠르트는 그 탑 안의 작은 방을 늘 좋아했다는 사실을 부정할 수 없었다. 여기서 그의 두 번째—아니면 세 번째?—삶이 시작되었다. 아침 여섯 시 반에 창문을 열고 타자기를 제자리에 놓을 때 노이엔도르프를 덮고 있던 정적과 얼얼한 공기, 창문 앞의 노란 나뭇잎들을 기억하면 그는 기분이 좋았다. 물론 일 년 내내 가을이기만 했던 것은 아니었지만. 지금은 기억 속에 남은 플라타너스 잎들이 왜 항상 노란색인지 묻는 대신에 잠시 후면 그에게 쏟아질 질문들에 어떻게 대답할지를 차츰 생각해야 할 때였다.

사실은 생각할 것도 없었다. 빌헬름의 생일에 소동을 일으키는 게 말이 되는가? 무엇을 위해서? 누구에게 도움이 된단 말인가? 빌헬름은 고집스럽고 나이 많은 멍청이이며, 그의 옹고집에 대한 형벌로서 숨김없는 사실에 부딪쳐야 한다는 게 쿠르트의 생각이었다. 얼룩이 있는 나무줄기들 사이로 집의 회색 전면이 나타났다. 육중한 문과 복도에 난 창살 달린 작은 창문들은 이 집을 완벽한 요새처럼 보이게 했다. 사실은 빌헬름에게 있는 그대로 알려주어야 한다고 쿠르트는 생각했다. 그는 빌헬름의 얼굴을 상상해보았다. 이렇게 말해야 할 터였다. 오늘, 그러니까 아버지의 생신에 손자가 당신들을 더 이상 견딜 수 없다고 결심했어요. 축하합니다! 쿠르트는 이런 생각을 하면서 빌어먹을 노커 중 하나를 두드리고 싶은 욕구를 겨우 참았다. 오래전부터 거기 적혀 있는 *두드리지 마세요!* 라는 말이 그의 화를 돋웠다. 집에 도착하자마자 금지명령부터 맞닥뜨려야 하다니! 게다가 이 표지판이 거기 붙어 있지 않다면 누구도 노커를 두드릴 생각은 하지 않을 것이며, 아마도 이 빌어먹을 사자 대가리가 노커라고 생각하는 사람도 없을 터였다!

쿠르트는 마치 잠시 숨을 참아야 하는 사람처럼 깊게 숨을 들이쉬었다. 그리고 초인종을 눌렀다.

문이 열리고 얼굴이 하나 나타났다. 동그랗고 멍청하게 보이는 얼굴이다. 첫눈에 이미 이 사람이 어떤 사람인지를, 즉 *당 간부르*르라는 사실을 이토록 분명하게 알게 하는 사람도 없을 거라고 쿠르트는 생각했다. 그것은 이리나가 즐겨 사용하는 욕설 중 하나였다. 쿠르트는 재빨리 슐링어 곁을 지나가려고 했지만, 슐링어는 일단 잡은 쿠르트의 손을 다시 놓아주려고 하지 않았다. 그는 쿠르트의 손을 흔들고, 그 특유의 상대를 불편하게 하는 친한 척으로 고개를 끄덕였으며, 애석하게도 쿠르트는 자신도 그를 따라, 물론 일을 빨리 끝내려는 생각에서이긴 했지만, 고개를 끄덕거리고 있는 것을 알게 되었다.

–포빌라이트 동지를 기다리셔야죠, 슐링어가 뒤에서 말했다.

쿠르트는 *포빌라이트* 동지를 기다릴 생각이 전혀 없었지만, 나데시다 이바노브나가 외투를 벗기도 전에 이미 포빌라이트 동지가 총총 걸음으로 다가왔다. 먹잇감을 향해 달려드는 거미처럼 민첩하게.

–어, 이리나는 어디 있니?

–아파요, 쿠르트가 말했다.

–아파? 어디가? 샤로테가 물었다.

–몸이 안 좋아요, 쿠르트가 말했다.

–그럼 알렉산더는? 알렉산더도 몸이 안 좋다는 소리는 하지 마라!

–엄마, 미안해요, 쿠르트가 말을 시작했다. 하지만 샤로테가 그의 말을 잘랐다.

–얘야, 도대체 무슨 생각들이냐? 아버지에게 뭐라고 해야 하지? 오늘은 아버지의 아흔 번째 생일이야!

–제 말 좀 잠깐만 들어보세요, 엄마…….

–그래, 미안하다만, 샤로테가 말했다. 미안하다만…… 이젠 정말 어떻게 해야 할지 모르겠구나. 더 이상은 나도 힘들 것 같아!

그녀는 신음소리를 뱉으며 비극적인 눈빛을 지었다.

–윈도 안 온다고 했어, 생각해봐라! 대리인을 보냈더구나, 말도 안 돼! 빌헬름이 아흔이 되는 날인데! 금장 조국 공로훈장을 받는데! 그런데 대리인을 보내다니! 꽃은 어디 뒀어?

–아, 이런, 쿠르트가 말했다. 집에 놓고 왔네요.

–그래, 어차피 상관없다. 그럼 다른 데서 꽃 몇 송이 빼서 들고 있어라, 샤로테가 말했다. 꽃은 많이 있으니.

쿠르트는 옷을 보관하는 벽장을 들여다보았다. 무수한 꽃다발들이 어스름 속에서 꾸벅꾸벅 졸고 있었다. 어머니의 목소리가 멀리서처럼 들려왔다.

–쿠르트, 들어가거든 어떤 일에 대해서도 말하지 마라. 너도 알

잖아. 헝가리, 프라하…… 그리고 소련에 대해서도.

– 폴란드에 대해서도요, 쿠르트가 말했다.

– 그래, 샤로테가 말했다.

– 우주에 대해서도, 달에 대해서도, 쿠르트가 말했다.

– 쿠르트, 부탁이다. 아버지는 이제……, 샤로테가 의미심장하게 눈을 치켜떴다. 최근에 상태가 나빠졌어.

– 저도 상태가 나빠졌어요, 최근에. 쿠르트가 말했다.

그는 꽃을 한 송이도 빼가지 않기로 마음먹었다.

방으로 들어가 보니 빌헬름은 언제나처럼 그의 안락의자에 앉아 있었다. 언제나처럼 그렇게 보였고, 행동도 그랬다. 벌써 몇 년 전부터 그는 앉아서 축하인사를 받았는데, 쿠르트는 그것이 상대에게 굴욕감을 주는 태도라고 생각했다. 게다가 그가 들어서자마자 빌헬름이 특유의 거만한 태도로 알렉산더는 어디 있냐고 물었다. 쿠르트는 사실을 말해주고 싶은 욕구가 다시 치솟았다.

– 알렉산더는 아파요!

쿠르트가 입을 열기 전에 샤로테가 먼저 달려왔다. 빌헬름은 고개를 끄덕이고 나데시다 이바노브나에게 가까이 오라고 손짓을 한 후 축하인사를 받았다. 그녀는 직접 담근 오이 한 병을 선물했고, 러시아어 능력을 뻐길 수 있는 기회를 절대로 놓치는 법이 없는 빌헬름은 *하로쉬, 하로쉬!* 라고 말했다. 아마 그가 하고 싶었던 말은 *하라쇼*(좋다)였을 것이다. 이 간단한 말조차도 그는 제대로 하지 못했다. 사실 빌헬름은 러시아어를 전혀 할 줄 몰랐고, 할 줄 알았던 적도 없었다. 자신의 '모스크바 시절'에 대해 이야기하기를 좋아했지만, 이 '모스크바 시절'이란 전적으로 허구였다. 물론 1936년에 쿠르트, 베르너(두 사람은 '안전상의 이유'로 인해 거기에 남았다)와 함께 모스크바로 간 적이 있기는 했다. 쿠르트가 짐작하기에 당시 빌헬름은 거기 적군(赤軍)의 정보국에서 비밀 정보요원 교육을 받을 예정이었다. 하지만 그가 거기서 머무른 기간은 몇 년이 아니라 기껏해야 몇 주였다. 게다가 엄격한 보안이 요구되던 교육 장소는 모스크바 외곽 어딘가에 있었고, 그래서 빌헬름이 모스크바를 실제로 본 것은 기껏해야 세 번 정도에 지나지 않았다. 하로쉬, 하로쉬!

모두들 알게 하려고 빌헬름은 이제 맬리히를 불러서 오이 병뚜껑을 따게 했다. 그리고 오이를 하나 먹었다. 심지어 오이를 먹는 것까지 그는 누구도 흉내 낼 수 없는 거들먹거리는 태도로 할 줄 알았다. 오이를 병 위로 들고 물이 떨어지게 할 때의 태만한 태도, 오이를 덥석 무는 태도, 거리낌 없이 쩝쩝대면서 물어뜯은 오이를 손가락 사이로 이리저리 빙빙 돌리고, 마치 오이의 질을 판정하는 최종 심판이라도 되는 듯이 오이를 관찰하는 태도가 다 그랬다.

– 하로쉬, 빌헬름은 다시 한 번 이렇게 말하고 마침내 쿠르트에게 축하인사를 올릴 기회를 허락해주었다. 오이에 젖은 빌헬름의 손가락에 대한 혐오감을 억누르면서 쿠르트가 손을 내밀자, 빌헬름은 손짓으로 거절하면서 이렇게 말했다. 야채는 무덤에 갖다 둬.

야채를 무덤에? 이번에는 쿠르트도 놀랐다. 샤로테가 말한 대로 정말로 최근에 '상태가 나빠진' 걸까?

이어서 그는 손님들을 향했다. 과거에는 빌헬름의 생일파티에 아주 흥미로운 사람들도 더러 나타났다. 한때 국제 여단의 최연소 사단장이었던 프랑크 얀코, 혹은 울브리히트에 맞서서 사회주의로 가는 독일의 특수한 길을 관철시키려고 했던 칼 이르비히가 그랬다. 브레히트의 여배우였던 슈티네 슈피어도 그런 사람이었는데, 샤로테와 빌헬름은 멕시코 망명 시절에 그녀와 알게 되었다. 하지만 얀코의 이름은 그가 어떤 '음모행위' 때문에 육 년 동안 감옥에 있다가 나온 후로 더 이상 언급되지 않았다. 정치국에서는 쫓겨났지만 완전히 축출되지는 않은 칼 이르비히는 언제부터인가 더 이상 모습을 드러내지 않았다. 생일파티 탁자 앞에 앉아 연극계의 우스운, 더러는 정치적이기도 한 추잡한 이야기들을 아주 재미있게 펼쳐놓던 슈티네 슈피어는 이삼 년 전에 샤로테의 정중한 안내를 받으며 쫓겨났고, 이런 식으로 그런대로 흥미로운 사람들이 하나둘씩 사라졌다. 결국 남은 것이 *이 무리*, 지금 여기 모여 있는 사람들이었다.

빌헬름을 더할 수 없이 경모하는 맬리히(사실 괜찮은 작자였지만 안타까울 정도로 머리가 나빴다), 전직 경찰관이며 항상 어딘가 아픈 맬리히의 아내(금발이고 과거에는 한때 아주 예뻐서 그렇게 점잖은 척만 하지 않았다면 충분히 쿠르트가 수집하는 전리품의 후보가 될 수 있었을 것이다), 그 옆의 서로 땅개들처럼 빼닮은 건너편 집의 이웃 부부. 그는 매년 그렇듯 이번에도 이 부부의 이름이 생각나지 않았는데, 남자는 예전에 사샤의 학교 건물관리인이었다가 지금은 샤로테와 빌헬름을 위해 자잘한 심부름을 해주고 있었다. 쿠르트는 여자에 대해서는 인공 직장(直腸)을 갖고 있다는 소문이 있는 것 외에는 아는 게 없었다(인공 직장이라니, 생각만 해도 우스웠다). 그 밖에 도당 위원장 크뤼거 동지도 있었는데, 쿠르트는 그가 멀리서 자전거를 타고 지나다니는 모습만 보았다. 물론 국가 공안부 대령인 고혈압 환자 붕케도 있었다. 그는 항상 쿠르트의 친구라도 되는 듯—*오랜만이군, 오랜만이야, 이리나는 어디 있어?*—행동했다(하지만 사실 쿠르트와 이리나는 그를 딱 한 번 초대하여 차를 제공한 것이 전부였다. 그의 정원에 서 있는 소나무 두 그루가 나데시다 이바노브나가 가꾸는 오이 밭의 햇빛을 가리는 문제를 해결하기 위해서였다). 하리 쳉크도 길을 잘못 들어 여기 와 있다. 예외적으로 지적이고, 심지어 교활하기까지 한 인물이었다(하지만 이른바 노이엔도르프 아카데미의 원장 직을 수락할 만큼 멍청하기도 했다). 끝으로 매년 여기서 만날 때마다 얼굴을 붉히는 게르트루트 슈틸러가 있었다. 오래전 샤로테가 쿠르트에게 이 여자와 결혼하라고 설득한 적이 있었다. 부끄러운 사실은 쿠르트가 이 가능성을 전적으로 진지하게는 아니라 해도 어쨌든 실제로 고려해보았다는 것이었다. 이것이 쿠르트가 가장 숨기는 비밀 중 하나였는데, 너무나 숨기고 싶은 나머지 그 자신도 이에 대해 거의 떠올리는 적이 없었다. 이들 외의 나머지는 그가 모르는 사람들이었다. 어떤 여자 판매원들, 당 베테랑들, 그리고, 맙소사, 저 사람은 왜 저런 꼴인가!

–뇌졸중, 틸이 말했다.

틸베르트 벤트, 그는 베를린-브리츠 지구의 공산당 청년연맹에서 함께 시간을 보냈던 사람이었다. 그보다 한 살 어렸다. 쿠르트는 너무 놀란 표정을 짓지 않으려고 애썼다.

–그것 말고는?

멍청한 질문이었다.

–그것 말고는 괜찮아, 틸이 말했다.

–그래, 어쨌든 우리가 살아 있다는 게 중요한 거지, 쿠르트는 이렇게 말하며 틸의 어깨를 두드렸다. 하지만 그 자신에게 *이런 일*이 생긴다면 그는 분명 목숨을 끊고 말 것이었다.

예전에는 지방이 많은 버터크림 케이크에 전혀 손을 대지 않았다. 하지만 수술로 위장의 삼 분의 이를 제거하고 난 후로는 버터크림 케이크도 문제될 것이 없었다. 온통 긁히고 이가 나간, 지독히 오래된 멕시코 산 플라스틱 잔에 담긴 커피도 즉시 받았다. 매년 나치 가족이 남겨놓은 '좋은 그릇'이 부족하면 내놓는 잔들이었다. 실제로 샤로테와 빌헬름은 집과 함께 모든 것들을 (정확히 말하자면 이 집에서 한동안 머물렀던 소련 장교들이 나가고 난 후에도 남아 있던 모든 것들을) 넘겨받았다. 이니셜 뒤에 조그마한 하켄크로이츠가 새겨져 있던 스푼들만 추려냈고, 그 결과 지금 사람들은 나치 소유의 접시에 얹는 케이크를 인민 소유의 공장에서 만든 스푼으로 파먹고 있는 것이었다.

–다 스드라브스트부예트, 붕케가 이렇게 말하고 알루미늄 잔을 치켜들었다.

이 잔 또한 독일민주공화국의 업적이었고, 잔 안에 든 술도 그랬다. 쿠르트는 삼십 년 동안 코냑이나, 더 끔찍하게는 골트브란트[1]를 이 알루미늄 잔에 부어 마시기를 거부해왔다. 그러나 오늘은 이마저 괜찮았다.

–코르바초프를 위해, 붕케가 사투리로 말했다. 독일민주공화

국의 베레스트로이카를 위해!

틸은 누가 잔을 건네주자 거절했다. 도당 위원장은 아무것도 못 들은 척했다. 땅개들은 '다 스드라브스트부예트'라는 말에 이미 홀짝 마셨다. 오로지 맬리히만 조심스럽게 주위를 둘러보면서 잔을 들었다. 하지만 하리 쳉크가 이의를 제기하자 곧 다시 내렸다.

– 고르바초프를 위해. 그건 좋아. 하지만 동독의 페레스트로이카, 그건 아냐.

맬리히의 부인—이름이 아니타였다. 쿠르트는 이제야 그녀 이름이 생각났다—은 너무나 멍청하여 다른 쿠르트, 그러니까 정치국원 쿠르트(이 쿠르트 하거를 쿠르트는 남몰래 *똥개 쿠르트*라고 불렀다)가 얼마 전 서독 잡지와 진행한—후에 ND에도 실린—인터뷰에서 한 말을 그대로 따라했다.

– 우리 이웃이 벽지를 바른다고 우리까지 벽지를 바를 필요는 없다.

노이엔도르프의 당 베테랑이 동의를 표했고, 붕케는 갑자기 쿠르트를 보며 말했다.

– 쿠르트, 뭐라고 말 좀 해봐!

갑자기 모두들 그를 쳐다보았다. 코가 뾰족해진 아니타도 그랬고, 맬리히는 쿠르트가 겨우 숨을 조금 들이쉬었을 뿐인데도 벌써 고개를 끄덕이기 시작했고, 땅개들은 똑같은 각도로 머리를 기울였다. 다만 이 모든 상황에 전혀 관심이 없는 틸만이 케이크 한 조각을 한쪽이 마비된 입안으로 집어넣으려고 끈기 있게 애쓰고 있었다.

–건배, 쿠르트가 말했다.

–그래, 건배, 붕케가 말했다.

쿠르트는 술을 목에 부어넣었다. 술이 식도를 타고 천천히 흘러 내려가면서 목이 따끔거렸다 그리고 서서히 타올랐다. 몇 시간 전부터 통증이 있는 자리까지. 위장은 아니었다. 좀더 아래의 어떤 기관……. 아들이 공화국에서 도망가면 병이 나는 기관이란 뭐지?

당 기관, 쿠르트는 속으로 이렇게 대답했다. 하지만 쿠르트는 웃을 기분이 아니었다. 고르바초프에 대한 토론에 더 깊이 빠져들지 않기 위해 그는 케이크 먹는 데만 집중했다. 고르바초프에 대한 내 생각을 이 인간들에게 해봤자 전혀 이해할 리가 없지, 그는 생각했다. 고르바초프가 충분히 나아가지 못하고 있다는 것……. 전체적인 구상이 없고 수미일관하지 못하다는 것……. 페레스트로이카에 대한 그의 책은 이론적 근거의 흔적조차 보여주지 못한다는 것…….

그가 그렇게 케이크를 먹고 있는데 어떤 사람이 들어왔다. 쿠르트는 그게 누구인지 금세 알아차릴 수 없었다. 이 인간들 사이에 끼어들기에는 너무 젊고 너무 매력적인 여자였다. 그녀가 키 크고 마른 열두 살 소년을 빌헬름 앞으로 데리고 가는 것을 보고서야 그게 누군지 알게 되었다. 요란하게 꾸몄군, 놀라운데! 심지어 하이힐까지. 도대체 왜 저러고 온 거지?

쿠르트는 두 사람이 빌헬름의 안락의자 앞에 자리를 잡고 멜리타가 빌헬름을 향해 허리를 굽히는 모습을 쳐다보았다. 치마가 실로 짧았다. 마르쿠스는 빌헬름에게 그림을 한 점 선물했는데, 쿠르트 자신도 언젠가 마르쿠스로부터 그림을 생일선물로 받은 적이 있다는 기억이 났다. 어떤 동물 그림이었는데, 빌어먹을, 조만간 벽에 걸어놓아야지. 쿠르트는 이런 생각을 하면서 마르쿠스가 사람들에게 인사를 하는 모습을 바라보았다. 귀엽고 창백하고 약간 어색해하는 모습이 사샤의 그 나이 때 모습과 똑같았다. 쿠르트로서는 마르쿠스를 꼭 안아주는 수밖에 없었다. 다른 사람들과 마찬가지로 손을 내미는 것만으로는 뭔가 부족하다고 느꼈기 때문이었다. 그리고 갑자기 그는 멜리타도 꼭 안아주고 싶은 마음이 생겼지만, 당연히 그렇게 하지 않았다. 하지만 그녀와 인사를 나누고 나서는 부지런히 조금 옆쪽으로 비켜서 그녀가 앉을 의자를 자신의 곁에 놓을 수 있도록 했다.

그녀는 무늬가 있는 스타킹을 신고 있었다. 불행히도 쿠르트가 앉아 있는 안락의자는 그녀가 앉은 의자보다 조금 낮아서 그녀에게 어떤 친절한 말을 해주어야 할지 생각하는 동안 그녀의 무늬가 있는 스타킹 때문에 상당히 주의가 산만해지고 말았다. 머릿속을 스치고 지나가는 온갖 칭찬들이 갑자기 과거의 편견을 수정하겠다는 뜻으로 이해될 듯했고, 그래서 한동안 생각한 끝에 그가 내놓은 말은 이것이었다.

–좋아 보이는구나.

–아버님도 그래요, 멜리타가 이렇게 말하고 커다란 녹색 눈으로 그를 쳐다보았다.

–나야 뭐, 그렇지, 쿠르트가 무덤덤하게 말했다. 솔직히 말하자면 그 말을 믿고 싶은 마음이 전혀 없지는 않았지만.

–어머니는 어디 계시죠? 멜리타가 물었다.

–이리나는 잘 지낸다, 쿠르트는 이렇게 대답하면서 멜리타가 이제 사샤에 대해 물을 것이라고 생각했다.

하지만 그녀는 묻지 않았다. 어쩌면 이 순간 샤로테가 방으로 들어와 유치원 보모처럼 힘차게 손뼉을 치면서 점점 더 시끄러워지는 손님들을 조용하게 만들려고 했기 때문인지도 몰랐다. 대리인이 거기 있었다. 훈장 수여!

쿠르트는 케이크를 베어 먹던 포크를 놓고 의자에 몸을 기댔다. 연설자는 메마른 목소리로, *당 간부* 치고도 놀라울 만큼 단조롭게 찬사를 읽기 시작했다. 아주 사소한 변화만 제외하고는 빌헬름이 훈장을 받을 때마다 항상 낭독되던 찬사와 똑같았다(지난 몇 해 동안 빌헬름은 거의 매년 훈장을 받았는데, 이는 분명 빌헬름이 항상 이번 생일이 그의 마지막 생일이 될 것이라는 인상을 자아냈기 때문이었다. 이 점에서도 그는 일종의 대가였다). 빌헬름의 투쟁의 전기는 해가 갈수록 흥미로울 수도 있는 부분들이 사라져서 이제 우둔함의 위대한 증서가 되어 있었다. 그래도 이 찬사 덕분에 멜리타가 연설자만 쳐다보고 있어서 쿠르트는 거침없이 그녀의 무늬가 있는 스타킹을 쳐다볼 수 있었다. 그가 쳐다본 것은 정확히 말하자면 그녀의 스타킹 혹은, 더 정확히 말하자면 치마 가장자리 바로 아래의 부분이었다. 그는 무늬가 매끄러운 부분으로 이어지는 그 지점을 어떻게 부르는지 알 수 없었다. 멜리타가 치마를 다시 한 번 잡아당겨 제자리로 옮겨놓는 바람에 사태는 더욱 흥미로워졌다. 치마가 다시 미끄러져 오르기 시작했고, 그녀의 허벅다리가 들릴락 말락 낮은 소리를 내며 서로 위치를 바꾸었기 때문이었다.

쿠르트는 하복부에서 무언가가 꿈틀거리는 것을 느꼈다. 그는 자신이 쳐다보고 있는 사람이 한때 그의 며느리였다는 사실 앞에서 양심의 가책을 느껴야 하는 것인지 생각해보았다. 아니, 정말로 *아름다운* 여자는 아니다, 쿠르트는 생각했다. 연설자는 빌헬름이 어떻게 노동자의 당으로 들어오는 길을 발견했는지에 대해 보고하고 있었다. 그녀를 가만히 보고 있으면 솔직히 말해 바로 그 점이 그의 마음에 들었다. 아주 아름답지는 않다는 것, 바로 그것이 여자를 매력적으로 만들기도 한다, 쿠르트는 생각했다. 설명하기가 어려웠다. 이를 이해하려면 어떤 나이에 도달해야 하는 것인지도 몰랐다.

그의 눈은 그녀 치마의 자극적인 거친 직물구조를 훑다가 완전히 불투명하지는 않은 블라우스를 더듬었고, 살이 단단한 아래팔을 스쳤으며, 연설자가 빌헬름의 영원한 카프 반란 부상을 상기시키는 사이에 멜리타의 넓은 등에서 교차하는 까맣고 어여쁜 끈들에 묶여 허둥댔고, 립스틱이 그녀 얼굴에 일으키는 효과를 점검했으며, 세심하게 털을 뽑은 눈썹을 (그리고 털이 뽑힌 자리에 남은 연한 붉은 자국을) 감상했다. 그리고 그는 좀 슬퍼졌다. 갑자기 이 젊은 여자의 모습이 그의 마음을 휘저었고, 갑자기 그녀가 버려진 여자로 보였다. 사샤가 지금까지 버리고 내팽개치고 파괴했던 것들, 그가 지금—늘 그렇듯이!—그냥 내버린 것들의 상징이 바로 이 여자였다. 동시에 쿠르트는 단 하나의 몸속에 두 가지가 동시에 들어 있을 수 있다는 사실이 놀라웠다. 동시에 바로 그것이 그를 흥분시켰다. 바로 이 거부당함, 버려짐이 그를 흥분시키는 것 같았다. 이 아주 아름답지는 않은 여자의 거부당한 욕망과 욕망의 대상이 되고자 하는 욕망이 바로 거부당했다는 사실로 인해 더 노골적으로 눈에 띄었다. 바로 이 점이 쿠르트를 흥분시켰고, 이 여자가 스스로를 이렇게 치장함으로써 시도한 모험을 인식하고 있는 그로 하여금 심지어 *아주 아름답지는 않은 여자의 성적 매력에 대한 작은 이론*을 위한 착상을 예감하게 했다. 하지만 이 이론을 심화시키는 작업은 일단 나중으로 미루기로 했다.

한동안 그것들은 서로 팽팽하게 맞섰다. 슬픔과 매력, 배에서 느껴지는 통증과 그 아래쪽의 흥분, *당 조직*과 *저항세력*이 맞서고 있다고 쿠르트는 생각했다. 하지만 연설자가 길고 덜컹거리는 문장으로(이 문장들이 보고하는 것은 빌헬름이 베를린의 붉은 전선 전사 동맹[2]의 두 번째 지휘관이었다는 사실뿐이었다) 1920년대를 횡단하고, 커다란 패배들은 철저히 외면하면서 1933년에 도착하는 사이에 쿠르트의 바지 속에서는 저항세력이 서서히 우위를 차지했고, 사람들이 엄숙하게 굳어 있는 사이에, 땅개들이 머리를 경건하게 비스듬히 기울이고 있는 사이에, 틸이 잠을 자고(혹은 자신이 죽은 뒤의 얼굴을 연습하고) 하리 쳉크가 입을 다문 채 하품하기를 시도하고 맬리히가 이 모든 내용을 처음 듣는 듯한 표정으로 듣는 사이에, 쿠르트는 이미 빌헬름의 당 지하실에 깊숙이 들어가 있었다. 쿠르트가 황급히 활동을 전개하는 사이에 연설자는 *반파쇼 저항*, 이라고 말했고, 기다란 보임용 탁자가 일정한 역할을 했으며, 눈앞의 영상은 흐릿했다. 오로지 스타킹의 무늬만이, 정확히 말하자면 어떻게 불러야 하는 건지 알 수 없는 그 자리만이 선명하게 눈에 들어왔다. 연설자가 *비합법성*, 이라고 말했고, 쿠르트가 잠시 후 경직된 사람들 사이로 다시 모습을 드러냈을 때는 그의 바지 속 저항세력이—그 순간 연설자는 매우 *영웅적*, 이라고 말했다—*영웅적*이고 강해져서 팬티의 주름 사이에서 꽉 조이고 누르기 시작했다.

연설자가 불굴의 의지로 대의를 위해 싸우는 전사를 향한 찬사를 늘어놓으며 연설을 끝냈다. 쿠르트는 탁자 아래에서 바지의 모양을 제대로 돌려놓으려고 애를 썼다. 박수가 시작되고 나서야, 굳어 있던 사람들이 다시 생기를 되찾고 전혀 경우에 맞지 않는 열광으로 대리인의 연설에 박수를 보내기 시작한 순간에야 비로소 수축이 시작되었다. 하릴없이 같이 박수를 치면서 쿠르트는 박수 치는 사람들 중 누구도 자신이 박수 치는 이유를 모를 것이라고 생각했다. 사실을 말하자면 연설의 어느 부분도 진실과 일치하지 않아, 쿠르트는 박수를 치면서 생각했다. 빌헬름이 '최초의' 당원 중 한 사람이었다는 것도 엉터리였고(원래 USPD[3]의 일원이었다가 양당이 KPD[4]로 통합될 때 비로소 입당했다), 그가 카프 반란 당시에 부상을 입었다는 것도 사실이 아니었다(그는 실제로 부상을 입기는 했지만, 1920년의 카프 반란 당시가 아니라 1921년의 이른바 3월 행동 당시에 입었다. 이 시도는 참혹한 실패로 끝났기 때문에 투쟁가의 전기에는 당연히 별로 어울리지 않았다). 이런 소소한 사실의 왜곡보다 더 안 좋은 것은 중요한 사실을 빼놓은 것이었다. 1920년대 빌헬름의 활동에 대한 일관된 침묵이었다. 당시—쿠르트는 그 시절을 아직 잘 기억하고 있었다—빌헬름은 소련이 지시한 '통일전선정책'을 단호하게 옹호

했는데, 이 정책은 사회민주당의 지도자를 '사회파시스트'라고 비방하고 심지어 그들이 나치보다도 더 사악한 자들이라고 선전했다. 쿠르트는 *여전히 박수를 치면서* 생각했다. 사실상, 아주 객관적으로 보자면, 빌헬름은 1920년대에 좌익 세력들이 서로를 깔아뭉개고 파시즘이 독일에서 결국 승리를 거두게 된 데 대해 개인적으로 공동책임을 져야 하는 사람이었다. 1932년에도 여전히, 쿠르트는 *다시 박수를 치면서* (빌헬름의 옷에 금장 조국 공로훈장이 꽂히는 순간이었다) 기억했다. 그때까지도 여전히 빌헬름은 베를린의 붉은 전선 전사 동맹의 두 번째 지휘자로서 나치와 공산주의자의 대규모 공동 행동을 조직하는 일에 참가했다. 그리고 그이 이력에서 생략된 '권력장악'[5] 후에도 빌헬름은 사회파시즘 명제를 고수했고, 이 명제는 1935년에야 비로소 공식적으로 수정되었지만 몇 년 지나지 않아 소련과 히틀러의 독일 사이에 불가침 조약이 체결됨으로써 어리석음과 추잡함의 면에서 추월당했다. 모두 다 거짓말이야, 쿠르트는 *여전히 계속 박수를 치면서* 생각했다. 1920년대 전체가 거짓말이었다. 1930년대도 다를 바 없었다. '반파쇼 저항'도 따지고 보면 거짓말에 지나지 않았다. 빌헬름이 이 시대에 대해 침묵하는 이유는 그가 구제 불능의 허풍선이에다 비밀 소매상인이었기 때문이 아니라, 혹은 그 때문만이 아니라, 반파쇼 저항운동의 역사가 오로지 *실패*와 *형제간의 투쟁*, *잘못된 상황 판단*, 그리고 *배반*의 역사였기 때문이었다(그리고 그 배경에 소련의 정책이 있었기 때문에 다른 것이 될 수도 없었다!). 배반이란 다름 아닌 '위대한 영도자'[6]가 불법적으로 활동하면서 목숨을 걸었던 동지들에 대해 저지른 배반을 말했다. 쿠르트가, 다른 사람들보다는 조금 빨리, 박수를 멈추었을 때, 저항세력은 다 사라지고 묘한 기분만 남아 있었다…… 바지 속에.

차가운 음식들로 구성된 뷔페가 시작되었을 때 쿠르트는 처음에는 일어나기가 꺼려졌다. 바지에 자국이 생겼을까 봐 걱정되었기 때문이었다(자세히 보니 쓸데없는 걱정이었다). 그런데 멜리타도 일어나지 않고 있었는데, 쿠르트는 아마도 그녀가 사샤에 대해 물어보려고 앉아 있는 모양이라고 생각했다. 그래서 그도 앉아 있었다. 하지만 그녀는 묻지 않았다. 쿠르트가 어떻게 행동할지 결정하기도 전에 붕케가 벌써 가득 채운 접시를 들고 돌아왔고, 곧 이어서 하리 쳉크와 아니타가 다가와 고르바초프에 대한 토론이 다시 시작되었다.

–우리 국민들에게 진실을 말해야 해, 붕케가 말했다.

쿠르트는 결국 한 마디 하지 않을 수 없었는데, 아마도 멜리타가 붕케의 말에 동의하면서 고개를 끄덕여서 화가 났기 때문일 터였다.

–진실이 무엇인지 누가 정하지?

붕케가 놀란 눈으로 그를 쳐다보았다.

–누가 그걸 정하지? 쿠르트가 물었다. 우리가 정하나? 아니면 고르바초프가 정하나? 그것도 아니면 누가 정하지?

–바로 그거야, 쳉크가 말했다. 진실은 언제나 당파적이지.

–아니, 쿠르트는 자신의 말이 이토록 잘못 이해되는 데 화가 났다. 진실은, 그가 말했다, 아니 *말하려고 했다*. 그가 막 만들려고 하던 문장은 대략 이랬을 터였다. 진실은 당이 소유하고 국민들에게

일종의 적선처럼 나누어주는 게 아니다(그리고 아마도 이른바 민주적 중앙집중제와 현실사회주의의 권력구조, 그리고 소비에트 체제에서의 당의 역할에 대한 근본적인 고찰이 뒤를 이었을 터였다). 하지만 그는 말을 잇지 못했다. 사람들의 주의가 이미 그로부터 벗어나 그의 뒤 왼쪽 비스듬한 쪽으로 향했기 때문이었다. 바로 빌헬름이 앉아 있는 쪽이었다. 빌헬름이 그의 안락의자에 앉아—믿을 수 없었다—*노래를 불렀다*.

처음에 쿠르트에게는 그 소리가 웅얼거림처럼 들렸다. 잠시 후에야 그것이 노랫소리라는 것을 알 수 있었고, 땅개들이 벌써 박자에 맞추어 고개를 끄덕이고 맬리히가 가사를 정확히 맞추지도 못하면서(혹은 스탈린 부분을 함께 불러도 되는지 알 수가 없어서 그랬을 수도 있다) 함께 노래를 부르기 시작했을 때야 비로소 그는 빌헬름이 무슨 노래를 부르는지 알 수 있었다. 정말 이보다 어리석을 수는 없었다. 아니, 어리석은 게 아니라 이것은 *범죄*야, 라고 쿠르트는 생각했다. 사실은 이것이야말로 모든 불행의 가장 짤막한 공식이었다. 사실은 이것이야말로 '대의'를 명분으로 한 모든 불의를 정당화하는 것이고, 소위 사회주의란 것을 일으켜 세우는 가운데 희생된 수백만 명의 사람들에 대한 조롱이었다. 이 유명한 당의 찬가, 어떤 비겁한 시인이(베허였나 아니면 퓌른베르크였나?) 뻔뻔스럽게도 지어놓은 당의 찬가! *당은, 당은, 언제나 옳아*…….

쿠르트는 사람들이 또 다시 박수를 치기 시작하고 아니타의 얼굴에 거의 행복한 미소가 퍼져가고, 맬리히가—아니면 잘못 본 것인가?—눈물을 닦아내는 것을 보면서 손이 마비된 채 자문했다.

내가 여기서 뭘 하고 있는 거지? 쳉크는 마치 공식적으로 자신의 옳음을 확인받기라도 한 듯이 만족한 표정으로 고개를 끄덕였다. 붕케도 아주 재미있는 농담을 들은 사람처럼 함께 박수를 쳤다. 땅개들은 서로 쳐다보면서 여전히 머리를 끄덕이며 박자를 맞추고 있었다.

오로지 멜리타만이 박수를 치지 않았다. 그저 형식적으로 몇 번 손바닥을 모은 것이 전부였다. 그녀가 의미심장하게 쿠르트를 쳐다보았고, 그는 눈썹을 치켜듦으로써 답했다. 그는 이제 거의 그녀가 사샤에 대해 물어주기를 바라는 입장이었는데, 대화를 이어가기도 전에 무언가 떠들썩한 소리가 들리기 시작했다. 이번에는 오른쪽에서였는데, 이번에도 쿠르트는, 너무나 믿기 어려웠기 때문에, 그 소리가 노랫소리라는 것을 깨닫기까지 잠시 시간이 걸렸다. 나데시다 이바노브나였다! 사샤가 어릴 때 그녀가 늘 들려주던 새끼염소 노래였다. 괴로울 만큼 많은 절들이 이어지는 단조로운 서창(敍唱)이었다. 하지만 쿠르트를 덮치려던 부끄러움은 괜한 것이었음이 드러났다. 모두들 당연한 듯이 이 *러시아 바부쉬카*에게 열광적으로 반응했고, 사회주의 형제국민에 대한 그들의 애정을 입증하려고 열심히 경쟁했다. 이절 후에 이미 사람들은 순전히 멍청함 때문에 함께 노래를 부르기 시작했고, 순식간에 자유 독일 청년단[7]의 대표자 회의와 비슷한 분위기가 사방에 퍼졌다(물론 쿠르트는, 솔직히 말하자면, 자유 독일 청년단의 대표자 회의에 가본 적이 없었지만). 그리고 노래 후렴구의 모든 연들이 *보트 칵, 보트 칵*―들으라, 들으라!―이라는 말로 시작되었기 때문에 사람들은 이 말이

러시아의 음주가라고 착각하고 *보트가, 보드카!* 라고 합창으로 포효했다. 심지어 *보드카, 보드카* 부분에서 리듬에 맞추어 박수를 치기 시작했고, 결국 쿠르트 오른쪽에 앉아 있던 여자는 (노이엔도르프의 어떤 당 베테랑이었다) 노래에 맞춰 몸을 흔들며 그의 팔을 끼기까지 했다. 이 때문에 쿠르트는 몸이 꽁꽁 얼어붙었다. 생일파티 모임 한가운데에서 그는 돌처럼 굳어 앉아 있었다. 갑자기 모두들 그네를 타듯 몸을 흔들었다. 마치 몸에서 떨어져 나온 듯한 머리들이 오르락내리락 하면서 흔들렸다. 아니타의 금발머리, 멜리히의 검은 머리로 덮인 두개골, 붕케의 푸르스름하고 붉은, 매 순간—바로 지금!—터져버릴 것 같은 풍선.

마침내 늑대들이 오고, 마침내 늑대들이 새끼염소들을 먹어치우고, 마침내 늑대들이 뼈만 남기고 모조리 뜯어먹은 후에, *뿔과 굽만, 불러도 소용없어, 뿔과 굽만* 남게 된 후에 쿠르트가 말했다.

–네게 말해줘야 할 것 같구나. 사샤가 서독으로 넘어갔다.

–흠, 멜리타가 소리를 냈다.

–그래, 쿠르트가 말했다.

쿠르트는 뭔가 더 할 말이 있을 거라고 생각했지만 멜리타는 입을 열지 않았다. 갑자기 쿠르트도 무엇을 해야 할지 알 수 없었다. 잠시 쿠르트는 멜리타가 자신의 말을 이해하지 못한 것 같다고 생각했다. 커피 잔에 눈을 고정시킨 채—그것은 *멜리타의* 잔이었다. 가장자리에 그녀의 립스틱 자국이 또렷이 찍혀 있는 나치 잔이었다—그가 말했다.

–앞으로 양육비를 어떻게 해야 할지 모르겠다만, 사샤가 지불

하지 못하는 동안은 당연히 내가 낼 거다.

옆방에서 무언가 큰 소리가 났다. 쿠르트는 사람들이 일어나서 옆방으로 가는 것을 쳐다보았다. 저쪽에 있던 마르쿠스만이 사람들을 거슬러 다가와서 무슨 일이냐고 물었다.

– 집에 가자, 멜리타가 말했다.

– 왜, 마르쿠스가 불평했다.

– 집에 가서 말해줄게, 멜리타가 말했다.

마르쿠스는 부루퉁한 표정으로 빌헬름의 박제 이구아나를 책장에서 꺼내 들었다.

– 빌헬름 할아버지가 선물해주셨어요, 그가 쿠르트에게 설명했다.

– 고마운 일이구나, 쿠르트는 이렇게 말하며 마르쿠스가 내민 손을 과장되게 흔들었다.

이어서 그는 멜리타에게 손을 내밀려고 했다. 하지만 그녀는 그를 안았다. 깜짝 놀란 나머지 그는 머리를 신속하게 적당한 자리로 옮기지 못했다. 그의 턱이 멜리타의 이마와 부딪쳤다. 제대로 힘을 줄 용기가 없는 그의 손에 그녀의 상체가 나뭇조각처럼 느껴졌다.

쿠르트는 골트브란트를 또 한 잔 부어 들고 다른 방으로 갔다. 뷔페가 무너져 내린 것을 무심하게 흘낏 보았다. 그는 일정한 거리를 두고 서서 무너진 뷔페 주위에서 사람들이 분주히 움직이는 모양을 쳐다보았다.

아랫입술에 멜리타의 이마가 남겨놓은 흔적이 느껴졌다.

골트브란트는 맛이 형편없었다.

그는 단숨에 술을 들이켜고 가장 가까운 선반에 잔을 놓았다. 그리고 걷기 시작했다. 방을 나가서 복도를 지나 작은 응접실을 벗어나 바깥으로 나섰다.

마지막 순간에 누가 그를 부를까 두려워하듯 그는 좀 급하게 걸었다. 어느 정도 사정권을 벗어났다고 느끼게 되었을 때, 그는 불경스런 기쁨에 머리가 어지러웠다. 그는 침착하자고 스스로를 타일렀다. 기쁨을 마음속에 간직했다. 조금도 밖으로 새어나가지 않게 했다.

300미터를 걸어간 후에야 비로소 나데시다 이바노브나를 잊었다는 생각이 떠올랐다. 그의 걸음이 느려졌고, 되돌아가야겠다는 생각까지 들었다. 하지만 도대체 왜? 그가 없어도 그녀는 집으로 잘 돌아갈 것이다……. 쿠르트는 다시 속도를 내어 걸어갔다. 푹스바우를 따라 걸었다. 술에 취한 이리나가 소파에 누워 있을 7번지까지 갔다.

7번지를 지나쳤다.

그 길 끝에서 방향을 틀어 제벡 거리로 접어들었다. 호수로부터 멀어질수록 집들이 점점 평범해지는 제벡 거리를 따라 계속 걸었다. 하이네 가에서 그는 고급 주택 지역을 완전히 벗어났고, 과거에 직조공들이 살던, 노이엔도르프의 가장 오래된 지역으로 접어들었다. 이곳의 집들은 너무 낮아서 추녀의 물받이를 손으로 잡을 수도 있었다. 쿠르트는 포석이 깔린 구불구불한 좁은 길들을 걸었다. 클롭슈토크 가, 울란트 가, 레싱 가[8]라고 부르는 이 거리들의 열린 창문들로부터 음식 냄새와 술 냄새가 퍼져 나왔다. 좀더 긴 괴테 가는 묘지를 지나 칼-리프크네히트 가로 이어졌고, 이 도로는 또 괴테 가보다 더 길었다. 노이엔도르프 시청 앞에서 그는 전차를 기다릴 수도 있었다. 야만적으로 날카로운 마찰음을 내며 전차가 오른쪽으로 방향을 트는 소리가 들렸지만 그는 계속 걸었다. 노이엔도르프를 도시와 연결해주는, 훨씬 더 긴 프리드리히-엥겔스 가에 이르렀고, 전차가 달그락거리고 덜컹거리면서 그를 추월할 때 그는 자주 교통사고가 일어나는, 두 집 사이의 좁은 길을 통과하고 있었다. 그 길 끝에서, 제국 철도 수리국의 철조망으로 무장한 벽 위로, *사회주의가 승리한다!* 라는 구호가 적힌 창백한 붉은색 현수막이 몇 년 전부터(아니면 몇십 년 전부터였나?) 혼자서 삭아가고 있었다.

제국 철도 수리국 옆의 길게 이어지는 길을 걸을 때, 그의 발아래에서 낙엽들이 바스락거렸다. 그는 랑에 브뤼케라고 불리는 다리를 건넜고, 도로와 철도를 지나갔으며, 인터호텔에서 방향을 튼 후 빌헬름-퀼츠 가를 지나 레닌 가로 접어들었다. 포츠담에서 가장 멋진 길은 아니었지만, 가장 긴 길이었다. 그 길을 따라 2, 3킬로미터 도시 바깥을 향해 걷는 동안 길이 점점 어두워지는 듯했고, 가로등도 거의 없는 어떤 지점에서 오른쪽으로 방향을 틀었다.

가르텐 가. 왼쪽 두 번째 집. 쿠르트는 짧게 두 번 초인종을 누르고 기다렸다. 위쪽 삼층의 한 창문이 열릴 때까지.

– 나야, 그가 말했다.

집 안 복도에 불이 켜졌고, 계단을 내려오는 발걸음 소리가 났다. 낡은 자물쇠에 꽂힌 열쇠가 삐걱 소리를 내며 돌았다.

– 와, 놀랄 일이네, 베라가 말했다.

한 시간 후, 쿠르트는 베라의 침대에 드러누워 있었다. 베라가 그를, 그의 표현을 따르자면, '입으로' 보살펴줄 때의 자세 그대로 누워 그는 집 안을 돌아다니는 특유의 구운 베이컨 냄새를 맡았다. 그는 홀가분해진 기분이었지만 한편으로 약간 실망스럽기도 했는데, 이런 기분이 성교 후의 전형적인 각성 때문인지 아니면 그가 기대했던 것에 완전히 미치지는 못했다는 점을 인정해야 하는 것인지 알 수 없었다. 베라의 침실(마지막으로 본 것이 삼 년 전이었다)은 기억에 남아 있던 것보다 더 음침하고 칙칙해 보였다. 침실용 탁자의 등불은 빛이 날카로웠고, 그녀의 *거시기*에 — 그는 여전히 다른 말을 찾아내지 못했다 — 새겨진 파란 실핏줄에 썩 유리하지는 않은 빛을 던졌다. 하지만 특히 마음에 들지 않았던 것은 그녀가 그를 보살피면서 힘을 쓰는 바람에 그녀 이마에 생긴 주름들이었다. 문득 늙은 여자와 관계를 맺고 있다는 생각이 그를 괴롭혔고, 그녀의 머리를 직접 붙잡고 그녀에게 — 약간은 폭력적으로 — 자신이 원하는 리듬과 깊이를 강요함으로써만 이런 생각을 떨쳐버릴 수 있었다.

이윽고 그녀가 열기 띤 얼굴을 그의 배 위에 누이고, 그가 음모를 스치는 그녀의 숨결을 느끼게 되었을 때, 그는 자신이 약간 폭력적인 태도를 취했던 것이 좀 부끄러웠다. 오랫동안 그는 베라의 등을 쓰다듬었고, 왜 그녀가 여러 해 동안 변함없이 기꺼이 자신을 그의 뜻에 맡기고 있는가 하는 수수께끼에 대해 생각했다. *감자*

볶음 관계,[9] 이 말이 떠올랐다. 왜 이런 관계를 *감자볶음 관계*라고 부르는 것일까? 놀랍게도 쿠르트는 자신이 이 단순한 질문에 대한 대답을 모른다는 사실을 깨달았고, 아마도 허기 때문만이 아니라 이 깨달음 때문에, 이 이상한 표현에 어떤 의미를 부여하고 싶은 욕구 때문에 그녀에게 이렇게 묻게 되었는지도 몰랐다.

–감자볶음 해줄 수 있어?

–물론, 베라가 이렇게 말하고 일어나 부엌으로 갔다.

이제 감자볶음 냄새가 났다. 어린 시절의 냄새다. 쿠르트는 눈을 감았고, 냄새가 그를 순식간에 부모님의 침실로 옮겨놓았다. 그가 (원래 금지되어 있었지만) 이불 속으로 들어가 숨곤 했던 침실이었다. 그는 지금 어머니의 목소리를 듣는 줄 알았다.

–쿠르트, 이리 올래?

그는 눈을 떴다. 그리고 거의 칠십 년을 산 후에 그가 처하게 된 이 기이한 상황에 대해 한 순간 놀랐다. 그는 침대 가장자리에 앉았다. 팬티를 입었다. 이제 좀 더러워진 까만 양말을 왼발에 신었다. 그리고 무심히 오른쪽 양말을 찾는 순간, 그는 갑자기 깨닫게 되었다. *때가 되었다*는 *것*을.

더 이상 생각할 것이 없었다. 더 이상 사소한 문제들로 인해 시간을 낭비할 이유가 없었다. 역사학 잡지에 실을 서평들, 어떤 역사적 기념일을 계기로《노이에스 도이칠란트》에 실을 논평들……. 심지어 어떤 논문집을 위한 작업—그는 동서독의 논문들을 모아야 했기 때문에 자르브뤼켄에서 개최되는 아주 매력적인 회의에 참가하기로 되어 있었다—까지도 거절할 것이었다. 건강상의 이유를 내세우는 게 최선일 터였다. 그리고 당장 내일 아침부터 책상 앞에 앉아 그의 회고록을 쓰기 시작할 터였다. 시작은 (그는 즉시 이런 생각이 들었다) 1936년의 8월의 그날이 될 것이었다. 그날, 그는 베르너와 함께 카페리의 갑판에 서서 바르네뮌데[10]의 등대가 아침 안개 속으로 사라져가는 모습을 지켜보았다.

–올 거야? 베라가 외쳤다.

–그래, 쿠르트가 대답했다.

습한 공기로 인해 몸이 떨렸다……. 그리고 그는 조심스럽게 접은 소련의 입국허가서를 안쪽에 넣고 오른쪽 허벅다리 안쪽에 붙였던 반창고의 감촉을 느꼈다.

1991

만일 수도원 거위의 배 속을 채우는 데 사용하는 살구를 어디서 가지고 왔느냐는 질문을 받는다면, 이리나는 한 마디로 대답을 끝낼 수 있을 터였다. 살구는 슈퍼마켓에서 사왔다.

포도송이도 슈퍼마켓에서 왔다. 무화과도 슈퍼마켓에서 왔다. 배도, 마르멜로도, 모든 것들이 슈퍼마켓에서 왔다. 이런 상황에서는 수도원 거위를 준비하는 데 아무 요령도 필요 없어, 이리나는 생각했다. 심지어 식용 밤까지도 슈퍼마켓에 있었다. 다 굽고 껍질까지 까놓은 밤들이 판매대에 놓여 있었다. 이리나는 지난해까지만 해도 다 가공된 밤을 슈퍼마켓에서 사는 것이 말도 안 되는 짓이라고 생각했지만, 이번에는 집어 들었다. 괜히 일을 사서 할 필요가 어디 있는가? 이런 사소한 변화가 이리나를 잠시 혼란에 빠트렸다. 평소라면 그녀가 하는 첫 번째 일이 이런 일들이기 때문이었다. 오븐을 작동시키고, 오븐이 예열되는 동안 밤 껍질에 십자가 모양의 칼집을 내는 일…… 실수다. 그녀는 오븐을 다시 끄고 속을 채울 과일들을 준비하기 시작했다.

두시가 갓 넘은 시각이었다. 눈 녹은 물이 아연으로 도금된 창문턱에 똑똑 떨어지고 있었다. 부엌 라디오에서는 독일라디오[1]의 뉴스가 흘러나왔다. 지금은 임박한 소련의 해체에 대한 보도가 진행 중이었다.

이리나는 마르멜로의 껍질을 얇게 벗겨내고 대략 1센티미터 크기의 주사위 형태로 잘랐다. 마르멜로가 단단해서 손가락이 아팠다. 이런 날씨에는 관절들이 더 아팠다. 등도, 손도……. 라디오에서 아제르바이잔 사람들이 사는 베르크-카라바흐[2] 지역에 대한 보도가 다시 흘러나왔다. 어젯밤에 아르메니아 사람들이(이리나는 이들이 위대한 문화민족이라고 생각했다. 뛰어난 코냑 때문만은 아니었다) 스무 명의 민간인을 살해했다는 소식이었다. 라디오를 들으면서 이리나는 생각했다. 내가 어떤 상해를 입었던 것인지 누가 알까. 그녀가 들이마셔야 했던 목재 부식 방지제. 갑자기 발암물질이라는 평가를 받고 있는 카밀리트[3] 먼지…… 그 모든 게 헛된 일이었다.

이리나는 손가락을 몇 번 쭉 뻗으면서 오늘만큼은 그 모든 것들에 대해 생각하지 말자던 다짐을 다시 떠올렸다. 아침에 이미 불안한 심정으로 우편함으로 가서 법원에서 보낸 편지가 있지는 않은지 맨 먼저 확인해보아야 하는 상황에서는 지키기가 쉽지 않은 다짐이었다……. 멍청했어, 그래 당연히 멍청한 짓이었어! 집을 구입하지 않은 것은 참 멍청한 짓이었다. 하지만 지방 주택관리국이 이 집을 벌써 팔아넘겼는지 누가 알았겠는가? 그녀가 물어보아야 했던 것일까? 아무도 물어보지 않았다. 근처의 모든 집들이 지방 주택관리국의 소유였고, 자기가 사는 집을 굳이 구입해야겠다고 생각한 사람은 아무도 없었다(이 이상한 인물 하리 쳉크는 제외하고). 월세가 120마르크 정도에 그쳤으니 집을 살 필요가 어디 있었겠는가?

이렇게 그녀는 벌써 자신의 다짐을 한참 어기고 있었다. 만일 그렇게 했더라면 어땠을까, 하는 놀이에 빠져 있었다. 연방의회가 이른바 *신 연방주*에 어머니 보호 도입을 위한 법률을 결의하는 사이에 그녀는 코냑 한 잔 하는 게 좋겠어, 라고 생각했다. 신 연방주란 동독을 말했다. 요즘 뜨고 있는, 새로 생긴 기이한 말이었다. 마치 이 '신' 연방주들을 콜럼버스가 아메리카를 발견하듯 방금 발견하기라도 한 것처럼. 그래, 머릿속을 채우는 항상 똑같은 생각들을 좀 떨쳐내기 위해 코냑 한 잔을 하는 게 좋겠어, 그녀는 생각했다. 하지만 그녀는 오늘은 술을 마시지 않기로 작정했었다. 좀 이따가 양로원으로 가서 샤로테를 데리고 와야 하기 때문만이 아니라, 아이들이, 사샤가 카트린과 함께 올 예정이기 때문이었다. 다시 소동이 벌어지는 사태를 막으려면 아이들 앞에서 그녀가 말짱해야 했다.

술 대신 그녀는 담배에 불을 붙였다. 라디오에서 익숙한 삐 소리가 났다. 이리나는 잠시 동작을 멈추고 귀 기울여 들었다……. 어리석은 습관이었다. 모든 정상적인 사람들이 그렇게 하듯, 그녀도 예전에는 교통정보를 무시했다. 하지만 사샤가 그 모어스[4)]라는 곳에서 살기 시작한 후로는—이리나의 귀에는 *뫼르스*, 즉 러시아어로 *얼었다*라는 말처럼 들리는 지명이었다—, 그후로는 교통정보를 귀 기울여 듣게 되었다. 놀랍게도 이 모어스라는 곳이 이따금 교통정보에 등장하기 때문이었다. *A57 니메겐,*[5] *쾰른 방향. 캄프린트포르트와 모어스 나들목 사이에 5킬로미터 정체입니다.* 이런 보도가 그녀에게 사샤가 아직 살아 있다는 것을 확인해주는 듯했다. 그리고 사샤가 여기 노이엔도르프로 오고 있는 오늘도 그녀는 지명들을 좇아가며 사샤가 얼마나 지체될 것인지 예측해보려고 했고, 어디선가 사고가 발생했다는 소식이 들리면 하늘을 향해 짤막한 기도를 보냈다.

장벽이 무너지고 난 후, 처음에 그녀는 사샤가 다시 가까운 곳으로 오기를 바랐었다. 텔레비전에서 서로 울면서 끌어안는 사람들을 보면서 그녀가 맨 먼저 생각했던 것이 이것이었다. 그녀는 그 사람들과 함께 목 놓아 울었고, 줄곧 아무 말 없이 텔레비전을 보면서 파이프에 연신 담배를 채워 넣기만 하던 쿠르트에게 화가 났다. 그녀는 울면서 이 모든 일들이 오로지 그녀를 위해 일어나고 있다는 황당한 생각을 떨쳐버리려고 애썼다.

그런데 사샤는 돌아오기는커녕 더 먼 곳으로 이사하고 말았다. 믿을 수 없는 일들이 일어나는 베를린으로 가는 대신, 그 일들에 참가하고 자신의 기회를 활용하는 대신, 사샤는 모어스로 가버렸다…. 그에게 얼마나 밝은 미래가 열려 있었던가, 이리나는 생각했다. 사샤는 네덜란드 국경 근처 어딘가의 모어스에 앉아 있는 반면, 텔레비전에서는 요즘 얼마나 가련한 인물들이 등장하는지 생각하면 마음이 아팠다. 쿠르트조차도 알지 못하던 지명. 왜 그랬던가? 카트린이 거기서 일을 얻었기 때문이었다. 모어스의 극장에서! 더 나은 곳에서는 그녀를 부르지 않았겠지, 이리나는 생각했다.

하지만 지난여름 사샤와 카트린이 여기로 왔을 때 소동이 벌어지고 나서는 그녀는 이 주제에 대해 입을 다물기로 결심했다. 사샤가 노이엔도르프에서 보낼 그 짧은 기간은 싸움으로 보내버리기에 너무 아까웠다. 이제는 사샤가 온다는 것 자체만으로도 기뻐할 일이었다. 작년에 두 사람은 크리스마스 직전에 약속을 취소하고—괴이한 생각이었다—카나리아 제도로 날아가 거기서 휴가 기간을 보냈다. 그리고 이리나는 오로지 쿠르트와 샤로테와 함께 크리스마스를 보내야 했다. 하지만 올해에는 제대로 된 크리스마스 파티를 열겠다고 그녀는 굳게 다짐했다. 어쩌면 이 집에서 함께 지내는 마지막 크리스마스 파티가 될지도 몰랐다. 하지만 오늘 밤에는 이 문제에 대해서도 입을 다물 것이었다.

그녀는 언제나처럼 수도원 거위를 만들 생각이었다. 커피에 곁들일 슈톨렌도 직접 만들 터였다. 수도원 거위를 다 먹고 슈톨렌도 배 속으로 사라지고 나면, 이리나는 물기를 씻은 무화과와 살구를 가늘고 길게 썰면서 생각했다. 정치에 대한 잡소리들이 잦아들고 선물 포장도 무사히 뜯고 나면, 식기들을 물에 담그고 샤로테를 다시 양로원으로 데려다주고 나면, 그러면 그녀는 자신에게 코냑을 한 잔 허락할 생각이었다. 딱 한 잔만! 그리고 언제나 크리스마스에서 가장 멋졌던 그 시간을 즐길 터였다. 모든 일이 끝난 *후의* 시간, 그녀는 구석의 탁자 앞에 앉고 쿠르트는 바닐라 향의 연초를 피우기 시작하는 시간, 저녁에 있었던 크고 작은 사건들에 대해 킥킥 대며 이야기를 나눈 후 남자들이 소매를 걷어붙이고 체스를 한 두 판 두는 시간…….

라디오에서 보잘것없는 교회음악이 단조롭게 흘러나오기 시작했다. 이리나는 라디오를 끄지는 않고 소리만 줄였다. 만약을 위해서. 그녀가 교통정보를 듣지 않으면 사샤에게 무슨 일이 일어날지도 모른다는 생각은 물론 순전한 미신이었지만. 그녀는 재떨이에서 반쯤 꺼져가던 담배를 몇 모금 세차게 빨고 나서 조심스럽게 껐다. 그리고 반으로 자른 버터를 중간 높이의 프라이팬에 넣고 잘게 자른 과일을 넣어 흔들었다. 거기 약간의 코냑을 부었다. 한 무더기의 달콤한 향기가 그녀의 얼굴을 덮쳤다. 그것은, 술 이름이 뭐였더라, *위스키*의 향기였다!

이리나는 크리스마스 저녁을 위해 따로 사둔 술을 멍하니 쳐다보았다. 술 가게의 선반 앞에서 꼬박 십 분을 골랐다. 아직도 그녀는 혼란스럽도록 많은 상표들에 익숙해지지 않았다. 요즘 구할 수 없는 유일한 상품은—이 역시 이상한 일이었다—아르메니아 산 코냑이었다. 그 대신 프랑스와 그리스, 스페인, 이탈리아, 오스트리아, 그 밖의 온갖 나라에서 생산한 코냑들이 있었다. 오랫동안 망설인 끝에 그녀는 아주 값비싼 인도 산 코냑을 골랐다. 휴가 기간에 어울리는 뭔가 특별한 것이라고 생각해서 샀는데, 이제 보니 위스키였다!

그녀는 과일과 위스키를 섞은 것의 맛을 보았다. 맛이 나쁘지는 않았지만, 좀 특이했다. 그녀는 반으로 자른 신선한 포도로 특별히 과일 맛을 강화시킨 멋진 액체를 조심스럽게 유리잔에 붓고(별 것 아니었지만, 어디에 다시 쓸 수 있을지 누가 아는가?) 다시 한 번 과일들을 불에 올려놓는 수밖에 없었다. 하지만 무엇을 붓지? 럼주면 괜찮을 거야, 이리나는 생각했다. 적어도 거위 속을 채우는 데는 괜찮을 터였다. 탕은 포트와인과 꿀로 그럭저럭 요리할 수 있을 터였다.

그녀는 과일에 럼주를 붓고 오 분 동안 졸였다. 그 사이에 거위도 손질했다. 내장을 끄집어내어 대접에 넣고 거위를 씻은 후에 키친타올로 물기를 닦아냈다. 최근에 쿠르트는 키친타올이라는 발명품만으로도 통일은 가치가 있었어, 라고 농담을 하곤 했다. 그녀는 과한 지방을 잘라내고, 피지선을 끄집어내고, 거위 날개 아래쪽을 찌르고, 거위 안쪽과 바깥쪽에 소금을 문질러 발랐다. 이어서 속을 집어넣고 꿰매어 붙였다. 얼마 전부터, 정확히 말하자면 그녀가 전신 수술을 하고 난 후로 이렇게 꿰매는 일이 불쾌한 일을 연상시켰다……. 하지만 이에 대해서도 생각하지 않으려고 했다.

지금 보니 오븐을 예열하는 것을 까먹었다. 그녀는 가스에 불을 붙이고, 즉시 물도 엎어 같은 성냥으로 불을 붙이고, 여전히 같은 성냥으로 담배에도 불을 붙이려다가 손가락을 조금 데었다. 그리고 그녀는 잘못 구매한 술병을 찬찬히 관찰했다. *싱글 몰트*라고 적혀 있을 뿐, 위스키라는 말은 없었다. 아니면 너무 작은 글씨로 표시해두어서 안경 없이는 그녀가 읽지 못하는 것일 수도 있었다. 이제 이 술의 맛이 어떤지 한 모금은 마셔봐야 할 일이었다. 그녀가 술병을 붙잡았을 때, 쿠르트가 부엌문에 서 있었다.

– 맛만 보는 거야, 이리나가 말했다.

증명이라도 해 보이려는 듯 그녀가 술병을 치켜들었지만, 이미 일부를 거위 속을 만드는 데 썼기 때문에 술병은 상당한 부분 비어 있었다.

– 그래, 그렇겠지, 쿠르트가 말했다. 어머니는 내가 모셔 와야겠군.

– 기다려, 거위 속 집어넣고 나서 내가 다녀올게, 이리나가 말했다.

쿠르트가 안 된다는 듯 손을 들었다.

– 내가 택시를 타면 돼.

– 술 안 마셨어, 이리나가 다시 한 번 말했다.

– 절대로 안 돼, 쿠르트가 말했다. 내가 하면 돼. 한 가지만 부탁할게. 이루쉬카, 술 그만 마셔. 오늘은 애들이 오잖아…….

– 안 마셨다니까!

– 알았어, 쿠르트가 말했다. 알았다고! 그리고 그는 부엌을 나갔다.

이리나는 찜냄비에 두 손가락 깊이로 물을 붓고 거위를 집어넣은 후, 뚜껑을 닫고 오븐에 집어넣었다. 그리고 타이머를 한 시간 반으로 맞췄다. 이어서 붉은 양배추의 겉 이파리들을 뜯어내고 머리 부분을 큰 칼로 단번에 힘을 주어 두 동강 냈다. 그리고 과즙과 위스키의 혼합물을 들고, 마셨다. 첫째, 그것은 제대로 된 알코올이라고 할 수 없었고, 둘째, 그녀는 화가 나 있었다.

그녀는 다시 큰 칼을 붙잡고 붉은 양배추를 잘게 자르기 시작했다……. 그랬다, 그녀는 화가 났다. 그녀가 또 술을 마셨다고 쿠르트가 속단했기 때문만이 아니었다. 이것만 해도 화를 낼 만했다! 하지만 더 화가 나는 것은 그의 비난하는 듯한, 모욕적인 말투였다. 그로 하여금 자기 어머니를 모시러 가게 하는 것이 무슨 부당한 요구라도 되는 듯이. 게다가 이리나는 양심의 가책까지 느꼈다! 하지만 샤로테는 *쿠르트의* 어머니가 아닌가! *그녀가* 양로원으로 차를 몰고 가는 것이 왜 당연한 일처럼 여겨지는 거지? 단지 쿠르트가 운전을 못해서? 만일 그런 거라면 그는 할 수 있는 게 전혀 없었다. 그렇게 지금까지 흘러왔다.

쿠르트는 아무 일에도 신경을 쓰지 않아, 이리나는 붉은 양배추를 썰면서 생각했다. 물론 옛날부터 그랬으니 새삼스러운 일은 아니었다. 하지만 최근에는 더 심해졌다. 물론 그녀도 그가 요즘 화낼 일이 많다는 건 이해했다. 그는 그의 연구소가, 요즘 표현을 빌자면, '청산'되는 데 맞서 싸우는 중이었다. 늘 분주히 돌아다녔다. 예전보다 더 자주 베를린으로 갔고, 심지어 모스크바에도 다시 다녀왔다. 어떤 문서보관소가 갑자기 개방되었기 때문이었다. 그는 쉬지 않고 편지와 논설을 썼다. 새로 타자기도 샀다. 전동타자기! 400마르크! 고래고래 고함을 질러야만 신발 한 켤레도 겨우 사던 사람이 *서독 마르크로 400씩이나 주고* 타자기를 산 것이었다. 그녀는 가치가 높은 새 돈을 버터와 빵을 사는 데 쓰면서도 여전히 미안한 마음이었는데…….

게다가 상황이 바뀌고 나서 쿠르트가 받게 될 연금이 얼마가 될지도 아직 확실하지 않았다. 그녀 자신의 연금은 말할 것도 없었다. 갑자기 슬라바에서 발급하는 어떤 노동증명서를 갖고 오라고 했다. 이 무슨 관료주의인가! 그녀는 항상 동독이 관류주의적이라고 생각했었다. 그녀가 받던 추가연금도 아마 더 이상 지급되지 않을 듯했다(동독은 그녀가 소련에 있었더라면 '전쟁 베테랑' 자격으로 받았을 명예연금 대신에 이른바 나치정권 박해자를 위한 연금을 지급해주었다). 그녀가 적군 상등병으로서 독일에 맞서 싸웠다는 이유로 서독 관청들이 보답을 해주리라고 기대하기는 어려웠다. 이에 더해 앞으로 이 집까지 잃게 된다면, 그것은 끝이었다. 설령 '재이양' — 이 또한 통일과 함께 생긴 말이었다 — 후에도 이 집에 계속 살 수 있다 한들, 장기적으로 계속 임대료를 지불할 수는 없을 터였다. 우스운 일은, 그녀 스스로 다락층을 확장하고 나데시다 이바노브나의 방을 새로 만듦으로써 집의 거주면적을 넓혔고, 이로써 앞으로 예상되는 임대료를 거의 두 배로 올려놓았다는 사실이었다.

그녀는 술을 아주 조금 더 따랐다. 샤로테를 다시 양로원으로 데려다줄 때면 알코올이 이미 다 날아가고 없을 터였다. 딱 이 한 잔만 더! 그후엔 병을 식품 저장실에 갖다 놓겠다고 맹세한다. 하지만 이 한 잔은 꼭 필요했다. 언젠가, 오래지 않아, 낯선 사람들이 여기 들어와 살 것이라는 상상만 해도 벌써 그녀의 속이 아프게 파헤쳐지는 것 같았다. 그들이 뻔뻔스럽게도 이곳의 모든 것들을 그대로 넘겨받을 것이라는 생각보다 더 아프게 하는 것은 새 소유주가 동독 물건들이 그들에게는 탐탁지 않다는 이유로 모든 것들을 철거할 것이라는 생각이었다……. 그녀는 부엌의 타일들이 쓰레기 더미에 쌓여 있는 것을 그려보았다……. 그래, 그녀는 비가 쏟아지는 가운데 어떤 집의 뒷마당에서 이 타일들을 트레일러에 싣던 기억이 여전히 생생했다. 그녀는 건물 관리인이 구청에서 할당받은 물품들 사이에서 냉온수 혼합기를 '분리'하여 그녀에게 주면서 짐짓 불량스런 표정을 짓던 일을 잊지 못했다. 그녀는 모든 것을 기억하고 있었고, 이젠 정말로 마지막으로 한 잔 부으면서 쿠르트가 이 주 전에 그녀에게 한 말을 떠올렸다.

－그럼 실용적인 작은 집을 구하면 되지. 어차피 이 집은 우리 둘에게 너무 커!

눈 녹은 물이 여전히 창문턱에 똑똑 떨어지고 있었다. 라디오는 소련의 해체에 대한 보도를 다시 내보내고 있었고, 이리나는 이 뉴스를 벌써 수도 없이 반복해서 들었지만 녹색 양배추를 손에 든 채 창가에 가만히 서 있었다……. 그녀는 아직도 반쯤 눈으로 덮인 축축한 정원을 잠시 바라보았다. 갑자기 그게 실제로 그녀였다는 사실이 아주 믿을 수 없게 느껴졌다. 언젠가, 아주, 아주 먼 과거에…… 차가운 진흙탕을 엎드려 기어갔던 사람, 눈물을 흘리며, 저주를 퍼부으며, 찰과상을 입은 손가락으로 그렇게 움직였던 사람이 다름 아닌 그녀였다는 사실이……. 그리고 부상자는 얼마나 무거웠던가! 아군 진영으로 돌아가는 길은 또 얼마나 끝없이 길게 느껴졌던가……. 그녀가 소련의 멸망을 기리며 아주 조금만, 상징적으로 한 모금만 더 마셔도 될까 하고 생각하고 있는데, 바깥에서 경적 소리가 들렸다.

그녀는 재빨리 마루로 나가 창밖을 내다보았다. 카트린이 문을 닫는 중이었고, 사샤는 막 커다란 은회색 자동차에서 내리고 있었다. 그 옆에 서 있는 이리나의 라다가 박물관의 전시품처럼 보였다.

카트린을 마지막으로 본 것은 지난여름이었는데, 그때 이미 그녀의 모습은 눈에 띄게 달라져 있었다. 왠지 반항적으로 보이는, 싸구려 옷을 입고 다니던 여자가 갑자기 용모라는 것을 갖게 된 것이었다. 서독 옷 때문이었는지(그녀는 고전적인 짙은 색의 의상을 입고 있었다), 아니면 (아마도 인공적으로 만든) 갈색으로 구워진 피부 때문이었는지는 모르겠지만, 어쨌든 카트린은 요사이 우편배달부가 허락도 없이 우편함에 넣어놓는 상품 카탈로그에 등장하는 여자처럼 보였다. 게다가 그녀는 하이힐까지 신고 있어서 이리나보다 거의 머리 두 개쯤이 더 컸다.

이런 외모와는 정반대로 그녀는 지독하게 소심한 태도를 보였다. 보란 듯이 사샤를 붙잡고 놓아주지 않았고, 그의 약간 뒤쪽으로 숨었다. 그녀는 이리나에게 웃으면서 나지막한 목소리로 인사했고, 무언가 묻는 듯이 아래쪽으로부터 눈을 들어 이리나를 쳐다보았다(실제로 그녀는 큰 키에도 불구하고 이리나를 *아래쪽에서* 올려보는 기술을 구사했다). 한 마디로 그녀의 태도는 처음부터 거짓되고 꾸민 듯했고, 거의 모욕적이기까지 했다.

하지만 사샤도 첫눈에 좀 낯설게 느껴졌다. 단지 헤어스타일 때문에 그럴 수도 있었다. 그는 요즘 유행하는 것처럼 구레나룻을 짧게 자른 모습이었다. 청바지(예전에는 지독히 좁은 바지를 좋아했었다)는 눈에 띄게 폭이 넓었고, 재킷은 세련된 인상을 주었다. 이리나는 거칠게 짠 재킷의 소재를 어떻게 부르는지 알 수 없었다. 이런 모습의 사샤는 어딘가 더 성숙하고 더 진중한 인상을 주었다. 하지만 그를 안았을 때 이리나는 그의 체취를 맡을 수 있었고, 그의 머리가 군데군데 희끗한 것을 보게 되자 결국 눈물을 터트리고 말았다.

– 아이, 엄마, 사샤가 말했다. 다 괜찮아요!

사샤는 아주 기분이 좋은 듯했다. 이리나는 녹색 양배추를 뜯으면서 그가 들려주는 이야기에 귀를 기울였다. 그는 새 집에 대해—*곧 놀러오세요!*—, 새 차에 대해, 그리고 차가 밀려 거의 한 시간이나 제대로 움직일 수 없었던 *빌어먹을* 동독 고속도로에 대해 이야기했다. 이어서 그들이 얼마 전에 갔던 파리에 대해, 파리보다 더 마음에 들긴 했지만 음식은 *거의 동독만큼이나* 형편없던 런던에 대해 이야기했다. 런던에서 *피쉬 앤 칩스*를 구하러 돌아다니다가 결국 실패하고 만 이야기도 들려주었다. 카트린은 사샤 뒤에 서서 킥킥대며 동의를 표시했다. 그녀는 몸을 싣는 발을 계속 바꿔가며 줄곧 가만히 있지를 않았는데, 이리나는 그런 모습을 참고 볼 수가 없었다.

–무엇으로 건배하죠? 사샤가 물었다.

–위스키?

–그러죠, 사샤가 말했다. 건배할 이유가 있거든요! 내가 모어스 극장에서 연출을 맡게 됐어요. 이틀 전에 계약서에 서명했고요.

이리나는 기쁜 표정을 지으려고 애썼다.

–아이, 엄마, 이건 정말 좋은 일이에요, 사샤가 말했다. 내가 제대로 된 극장에서 연출하는 건 이번이 처음이라고요!

–그래, 그럼 건배하자, 이리나가 말했다. 그리고 멈칫 했다.

–여기 뭔가 타는 것 같아요, 카트린이 말했다.

정말이었다. 그녀가 가스불을 낮추지 않은 것이었다……. 그녀는 황급히 찜냄비를 오븐에서 꺼냈다. 물은 완전히 증발했고, 연기가 심상치 않게 났다.

–도와드릴까요? 카트린이 물었다.

하지만 이리나는 단호하게 거절했다.

– 내가 할 테니 너희는 짐을 사샤 방으로 갖다 둬라.

이리나는 부엌문을 닫고 피해상황을 점검했다. 큰 문제는 없었다. 그녀는 거위 등에서 피부 일부를 뜯어내고 찜 냄비를 긁어낸 후 잠시 식게 놓아두었다. 그리고 꿀 반병을 포트와인 사 분의 삼 리터와 섞어 휘저은 후 거위에 붓고 다시 거위를 오븐에 집어넣었다.

– 괜찮아요? 사샤가 머리를 문틈으로 밀어 넣고 말했다.

– 그래, 괜찮다, 이리나가 말했다.

– 그럼, 사샤가 이렇게 말하고 다시 한 번 잔을 치켜들었다.

– 잘 지내니, 이리나가 물었다.

사샤는 대답은 하지 않고 되물었다.

– 엄마는 어때요?

– 좋아, 이리나는 이렇게 말하고 어깨를 으쓱했다.

– 왜요?

– 넌 여기 상황을 몰라, 이리나가 말했다. 여기 없으니까.

– 아이, 엄마, 그 이야긴 하지 마세요.

– 연금도 줄어들 거란다, 이리나가 대화를 모어스로부터 다른 데로 돌리려고 재빨리 말했다.

– 그렇지 않아요, 사샤가 말했다. 헛소문이에요. 잘될 거예요! 그냥 인생을 즐기시면 돼요! 파리로 가보세요! 우리 집에도 오시고요!

사샤는 그녀의 어깨를 꽉 붙잡고 얼굴을 빤히 쳐다보았다.

– 엄마, 카트린은 엄마를 싫어하지 않아요.

– 그런 말 한 적 없다.

–그럼 다 좋은 거네요, 사샤가 말했다. 그렇죠? 다 좋죠?

이리나가 고개를 끄덕였다. 그녀는 담뱃갑에서 두세 개비를 꺼내 사샤에게 내밀었다.

–그리고 좋은 소식이 하나 더 있어요, 사샤가 말했다. 담배를 끊었어요.

잠시 후 쿠르트도 돌아왔다. 하지만 샤로테는 없었다.

–흠, 그가 콧소리를 냈다.

이어서 그는 마지못해 짧게 보고했다. 샤로테는 상태가 좋지 않다. 쿠르트를 알아보지도 못했다. 거의 의식이 없다. 의사는 그에게 최악의 상황을 맞을 마음의 준비를 해야 할 거라고 말했다.

모두들 잠시 말이 없었다. 사샤는 온실 베란다로 가는 문 앞에서서 바깥을 내다보았다(혹은 작고 보기 흉한 크리스마스트리를 보았다. 쿠르트가 장식한 크리스마스트리는 금속술들이 뭉쳐 있었고, 파란 화장솜이 눈 역할을 하고 있었다). 카트린은 마치 샤로테가 이미 죽기라도 한 듯 슬픈 표정을 지었다. 이리나는 화가 났다.

그녀가 화를 내는 게 어울리는 상황은 아니었다. 그녀도 알고 있었다. 지금 죽는다고 해도 샤로테로서는 어쩔 수 없는 일이었다. 하지만 이리나는 화가 났다. 그녀는 말없이 부엌으로 들어가 경단을 만들기 위해 감자껍질을 벗겼다. 그녀는 자신의 무덤덤함을 샤로테가 그녀를 숱하게 괴롭히고 모욕했다는 사실로 정당화하고자 했다. 아니, 그녀는 잊지 않았다. 샤로테가 그녀에게 옷을 넣어두는 벽장의 갈라진 틈들을 깨끗이 긁어내라고 시켰던 일, 샤로테가 쿠르트를 게르트루트와 맺어주려고 했던 일……. 평생 그때만큼 나쁜 시절은 없었어, 그녀는 감자를 불에 올려놓고 위스키를 부으면서 생각했다. 그래도 오늘 그녀가 차를 몰 일은 없어진 것이었다! 전쟁 때보다 더 나빴지, 그녀는 생각했다. 독일의 대포가 처음으로 발사되던 때보다도 더 나빴다고, 제기랄.

그녀는 위스키를 마셨다. 이 술은 효과가 아주 빨랐다! 그리고 담배도 한 개비 더 피웠다. 느닷없이 그녀는 샤로테가 작년 크리스마스 때 그녀에게 선물해준 쓰레기통 손잡이가 생각나서 웃음이 나왔다. 낡고 녹슨 쓰레기통 손잡이였다. 어처구니가 없었다! 그래, 그것 때문에 그녀를 나쁘게 생각할 수는 없었다. 샤로테는 늙고 정신이 오락가락했고, 이제 혼자서, 양로원에서 죽을 터였다. 그녀는 내일 양로원으로 가보기로 했다. 그 모든 것들에도 불구하고.

그녀는 담배를 재떨이 가장자리에 놓고 생감자들을 문질러 으깨기 시작했다. 튀링엔 경단, 반반씩. 정확히 말하자면 한쪽을 조금 더 많이. 그런데 그게 어느 쪽이었나? 요리책이 어딘가 있을 터였다. 이리나는 요리책을 찾았지만, 잠시 후 자신이 요리책을 찾는 것이 아니라 여전히 샤로테 생각을 하고 있음을 깨달았다……. 왜냐하면 하나는 인정할 수밖에 없었기 때문이었다. 지난 이 년 동안, 정확히 말하자면 빌헬름이 갑자기 세상을 떠난 후부터—그는 하필 생일에 죽음을 맞았고, 벌써 아흔 살이었지만 아무도 그가 죽을 것을 예상하지 못했다—그가 그렇게 느닷없이 죽고 난 후부터 샤로테는 이상하게 변했다. 이상한 것은 그녀의 분별력이 갑자기 심하게 흐려졌던 것이 아니라—그녀는 원래부터 좀 정신이 흐릿했다—갑자기 태도가 부드럽고 사교적으로 변한 것이었다. 언제나 그녀를 몰아대던 악의적인 에너지가 갑자기 그녀로부터 빠져나간 듯했다. 갑작스레 그녀는 이리나를 *우리 사랑하는* 딸이라고 부르기 시작했다. 쿠르트에게 내용이 혼란스러운, 하지만 아주 다정한 편지를 썼고, 한밤중에 전화를 해서 어떤 사소한 일에 대해 고맙다고 인사를 했다. 그리고 이윽고 어느 날 밤, 긴 속바지를 입고 멕시코 여행 가방을 들고 문 앞에 나타나더니 나데시다 이바노브나가 떠난 후로 비어 있는 방에서 살아도 되느냐고 물었다. 이 요청을 단호하게 거절한 것은 쿠르트였다. 물론 이리나도 샤로테와 함께 살고 싶지 않았다. 하지만 그녀를 양로원에 보내는 것은 좀 잔인하게 느껴졌다. 샤로테는 아무런 저항 없이 양로원으로 들어갔지만, 그녀가 거기서 광택을 잃은 눈동자로 복도를 헤매는 사람들 사이에 있는 모습을 볼 때마다 이리나는 눈물을 참기가 힘들었다.

요리책에는 이렇게 적혀 있었다. 감자의 약 삼 분의 이를 골라 껍질을 벗기고 씻고 강판으로 가늘게 간다……. 이리나는 제시된 분량을 맞추려고 애썼다……. 이게 남는 건가 모자라는 건가……. 맙소사, 술을 그만 마셔야 했다. 딱 한 잔만 더! 가슴에 쌓인 쓰라린 마음을 희석시키려면 한 잔이 더 필요했다. 샤로테가 어떤 사람이었든, 그녀가 무슨 짓을 했든, 그녀가 없는 크리스마스 파티는 상상도 할 수 없었다. 샤로테도, 그녀의 너구리 가죽 외투도, 그녀의 가성과 꾸민 칭찬과 허세도, 그녀가 요란한 몸짓으로 시원찮은 선물들을 꺼내 나누어주던 데데론 쇼핑백도 없는 크리스마스 파티란 있을 수 없었다. 이리나가 그녀로부터 받은 선물들이 매번 어처구니없는 것들이긴 했지만, 샤로테가 *만면에 미소를 머금고* 건네준 이 쓰레기통 손잡이는 이리나가 느끼기에 그녀의 진심이 깃들어 있는 최초의, 유일한 선물이었다…….

한 잔만 더, 이리나는 생각했다. 침대에 누워 죽어가고 있는 샤로테를 위해 한 잔만 더.

방에서 남자들의 목소리가 들려왔다. 매번 하는 그 토론이다. 실업, 사회주의…… *지금 벌어지고 있는 일은 동독을 떨이로 팔아넘기는 거다*, 쿠르트가 말했다. 이리나는 이미 이 모든 말들을 알고 있었다. 집에 손님들이 오면 늘 이 이야기만 했다. 물론 방문객은 아주 드물었지만. 갑자기 사람들이 모두 할 일이 많았다. 모두 다 실업자들이었는데도. 이 또한 이상한 일이었다. *동독은 파산상태였어요*, 사샤가 말하는 소리가 들렸다. *스스로 자신을 떨이로 넘긴 겁니다*……. 이런저런 숫자들이 이어졌지만, 이리나는 잘 이해하지 못했다……. 이리나의 머리는 삼 분의 이를 따지고 있었는데, 쿠르트는 여기의 임금이 일 대 일로, 라고 했다. *그러면 기업들이 하루아침에 파산하기 마련이야*. 하지만 사샤가 말했다. *일 대 일로 임금을 주지 않으면 사람들은 서독으로 넘어갈 거예요*……. 일 대 일이라, 이리나는 생각했다. 아니면 일 대 삼 분의 이인가……. *이해가 안 돼요*, 사샤가 말했다. *늘 사회주의가 끝장날 거라고 한 사람은 바로 아버지잖아요. 그건 그냥 해본 말들이었어요?* 갑자기 그녀는 모든 이야기들이 아주 멀게 느껴졌다. *내가 말하는 것은 동독이 아니라 사회주의다. 진정한 민주주의적 사회주의 말이다!* 하지만 그녀는 경단도 갑자기 아주 멀게 느껴졌다……. *민주주의적 사회주의란 건 없어요,* 사샤가 말하는 소리가 들렸다. 쿠르트의 목소리가 이어졌다. *사회주의는 본질상 민주주의적이다, 생산하는 사람들이 스스로 생산을…….*

이리나는 포크를 하나 빼어들고 감자가 다 익었는지 살펴보았다. 괜한 짓이야, 그녀는 생각했다. 쓸데없는 말싸움들……. 이 집에서 한 번 더 크리스마스를 맞자. 한 번 더 수도원 거위를 요리하고, 빠지면 안 될 경단을 만들자. 그 다음엔, 그녀는 생각했다, 나를 여기서 들고 나가면 된다……. 반드시 발이 먼저 나가게 해라! 건배. 그녀는 남은 술을 쏟아부었다. 하지만 남아 있는 게 없었다. 그녀는 몇 방울 남은 것을 입에 털어 넣고 감자 껍질을 벗기기 시작했다. 갑자기 소리가 아주 가깝게 들렸다.

– 그렇군, 쿠르트가 말했다. 이제 자본주의를 극복할 대안에 대해 생각하면 안 되는 거로구나! 좋구나, 이게 너희가 말하는 민주주의로구나…….

– 그래요, 천만다행이네요, 그 빌어먹을 사회주의 안에서는 대안에 대해 생각해도 되었던 거로군요.

– 너는 벌써 완전히 타락하고 말았구나, 쿠르트가 말했다.

– 타락이라고요? 제가 타락했다고요? 아버지는 사십 년 동안이나 입을 다물었어요, 사샤가 소리쳤다. 사십 년 동안 아버지의 그 거창한 소련시절에 대해 보고할 용기를 못 냈어요.

– 이미 그 일을 하고 있는데…….

– 그래요, 지금, 이제 아무도 그런 것에 관심이 없는 지금!

–*너*는 도대체 뭘 했냐! 이제는 쿠르트도 소리를 질렀다. *너의* 영웅적 행동은 뭐였냐!

–빌어먹을, 사샤가 맞고함을 질렀다. 영웅이 필요한 사회는 빌어먹을 사회예요!

–이십억의 사람들이 굶는 사회가 빌어먹을 사회다, 쿠르트가 소리쳤다.

갑자기 이리나가 방 안에 서 있었다. 그녀는 자신이 어떻게 방 안으로 왔는지 몰랐다. 그녀는 그냥 방 안에 있었었고, 소리를 질렀다.

–그만들 해!

몇 초 동안 정적이 흘렀다. 그녀가 다시 입을 열었다.

–크리스마스.

원래 그녀가 하려던 말은 이것이었다. 오늘은 크리스마스야. 그녀는 이렇게 말하려고 했다. 사샤가 몇 달 만에 여기 다시 왔으니 이 이틀을 평화롭게 보내야지, 대략 이렇게 말하려고 했다. 하지만 생각은 여전히 *아주 명료*한데도 이상하게 말하기가 쉽지 않았다.

–크리스마스, 그녀가 말했다. 그녀는 뒤돌아 다시 부엌으로 들어갔다.

가슴이 쿵쿵 뛰었다. 갑자기 숨을 쉬기가 어려웠다. 그녀는 싱크대를 붙잡았다. 그렇게 잠시 서 있었다. 여전히 싱크대 옆자리에 놓여 있는 피가 고인 대접을 보았다……. 내장을 잊어버렸다. 그녀는 고기 자르는 큰 칼을 쥐었다……. 갑자기 할 수가 없었다. 대접 안의 물건들을 잡을 수조차 없었다. 그것들이 갑자기 그녀의 내장처럼 보였다. 수술을 할 때 그녀에게서 끄집어낸 것들, 지금 아파오는 그곳, 하복부로부터 끄집어낸 것들 같았다…….

–도와드릴 거 없어요? 카트린의 목소리였다. 다정하고 친절한 목소리. 제가 경단을 빨리…….

–내가 할 거다, 이리나가 말했다. 튀링엔 식이야, 라고 그녀는 말하지 않았다. 발음하기 어려운 말은 하지 말자. 그 대신 그녀는 이렇게 말했다. 그건 반반씩……. 하지만 한쪽을 조금 더 많이…….

–알아요, 카트린이 말했다. 생감자는 얼마나 넣으셨어요?

생감자를 얼마나?

–내가 할 거다, 이리나가 다시 한 번 말했다.

–대여섯 개로 보이네요, 카트린이 벌써 강판을 잡으면서 말했다. 와, 이건 제법 복잡하네요…….

카트린은 말이 빨랐다. 너무 빨랐다. 이리나는 나지막이, 재빨리 지나가는 그 음절들을 붙잡아 다시 결합시키는 데 시간이 걸렸다. 그렇게 다시 결합시켜놓고 보니 이런 문장이었다.

–아세요…… 요즘엔 경단을 완제품으로도 팔아요…… 솔직히 말해 그것들도…… 전혀 나쁘지 않아요…… 그럼…… 상표를 적어드릴까요?

이리나는 카트린이 잡고 있는 강판을 빼앗았다.

–죄송해요, 카트린이 말했다. 그런 뜻은 아니었는데……. 너무 일이 많으신 것 같아서…….

–내, 가, 해. 이리나가 힘주어 말했다.

카트린이 사라지고 나서야 이리나는 자신이 여전히 고기 자르는 큰 칼을 쥐고 있음을 깨달았다.

그녀는 칼을 내려놓았다. 잠시 싱크대를 붙잡고 서 있었다. 숨을 들이쉴 때는 고통이 덜했다. 이리나는 숨을 들이쉬었다. 하지만 이제 남자들의 목소리가 다시 들려왔다.

―*아버지는 수용소에 좀더 있어야 했어요! 거기서 십 년을 더 살아야 했어요!*

내장들이 이리나의 눈앞에서 춤추기 시작했다.

―*너는 자본주의가 뭔지 전혀 몰라!*

이리나는 벽의 타일들을 보면서 이음매가 십자로 교차하는 부분에 집중하려고 애를 썼다.

―*자본주의는 살인을 해*, 쿠르트가 소리쳤다. *자본주의는 독을 뿌려! 자본주의는 이 지구를 집어삼켜……*.

이리나는 다시 숨을 내쉬었다. 십육시, 독일라디오, 라디오가 말했다. 소련이 오늘 벌써 세 번째로 해체되었다. 하지만 그녀는 좀 놀랐다. 날씨에 대해서.

―*팔백만 명이 죽었어요*, 사샤가 고함쳤다. *팔백만 명이!*

그게 그녀였던가? 손. 배. 조국을 위해, 스탈린을 위해. 멋들어진 사기. 사람이 계속…… 숨을 들이쉬기만 할 수 있다면.

―*이십억*, 쿠르트가 소리쳤다.

맨 먼저 그녀는 그것들을 쓰레기통에 쏟아부었다. 감자들. 그리고 장갑을 끼었다. 다만 장갑을 낀 손으로…… 병을 따기가 어려웠다. 조국을 위해! 스탈린을 위해! 그들이 속인 모든 사람들을 위해!

―*그래, 아프리카의 아이들 말이다*, 쿠르트가 소리 질렀다. *뭐가 우습단 말이냐!*

그녀는 오븐에서 거위를 꺼냈다. 거위, 멍청한 거위. 거위가 거기 놓여 있었다. 꿰맨 부분이 터져 있었다. 구멍이 열려 있었다. 속으로 손을 집어넣으려니 마음이 아팠다. 장갑도 끼지 않고 진탕을 끄집어냈다. 속이 뜨거웠다. 하지만 상관없었다……. 달리 방법이 없었다. 그녀는 숨을 들이쉬었다. 반대로 내장은 아주 차가웠다. 그녀는 한꺼번에 쥐었다. 한 번에. 그것들을 다시 속에 쑤셔 넣었다. 멍청한 거위. 손은 여전히 거위 속에 있었다. 여전히 차가운 내장을 붙잡고 있었다. 바깥은 뜨겁고 안쪽은 차가웠다……. 미끄러지기 시작했다. 부엌 전체가. 타일들이. 그것들이 춤을 추었다. 그런데 이번에는 바닥의 타일들이었다.

카트린이 그녀를 부축했다.

– 건드리지 마라, 이리나가 말했다.

– 이리나, 카트린이 말했다.

그때 그것이, 나머지가 빠져나왔다. 저절로. 저절로 소리를 지르며 빠져나왔다. 그렇게 빠져나오는 것들에 아주 작은 나머지가 달라붙어 있었다.

– 건드리지 마, 이 잡년아!

바닥이 더 가까이 다가왔다. 타일들. 춤을 추었다. 하지만 거위는 전혀 말이 없었다. 잠시 후. 꼼짝도 하지 않고 타일들 위에 누워 있었다. 거위, 멍청한 거위. 한가운데에 구멍이 뚫린 거위.

– 그래요, 여기까지네요, 사샤가 말했다.

아직 꿰매는 일이 남았어, 이리나는 생각했다.

1995

한 주의 끝, 금요일에 집으로 돌아오면 늘 그렇듯이 이번에도 그가 첫 번째였다. 그래서 검은 테두리가 쳐진 편지를 우편함에서 발견한 것도 그였다. 멜리타는 벌써 삼 년 전에 성을 그레베로 바꾸었음에도 불구하고(그녀는 클라우스의 성을 넘겨받았고, 그래서 이제 새로 구성된 이른바 가족이라는 것에서 움니처라는 성을 갖고 있는 사람은 마르쿠스뿐이었다) 수취인은 멜리타 움니처와 마르쿠스 움니처라고 적혀 있었다.

편지는 아주 고상해 보여서 즉시 그의 눈에 띄었다. 그는 자신에게 편지를 열어볼 자격이 있는지 잘 알 수 없었고, 그래서 중간을 접어서 바지 뒷주머니에 쑤셔 넣었다. 더 급하게 할 일들이 있었다.

우선 더러워진 옷들을 욕실에 내던지고 그의 방으로 쿵쾅거리며 올라가 코트부스[1]의 컴퓨터 가게에서 산 사운드카드의 포장을 벗겼다. 문제가 생기지 않도록 포장지를 조각조각 낸 후 휴지통 맨 아래쪽에 쑤셔 넣었다(엄마는 컴퓨터와 관련된 모든 것들을 정신 나간 시간 낭비라고 생각했다). 이어서 그는 한 개의 나사만으로 임시로 고정시켜놓은 타워 PC의 측면 덮개를 열고 사운드카드를 눌러 슬롯에 끼워 넣은 후 케이블(신치가 달린 작은 잭)로 그의 스테레오 앰프와 연결했다. 그리고 컴퓨터 전원을 켜고 시험 삼아 둠 게임을 한판 했다. 대단했다! 괴물이 그르렁거리는 소리가 너무 생생하여 겁이 날 정도였다. 산탄총이 핑음을 내고 탄창을 새로 장착하는 소리가 들렸고, 총을 맞은 괴물이 쩝쩝거리며 푹 쓰러지는 소리도 실감이 났다. 마르쿠스는 총을 난사하며 다음 단계로 넘어갔고, 동굴 속의 동물들로 가득한 공간에서 여러 번 실패했다. 더 나아가는 데 필요한 열쇠를 구해야 하는 공간이었다.

순식간에 다섯시 반이 되었다. 엄마는 대개 여섯시쯤 베를린에서 돌아온다. 도자기 기술로는 더 돈을 벌 수 없게 되자, 엄마는 다시 법이학인가 뭔가 하는 데서 심리[2)]로 일하기 시작했다. 마르쿠스는 엄마가 오기 전에 집에서 나갈 생각이었다. 냉장고에서 데우기만 하면 먹을 수 있는 음식을 발견했지만, 전자레인지 옆에는 엄마가 그에게 부과해놓은 온갖 의무들이 적힌 쪽지가 붙어 있었다. 그는 음식을 다시 제자리에 갖다 놓고 전자레인지 옆의 쪽지는 못 본 걸로 하기로 마음먹었다. 그 대신 빵을 크게 두 조각 잘라 치즈를 얹고 씹으면서 그의 방으로 돌아가 지난 주말에 이 뒤죽박죽 늘어진 물건들 사이 어딘가에 숨겨놓은 대마초를 찾았다. 하지만 보이지 않았다. 시간은 이미 여섯시에 조마조마하게 가까워지고 있었다. 그는 무스를 머리에 조금 바르고 집을 나섰다.

통일 이후로(혹은 그후 일이 년이 채 지나서) 그로스크리에니츠의 전차가 다시 가동되었다. 시내로 나가는 데 사십 분이 걸리지 않았고, 그로피우스슈타트까지도 이십 분이 걸리지 않았다. 거기 프리켈이 살고 있었다. 우스운 것은 예전에 멀리서 볼 때는 멋져 보였던 그로피우스슈타트가 갑자기 볼품없는 동네로 드러난 반면, 그로스크리에니츠는 베를린 교외의 고급 동네로 변신했다는 점이었다. 그리고 엄마가 언젠가 동독 마르크를 주고 싸게 구입한 집은 값이 크게 올랐다. 클라우스가 이 집으로 들어올 때 집 전체를 수리했고, 녹색 지붕과 온갖 편리한 시설들이 갖추어졌다. 돈은 아무런 문제가 되지 않았다. 클라우스가 갑자기 정치인이 되어 연방의회에 앉아 있게 된 덕분이었다. 파란 먹지로 베낀 시를 나누어주던 그로스크리에니츠 교회의 목사 클라우스가 갑자기 연방의회 의원이 된 것이었다. 무슨 영문인지 모르겠지만, 그는 매주 월요일에 본으로 날아가서 돈을 무진장 벌어들였다. 그리고 엄마도 돈을 벌었고, 은회색의 아우디 자동차를 샀다. 반면 프리켈의 엄마는 이혼한 후 실업자가 되었고, 프리켈과 함께 그로피우스슈타트의 신축 아파트에서 살았다.

이 모든 변화는 마르쿠스와 상관없이 일어났다. 엄마와 클라우스가 갑자기 돈을 많이 벌었지만, 그에게 돌아오는 것은 전혀 없었다. 최근 아버지의 역할을 자처하고 나선 클라우스는 마르쿠스가 견습생으로 받는 돈만 가지고 생활하는 것이 아주 중요하다고 생각했고, 심지어 공구를 바깥의 정원에 놓아두거나 실수로 무엇을 고장 내거나 하면 용돈을 감하기까지 했다. 그리고 엄마는 클라우스가 하는 일이면 어차피 무엇이든 옳다고 생각했다. 두 사람은 심지어 일요일마다 교회에 갔다. 그들은 마르쿠스도 일요일마다 함께 교회에 가도록 강요하고 싶은 마음이 굴뚝같았겠지만, 그는 기본법[3]이 보장하는 종교의 자유를 내세워 이를 피할 수 있었다. 하지만 교회가 끝나면 시작되는 '가족의 날'은 거의 피할 수 없었다. 마르쿠스가 또 무언가 할 일을 하지 않았거나 그의 방에서 하켄크로이츠가 발견되었거나(사실 이건 나치와는 아무 상관이 없는 것이었다. 인도에서 온, 힌두교인가 뭔가 하는 것과 관련된 것이었다) 하는 이유로 이른바 '가족 협의회'가 개최되는 경우가 아니면 이 '가족의 날'에 사이좋게 함께 요리하기, 함께 전시회를 방문하기 등(이게 더 끔찍했다)이 진행되었다. 이 모든 일들이 지독히 혐오스러웠지만, 그는 프리켈을 만날 때마다 항상 양심의 가책 비슷한 것을 느꼈다. 자신이 응석받이로 유약하게 키워진 것 같았고, 그로스크리에니츠에서의 생활을 아주 나쁘게 묘사하고 싶은 충동을 느꼈다. 하지만 주절대는 것은 쿨한 일이 아니어서 서로 아주 짧고 함축적으로만 한 주의 안부를 주고받았다.

– 역겨워 죽겠어, 마르쿠스가 말했다. 두 사람은 썩어가는 석조 정자에 앉아 마약을 채워 넣은 첫 담배를 피웠다.

프리켈이 말했다.

– 엿 같지.

그가 담배를 마르쿠스에게 넘겨주었다.

이어서 클링케와 체펠린이 왔는데, 체펠린은 학교 다닐 때 그와 한 반이었던 여자아이를 꾀려고 하던 어떤 터키 개자식에 대해 말하면서 그놈이 몰고 다니는 똥차인 오펠 자동차의 바퀴를 마구 찔러 펑크를 내자고 했다. 하지만 첫째로 아직 시간이 너무 일렀고, 둘째로 오펠이 보이지 않았다. 다행이었다. 마르쿠스는 약하게 보이지 않으려고 즉시 동의하기는 했지만, 이 아이디어는—셋째로—거의 자살이나 마찬가지였다.

자정 직전에 그들은 벙커[4]에 도착했다. 체펠린이 문지기를 알고 있어서 무사 통과였다. 그들은 계단을 내려갔다. 벌써 음악이 크게 들렸다. 지하실 특유의 시큼하고 매캐하고 퀴퀴하고 지저분한 냄새가 그들을 맞았고, 마르쿠스는 냄새가 너무 심해서 숨도 쉬기 싫었다. 하지만 철문을 열자 테크노 음악의 베이스 소리가 마치 거대하고 투명한 주먹처럼 그의 몸을 때렸다. 더 이상 냄새도 나지 않았다. 오직 사운드와 날카로운 조명과 몸을 흔들어대는 무리들과 손닿지 않는 먼 곳의 높다란 받침 위에서 춤을 추는 고고걸들만 있을 뿐이었다. 고고걸들은 머리카락을 흩뿌리고 배를 빙빙 돌리고 엉덩이를 빙빙 돌리고 그것도 빙빙 돌리면서 섹스를 하자고 유혹했지만 결코, 절대로, 단연코 섹스를 하지는 않을 것이었다. 적어도 그와는, 마르쿠스 움니처와는, 그리고 그로피우스슈타트에서 온 프리켈과도, 클링케와 체펠린과도 하지 않을 것이었다. 클링케와 체펠린은 두 살이 더 많았고 상박에 멋들어진 문신도 있었지만.

체펠린이 엑스터시[5]를 건네주었고, 마르쿠스는 즉시 돈을 지불한 후 그것을 큰 컵에 든 콜라와 함께 삼켰다(알코올과 함께 삼키면 문제가 생겼다). 그는 한동안 어슬렁거리면서 리듬에 맞춰 몸을 흔들며 다른 여자들, 손에 닿을 수 있는 여자들을 둘러보았다. 마약의 효과가 살아날수록 춤을 추는 여자들 사이에 더 많은 멋진 여자들이 나타났다. 점점 그의 뼛속 깊은 부끄러움이 사라지기 시작했다. 그는 춤을 출 줄 몰랐지만, 지금까지 춤을 잘 춰본 적이 없었지만, 그의 몸이 서서히 이완되기 시작했고, 한동안 어떤 작고 스포티하고 너저분한 금발에 소매 없는 헐거운 상의를 입고 있는 여자와 일종의 보이지 않는 스킨십을 했다. 상의가 자꾸 흘러내려 마르쿠스는 그녀의 작고 동그랗고 단단한 가슴을 볼 수 있었다. 그는 줄곧 거기를 보고 있었고, 그녀도 거부하지 않았다. 거의 그를 쳐다보지 않았지만, 그냥 보게 내버려두었다. 정확히 말하자면 그녀의 가슴은 너무 작아서 남자의 것이라고 해도 이상하지 않을 정도였지만, 그래도 그는 아주 흥분되었다. 그러다가 그 여자를 잃어버렸고, 한동안 혼자 춤을 추고 맥주를 마셨다. 다시 춤을 추기 시작했고, 찢어진 스타킹에, 까만 좀비 같은 눈에 음란한 시선을 던졌으며, 이윽고 모든 일들이 하찮게 여겨졌고, 자신이 갑자기 믿기 어려울 만큼 섹시하다고 느꼈으며, 그후로는 한동안 아무것도 없었다. 허파로부터 나오는 호흡을 두드려대는 음악만 있었다. 그러다가 스포츠 가슴의 너저분한 금발 여자를 다시 발견했고, 두 사람은 눈으로 무언가 마시자고 합의했고, 두 사람 모두 블랙 러시안[6] 두 잔을 들이킨 후에 화장실 오른쪽의 복도에서 서로 껴안고 키스를 했다. 그는 그녀 가슴의 실제 크기를 탐색했고, 그녀의 두 다리 사이를 만지작거렸다. 하지만 그녀와 더 나아갈 수는 없었다.

갑자기 마약을 더 가진 누군가가 나타났다. 마르쿠스는 실망감을 대마초로 씻어 내렸다. 그들이 밖으로 나갔을 때, 그는 시간감각을 완전히 상실한 상태였다. 친구들이 무엇 때문에 폭소를 터트리는지 전혀 알지 못했다. 그들은 끝없이 전차를 기다렸다. 춤으로 기력이 다 빠져나가버린, 흥분했다가 서서히 맥이 풀리는 몸으로 추위가 밀고 들어왔다. 시간이 흐른 후 그가 벤치에서 깨고 보니 머리도, 엉덩이도, 허리도, 아니 몸 전체가 아팠고, 막 정거장에 정차한 전차에 타기가 몹시 어려웠다. 다시 눈을 떴을 때, 그는 처음 보는 어떤 초라한 방에서 체펠린의 신발을 베고 누워 있었다. 목이 말라 후두가 따끔거렸다. 두개골 속에서 뇌가 너무 이리저리 출렁거려서 욕실로 걸어가다가 거의 넘어질 뻔했다.

오후에 그들은 맥도날드로 갔다. 몇 명이 더 그들과 합류했다. 체펠린의 친구들인 흐리멍덩한 훌리건 두 명이 쓸데없이 소리를 질러대는 바람에 얼마 후 맥도날드에서 쫓겨났고, 다시 다른 맥도날드로 갔다가 결국 늦은 밤에 다시 클럽으로 돌아갔다. 이른바 '애프터아우어'였는데, 본질적으로 어젯밤과 똑같은 일이 다시 진행되었고, 다만 이번에는 마르쿠스가 무의식중에 그로스크리니츠까지 갔다는 게 달랐다. 그는 일요일 정오에 깨어났다. 정확히 말하자면 깨워졌다. 방금 예배를 보고 돌아온 엄마에 의해.

그는 오래 샤워를 하고 나서 아스피린을 두 알 먹었고, 그대로 입고 잤던, 시큼하고 매캐하고 퀴퀴하고 지저분한 냄새가 나는 옷들을 빨랫감 통에 집어던졌고, 집을 수리할 때 두 배로 키운, 부엌이 딸린 거실로 들어갔다. 엄마와 클라우스가 이미 요리를 하는 중이었다(정확히 말하자면 클라우스가 요리를 했고 엄마는 무언가를 토막토막 자르고 있었다). 엄마가 양파 두 개와 칼을 그에게 쥐어줄 때야 비로소 그는 편지가 생각났다. 편지는 빨랫감 통에 집어던진 바지의 뒷주머니에 여전히 꽂혀 있었다.

– 잊어버린 게 있어, 마르쿠스는 이렇게 말하고 다시 욕실로 갔다. 그리고 이미 좀 훼손되고 구겨진 편지를 바지에서 꺼냈다.

– 이게 왔어, 그는 이렇게 말하면서 엄마에게 편지를 건네주었다.

엄마는 칼을 내려놓고 앞치마에 손을 닦은 후 편지를 열었다.

– 맙소사, 그녀가 말했다.

그러자 클라우스도 허리를 숙여 편지를 들여다보았다. 엄마가 그에게 무언가 묻는 듯한 눈길을 보냈고, 클라우스는 대답하지 않았다. 그 순간 마르쿠스는 누군가 죽었다는 것을 깨달았다.

엄마가 마르쿠스에게 편지를 건네주었다. 정확히 말하자면 봉투 안에 있던, 마찬가지로 검은 띠를 두른 카드였는데, 앞면에 이런 글자들만 새겨져 있었다.

이리나 움니처

1927년 8월 7일 — 1995년 11월 1일

엄마가 그를 쳐다보았지만, 그는 엄마가 무엇을 기대하는지 알 수 없었다. 이리나 할머니를 못 본 것도 아주 오래되었고, 마지막으로 할머니 할아버지를 방문했을 때 할머니는 몹시 술에 취해 줄곧 울면서 우는 게 아니라고 주장했다. 그리고 그의 목에 매달려 연신 그를 '사샤'라고 불렀다. 그후론 그 집에 다시 가지 않았다. 그런데 지금…… 마르쿠스는 카드에 적혀 있는 이름을 보았다. 그 이름은 절반이 그의 이름과 같았다. 그 이름을 쳐다보는 동안, 잠시 주변의 모든 것들이 사라졌다. 그는 기분이 좀 좋지 않았는데, 어제 저녁의 행각 때문인지도 몰랐다.

그는 엄마에게 엽서를 돌려주었다. 엄마는 자리에 앉으면서 엽서를 뒤집어 뒷면을 읽었다. 그리고 클라우스에게 말했다.

– 장례식이 금요일 괴테 가에서 치러져요.

엄마가 다시 클라우스에게 무언가 묻는 듯한 눈길을 보냈다.

– 아니, 나는 절대로 안 가, 클라우스가 말했다. 옛날 공산당원들이 다 올 거야…….

– 이리나는 당원이었던 적이 한 번도 없었어요, 엄마가 말했다.

– 당신은 가봐야지, 클라우스가 말했다. 하지만 그 말은 어딘지 진심이 아닌 것처럼 들렸다. 오히려 나중에 덧붙인 말이 더 그의 진심 같았다. 당신이 가는 것까지 말리지는 않을게.

요리를 하면서 엄마와 클라우스는 이리나 할머니에 대해(그리고 할머니의 알코올 중독에 대해), 쿠르트 할아버지에 대해(그리고 할아버지가 아직 당원인지에 대해), 그리고 클라우스는 한 번도 만나본 적이 없었던 빌헬름 증조할아버지에 대해 마치 그가 범죄자라도 되는 양 이야기했다. 마르쿠스는 엄마가 클라우스의 말에 (늘 그랬듯이) 동의하는 것을 보고 화가 났다. 그는 녹색의 냅킨을 접고 녹색의 초를 식탁 위에 세워놓으면서, 언젠가 빌헬름의 생일파티에 가던 날 엄마가 클라우스에게 외할머니의 생일파티에 간다고 거짓말을 했던 기억을 떠올렸다. 그가 지금 입을 다물고 있는 것은 오로지 클라우스 앞에서 엄마를 망신시키고 싶지 않기 때문이었다.

식사 중에 클라우스는 또 정치 이야기로 신경을 건드렸다. 정확히 말하자면, 그는 별것도 아닌 이야기를 늘어놓으며 그가 얼마나 중요한 사람인지 과시하려는 것이다. 지난주에 헬무트 콜[7]이 점심 식사를 하면서 무슨 이야기를 했든, 연방 의회의 레스토랑에 있는 숟가락이 자주 없어지든 말든, 누가 거기 관심이 있다는 말인가. 마르쿠스는 전혀 듣지 않았고, 갑자기 아주 배가 고팠다. 구운 돼지 등심과 시금치 경단이 있었는데, 돼지 등심은 로크포르 치즈로 덮여 있었다. 마르쿠스가 로크포르 치즈를 보란 듯이 긁어냈다. 클라우스는 분명 화가 난 표정이었지만 아무 말도 하지 않았다.

이어서 갑자기 '가족 협의회'가 시작되었다.

마르쿠스가 다니는 텔레콤[8]에서 또 편지가 온 것이었다. 늘 그렇듯 결근과 나쁜 점수 등이 문제였지만, 차츰 문제가 심각해졌다.

–내가 네게 이 견습생 자리를 구해줬다고 이러는 게 아니다, 클라우스가 말했다. 하지만 사실은 당연히 그 때문이라고 마르쿠스는 생각했다.

그는 익숙한 설교를 참고 들었다. 삶이란 이런 거고 직업이란 저런 거고……. 앞으로 네가 또…… 그러면 '조치를 취할 수밖에' 없다고 했다.

–어차피 다 사기잖아요, 마르쿠스가 말했다. 처음에는 모두 다 채용한다고 하더니 이제는 딱 한 명만 채용한다잖아요!

클라우스가 또 같은 소리를 늘어놓았다. 마르쿠스가 다른 데 지원해볼 수도 있는 것이고, 점수만 좋다면야, 등등으로 이어지는 이야기. 마르쿠스는 클라우스가 얻은 좋은 점수란 무엇인지 마음속으로 물어보았다. 연방의회를 전공하기라도 했나? 직업학교에서 가르치는 수학 문제는 풀 줄 아나? 사인, 코사인이 등장하는 문제를? 몹시 의심스러웠다! 마르쿠스는 하품을 했다. 일부러 그렇게 한 것이 아니라 배 속에 밥이 들어가고, 지난 이틀 밤을 미친 듯 보냈기 때문일 터였다. 이 하품만은 예외적으로 클라우스에 대한 *반감의 표시*가 아니었다. 하지만 갑자기 엄마가 무섭게 화를 내더니 말했다. 적어도 손으로 입을 가리는 예절은 표시해야 하는 게 아니냐(마치 손으로 입을 가리지 않은 게 문제인 것처럼), 클라우스가 견습생 자리를 구해준 것이 얼마나 *감사해야* 마땅한 일이냐…….

–구해달라고 한 적 없어, 마르쿠스가 말했다.

그건 백 퍼센트 사실이었다. 그는 통신전자기술자 견습생 자리를 구해달라고 클라우스에게 부탁한 적이 없었다(사실 그는 동물 양육원이 되고 싶었고, 비어 있는 견습생 자리가 없어 그게 불가능하다면 요리사가 되고 싶었다. 비어 있는 견습생 자리도 있었다. 하지만 그렇게 해주지 않았다. 그는 통신전자기술자가 되어야 했다).

하지만 이런 말은 안 하는 편이 나았을 뻔했다. 사실을 말해! 그가 늘 듣던 소리였다. 하지만 실제로 사실을 말하자 엄마는 소리를 질렀다. 정확히 말하자면 소리를 지르려고 애썼을 뿐, 제대로 된 소리는 나오지 않았다. 그렇게 한동안 소리를 지르더니(내용은 중요하지 않다) 팔을 번쩍 들어 올리고 과장된 몸짓으로 아주 작은 비닐봉지를 식탁 위에 내던졌다.

마약. 풀. 마르쿠스가 생각하기에는 술보다 천 배는 더 안전한 물질이었다. 흥분할 이유가 전혀 없었다. 하지만 엄마는 화를 냈다. 미친 듯이 화를 냈다. 물론 그는 다시는 마약을 하지 않기로 엄마에게 약속했다(달리 어찌할 수가 있었겠는가). 하지만 봉지가 있다고 해서 그가 실제로 흡입했다는 게 입증된 것은 아니었다. 따지고 보면 아직 봉지가 남아 있다는 것은 오히려 그 반대를 입증하는 것이다, 라고 마르쿠스는 생각했다. 하지만 지금 논리학으로는 상황을 전혀 바꿀 수 없었다.

– 더는 못 참아, 엄마가 말했다. 내가 여기까지 찼어! 알겠니, 여기까지! 엄마는 코 바로 아래쪽을 가리켰다.

목사의 목소리가 이어졌다.

– 당장 그만두지 않으면, 마르쿠스, 우리도 언젠가는…….

– 이건 정말, 마르쿠스가 소리쳤다.

– 지금 잘 들어, 엄마가 고함을 질렀다.

– 저 사람은 끼어들 자격이 없어, 저 자식은! 마르쿠스가 맞서서 소리쳤다.

결국, 마침내 그 자식도 소리를 질렀다.

– 나가, 그 자식이 소리 질렀다. 나가!

마르쿠스는 물건을 챙겨 기차를 타고 코트부스로 갔다.

일요일 저녁에 그는 혼자 공동 주택[9]의 텔레비전 앞에 앉아 영화 〈덩크 숏〉과 형편없는 형사 드라마 〈현장〉을 건성으로 돌려보다가 결국 구백 번으로 시작하는 전화번호를 선전하는 섹스 광고에서 채널을 멈추었고, 그것을 보면서 자위를 했다.

월요일 아침, 그는 정확하게 출근했다. 이번 주에 그는 고객센터 기술부에 배속되었고, 능숙한 동료와 함께 차를 타고 나갔다. 데이터 케이블과 장애 제거. 동료의 이름은 랄프였다. 그는 적어도 마흔 살은 되어 보였다. 밖에서는 비가, 차가운 11월의 비가 왔다. 손가락이 뻣뻣했다. 그들은 길가의 간이식당 앞에 차를 세웠고, 랄프는 그에게 커리 소시지와 뜨거운 차를 사주었다. 시동을 걸어놓은 차 안에 앉아 있으니 기분이 좋았다. 랄프가 줄곧 멍청한 음악을 틀어놓은 것이 거슬릴 뿐이었다.

화요일 저녁, 그와 함께 사는 사람들이 다 모였다. 그들은 맥주를 몇 병 사온 후에 주말에 어떤 여자들을 꼬드겼는지 이야기를 주고받았다. 마르쿠스는 금세 싫증이 나서 일찍 침대에 드러누웠다. 또 한 번 자위를 했다(이번에는 스포츠 가슴의 너저분한 금발 여자를 생각하며).

수요일, 교대한 후에 그는 한동안 시내를 돌아다니다가 접촉사고로 인해 서로 고함을 질러대는 두 명의 운전자들을 쳐다보았다. 이어서 주중에도 문을 여는 유일한 클럽으로 갔다. 거기서 한동안 구석에 서서 여자들을 쳐다보았다.

목요일에 그는 수학공부를 좀 해보려고 애썼다.

금요일 아침에 그는 랄프에게 할머니 장례식에 다녀와야 한다고 말했다. 랄프가 그를 역으로 데려다 주었다.

열한시 무렵, 그는 괴테 가의 묘지 근처에 도착했다. 예전에 그는 할머니 할아버지와 함께 여러 번 이곳을 지나쳤고, 묘비들과 물

뿌리개를 든 할머니들을 보았다. 하지만 이 무너져 내리는 담벼락 뒤에, 비스듬히 기울어진 문기둥들 사이에 걸려 있는 문 뒤에 그와 관련이 있는 무엇인가가 있을 것이라는 생각은 한 번도 해본 적이 없었다. 언제나 이곳은 시간 바깥의, 세상 바깥의 어떤 국외의 지역처럼 느껴졌고, 거기가 분명 묘지였음에도 불구하고 정말로 오늘 여기에서 그의 할머니의 장례식이 치러지는 것인지 믿기 어려운 심정이었다. 그러나 입구에 있는, 비바람에 심하게 훼손된 게시판을 보니 오늘, 열두시가 그녀의 장례식이라고 적혀 있었다.

영하의 기온도 아니었는데 아주 추웠다. 습기가 나뭇가지에 걸려 있었고, 모든 것들 속으로, 땅과 공기 속으로 스며들었고, 결국은 그가 킬로그램 단위로 옷을 파는 베를린의 어떤 가게에서 산 스웨덴 군복 외투 속으로도 스며들었다. 마르쿠스는 묘비 앞에서 몇 걸음 왔다 갔다 했다. 건너편의 가게는 못을 박아 문을 잠가놓았다. 오로지 꽃가게 하나만 문을 열어놓았는데, 심하게 낡은 동독식의 납작한 건물이었다. 쇼윈도 주위에는 건성으로 그린 듯한 그래피티들이 흩어져 있었다. 마르쿠스는 가게 안으로 들어갔다. 안은 따뜻했다. 여자 점원은 그에게 곧장 다가와 무엇을 사려고 하느냐고 물었다. 그는 잠시 꽃을 고르는 시늉을 하다가 이리나 할머니를 위한 꽃을 그가 살 수 있기는 할까 하는 의문이 들었다. 그의 주머니에 들어 있는 돈은 십 마르크도 채 되지 않았다. 그래서 그는 그 돈으로 차라리 가까운 술집을 찾아 뜨거운 술을 한 잔 하는 게 낫겠다는 결론을 내렸다.

500미터를 걸어가니 지하에 있는 *프리덴스부르크*라는 이름의 동네 술집이 나타났다. 그가 유일한 손님이었다. 암 덩어리가 끔찍하게 불룩 솟아 있는 늙은 복서 개가 낮게 그르렁거리며 카운터 옆에 드러누워 있었다. 가느다란 머리카락을 뒤로 벗어 넘기고 아래팔에 얼룩진 냅킨을 걸쳐든 웨이터가 아주 천천히, 거의 슬로비디오 속의 사람처럼 걸어오더니 "어서 오세요, 손님."이라고 말하며 작은 쟁반을 그의 앞에 놓았다. 쟁반 위에는 차 한 잔과 럼이 든 작은 잔, 그리고 설탕 병이 놓여 있었다. 마르쿠스는 럼주를 차에 부어넣고 설탕을 두 스푼 탔다. 여기서는 이렇게 마시는 모양이라고 생각했기 때문이었다. 술이 즉시 머리를 파고들었고, 이리나 할머니의 죽음을 알게 된 후 처음으로 슬픔 비슷한 것이 느껴졌다. 그래서 그는 기분이 좀 홀가분했고, 거의 기쁘기까지 했다. 그는 그들이—쿠르트 할아버지와 아버지, 그리고 그가—이리나 할머니의 묘 앞에 서 있는 모습을 상상해보았다. 말 없는, 감명 깊은 장면이었다. 옆에 목사도 한 명 서 있을까? 언젠가 본 적이 있는 영화에서처럼 우산을 쓰고? 묘가 도대체 어디에 있지? 아니면 일단 입구에서 만나는 건가?

묘지로—만일을 대비해 열두시 직전에—다시 돌아왔을 때는 작은 잔의 차와 럼주에 취했던 기운이 이미 다 날아가고 없었다. 갑자기 울퉁불퉁한 도로가 차들로 막혀 있었고, 사방에서 사람들이 몰려왔다. 그들은 화환과 꽃다발을 들고 있었다. 마르쿠스는 그들을 따라 작은 건물로 이어지는 가로수 길을 걸어갔다. 건물 앞은 출퇴근시간의 전철역처럼 붐볐다. 건물 안은 사람들로 미어터졌다. 밖에 있는 사람들도 조금이나마 안을 볼 수 있도록 양쪽의 미닫이문이 활짝 열려 있었다. 지금도 여전히 사람들이, 커플들과 그룹들, 개인들이 몰려들고 있었다. 클라우스가 말한 그 옛 당원들이 저 사람들일까. 머리를 염색한 여자, 텔레비전에서 본 적이 있는 배우, 머리카락을 어지럽게 쫑긋 세워놓은 이 터무니없이 뚱뚱한 사람……. 그리고 얼굴이 붉으락푸르락하고 머리가 큰 저 사람은 빌헬름의 생일파티에서 더 많은 *민주주의*를 외쳤던 사람이 아닌가?

그는 사람들의 머리와 어깨 너머로 건물 안쪽을 들여다보았다. 맨 뒤쪽에 커다랗고 까만 십자가가 걸려 있었다. 좌우로는 종려가지들이 들어 있는 단지들이 보였는데, 멀리서도 가짜라는 것을 알 수 있었다. 좀 앞쪽에는 검은 천으로 덮은 연설대가 서 있었다. 아주 지저분한 천이었고, 압핀이 하나 빠져 그쪽 천이 늘어져 있었다. 그는 맨 앞줄의 오른쪽에서 쿠르트 할아버지를 발견했다. 할아버지의 회색 머리 한가운데에 둥그렇게 머리카락이 빠져 있었다. 그리고 저기, 할아버지 오른쪽에 그가 있었다.

클래식 음악이 울려 퍼졌다. 경우에 맞지 않게 아주 작은 스피커에서 흘러나오는 소리가 좀 끽끽거렸다. 사람들의 움직임이 잦아들었다. 사람들이 고개를 숙였다. 지저분하게 천으로 덮여 있는 연설대로 어떤 여자가 다가갔다. 그녀가 목사가 아니라는 것은 금방 알아볼 수 있었다. 그녀가 말을 시작했다.

이리나, 사랑하는 이리나, 그녀가 마치 이리나 할머니께 직접 말을 걸듯이 말했다. *아직 이별까지는 시간이 많이 남았어. 이 생각이 언제나 우리를 바보로 만듭니다*……. 하지만 할머니는 어디에

있는 것일까?

마르쿠스는 몸을 길게 뺐었다. 저기 앞쪽에 사람들이 꽃과 화관을 놓아둔 곳이 보였다. 그 거대한 무더기의 중심에 무릎 높이의 등받이 없는 검은 의자가 하나 있었고, 의자 위에는 꽃병처럼 보이는 용기가 놓여 있었다. 하지만 관은 어디 있지? 관이 보이지 않으니 이리나 할머니가 사람들 사이에 앉아 있기라도 한 듯 연설하는 여자가 이리나 할머니를 자꾸 '너'라고 부르는 것이 더 이상했다. *너는 항상 사람들을 환영했지, 우린 너희 집 문을 두드렸어.* 아주 멍청한 짓이기는 했지만, 그는 신중을 기하기 위해 자신이 모든 것을 오해한 것은 아닌지, 이리나 할머니가 저기 맨 앞쪽의 쿠르트 할아버지 곁에, 혹은 그의 곁, 아버지의 곁에 앉아 있는 것은 아닌지 다시 한 번 확인해보았다. 하지만 당연히 할머니는 거기 없었다. 그 대신 그 애인이 거기 앉아 있었다. 그는 실망하여 침을 삼켰다.

나는 너를 나우시카[10] *라고 불렀어*, 연설대의 여자가 말했다. 나우시카가 누구지? 전혀 모르겠는데…… *고대로부터 우리 시대로 날아온 여자*……. 그는 조심스럽게 주위를 둘러보았다. 얼굴이 붉으락푸르락한 저 남자는 연설 내용을 이해하고 있을까? *행군과 유배, 민족 이동, 이 여자는 살 수 없는 삶을 살 수 있게 만들었고*……. 남자가 고개를 끄덕였다. *너는 그런 사람이었어, 너는 그렇게 할 수 있었어*……. 남자가 또 고개를 끄덕였다. 마르쿠스는 산탄총을 꺼내 이 멍청하게 고개를 끄덕여대는 머리를 향해 난사하는 상상을 했다.

잡자기 여자가 요리에 대해 이야기했다. *하지만 너는 수프에 절*

대로 물을 붓지 않았지……. 처음에 마르쿠스는 잘못 들은 줄 알았다. 하지만 정말로 요리에 대한 이야기였고, 적어도 식탁을 차리는 이야기는 확실하게 들어 있었다. *너의 식탁은 예술작품이었지*, 이렇게 말하고 여자는 다시 부자연스러운 문장으로 말했다. *손님들에게 앉으라고, 대화하라고 요구하던 너의 식탁.*

쉼표.

음식이 얼마나 훌륭했는지 너는 아니?

쉼표.

우리가 네게 말해주었니?

그는 예전에, 아주 오래전에 할머니가 가끔 펠메니를 만들었고, 그 옆에서 자신이 도와드렸던 기억이 났다. 그는 지금도 펠메니 만드는 법을 기억했다. 반죽을 만들고 그것을 굴려서 소시지처럼 길고 둥글게 만들었다. 이 반죽 소시지에서 얇은 조각을 잘라내고 그것에 밀가루를(달라붙지 않게 하기 위해) 바르되, (계속 작업을 하려면) 너무 많이 바르면 안 되었다. 이어서 그것을 굴리며 펼쳐 손바닥 크기의 작은 접시를 만들었다. 그 다음이 제일 어려웠다……. 열린 미닫이문을 통과해 나온 여자의 가느다란 목소리가 그를 지나쳐 멀리 흩어지는 사이에 그는 잠시 할머니의 부엌으로 자리를 옮겼다. 반죽과 양파, 다진 생고기가 어울려 만들어내는 특유의 냄새가 코를 파고들었고, 그의 엄지와 검지는 까다로운 조작 방식을 정확하게 기억해냈다. 찻숟가락으로 한 숟갈 분량의 다진 고기를 반죽 접시에 올리고, 접시를 반달모양으로 접고, 가장자리를 잘 눌러 붙이고, 끝으로 반달의 양쪽 끝을 잡아당겨 서로 붙이면 일종의 모자 모양이 생겨났다……. 이리나 할머니는 늘 *묘자*, 라고 했다. 백 번을 말해줘도 할머니는 또 잘못 발음했다. 프리켈은 한 번도 그 자리에 같이 있지 않았지만, 마르쿠스는 할머니가 이렇게 '러시아식' 독일어를 하는 것이 늘 부끄러웠다.

네 의자는 비어 있구나, 여자가 말하는 소리가 들렸다. 한 순간 목이 조여왔다. 펠메니를 만들 때 그가 무릎을 꿇고 앉곤 하던 그 낡고 오래된 부엌의자가 생각나서 그런 건지도 몰랐다. 그의 옆에서 누군가 훌쩍거리는 소리가 들렸고, 그는 다시 현재로 돌아왔다.

플라스틱 종려가지들을 보았다.

검은 천으로 너절하게 덮인 연설대를 보았다.

추위로 아파오는 발을 느꼈다.

그리고 우리는 참아내야 하지, 여자가 말했다.

그녀는 잠시 말을 쉬었다.

때가 되었구나.

사람들이 더 훌쩍거렸다. 얼굴이 붉으락푸르락한 남자도 눈물을 닦아냈다. 하지만 주변에서 훌쩍거림이 심해질수록 그는 더 무감해졌다.

이별을 해야 하는구나.

쉼표.

고마워.

끽끽거리는 음악이 다시 시작되었다. 갑자기 — 어디로부터? — 쪼그라든 물고기처럼 보이는 작은 남자가 고색창연한 철도 공무원 제복을 입고 나타났다. 심지어 머리에는 턱 아래에 가죽 끈으로 고정해놓은 철도공무원 모자까지 쓰고 있었다. 작은 남자는 이 *꽃병처럼 보이는 것*을 받침대에서 분리시켜 케이크나 트로피처럼 조심스레 들고 갔다. 아주 천천히. 다른 사람들이 작은 남자의 뒤를 따랐는데, 맨 앞에 아버지와 쿠르트 할아버지가 있었다. 문 바깥에 서 있던 사람들은 이제 자동적으로 이열 종대를 이루었고, 그러자 마르쿠스는 갑자기 행렬의 맨 앞자리에 서 있게 되었다. 아버지를 만질 수도 있었다. 실제로 거의 만졌다! 하지만 아버지는 그를 알아보지 못하고 그냥 지나갔다.

마르쿠스는 출구 옆에 서서 점점 더 길어지는 행렬을 바라보았다. 행렬은 가로수를 따라 가다가 오른쪽으로 방향을 틀었고, 마지막 사람까지 커브 뒤로 사라진 후에 다시 한 번 오른쪽으로 돌았으며, 철도공무원 모자를 쓴 작은 남자를 앞에 세운 채 다시 반대 방향으로 되돌아갔다. 이윽고 남자가 걸음을 멈추었다. 거기 풀을 새로 파서 일군 땅이 있었다. 넓은 띠를 이룬 땅이 수많은 작은 묘상들로 나누어진 야채 묘상처럼 보였다. 앞쪽 묘상들에는 벌써 꽃들이 놓여 있었고, 저기 꽃들이 멈춘 곳에는 땅 속에 구멍이 있었다. 이 *꽃병처럼 보이는 것*이 겨우 들어갈 크기의 구멍이었다. 이 *꽃병처럼 보이는 것*을 그 구멍에 집어넣으려고 작은 남자가 허리를 숙일 때, 마르쿠스는 두 가지를 깨달았다.

첫째, 그는 남자가 왜 철도공무원 모자를 턱 아래의 가죽 끈으로 고정시켰는지 알게 되었다.

둘째, 그는 이 *꽃병처럼 보이는 것*이 바로 이리나 할머니라는 것을 깨달았다.

돌아오는 길에 비가 내리기 시작했다. 그의 낡은 군복 외투가 무거웠다. 발이 다시 더워지기까지는 긴 시간이 필요했다.

1989년 10월 1일

그녀는 놀란 나머지 아직도 몸을 가누기가 힘들었다. 사람들과 작별인사를 나누기도 힘들었다. 악수를 하고 웃음을 지었다. 붕케의 주정 섞인 헛소리들을 들어주었다. 그런 일에도 불구하고 생일 파티가 얼마나 좋았는지 모른다고 지칠 줄 모르고 입을 놀리는 아니타에게는 고개를 끄덕여주었다. 쳉크에게는 다시 한 번 미안하다고 말했다.

이제 그녀는 거실에 서서 빌헬름이 불러일으킨 혼돈을 바라보았다……. 양쪽으로 늘일 수 있는 탁자는 불의의 사고를 당한 한 마리 새처럼 보였다. 양쪽의 상판이 삐뚜름히 위로 솟아 있었다. 바닥에 흩어져 있는 것들. 죽은 짐승의 내장 같다.

마음 같아서는 당장 쥐스 박사에게 전화를 걸고 싶었다. 명확한 사실, 그는 이게 필요하다고 하지 않았던가?

–포빌라이트 동지, 이런 일에는 명확한 사실이 반드시 필요합

니다!

여기에 그가 원하는 '명확한 사실'이 있었다.

그녀는 한 발짝 앞으로 나아가 탁자 상판에 박혀 있는 못의 끄트머리를 만져보았다. 시험 삼아 나무 탁자를 두드려보았다. 맨 끝 가장자리에 있던 절인 오이를 집으려고 손을 뻗으면서 다른 손으로 뷔페 탁자를 눌러 몸을 지탱하던 쳉크가 탁자 상판에 머리를 부딪칠 때 나던 그 소름 끼치는 소리와 비슷한지 확인해보았다. 하필이면 쳉크가! 그가 부러진 안경을 손에 쥐고 그녀 앞에 서 있던 모습이 떠올랐다. 덜덜 떨면서. 커다란 두 눈이 황망하게 그의 얼굴 위를 떠다녔다.

안경 값은 누가 내지?

–그럼 시작해볼게요, 리스베트가 말했다.

어느새 그녀가 옆에 와 있었다.

–그래, 잘됐다, 샤로테가 말했다. 난 네가 당장 휴가를 낼 줄 알았지.

그녀는 몸을 돌려 방에서 나왔다. 그녀는 옥탑 방으로 올라가 잠시라도 머리를 식혀볼까 생각했다. 이 집 안에서 그녀에게 남은 마지막 공간이었다. 하지만 거기까지 마흔네 개의 계단을 오를 생각을 하니 끔찍했다. 그래서 부엌에서 쉬는 걸로 만족하기로 했다.

그녀는 현관홀에서 빌헬름과 부딪쳤다. 샤로테는 숨이 막혀 두 팔을 쳐들었다. 빌헬름이 무언가 말을 했지만, 샤로테는 아무 소리도 들리지 않았다. 그를 보지도 않았다. 그에게서 멀찍이 떨어져 빙 둘러가며 얼른 부엌으로 들어갔다. 문을 닫았다. 그리고 조심스럽게 열쇠를 돌리고 문에 귀를 대보았다.

아무 소리도 들리지 않았다. 그녀의 숨소리만 심상치 않게 가르랑거렸다. 그녀는 오른쪽 바지 주머니에 손을 넣어 아미노필린 병이 제자리에 있는지 확인해보았다. 제자리에 있었다. 샤로테는 작은 병을 주먹으로 꽉 쥐었다. 가끔은 약병을 주먹으로 쥐고 열까지 세는 것만으로도 안정이 되곤 했다.

그녀는 열까지 세었다. 그리고는 설거지하지 않은 커피 잔들이 한 가득 쌓여 있는 탁자를 돌아가 등받이 없는 의자에 털썩 주저앉았다. 내일은 쥐스 박사에게 전화를 걸어 진료를 예약할 것이라고 다짐했다. 명확한 사실!

이미 그녀는 그에게 얼마나 많은 '명확한 사실들'을 건네주었는가! 이런 것들이 '명확한 사실'이 아니고 무엇이겠는가. 열쇠가게로부터 날아온 계산서들, 열 개였나 열두 개였나? 빌헬름은 끊임없이 사람을 시켜 집 안 곳곳에 자물쇠를 달게 했고, 이내 그 열쇠를 잃어버리고 말았다. 정확히 말하면 열쇠를 어딘가 숨겨놓고 다시 찾아내지 못하는 것이었다. 이게 대체 아무 일도 아니란 말인가? ND는 또 어떤가? 얼마 전부터 빌헬름은 그 신문의 모든 기사에 빨간 줄을 그어가며 읽기 시작했다. 그래야만 이미 읽은 기사를 다시 읽는 것을 피할 수 있기 때문이었다. 아니면 그가 온갖 기관들에 보내대고 있는 편지들은? 그 편지들을 그녀가 가지고 있는 것은 아니었다. 하지만 그 기관들에서 보내온 답장은 가지고 있었다. 빌헬름이 한 방송 프로그램에 대해 항의한 것에 대해 DDR 방송사에서 보내온 답장. 그 프로그램이 서독 방송국에서 송출한 것이라는 내용이었다. 그 답장을 받고 빌헬름이 어떻게 했던가? 빌헬름은 국가공안부에 편지를 썼다. 빨간색 펜을 들고 어차피 아무도 해독할 수 없는 악필로 썼다. 그가 국가공안부에 편지를 쓴 이유는 동독이 수천 대를 수입한 SONY 컬러텔레비전에 어떤 적성(敵性) 자동장치 같은 것이 설치되어 있을 거라고 의심했기 때문이다. 은밀하게 자꾸 서구 방송 프로그램으로 채널을 돌리는 자동장치……. 그런데도 쥐스 박사는 뭐라고 했던가?

–하지만 포빌라이트 동지, 그런 일로 그분을 정신병원에 보낼 수는 없습니다.

정신병원이라니! 누가 대체 정신병원 이야기를 했단 말인가? 어딘가 제대로 된 요양원에 빌헬름이 들어갈 방 하나쯤은 있을 터였다. 어쨌거나 그는 칠십 년 동안 당원이지 않았던가! 금장 조국 공로훈장도 받지 않았는가! 도대체 여기에 무엇이 더 필요하단 말인가!

쥐스 박사, 그는 무능력자였다. 그런 인간이 군의(郡醫)를 자처하다니. 장님이라도 빌헬름이 어떤 상태에 있는지는 금방 알아볼 수 있었다. 모두들 오늘 다시 보았다. 상자에 벌써 철판들이 넘쳐! 이걸 뭐라 해야 좋을까? 그런데도 빌헬름은 금장 조국 공로훈장을 받았다. 그녀는 은장 공로훈장조차 받지 못했는데! 그걸 받고도 그가 한 말은 상자에 벌써 철판들이 넘쳐, 라는 것이었다. 군 서기관이 오늘 오지 않은 게 다행이었다. 이게 다 무슨 수치인가. 게다가 오늘은 노래까지. 빌헬름에게 더 이상 술을 주지 말라고 몇 번이나 리스베트에게 분명하게 말해두었는데 그런 일이 벌어졌다.

그는 정신이 말짱한 상태라도 참아내기 어려운 단계를 이미 넘어섰다. 사람들은 또 어떻게 대하는가. 야채는 무덤에 갖다 둬. 대체 무슨 말인가. 야채는 무덤에 갖다 두라니?

샤로테는 부엌의 전등을 켜지 않고 있었다. 하지만 집 밖 가로등의 푸르스름한 불빛이 부엌을 가득 채웠고, 하인들이 썼던 복도로 나 있는 문이 열려 있어서 그의 방으로 직접 연결되는 문이 보였다. 빌헬름이 삼십오 년 전 벽을 쌓아 막아버린 문이었다. 빌헬름이 *무덤*이라는 말로 무엇을 말하려고 했는지 생각하던 그녀는 이제야 비로소 자신이 벽으로 막힌 이 문을 내내 응시하고 있었다는 것을 깨달았다. 벽으로 막힌 문을 바라보자니 마음이 불편했다. 그녀는 자리에서 일어나 하인들이 썼던 복도로 나 있는 문을 닫았다. 그러고는 다시 의자에 주저앉았다.

언젠가 빌헬름이 집을 떠나게 되면, 저 문은 다시 열리게 될 거야, 라고 그녀는 생각했다. 항상 현관홀을 거쳐야 하다니, 바보 같은 일이었다. 언제나 빙 돌아가야 했다. 마치 그녀가 별로 할 일도 없는 사람인 것처럼. 그녀가 부엌에서 뭔가 가져와야 할 일이 있을 때면 매번 빙 돌아가야 했다. 리스베트를 찾을 때도 빙 돌아가야 했다. 오늘만 해도 얼마나 자주 빙 돌아가면서 뛰어다녀야 했는가! 명확한 사실들! 명확한 사실은 또 있었다. 빌헬름이 이 집을 차례차례 파괴해가고 있다는 것. 사방에 널려 있었다. 명확한 사실들이!

정말로 모든 것들을 사진으로 기록해두어야 하는 건지도 모르겠어, 샤로테는 생각했다. 아쉽게도 그녀한테는 카메라가 없었다.

쿠르트는 카메라를 가지고 있었다. 하지만 쿠르트가 그런 일을 할 리는 없었다. 바이에가 카메라를 가지고 있던가? 플래시도 작동하는? 플래시는 꼭 있어야 했다! 현관홀 천장의 전등에 불이 들어오지 않았다. 게다가 빌헬름은 위층 복도의 창문들도 다 막아버렸다. 이웃사람들이 그가 몇 시에 잠자리에 드는지 알아내지 못하도록 하기 위해서라고 했다. 그래서 지금은 언젠가 포추틀라에서 가져온 조개껍질이 밤이고 낮이고 현관홀에서 빛을 내뿜고 있었다. 그 조개껍질만 빛을 내고 있는 것을, 어떤 면에서는 기쁘게 생각해야 할지도 몰랐다. 덕택에 빌헬름이 이곳에 저질러놓은 일들이 보이지 않으니까. 바닥용 페인트! 이게 '명확한 사실'이 아니란 말인가? 옷장, 계단과 난간까지……. 이제는 그가 이층의 문이란 문은 모조리 칠하고 있었다! 나무로 만들어진 것들은 모두 다 적갈색의 바닥용 페인트로 칠했다. 누가 그에게 왜 모든 것을 다 적갈색의 바닥용 페인트로 칠하는 거냐고 묻기라도 하면 그는 이렇게 대답했다. 적갈색의 바닥용 페인트가 가장 변하지 않고 오래 가니까!

군의(郡醫) 바로 위의 직책이 뭐지? 도의(道醫)?

욕실은 또 어떤가. 그것도 마찬가지로 사진을 찍어두어야 할 터였다. 모든 것이 망가졌다. 그가 전동망치를 가지고 거기 있는 것들을 죄다 내리쳤다. 모자이크 타일들은 이제 어디 가서도 다시 구하지 못할 터였다. 왜 그런 짓을 했냐고? 그가 욕실 바닥에 배수용 구멍을 기필코 뚫어야 했기 때문이었다. 배수용 구멍이라니! 그날 이후로 현관홀에 불이 들어오지 않았다. 그래, 잘들 보라고, 그건 정말 위험한 일이야! 전기 기구들이 물에 닿으면 어떻게 될까! 명확한 사실들…….

아침부터 저녁까지 빌헬름은 오로지 명확한 사실들만 만들어내고 있었다. 사실상 그는 오직 그 일만 했다. 아무것도 이해하지 못하는 물건들에 손대고 고장을 내고 있었다. 수리한다고 물건을 만지면 결국 고장 나고 말았다. 그를 진정시키기 위해 그가 마시는 차에 쥐오줌풀 추출액[1]을 한두 스푼 섞지 않았다면, 이 집은 아마 벌써 불타 없어졌거나 붕괴되어 버렸을 터였다. 혹은 그녀가 가스 중독으로 이미 저세상 사람이 되어 있었을 것이다!

그가 테라스에 해놓은 짓들은 어떤가. 그거야말로 최악이었다. 그녀는 왜 아무런 대책도 강구하지 않았을까? 왜 경찰에 전화를 걸지 않았을까? 단지 2센티미터면 된다고 했다……. 정말 웃기는 이유였다. 천연 석판들 사이로 비어져 나온 이끼가 그의 신경을 긁는다는 것이었다! 그것 때문에 그는 테라스를 시멘트로 다 덮어버렸다! 정확히 말하자면 슐링어와 맬리히가 시멘트를 발랐다. 빌헬름은 지시만 했다. 정체불명의 밧줄을 팽팽히 묶고, 접는 자로 여기저기를 쟀다. 그 결과는 뭐였던가? 그때부터 빗물이 그녀의 온실 베란다로 흘러들었다. 바닥이 뭉그러졌다. 테라스로 나 있는 문짝 밑 부분이 부풀어 올랐고, 창유리에 금이 갔다…….

그런데 쥐스는 뭐라고 했던가?

–유감스러운 일입니다, 라고 쥐스는 말했다.

유감스럽다! 그녀에게 가장 소중한 곳! 그녀의 작업실과 침실! 그녀의 휴식처! 그녀가 그 오랜 세월 동안 간직해온 그녀의 작은 멕시코가, 다 파괴되었다. 이제 그녀는 하루에도 몇 번씩 마흔네 개의 계단을 올라 옥탑 방으로 기어들었다. 바람이 틈새로 피리소리를 내며 드나드는 그곳에서 그녀는 담요로 몸을 꽁꽁 감싼 채 책상에 앉아 있어야 했다. 더운 날이면 먼지와 지붕 들보의 냄새가 났다. 그 냄새는 그녀의 어머니가 벌을 세우려고 그녀를 가둬두곤 했던 작은 방의 냄새를 떠올리게 하여 그녀로 하여금 굴욕감을 느끼게 했다.

그때를 생각하는 것만으로도 그녀의 호흡이 가빠지기 시작했다. 그녀는 차라리 아미노필린 열 방울을 한 번 더 복용하는 게 좋지 않을까 생각했다. 하지만 오늘 그녀는 벌써 두 번이나 아미노필린을 복용했다. 쥐스 박사가 그녀에게 아미노필린을 과다 복용하면 호흡기 근육이 마비될 수도 있다고 경고한 이후로 그녀는 늘 불안에 시달리고 있었다. 그녀의 호흡이 멎을지도 몰랐다. 갑작스럽게, 한밤중에, 그녀가 숨을 쉬기를 멈출 수 있는 것이었다. 그녀는 스스로 깨닫지도 못하는 사이에 더 이상 존재하지 않게 될 수도 있는 것이다……. 아니다, 그녀는 빌헬름에게 결코 그런 호의를 베풀지는 않을 것이다. 그녀는 아직 거기 *존재하고* 있었고, *더 머무르기*로 굳게 마음을 먹고 있었다. 그녀에게는 아직 할 일이 몇 가지 있었다. 빌헬름이 언젠가 그 집을 떠나고 나면 할 일들이. 빌헬름이 못하게 했던 모든 일들. 살기, 일하기, 여행하기! 한 번 더 멕시코로 가기……. 단 한 번이라도 밤의 여왕이 활짝 피어나는 것을 보기…….

그때 문을 긁는 소리가 들리는 것 같았다. 혹은 그저 그녀의 숨소리였을까? 샤로테는 꼼짝도 하지 않았다. 부엌문의 손잡이가 돌아가는지 지켜보았다. 하지만 그 대신…… 그녀는 공포에 휩싸였다. 천천히, 아주 천천히 하인용 복도로 나 있는 문이 열렸다. 조금 전 그녀가 꼭 닫았던 문. 그리고 거기 지하실 계단의 불빛을 받으며 희미하게 모습을 드러낸 것은…… 가슴이 철렁 내려앉을 정도로 이상한…… 구부정하고…… 머리카락이 비죽 서 있는 어떤 것이었다.

–나데시다 이바노브나, 샤로테가 소리쳤다. 간이 떨어지는 줄 알았어요!

알고 보니 나데시다 이바노브나가 외투를 찾다가 길을 잘못 들어 지하실로 내려갔던 것이었다. 실제로 샤로테는 외투를 지하실에 갖다 두라고 지시했었다. 옷을 보관하는 벽감이 이미 꽃병들로 가득 차 있었기 때문이다. 물론 리스베트는 손님들이 집으로 돌아갈 때 외투들을 다시 위층으로 가져왔는데, 나데시다 이바노브나만 그녀의 외투를 돌려받지 못한 것이었다. 그러니까 그녀의 외투는 지하실에 아직 남아 있어야 했는데, 이상하게도 지하실에 외투가 없었다고 나데시다 이바노브나는 말했다. 샤로테는 차츰 기분이 언짢아졌다. 정말이지 그녀는 나데시다 이바노브나의 외투에 대한 걱정을 하는 것보다는 더 중요한 할 일이 있었다!

어쨌든 다시 찾아보니 그 외투는 벽감에 그대로 걸려 있었다. 순간 샤로테는 리스베트에게 설명을 요구할까 고민했다. *어째서 그것이 벽감에 걸려 있는 거지?* 그러나 그 대신 그녀는 외투를 옷걸이에서 꺼내 나데시다 이바노브나에게 건네주었다.

–쿠르트는 대체 지금 어디에 있는 거지, 라고 그녀는 생각했다.

왜 그애는 이 여자를 집으로 데려가지 않은 걸까?

―네 스나쥬, 라고 나데시다 이바노브나가 대답했다. 모르겠어요.

그녀는 외투 소매를 찾아 팔을 끼웠다. 우선 한쪽부터 끼우고, 그 다음에 남은 쪽을 끼운 뒤 목도리를 둘렀다. 샤로테는 마음이 급해서 발을 번갈아가며 구르고 있었지만, 나데시다 이바노브나는 외투의 단추를 하나하나 차례로 채웠다. 그리고 열쇠 꾸러미가 제대로 있는지 두 번 확인했고, 단추가 제대로 채워졌는지 한 번 더 확인했고, 그녀의 손가방이 어디 있는지 찾았다. 이윽고 손가방을 들고 오지 않았다는 것을 깨달은 후에야 그녀는 마침내 이렇게 말했다.

―누 브스요, 포예두. 이제는 차를 탈게요.

―어째서 *차를 탄다*고 하세요, 샤로테가 말했다. 페슈콤, 걸어가셔야죠!

―느옛, 포예두, 아니, 차를 탈게요, 나데시다 이바노브나는 고집을 꺾지 않았다. 도모이! 집으로 가야죠!

그녀는 혼자 어둠 속을 걸어가고 싶지 않아서 그러는 거라고 샤로테는 짐작했다. 그녀는 곧장 거실로 가서 쿠르트에게 전화를 걸었다. 와서 그녀를 데려가게 하려고 했다. 하지만 아무도 전화를 받지 않았다. 어처구니가 없었다. 이 늙은 여인네를 이 집에 그냥 놓아두고 돌아가다니! 그녀는 잠깐 생각하다가 택시를 불렀다.

―사디트예스,[2] 라고 그녀는 나데시다 이바노브나에게 말했다. 세챠스 부드예트 탁시![3]

―느예트, 느예 나다 탁시,[4] 나데시다 이바노브나가 말했다.

–나데시다 이바노브나, 야 오체니 산야타, 라고 샤로테가 말했다. 저는 해야 할 일이 있어요! 앉아서 택시를 기다려주세요.

하지만 늙은 여인은 택시를 원하지 않았다. 걸어가려고도 하지 않았다. 택시도 싫다고 했다. 이 모호함이 샤로테의 화를 돋웠다.

–스파시바 사 브스요, 나데시다 이바노브나가 말했다. 여러모로 고마웠어요.

그러고는 샤로테가 뭐라 응답을 할 새도 없이 늙은 여인은 그녀의 목을 원숭이처럼 긴 팔로 끌어안았다. 샤로테는 나프탈렌과 러시아 향수 냄새가 나는 나데시다 이바노브나의 목도리로부터 자신의 코를 멀리 떼어놓으려고 애썼지만 소용없는 일이었다. 그것은 무기 실험실에서 나는 것과 비슷한 냄새였다.

이제 나데시다 이바노브나는 총총걸음으로 어둠 속으로 나갔다. 샤로테는 잠시 신선한 공기를 맡으며 그 자리에 서서 그 늙은 여인의 뒷모습을 바라보았다. 그녀는 구부정하게 몸을 수그리고 조금씩, 조금씩 발을 내딛으며 정원 문을 향해 걸어가더니 어느새 눈앞에서 사라졌다. 가로등이 드리우는 원뿔 모양의 빛 속에서 나뭇잎 하나가 소리 없이 날아다니고 있었다. 샤로테는 가을이 불러일으키는 우수가 그녀를 덮치기 전에 서둘러 집 안으로 다시 들어왔다.

잠깐 동안 그녀는 복도에 망연자실 서 있었다. 해야 할 일이 산더미처럼 쌓여 있었다. 어디에서부터 시작을 하면 좋을지 알 수 없었다. 현관홀은 그 정도면 아무 이상은 없어 보였다. 다만 꽃들을 어디론가 치워야 했지만 그건 천천히 해도 될 일이었다. 하지만 이번에도 꽃병에 이름표를 붙이지는 못한 것은 화가 났다. 이리나가 마지막 순간에야 이름표를 가지고 오는 바람에 — 그 아이가 하는 일은 늘 그 모양이다! — 그렇게 되었다. 이름표에 이름을 적기에는 너무 늦은 시간이었다. 꽃병들이 일단 이곳에 늘어선 후에는 어떤 꽃병이 누구의 것인지는 더 이상 알 수 없게 되어버리고 만다. 이건 누구나 알 수 있는 일이었다. 그럼에도 불구하고 꽃병에 이름표를 붙여놓은 리스베트만 빼고 말이다. 이제 저기에는 아무런 이름도 적혀 있지 않은 이름표들이 붙어 있는 꽃병들이 늘어서 있다……. 그런데 저게 뭐지?

이름표 가운데 하나에 무언가 적혀 있었다. 샤로테는 가까이 다가갔다. 빨간색 글씨들. 빌헬름의 악필.

초프, 라고 거기 쓰여 있었다. 단지 그뿐이었다. 초프.

명백한 사실들. 샤로테는 그 이름표를 꽃병에서 떼어냈다. 오래전부터 중요한 자료들은 모두 모아서 보관하고 있는, 쇠로 만든 상자에 그것을 넣어두기 위해서였다. 리스베트는 믿을 수가 없었다. 그녀는 빌헬름이 고용한 스파이니까. 하지만 쇠로 만든 상자는 마흔네 계단 떨어져 있었다. 이 끈끈한 물건을 바지 주머니에 넣을 수도 없었다……. 그래서 그녀는 그것을 잠시 그녀의 편물 재킷에 붙여두기로 했다.

그녀는 거실로 가서 바이에에게 전화를 걸었다. 그리고 그가 혹시 사진기를 가지고 있는지 물었다.

– 가지고 있어요, 라고 바이에가 말했다.

– 다시 연락할게요, 라고 말하고 샤로테는 전화를 끊었다.

바로 그 순간 그에게 플래시에 대해서는 물어보지 않았다는 것이 떠올랐다. 그녀는 바이에에게 다시 전화를 걸어 플래시도 있는지 물었다.

–있어요, 라고 바이에가 대답했다.

–다시 연락할게요, 라고 말하고 샤로테는 전화를 끊었다.

이 바이에는 정말이지 훌륭한 남자다. 바이에뿐만 아니라, 많이 아프기는 하지만 그의 아내 로시도 그랬다. 그들 부부는 믿을 수 있었다. 샤로테는 그들이 오늘 꽃병을 모아서 갖다 준 데 대해 고맙다는 말을 했었는지 생각해보았다. 혹시 몰라서 그녀는 바이에에게 한 번 더 전화를 걸어 꽃병을 갖다 주어서 고맙다고 말했다.

–아까 고맙다는 말씀을 하셨잖아요, 포빌라이트 부인, 하고 바이에가 말했다.

–다시 연락할게요, 라고 말하고 샤로테는 전화를 끊었다.

그러고는 그녀가 처리해야 할 일거리들 생각을 했다. 아직 할 일들이 산더미였다. 이렇게 차츰 기분이 나아지려는데 리스베트가 여전히 탁자 아래 쭈그리고 있는 것이 눈에 들어와 거슬렸다. 그녀의 엉덩이만 바깥으로 비쭉 나와 있었다.

–거기서 뭘 하는 거야, 라고 샤로테가 물었다.

그녀의 물음에는 대답하지 않고 리스베트가 말했다.

–로티, 부엌에 플라스틱 용기가 더 남아 있던가요?

–쓸데없다, 플라스틱 용기들은, 샤로테가 말했다. 모두 다 쓰레기 더미 위에 버려라.

–쓰레기 더미 안에요?

–쓰레기 더미 위에, 샤로테가 말했다. 말은 정확히 해야지.

–하지만 그건 아까운데요, 로티! 안 쓰실 거면 제가 가져갈게요.

–아, 제발, 뭘 가져간다는 거야, 라고 샤로테가 말했다. 그와 동시에 다 엎어졌던 뷔페 음식들도 리스베트가 싹 치우기 전에 사진으로 찍어두어야 한다는 생각이 떠올랐다.

그때 초인종이 울렸다. 이 시간에 대체 누가 초인종을 누르는 거지? 짜증 나, 도무지 일을 할 수가 없어! 라고 샤로테는 생각했다. 그녀는 화가 나서 발을 쿵쿵 구르며 현관홀을 지나 문을 열어젖혔다.

–택시인데요, 라고 남자가 말했다.

–고마워요, 그런데 필요 없어졌어요, 샤로테는 이렇게 말하고 문을 다시 닫으려 했다. 하지만 택시 기사는 방문 정액을 달라고 했다.

방문 정액이라니, 갈수록 태산이군, 하고 샤로테는 생각했다.

택시 기사와 실랑이를 하는 것보다 훨씬 더 중요한 일들이 그녀를 기다리고 있었다. 그녀는 10마르크를 그의 손에 쥐어주었다. 그리고 남자가 거스름돈으로 줄 동전을 지갑에서 골라낼 때까지 기다리지 못하고 그냥 문을 닫아버렸다.

그녀는 황급히 거실로 가서 리스베트에게 말했다.

–이제 그만둬!

아직도 리스베트는 엉덩이만 보일 뿐이었다. 마치 그녀가 리스베트의 엉덩이와 이야기를 나누고 있는 것 같은 착각마저 들 지경이었다.

–로티, 그럼 안 돼요, 라고 리스베트가 말했다. 이걸 그냥 이렇

게 놔둘 수는 없잖아요!

–정말이지 더 중요한 일들이 많아, 라고 샤로테가 말했다. 부엌에는 설거지거리가 가득 쌓여 있어. 그리고 빌헬름이 매일 저녁 마시는 차도 곧 끓여야 해. 지금 차를 끓여두지 않으면 차가 너무 뜨겁다고 또 불평할 거야.

–설거지는 제가 나중에 할게요, 리스베트가 말했다. 그리고 제가 이 일을 하는 사이에 로티가 금세 차를 끓여내실 수 있잖아요.

–그렇구나, 샤로테가 말했다. 잘못했네! 네가 이 집 안주인이라는 걸 내가 깜빡 잊었구나!

그녀는 화가 나서 발을 쿵쿵 구르며 부엌으로 가서 문을 닫았다. 조심스럽게 문을 잠근 뒤 가만히 귀를 기울였다.

그녀의 호흡이 점점 거칠어졌다.

이 여자에게 편하게 말하라고 한 건 큰 실수였어, 샤로테는 생각했다. 집주인을 존중할 줄 몰라, 전혀. 제멋대로야. 제 맘대로 행동해……. 빌헬름이 이 집에서 나가기만 하면 리스베트도 쫓아낼 거라고 샤로테는 생각했다.

그녀는 바지 주머니에 들어 있는 약병을 손으로 꽉 쥐고 열까지 세었다. 그러고 나서 물이 끓으면 소리를 내는 주전자에 물을 채우고 가스불 위에 그것을 올렸다.

이상하게도 예전에 하인들이 썼던 복도 쪽으로 나 있는 문이 다시 열려 있었다. 누가 잊어버렸는지 지하실로 내려가는 계단의 불도 켜져 있었다. 빌헬름이 삼십오 년 전에 막아버린 문 위로 희미한 불빛 한 줄기가 떨어져 벽돌 무늬를 드러내고 있었다……. 그녀는 재빨리 지하실 불을 끄고 하인들이 썼던 복도 쪽으로 나 있는 문을 닫았다.

빌헬름이 이 집을 떠나면, 저 문은 다시 열릴 것이다, 라고 샤로테는 생각했다. 그 모든 일들이 다 얼마나 바보 같은지! 하인들을 부르는 벨도 그가 떼어버렸다. 그 당시 그가 첫 번째로 했던 일이 그것이었다. 그의 프롤레타리아적 명예와 어울리지 않기 때문이었다! 하지만 그 때문에 샤로테는 리스베트가 집 안 어느 구석엔가 처박혀 보이지 않을 때면 목청이 상할 정도로 소리를 질러야 했다. 그것은 그의 프롤레타리아적 명예에 위배되는 일이 아니었다. 하지만 그녀도 이미 여든여섯이었다! 그건 고려할 필요가 없단 말인가? 그녀도 당원이 된 지 육십이 년이 지난 것이었다! 그녀는 사년 동안 가사학교를 다닌 것이 전부인 학력만 가지고 연구소의 소장이 되었다! 이 모든 것이 아무것도 아니란 말인가? 빌헬름의 프롤레타리아적 명예만이 중요하단 말인가?

그녀는 작은 의자에 주저앉아 벽에 머리를 기대었다. 주전자가 소리를 내기 시작했다.

갑자기 온몸에 기운이 빠지는 것 같았다.

그녀는 두 눈을 감았다. 주전자 속의 물이 바스락거리고 탁탁 소리를 내기 시작했다. 조금 있으면 낮게 쉬쉬대는 소리가 섞일 것이다. 그녀는 소리들의 순서를 정확하게 알고 있었다. 수백 번, 수천 번을 그녀는 물이 끓는 주전자 옆에 앉아서 끓는 물이 들려주는 소리들을 들었다. 그녀의 어머니는 그 소리들 중 마지막에 나는 휘파람 소리가 조금이라도 들리면 빵을 자르는 도마로 그녀의 뒤통수를 후려치곤 했었다. 그녀의 오빠가 대학에 다닐 수 있게 가스비를 절약해야 하기 때문이었다. 가스를 조금이라도 적게 쓰기 위해 그녀는 물을 끓일 때마다 주전자를 지켜보고 있어야 했다. 우스운 것은, 그녀는 이제 여든여섯 살이 되었고, 오빠가 죽은 지도 오랜데, 아직도 그녀는 여기 앉아서 물이 끓을 때까지 주전자를 지켜보고 있다는 것이다……. 쉬쉬 소리가 차츰 고르게 솨솨 울리는 소리로 변해가는 동안 그녀는 생각했다. 왜, 주전자를 지키고 있는 사람이 항상 그녀여야 했던 것일까……. 다른 사람들은 대학에서 공부할 수 있었는데…… 다른 사람들은 조국 공로훈장을 받았는데…….

솨솨 소리가 끝나고 물이 끓어오르는 둔탁한 소리가 났다. 그녀는 자리에서 일어나서 가스불을 껐다. 주전자에서 휘파람 소리가 나기 바로 직전에 정확하게 불을 껐다. 빌헬름이 저녁에 마시는 차에 기계적으로 물을 부었고, 싱크대 아래 있는 청소도구함에서 쥐오줌풀 추출액이 담긴 병을 꺼냈다. 그것을 한 스푼 따라 빌헬름의 차에 섞었다. 그리고 약병을 바지 호주머니에 넣었다…… 그리고 멈칫했다. 갑자기 손에 두 개의 병이 만져졌다. 둘 다 크기가 같고 서로 거의 구분이 되지 않는다…….

얼토당토않은 생각이다. 샤로테는 쥐오줌풀 추출액이 담긴 병을 바지 호주머니에서 꺼내 싱크대 아래에 다시 넣고 일을 시작했다.

리스베트는 아직도 탁자 아래에 쭈그리고 있었다.

–넌 아직도 탁자 아래 처박혀 있구나, 샤로테가 말했다.

리스베트의 엉덩이가 말할 수 없이 느리게 탁자 아래에서 빠져나왔다. 그녀는 그릇들이 깨진 조각을 담은 양동이와 아직 먹을 수 있는 음식들을 따로 모은 여러 용기들을 끌고 나왔다.

–플라스틱 용기 몇 개 더 있어요? 라고 그녀가 물었다. 손에는 작은 소시지를 들고 있었다.

–아, 제발, 플라스틱 용기는 필요 없어, 샤로테가 말했다. 그냥 쓰레기 더미 위에 버려.

–쓰레기 더미 안에 버리긴 아까워요, 라고 리스베트가 말하며 소시지를 한 입 베어 물었다.

샤로테는 우물우물 씹고 있는 리스베트의 얼굴을 쳐다보았다. 리스베트의 아래턱이 좌우로 움직였다. 마치 반추동물처럼 먹은 것을 이빨로 갈고 있는 것 같았다…… 샤로테는 한 동안 리스베트의 아래턱이 움직이는 모양을 바라보다가 결국 그녀의 손에 들린 소시지 조각을 낚아채 쌓여 있는 뷔페음식 더미 위에 집어 던졌다. 리스베트가 남은 음식을 모아놓은 다른 두 개의 용기들도 거기 던져버렸다.

–왜 그러세요, 리스베트가 소리 지르며 나머지 용기들을 지키려고 손으로 덮었다.

샤로테는 그릇 조각들이 들어 있는 양동이를 잡고 그것도 다 쏟아버렸다.

–무슨 짓이야! 이번에는 빌헬름의 목소리였다.

–당신은 끼어들지 마, 샤로테가 말했다. 당신은 오늘 이미 일을 저지를 만큼 저질렀으니까.

–내가 뭘 어쨌다고 그래, 빌헬름이 말했다. 쳉크가 한 짓이잖아.

–아, 쳉크가 그런 거였군! 샤로테는 너무 화가 치솟아 헛웃음이

났다. 이제 쳉크가 그랬다는 거군! 식탁에 손대지 말라고 분명히 당신에게 말했을 텐데!

– 그래, 그래, 빌헬름이 말했다. 그건 알렉산더가 하는 일이지. 그런데 당신이 그렇게 애지중지하는 알렉산더는 대체 어디 있는 거야?

– 알렉산더는 아파.

– 쓸데없는 소리, 빌헬름이 말했다. 정치적으로 신뢰할 수 없어.

– 헛소리는 집어치워, 샤로테가 말했다.

– 정치적으로 신뢰할 수 없단 말이야, 빌헬름이 말했다. 이놈의 집구석 전부 다 그 모양이지! 벼락출세한 놈들, 패배주의자들!

– 더 이상은 못 참아, 샤로테가 말했다. 하지만 빌헬름은 멈출 줄을 몰랐다.

– 봐! 그는 큰 소리로 웃으며 그녀의 재킷에 붙어 있는 이름표를 가리켰다. 저기 증거가 있잖아, 그가 새된 소리를 질렀다. 아예 배신자들을 위해 광고를 하고 다니는군! 갑자기 그가 부르짖었다. 고개를 뒤로 젖히고 천장을 향해 부르짖었다. 초프, 빌헬름이 부르짖었다, 초프, 초프. 이제는 그가 정말로 정신줄을 놓았다고 샤로테가 생각하는 바로 그 순간, 그가 완벽하게 또렷한 눈빛으로 그녀를 바라보며 말했다.

– 그들은 벌써 이유를 알고 있었어.

– 이유라니, 그게 무슨 말이야, 샤로테가 물었다.

– 그런 사람들을 격리 감금시킨 이유 말이야, 빌헬름이 말했다. 그리고 잠시 말이 없다가 이렇게 덧붙였다. 당신이 낳은 두 아들

같은 사람들.

샤로테는 숨을 들이쉬었다. 하지만 갑자기 숨을 내쉴 수가 없었다……. 빌헬름을 바라보았다……. 그의 벗어진 머리가 반짝거리고, 눈동자들이 검게 그을린 얼굴 위에서 번들거리고 있었다……. 콧수염—저게 원래 저렇게 작았던가?—이 빌헬름의 윗입술 위에서 이리저리 움직였다. 날벌레 한 마리보다도 작은 콧수염이었다. 그 콧수염이 그녀의 눈앞에서 뛰고 맴돌고 윙윙 소리를 냈다……. 그러더니 빌헬름이 사라졌다. 그가 남긴 말들만이 거기 남아 있었다. 더 정확하게 말하면 그가 남긴 마지막 말들만이.

혹은 더 정확하게 말하면, *최후의* 말들이.

–이제 무슨 일을 할까요? 리스베트의 목소리. 쓰레기들을 다 한군데로 모을까요?

–이제 집에 가, 샤로테가 말했다.

리스베트는 무슨 말인지 알아듣지 못하는 것 같았다. 샤로테는 더 크게 말했다.

–이제 집에 가도 좋다는 말이야.

–하지만 로티, 그게 무슨 말씀이에요? 이렇게 놔두고 그냥 갈 수는…….

–너는 지금 해고됐어, 샤로테가 말했다. 삼 분 안에 이 집에서 나가.

–하지만 로티…….

–그리고 나를 로티라고 부르지 마, 샤로테가 말했다. 그렇지 않

으면 경찰을 부를 거야.

그녀는 현관홀로 가서 평소에는 신발을 바꿔 신을 때 사용하던 의자에 앉았다. 그리고 리스베트가 사라질 때까지 기다렸다.

그러고 나서 그녀는 손이 떨리는 것이 멈출 때까지 더 기다렸다.

그러고 나서 그녀는 부엌으로 가 문을 닫았다. 문을 잠그고 귀를 기울였다.

그녀의 숨소리는 고요했다.

그녀는 빌헬름이 저녁마다 마시는 차를 그가 저녁마다 쓰는 찻잔에 따랐다. 바지 주머니에서 약병을 꺼냈고, 두 스푼을 차에 따랐다. 열여덟 개의 계단을 올라 이층으로 가서는 찻잔을 빌헬름의 침실용 탁자에 놓았다.

그러고 나서 그녀는 욕실로 가 이를 닦았다.

그리고 남아 있는 스물여섯 개의 계단을 더 올라 옥탑 방으로 갔다. 입고 있던 옷을 벗어 하나하나 따로 개어 의자 위에 놓았다. 편물 재킷에 붙어 있던 이름표를 떼어 찢은 뒤에 휴지통에 버렸다.

양말은 벗어 신발에 쑤셔 넣었다.

그녀는 그녀의 하얀색 면 잠옷을 입고 침대에 몸을 뉘였다. 잠시 동안 그녀는 찰스 디킨스의 *올리버 트위스트*를 읽었다. 사십 년 전에 한 번 읽은 적이 있어서 이미 알고 있는 책이었지만, 얼마 전부터 샤로테는 그녀가 이미 읽고 좋아했던 책들을 다시 읽는 것이 좋았다. 가장 좋은 것은 그녀가 이미 읽고 좋아했지만 내용을 다시 잊어버린 책들을 읽는 일이었다. 그런 책들을 읽으면 조금도 줄지 않은 긴장을 즐길 수 있었다.

올리버 트위스트가 몸을 다쳐 의식을 잃은 채 도랑에 누워 있을 때, 그녀는 책을 덮었다. 사건이 어떻게 해결되는지 알게 되는 즐거움을 내일 아침을 위해 저축해두었다.

그녀는 불을 껐다. 맑은 밤이었다. 가느다란 초승달이 하늘에 떠 있었다. 리스베트가 소시지를 우물우물 씹고 있던 모습이 다시 떠올랐다. 멕시코에서 부렸던 하녀 생각이 났다. 샤로테를 — 당연한 일이었지만 — 어김없이 *세뇨라*라고 부르던 귀염성 있고 조용한 여자였다. 아쉽게도 그녀의 이름이 떠오르지 않았다. 하지만 잠시 후 이름이 생각났다. 글로리아! 그녀는 그 뒤에 어떻게 되었을까? 글로리아. 그녀는 아직 살아 있을까?

잠시 그녀는 눈을 뜬 채로 누워 글로리아를 생각했다. 그리고 지붕의 테라스를, 멕시코의 초승달을 생각했다. 멕시코의 초승달은 언제나 한쪽 구석에 걸려 있었다……. 그건 낫 모양이라기보다는 배 모양이었다고 그녀는 생각했다. 그리고 아드리안이 거기 있었다.

그녀는 물론 자신이 지금 꿈을 꾸고 있다는 것을 알고 있었다. 그럼에도 불구하고 그녀는 그와 이야기를 나누어보려고 했다. 그를 설득하려고 했다. 그것도 꿈의 한 부분이라는 것, 그녀가 바다를 건너온 뒤로 꾸곤 했던 꿈의 한 부분이라는 것을 알고 있었지만. 아드리안이 그녀를 보았다. 그의 얼굴은 움직이는 물결의 그림자 같은 빛의 무늬들로 덮여 있었다. 그는 좋아 보였다. 하지만 어딘가 유령처럼 보이기도 했다. 그럼에도 그녀는 그를 쫓아갔다. 그들은 기계실로 내려갔다. 복도와 계단으로 된 미로를 통과했다. 그들은 끝없이 걸었다. 그 시간이 길어질수록 그녀는 점점 섬뜩한 기분에 휩싸였다. 그녀는 그의 뒤를 쫓아 달려갔지만, 그가 아주 천천히 걷는데도 불구하고 그를 따라가기가 쉽지 않았다. 이미 아드리안은 그녀보다 멀리 앞서 가고 있었다. 그녀는 그가 방향을 꺾어 어떤 복도로 접어드는 것을 보았다. 그는 매번 여기서 방향을 꺾어 이 복도로 접어들었다. 그리고 그녀는 항상 그를 뒤쫓았다. 그 복도 끝의 문에 벽으로 막혀 있음에도 불구하고.

샤로테는 그 문이 벽으로 막혀 있다고 믿었다. 그리고 자신이 오로지 꿈속에서만 그렇게 믿었던 것인지 알 수 없었다. 꿈속에서 항상 그렇게 믿었는지 아니면 이번에만 그랬는지도 알 수 없었다. 어쩌면 오직 이번에만 그렇게 믿는다고 매번 믿었던 것인지도 몰랐다.

문은 열려 있었다. 샤로테는 문을 지나갔다. 거기 아드리안의 모습이 다시 나타났다. 그가 미소를 지었다. 그녀를 부드럽게 어루만지며 그녀의 몸을 돌려 세웠다. 샤로테는 자신의 목덜미의 머리카락이 일어나는 것을 느꼈다. 코아틀리쿠에. 삶과 죽음의 여인. 두 마리의 뱀이 얼굴을 이루고 있는 코아틀리쿠에. 사람들의 몸에서 도려낸 심장들을 꿰어서 만든 그녀의 목걸이.

그리고 그녀는 알았다. 그 심장들 가운데 하나, 저기 저것이 베르너의 심장이라는 것을.

2001

그는 해먹에 누워 살짝 흔들거리며 가끔 손가락 끝으로 테라스 난간을 툭툭 건드린다. 커다란 탁자 주위에서 여전히 이따금 들려오던 남독일 사투리는 잦아들었다. 때때로 마을로부터 올라오던 고함소리와 웃음소리도, 자동차 엔진의 으르렁거리는 소리도, 어디로부턴지 띄엄띄엄 날아들던 유령 같은 라디오 소리도, 그리고 식당 부엌에서 흘러나오던 분주하게 떠드는 소리와 달그락거리는 소리도 잦아들었다. 심지어 야자나무 잎들까지 바스락거리기를 그만두었다. 잠시, 거대한 오후의 열기 속에서, 세계가 멈춘 듯하다.

오로지 삼실로 꼰 밧줄이 규칙적으로 삐걱거리는 소리만 들릴 뿐이다. 그리고 바다의 무심하고 아련한 속삭임만이 남아 있다.

부동(浮動)의 상태. 태아와 같은 수동성.

나중에 그는 얕은 잠에서 깨어나 불가항력의 부드러움으로 그를 해먹 속으로 짓누르는 중력을 극복하려고 안간힘을 쓴다. 커피를 한 잔 가지고 오는 길에 잠시 고개를 들어 방금 도착한 두 명의 배낭여행족에게 인사를 건넨다. 그들은 그가 처음 도착했을 때와 마찬가지로 테라스에 서서 넋을 잃고 전망을 바라본다. 이어서 그는 매일 그랬던 것처럼 프리다 칼로 색으로 채색된 측면 건물 뒤의 벤치에 앉을 것이다. *에바 앤드 톰*의 멕시코인 직원들이 기거하는 오두막의 골함석 지붕이 내려다보이는 그곳에서 신문을 읽을 것이다.

매일 똑같은 신문이다. 고층건물로 돌진하는 비행기 사진이 있는 신문. 그는 천천히 읽는다. 어느 정도나마 이해할 수 있을 때까지 그 기사를 거듭 읽는다.

그는 다 이해하지는 못한다.

미국 대통령이 악에 맞서는 기념비적인 전투가 진행되고 있다고 말한 것은 이해한다. 그리고 미국이 자유의 가장 밝은 등대라고 말한 것도 이해한다.

그는 남미의 주민 일부가 여전히 굶고 있다는 것을 이해한다. 일부가 쓰레기 더미를 뒤지며 살아간다는 것도 이해한다.

유로를 지불수단으로 도입하는 일이 바쁘게 진행되고 있으며, 전 세계의 주식시장이 끔찍한 손실을 기록하고 있다는 것을 이해한다.

하지만 그가 이해하지 못하는 것은 이런 것들이다. 왜 주식시장이 끔찍한 손실을 기록하고 있는가? 주식의 가치가—예컨대 우체국 주식의 가치가—미국 건물 두 개가 붕괴된 것과 무슨 관계가 있는가? 이제 사람들이 서로 편지를 보내지 않는다는 말인가?

남미의 빈곤에 대한 기사를 세 번, 네 번 읽어도 그가 이해하지 못하는 것, 아니 앞으로도 이해하지 못할 것은—그가 이해하게 될 내용은 너무나 황당하게 들릴 터여서 그는 자신이 제대로 이해했는지 의심하게 될 것이다—이런 소식이다. 남미의 대도시에 있는 쓰레기 하치장에서 키가 작은 특별한 인종이 생겨나고 있는데, 이들은 쓰레기 하치장의 환경 속에서 생존하기에 더 적합하다는 소식.

신문을 읽고 나서 그는 다시 한 번 해변으로 가서 나무로 만든 침대 의자에 앉을 것이다. 그 옆에는 그가 여기 도착한 첫날 상당한 임대료를 지불하고 빌린 파란 비치파라솔이 꽂혀 있다(그날 이후로 파라솔은 멍하니 모래 속에 방치되어 있다). 그 침대 의자에 앉아 그는 해가 지는 것을 바라볼 것이다.

해는 여느 때와 다름없이 질 것이다. 그가 확인한 바에 따르면, 태평양의 모든 일몰은 똑같다. 크고 빨갛고 무료하다. 그는 이런 무료함이 안정감을 주는지 불안감을 주는지 아직도 알지 못한다.

안녕, 마리온. 요즘 네 생각을 자주 하게 돼. 대개 아주 사소한 계기로 인해, 그리고 솔직히 말하자면 때로는 뜬금없는 계기로 인해. 해가 지는 것을 보면서 네 생각을 하게 되는 건 그런대로 이해가 돼. 하지만 파란 파라솔을 보는데 왜 네 생각이 날까. 넌 파란색을 싫어하잖아? 전깃줄에 앉아 있던 새떼가 날아오를 때 왜 네 생각이 날까? 미지근한 모래에 손을 내려놓을 때 왜 네 생각이 날까?

해가 완전히 바다 아래로 가라앉고 나면 그는 '알 마르'의 유일한 손님으로서 하얀 플라스틱 탁자에 앉아 생선을 먹을 것이다. 그는 레드와인을 한 잔 마실 것이다. 그리고 샤로테 할머니의 집에 있는 커다란 조개껍질 등불의 안쪽 면과 색이 똑같은 진주 빛 여명을 바라볼 것이다.

또 낫 모양의 달이 너무 비스듬히 걸려 있어 놀랄 것이다. 비스듬히 누워 있는 별자리들을 찾을 것이다(그리고 대개 실패할 것이다).

날이 완전히 어두워지면 그는 느릿느릿 *에바 앤드 톰*으로 이어지는 계단을 오를 것이다. 모조리 남독일 사투리를 쓰는 평소의 그 사람들이 여전히 테라스의 탁자 주위에 둘러앉아 있을 것이다. 매년 이 계절이 되면 여기서 모이는, 원주민 에바의 친구들이다. 꽃무늬가 그려진 품이 넓은 셔츠를 입고 줄담배를 피워대는 은발의 남자, 줄담배 남자와 같은 방을 쓰는, 그보다 조금 젊은 대머리, 직접 날염한 옷을 입고 있는, 이가 하나 빠진 여자. 그리고 하루 종일 낡은 밀짚모자를 쓰고 있어서 알렉산더가 *밀짚모자*라고 부르는 또 한 명의 남자. 그 밀짚모자는 마찬가지로 낡은, 한때는 하얀색이었을 그의 아마포 옷과 잘 어울린다. 그리고 마지막으로 귀에 여러 개의 고리를 달고 있는, 오토바이 폭주족 남자.

폭주족 남자(나중에 알고 보니 그는 독일의 어떤 거대한 시립병원의 직원이익대표였다)는 대머리를 제외하고는 모두 1970년대에 이곳에서 서로 알게 된 사이라고 알렉산더에게 말해주었다. 이곳에 남게 된 에바와 톰은 아무나 드나드는 마약소굴이었던 여기 경사지를 차츰 펜션으로 바꾸었다고 했다. 알렉산더는 톰이 이미 오래전에 죽었다는 사실을 폭주족으로부터 전해 듣기 전까지는 *밀짚모자*가 톰이라고 생각했다. 그의 목소리가 가장 큰 데다 항상 수리와 개축에 대해 이야기했고, 멕시코 사람들의 신용 없음과 게으름에 대해 자주 불만을 터트렸기 때문이었을 것이다.

–좋은 멕시코 사람은 죽은 멕시코 사람이야, 그날 저녁 알렉산더가 계단에서 방향을 틀어 테라스로 다가갈 때 그는 이렇게 말할 것이다. 꽃무늬가 그려진 품이 넓은 셔츠를 입은 남자는 킥킥 웃을 것이다. 이미 알고 있는 내용이어서 그 자신이 언젠가 했을지도 모르는 농담을 듣고 킥킥 웃는 사람처럼. 그리고 꽃무늬가 그려진 품이 넓은 셔츠 아래에서 그의 배가 위아래로 들썩거릴 것이다.

최악은—최악?—밤이야. 모기장 안에 누워 내 칸막이 방의 허술한 벽을 통해 들려오는 늙은 히피들의 말소리를 들을 때. 히피들은 바깥에 모여 앉아 자신들의 이야기를 늘어놓지. 그럴 때 네 생각이 가장 많이 나. 왜 하필 그럴 때일까? 내가 그들 사이에 끼어들지 못해서? 내가 그들에게 속하지 않는다고 느껴서? 하지만 나는 언제나, 평생 동안 어디에도 속하지 않는다는 느낌을 갖고 살아왔어. 평생 나는 어디엔가 속하고 싶었지만, 내가 속하고 싶은 집단을 한 번도 만나지 못했어. 이게 병일까? 내게 어떤 유전자가 빠져 있는 것일까? 아니면 내 삶의 내력과 관계가 있을까? 내 가족의 내력과 관계가 있을까? 솔직히 말할게. 모기장 안에 드러누워 있으면 나는 밖으로, 그들에게 가고 싶은 마음이 조금도 없어. 하지만 그들이 웃는 소리를 들으면 고통스러울 정도로 격심한 동경을 느끼게 돼.

그는 원주민 여자가 시킨 대로 이불을 털 것이다. 그러면서 며칠 전 테라스에서 발견한 지네를 떠올릴 것이다. 이곳의 지네들은 치명적이지 않지만, 그 대신 거의 손바닥만큼 크다. 그리고 놀라울 정도로 아름답다. 그 여린 구조가 너무 감동적이어서 그는 지네를 밟아 죽일 수가 없었다. 원주민 여자가 밟아 죽였다. 플럽플롭 샌들로. 알렉산더가 보기에 그녀는 그날 이후로 그를 경멸한다.

그날 저녁, 사람들의 목소리는 오랫동안 들릴 것이다. 꽃무늬가 그려진 품이 넓은 셔츠를 입은 남자는 자기 배를 보며 킥킥 웃을 것이다. 밀짚모자는 멕시코 사람들의 신용 없음과 게으름에 대해 이야기할 것이다. 그리고 때가 되면 이가 빠진 여자가 기타를 꺼내 조안 바에즈의 노래를 부를 것이다. 다른 사람들은 진실하지만, 파괴적인 열정을 드러내며 함께 부를 것이다.

그리고 언젠가 밤이 깊어지면 이따금 꽃무늬가 그려진 셔츠를 입은 남자의 발작적인 기침 소리와 경보음을 연상시키는 귀뚜라미 울음소리만 들릴 것이다. 알렉산더는 모기장 안에 누워 마리온에게 보낼 편지를 구상할 것이다.

때로는 내가 네게 편지를 써서는 안 된다고 생각해. 내가 그냥 네 삶에서 사라져야 한다고 생각해. 내가 내게 저지른 일들을 혼자서 해결해야 한다고 생각해. 병이 나를 덮친 마당에 어떻게 내가 네 이불 속으로 파고들 생각을 할 수 있을까? 어떻게 너를 그리워할 생각을 할 수 있을까? 하지만 그리워. 그리고 이상한 건, 이게 슬프지 않다는 거야. 물론 슬프긴 하지. 하지만 위안이 되기도 해. 네가 세상에 있다는 게 위안이 돼. 너의 검고 굵은 머리카락을 생각하면 위안이 돼. 내가 네 등을 보며 누워 있을 때 네 목덜미에서 나던 향기. 네가 얕은 잠을 자면서 내뱉던 포근한 신음소리.

그는 일곱시 반에 일어나 이 시간이면 부엌에서 바삐 움직이는 유일한 사람인 멕시코인 직원에게 커피를 달라고 할 것이다. 그리고 한동안 테라스에 앉아 약간 과하게 뜨거운 커피를 붙잡고 이제 시작되는 하루를 내다볼 것이다. 커피 잔 안쪽에서 도로 빠져나오며 그를 간질이는 자신의 숨소리를 들을 것이다.

혹은 네가 옷장 뒤에서 옷을 갈아입을 때 나던 속옷이 바스락거리는 소리. 혹은 네가 흥분했을 때 입을 열던 모습.

부용들 사이에서 벌새 한 마리가 한동안 커다란 벌레처럼 앉아 있을 것이다. 그리고 그 위쪽, 아침의 하늘에서 콘도르처럼 생긴 검은 새가 선회할 것이다.

혹은 너의 근육(처음에 나를 부끄럽게 했던). 혹은 너의 배. 혹은 작업 때문에 항상 좀 거칠던 너의 손바닥.

이어서 콘크리트로 만든 거대한 정박용 다리에 첫 번째 낚시꾼이 나타날 것이다. 그리고 잠시 알렉산더는 왜 아무도 이 다리에 배를 정박하지 않는가 하는 문제에 골몰할 것이다. 이 작은 마을이 이 건축물로 '푸에르토'[1]라는 자신의 별명을 정당화하려 했던 것은 아닌가, 이 별명으로 바다의 배들을 유혹할 수 있으리라 희망했던 것은 아닌가 생각할 것이다.

혹은 작업장에서 너를 데리고 올 때. 무릎까지 자란 풀들 사이에 작업복 바지를 입고 서 있는 너. 이마의 땀을 손등으로 닦아내던 너.

너의 느릿느릿함. 내가 네게 말했던가?

코를 찡그리며 '흠'이라고 하던 너.

혹은 능청맞게 반짝거리던 너의 눈.

혹은—이런 말을 해도 될까?—울 때의 네 얼굴.

그는 지금 생각하는 것을 기록해두고 싶은 유혹을 잠시 느낄 것이다. 정말로 편지를 쓰게 될 경우를 대비하여. 하지만 필기도구를 가지러 걸어가는 것 혹은 그보다 더 사소한 일로도 그의 정조가 사라져버리지는 않을까 걱정할 것이다.

그래, 이렇게 네 생각을 할 수 있다는 게 위안이 돼. 때로 난 이렇게 묻곤 하지. 이걸로 충분하지 않을까? 한편으로 네가 붙잡을 수 있을 만큼 가까이 있었을 때 내가 그토록 경솔하게 행동했던 게 한탄스러워. 하지만 나는 지금 사랑하는 것을 반드시 가져야 하는 건 아니라는 신기한 경험을 하고 있기도 해. 한편으로 나는 내가 네게 주지 못한 것들을 뒤늦게라도 주기 위해 네게 가고 싶어. 하지만 다른 한편으로는—의사들의 예상에 따르자면—오히려 내가 또 받는 사람이 될까 봐 두렵기도 해. 한편으로 나는 이 모든 것들을 적어 네게 보내고 싶어. 하지만 네가 이 편지를 일종의 청혼으로 받아들이지 않을까 걱정되기도 해. 청혼이 맞기는 하지만.

커피를 마시고 나면 그는 러닝화를 신고 몇 킬로미터 달릴 것이다. 포추를라에서 산 러닝화다. 처음에 그는 산책을 했다. 쿠르트처럼. 쿠르트의 생활방식을 좇으면 자신도 쿠르트처럼 수술 가능한 상태가 되지 않을까 하는 어리석은 생각을 하다가 그는 웃었다. 하지만 오래지 않아 그는 이 지역이 산책하기에는 아주 부적절하다는 것을 알게 되었다. 택시를 타고 지나가면서 이미 본 적이 있는 내륙은 아무 매력도 없었다. 오직 해변만이 산책할 만한 풍경을 제공했는데, 해변의 만들은 또 전혀 넘어갈 수 없는 절벽들로 나누어져 있었다. 도로에서만 각각의 만들로 접근할 수 있었고, 도로는 지루했다. 그래서 그는 뛰기로 한 것이다.

그는—평소처럼 그날도—북쪽 방향으로 가늘고 구불구불한 아스팔트를 따라 달릴 것이다. 맥박수가 오르지 않도록 천천히 오르막길을 오를 것이다. 영원히 계속 달릴 수 있겠다는 기분이 들 정도로만 달릴 것이다.

가끔 자동차들이 그를 지나칠 것이다. 노선 택시들에 탄 사람들이 그를 보려고 고개를 돌릴 것이다. 이 지역에 보행자는 거의 없다. 멀리서 두 남자가 그를 향해 오는 것을 보게 되면 그는 무의식적으로 만일 저들이 강도로 돌변한다면 가진 게 20페소뿐이라는 걸 어떻게 확신시킬 수 있을지 생각할 것이다.

하지만 두 남자가 중년의 나이라는 게 곧 밝혀질 것이다. 머리카락이 검은 근육질의 남자들은 며칠 전에 푸에르토 앙헬의 지방 관청 앞에 모여 형편없는 저질의 식수에 대해 항의하던 노동자들과 똑같은 모습일 것이다. 그들은 그에게 남자끼리만 할 수 있는 말없는, 하지만 다정한 인사를 건넬 것이고, 알렉산더는 이유는 알 수 없지만 감동을 받아 눈물이 날 것이다.

그리고 지폴리테가 눈에 들어올 것이다. 가판점 주인은 멀리서 벌써 과장된 (하지만 사실은 전혀 뜻을 알 수 없는) 몸짓을 하며 물을 올려놓겠다는 뜻을 전해올 것이다. 시간이 가면서 알렉산더는 반 리터짜리 물병을 들고 뛰어다니는 대신 돌아오는 길에 이곳에서 물을 사는 습관이 생겼다. 하지만 지금은 가는 길이므로 그는 가판점에 닿기 전에 왼쪽으로 돌아 바다로 갈 것이다.

몇백 미터를 달려 그는 지폴리테의 만에 도착할 것이다. 히피 만이다. 원주민들도 함께 해수욕을 하는 푸에르토 앙헬의 비교적 작은 만과는 달리 약 2킬로미터 길이의 이 만에는 거의 젊은 외국인 여행자들만 있다. 머리 장식이나 사슬로 치장한 모습을 보건대, 모두들 몸매가 너무 멋지고 너무 세련되지 않다면 실제로 히피로 간주될 수도 있는 사람들이다.

하지만 이 시간에 그들은 아직 해먹에 누워 있다. 그들은 직접 해변에서, 야자나무 잎으로 덮인 기둥 구조물 아래에서 잔다. 팔라파스라고 불리는 이 구조물은—그가 추측하기에—해변의 무수한 작은 술집과 호텔 들이 돈을 받고 임대하는 것이다. 하지만 몸매가 멋지고 너무 세련된 푸른 눈의 어떤 사람이 갑자기 나타나 그와 함께 달리고, 알렉산더는 자신에게 했던 모든 다짐에도 불구하고 아주 조금 속도를 늦출 것이다.

–하이, 몸매가 멋진 남자가 말할 것이다. 웨어 아 유 저스트 커밍 프롬?

–푸에르토 앙헬, 알렉산더가 대답할 것이다. 몸매가 멋진 남자가 다시 말할 것이다.

–와우, 그레이트!

몇백 미터 가지 않아 몸매가 멋진 남자가 벌써 숨을 헐떡일 것이다. 만이 끝나기도 전에 그는 포기한다.

–와우, 그레이트, 그가 다시 한 번 이렇게 말하고 손을 들어 인사할 것이다. 알렉산더는 이 뜻하지 않은 쉬운 KO 승리에 몹시 흥분하여 마순테까지 달리기로 한다.

그는 노선 택시를 타고 마순테에 가본 적이 있었다. 거북 박물관을 방문했다. 그는 거북이에게 전혀 관심이 없었지만, 폭주족 남자가 너무나 열정적으로 이 박물관을 권했기 때문에 그의 권유를 따르지 않는다면 거의 모욕이 될 터였다. 폭주족의 설명에 따르면 과거에 마순테에는 매년 같은 시기에 마순테 앞의 해변으로 와서—오로지 여기에서만—알을 낳는 바다거북들을 잔인하게 도살하여 수프 통조림으로 가공하던 공장이 있었다. 지금은 도살이 금지되었고, 그래서 이제 사람들은 거북을 사육하고 보호하고 있다. 박물관으로 들어간 알렉산더는 실로 한 시간 동안 바다거북의 성장주기를 공부했고, 수조에 있는 온갖 다양한 크기의 거북들을 관찰했다. 그리고 그는 거북을 관리하는 사육사들이 거북이들을 치료하고, 다시 방류하고, 심지어 제대로 모래에 묻히지 않은 알들을 모아서 시설로 가지고 와 부화하게 한다는 것을 알게 되었다. 이에 감동받은 그는 수많은 반대의 경우와 달리 이곳은 인간이 서서히 개선된다는 것을 알려주는 장소 중의 하나라고 생각하기로 했다.

그가 마순테로 접어들 무렵, 태양은 손 너비 정도로 지평선 위로 떠 있을 것이고, 마순테의 집들은 날카롭게 각이 진 짙은 그림자를 던질 것이며, 넓은 해변을 지나가면서 알렉산더는 거북이들이 알을 파묻는 모래의 열기가 신발을 파고드는 것을 느낄 것이다. 마순테의 만은 지폴리테의 만보다 더 넓고 더 자연적이며 더 한산하다. 사람들은 이곳의 바다가 위험하다고 했다. 하늘도 더 넓다. 약 10킬로미터를 달린 그의 몸이 선물하는 약간의 엔돌핀 때문이 아니라면 말이다. 그의 얼굴에 미소가 퍼질 것이다. 다리는 거의 자동적으로 달릴 것이고, 발은 거의 자동적으로 해변의 경사면에 있는 단단한 영역을, 너무 축축한 모래와 너무 바싹 마른 모래 사이의, 물과 땅 사이의 좁은 띠를 발견할 것이다. 바다가 그를 향해 혀를 날름거릴 것이다. 바다가 그를 도취시킬 것이다. 그는 환성을 지를 것이다. 소리 없이, 그러나 요란하게 도취 속을 향해. 그는 높이 솟아오르는 파도를 쉽게, 정확히 측정된 걸음으로 피할 것이다. 그는 자신의 정확한 동작에 매료될 것이다. 그는 자기 자신이 방향을 잡는 것이 아니라 몸이 인도를 떠맡는 듯한 느낌을 갖게 될 것이다. 그렇게 인도하는 것으로부터 자신이 서서히 분리되는 느낌을 갖게 될 것이다. 그리고 그 순간, 그 부동(浮動)의 순간에 모든 것이, 거기-있음이, 완전히, 돌이킬 수 없게 해체될 것이라는 생각이 그의 의식을 파고들 것이다. 그리고 이 생각이 너무나 강력하게 그를 강타하여 그는 제대로 서 있기조차 힘들 것이다.

그날 그가 다시 푸에르토 앙헬에 도착하면, 그는 24킬로미터를 달렸을 것이다. 아킬레스건이 약간 당기는 듯한 특유의 느낌과 함께 계단을 올라갈 것이며, 허벅지 뒤쪽 근육의 통증을, 백 번, 천 번 발을 구르며 혹사시킨 관절들의 둔탁한 압박감을 느낄 것이다. 그의 방 옆쪽의 벽에 기대고 필수적인 스트레칭을 끈기 있게 해낼 것이고, 뻣뻣해진 다리가 딱 소리를 내며 풀릴 때까지 요추를 길게 뺄 것이다. 그리고 불현듯 다시 한 번 고개를 쳐드는 희망, 어쩌면 진단이 잘못되었을 수도 있을 거라는 희망을 별로 힘들이지 않고 막아낼 것이다. 그는 한 손에 생수병을 들고 아직 땀이 흥건한

셔츠를 입은 채 테라스의 널찍한 석조 난간에 걸터앉을 것이다. 그리고 등에 전해지는 딱딱한 돌기둥의 느낌을 적어도 잠시 동안은 편안하게 받아들일 것이다.

어제 호텔에 도착한 두 명의 배낭여행족이 그들의 방에서 나올 것이다. 이제 막 대학입학시험을 치렀을 것 같은 상냥하고 파릇파릇한 두 젊은이. 여자는 흠잡을 데 없이 아름답고, 남자는 키가 훌쩍 크고 약간 마른 몸매다. 그들은 방에서 나와 스킨 다이빙을 할 때 쓰는 호흡관을 어디서 살 수 있는지 알렉산더에게 물을 것이다.

그 질문에 알렉산더는 대답을 할 수 없을 것이다.

두 사람은 그래도 괜찮다고 힘주어 말할 것이다. 저 아래 마을에 가서 물어보면 되는 일이라고 덧붙이며.

길을 나서면서 그들은 오래 알고 지낸 친구에게 하듯 그에게 손을 흔들 것이다. 그러면 알렉산더도 손을 흔들 것이다. 그는 두 사람이 통로를 따라 천천히 걸어가다가 계단 쪽으로 도는 모습을 뒤에서 바라볼 것이다. 그들이 맨 위 계단에 잠깐 멈춰 서서 알렉산더에게는 들리지 않는 목소리로 무슨 이야기를 나누는 모습을 바라볼 것이다. 아름다운 여자는 이마를 찌푸릴 것이다. 젊고 마른 남자는 그녀의 두 손을 잡을 것이다. 그의 어깨뼈가 짧게 잘린 날개처럼 황토색 티셔츠 위로 도드라져 보일 것이다.

알렉산더는 샤워를 하러 갈 것이다. 그는 양손으로 벽을 짚고 따뜻한 물이 그의 등과 다리 위로 흐르게 할 것이다. 오랫동안, 보일러에 남아 있는 온수가 다할 때까지.

이어서 그는 아버지의 접는 체스 판을 겨드랑이에 끼고, 더위에도 불구하고 조금 으스스한 기운을 느끼며 해변으로 내려갈 것이다. 푸른 파라솔 아래 그의 긴 침대 의자에 몸을 누이고, 해변을 돌아다니며 물건을 파는 멕시코 여인들 가운데 한 사람을 불러 오전의 일과를 시작하기 전에 간단한 아침식사를 살 것이다.

그는 언제나 같은 여자에게 같은 것을 산다. 껍질을 벗긴 과일이 들어 있는 컵과 토르티야 세 개. 그런데도 그 여인은—예의에 어긋나지 않게 일정한 시간이 지난 후에—그의 곁에 다가와 그녀가 가진 몇 가지 안 되는 물건들을 펼쳐놓을 때마다 그에게 매번 똑같이 묻는 듯한 (하지만 절대로 사정하지는 않는) 눈길을 보낼 것이다. 그가 과일이 든 컵과 토르티야를 받고 나면 그녀는 머릿속으로 매번 새로 계산을 하고 값을 부를 것이다. 그 값은 날마다 조금씩 다른데, 알렉산더는 그것이 그날그날 과일의 조합(오늘은 망고, 파인애플, 그리고 멜론이다)이 다르기 때문일 거라고 해석하지만, 어차피 그건 아무래도 좋았다. 작은 팁까지 포함해 그가 그녀에게 건네주는 돈은 결국 매번 똑같기 때문이다. 그 여인에게 중요한 것은 단지 그에게—혹은 그녀 자신에게?—여기서 지금 동등한 권리를 가진 상대들 사이에 거래가 이루어지고 있다는 인상을 전하는 것인지도 모른다고 알렉산더는 추측해본다. 하지만 사실은 전혀 그렇지 않다. 그들 사이의 불평등보다 더 명백한 것은 없다. 결국 이 불평등은 단지 몇 장의—그것도 훔친—지폐로 인한 것이다. 그에게 이것은 분명해 보인다.

그렇기 때문에, 또 배가 고파서 슬슬 신경질이 나기도 해서, 알렉산더는 그 모든 의례적 단계들을 건너뛰어 곧바로 여인의 손에 돈을 쥐어주기로 결심할 것이다. 하지만 그렇게 하지 못할 것이다. 그는 그녀가 지나치게 꼼꼼하게 — 다 해봐야 세 개밖에 없는 — 과일 컵 중 하나를 고르고, — 다 해봐야 여섯 개밖에 없는 — 토르티야들 가운데 세 개를 골라 종이접시에 얹은 후 멍한 눈빛으로 그녀의 알 수 없는 숫자들을 합산할 때까지 기다릴 것이다. 그는 그녀의 검게 그을린, 하지만 안쪽은 여전히 아이의 손처럼 분홍빛이 남아 있는 손들을 바라볼 것이다. 탁한 푸른색 보자기로 감싼 그녀의 갸름하고 엄격해 보이는 얼굴을 보면서 그 여인이 몇 살쯤 되었을지 혼자 가늠해볼 것이다. 쉰 살? 서른 살? 멕시코 사람들은 평균수명이 얼마나 될까? 더 정확하게 물어본다면, 멕시코 하층민에 속하는 여인이 기대할 수 있는 수명은 대체 얼마나 될까?

저혈당 때문에 벌써 손이 조금 떨리기 시작하지만, 그는 여인이 걷기 불편한 모래 위로 느리게 발걸음을 옮기며 저만치 멀어져갈 때까지 기다릴 것이다. 그러고 나서 그는 가지고 있던 식수로 과일을 한 번 더 꼼꼼하게 헹굴 것이다.

그는 모든 과일을 한꺼번에 먹어치울 것이다. 그는 식탐에 몸을 떨며 먹을 것이다. 그리고 달콤한 과일 때문에 끈적끈적해진, 맹세할 때처럼 치켜든 손가락들을 보면서 하릴없이 아버지를 떠올릴 수밖에 없을 것이다. 지구의 반대편 어딘가에서 퇴락한 집 안을 헤매고 있을 아버지. 그는 아버지가 자신을, 알렉산더를, 어떤 알 수 없는 흐릿한 방식으로라도 그리워하고 있을까, 하고 물어볼 것이다. 그리고 그는 토르티야를 다 먹어치운 후, 손을 모래와 물로 깨끗이 닦고 그 낡은 체스 판을 펼칠 것이다. 체스 판 안에는 **개인서**

류라는 라벨이 붙어 있던 아버지의 서류철에서 그가 빼어 온 문서들이 보관되어 있다.

그 폭주족 남자와 처음 체스를 두던 날, 그는 이 문서들을 다시 발견했다. 처음에는 거기 아버지가 어머니에게 보낸 편지들만 있는 줄 알았다. 하지만 자세히 들여다보니 각각 다른 여러 종류의 문서들이다. 일부분은 정말 편지들이다. 어머니에게 보냈던 편지들 중에 골라놓은 것들, 어머니가 아버지에게 답장으로 썼던 편지들, 아버지가 알렉산더에게 보낸 편지들, 그 편지들은 아버지가—딱 그의 스타일 그대로—먹지를 사용하여 복사해놓은 것들이었다. 다른 문서들은 아버지가 쓸모없는 영수증이나 망친 원고의 뒷면에 한결같은 홀쭉한 필체로 적어놓은 메모들이었다. 무엇을 위한, 무엇에 대한 메모들일까?

처음에 알렉산더는 두서없이 성급하게 훑어보았다. 얼핏 보면 깔끔한 필체 같지만 아버지의 육필은 읽어내기가 쉽지 않다. 지독하게 휘갈긴 글자들을 읽자니 거부감이 생겼다. 의무의 냄새가 났다. 아버지의 냄새가 났다. 마치 이 필체로부터 요구하고 거들먹거리고 억압하는 그 모든 것들이 다시금 그에게 몰려오는 것 같았다. 그것이 과거 아버지의 모습이었다.

철자들을 해독하는 데 성공했음에도 불구하고 이해할 수 없는 부분들도 있었다. 마치 아버지가 자신이 기록하고 있는 내용을 숨기려고 심혈을 기울인 것 같았다.

어느 당대회에 대한 기록. '로데의 처형'에 대한 이야기. 아버지에게 무언가(이 부분은 도무지 해독이 안 된다)를 연상시키는 중앙위원회 소속의 어떤 남자. 창문에 김이 서린 숲 속의 파란색 트라비.

여기저기 러시아어로 쓴 메모들도 있다. 갖가지 약어들이 들어찬 그 메모들은 표현이 너무나 수수께끼 같아서 알렉산더는 그게 대체 무엇에 대한 이야기인지를 알아내는 데만도 많은 시간이 필요했다. 알고 보니 그것은 에로틱한 체험에 대한 기록들이었다. 아버지는 왜 이런 것을 굳이 기록했을까? 무엇 때문에 러시아어로?

쉽게 읽을 수 있는 메모들도 있었다. 멕시코의 경제발전에 대한 기고문을 쓰고 있는 샤로테에 대한 불평.

아는 게 하나도 없다. 매일 일곱 번씩 전화를 해댄다. 백만에 영이 몇 개가 붙는지 묻는다.

때로 뒷면의 메모들 사이에 흥미로운 것들이 눈에 띈다. 백배나 과다 청구된 가스비 청구서에 대한 아버지의 소원(訴願). 저작권료 단체 지급에 대한 편지도 있었다. 일본에서 출간된 어느 '부분 출판물'에 대한 것이었는데, 쿠르트의 몫은 44마르크였으며, 그것의 반은 외국 화폐로(쿠르트가 외국 화폐 계좌를 가지고 있는 경우에 한해) 지급될 수 있다고 전하는 편지였다. 그렇지 않은 경우에는 포룸 수표[2]로 받게 됨. *즉각적인 회답 요망!* 그 편지는 기관장과 대표의 서명이 되어 있었다.

알렉산더가 등장하는 메모들도 있다. 아버지의 기억들이 알렉산더가 기억하고 있는 것들과는 놀라울 정도로 일치하지 않지만 말이다. 빌헬름에게 문병을 가던 날 그가 *자발적으로* 군복을 입었다는 것은 그의 기억과 다르다. 아버지가 금발머리 크리스티네를 *지성적이지만, 조금 너무 완벽하다*고 여겼다는 것도 그에게는 놀라운 일이다. 군복을 입은 아들을 보며 어머니가 *눈물을 쏟아냈다*는 것도 그의 기억과는 달랐다. 아버지의 주장에 따르면 어머니는 그 순간 언젠가 과거에 상사로부터 받았던 명령, 즉 중상을 입은 독일 병사를 총으로 쏴 안락사 시키라는 명령이 떠올랐기 때문에 눈물을 쏟았다는 것이다. 그녀는 명령거부가 곧 사형이 될 수도 있음을 알면서도 명령에 따르지 않았다고 한다. 괄호 안에 이렇게 적혀 있다. *이력서에 포함시킬 것*.

이게 다 무엇일까? 소설을 쓰기 위한 기록들인가? 동독을 배경으로 펼쳐지는, 그의 회고록의 제2부를 위한 메모들?

그날—마순테에 다녀온 날—알렉산더는 1979년 2월의 어느 메모를 읽게 될 것이다. 물론 그는 그 겨울을 잘 기억하고 있다. 하지만 이 메모가 그 자신, 알렉산더에 관한 이야기라는 것을 알게 된 것은 이 문장들을 해독하고 난 다음일 것이다.

완전히 돌아버렸다.

한 칸 아래에는 이렇게 적혀 있다.

내 삶이 온통 거짓말뿐임을 나에게 납득시켜봐.

그리고 더 아래에는 (더 놀랍게도) 이렇게 적혀 있다.

멜리타의 말에 따르면 그가 얼마 전부터 교회에 다니고 있다.

이때 떠오르게 될 그림. 쉰하우저 가. 길가에 눈이 지저분하게 쌓여 있던 거리. 아버지는 그의 옆에서 걷고 있다. 하지만 어디로? 그들은 어디로 가고 있는가?

선명하기 이를 데 없이 그 순간이 떠오른다. 쿠르트가 갑자기 멈춰 서고 고함을 지른다. 알렉산더는 아버지가 *무슨 말을* 외치는지 지금도 들리는 듯할 것이다.

아프리카에서는 사람들이 굶는다!

1978년 12월 알렉산더가 돈으로 받았던 모든 금액의 리스트가 이어진다. 크리스마스 선물까지 포함하여(다 합해 2,200마르크). 이리나가 그 때문에—즉 알렉산더 때문에—얼마나 큰 고통을 겪고 있는지에 대한 한탄들이 이어진다. 무슨 말인지 해독하기 어려운 문장도 하나 이어진다. 알렉산더가 제대로 읽은 거라면, 그것은 아버지가 결코 *망치고* 싶지 않은 삶에 대한 내용이다.

오후에 접어들어 더위가 가장 맹렬해지는 시간에 가까워지면 알렉산더는 낱장들을 다시 체스 판에 모아 넣고 펜션으로 올라갈 것이다. 체스 판을 겨드랑이에 끼고 걸어오는 그를 본 폭주족은 같이 한 판 두자고 말할 것이고, 알렉산더는 오후의 졸음 때문에 눈꺼풀이 벌써 감기기 시작하면서도 그의 말에 고개를 끄덕이게 될 것이다.

둘이 체스를 둘 때면 늘 그랬듯이 그들은 아무에게도 방해받지 않기 위하여 프리다 칼로 색으로 채색된 측면 건물 뒤의 벤치에 자리를 잡을 것이다. 평소에 알렉산더가 9월 12일자 신문을 읽는 벤치다. 그들은 서로 마주 보고 앉아 체스 판을 가운데 두고 기울어 있는 벤치와 똑같이 몸을 기울일 것이다.

알렉산더는 f2-f4로 판을 시작할 것이다. 공격적이고, 조금은 경솔한 선택이다. 아버지와 체스를 둘 때 그가 종종 택했던—초기에는 성공적이기도 했던 — 수이다. 폭주족은 매우 침착하게 d7-d5로 응대할 것이다. 이어서 알렉산더는 나이트를 f3으로 옮긴다. h4 자리에 있는 퀸을 보호하려는 의도이기도 하다. 이 나이트는 오십여 년 전 어떤 죄수가 시베리아 삼나무로 깎은 것인데, 알렉산더가 기억을 하는 한 줄곧 주둥이가 없었다.

멕시코 직원들이 키우는 닭들은 철망으로 만든 울타리 안에서 불모의 모래를 쿡쿡 쑤셔댈 것이다.

기계적으로, 2. ……c5, 3. e3, e6, 4. b3, Sc6, 5. Lb2, Sf6, 그리고 6. Ld3을 두면서 알렉산더는 다시 한 번 그 오래전 겨울날을 떠올릴 것이다. 쇤하우저 가의 얼어붙은 인도, 정처 없이 걷던 기묘한 길, 아프리카 이야기가 불쑥 튀어나왔던 그 장면을……. 하지만 갑자기 필름이 앞으로 진행될 것이다. 알렉산더 광장, 매서운 바람. 세계시계 왼쪽 옆에 있던, 오래전에 이미 문을 닫은 구식 셀프서비스 식당. 정말 그랬던가?

두 사람이 모두 캐스틀링[3]을 한 후에 이름이 크사버인 폭주족은 머리가 체스 판의 반은 가릴 만큼 깊숙이 체스 판 위로 몸을 깊이 수그릴 것이다. 알렉산더는 폭주족의 머리가 빠진 자리의 불그스름한 살결을 보지 않으려고 먼 곳으로 눈길을 돌릴 것이며, 생각에 잠긴 폭주족이 어지럽게 머리를 흔들어대기 시작할 무렵 돌연 상세한 기억들이 되살아날 것이다. 그 시절에는 모던했지만, 곧 구식이 되어버린 포마이카 탁자. 금속 판매대. 그리고 냄새. 그게 뜨거운 굴라시였던가? 그는 양가죽 외투를 입고 고루해 보이는 털모자를 눌러 쓴 아버지가 포마이카 탁자에 붙어 서서 수프를 숟가락으로 떠먹는 모습을 보게 될 것이다. 그는 그 시절 자신의 모습도 보게 될 것이다. 그의 바깥에 있는 시선으로. 머리카락은 박박 밀어버리고, 다 해진 파카에, ―아직도 이것을 다 기억하고 있는 게 믿기지 않는다― 잘 어울리지도 않는 색의 천들로 여기저기 기워놓은, 저 파란색 스웨터를 입고 있다. 그는 다른 사람들에게 혐오감을 주고 싶은, 설명할 수 없는 욕구로 가득 차 있었기 때문에 꼭 그 스웨터를 입고 다녔다.

폭주족은 퀸을 b6로 옮길 것이다. 알렉산더는 폭주족이 말을 드는 순간 이미, f2-f4가 열림으로써 쉽게 노출된 킹을 공격하는, 사실상 졸렬하고 거의 아무런 위협도 되지 않는 이 공격을 막아내는데 필요한 집중력을 충분히 발휘할 수 없다고 느낄 것이다.

그가 열일곱 번째 수에서 패배를 선언하게 될 체스 게임이 끝나면 그는 방문 앞에 걸려 있는 해먹에 몸을 누일 것이다. 그는 손가락 끝으로 테라스 난간들을 툭툭 건드리고, 오래 달려 지친 힘줄과 근육들을 만져볼 것이다. 그리고 중력이 그를 감싸 안는 동안, 온갖 생각들이 그의 머릿속에서 멋대로 돌아다닐 것이다. 해먹을 유럽으로 가지고 들어온 콜럼버스가 떠오를지도 모른다. 인디언들이 쓰는 해먹을 본 콜럼버스가 배에 선원들을 더 많이 태울 수 있는 효율적인 방법을 하나 찾았다는 생각만 했다는 사실이 두 개의 문화 사이에서 나타나는 엄청난 오해의 문제를 보여준다고 생각할 것이며, 이 생각이 순간적으로 위대한 발견처럼 여겨질 것이다. 동시에 그는 즉시 비숍을 d5 자리로 옮겼어야 하는 것은 아닐까 물을 것이다. 잘 어울리지도 않는 색의 천들로 여기저기 기워놓은 흉측한 스웨터가 한 번 더 떠오를 것이다. 그리고 그는 자신에게 묻게 될 것이다. 어째서 그것을 떠올리면 이토록 아늑한 기분, 심지어 위로받는 기분에 휩싸이게 되는 것이냐고.

이윽고 야자수 잎들이 바스락거리는 소리가 잦아들 것이다. 마을 사람들이 소리를 지르고 웃는 소리, 펜션 부엌에서 달그락대는 소리도 멎을 것이다. 자동차들도 침묵하게 될 것이다. 막 개장한 은행의 확성기에서 하루 종일 흘러나오는 라디오의 목소리들도 침묵하게 될 것이다.

오로지 삼실로 꼰 밧줄이 규칙적으로 삐걱거리는 소리만 들릴 것이다. 그리고 바다의 무심하고 아련한 속삭임만이 남아 있을 것이다.

유토피아가 남겨놓은 것

2011년에 발표된 이 책은 순식간에 독일의 유력 주간지《슈피겔》의 베스트셀러 리스트 1위에 오른 후 몇 달 동안 10권 밖으로 밀려나지 않았다. 독일 아마존에서도 마찬가지로 오랫동안 1위의 자리를 유지했다. 평론가들은 이 소설의 "긴밀한 형식과 우아한 언어"와 다양한 시각의 중첩을 통한 탁월한 현실접근을 칭찬했다. 토마스 만의 "『부덴브로크 가의 사람들』과 비교해도 손색이 없다."는 평가까지 받았다. 결국 데뷔 소설이라고 믿기 힘들 만큼 성숙된 필치를 보여주는 이 소설은 2011년에 '아스펙테 문학상'과 '독일 도서상'을 수상하게 되었다. '독일 도서상'의 심사위원들의 선정 근거는 이러하다.

"오이겐 루게는 동독의 역사를 가족 소설 속에서 반영해내고 있다. 그는 50년이 넘는 세월에 걸친 4세대의 경험을 세련된 극적 구성을 통해 제어하는 데 성공했다. 그의 소설은 사회주의 유토피아와, 이 유토피아가 개인들에게 요구한 대가들, 그리고 이 유토피아의 점진적인 소멸을 이야기한다. 동시에 소설은 매우 재미있고 탁월한 감각으로 웃음을 자아낸다."

독일이 통일된 이후로 동독의 과거를 성찰하고 올바른 방식으로 극복하기 위한 많은 문학적 시도들이 있었다. 그러나 이 소설은 어떠한 영웅적인 인물도, 격정적인 감정의 호소도 없이 차분하게 동독의 현실을 그려낸다는 점에서 독특하다. 작가는 어떤 고정된 시각에서 벗어나 여러 인물들의 내면 독백을 통해 현실을 다양한 시각에서 그려낸다. 이렇게 인물들이 그려내는 현실의 그림들을 퍼즐처럼 서로 끼워 맞추어 전체적인 그림을 만들어내는 것은 독자의 몫이다. 소설에서는 이런 작업을 해내는 인물이 등장하지 않는다. 저자의 대변자라고도 볼 수 있는 알렉산더의 시각조차 다른 인물들의 시각을 통해 비판적으로 조명된다. 이런 서술방식은 어떠한 '전지적 시점'도 없다는 우리 시대의 관념과도 일치한다.

연대기적으로 볼 때 이 소설은 1952년부터 2001년까지 약 반 세기에 걸친 한 가족의 이야기를 다루고 있다. 그리고 이 가족의 역사를 통해 동독의 역사와 통일의 역사를 그리고 있다. 이 두 가지 차원, 즉 가족사와 사회사를 가족사의 입장에서 탁월하게 통합

해낸 것이 이 소설의 가장 큰 장점일 것이다. 이로써 작가는 추상적인 명제나 이념의 정당성은 결국 구체적 개인들의 구체적 삶에서 바라보아야 한다는 사실을 역설하는 것이며, 이 개인들의 시각을 묘사하는 데 있어서 작가가 정밀함, 비판적 거리, 충실함, 냉정함 등의 미덕을 넉넉히 발휘함으로써 소설 속의 세계가 신빙성을 획득하고 있다.

소설 속의 현실은 크게 세 가지로 구성된다. 하나는 이 가족의 역사에 대한 연대기적 서술이며, 또 하나는 1989년, 이 가족의 가장 빌헬름의 생일에 대한 묘사이고, 그리고 나머지 하나는 알렉산더의 멕시코 여행이다. 특히 빌헬름의 생일은 전체적으로 여섯 번이나 서로 다른 인물들에 의해 반복적으로 서술되어 동일한 사건에 대한 다양한 시각들을 보여줌으로써 독자로 하여금 사태의 진실에 더욱 충실하게 접근할 수 있게 해주는가 하면, 결국 세상을 올바로 보는 단 하나의 기준은 없다는 것을 확인해주기도 한다. 처음부터 일반적인 가족과는 다르게 시작하는 이 가족의 역사는 바로 이 날, 1989년 10월 1일에 하나의 종점에 도착하게 된다. 알렉산더는 서독으로 도망가고, 샤로테는 빌헬름을 독살하며, 이리나의 알코올 중독 증세가 시작된다. 고루한 스탈린주의자인 빌헬름이 독살되고 젊은 세대로서 동독의 현실에 염증을 느끼는 알렉산더가 탈출한다는 것은 결국 동독 사회주의의 실험이 실패했음을 보여주는 것이다. 이렇게 '빛이 사라지는' 실패의 사회사가 이 가족의 역사 속에 고스란히 묻어 들어가 있는 데서 이 소설의 성과가 돋보인다.

이 소설에는 저자의 자전적인 요소들이 곳곳에 스며 있다. 알렉산더는 저자와 마찬가지로 1954년에 태어났으며 두 살 때 동독으로 이주했다. 오이겐 루게의 아버지 볼프강 루게는 소설 속 등장인물 쿠르트처럼 소련으로 이주한 후에 잘못된 혐의를 덮어쓰고 수용소에 갇혔다. 이리나는 러시아인이었던 그의 어머니의 삶을 반영하고 있다. 통일이 이루어진 후 저자가 자신의 삶을 이렇게 차분하고 냉정하게 역사적 맥락 속에서 그려내는 데 20년의 세월이 필요했다. 아마도 우리의 미래도 이와 크게 다르지 않을 것이다. 동서독보다 더 깊은 골로 나뉘어 있는 우리 민족이 희망컨대 오래지 않은 미래에 정치적 분단을 극복하게 되더라도 서로에 대한 차분하고 정당한 자세를 갖기까지는 20년보다 더 긴 세월이 필요할 수도 있을 것이다. 이 소설이 그 세월을 미리 대비하고 단축하는 데 약간의 기여라도 할 수 있기를 빈다.

역자는 2012년 3월에 유럽 번역가 협의회(Europäisches Übersetzer-Kollegium)의 초청으로 일주일 간 독일로 가서 저자와 함께 이 작품을 놓고 토론할 수 있는 기회를 가질 수 있었다. 그와의 대화가 번역작업에 크게 도움이 되었다. 이 자리를 빌려 유럽 번역가 협의회와 문예중앙에 감사의 말씀을 전한다.

2012. 12. 25. 이재영

2001 (11~42p)

1) 동독에서 생산되던 부드럽고 값싼 PVC로서 옷감이나 가죽 대용으로 쓰였다.
2) 푸줏간 주인이라는 뜻.
3) 동독의 영화제작사.
4) 동독 사람들이 많이 타던 소형 승용차 트라반트의 애칭.
5) 구소련의 강제수용소.
6) 동독에 있던 독점적 필름 제조회사.
7) 러시아의 배우, 시인, 가수.
8) 동물성 수지(樹脂)의 일종.
9) 가수의 이름 호르게 네그레테(Jorge Negrete)를 잘못 이해한 것.
10) 동독 시절의 국가보안부로서 수많은 시민들을 사찰했다.
11) 동독 시절 협동조합으로 조직되었던 생필품 상점.
12) 엘베 강의 지류로서 베를린을 관통한다.

1952 (43~68p)

1) ND, 구동독의 공산당 중앙기관지로서 지금도 발행되고 있다.
2) 선인장의 일종.
3) 고대 멕시코 아즈텍 족의 신화에 나오는 대지의 여신.
4) 멕시고 고원의 고대 도시.
5) 체코의 당 서기장이었으며, 1952년에 처형되었다.
6) 유명한 멕시코 모자 회사.
7) 동베를린 지역의 주요 역사(驛舍).

1989년 10월 1일 (69~94p)

1) 소련의 독한 담배.
2) 러시아 만두.
3) 동독에서 생산되고 유통되던 콜라.
4) 철자가 Kathrin이 아니라 Catrin이라는 뜻.
5) 구동독의 비싼 담배.
6) 판지로 입에 무는 부분을 길고 속이 비어 있게 만든 담배.
7) 《노이에스 도이칠란트》의 약자.
8) 1830년에 창간된 러시아의 문화 주간지.
9) 소련이 제2차 세계대전에 투입했던 탱크.

1959 (95~118p)

1) 크림으로 속을 채우고 얇게 썬 아몬드를 얹은 케이크.
2) 쥐를 뜻하는 러시아어.
3) 19세기 미국의 체스 천재.
4) '어, 이게 뭐야?'라는 뜻의 스페인어.
5) '알겠냐?'라는 뜻의 스페인어.
6) 사탕수수 베는 날이 넓고 무거운 칼.
7) 선물을 냄비 속에 넣고 나무 숟가락으로 두드리며 눈을 가린 아이가 냄비를 찾게 하는 놀이.
8) 나치의 심볼.
9) 소련이 1957년에 발사한 세계 최초의 인공위성.
10) 우크라이나의 신 우유 음료.
11) 러시아의 물 끓이는 기구.

2001 (119~140p)

1) 베를린의 공원.
2) 멕시코 시티의 역사적 중심부.
3) '독일사람'이라는 뜻의 스페인어.
4) '와'라는 감탄사.
5) 독일의 유명한 귀마개 생산 업체.
6) '광장'이라는 뜻의 스페인어.
7) '어디로 가는 겁니까'라는 뜻의 스페인어.

1961 (141~168p)

1) 미국의 흑인 작가(1924~1987).
2) 미국의 작가(1896~1970).
3) 독한 러시아 담배.
4) 베를린 중심부의 공원.
5) '파시즘의 희생자'의 약자.
6) 동독의 청소년 조직.
7) 쿠바의 롱드링크.
8) 제2차 세계대전 후의 미국, 프랑스, 영국의 점령지구와 소련의 점령지구 사이의 경계로서 동서독의 국경이었다.

9) 동독시절 브란덴부르크 주에서 발행되던 일간신문.
10) 18세기에 건축된 프로이센의 여름 왕궁과 주변의 공원.
11) 20세기 초에 지어진 포츠담의 황태자궁. 포츠담 회담이 개최된 곳이다.
12) 체칠리엔호프와 이어져 있는 호수.
13) 북극권에 있는 러시아의 도시.
14) 면역작용을 억제하여 알레르기를 막는 약.

1989년 10월 1일 (169~194p)

1) 동화에서 유래된 러시아 아이들의 놀이.
2) 무궤도 전기버스.
3) '이런 바보야'라는 뜻의 러시아어.
4) 인민연대를 뜻하는 '폭스졸리다리테트'를 잘못 알고 있는 것.
5) 부농.
6) 러시아의 옛 무게 단위. 1푸드는 약 16킬로그램.
7) 러시아의 옛 단위. 대략 1킬로미터가량.
8) 어떤 할머니가 키우던 소녀가 숲 속으로 갔다가 늑대에게 잡아먹히고 뿔과 발굽만 남겼다는 내용의 러시아 노래.
9) 빌헬름이 '좋다'는 뜻으로 '하로쉬'라고 한 것을 나데시다 이바노브나가 '완두콩'이라는 뜻의 '하로흐'로 잘못 알아들은 것.
10) '무엇을 위해서'라는 뜻의 러시아어.
11) '자!'라는 뜻의 러시아어.

1966 (195~224p)

1) 붉은 광장 근처의 거리.
2) 모스크바 루뱐카 광장에 있는 건물로서 소련 시절 감옥이자 첩보기관의 건물이었다.
3) 미군에 의해 창립되어 서베를린에서 송출되던 라디오 방송.
4) '남근'이라는 뜻의 러시아어.
5) 러시아의 라틴어 교본.
6) 흑해에 접한 불가리아의 도시.
7) 동독을 통치한 공산당의 명칭.
8) 캐모마일 차를 마시고 몸을 이리저리 굴려 차가 위장 구석구석 닿게 하는 것.
9) 대략 1870년에서 1890년 사이의 시기로서 독일에서 산업혁명이 본격화되고 수많은 기업과 건축물이 세워졌다.
10) 1965년 12월의 11차 총회.

11) 한스 벤치엔을 가리킴.

12) 로베르트 하페만. 화학자이자 공산주의자로서 정권 비판 세력의 중심에 있었다.

13) 피고의 유죄를 이미 사전에 확정해놓은 후 처벌 이유를 공개적으로 선전할 목적으로 하는 재판으로서 여기서는 1930년대의 스탈린 치하에서 행해진 모스크바 재판들을 가리킨다.

14) 날씨로 인해 난관이 있었다고 거짓으로 보고하면 기준량이 일정하게 줄었던 것을 말한다.

15) 빵의 무게를 늘이기 위해 물에 적신 것이다.

1989년 10월 1일 (225~251p)

1) 독일 공산주의 운동의 지도자였으며, 우파에 의해 암살되었다(1871-1919).

2) 이구나아는 독일어로 Leguan이다.

3) 구동독에서 구서독으로 도주하는 행위.

4) OMS, 실제로는 코민테른의 비밀 첩보기관이었다.

1973 (252~274p)

1) 헝가리의 야채 스튜. 흔히 감자 및 고기와 함께 먹는다.

2) 동독 군대에서 사용하던, 험한 지형에 적합한 작은 화물차.

3) 제4차 중동전쟁을 말함.

4) 1973년 6월에 발효된 조약으로서, 이를 통해 서독인의 동독 방문이 훨씬 자유로워졌다.

5) 소련산 승용차.

2001 (275~290p)

1) 곡식가루와 과일조각에 우유 등을 부어 먹는 아침식사.

2) 연방 행정구역이라는 뜻.

3) 치아파스 주의 수도로서, 유명한 관광지.

4) 마야 유적이 있는 멕시코 남부의 도시.

5) 요가를 수행하는 숲 속 암자.

1976 (291~322p)

1) 포츠담의 한 주거지역.

2) 대개 회색과 푸른색이 섞인, 장식 없는 도자기.

3) 말린 과일들을 넣은 긴 빵.

4) 매우 유명한 러시아 보드카.
5) 이리나의 잘못된 독일어를 놀리며 따라 하는 것.
6) 동독에서 생산되던 나일론 상표.
7) '안녕하세요'라는 뜻의 러시아어.
8) '마귀나 데려가라'라는 뜻의 러시아어.
9) 동독의 필터 담배.
10) 털이 달린 벨벳.

1989년 10월 1일 (323~346p)

1) 추가적인 연료 공급 없이 오랫동안 연소하는 난로.
2) 나쁜 꿈을 몰아낸다는, 인디언들의 전통 모빌.
3) '그래'라는 뜻의 스페인어.
4) 케이프호른을 말함.

1979 (347~366p)

1) 서베를린의 구역 이름.
2) 센 불에 구운 고기.
3) 불가리아 식 샐러드.
4) 베를린의 로자 룩셈부르크 광장 옆에 있는 유서 깊은 극장.
5) 1932년에 세워진 8층의 상가 및 사무용 건물.
6) 제2차 세계대전 후에 생산된 러시아 산 승용차.
7) 베를린에서 가장 긴, 베를린 남쪽 도로.

2001 (367~384p)

1) '내 귀를 덮을 수 있는 뭔가를 원합니다'라는 뜻의 서투른 스페인어.
2) '철물점'이라는 뜻.

1989년 10월 1일 (385~416p)

1) 동독에서 생산되던 브랜디 이름.
2) 바이마르 공화국 시대의 독일 공산당의 군대와 비슷한 투쟁조직.
3) 독립 사회민주당. 사민당에서 독립한 좌파 정당으로서 1917~1931년에 활동했다.
4) 독일공산당.
5) 1933년에 히틀러가 독일 연방의 총리가 된 것을 말함.
6) 스탈린을 말함.

7) 동독의 청소년 조직.
8) 모두 독일 근대 문인들의 이름을 딴 거리명이다.
9) 제2차 세계대전 후에 공식적 결혼 없이 유지되던 동거 관계를 일컫는 말.
10) 독일 북단의 해변 도시.

1991 (417~439p)

1) 통일 전에는 서독에서 방송되던 대표적인 공영 라디오 방송.
2) 소코카서스 산맥 남동부의 지역.
3) 석면 상품의 일종.
4) 독일 서쪽 끝에 있는, 노르트라인-베스트팔렌 주의 도시.
5) 네덜란드 동부의 도시.

1995 (440~460p)

1) 독일 브란덴부르크 주에서 두 번째로 큰 동쪽 끝의 도시.
2) 법의학과 심리상담사를 잘못 알고 있는 것.
3) 독일 헌법.
4) 디스코텍의 이름.
5) 마약의 일종.
6) 칵테일의 일종.
7) 독일 통일 당시의 독일 총리.
8) 독일 전화 주식회사의 약칭.
9) 여러 명이 공동으로 세내어 사는 집.
10) 그리스 신화에 나오는 인물로 난파한 오디세우스를 정성스레 보살펴준 공주.

1989년 10월 1일 (461~483p)

1) 진정제의 역할을 한다.
2) '앉으세요'라는 뜻의 러시아어.
3) '택시가 곧 올 거예요'라는 뜻의 러시아어.
4) '택시는 필요 없어요'라는 뜻의 러시아어.

2001 (484~505p)

1) '항구'라는 뜻의 스페인어.
2) 동독 외무성 산하의 해외무역 포럼에서 발행하던 수표.
3) 한 수에 킹과 루크의 위치를 동시에 바꾸는 체스의 수.

빛이 사라지는 시간

초판 1쇄 발행 | 2013년 1월 10일

지은이 | 오이겐 루게
옮긴이 | 이재영

발행인 | 김우석
제작총괄 | 손장환
책임편집 | 원미선
마케팅 | 공태훈, 김동현, 신영병
디자인 | 권오경
저작권 | 안수진
홍보 | 이수현

표지그림 | 이효연(On the road 2009 oil on canvas 162*130.3cm)

인쇄 | 영신사

발행처 | 중앙북스(주)
등록 | 2007년 2월 13일 (제2-4561호)
주소 | (100-732) 서울시 중구 순화동 2-6번지

구입문의 | 1588-0950
내용문의 | (02) 2000-6091
팩스 | (02) 2000-6120
홈페이지 | www.joongangbooks.co.kr / www.facebook.com/hellojbooks

ISBN 978-89-278-0402-4 03850